조선시대 연시조 註解

이 도서의 국립중앙도서관 출판시 도서목록(CIP)은 e-CIP 홈페이지(http://www.nl.go.kr/cip.php)에
서 이용하실 수 있습니다. (CIP제어번호 : CIP2009003216)

조선시대 연시조 註解

黃忠基 註解

푸른사상
PRUNSASANG

서문

　시조란 문학 형식이 이루어진 것을 대략 고려시대 중엽 이후로 본다면 이들 작품들이 구전되어 오다가 문자로 정착된 것은 세종대왕의 訓民正音 창제를 거쳐서야 이루어졌기 때문에 대략 2세기 가까운 시기를 口傳으로 후세에 전승한 것이라 하겠다. 시조란 문학 형식을 처음으로 이룬 사람들이 사대부였고 그 내용도 유교사상을 가진 것이 대부분이지만 이 문학 형식이 다른 것에 비해 비교적 짧고 음악과 관련성이 깊기 때문에 지어지는 과정에서 대부분 즉흥적 경우가 많아 單時調로 된 것이 대부분이다.

　그러나 사회적인 문제나 고려가 멸망하고 조선이 건국하는 등의 역사적인 사실을 노래한 憂國歌나 懷古歌의 경우 지은 사람들의 비장한 심정을 표현한 노래들은 자연 단시조로 적격인지 모르겠으나, 작자가 사회현실이나 도학자적인 감상을 노래하기보다 자연을 완상하고 유유자적하는 悠長한 심정을 표현하기에 단시조보다는 연시조(聯時調 : 連時調)가 알맞은 것이라 하겠다. 연시조가 언제부터 있었느냐 하는 것도 문제가 되겠지만 적어도 고려시대부터 시작된 것이 아닐까 한다. 어부사(漁父詞 또는 漁父歌)는 분명 고려시대부터 우리나라에 있었고, 聾巖 李賢輔는 傳來의 어부사 가운데 長歌 12장을 9장으로, 短歌 10장을 5장으로 改竄하였다고 했는데 농암이 개찬한 장가 12장과 9장은 다 현전하지만, 단가 10장은 알 수가 없다. 이를 연시조의 효시로 보아도 좋을 것이라 짐작된다.

　조선시대에 들어와 領相까지 지낸 孟思誠과 黃喜에게 '江湖四時歌'와 '四時歌'란 연시조 작품이 있고, 이것들은 사회적 현실이나 백성들은 계몽하기 위한 교훈적인 것이 아닌 자연을 완상하는 개인적인 감상을 노래한 것이고, 더구나 四時를 두고 노래한 것이기 때문에 단시조보다는 연시조가 합당한 것일 수밖에 없었을 것이다.

지금까지 연시조에 대한 연구는 거의 없는 실정이다. 상당히 많은 시조에 대한 연구들이 이루어졌지만 연시조에 대한 연구는 석사학위 논문 1편과 관련된 연구서 1책만이 있을 뿐이다. 이제까지의 대부분 국문학 개론서에서도 구체적인 언급이 없다. 다만 상식적인 입장에서 한편의 시조 작품에서 평시조 여러 수로 나누어 지은 것이라고 하는 정도이다.

현재까지 알려진 연시조 작가는 67인으로 131편의 작품 908수를 남기고 있다. 이들 작품의 대부분은 개인의 문집에 수록되어 있고 『靑丘永言』을 비롯한 『海東歌謠』 등 歌集에 수록된 작품은 얼마 되지 않는다. 한문을 숭상하고 공식적인 입장에서 한문학만이 진정한 문학으로 대접받던 조선시대에 한글로 표기된 문학작품이 文集의 한 귀퉁이나 또는 筆寫本으로 전해온다 하더라도 이를 귀중하게 보존하고 전승해온 후손들의 정성은 대단히 값진 것이라 하겠다.

여기에서는 이제까지 연시조 작품에 어떤 것이 있으며, 또 이들이 가집에 수록된 경우가 아닌 것은 많은 故事와 經書들의 내용을 그대로 싣고 있어 쉽게 읽고 이해하기에는 많은 어려움이 따른다. 비록 淺學菲才한 주석자가 독자들의 이해에 다만 조금이라도 보탬을 줄 수 있다면 대단한 영광으로 알겠다. 많은 叱正을 바란다.

끝으로 이런 하잘 것 없는 저작물이지만 세상에 빛을 볼 수 있도록 출판을 허락해 주신 韓鳳淑 사장님과 직원들에게 감사를 드린다.

2009년 3월
주석자 적음

차례

■ 서문 · 4
■ 일러두기 · 10

연시조 개관(槪觀)

1. 연시조(聯時調)냐 연시조(連時調)냐 ·· 13
2. 연시조는 언제부터 있었나 ·· 16
3. 연시조는 평시조만을 모아 놓은 것인가 ································· 17
4. 작가와 내용 ·· 20
5. 색다른 표현들 ··· 23

작가와 작품 일람

맹사성(孟思誠) ‖ <江湖四時歌> ·· 29

황 희(黃喜) ‖ <四時歌> ·· 31

이현보(李賢輔) ‖ <歸田錄>, <漁父短歌> ······························ 33

박 운(朴雲) ‖ <龍巖> ·· 37

주세붕(周世鵬) ‖ <五倫歌> ·· 39

이 황(李滉) ‖ <陶山六曲 前六曲>, <後六曲> ····················· 42

박 개(朴漑) ‖ <白鷗歌> ··· 48

최학령(崔鶴齡) ‖ <續文山六歌> ·· 50

이숙량(李叔樑) ‖ <汾川講好歌> ·· 53

이후백(李後白) ‖ <瀟湘八景歌> ·· 56

허 강(許橿) ‖ <從先子燕京時作> ·· 60

고응척(高應陟) ‖ <然然曲>, <晝夜曲>, <磨石曲>, <浩浩歌> ······· 62

권호문(權好文) ‖ <閑居十八曲> ·· 68

이 정(李淨) ‖ <楓溪六歌> ··· 77

이 이(李珥) ‖ <高山九曲歌> ··· 80

정 철(鄭澈) ‖ <訓民歌>, <酒問答> ··································· 85

장경세(張經世) ‖ <江湖戀君歌 前六曲>, <後六曲> ············· 93

곽기수(郭期壽) ‖ <漫興> ·· 99

이신의(李愼義) ‖ <四友歌>, <短歌> ································· 101

정광천(鄭光天) ‖ <述懷>, <病中述懷歌> ························· 106

조존성(趙存性) ‖ <呼兒曲> ··· 110

박선장(朴善長) ‖ <五倫歌> ··· 113

김득연(金得研) ‖ <山中雜曲>, <會酌菊酒歌>, <契友齊會歌>, <戱咏赤壁歌>,
　　　　　　　　<咏懷雜曲>, <山亭獨咏曲> ···················· 117

신계영(辛啓榮) ‖ <戀君歌>, <歎老歌>, <田園四時歌> ········· 148

이덕일(李德一) ‖ <憂國歌> ··· 155

김상용(金尙容) ‖ <五倫歌>, <訓戒子孫歌> ······················ 167

박인로(朴仁老) ‖ <早紅杮歌>, <五倫歌>, <辛酉秋與鄭寒岡蔚山椒井>, <立巖>,
　　　　　　　　<慕賢>, 自警 ··· 173

강복중(姜復中) ‖ <癸亥反正歌>, <淸溪慟哭六條曲>, <八月秋風謝延平大監贈扇歌>,
　　　　　　　　<敬贈月沙大監歌>, <判官答歌>, <訪珍山郡守歌>, <爲祖爲父慷慨歌>,
　　　　　　　　<水月亭淸興歌>, <和訓民歌>, <駒城李彌詞謹答永言> ········· 202

송 타(宋秅) ‖ <花庵九曲> ··· 232

정 훈(鄭勳) ‖ <月谷答歌> ··· 237

이 시(李蒔) ‖ <操舟候風歌> ·· 242

방원진(房元震) ‖ <愛蓮曲> ··· 244

이경엄(李景嚴) ‖ <扶餘懷古> ·· 246

김광욱(金光煜) ‖ <栗里遺曲> ·· 248

나위소(羅緯素) ‖ <江湖九歌> ·· 256

윤선도(尹善道) ‖ <漫興>, <夏雨謠>, <五友歌>, <初筵曲>, <罷宴曲>,
　　　　　　　　<夢天謠>, <遣懷謠> ······························ 260

이홍유(李弘有) ‖ <山民六歌> ·· 272

이중경(李重慶) ‖ <漁父詞>, <漁父別曲 前三章>, <梧臺漁父歌>,
　　　　　　　　<漁父別曲 後三章> ······························ 275

이정환(李廷煥) ‖ <悲歌> ··· 284

장복겸(張復謙) ‖ <孤山別曲> ·· 289

이휘일(李徽逸) ‖ <楮谷田家八曲> ····································· 294

김기홍(金起泓) ‖ <寬谷八景> ·· 298

낭원군(郎原君) ‖ <宗親燕會宣醞賜樂>, <釣魚臺和孝廟御製>, <五倫歌> ··· 302

신　교(申灒) ‖ <歸臨鏡吟>, <歸山吟>, <東遊吟>, <北征吟> ······· 307

곽시징(郭始徵) ‖ <景寒亭感興詠懷歌> ································· 316

이담명(李聃命) ‖ <思老親曲> ·· 328

조유수(趙裕壽) ‖ <春州小詞> ·· 334

안서우(安瑞羽) ‖ <楡院十二曲> ·· 336

권　섭(權燮) ‖ <梅花>, <六詠>, <十六詠>, <郭都正從祖重峯日壽詞>, <謂客>,
　　　　　　　　<病中詠盆桃>, <獨自往遊戲有五詠>, <笑矣乎>, <悲來乎>,
　　　　　　　　<黃江九曲歌> ·· 345

권　구(權榘) ‖ <屛山六曲> ··· 373

이　삼(李森) ‖ <聖主鴻恩歌> ·· 376

박순우(朴淳愚) ‖ <東遊錄> ·· 378

이식근(李植根) ‖ <戀子詞> ··· 382

안창후(安昌後) ‖ <閒說二十五幷詩歌> ···································· 384

김수장(金壽長) ‖ <奉賀親耕親覽> ···································· 398

이 유(李溑) ‖ <子規三疊> ···································· 400

이광명(李匡明) ‖ <贈參議公謫所詩歌> ···································· 402

신 지(申墀) ‖ <永言> ···································· 404

채 헌(蔡瀗) ‖ <石門歌> ···································· 411

양주익(梁周翊) ‖ <感聖恩歌>, <又感恩曲> ···································· 413

위백규(魏伯珪) ‖ <農歌> ···································· 419

황윤석(黃胤錫) ‖ <木州雜歌> ···································· 424

남극엽(南極曄) ‖ <愛景堂十二月歌> ···································· 438

김상직(金商稷) ‖ <入山歌> ···································· 445

권익륭(權益隆) ‖ <風雅別曲> ···································· 447

신갑준(申甲俊) ‖ <歎誠曲>, <願學曲>, <慕賢曲> ···································· 450

조 황(趙榥) ‖ <人道行>, <箕裘謠>, <酒老園擊壤歌>, <秉彝吟>, <訓民歌> ··· 455

유심영(柳心永) ‖ <金剛錄> ···································· 528

안민영(安玟英) ‖ <高宗 卽位 賀祝>, <石坡大老 回甲 賀祝>,
　　　　　　　 <府大夫人 華甲 獻賀>, <蘭草詞>, <梅花詞> ···································· 530

이세보(李世輔) ‖ <月令時調>, <義巖別祭歌> ···································· 544

■ 作家索引 · 556
■ 作品索引 · 557

일러두기

1. 연시조 작품으로 문집(文集)과 가집(歌集)에 수록되어 있는 것 전부를 대상으로 하였다.
2. 작품은 삼장(三章) 형태로 나누었고, 띄어쓰기도 현행 철자법을 고려했다.
3. 문집의 경우 이제까지 각종 문헌에 인용된 것을 대본으로 하였다.
4. 가집의 경우 작품이 최초에 수록된 가집을 대본으로 하였다.
5. 작품 배열은 작가의 출생순으로 하였다.
6. 작품 가운데 특정한 제명(題名)이 없는 경우 편자가 내용을 참작하여 ( )로 표시했다.
7. 작품 가운데 삼죽(三竹) 조황(趙榥)의 것은 그의 가집 <三竹詞流>(삼죽사류)와 이본(異本) 가
   운데 차이가 있는데, 크게 차이가 나지 않는 것은 본 작품 끝에, 크게 차이가 나는 것을 따로
   수록하였다. 참고가 되었으면 한다.
8. 주석은 작품을 쉽게 이해하는데 도움이 되도록 평이하게 했고, 자세한 주석은 졸저(拙著)
   <古時調注釋事典>을 참고하기 바란다.

연시조 개관槪觀

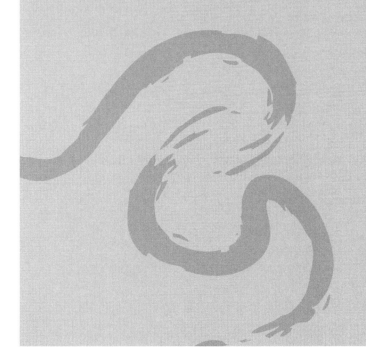

연시조 개관(槪觀)

1. 연시조(聯時調)냐 연시조(連時調)냐

연시조를 한자로 표기할 경우 聯時調로도 표기하기도 하고 또는 連時調로도 표기하고 있어 聯時調로 해야 하는지 또는 連時調로 해야 할지가 확정된 것이 없이 혼용하고 있는 실정이다. 聯이나 連이나 '잇닿다', '잇다'의 뜻을 가지고 있으며 서로 통용되기 때문에 아무런 기준 없이 혼동하여 쓰고 있는 것이라고 하겠다.

그런데 아주 최근에 김학성(金學成)은 「孤山 尹善道 時調의 美的 成就와 그 價値」란 논문에서 고산 윤선도(孤山 尹善道 ; 1587~1671)의 시조를 短時調 9편, 聯時調 7편, 連時調 1편 등 모두 17편 75수의 시조를 남겼다고 하면서 聯時調와 連時調를 구분하였다. 여기서 短時調는 하나의 제목에 1수로 된 시조를 말하며 聯時調는 한 제목에 2수 이상의 여러 수로 된 시조를, 連時調는 특별히 '漁父四時詞'를 지칭하고 있다. 그러나 '漁父四時詞'를 시조로 볼 수 있느냐 하는 의문은 그대로 남는다.

現代詩에서 聯이라고 하면 한 편의 시에서 작자가 시상(詩想)의 표현을 극대화(極大化)시키기 위하여 詩의 각행(各行)을 차상위(次上位)인 聯을 설정하여 行間을 띄우거나 아니면 한 편의 시를 그대로 두어 연을 나누지 않는 전련시(全聯詩)로 하는 경우를 말한다. 이때 各聯은 독립된 것이 아니라 하나의 제목 아래 서로 유기적(有機的)인 관련을 가지면서 작자가 의도한 시상을 살리기 위해 의도적으로 짜여진 시의 한 단위라고 하겠다.

시조의 경우에는 1수의 작품만으로 되어 있는 單時調의 경우도 있지만 2수 이상 몇 십 수에 이르기까지 작자의 의도에 따라 短形時調나 長形時調를 하나의 제목 아래 엮은 것이 있다. 이를 聯時調 또는 連時調라 부르고 있다. 이 경우에 각 수는 서로 밀접한 관련을 맺고 있는 것이냐 하면 하나하나의 작품들은 맹사성의 '江湖四時歌'의 경우

江湖에 봄이 드니 미친 興이 절로 난다
濁醪溪邊에 錦鱗魚ㅣ 안주로다
이 몸이 閑暇히옴도 亦君恩이샷다.

江湖에 녀름이 드니 草堂에 일이 업다
有信훈 江波는 보내느니 ㅂ람이다
이 몸이 서늘히옴도 亦君恩이샷다.

江湖에 フ올이 드니 고기마다 술져 잇다
小艇에 그믈 시러 흘리 쯰여 더뎌두고
이 몸이 消日히옴도 亦君恩이샷다.

江湖에 겨월이 드니 눈 그픠 자히 남다
삿갓 빗기 쓰고 누역으로 오슬 삼아
이 몸이 칩지 아니히옴도 亦君恩이샷다.

처럼 봄이 오면 여름이 오고 다음엔 가을과 겨울이 오는 것이 필연적인 연관성을 가졌다든지, 초장에서 계절이 봄에서 겨울로 이어지는 것이나 종장에서 '히옴도 亦君恩이샷다'를 반복하면서 음악적인 요소를 가미(加味)시켰거나, 고산 윤선도의 '五友歌'의 경우 첫 수에서

내 버디 몃치나 하니 水슈石셕과 松숑竹듁이라
東동山산의 돌 오르니 긔 더옥 반갑고야
두어라 이 다숫 밧긔 또 더ᄒᆞ야 머엇ᄒᆞ리.

라고 하여 오우(五友) 하나하나가 무엇인지 왜 좋아하는지를 밝혀야 하고, 노계 박인로(蘆溪 朴仁老 ; 1561~1642)의 '五倫歌'에서 부자유친(父子有親)에서 군신유의(君臣有義), 부부유별(夫婦有別), 형제우애(兄弟友愛), 붕우유신(朋友有信)에 해당하는 시조를 짓고 끝에 '총론'(總論)이라 하여 3수의 작품을 지었는데 그 가운데 다음의 2수

幸玆秉彝心이 古今 업시 다 이실식
爰輯舊聞ᄒᆞ야 二三篇 지어시니
嗟哉 後生들아 살펴보고 힘서ᄒᆞ라.

仔細히 살펴보면 뉘 아니 感激ᄒᆞ리
文字는 拙ᄒᆞ되 誠敬을 삭여시니
진실로 熟讀詳味ᄒᆞ면 不無一助 ᄒᆞ리라.

처럼 이것과 관련이 있는 작품이 따로 있어 이것이 그것들과 관련이 있음을 밝히는 경우에는 이들을 聯時調시조라 부르는 것이 타당하다고 하겠다. 그러나 퇴계 이황(退溪 李滉 ; 1501~1570)의 '도산육곡'(陶山六曲)의 경우 前六曲은 '言志'를 後六曲은 '言學'을 노래했다고 했으나 작품 상호간에 主題에는 서로간의 공통성이 있을지 몰라도 작품 각각에는 긴밀한 관련성이 없다고 하겠다. 청련 이후백(靑蓮 李後白 ; 1520~1578)은 그의 문집에 '瀟湘八景'이라 하여 작품 8수가 수록되어 있다. 그러나 이 작품들은 瀟湘八景으로 알려진 평사낙안(平沙落雁), 원포귀범(遠浦歸帆), 산시청람(山市靑嵐), 강천모설(江天暮雪), 동천추월(洞天秋月), 소상야우(瀟湘夜雨), 연사만종(煙寺晩鐘)과 어촌석조(漁村夕照)와는 직접적인 관련이 없다. 이처럼 각 시조가 주제와는 관련이 있을지라도 실제 작품 각각에는 아무런 관련이 없는 경우에는 連時

調라고 부르는 것이 타당한 것이 아닌가 한다.

2. 연시조는 언제부터 있었나

한글이 창제되기 이전의 시조로 가집에 수록되어 있는 작가로 멀리는 삼국시대 고구려의 을파소(乙巴素), 백제의 성충(成忠)과 신라의 설총(薛聰)의 작품은 믿을 수 없다고 하더라도 고려시대 작가들의 작품들은 口傳되어 조선시대에 들어와 한글이 창제된 뒤에야 문자로 정착된 것들로 어느 정도 작가에 대한 신빙성이 있다고 하겠다. 그러나 같은 고려시대의 작가라 하더라도 최충(崔冲 ; 984~1068)을 비롯하여 곽여(郭興 ; 1058~1130), 정지상(鄭知常 ; ?~1135), 이규보(李奎報 ; 1168~1241) 등의 작품은 신빙성이 적은 것이 아닌가 한다. 이규보보다는 약 반세기(半世紀) 이후에 출생한 우탁(禹卓 ; 1263~1342)을 비롯한 이조년(李兆年 ; 1269~1343), 성여완(成汝完 ; 1309~1397), 최영(崔瑩 ; 1316~1388), 이색(李穡 ; 1328~1396), 이지란(李芝蘭 ; 1321~1402), 원천석(元天錫 ; 1330~?), 정몽주(鄭夢周 ; 1337~1392), 정도전(鄭道傳 ; 1337~1398), 이존오(李存吾 ; 1341~1371), 서견(徐甄 ; ?~?), 길재(吉再 ; 1353~1419)와 이방원(李芳遠 ; 1367~1422)의 시조는 비록 한글이 창제되기 약 1世紀 이전부터라 해도 그들의 작품으로 인정하고 있는 실정이다. 더구나 이방원의 '何如歌'와 정몽주의 '丹心歌'는 그 창작 배경의 설화와 함께 작가에 대한 신빙성에 힘을 실어주고 있는 실정이다.

현전하는 연시조는 고려말엽에서부터 조선시대 초기까지 생존했던 동포 맹사성(東浦 孟思誠 ; 1360~1438)의 '江湖四時歌'와 같은 시대를 살았던 방촌 황희(厖村 黃喜 ; 1363~1452)의 '四時歌'를 시작으로 하여 농암 이현보(聾巖 李賢輔 ; 1467~1555)의 '漁父短歌'로 이어진다. 맹사성이나 황희가 비록 고려와 조선의 두 시대를 살았다 해도 그들은 한글이 창제된 世宗 25년(1443)보다 이전에 살았거나 창제된 얼마 후에 죽었다고 하더라도 그들의

'江湖四時歌'나 '四時歌'가 國字로 정착하는 데에는 무리가 없다고 하겠다.

時調라고 하는 문학 형식이 생긴 지 얼마 오래지 않은 상태에서 연시조라고 하는 시조의 한 갈래가 생긴 것이 너무 이른 것이 아닌가 하는 의구심이 있기는 하지만 이런 형식이 존재할 수 있는 여건은 이미 마련되어 있는 것이 아닌가 한다. 맹사성이나 황희보다 약 半世紀 뒤에 태어난 이현보가 개찬(改竄)한 '漁父短歌'는 고려시대부터 전해오는 '漁父詞' 또는 '漁父歌'로 불리는 長歌 12章은 9章으로 短歌 10章은 5장으로 만들었다고 했다. 다행이 장가는 개찬 以前의 12장도 남아 있으나 단가 10장의 모습은 볼 수 없으나 이것이 우리나라 연시조 최초의 작품으로 보아도 좋은 것이 아닌가 한다.

연시조 작품을 남기고 있는 작가들의 생존연대를 기준으로 본다면 맹사성과 황희 이후 거의 1세기를 지나 이현보를 지나 신재 주세붕(愼齋 周世鵬 ; 1495~1554)과 퇴계 이황(退溪 李滉 ; 1501~1570)으로 이어진다. 이현보의 아들인 매암 이숙량(梅巖 李叔樑 ; 1519~1592)은 퇴계의 문인으로 아버지와 스승의 뒤를 이어 연시조를 남겼고, 이후에 계속하여 많은 작가들이 1500년대 작가로 등장한다. 출생연도가 1500년대인 작가는 이황을 비롯하여 이중경(李重慶 ; 1599~1678)에 이르기까지 32명에 이르고 이후 1600년대 16명, 1700년대 11명과 1800년대의 2명으로 연시조는 1500년대와 1600년대에 출생한 작가에 의해 활발하게 창작되었음을 알 수 있다.

3. 연시조는 평시조만을 모아 놓은 것인가

맹사성이나 황희의 연시조가 널리 알려진 것은 아무래도 이들 작품을 수록하고 있는 歌集인 珍本 『靑丘永言』, 『海東歌謠』나 『詩歌』 때문이라 하겠다. 가집에는 孟思誠의 '江湖四時歌'를 비롯한 黃喜의 '四時歌', 李賢輔의 '漁父歌', 李滉의 '陶山十二曲', 李珥의 '高山九曲歌', 鄭澈의 '訓民歌', 趙存性의

'呼兒曲', 朴仁老의 '早紅柿歌', 金光煜의 '栗里遺曲', 李溪의 '子規三疊'을 비롯하여 安玫英의 '梅花詞' 정도이다. 이 가운데 가집에 수록되어 있는 것은 맹사성을 비롯하여 이현보, 이황, 정철, 조존성, 박인로와 김광욱의 작품은 珍本『靑丘永言』에, 이이와 이유의 작품은『海東歌謠』에 수록되어 있다. 황희의 작품은『詩歌』에 수록되어 있고 안민영의 작품은『歌曲源流』系 가집에 수록되어 있다. 이 외에 권익융(權益隆 ; ?~? ; 혹 英祖朝)의 작품인 '風雅別曲'은 가집에 작품을 수록하면서 작가를 밝히지 않은 가집인『古今歌曲』에 수록되어 있다. 안민영의 '梅花詞'를 제외 것은 전부 平時調 즉 短形時調이기 때문에 의례 연시조라고 하면 하나의 제목 아래 평시조 여러 수로 되어 있는 것이란 인식을 갖게 한다.

그러나 연시조에는 많은 것들이 平時調만 아니라 長時調가 있어 연시조가 평시조로만 되어있다고 하는 종래의 주장들은 시정되어야 할 것이다. 長時調가 언제부터 있었느냐 하는 문제는 아직도 그 시기를 고려말(高麗末)이나 조선 중기 또는 후기로 보는 견해들이 있다. 고려말에 李芳遠과 鄭夢周가 '何如歌'와 '丹心歌'를 짓는 자리에 변안렬(邊安烈 ; 1334~1390)도 같이 있어 '不屈歌'를 지었다는 것을 들어 長時調가 적어도 고려말에는 존재했을 것이라는 학설이 제기(提起)되고 있는 실정이다.

이제까지 많은 학자들은 長時調는 평민들이 주로 지은 것으로 적어도 임진왜란(壬辰倭亂)이나 병자호란(丙子胡亂)을 겪고 난 뒤에 平民들의 대두(擡頭)와 이제까지 사대부 중심의 韻文文學에서 평민 중심의 散文文學으로 넘어오는 과도기적(過渡期的)인 시대에 생겨난 산물로 보는 견해가 지배적이었다. 그러나 정철(鄭澈 ; 1536~1593)의 '장진주사'(將進酒辭)나 "심의산 세네바회……"를 들어 적어도 정철 때부터 長時調가 있었다고 하였다. 이태극(李泰極)은 松江 鄭澈보다 얼마 앞서는 송암 권호문(松巖 權好文 ; 1532~1587)의 '한거십팔곡'(閑居十八曲) 가운데

行藏有道ᄒ니 ᄇ리면 구테 구ᄒ랴

山之南 水之北 병들고 늘근 날를 뉘라셔 懷寶迷邦ᄒ니 오라 말라 ᄒᄂᆈ 聖賢의
가신 길히 萬古애 흔 가지라 隱커나 見커나 道ㅣ 얻디 다ᄅᆞ리
　一道ㅣ오 다ᄅᆞ디 아니커니 아ᄆᆞ틘들 엇더리.

을 들어 송강보다 앞선 작품으로 보고 있으나 이는 문집이 잘못된 것으로 2
수의 작품이 잇대어진 것이다. 노래의 제목도 '閑居十八曲'으로 된 것은 이
작품을 하나로 잘못 본 것으로

　실제는 19수이다. 율곡 이이(栗谷 李珥 ; 1536~1584)의 '고산구곡가'(高山
九曲歌)나 고산 윤선도(孤山 尹善道 ; 1587~1671)의 '오우가'(五友歌)처럼 서
수(序首)가 있어 노래이름보다 1수가 더 있는 것이 아니다.

　우리가 문헌에서 볼 수 있는 장시조 작품으로 가장 오래된 것으로는 옥
계 노진(玉溪 盧禛 ; 1518~1578)의 문집으로 인조(仁祖) 10년(1632)에 손자
노척(盧脊)이 간행한 『옥계집』(玉溪集)에 수록되어 있는 '모부인수연가'(母夫
人壽宴歌)와 '모부인답가'(母夫人答歌)다. 옥계가 모부인의 수연을 맞아

　　日中 金가마고 가지 말고 니 말 드러
　　너는 反哺鳥라 鳥中之 曾參이니
　　오놀은 날 위ᄒ야 長在中天 ᄒ얏고댜.

　　　　　　　　　　　　　　　　　　　　— 母夫人壽宴歌

　　國家 太平ᄒ고 萱堂에 날이 긴제 머리 흰 判書 아가 萬壽盃 드리ᄂᆞ고
　　每日이 오놀 ᄀᆞᆺ틴면 셩이 무슴 가싀리
　　아마도 一髮秋毫 聖恩잇가 ᄒ노라.

　　　　　　　　　　　　　　　　　　　　— 母夫人答歌

처럼 모자간(母子間)에 주고받은 것이 아닌가 한다. 그 다음은 사대부가 지은
장시조는 송강보다 다섯 해 먼저 태어난 두곡 고응척(杜谷 高應陟 ; 1531~
1605)의 작품 28수 가운데 한시(漢詩) '마자재가'(馬子才歌)를 번역하여 술에
취하면 동자(童子)에게 부르게 했다는 '호호가'(浩浩歌) 3수를 비롯하여 3수

의 장시조가 있다. 이렇게 볼 때 임진왜란 이전에 적어도 3인의 장시조 작가가 있는 셈이다.

송강 이후는 사대부로 장시조를 지은 사람은 청계 강복중(淸溪 姜復中 ; 1563~1639)과 임진왜란 때 일본이 피랍되었다 나중에 귀국한 송담 백수회(松潭 白受繪 ; 1574~1642), 용담 김계(龍潭 金啓 ; 1575~1657), 호주 채유후(湖洲 蔡裕後 ; 1599~1660), 정재 이담명(靜齋 李聃命 ; 1646~1701), 이재 황윤석(頤齋 黃胤錫 ; 1729~1791), 죽취당 신헌조(竹醉堂 申獻朝 ; 1752~1807)와 삼죽 조황(三竹 趙榥 ; 純祖朝)로 이어진다. 사대부가 아닌 평민이나 가객들로 장시조를 지은 사람은 영조(英祖) 때 가객인 김수장(金壽長)부터가 아닌가 한다. 그렇다면 장시는 평민들만의 전유물(專有物)도 아니고 그 형식의 발생도 지금보다는 훨씬 올려 잡아야할 것이다.

4. 작가와 내용

연시조 작가 가운데 사대부가 아닌 사람은 노가재 김수장(老歌齋 金壽長 ; 1690~?)과 주옹 안민영(周翁 安玟英 ; 1816~?)뿐이다. 노가재에게는 '봉하친경친잠'(奉賀親耕親蠶)이 있고, 주옹에게는 '고종즉위하축'(高宗卽位賀祝)과 '석파대로회갑하축'(石坡大老回甲賀祝), '부부인화갑하축'(府夫人華甲賀祝) 그리고 '난초사'(蘭草詞)와 '매화사'(梅花詞)가 있다. 순조조(純祖朝) 사람으로 알려진 삼죽 조황의 신분은 알려진 바가 없으나 작품 내용으로 보아 사대부가 아닌가 한다.

개국 초기부터 영상(領相)을 지낸 맹사성이나 황희를 비롯한 연시조를 지은 사람들은 대부분 관직에 나갔거나 나가지 않았다 하더라도 그들의 신분이 사대부거나 신분상 뚜렷한 사대부가 아닐지라도 그들의 삶이 사대부 지향적이었기 때문에 그들이 지은 시조의 내용은 자연 거기에 걸맞은 것이 많음은 당연하다고 하겠다.

그 내용은 크게 두 가지로 나눌 수 있다. 하나는 자신만의 안일(安逸)을 꾀하는 나머지 자연을 완상하며 유유자적하는 삶을 노래한 것이고, 다른 하나는 대승적인 견지에서 자신보다는 남에게 보탬을 주고자 하는 것이다. 자신을 희생하지는 않는다 하더라도 남을 배려하는 의미에서 지어진 것으로 우선은 유교적인 것이 절대적으로 많다는 점이다. 나라에 충성하고 부모에게 효도하며 고향을 그리고 부모를 그리는 것은 당연한 것이고, 나라를 걱정하고 사람들이 잘못된 행동을 할까 걱정한 나머지 사람들을 깨우치기 위한 교훈적인 것이 많다. 선석 신계영(仙石 辛啓榮 ; 1557~1669)의 '연군가'(戀君歌)를 비롯하여 백일헌 이삼(白日軒 李森 ; 1677~1735)의 '성주홍은가'(聖主鴻恩歌), 무극 양주익(無極 梁柱翊 ; 1722~1802)의 '감성은곡'(感聖恩曲)과 '우감은곡'(又感恩曲)은 임금의 은혜에 감사하는 것이며, 칠실 이덕일(漆室 李德一 ; 1561~1622)의 '우국가'(憂國歌)는 임진왜란이란 전쟁을 겪고도 동서인간(東西人間)의 당쟁을 그치지 않는 현실을 걱정한 것이다.

사대부의 입장에서 인륜도덕을 무시하고 잘못된 행동을 하지 않을까 걱정하는 심정에서 사람들을 올바르게 행동하고 깨우치려고 하는 목적으로 제목에서 보는 것처럼 '오륜가'를 비롯하여 '훈계자손가'나 '훈민가' 등 딱딱한 말로 훈계를 하는 것보다 계몽적인 차원에서 부드러운 목소리로 대체하여 효과를 얻었다고 하겠다. 퇴계의 '도산십이곡'도 직설적으로 오륜을 말하지 않았으니 입지(立志)나 학문(學問)을 권장했다고 하는 점에서는 같은 내용이라고 하겠다.

다음은 자연을 노래한 것이다. 맹사성이나 황희처럼 계절에 따른 자연을 노래한 것이다. 계절이 바뀜에 따라 자연의 아름다움을 노래한 것으로 신계영의 '전원사시가'(田園四時歌)가 이에 해당한다. 자연과 벗하며 특정한 화훼(花卉)나 동물을 즐긴다든지, 전래(傳來)의 '어부사'를 모방한 노래들도 이에 속한다고 하겠다. 송국(松菊)과 매죽(梅竹)을 사우(四友)로 삼은 석탄 이신의(石灘 李愼儀 ; 1551~1627)의 '사우가'(四友歌)나 고산 윤선도의 '오우가'가 있으며, 만오 방원진(晩悟 房元震 ; 1577~1650)의 '애련곡'(愛蓮曲)과 주옹 안민영(周翁 安玫英 ; 1816~?)의 '매화사'도 이에 해당한다. 그런가 하면 어떤 특정한 지역의 자연은 사랑한 나머지 그곳의 경치를 완상하며 즐기고 노래한 것을 볼 수 있다. 그곳을 자신의 여생을 마칠 은거지로 삼아 자신의 호(號)를 삼기도 하였다. 율곡의 '고산구곡가'를 비롯하여 용암 박운(龍巖 朴雲 ; 1493~1562)과 관곡 김기홍(寬谷 金起泓 ; 1635~1701)의 '관곡팔경'(寬谷八景) 등이 있다.

사회현실을 노래한 것도 있으니 임진왜란과 병자호란과 같은 국가적인 위기를 맞아 나라를 걱정하고 볼모로 잡혀간 왕자들을 걱정하는 이덕일의 '우국가'와 송암 이정환(松巖 李廷煥 ; 1604~1673)의 '비가'(悲歌)가 있다.

> 癸亥 三月春의 뜯 가진 李貴 金瑬ㅣ
> 龍泉劍을 둘어메고 太平케 ㅎ단말가
> 아희야 靑藜杖 니여라 위로ㅎ러 가쟈.
>
> ——「淸溪歌詞 1」

> 宣王이 化仙 後에 고은 大君 어듸 간고
> 에엿쁜 大妃 公主의 거슴 소기 줌겨 계셔 밤이나 낫지느 님 향히 哀情과 懷中殺子늘 一刻이나 이즈실가 飢寒이 到骨ㅎ야 八十衰翁은 잇고잇고 ㅎ며 西宮을 브라보고 눈물질 뿐이로듸
> 아민나 有情ㅎ 벗님네는 더 쇠 열길 ㅎ쇼셔.
>
> ——「淸溪歌詞 7」

이는 청계 강복중(淸溪 姜復中 ; 1563~1639)의 시조로 앞의 것은 인조(仁祖) 원년(1623) 3월 인조반정(仁祖反正)이 성공하자 이를 주동한 이귀(李貴 ; 1557~1633)와 김류(金瑬 ; 1571~1648)를 위하(慰賀)하러 가자고 한 '천운순환칠조가'(天運循環七條歌) 일명 '계해반정가'(癸亥反正歌)이며, 뒤의 것은 선조(宣祖) 대왕이 죽고 영창대군(永昌大君 ; 1606~1614)을 죽이고 인목대비(仁穆大妃 ; 1584~1632)를 광해군 10년(1618) 1월에 서궁(西宮)에 유폐(幽閉)시킨 사실을 가슴 아파해서 지은 '청계통곡육조곡'(淸溪慟哭六條曲)이

다. 천주교(天主敎)가 전래하여 교세(敎勢)를 확장하여 사회적인 문제가 됨을 노래한 조황(趙榥)의 시조도 이에 해당한다고 하겠다.

끝으로 여행을 하면서의 감회를 노래한 것이다. 오늘날과 같이 편하게 여행하는 것도 쉬운 일이 아니지만 예전에 여행을 나선다는 것을 그야말로 고생을 사서 하는 것과 다름이 없었을 것이다. 그럼에도 불구하고 여행을 다니면서 감회를 노래한 것이 있으니, 백석정 신교(白石亭 申瀁 ; 1641～1703)의 '동유음'(東遊吟)과 '북정음'(北征吟)은 경상도지방과 함경도지방을 여행하고 지은 것이고, 명촌 박순우(明村 朴淳愚 ; 1686～1759)의 '동유록'(東遊錄)과 헌종조(憲宗朝)의 유심영(柳心永)의 '금강록'(金剛錄)은 영동지방과 금강산을 유람하고 지은 것이다.

5. 색다른 표현들

시조를 통하여 우리말을 시조의 내용과 운율을 가장 잘 표현한 작가를 들라면 서슴없이 고산 윤선도와 기녀(妓女) 황진이를 들 수 있을 것이다. 고산의 '견회요'(遺懷謠) 가운데 한 수와 황진이의

뫼흔 길고길고 믈은 멀고멀고
어버이 그린 뜯은 만코만코 하고하고
어듸셔 외 기러기는 울고울고 가느니.

― 孤山遺稿 73

冬至ㅅ둘 기나긴 밤을 한 허리를 버혀내여
春風 니불 아레 서리서리 너헛다가
어론 님 오신 날 밤이여든 구뷔구뷔 펴리라.

―「珍靑 287」

를 보면 고산을 첩어(疊語)를 반복적으로 사용했고, 황진이도 종장에서 첩어를 사용하여 유장(悠長)한 감정을 훌륭하게 표현했다고 하겠다. 안민영의 작품 가운데

> 사람이 사람을 그려 싱사람 病드단말가
> 사람이 언마 사람이면 사람 한나 病들일랴
> 사람이 사람 病들이는 사람은 사람 안인 사람.

> ——「源一 727」

처럼 '사람'과 '病'의 두 낱말만 가지고 희화적(戱畵的)인 표현을 하여 작품을 만들고 있다. 이와 같은 표현수법을 연시조에서도 볼 수 있다. 두곡 고응척(杜谷 高應陟 ; 1531~1605)은 '연연곡'(然然曲) 2수에서 앞에 것은 말이란 처음에는 판단이 서지 않아 미혹했다가[此言始迷] 뒤의 것은 말의 뜻을 비로소 깨우쳤다[此言始悟]고 하면서 "대개 말이란 천지 만물의 길흉과 소장(消長)의 원인이 되는 것이다"(大槪言天地萬物吉凶消長之所以然也)를 말하기 위해 지은 것이다.

> 그리 그러홀샤 엇디ㅎ야 그런게고
> 기리 아니코는 그리치 모홀런가
> 그런줄 아지 못ㅎ니 그런 주리 셜웨라.

> ——「杜谷集 19」

> 그리 그러모도 그리 그러텃다
> 그러티 아니면 이제도록 그러ㅎ랴
> 진시로 그러ㅎ텃짜 그런 주리 깃게라.

> ——「杜谷集 20」

갈봉 김득연(葛峰 金得研 ; 1552~1637)은 출사(出仕)는 염두에 두지 않고 오직 시골에서 학문에만 전념하며 70여 수의 시조를 남기고 있다. 그에게는

'산중작곡'(山中雜曲)을 비롯한 '회작국주가'(會酌菊酒歌), '계우제회가'(契友齊會歌), '희영적벽가'(戲咏赤壁歌), '영회잡곡'(咏懷雜曲)과 '산정독영곡'(山亭獨咏曲)의 연시조가 있다. 이 가운데 '산중잡곡'에는

히히히히 또 히히히히(2구 결)
이리도 히히히히 져리도 히히히히
미양에 히히히히 ᄒᆞ니 일일마도 히히히히로다.

— 「葛峰先生遺墨 40」

어리고 또 어리니 ᄒᆞ는 일이 다 어리다
이러홈도 어리고 뎌리홈도 어리도다
아마도 어린 거시니 어린대로 ᄒᆞ리라.

— 「葛峰先生遺墨 41」

내의 졸ᄒᆞ이미 졸ᄒᆞᆫ 중의 더 졸ᄒᆞ다
生涯도 졸ᄒᆞ고 學業도 졸ᄒᆞ여라
두어라 本性이 졸ᄒᆞ거니 므스이라 아니 졸ᄒᆞ리.

— 「葛峰先生遺墨 42」

는 웃음소리를 나타내는 의성어(擬聲語) 하나와 '어리다'와 '졸하다'란 낱말을 가지고 시조를 짓고 있다. 옥소 권섭(玉所 權燮 ; 1671~1759)도 70여 수의 시조를 남겼고 그 가운데 '매화'(梅花)를 비롯한 '황강구곡가'(黃江九曲歌) 등 여러 편의 연시조 작품이 있다.

이바 우읍고야 우움도 우우올샤
우읍고 우우우니 우움 계워 못 훌노다
아마도 히히 호호 ᄒᆞ다가 하하 허허 훌셰라.

— 「玉所稿 55」

하하 허허 ᄒᆞᆫ들 내 우움이 정 우움가

하 어쳑 업서셔 늣기다가 그리되게
벗님니 웃디들 말구려 아귀 뾔여디리라.

—「玉所稿 56」

아귀 뾔여딘들 우운 거슬 어이 ᄒ리
우운 일 슬콧ᄒ고 웃기조차 말라ᄒᄂᆞᆫ
이 사람 져만 슬커든 우운 일 말구려.

—「玉所稿 57」

아므리 마쟈ᄒᆞᆫ들 우움이 절노 나니
내가 이만 홀제 자내니야 다 니ᄅᆞᆯ가
슬토록 히히 하하 ᄒ다가 박장대쇼 ᄒ시소.

—「玉所稿 58」

는 '소의호'(笑矣乎)라는 연시조로 '웃음'을 소재로 하여 지은 것이다. 끝으로
한열당 안창후(閒說堂 安昌後 ; 1687～1771)도 '한열당이십오병시가'(閒說堂二
十五幷詩歌)라는 연시조에서

人이 人이라 ᄒᆞᆫ들 人마다 人이랴
人이 人이라사 人이 人이니라
진실노 人노릇 ᄒ랴 ᄒ면 反求諸己 ᄒ여스라.

—「閒說堂遺稿」

도 위에 보기를 든 것들과 같은 것이라고 하겠다.

작가와 작품 일람

맹사성*

〈江湖四時歌〉

1

江湖에 봄이 드니 미친 興이 졀로 난다
濁醪溪邊에 錦鱗魚ㅣ 안쥐로다
이 몸이 閑暇히옴도 亦君恩 이샷다. (珍青 9)

미친 興(흥)이=너무 좋아 어쩔 줄 모르는 흥취가 ◇졀로 난다=저절로 생긴다 ◇濁醪溪邊(탁료계변)에=막걸리를 마시며 노는 물놀이에 ◇錦鱗魚(금린어)ㅣ=쏘가리가. 물고기의 총칭으로 쓰였음 ◇안쥐로다=안주(按酒)로구나 ◇亦君恩(역군은) 이샷다=이것 또한 임금의 은혜다.

▶통석 　강호에 봄이 되니 뛸 듯한 흥취가 절로 생긴다.
　　　　술을 마시며 노는 물놀이에 쏘가리가 안주로구나
　　　　이 몸이 한가한 것도 또한 임금의 은혜로구나.

2

江湖에 녀름이 드니 草堂에 일이 업다
有信흔 江波는 보내느니 브람이로다
이 몸이 서늘히옴도 亦君恩 이샷다. (珍青 10)

녀름이 드니=여름이 되니 ◇有信(유신)흔 江波(강파)는=믿음직한 강물이 출렁거려

---

* 맹사성(孟思誠 ; 1360~1438). 자 자명(自明). 호 고불(古佛), 동포(東浦). 벼슬은 좌의정을 지냈다. 시문에 능하고 음률에도 밝아 향악(鄕樂)을 정리하고 스스로 악기를 제작했다. 시호는 문정(文貞).

일어나는 물결은 ◇보내느니=보내는 것이.

🔖 **통석** 강호에 여름이 되니 초당에 할 일이 없구나.
　　　　　의례히 출렁이는 물결은 보내는 것이 바람이로구나.
　　　　　이 몸이 서늘하게 지내는 것도 또한 임금의 은혜로구나.

3
江湖에 ᄀᆞ을이 드니 고기마다 슬져 잇다
小艇에 그믈 시러 흘리 씌여 더뎌두고
이 몸이 消日히옴도 亦君恩 이샷다. (珍靑 11)

흘리 씌여 더뎌두고=배가 물결 따라 흘러가도록 내버려두고 ◇消日(소일)히옴도=
하루하루를 지내는 것도

🔖 **통석** 강호에 가을이 되니 고기마다 살쪄 있구나.
　　　　　자그만 배에 그물을 싣고 흘러가는 대로 띄워 두고
　　　　　이 몸이 하루하루를 지낼 수 있는 것도 또한 임금의 은혜로구나.

4
江湖에 겨월이 드니 눈 기픠 자히 남다
삿갓 빗기 쓰고 누역으로 오슬 삼아
이 몸이 칩지 아니히옴도 亦君恩 이샷다. (珍靑 12)

자히 남다=한 자가 넘는다 ◇빗기=비스듬히 ◇누역으로=누역(縷繹)으로 누역은
도롱이 ◇오슬=옷을 ◇칩지=춥지.

🔖 **통석** 강호에 겨울이 되니 눈이 한 자 넘게 왔구나.
　　　　　삿갓을 비스듬히 쓰고 도롱이를 옷을 삼아
　　　　　이 몸이 춥지 않은 것도 또한 임금의 은혜로구나.

황희*

〈四時歌〉

1

江湖에 봄이 드니 이 몸이 일이 하다
나는 그믈 짓고 아히는 밧츨 가니
뒤 뫼헤 옴기는 藥 언제 키려 ᄒᆞᄂᆞ니. (詩歌 25)

일이 하다=일이 많다 ◇짓고='깁고'의 잘못인 듯 ◇뫼헤=산에 ◇옴기는='엄 긴'
의 잘못인 듯. 싹이 길게 자란.

통석 강호에 봄이 되니 이 몸이 할 일이 많다
나는 그물을 깁고 아희는 밭을 가니
뒷산에 싹이 길게 자란 약초는 언제 캐려 하느냐.

2

삿갓세 도롱의 닙고 細雨中에 호믜 메고
山田을 흣미다가 綠陰에 누어시니
牧童이 牛羊을 모라다가 좀든 날을 ᄭᆡ와다. (詩歌 26)

細雨中(세우중)에=이슬비가 내리는 데 ◇山田(산전)을=산속에 있는 밭을 ◇흣미다
가=흩어 매다가. 여기저기를 대충 매다가 ◇날을=나를 ◇ᄭᆡ와다=깨우는구나.

---

* 황희(黃喜 ; 1363~1452). 자 구부(懼夫). 호 방촌(厖村). 벼슬은 영의정을 역임했다. 시조 몇
수가 전하며 인품이 원만하고 생활이 청렴한 명신(名臣)으로 후세의 추앙을 받고 있다. 시
호는 익성(翼成).

삿갓에 도롱이 입고 가랑비 속에 호미 메고
산에 있는 밭을 대충 매다가 녹음에 누웠더니
목동이 소와 양을 몰고 가다가 잠든 나를 깨우는구나.

   3
大棗볼 븕근 골에 밤은 어이 쓰드르며
베 빈 그르헤 게는 어이 느리는고
슐 익즈 체장ᄉ 도라가니 아니 먹고 어이리. (詩歌 27)

어이 쓰드르며=어째서 떨어지며 ◇그르헤=그루터기에 ◇도라가니=지나가니.

대추가 발그레하게 익어가는 골에 밤은 왜 떨어지며
베를 빈 그루에 게는 어찌 나오는고
술이 익자 체장사 지나가니 아니 먹고 어찌하겠느냐.

   4
뫼혀는 새가 긋고 들히는 가 리 업다
외로온 빈에 삿갓 쓴 져 늘근이
낙디에 마시 깁도다 눈 깁픈 줄 아는가. (詩歌 28)

뫼혀는=산에는 ◇긋고=그치고 ◇가 리=갈 일이. 또는 갈 사람이 ◇마시 깁도다
=맛이 깊구나. 낚시질에 몰두하고 있구나.

산에는 날아가는 새도 그치고 들에는 가는 사람 없다
외로운 배에 삿갓을 쓴 저 늙은이
낚시 재미에 푹 빠졌구나, 눈이 많이 내린 줄 아는지.

이현보*

〈歸田錄〉

1

歸去來 歸去來 말쑨이오 가 리 업싀
田園이 將蕪ᄒ니 아니 가고 엇델고
草堂애 淸風明月이 나명들명 기드나ᄂᆞ니. (聾巖集 1) (效顰歌)

歸去來(귀거래)=돌아가리라 ◇가 리 업싀=가는 사람 없구나 ◇將蕪(장무)ᄒ니=거
칠어져가니 ◇엇델고=어찌할 것인가 ◇나명들명 기드나ᄂᆞ니=나왔다 들어갔다 기
다리는구나. 세월이 흘러가며.

🔖 **통석** 돌아가야지 돌아가야지 말뿐이요 가는 사람 없네
전원이 거칠어져가니 아니 가고 어찌할 것인가
초당에 맑은 바람과 밝은 달만 나왔다 들어갔다 세월만 가는구나.

2

聾巖애 올아보니 老眼이 猶明ㅣ로다
人事이 變ᄒᆞᆫ들 山川ㅣ뚠 가실가
巖前에 某水某丘이 어제 본 듯 ᄒᆞ예라. (聾巖集 2) (聾巖歌)

聾巖(농암)애=농암에. 농암은 경북 안동에 있는 바위의 이름이며, 지은 사람의 아

---

* 이현보(李賢輔 ; 1467~1555). 자 비중(棐仲). 호 농암(聾巖), 설빈옹(雪鬢翁). 벼슬은 지중추부
사를 역임했다. 자연을 노래한 시조를 지었고, 전래의 "어부사"(漁父詞) 단가(短歌)를 개작
한 것이 진본 <청구영언>에 수록되어 있다. 저서에 <농암문집>(聾巖文集)이 있다. 시호
는 효절(孝節).

호임 ◇올아보니=오르니 ◇老眼(노안)이 猶明(유명)ㅣ로다=늙은이의 눈이 오히려 밝아지는 듯하구나 ◇가실가=변할까 ◇某水某丘(모수모구)이=어느 산 어느 언덕이. 이름 없는 산과 언덕이 ◇ㅎ예라=하구나.

> 🔹 **통석** 농암에 오르니 늙은이의 눈이 오히려 밝아지는 듯하구나.
> 사람이 하는 일이 변한다고 한들 산천이야 변할까
> 농암 앞에 산과 언덕들이 어제 본 듯이 새롭구나.

3

功名이 그지 이실가 壽夭도 天定이라
金犀씌 구븐 허리예 八十逢春 긔 몃 히오
年年에 오놋 누리 亦君恩ㅣ샷다. (聾巖集 3) (生日歌)

그지 이실가=끝이 있을까 ◇壽夭(수요)도 天定(천정)이라=오래 살고 일찍 죽는 것도 하늘이 정해 주는 것이다 ◇金犀(금서)씌=정이품의 관원이 관복에 매는 띠 ◇八十逢春(팔십봉춘)=나이 팔십에 봄을 맞이한다는 뜻으로, 아주 늦은 나이에 좋은 일을 만남 ◇年年(연년)에 오놋 누리=해마다 오늘과 같은 날이.

> 🔹 **통석** 공명에 대한 욕심이 끝이 있을까 오래살고 일찍 죽는 것도 다 하늘이 정하는 것이다
> 관복을 입은 굽은 허리에 이렇게 좋은 해가 몇 번이요
> 해마다 오늘과 같은 날이 또한 임금의 은혜로구나.

〈漁父短歌〉

1

이 듕에 시름 업스니 漁父의 生涯이로다
一葉扁舟를 萬頃波애 띄워 두고
人世를 니졧거니 날 가는 주를 알랴. (聾巖集)

이 듕에=이러한 가운데 ◇시름=근심 ◇萬頃波(만경파)애=널리 출렁이는 물결에 ◇人世(인세)를 니젯거니=속세를 잊었거니 ◇날 가는 주를 알랴=세월이 가는 줄을 알겠느냐.

🈂 **통석** 이렇게 사는 가운데 근심이 없는 것이 어부의 생애로다
조그마한 배를 출렁거리는 물결에 띄워 두고
속세를 잊었으니 세월 가는 줄을 알겠느냐.

2

구버는 千尋綠水 도라보니 萬疊靑山
十丈紅塵이 언매나 고렛는고
江湖에 月白호거든 더옥 無心 호얘라. (聾巖集)

구버는=굽어보니 ◇千尋綠水(천심녹수)=천 길이나 되는 낭떠러지 아래에 흐르는 강물 ◇萬疊靑山(만첩청산)=겹겹이 쌓여있는 푸른 산 ◇十丈紅塵(십장홍진)이=열 길이나 되는 속된 세상의 먼지가. 많은 속세의 일들이 ◇언매나 고렛는고=얼마나 가렸는고

🈂 **통석** 굽어보니 천 길 아래 푸른 강물 뒤돌아보니 첩첩이 쌓인 푸른 산
시끄러운 세상이 얼마나 가렸는가.
강호에 달이 밝거든 더욱 무심 하여라.

3

靑荷에 바블 뽓고 綠柳에 고기 뻬여
蘆荻花叢에 빈 미야 두고
一般淸意味를 어늬 부니 아르실고. (聾巖集)

靑荷(청하)에 바블=푸른 연잎에 밥을 ◇蘆荻花叢(노적화총)에=갈대꽃이 피어 있는 숲에 ◇一般淸意味(일반청의미)를=일반적인 맑은 의미를 ◇어늬 부니=어느 분이. 누가.

통석 푸른 연잎에 밥을 싸고 버드나무 가지에 고기를 꿰어
갈대꽃이 피어 있는 숲에 배를 매어 두고
이같이 맑은 의미를 어느 분이 아실까.

4

山頭에 閑雲이 起ㅎ고 水中에 白鷗이 飛이라
無心코 多情ㅎ니 이 두 거시로다
一生에 시르믈 닛고 너를 조차 노르리라. (聲巖集)

起(기)ㅎ고=일어나고 ◇거시로다=것이로구나 ◇시르믈 닛고=근심을 잊고

통석 산꼭대기에 한가한 구름이 일어나고 물에는 갈매기가 난다.
아무 생각 없는 것 같으면서도 다정한 것은 이 두 가지로구나
생애에 근심을 잊고 너를 따라 놀리라.

5

長安을 도라보니 北闕이 千里로다
漁舟에 누어신들 니즌 스치 이시랴
두어라 내 시름 아니라 濟世賢이 업스랴. (聲巖集)

北闕(북궐)이=임금이 계신 대궐이 ◇니즌 스치 이시랴=잊은 때가 있겠느냐. 생각을 아니한 적이 있겠느냐 ◇내 시름 아니라=내가 걱정할 일이 아니다 ◇濟世賢(제세현)이=이 세상을 건져 낼만한 어진 사람이.

통석 장안 쪽을 돌아보니 임금이 계신 대궐이 천리는 되는가보다
고기잡이배에 누워있다고 한들 잊은 적이 있겠느냐
두어라 내가 걱정할 것이 아니다 세상을 건질만한 어진 사람이 없겠느냐.

박운*

〈龍巖〉

1

花山애 春盡ᄒ고 洛水에 烟寒ᄒ야
故山 猿鶴이 절로 슬허 ᄒ거늘
向來歌舞地를 도라ᄒ니 내 안 둘 듸 업세라. (朴龍巖手筆 2)

花山(화산)애 春盡(춘진)ᄒ고=꽃이 만발하였던 산에 봄이 다 가고 또는 경북 안동 (安東)의 옛 이름이기도 함 ◇洛水(낙수)에 烟寒(연한)ᄒ야=낙수에는 저녁연기가 차갑다. 낙수는 낙동강을 가리키는 듯 ◇故山 猿鶴(고산원학)이=고향 산에 원숭이 와 학이 ◇向來歌舞地(향래가무지)를=예전에 춤추고 노래했던 곳을 ◇도라ᄒ니= 달라고 하니 ◇내 안=내 마음.

통석 꽃이 만발한 산에 봄이 다 가고 낙수에는 저녁연기가 차갑다
고향의 동산에 원숭이와 학이 저절로 슬퍼하거늘
예전에 노래하고 춤추던 곳을 달라고 하니 내 마음 둘 곳이 없구나.

2

어제 우러 여ᄒ고 오늘 우러 여ᄒ여
天涯에 머리 여ᄒ여 우니는 뜯들
長空애 비최는 ᄃ리 녜 내 안을 알니. (朴龍巖手筆 3)

---

* 박운(朴雲 ; 1493~1562). 자 택지(澤之). 호 용암(龍巖), 운암(雲巖). 학자. 벼슬은 부사용(副司 勇)을 지냈다. 퇴계보다 연상이나 퇴계의 제자가 되었다. 죽은 뒤 이황(李滉)이 갈문(碣文) 을 지어 그의 학행(學行)을 찬양했다. 저서로는 <용암집>(龍巖集) 외에 다수가 있다.

우러 여히고=울며 이별하고 ◇머리=멀리 ◇우니는=우는 듯 사는 ◇드리=달이
◇알니=알 까닭이.

📖 **통석** 어제 울며 이별하고 오늘 울며 이별하니
하늘 끝 멀리에 이별하고 울고 있는 뜻을
먼 하늘에 비취는 달아 네가 내 마음을 알겠느냐.

3
늘고 병들고 귀이 먹고 룬 어둡은 거시
오나무드리늘 밤쯍에 건나거늘
어듸셔 어러 온 브르미 쓰러 불라 ᄒᆞᄂᆞ뇨. (朴龍巖手筆 4)

귀이 먹고 룬 어둡은 거시=귀가 먹고 눈이 어두운 것이 ◇오나무드리늘=외나무다
리를 ◇어러 온='부러 온'의 잘못인 듯. 불어온 ◇쓰리 불라=쓸어버리듯 불려고

📖 **통석** 늙고 병들고 귀먹고 눈 어두운 것이
외나무다리를 밤중에 건너거늘
어디서 불어온 바람이 쓸어버리듯 불려고 하느냐.

주세붕*

〈五倫歌〉

1

사롬 사롬마다 이 말솜 드러스라
이 말솜 아니면 사롬이오 사롬 아니면
이 말솜 닛디 말오 비호고야 마로링이다. (武陵雜稿)

드러스라=듣거라. 또는 들으려무나 ◇아니면=듣지 아니하면 ◇마로링이다=말 것
이다.

▶통석   사람 사람들마다 이 말씀을 들으시오
         이 말씀 아니 들으면 사람이리요 사람 아니니
         이 말씀 잊지 마시오 배우고야 말겠습니다.

2

아버님 날 나흐시고 어마님 랄 기르시니
父母옷 아니시면 내 몸이 업실낫다
이 德을 갑흐려 하니 하늘 구이 업스샷다. (武陵雜稿)

랄=나를 ◇父母(부모)옷=부모가 ◇아니시면=아니었다면 ◇업실낫다=없었을 것
이다 ◇구이=끝이.

---

* 주세붕(周世鵬 ; 1495~1554). 자 경유(景游). 호 신재(愼齋), 남고(南皐), 무릉도인(武陵道人),
  손옹(巽翁). 학자, 문신. 예조판서에 추증. "도동곡"(道東曲)을 비롯한 경기체가와 시조가 전
  한다. 저서에 <무릉잡고>(武陵雜稿)가 있다. 시호는 문민(文敏).

아버지께서 나를 낳으시고 어머님께서 저를 기르시니
부모님 아니었다면 내 몸이 없었을 것입니다
이 은덕을 갚으려 하니 하늘 끝도 모자랍니다.

3

둉과 항것과를 뉘라셔 삼기신고
벌와 가여미아 이 쁘들 몬져 아니
흔 ᄆᆞ음매 두 쁟 업시 소기디나 마옵샹이다. (武陵雜稿)

둉과 항것과를=종과 주인을 ◇벌와 가여미아=벌과 개미가 ◇ᄆᆞ음매=마음에 ◇소기디나 마옵샹이다=속이지나 마십시다.

종과 주인과의 관계를 누가 만드신 것인가
벌과 개미가 이 뜻을 먼저 아니
한마음에 두 뜻 없이 속이지나 마십시오.

4

지아비 밭 갈나 간 듸 밥고리 이고 가
반상을 들오듸 눈섭의 마초이다
친코도 고마오시니 손이시나 다룰실가. (武陵雜稿)

밥고리=밥광주리 ◇반상을 들오듸=밥상(飯床)을 들기를. 존경하기를. 후한(後漢) 양홍(梁鴻)의 처 맹광(孟光)이 남편에게 밥상을 올릴 때 눈썹 높이까지 들어 올렸다고 함 ◇친코도 고마오시니=절친하고도 고마우시니 ◇손이시나=손님이나.

지아비가 밭 갈러 간 곳에 밥 광주리 이고 가서
밥상을 들이되 눈썹과 가지런히 올립니다.
절친하고도 고마우시니 손님이나 다르시겠습니까.

5

兄님 자신 져즐 내 조쳐 머궁이다

어와 뎌 아아야 어마님 너 스랑이아
兄弟옷 不和ᄒ면 개도티라 ᄒ리라. (武陵雜稿)

져즐=젖을 ◇내 조처=내가 따라서 ◇머궁이다=먹습니다 ◇아아야=아우야 ◇개
도티라=개돼지라. 짐승이라.

> 🔖 **통석** 형님이 잡수신 젖을 나도 따라 먹습니다
> 어와, 저 아우야 어머님의 널 사랑하심이여!
> 형제가 화목하지 않으면 개돼지라 할 것이다.

6

늘그니ᄂ 父母 ᄀᆮ고 얼우ᄂ 兄 ᄀᆮᄀ니
ᄀᆮᄐ 딕 不恭ᄒ면 어딕가 다를고
랄로셔 ᄆ디어시ᄃ 절ᄒ고야 마로링이다. (武陵雜稿)

ᄀᆮ고=같고 ◇얼우ᄂ=어른은 ◇랄로셔 ᄆ디어시ᄃ=내가 모시게 된다면.

> 🔖 **통석** 늙은이는 부모와 같고 어른은 형과 같으니
> 같은 데 공손하지 않으면 어디가 다른고,
> 내가 모시게 되면 절하고야 말 것이다.

이황*

〈陶山六曲 前六曲〉

1

이런들 엇다ᄒᆞ며 뎌런들 엇다ᄒᆞ료
草野愚生이 이러타 엇다ᄒᆞ료
ᄒᆞ믈며 泉石膏肓을 고텨 므슴 ᄒᆞ료. (陶山六曲板木 1)

草野愚生(초야우생)이=시골에 묻혀 사는 어리석은 사람이. 또는 그런 생활이 ◇泉石膏肓(천석고황)을=자연에 살고픈 고집스런 생각을 ◇고텨 무슴 ᄒᆞ료=고쳐서 무엇 하겠느냐.

통석　이런들 어떠하며 저런들 어떠하리요
시골에 묻혀 사는 어리석은 생활이 이렇다 어떠하리요
하물며 자연을 즐기며 살겠다는 고집스런 생각을 고쳐 무엇 하리요

2

煙霞로 지블 삼고 風月로 버들 사마
太平聖代예 病오로 늘거가뇌
이듕에 ᄇᆞ라는 이른 허므리나 업고쟈. (陶山六曲板木 2)

煙霞(연하)로=안개와 노을로 ◇지블=집을 ◇버들=벗을 ◇이른=일은 ◇허므리나 업고쟈=허물이나 없었으면.

---

* 이황(李滉 ; 1501~1570). 자 경호(景浩). 호 퇴계(退溪), 도옹(陶翁), 퇴도(退陶), 청량산인(淸凉山人). 학자, 문신. 영의정에 추증. 그는 성리학을 도학으로 만든 한국 유학의 종사(宗師)였다. 저서에 <퇴도전서>(退陶全書)가 있다. 시호는 문순(文純).

안개와 노을로 집을 삼고 청풍과 명월로 벗을 삼아
어진 임금이 잘 다스리는 세상에 병으로 늙어가네
이 가운데 바라는 일은 허물이나 없고자.

3

淳風이 죽다 ᄒ니 眞實로 거즈마리
人性이 어디다 ᄒ니 眞實로 올ᄒ마리
天下에 許多英才를 소겨 말ᄉᆞᆷᄒᆞᆯ가. (陶山六曲板木 3)

淳風(순풍)이 죽다 ᄒ니=순박한 풍속이 없어진다고 하니 ◇거즈마리=거짓말이 ◇人性(인성)이=사람의 본성이 ◇어디다 ᄒ니=어질다고 하니 ◇올ᄒ마리=옳으니 ◇소겨=속여.

📖 **통석** 순박한 풍속이 없어지다니 진실로 거짓말이다
사람의 성품이 어질다고 하니 진실로 옳으니
세상에 많은 재주 있는 사람을 속여 말씀하시겠는가?

4

幽蘭이 在谷ᄒ니 自然이 듣디 됴해
白雲이 在山ᄒ니 自然이 보디 됴해
이듕에 彼美一人를 더옥 닛디 못 ᄒ애. (陶山六曲板木 4)

幽蘭(유란)이 在谷(재곡)ᄒ니=그윽한 향기를 품는 난초가 골짜기에 있으니 ◇듣디 됴해=떨어지는 모습이 보기 좋구나. 꽃이 지는 모습이 ◇彼美一人(피미일인)를=저 아름다운 한 사람을. 임금을 가리킴 ◇닛디=잊지.

📖 **통석** 그윽한 향기를 품는 난초가 골에 있으니 자연스레 지는 모습이 좋구나.
흰 구름이 산에 둘러 있으니 자연이 보기 좋구나.
이 가운데 나랏님 한 분을 더욱 잊지 못 하겠네.

5

山前에 有臺ᄒ고 臺下에 有水ㅣ로다
ᄠᅦ 만흔 굴며기ᄂᆞᆫ 오명가명 ᄒ거든
엇다다 皎皎白駒ᄂᆞᆫ 머리 ᄆᆞᄉᆞᆷ ᄒᄂᆞᆫ고. (陶山六曲板木 5)

엇다다=어쩌다. 어째서 ◇皎皎白駒(교교백구)ᄂᆞᆫ=깨끗한 흰 망아지는. 달리 세월의
뜻도 있음 ◇머리 ᄆᆞᄉᆞᆷ=멀리 가고자 하는 마음. 빨리 가려고 함.

🔖통석 산 앞에 대가 있고 대 아래에 물이 있구나.
　　　　떼 많은 갈매기는 오며가며 하거든
　　　　어째서 세월은 멀리 가고자 하는 마음만 가지는고

6

春風에 花滿山ᄒ고 秋夜에 月滿臺라
四時佳興ㅣ 사ᄅᆞᆷ과 ᄒᆞᆫ 가지라
ᄒᄃᆞᆯ며 魚躍鳶飛 雲影天光이아 어늬 ᄀᆞ지 이슬고. (陶山六曲板木 6)

春風(춘풍)에 花滿山(화만산)ᄒ고=봄바람에 꽃이 산에 가득하고 ◇秋夜(추야)에 月
滿臺(월만대)라=가을밤에 달빛이 뜰에 가득하다 ◇四時佳興(사시가흥)ㅣ=일년 내
내의 아름다운 흥취가 ◇사ᄅᆞᆷ과=사람과 ◇魚躍鳶飛(어약연비)=물에 고기가 뛰어
오르고 하늘이 솔개가 날음 ◇雲影天光(운영천광)이아=구름은 그림자가 생기고
하늘은 밝게 빛을 냄이야. 자연의 섭리를 나타냄 ◇ᄀᆞ지=끝이.

🔖통석 봄바람에 꽃이 산에 가득 피고 가을밤에 달빛이 뜰에 가득하다
　　　　한 해 동안의 아름다운 흥취가 가고 오는 것이 사람과 똑같구나
　　　　하물며 고기가 뛰고 솔개가 날며 구름 그림자 생기고 하늘이 빛을 냄이
　　　　야 어떤 끝이 있을까.

〈後六曲〉

1

天雲臺 도라드러 玩樂齋 蕭洒ᄒ듸
萬卷生涯로 樂事ㅣ 無窮ᄒ얘라
이듕에 往來風流를 닐어 므슴 ᄒ고. (陶山六曲板木 7)

天雲臺(천운대)·玩樂齋(완락재)=도산십팔절(陶山十八絶)의 하나 ◇蕭洒(소쇄)ᄒ듸=
산뜻하고 깨끗한데 ◇萬卷生涯(만권생애)로=많은 책을 쌓아두고 읽으며 즐기는
생활로 ◇樂事(낙사)ㅣ=즐거운 일이 ◇이듕에=이런 가운데에 ◇往來風流(왕래풍
류)를=오가며 즐기는 풍류를 ◇닐어 므슴=말하여 무엇.

📖 **통석** 　천운대를 돌아들어 완락재가 조용하고 깨끗한데
　　　　많은 책을 읽으며 보내는 생활로 즐거운 일이 한이 없어라
　　　　이런 가운데에 오가며 즐기는 풍류를 말하여 무엇 하겠느냐.

2

雷霆이 破山ᄒ야도 聾者는 몯 듣ᄂ니
白日이 中天ᄒ야도 瞽者는 몯 보ᄂ니
우리는 耳目聰明 男子로 聾瞽ᄀᆮ디 마로리. (陶山六曲板木 8)

雷霆(뇌정)이 破山(파산)ᄒ야도=천둥과 벼락이 산을 무너뜨린다 해도 소리가 유난
히 크다고 해도 ◇聾者(농자)는=귀머거리는 ◇白日(백일)이 中天(중천)ᄒ야도=해가
하늘 한가운데 높이 떴어도 ◇瞽者(고자)는=장님은 ◇耳目聰明(이목총명)=귀와 눈
이 밝고 예리함.

📖 **통석** 　천둥과 벼락이 산을 무너뜨린다 해도 귀머거리는 못 듣는다.
　　　　해가 하늘 한가운데 떠도 장님은 못 본다.
　　　　우리는 귀와 눈이 밝고 예리한 남자로 귀머거리나 장님 같지 않으리라.

3
古人도 날 몯 보고 나도 古人 몯 뵈
古人을 못 봐도 녀던 길 알픠 잇니
녀던 길 알픠 잇거든 아니 녀고 엇덜고. (陶山六曲板木 9)

몯 뵈=뵙지를 못했네 ◇녀던 길=가던 길. 행하던 일.

📖 통석 옛 사람도 나를 못 보고 나도 옛 사람을 못 뵈었네.
옛 사람을 못 뵈어도 가던 길 앞에 있네
가던 길 앞에 있거든 아니 가고 어찌할까.

4
當時예 녀든 길흘 몃 히를 ᄇ려 두고
어듸가 ᄃ니다가 이제사 도라온고
이제나 도라오나니 년ᄃᆡ ᄆᆞᆷ 마로리. (陶山六曲板木 10)

이제사=이제야 ◇이제나 도라오나니=이제는 돌아왔으니 ◇년ᄃᆡ ᄆᆞᆷ 마로리=다른 마음먹지 마라. 다른 생각하지 마라.

📖 통석 그때에 가던 길을 몇 년을 내버려두고
어디 가서 다니다가 이제야 돌아왔는가.
이제야 돌아왔으니 다른 마음먹지 마라.

5
靑山ᄂᆞᆫ 엇뎨ᄒᆞ야 萬古애 프르르며
流水ᄂᆞᆫ 엇뎨ᄒᆞ야 晝夜애 긋디 아니ᄂᆞᆫ고
우리도 그치디 마라 萬古常靑 호리라. (陶山六曲板木 11)

긋디=그치지 ◇萬古常靑(만고상청)=오랜 세월을 두고 변함없이 언제나 푸름.

푸른 산은 어찌하여 예전부터 이제까지도 푸르르며
흘러가는 물은 어찌하여 밤낮 흘러도 그치지 아니 하는고
우리도 그치지 말자 언제나 변함없이 푸르르리라.

6

愚夫도 알며 ᄒᆞ거니 긔 아니 쉬운가
聖人도 몯 다 ᄒᆞ시니 긔 아니 어려운가
쉽거니 어렵거낫 듕에 늙ᄂᆞᆫ 주를 몰래라. (陶山六曲板木 12)

愚夫(우부)도=어리석은 사람도 ◇몯 다=전부를 못.

어리석은 사람도 알며 하거니와 그것이 아니 쉬운가.
훌륭한 사람도 다 하지 못하신 그것이 아니 어려운가.
쉽거나 어렵거나 가운데 늙는 줄을 모르겠구나.

박개*

〈白鷗歌〉

1

山鑪에 슐을 더여 눈으로 安酒 삼아
東窓 불근 둘의 님과 둘히 먹는 쁫을
白鷗야 헌사 말고려 세상 알가 ᄒ노라. (先稿)

山鑪(산로)에=조그만 화로에 ◇더여=데워 ◇헌사 말고려=시끄럽게 떠들지(喧辭)
말거라.

▷ **통석**　조그만 화롯불에 슐을 데워 눈으로 안주를 삼아
동쪽 창 밝은 달에 님과 둘이 앉아 술 먹는 뜻을
갈매기야 야단스레 떠들지 마라 세상사람 알까 두렵다.

2

白鷗야 놀나디 마라 너 잡을 내 아니라
聖上이 ᄇ리셔늘 갈 듸 업서 예 왓노라
一身이 閑暇ᄒ 情이야 너오 내오 다ᄅᆞ랴. (先稿)

놀나디=놀라지 ◇聖上(성상)이 ᄇ리셔늘=임금님이 버리시거늘. 내치시거늘 ◇너
오 내오 다ᄅᆞ랴=너와 내가 다르겠느냐.

---

* 박개(朴漑 ; 1511~1586). 자 대균(大均). 호 연파처사(烟波處士). 향시에 합격하여 고산현감
을 역임했다.

통석 갈매기야 놀라지 마라 너 잡을 내가 아니다
임금이 내치시거늘 갈 곳 없어 여기 왔다
이 몸이 한가한 사정이야 너와 내가 다르겠느냐.

최학령*

〈續文山六歌〉

1

平生애 悶望훈 뜰 上帝긔 믇잡뇌이다
壯元科第乙 주는 닷 아스신가
至今에 蓼莪人니 되여 가는 길히 어두엥니다. (栗亭先生行錄 1)

悶望(민망)훈 뜰='憫惘훈 뜯'의 잘못. 답답하고 딱한 사정의 뜻 ◇上帝(상제)긔 믇
잡뇌이다=옥황상제에게 묻습니다 ◇壯元科第乙(장원과제을)='乙'은 우리말 조사
(助詞)임. 장원급제(壯元及第)를. 과시(科試)에서 수석으로 합격한 것을 ◇주는 닷
아스신가=주는 듯하다가 곧 빼앗으시는가 ◇蓼莪人(육아인)니=육아인이. 육아는
효자가 전쟁에 나가서 집에 없었기 때문에 부모께 효양치 못하다가 그 부모가 돌
아가신 뒤에 슬퍼했다는 '육아지시'(蓼莪之詩)라 하여 『시경』의 소아(小雅) 육아편
(蓼莪篇)의 내용을 말함 ◇어두엥니다=어둡습니다.

📖 통석　　평생에 답답하고 딱한 사정을 옥황상제에게 묻잡나이다.
　　　　장원급제를 주는 듯하다 빼앗으십니까.
　　　　지금에 불효자가 되어 살아갈 길이 어둡습니다.

2

上帝 니르샤디 네 정도 올커니와
古今人物이 다 又지 몯ᄒᆞ니
科第로 壽命을 밧과 子孫繁華을 보게ᄒᆞ라. (栗亭先生行錄 2)

---

* 최학령(崔鶴齡 ; 1512~1562). 자 운로(雲老). 호 율정(栗亭)

정도=사정(事情)도 ◇다 굿지 몯ᄒ니=다 똑같지 않으니 ◇밧과=바꾸어 ◇子孫繁華(자손번화)을=자손들이 번성하고 잘 됨을 ◇보게호라=보도록 하여라.

📖 **통석**　상제가 이르시기를 네 사정도 옳지마는
　　　　고금인물이 다 똑같은 것이 아니니
　　　　장원급제로 목숨과 바꾸어 자손번영을 보게 함이라.

3

내 말ᄉᆞᆷ 삼가디 몯ᄒᆞ예 白髮孤囚 도언냐
本心을 도라보게댄 벋 구홀 분이로다
두어라 ᄆᆞᄋᆞ미 니러커니 몸 가티믈 슬허ᄒᆞ랴. (栗亭先生行錄 3)

삼가디 몯ᄒᆞ예=삼가지 못하여 ◇白髮孤囚(백발고수) 도언냐=늙어서 외로운 죄수처럼 되었구나 ◇도라보게댄=돌아보건댄 ◇벋 구홀 분이로다=벗을 구할 뿐이로다 ◇몸 가티믈=몸 같은 것을.

📖 **통석**　내가 옥황상제의 말씀을 삼가지 못하여 늙어서도 외로운 사람이 되었
　　　　구나.
　　　　본심을 돌아보건댄 벗을 구하고자 할 뿐이로다
　　　　두어라 마음이 이러하니 몸가짐을 슬퍼하랴.

4

몸은 가도와도 ᄆᆞᄋᆞᆷ은 몯 가도ᄂᆡ
안자셔 셰여ᄒᆞ니 是非 昭然히
千載後 仲弓縲絏을 다시 만낫 둧ᄒᆞ여라. (栗亭先生行錄 4)

가도와도='가더라도'의 잘못인 듯 ◇가도ᄂᆡ=가는구나 ◇셰여ᄒᆞ니=헤아리니 ◇是非 昭然(시비소연)히=옳고 그름이 분명해 ◇仲弓縲絏(중궁누설)을=중궁은 자장(子長)의 잘못인 듯. 자장은 공야장(公冶長)으로 자(字)가 자장이며 그가 죄 없이 감옥에 갇힌 일이 있음. 중궁은 공자의 제자 염옹(冉雍)으로 공자의 공문십철(孔門十哲)의 한 사람임.

몸은 가더라도 마음은 못 가는구나
      앉아서 헤아려보니 옳고 그름이 분명해
      먼 훗날 자장의 잘못을 다시 본 듯하여라.

5

白髮이 다 늘근 주를 風情은 전혀 닛고
花林을 向ᄒ야 倒千觴을 ᄒ만댜이고
少年들하 웃지말라 너도 이리 ᄒ리라. (栗亭先生行錄 5)

白髮(백발)이 다 늘근 주를=백발이 성성하여 다 늙은 것을 ◇風情(풍정)은 전혀
닛고=풍치가 있는 정회를 아주 잊어버리고 아직도 젊은 줄로 착각하고 ◇花林
(화림)을=꽃나무 숲을 ◇倒千觴(도천상)을 ᄒ만댜이고=많은 술잔을 기울이는구나
◇이리 ᄒ리라=늙어지면 이렇게 될 것이다.

통석 백발이 성성하였어도 늙은 줄을 모르고
      자연을 향하여 많은 술을 마시는구나.
      아희들아 웃지 마라, 너도 이렇게 될 것이다.

6

靑年도 귀커니와 白髮도 더욱 어려우리
貴코도 어려운 주를 아는다 모로는다
少長이 咸集ᄒ야 長醉不醒을 ᄒ쟈. (栗亭先生行錄 6)

귀커니와=귀하거니와 ◇白髮(백발)도 더욱 어려우리=늙은이로서의 품위를 지키는
것도 어려운 것이다 ◇少長(소장)이 咸集(함집)ᄒ야=젊은이와 늙은이가 다 함께
모여 ◇長醉不醒(장취불성)을=오래도록 취하여 깨지 않음을.

통석 젊음도 귀하거니와 늙는 것도 더욱 어렵구나.
      귀하고 어려운 줄을 아느냐 모르느냐
      늙은이와 젊은이가 다 모여 마시고 오래도록 깨지 말자.

이숙량*

〈汾川講好歌〉

1
父母 俱存ᄒ시고 兄弟 無故ᄒ믈
놈대되 닐오ᄃᆡ 우리 지비 ᄀᆞᆺ다터니
어엿븐 이 내 ᄒᆞᆫ 모믄 어듸 갓다가 모ᄅᆞ뇨. (汾川講好錄)
(此慕父母兄弟之歌也)

父母 俱存(부모구존)ᄒ시고 兄弟 無故(형제무고)호믈=부모님이 함께 살아계시고 형제가 아무 탈이 없음을. 맹자의 인생삼락의 하나임 ◇놈대되 닐오ᄃᆡ=남들이 모두 말하기를 ◇우리 지비 ᄀᆞᆺ다터니=우리 집이 그와 같다고 하나 ◇어엿븐=가련한 ◇ᄒᆞᆫ 모믄=한 몸은. 일신(一身)은 ◇모ᄅᆞ뇨=모르느냐.

▶ 통석   어버이가 다 생존해 계시고 형제가 아무런 탈이 없음을
다른 사람들이 말하기를 우리 집이 그와 같다고 하나
가련한 나 혼자만이 어디에 갔다가 이런 사실을 모르느냐.

2
父母님 계신 제는 父母ᆫ 주를 모ᄅᆞ더니
父母님 여흰 후에 父母ᆫ 줄 아로라
이제사 이 ᄆᆞᆷ 가지고 어듸다가 베프료. (汾川講好錄)
(此追恨其未及養也)

---

* 이숙량(李叔樑 ; 1519~1592). 자 대용(大用). 호 매암(梅巖). 학자. 부친은 농암 이현보(李賢輔). 진사시에 합격하였으나 벼슬에 뜻을 두지 아니하고 성리학을 연구했다. 임진창의(壬辰倡義)에 앞장섰다. 저서에 <매암집>(梅巖集)이 있다.

제는=때는 ◇아로라=알겠다 ◇이제사=이제야.

> **통석** 부모님이 생존해 계실 때는 부모인줄 모르더니
> 부모님이 돌아가신 뒤에야 부모인줄 알겠다.
> 이제야 이런 마음을 가지고 어디에 베풀겠느냐.

3

디난 일 이다라 말오 오는 날 힘뻐스라
나도 힘 아니 뻐 이리곰 애드노라
니일란 브라디 말오 오늘나를 앗겨스라. (汾川講好錄)
(此結上二章而勉進後人也)

디난 일 이다라 말오=지난 일 애닯다 하지 마시오 ◇이리곰=이렇게 ◇니일란 브라디 말오=내일은 바라지 말고 ◇오늘나를=오늘날을 오늘 하루(日)를.

> **통석** 지난 일 애달프다 마라 오는 날을 힘써라
> 나도 힘을 아니 써서 이처럼 애닯아 한다.
> 내일이란 바라지 말고 오늘날을 아끼어라.

4

兄弟 열히라도 처어믄 흔 모미라
흐나히 열흰 주를 뉘 아니 알리마는
엇더더 욕시메 걸여 흔 모민 주를 모르느뇨. (汾川講好錄)
(此警兄弟)

처어믄=처음은 ◇모미라=몸이라 ◇엇더더=어쩌다 ◇욕시메 걸여=욕심(慾心)에 걸려서. 욕심 때문에.

> **통석**　형제가 열 명이라 하여도 처음은 한 몸이다
> 하나가 열인 줄을 누가 알지 못하랴마는
> 어쩌다 욕심 때문에 한 몸인 줄 모르느냐.

5

접더니 늘어 가고 늘으니 져서 가듸
우리 종조기 또 며치 인는고
이제나 잡 무슴 업시 흔 잔 수를 는화 먹새. (汾川講好錄)
(此戒親戚)

접더니=젊더니　◇져서 가듸=져서 가더라. 짐이 되어　◇종조기=종족(宗族)이　◇며
치 인는고=몇이나 살아있는고　◇잡 무슴=쓸데없는 생각　◇수를 는화=술을 나누어.

> **통석**　젊더니 늙어 가고 늙으니 짐이 되어 가네.
> 우리 종족이 몇이나 남아 있는고
> 이제는 쓸데없는 생각 없이 한 잔의 술이라도 나누어 먹세.

6

功名은 在天ᄒ고 富貴는 有命ᄒ니
功名富貴는 히므로 몯 ᄒ려니와
내 타난 孝悌忠信이쭌 어늬 히믈 빌리오. (汾川講好錄)
(此總結上五章而反復勉之)

히므로=힘으로　◇내 타난=내가 타고난　◇어늬 히믈 빌리오=어느 누구의 힘을
빌리겠는가.

> **통석**　공명은 하늘에 매인 것이고 부귀는 운명이 있는 것이니
> 공명과 부귀와 힘으로는 못 하려니와
> 내가 타고난 효제와 충신은 어느 누구의 힘을 빌리겠는가.

이후백*

〈瀟湘八景歌〉

1

蒼梧山 聖帝 魂이 구름조차 瀟湘의 ᄂ려
夜半의 흘너 드러 竹間雨 되온 뜻은
二妃의 千年淚痕을 시서 볼까 ᄒ노라. (靑蓮集)

蒼梧山(창오산)=중국 호남성 영현(寧縣) 동쪽에 있는 산으로 순(舜)이 붕어(崩御)한 곳으로 구의산(九疑山)이라고도 함 ◇聖帝 魂(성제 혼)이=순임금의 혼이 ◇구름조차=구름을 따라 ◇瀟湘(소상)의=소상강에. 소상강은 중국 호남성의 소수(瀟水)와 상수(湘水)가 합쳐진 것을 가리킴 ◇竹間雨(죽간우)=댓 숲에 내리는 비 ◇二妃(이비)의=순임금의 비(妃)인 아황(娥皇)과 여영(女英)의 ◇千年淚痕(천년누흔)을=천년이나 지난 눈물의 흔적을 ◇시서=씻어.

🗨통석　창오산 순임금의 혼이 구름 따라 소상강에 나려
　　　　한밤중에 흘러들어 댓 숲에 내리는 비가 된 뜻은
　　　　두 왕비의 천년이나 지난 눈물의 흔적을 씻어 볼까 하노라.

2

平沙의 落雁ᄒ니 江村의 日暮ㅣ로다
漁舡은 已歸ᄒ고 白鷗ㅣ 다 잠든 밤의
어듸셔 數聲長笛이 잠든 날을 씌오ᄂ고. (靑蓮集)

---

* 이후백(李後白 ; 1520~1578). 자 계진(季眞). 호 청련(靑蓮). 문신. 벼슬은 호조판서를 역임했고 청백리에 녹선(錄選)되었다. 광국공신(光國功臣) 2등으로 연양군(延陽君)에 추봉되었다. 저서에 <청련집>(靑蓮集)이 있다. 시호는 문청(文淸).

平沙(평사)의 落雁(낙안)ᄒᆞ니=평평한 모래 벌에 기러기가 내려앉으니. 평사낙안은 소상팔경의 하나임 ◇漁舡(어강)은 已歸(이귀)ᄒᆞ고=고기잡이배는 이미 돌아오고 ◇數聲長笛(수성장적)이=두어 마디의 긴 피리소리가 ◇날을=나를.

🔖 통석   평평한 모래 벌에 기러기는 내려앉고 강가의 마을에 해가 저물도다.
고기잡이배는 벌써 돌아오고 갈매기가 다 잠든 밤에
어디서 두어 마디의 길게 울리는 피리소리가 잠든 나를 깨우느냐.

3

洞庭湖 붉은 ᄃᆞᆯ이 楚 懷王의 넉시 되야
七百里 平湖水의 다 비치여 뵈ᄂᆞᆫ 뜻은
아마도 屈三閭의 魚腹忠魂을 굽어볼까 ᄒᆞ노라. (靑蓮集)

洞庭湖(동정호)=중국 호남성에 있는 중국 최대의 호수 ◇楚 懷王(초회왕)의=초나라 회왕의. 항우가 의제(義帝)로 추대하였다가 나중에 죽임 ◇屈三閭(굴삼려)의=중국 춘추전국시대 초나라의 사람 굴원(屈原)을 가리킴 ◇魚腹忠魂(어복충혼)을=물고기 뱃속에 든 충성된 넋을. 굴원이 멱라수에 빠져죽은 것을 말함.

🔖 통석   동정호를 비추는 밝은 달이 초나라 회왕의 넋이 되어
칠백 리나 되는 잔잔한 호수를 다 비춰어 보이는 뜻은
아마도 굴원의 뱃속에든 충성된 넋을 내려다볼까 하노라.

4

瀟湘江 細雨中의 누역 삿갓 뎌 老翁아
뷘 빅 흘니 져어 向ᄒᆞᄂᆞ니 어드메뇨
李白이 騎鯨飛上天ᄒᆞ니 風月 실너 가노라. (靑蓮集)

누역=도롱이 ◇흘니 져어=물결이 흐르는 대로 저어 ◇李白(이백)이=이백이. 이백은 당나라 시인 ◇騎鯨飛上天(기경비상천)ᄒᆞ니=고래를 타고 하늘 위로 날아가니.

소상강에 이슬비 내리는데 도롱이 입고 삿갓 쓴 저 늙은이야
　　　　　　　빈 배를 흘러가는 대로 저어 향하는 곳 어디냐
　　　　　　　이백이 고래를 타고 하늘로 올라갔다고 하니 청풍과 명월을 실러 가노라.

5

峨眉山月 半輪秋와 赤壁江上 無限景을
蘇東坡 李謫仙이 못다 놀고 남은 뜻은
後世예 날 ス흔 豪傑이 다시 놀게 ᄒᆞ미로다. (靑蓮集)

峨眉山月 半輪秋(아미산월반륜추)와=아미산 위에 반달이 뜬 가을과. 이백의 시 '아미산월가(峨眉山月歌)의 기구(起句)임 ◇赤壁江上 無限景(적벽강상무한경)을=적벽강 위의 한 없이 아름다운 경치를 ◇蘇東坡(소동파)=송(宋)나라 시인 소식(蘇軾)의 아호 ◇李謫仙(이적선)=당(唐)나라 시인 이백(李白)을 가리킴 ◇날 ス흔=나와 같은.

아미산 위에 반달이 뜬 가을과 적벽강 위의 한 없이 아름다운 경치를
　　　　　　　소동파와 이적선이 다 놀지 못하고 남겨 놓은 뜻은
　　　　　　　먼 훗날에 나 같은 호걸들이 다시 놀게 함이로다.

6

舜이 南巡狩ᄒᆞ샤 蒼梧野의 崩ᄒᆞ시니
南風詩 五絃琴을 뉘 손의 傳ᄒᆞ신고
至今의 聞此聲ᄒᆞ니 傳此手,ㄴ가 ᄒᆞ노라. (靑蓮集)

舜(순)이 南巡狩(남순수)ᄒᆞ샤=순 임금이 사냥을 위해 남쪽지방을 순행하다가 ◇蒼梧野(창오야)의 붕(崩)ᄒᆞ시니=창오의 들에서 돌아가시니 ◇南風詩(남풍시) 五絃琴(오현금)을=순임금이 지어 불렀다고 하는 시와 이 시를 연주하기 위해 만들었다고 하는 악기를 ◇聞此聲(문차성)ᄒᆞ니 傳此手(전차수),ㄴ가=이 소리를 들으니 그 수법이 내 손에 전함인가.

순 임금이 사냥하러 남쪽에 순행하다가 창오의 들에서 돌아가시니
　　　　　　　손수 지으신 남풍시와 타시던 오현금을 누구의 손에 전하셨는고
　　　　　　　지금의 이 소리를 들으니 그 수법이 내 손에 전함인가 하노라.

7

岳陽樓 上上層의 올나 洞庭湖 굽어보니
七百里 平湖水의 君山이 半남아 줌겨셰라
어듸셔 一葉漁船이 任去來 ᄒᆞᄂᆞᆫ고. (青蓮集)

岳陽樓(악양루)=중국 호남성 악양현에 있는 누각으로 동정호에 임했음 ◇七百里
(칠백리) 平湖水(평호수)의=주위가 칠백 리가 된다고 하는 동정호의 잔잔한 호수
의 물에 ◇君山(군산)이=동정호 안에 있다고 하는 섬이 ◇半(반)남아=반이 넘게
◇一葉漁船(일엽어선)이=조그마한 고기잡이배가 ◇任去來(임거래)=자기 마음 내키
는 대로 오고감.

▷ **통석** 악양루 맨 꼭대기에 올라 동정호를 내려다보니
칠백 리나 되는 잔잔한 호수에 군산이 반이 넘게 잠겼구나.
어디서 자그마한 고기잡이배는 마음 내키는 대로 오고가는고

8

黃鶴樓 뎌 소ᄅᆡ 듯고 姑蘇臺 올나가니
寒山寺 ᄎᆞᆫᄇᆞ름의 醉ᄒᆞᆫ 술이 다 ᄭᆡᆨ거다
아ᄒᆡ야 酒家 何處오 典衣沽酒 ᄒᆞ오리라. (青蓮集)

黃鶴樓(황학루)=중국 호북성 무창부 강하현의 서남쪽에 있는 누각 ◇뎌 소ᄅᆡ=젓대
소리를 ◇姑蘇臺(고소대)=춘추전국시대 오나라 강소성 소주부에 있던 누대 ◇寒山
寺(한산사)=중국 강소성에 있는 절의 이름 ◇酒家 何處(주가하처)오=술집이 어디
냐 ◇典衣沽酒(전의고주)=옷을 전당잡히고 술을 삼.

▷ **통석** 황학루에 피리 소리를 듣고 고소대에 올라가니
한산사 차가운 바람에 취한 술이 다 깨겠다.
아이야 술집이 어디냐 옷을 잡히고 술을 사겠다.

허강*

〈從先子燕京時作〉

1

灤河 서릿돌 孤竹村 눈 딘 길헤
萬里를 도라드니 帝鄕이 거의로다
天涯예 외로온 쑴은 절로 도라 가ᄂ다. (松湖遺稿 3)

灤河(난하)=내몽고 고원현(沽源縣)의 마니도령(馬尼圖嶺)에서 발원하여 만주 열하성(熱河省)의 경계를 지나 발해로 흘러드는 강 ◇서릿돌=서리가 내린 밤에 뜬 달 ◇孤竹村(고죽촌)=옛 은(殷)나라 때 지금의 하북성 노룡현(盧龍縣)에서 열하성 조양현(朝陽縣) 일대에 있던 나라의 이름. 백이 숙제가 머물던 동리임 ◇눈 딘=눈이 내린 ◇帝鄕(제향)이=제왕이 사는 곳. 서울 ◇거의로다=가깝다.

🔖 통석　난하의 서리가 내린 날 밤에 뜬 달 고죽촌 눈 내린 길에
　　　　만리를 돌아드니 천자가 계신 곳이 가깝구나
　　　　멀리의 외로운 꿈은 저절로 돌아가는구나.

2

鳳凰城 도라드러 故鄕 어드메오
八渡河ㅅ᾿애 글닙헤 자리보와
三更의 계유든 쑴을 여흘솔의 ᄭᆡ과라. (松湖遺稿 4)

---

* 허강(許橿 ; 1520~1592). 자 사아(士牙), 호 송호(松湖), 호강호처사(江湖處士). 학자. 어려서부터 학문을 즐기고 영달을 원하지 않았으며 성품이 고결했다. 임진왜란 때 토산(兎山)에 피란 중에 죽었다. 아저비가 자(磁)가 편찬하던 <역대사감>(歷代史鑑)을 완성했다. 저서에 <송호유고>(松號遺稿)가 있다.

鳳凰城(봉황성)=중국 호남성 서쪽 완강(浣江)의 지류 이강(泥江)에 임한 성 ◇八渡河(팔도하)ㅅㄱ애=팔도하의 가에. 팔도하는 중국에 잇는 지명임 ◇굴닙헤 자리보와=갈댓잎에 잠자리를 잡아 ◇계유든=겨우 든 ◇여흘솔의에 씨과라=여울물 소리에 깨겠구나.

🔖 **통석**   봉황성을 돌아드니 고향이 어디쯤이냐
           팔도하 가에 갈댓잎에 잠자리를 보아
           한밤중에 겨우 든 잠을 여울물 소리에 깨겠구나.

고응척*

〈然然曲〉

1

그리 그러홀샤 엇디 ᄒᆞ야 그런 게고
그리 아이코ᄂᆞᆫ 그러티 못 홀런가
그런 줄 아디 몰ᄒᆞ니 그런 주리 셜웨라. (杜谷集 19)

그리 그러홀샤=그래서 그렇구나 ◇그런 게고=그런 것인고 ◇그리 아이코ᄂᆞᆫ=그
렇게 하지 않고서는 ◇그러티=그렇지. 그렇게.

🔖 **통석** 그래서 그렇구나 어찌하여 그런 것인고
그렇게 아니하고는 그렇게 하지 못 할까
그런 줄 알지 못하니 그런 줄이 서럽구나.

2

그리 그러모도 그리 그러텃다
그러티 아니면 이제도록 그러ᄒᆞ랴
진실로 그리 ᄒᆞ덧ᄯᅡ 그린 주리 깃게라. (杜谷集 20)
(大槩言天地萬物 吉凶消長之所以然也)

그리 그러모도=그렇고 그러므로 ◇그러텃다=그렇구나 ◇그리ᄒᆞ덧ᄯᅡ=그러하였구
나 ◇그린 주리=그렇게 된 줄이 ◇깃게라=기쁘구나.

---

* 고응척(高應陟 ; 1531~1606). 자 숙명(叔明). 호 두곡(杜谷), 취병(翠屛). 학자, 시인. 벼슬은
경주부윤을 역임했다. <대학>(大學)의 여러 편을 시조로 만들었다. 저서에 <두곡집>(杜谷
集) 등이 있다.

🔖 **통석** 그렇고 그러므로 그렇고 그렇구나.
그렇지 아니하면 이제까지 그러하겠느냐
진실로 그러하였구나. 그렇게 된 줄이 기쁘구나.

〈晝夜曲〉

1
나줄 삼겨 두고 밤을 엇디 삼긴 게고
千古興亡이 번개 칠 스이로다
진실로 長生不死ᄒ곤들 이 造化를 못 ᄒ리잇가. (杜谷集 21)
(天問)

나줄 삼겨 두고=낮을 만들어 두고 ◇엇디 삼긴 게고=어찌 만든 것인고

🔖 **통석** 낮을 만들어 두고 밤은 어찌하여 만든 것인고
예전부터 이제까지의 흥하고 망한 것이 번개 치는 것처럼 순간이다
진실로 장생불사하고자 한다면 이 조화를 못 하겠습니까.

2
밤이 업스면 나지 엇디 이실 것고
千古興亡이 매돌 스니에 도ᄂᆞ니라
진실로 長呼不吸ᄒ면 一朝生도 못ᄒ리라. (杜谷集 22)
(天答)

이실 것고=있을 것인고 ◇매돌 스니에=맷돌 사이에 ◇도ᄂᆞ니라=도는 것과 같다
◇長呼不吸(장호불흡)ᄒ면=숨을 길게 내쉬고 빨아들이지 아니하면 ◇一朝生(일조생)도=하루아침의 삶도

밤이 없으면 낮이 어째서 있을 것인고
            예전부터 이제까지의 흥하고 망함이 맷돌 사이에 도는 것과 같구나
            진실로 숨을 오래 내쉬고 빨아들이지 않으면 잠시도 못 살리라

〈磨石曲〉

1
구을고 쏘 구우니 매쓸ᄀᆞ튼 니리로쇠
死生得喪을 뉘 맛다 시기ᄂᆞᆫ고
아마도 삼기ᄂᆞᆫ 거슬 고르게 못 ᄒᆞ리잇가. (杜谷集 23)
(問天)

구울고 쏘 구우니=구르고 또 구르니 ◇매쓸ᄀᆞ튼 니리로쇠=맷돌 같은 일이로구나
◇死生得喪(사생득상)을=나고 죽는 것과 얻고 잃는 것을 ◇뉘 맛다 시기ᄂᆞᆫ고=누
가 맡아서 시키는고 ◇삼기ᄂᆞᆫ 거슬=생기는 것을 ◇고르게=고르게.

🔖 통석   구르고 또 구르니 맷돌과 같은 일이로구나
            나고 죽는 것과 얻고 잃는 것을 누가 맡아서 시키는고
            아마도 생기는 것을 고르게 못 하겠습니까.

2
매쏘리 도ᄂᆞᆫ ᄯᅳᄃᆞᆫ 大됴ᄅᆞᆯ 낼 만ᄒᆞ다
巨細厚薄이아 맷도린ᄃᆞᆯ 엇디 ᄒᆞ료
우리ᄂᆞᆫ 無心코 돌거ᄃᆞᆫ 이시되 절로 不齊ᄒᆞᄂᆞ다. (杜谷集 24)
(天答 用伊川磨石中 撒出萬物之意)

낼 만ᄒᆞ다=갈아낼 만하구나 ◇巨細厚薄(거세후박)이아=크고 작고 두텁고 얇은 것
이야. 물건의 형상을 말함 ◇不齊(부제)ᄒᆞᄂᆞ다=가지런하지를 않구나.

🔖 **통석** 맷돌이 도는 뜻은 콩을 갈아낼 만하구나.

크고 작거나 두텁고 얇은 것이야 맷돌인들 어찌하겠느냐

우리는 무심히 돌고는 있지만 저절로 가지런하지를 않는구나.

〈浩浩歌〉

1

天地萬物이 엇디 ᄒ야 삼긴 게고

시저리 쓰시면 太倉애 祿米을 ᄶᅥ 누키고 머그리랴 시저리 ᄇᆞ리시면

綠水靑山이 어듸가 업스리오 渭川漁夫도 낫대 ᄒᆞ나 ᄲᅮ니오 莘野耕叟

도 두어 고랑 바티로다 ᄒᆞ믈며 嚴子陵도 帝腹애 발 연즈니 그믈기도

몯 ᄒᆞ거든 셩식글 내실러냐

어릴샤 뎌 宰相아 제 지브로 오라ᄒᆞᆯ샤. (杜谷集 26)

시저리 쓰시면=시절(時節)이 나를 필요로 하면 ◇太倉(태창)애 祿米(녹미)을=창고에 있는 정부 양곡을 ◇ᄶᅥ 누키고=시절을 누키고 오랫동안. 누키는 것은 늘리는 것을 말함 ◇渭川漁夫(위천어부)도=위수(渭水)에서 낚시질하던 태공망(太公望)을 가리킴. 태공망은 일명 강태공으로 위수에서 낚시질하다 주 문왕을 만났음 ◇莘野耕叟(신야경수)도=신야에서 밭을 갈던 늙은이도 상(商)의 현상(賢相) 이윤(伊尹)을 가리킴 ◇바티로다=밭이로구나 ◇嚴子陵(엄자릉)도 帝腹(제복)애 발 연즈니=엄자릉도 천자의 배에 발을 얹었으니. 엄자릉은 후한(後漢) 때 엄광(嚴光)으로 부춘산(富春山)에 은거하고 광무제(光武帝)가 불렀으나 거절하였다. 그는 광무제가 제위에 오르기 전에 같이 자면서 배에 발을 얹고 잔 일이 있다 ◇그믈기도=끝내기도 ◇셩식글=성질을 ◇어릴샤=어리석고나 ◇지브로=집으로

🔖 **통석** 천지의 만물이 어찌하여 생긴 것인고

시절아 나를 불러 벼슬을 하게 되면 창고에 쌓인 곡식을 끼니를 늘려가며 먹으리라. 시절이 벼슬을 버리게 하면 산과 물에 쉴 곳이 어디에 없으리요 위수에서 고기잡이하던 강태공도 낚싯대 하나 뿐이요, 신야에서 밭을 갈던 늙은이 이윤도 두어 이랑의 밭뿐이로다. 하물며 엄광도 천자의 배에 발을 얹었으니 끝내기도 못 하거든 성질은 내겠느냐.

어리석고나 저 재상이 제 집으로 오라고 하겠느냐.

2

天地萬物이 엇디 ᄒ야 삼긴 게고

屈原은 므싀 일로 汨羅水에 쌔지며 夷齊ᄂᆞᆫ 긔 므싀 일 西山애 기굴

믈 것고 聖賢의 ᄆᆞ음은 절로 즐겨ᄒ거늘

百姓이 거복ᄒ니 내라 혈마 엇더ᄒ료. (杜谷集 27)

屈原(굴원)은=전국시대 초(楚)나라 사람 굴평(屈平). 모함을 받고 멱라수에 빠져 죽음 ◇므싀=무슨 ◇汨羅水(멱라수)에=멱라의 물에. 멱라는 호남성 상음현(湘陰縣) 북쪽에 있는 강으로 초나라의 굴원이 빠져죽었음 ◇夷齊(이제)ᄂᆞᆫ=은나라 고죽군(孤竹君)의 두 아들 백이(伯夷)와 숙제(叔齊)는. 주(周)나라 무왕이 은(殷)나라를 치러 가는 것을 막다 거절당하자 수양산(首陽山)에 들어 고사리를 캐어 먹다가 굶어 죽었음 ◇기굴믈 것고=굶주릴 것인가 ◇거복ᄒ니=거북하니 ◇내라=나라고 해서 ◇혈마=설마.

📖 통석　천지의 만물이 어찌하여 생긴 것인고
　　　　굴원은 무슨 일로 멱라수에 빠져 죽으며 백이와 숙제는 그 무슨 일로
　　　　수양산에 들어 굶주릴 것인고 성현의 마음이야 저절로 즐겨하지마는
　　　　백성이 거북해 하니 나라고 설마 어찌하겠느냐 .

3

天地萬物이 엇디 ᄒ야 삼긴 게고

玉堂金馬ᄂᆞᆫ 어듸만 인ᄂᆞ뇨 雲山石室이 간 듸마다 노플세고 구프려

바틀 가니 쌍이야 젹다마ᄂᆞᆫ 울워러 ᄑᆞ람 부니 하ᄅᆞ리 무ᄒ하다 내 비

즌 ᄒᆞᆫ 말 술 벋님과 취ᄒ새다 二三月 春風은 푸메 ᄀᆞ득 ᄒ엿거늘 九十

月 丹風은 ᄂᆞ치 ᄀᆞ득 오ᄅᆞᄂᆞ다

아마도 醉裏乾坤을 나와 너와 놀리라. (杜谷集 28)

(右浩浩歌 譯馬子才歌 醉則使童子唱之)

玉堂金馬(옥당금마)ᄂᆞᆫ=옥당과 금마는. 한(漢)나라의 옥당전(玉堂殿)과 금마문(金馬門)을 가리킴 ◇雲山石室(운산석실)=높고 깊은 산속의 은거하는 방 ◇구프려=(허

리를)구부려 ◇바툴=밭을 ◇프람 부니=휘파람을 부니 ◇하ᄂ리=하늘이 ◇푸메=
품에 ◇ᄂ치 ᄀ득 오ᄅᄂ다=낮에 가득 비추어 물이 듭니다 ◇**醉裏乾坤**(취리건곤)
을=술 취한 속에서 사는 세상을.

🔖 **통석**   천지의 만물이 어찌하여 생긴 것인고
　　옥당과 금마와 같은 집은 어디에만 있는 것이요 높고 깊은 산속의 사는
집이야 가는 곳마다 높구나. 허리를 구부려 밭을 가니 땅이야 적지마는
우러러 휘파람을 부니 하늘이 무한하구나. 내가 담근 말 술을 벗님과 같
이 취합시다. 이삼월의 봄바람은 품에 가득하였거늘 구시월의 단풍은 낮
에 가득 오르는구나.
　　아마도 술 취해 사는 세상을 나와 네가 함께 놀겠다.

권호문*

〈閑居十八曲〉

1

生平에 願ᄒᄂ니 다믄 忠孝 ᄲᅮᆫ이로다
이 두 일 말면 禽獸ㅣ나 다라리냐
ᄆᆞ음애 ᄒᆞ고져 ᄒᆞ야 十載 遑遑 ᄒᆞ노라. (松岩續集)

말면=아니하면 ◇다라리냐=다르랴 ◇十載 遑遑(십재황황)=십 년 동안이나 몹시
허둥대며 살았음.

통석 평생에 원하는 것은 다만 충효뿐이로다
　　　충효를 하지 않으면 짐승이나 다르겠느냐
　　　마음속으로 충효를 하고자 하여 십 년을 허둥대며 살았노라.

2

計校 이르터니 功名이 느저셰라
負笈東南ᄒᆞ야 如恐不及 ᄒᆞᄂᆞᆫ ᄠᅳᆮ을
歲月이 물 흘ᄋᆞ 듯ᄒᆞ니 못 이룰가 ᄒᆞ야라. (松岩續集)

計較(계교) 이르터니=견주어 대어보려 하였더니 ◇負笈東南(부급동남)ᄒᆞ야=부급은
유학(遊學)을 뜻함이고 급은 책보따리임. 여기저기 타향으로 공부하러 감을 말함
◇如恐不及(여공불급)=시키는 대로 시행되지 못할까 마음 졸임.

---

* 권호문(權好文 ; 1532~1587). 자 장중(章仲). 호 송암(松巖). 학자. 벼슬에 임명되었으나 모두
사퇴하고 시가에 관심을 가져 장가 "독락팔곡"(獨樂八曲)과 시조 "한거십팔곡"(閑居十八曲)
이 전하고 있다. 저서에 <송암집>(松巖集)이 있다.

건주어 대어보려 하였더니 공명이 늦었구나.
공부를 하고자 여기저기로 가서 일이 제대로 풀리지 못할까 걱정하는 뜻을
세월이 물 흐르듯 하니 못 이룰까 하여라.

3

비록 못 일워두 林泉이 됴ᄒᆞ니라
無心魚鳥ᄂᆞᆫ 自閒閒 ᄒᆞ얏ᄂᆞ니
早晩애 世事 닛고 너를 조ᄎᆞ려 ᄒᆞ노라. (松岩續集)

無心魚鳥(무심어조)ᄂᆞᆫ 自閒閒(자한한)=무심한 물고기와 새들은 스스로 한가함 ◇早晩(조만)애=아침저녁에. 또는 빨리 ◇닛고=잊고

통석 비록 못 이뤄도 내가 사는 곳이 좋구나.
무심한 물고기와 새들은 스스로 한가함을 즐기니
아침저녁으로 속세의 일을 잊고 너를 따르려 하노라.

4

江湖애 노쟈ᄒᆞ니 聖主를 ᄇᆞ리레고
聖主를 셤기쟈ᄒᆞ니 所樂에 어긔예라
호온자 岐路에 셔셔 갈 듸 몰라 ᄒᆞ노라. (松岩續集)

ᄇᆞ리레고=버리게 되겠고 ◇所樂(소락)에=즐거하는 것에 ◇어긔예라=어기겠구나 ◇호온자=혼자 ◇岐路(기로)에=갈림길에 ◇갈 듸=갈 곳.

통석 시골에 살며 놀고자 하니 임금님을 버리게 되겠고
임금님을 섬기자 하니 즐거하는 것에 어기겠구나.
혼자 갈림길에 서서 갈 곳 몰라 하노라.

5

어지게 이러그러 이 몸이 엇디ᄒᆞᆯ고

行道도 어렵고 隱處도 定티 아냣다
언제야 이 뜻 決斷ᄒ야 從我所樂 ᄒ려뇨. (松岩續集)

어지게=어찌하리 ◇이러그러=이렇게 저렇게 ◇行道(행도)도=도를 실행함도 ◇隱
處(은처)도=조용히 살아갈 곳도 ◇從我所樂(종아소락)=내가 좋아하는 대로 따름.

📖 통석　어찌 하리, 이렇게 저렇게 이 몸을 어떻게 할까
　　　　　도를 실천함도 어렵고 조용히 살아갈 곳도 정하지 않았다
　　　　　언제나 이 뜻 결단하여 내가 좋아하는 대로 할 수 있을까.

　　6
ᄒ려 ᄒ려 ᄒ되 이 뜯 못 ᄒ여라
이 뜯 ᄒ면 至樂이 잇ᄂ리라
우읍다 엇그제 아니턴 일을 뉘 올타 ᄒ던고. (松岩續集)

至樂(지락)이=지극한 즐거움이 ◇우읍다=우습다 ◇아니턴=아니라고 하던. 또는
옳지 않다고 하였던.

📖 통석　하려고 하려고 하였으되 이 뜻 못 이루었다
　　　　　이 뜻대로 하게 되면 지극한 즐거움이 있느니라.
　　　　　우습다, 엊그제까지 옳지 않다고 하였던 일을 누가 옳다고 하던고

　　7
말리 말리 ᄒ되 이 일 말기 어렵다
이 일 말면 一身이 閒暇ᄒ다
어지게 엇그제 ᄒ던 일이 다 왼 줄 알괘라. (松岩續集)

말리 말리=그만두겠다 그만두겠다 ◇말기=그만두기 ◇어지게=어쩌겠니. 어찌하
랴 ◇왼 줄 알괘라=잘못된 줄 알겠다.

그만두겠다 그만두겠다. 하지만 이 일을 그만두기 어렵다
이 일을 그만두면 일신이 한가할 것이다
어쩌겠니, 엊그제 하던 일이 다 그릇된 줄 알겠다.

8

出ᄒ면 致君澤民 處ᄒ면 釣月耕雲
名哲君子는 이룰사 즐기ᄂ니
ᄒ믈며 富貴 危機ㅣ라 貧賤居를 ᄒ오리라. (松岩續集)

出(출)ᄒ면=벼슬길에 나가면 ◇致君澤民(치군택민)=신명을 바쳐 임금을 섬기고 백
성에게 은택이 미치게 함 ◇處(처)ᄒ면=벼슬에서 물러나면 ◇釣月耕雲(조월경운)=
달밤에 낚시질하고 구름 속에 밭을 갈음 ◇名哲君子(명철군자)는=총명하고 사리
에 밝은 군자는 ◇이룰사=이룰수록 ◇富貴(부귀) 危機(위기)ㅣ라 貧賤居(빈천거)를
=부귀는 위험한 경우다 가난하고 천한 삶을.

통석 벼슬길에 나가면 임금을 섬기고 백성을 윤택하게 하며 벼슬을 말면 낚
시질과 농사짓기
총명하고 사리에 밝은 군자는 이럴수록 즐기느니
하물며 부귀는 위험한 것이다 가난하고 천박하게 살겠다.

9

青山이 碧溪臨ᄒ고 溪上애 烟村이라
草堂 心事를 白鷗ㄴ들 제 알랴
竹窓靜夜 月明ᄒ듸 一場琴이 잇ᄂ리라. (松岩續集)

碧溪臨(벽계임)ᄒ고=푸른 시내를 끼고 있고 ◇烟村(연촌)이라=연기가 둘린 촌락이
다 ◇草堂 心事(초당심사)를=초가집에서 지내는 마음을 ◇竹窓靜夜(죽창정야)=죽
창의 고요한 밤 ◇一場琴(일장금)이=거문고 하나가.

푸른 산은 푸른 시내를 끼고 있고 시내 위에는 연기에 둘린 마을이다
초가집에서 한가롭게 지내는 마음을 갈매기인들 제가 알겠느냐
죽창의 고요한 밤 달 밝은데 거문고 하나가 있느니라.

10

窮達 浮雲굿치 보야 世事 이저 두고
好山 佳水의 노는 뜯을
猿鶴이 내 벋 아니어든 어늬 분이 아르실고. (松岩續集)

窮達(궁달)=빈궁과 영달 ◇이저 두고=잊고서 ◇好山 佳水(호산가수)의=경치가 좋
은 산과 물에 ◇猿鶴(원학)이=원숭이와 학이.

통석 빈궁과 영달을 뜬구름처럼 생각하여 세상의 번거로운 일 잊고서
경치가 좋은 산과 물에서 즐기며 노는 뜻을
원숭이와 학이 내 벗이 아니어든 어느 분이 아실까.

11

ᄇᆞ람은 절노 묽고 ᄃᆞᆯ은 절노 불ᄭᅡ
竹庭松檻애 一點塵도 업ᄉᆞ니
一張琴 萬軸書 더옥 蕭灑ᄒᆞ다 (松岩續集)

竹庭松檻(죽정송함)애=대나무가 서 있는 뜰의 소나무로 만든 난간에 ◇一點塵(일
점진)도=티끌 하나도 ◇一張琴 萬軸書(일장금 만축서)=거문고 하나에 만권의 서
책 ◇蕭灑(소쇄)ᄒᆞ다=산뜻하고 깨끗하다.

통석 바람은 저절로 맑고 달은 저절로 밝다
대나무가 있는 뜰에 소나무로 만든 난간에 티끌 한 점도 없으니
거문고 하나 만권의 서책이 더욱 산뜻하고 깨끗하구나.

12

霽月이 구름 뚤고 솔 긋테 늘아 올라

十分 淸光이 碧溪中에 빗쪄거늘

어듸 인는 믈 인흔 골며기 나를 조차 오는다. (松岩續集)

霽月(제월)이=비가 갠 끝에 나온 달이 ◇솔 긋테 늘아 올라=소나무 위에 나르듯 떠올라 ◇十分 淸光(십분청광)이=한껏 밝은 달빛이 ◇어듸 인는 믈 인흔=어디에 있는 무리를 잃어버린.

통석   비가 갠 후 뜬 달이 구름을 뚫고 소나무 끝에 날아갈 듯 떠올라
        한껏 밝은 달빛이 푸른 시내 가운데에 비끼었거늘
        어디에 있는 무리를 잃은 갈매기는 나를 따라 오느냐.

13

날이 져물거늘 느외야 홀 닐 업서

松關을 닫고 月下에 누어시니

世上애 쯧글 무음이 一毫末도 업다. (松岩續集)

느외야=다시는 ◇松關(송관)을=소나무 가지로 엮은 사립문을 ◇쯧글=티끌 ◇一毫末(일호말)도=털끝만큼도 조금도

통석   해가 저물거늘 다시는 할 일 없어
        소나무로 엮은 사립문을 닫고 달빛아래 누웠으니
        세상에 티끌과 같은 마음이 털끝만큼도 없다.

14

月色 溪聲 어섯겨 虛亭의 노나늘

月色을 眼屬ᄒ고 溪聲을 耳屬히

드르며 보며 ᄒ니 一體淸明 ᄒ야라. (松巖續集)

月色 溪聲(월색계성)=달빛과 시냇물 흐르는 소리 ◇어섯겨=뒤섞여 ◇虛亭(허정)의 =텅 빈 정자에 ◇노나늘=노닐거늘 ◇眼屬(안촉)ᄒ고=눈으로 쏘아보고 ◇耳屬(이 촉)히=귀를 기울여 들어 ◇드르며 보며=들으며 보며 ◇一體淸明(일체청명)=모두 가 한결같이 맑고 청명함.

🔊 **통석**　달빛과 시냇물 소리가 뒤섞여 텅 빈 정자에 노닐거늘
　　　　　달빛을 쏘아보고 물소리에 귀 기울여
　　　　　들으며 보며 하니 모두가 한결같이 맑고 청명하더라.

15
酒色 좃쟈 ᄒ니 騷人의 일 아니고
富貴 求챠 ᄒ니 뜻디 아니 가ᄂᆡ
우어라 漁牧이 되오야 寂寞濱애 놀쟈. (松岩續集)

좃쟈 ᄒ니=따르자 하니 ◇騷人(소인)의=시인(詩人)의 ◇求(구)챠 ᄒ니=구하고자 하니 ◇우어라=우습구나 ◇漁牧(어목)이 되오야=어부와 소치는 사람이 되어 ◇寂 寞濱(적막빈)애=적막한 물가에.

🔊 **통석**　주색을 따르자 하니 글하는 사람의 일이 아니고
　　　　　부귀를 구하자 하니 마음이 가지를 않네.
　　　　　우습구나, 고기 잡거나 소치는 사람이 되어서 적막한 물가에 놀자꾸나.

16
行藏有道ᄒ니 ᄇ리면 구테 구ᄒ랴
山之南 水之北 병들고 늘근 날를
뉘라셔 懷寶迷邦ᄒ니 오라 말라 ᄒᄂ뇨. (松岩續集)

行藏有道(행장유도)ᄒ니=세상에 나아가 벼슬하는 것과 벼슬을 그만두고 숨는 데 도 도가 있으니 ◇ᄇ리면 구테 구ᄒ랴=내치면 구태여 벼슬을 구하겠느냐 ◇懷寶 迷邦(회보미방)ᄒ니=보배를 간직하고 나라의 어지러움을 구하지 아니하니.

통석　벼슬을 하고 안하는 것도 도가 있으니 내치면 구태여 구하랴
산의 남쪽이나 물의 북쪽에 병들고 늙은 나를
누가 보배나 품고 나라 걱정을 아니 하면서 벼슬길에 나오라 말라 하
느냐.

17
聖賢의 가신 길희 萬古애 혼 가지라
隱커나 見커나 道ㅣ 얻디 다르리
一道ㅣ오 다르디 아니커니 아모 뒨들 엇더리. (松岩續集)

隱(은)커나　見(현)커나=숨거나 보이거나　◇얻디 다르리=어찌 다르겠느냐　◇一道
(일도)ㅣ오=한결같은 도리요　◇다르디 아니커니 아모 뒨들 엇더리=다르지 아니하
거니 아무런들 어떠하리.

통석　성현께서 가신 길은 예전이나 지금이나 한가지다
숨거나 보이거나 도가 어지 다르랴
한결같은 도리요 다르지 않으니 아무런들 어떠랴.

18
漁磯예 비 개거늘 綠苔로 독글 사마
고기를 혜이고 낙글 뜯을 어이 흐리
纖月이 銀鉤ㅣ 되어 碧溪心에 줌겻다. (松岩續集)

漁磯(어기)예=낚시터에　◇綠苔(녹태)로=푸른 이끼로　◇독글 사마=돛을 삼아　◇혜이
고=헤아리고　◇纖月(섬월)이 銀鉤(은구)ㅣ 되어=초승달이 마치 은으로 만든 갈고리
와 같아. 섬월은 초승달이나 그믐달을 말함　◇碧溪心(벽계심)에=푸른 시냇물 속에.

통석　낚시터에 비 개거늘 푸른 이끼로 돛을 삼아
고기를 헤아리면서 낚을 뜯을 어찌 하겠느냐
초승달이 낚시와 같아 푸른 시냇물 속에 잠겼다.

19

江于애 누어셔 江水 보는 뜨든
逝者如斯ᄒ니 百歲ㄴ들 멸근이료
十年前 塵世一念이 어름 녹듯 흔다. (松岩續集)

江于(강우)애='于'는 '위'를 뜻하는 우리말. 강 위에 ◇逝者如斯(서자여사)ᄒ니=가
는 것이 이와 같으니. 세월이 빠르니 ◇멸근이료=얼마동안이랴 ◇塵世一念(진세
일념)=속세에 대한 한결같은 마음 ◇어름=얼음.

🔷 **통석**   강위에 누어서 강물을 내려다보는 뜻은
세월이 빨리 가니 백년인들 얼마동안이랴
십 년 전에 속세에 대한 마음이 얼음 녹 듯한다.

이정*

〈楓溪六歌〉

1

淸風을 죠히 역여 窓을 으니 드닷노르
明月을 죠히 역여 줌을 으니 드런노르
옛 스람이 두 ᄀ지 두고 어듸 혼즈 갓노. (剡溪公遺事 1)

죠히 역여=좋게 여겨. 깨끗하게 생각하여.

🔷 **통석**   맑은 바람을 좋게 생각하여 창문을 닫지 아니하였다
맑은 달을 좋게 생각하여 잠이 들지 아니하였다
옛 사람은 이 두 가지를 내버려 두고 어디로 혼자 갔느냐.

2

ᄂᆞᆯ셔 뉘로ᄅᆞ ᄒᆞ여 爵祿을 ᄆᆞ암에 둘고
죠고만 ᄯᅵ집을 시ᄂᆞ 우에 이룬 바
어졔밤 숀쇼 다든 문을 늦도록 닷치엿쇼. (剡溪公遺事 2)

ᄂᆞᆯ셔 뉘로ᄅᆞ ᄒᆞ여=내가 누구를 위하여 ◇爵祿(작록)을 ᄆᆞ암에 둘고=벼슬에 마음을 둘까 ◇ᄯᅵ집을=띠풀로 지붕을 이은 집. 초가집 ◇이룬 바=지었는 바 ◇숀쇼=손수. 직접.

---

* 이정(李淨 ; 1532~?). 자 태회(太灝). 호 풍계(楓溪). 진사로 문장을 잘했다. 필사본인 <경주
이씨가승>(慶州李氏家乘)에 시조 작품이 수록되어 있다. '섬계공유사'(剡溪公遺事)의 섬계는
아우인 이잠(李潛)의 호이다.

내가 누구를 위하여 벼슬에 마음을 두겠느냐
조그만 띠집을 시냇물 위에 지었는데
어젯밤 직접 닫은 문이 늦게까지 닫히었소

3

床 우희 冊을 노코 床 아릭 신을 늬여라
이봐 으희야 날 보 리 그 뉘고 알과른
어제 맛춘 므지슐 맛보러 왓느부드. (剗溪公遺事 3)

뉘고 알과른=누군가 알려라 ◇맛춘=마침 담근 ◇므지슐=모쥬(母酒)인 듯. 모주는
약주를 뜨고 난 찌꺼기 술.

통석 상 위에다 책을 놓고 상 아래에 신발을 내놓아라.
이 보아라 아희야 날 보려고 하는 사람이 그 누구인지를 알려라
어제 마침 담근 모주를 맛보러 왔나보다.

4

두고 쏘 두고 져 慾心 긔지 읍다
느는 닉 집에 닉 셰근을 슬펴보니
우셥다 낙씨딕 흔느 외예 것칠 거시 전혀 읍셰른. (剗溪公遺事 4)

긔지 읍다=끝이 없다 ◇흔느 외예 것칠 거시=하나 밖에 거추장스러운 것이 ◇읍
셰른=없구나.

통석 쌓아두고 또 두고 저 욕심 끝이 없다
나는 내 집에 내 세간을 살펴보니
우습다 낚싯대 하나 이외에는 거리낄 것이 전혀 없어라.

5

山으 너는 어이 한갈갓치 노프시며

물아 너는 엇지 날날리 흐르느냐
此間에 仁智흔 君子는 못너 즐겨 ᄒ노니ᄅ. (剡溪公遺事 5)

한갈갓치=한결같이 ◇엇지=어찌 ◇날날리=날마다 ◇此間(차간)에=산과 물 사이
에 ◇仁智(인지)흔=산과 물을 좋아하는. 요산요수(樂山樂水)를 말함.

📜 **통석**　산아 너는 어찌하여 한결같이 높았으며
　　　　　물아 너는 어찌하여 날마다 그치지 아니하고 흐르느냐
　　　　　이 사이에서 산과 물을 좋아하는 군자는 못내 즐겨 하노라

6

五斗米 위ᄒ여 紅塵의 ᄂ지 ᄆᄅ
ᄇᄅᆷ비 어쥬려워 칼토비 므셔워ᄅ
ᄂ죵에 슬코 뉘웃친ᄃ 崎嶇ᄒᄃ 岐路多端 ᄒ여라. (剡溪公遺事 6)

五斗米(오두미) 위ᄒ여=하잘 것 없는 관리생활을 위해 ◇紅塵(홍진)의 ᄂ지 ᄆᄅ=
속세에 나서지 마라 ◇ᄇᄅᆷ비 어쥬려워=비와 바람에 휘둘릴까 하여 ◇칼토비=칼
과 톱이 ◇ᄂ죵에 슬코 뉘웃친ᄃ=나중에 싫고 뉘우친다 ◇岐路多端(기로다단)=갈
림길에 사단이 많다.

📜 **통석**　하찮은 관리생활을 위해 섣불리 속세에 나서지 마라
　　　　　비바람에 휘둘리어 칼과 톱이 무서워라
　　　　　나중에 싫고 뉘우친다, 운명이 기구하다, 갈림길에 사단이 많구나.

이이*

〈高山九曲歌〉

1

高山 九曲潭을 스름이 몰으든이
誅茅卜居ᄒ니 벗님네 다 오신다
어즙어 武夷를 想象ᄒ고 學朱子를 ᄒ리라. (海─ 77)

高山 九曲潭(고산 구곡담)을=고산에 있는 아홉 구비의 웅덩이를. 고산은 황해도 해주(海州)에 있으며, 율곡(栗谷) 이이(李珥)가 한때 머물러 있던 곳 ◇誅茅卜居(주모복거)ᄒ니=띠풀을 베어내고 터를 잡고 사니 ◇武夷(무이)를 想象(상상)ᄒ고='想象'은 '想像'의 잘못. 무이를 머릿속에 그리고 무이는 중국 복건성에 있는 산으로 송(宋)나라 주희(朱熹)가 머물러 제자를 가르쳤던 곳 ◇學朱子(학주자)를=주자에 대해 배우기를.

🔖 통석　고산의 아홉 구비 웅덩이를 사람들이 모르더니
　　　　띠풀을 베어내고 터 잡아 사니 벗님들이 다 오신다.
　　　　어즈버 주희가 살던 무이를 상상하고 주자를 배우겠다.

2

一曲은 어드민고 冠岩에 ᄒᆡ 빗췬다
平蕪에 닉 거든이 遠近이 글림이로다
松間에 綠樽을 녹코 벗 온 양 보노라. (海─ 78)

---

* 이이(李珥 ; 1536~1584). 자 숙헌(叔獻). 호 율곡(栗谷), 석담(石潭), 우재(愚齋). 학자, 문신. 조선 유학계에 이황과 쌍벽을 이루어 기호학파를 형성했다. 그림과 글씨에도 뛰어났다. 시 호는 문성(文成). 저서는 <율곡전서>(栗谷全書)가 있다.

冠岩(관암)에=관암에. 관암은 바위 이름 ◇平蕪(평무)에=잡초가 무성한 들판에 ◇니 거든이=안개가 걷히니 ◇글림이로다=그림과 같구나 ◇綠樽(녹준)을 녹코= 술통을 놓고

통석 첫째 구비는 어드냐 관암에 해가 비친다.
평평한 황무지에 안개가 걷히니 멀고 가까운 곳이 그림처럼 아름답구나.
소나무 사이에 술통을 놓고 벗 오는 것 보노라.

3

二曲은 어드미고 花岩에 春晚커다
碧波에 곳츨 씌워 野外로 보내노라
스름이 勝地를 몰은이 알게 흔들 엇더리. (海一 79)

花岩(화암)=바위 이름 ◇春晚(춘만)커다=봄이 늦겠다 ◇勝地(승지)를=경치가 좋은 곳을 ◇몰은이=모르니.

통석 둘째 구비는 어드냐 화암에 봄이 늦겠다.
푸른 물결에 꽃을 띄워 들 밖으로 보낸다.
사람들이 경치 좋은 곳을 모르니 알게 한들 어떠리.

4

三曲은 어드미고 翠屏에 닙 퍼젓다
綠樹에 山鳥는 下上其音 흐는 적의
盤松이 愛情風흐이 녀름 景이 업세라. (海一 80)

翠屏(취병)=절벽의 이름 ◇닙=나뭇잎과 풀잎 ◇下上其音(하상기음)=새가 나뭇가 지를 오르내리며 울음 ◇盤松(반송)이=키가 작고 가지가 옆으로 퍼진 소나무가 ◇愛情風(애정풍)흐이='정풍'(情風)은 '청풍'(淸風)의 잘못인 듯. 주씨본에는 '바름 을 바드니'로 되어 있음. 맑은 바람을 좋아하니 ◇녀름 景(경)=여름 경치가.

셋째 구비는 어디냐 취병이 나뭇잎과 풀잎이 퍼졌다
푸르른 나무에 산새는 나뭇가지를 오르내리며 지저귀는 때에
작고 퍼진 소나무가 맑은 바람을 좋아하는 듯하니 여름 경치가 따로
없다.

5

四曲은 어드미고 松崖에 히 넘거다
潭心岩影은 온갖 비치 즘겻셰라
林泉이 깁도록 죠흐니 興을 계워 ㅎ노라. (海一 81)

松崖(송애)에=소나무가 서 있는 낭떠러지에 ◇히 넘거다=해가 넘어가는구나 ◇潭
心岩影(담심암영)은=웅덩이 속에 비친 바위 그림자는 ◇비치=빛이. 색깔이 ◇깁
도록=깊을수록.

🔖 통석   넷째 구비는 어디냐 송애에 해가 지는구나.
웅덩이 속에 비친 바위 그림자는 온갖 빛깔이 잠겼구나.
경치가 골이 깊을수록 좋으니 흥취를 억제하기 어렵구나.

6

五曲은 어드미고 隱屏이 보기 됴희
水邊精舍는 瀟灑흠도 マ이 업다
이中에 講學도 흘연이와 詠月吟風 ㅎ올이라. (海一 82)

隱屏(은병)이=병풍을 둘러친 것 같은 절벽이 ◇됴희=좋구나 ◇水邊精舍(수변정사)
는=물가에 있는 정사는. 정사는 학문을 베풀려고 지은 집 ◇瀟灑(소쇄)흠도 マ이
=맑고 깨끗함도 끝이 ◇講學(강학)도 흘연이와=공부도 하려니와 ◇詠月吟風(영월
음풍)=풍월을 읊조림.

🔖 통석   다섯째 구비는 어디냐 은병이 보기 좋다
물가에 있는 정사는 맑고 깨끗함도 끝이 없다
이 가운데서 공부도 하겠거니와 풍월이나 읊조리겠다.

7

六曲은 어드믹고 釣峽에 물이 넙다
나와 고기와 뉘야 더욱 즑이는고
黃昏에 낙대를 메고 帶月歸를 ᄒ노라. (海— 83)

釣峽(조협)에=낚시질하는 산협에 ◇넙다=넓다 ◇뉘야=누가 ◇帶月歸(대월귀)를=
달빛을 띠고 돌아옴.

📖 통석　여섯째 구비는 어디냐 조협에 물이 너르다
　　　나와 고기가 누가 더욱더 즐기는고
　　　해질 무렵에 낚싯대를 둘러메고 달빛을 띠고 돌아오는구나.

8

七曲은 어드믹고 楓岩에 秋色이 좃타
淸霜이 엷게 친이 絕壁이 錦繡ㅣ로다
寒岩에 흔자 안자셔 집을 닛고 잇노라. (海— 84)

楓岩(풍암)에=단풍으로 물든 바위에 ◇淸霜(청상)이=맑은 서리가 ◇친이=내리니
◇寒岩(한암)에=차가운 바위에 ◇닛고=잊고

📖 통석　일곱째 구비는 어디냐 풍암에 가을빛이 좋구나.
　　　무서리가 조금 내리니 절벽이 비단처럼 아름답구나.
　　　차가운 바위에 혼자 앉아서 집을 잊고 있노라.

9

八曲은 어드믹고 琴灘에 둘이 붉다
玉軫金徽로 數三曲을 노론말이
古調를 알 리 업쓴이 흔자 즑여 ᄒ노라. (海— 85)

琴灘(금탄)에=물소리가 듣기 좋은 여울에 ◇玉軫金徽(옥진금휘)로=거문고로 ◇數三曲(수삼곡)을 노론말이=두서너 곡을 연주하니 ◇古調(고조)를=옛 가락을 ◇알리=알 사람이 ◇혼자=혼자.

> 🔖 통석 　여덟째 구비는 어디냐 금탄에 달빛이 밝구나.
> 　　　　거문고를 가지고 두서너 가락을 연주하니
> 　　　　옛 가락을 알 사람이 없으니 혼자 즐겨 하노라.

10

九曲은 어드믹고 文山에 歲暮커다
奇巖怪石이 눈 쏙에 뭇쳣셰라
遊人은 오지 아니ㅎ고 볼 씻 업다 ㅎ드라. (海一 86)

文山(문산)에=문산에. 고산구곡에 있는 지명 ◇遊人(유인)은=사방을 다니며 놀러 다니는 사람은.

> 🔖 통석 　아홉째 구비는 어디냐 문산에 한 해가 저문다.
> 　　　　기괴하게 생긴 바위들이 눈 속에 묻혔구나.
> 　　　　놀러 다니는 사람들은 와 보지 아니하고 볼 것 없다 하더라.

정철*

〈訓民歌〉

1

아바님 날 나흐시고 어마님 날 기르시니
두 분 곳 아니시면 이 몸이 사라시랴
하늘 고튼 은덕을 어듸 다혀 갑스오리. (松江歌辭 一蓑本)

어듸 다혀=어디에 견주어 ◇갑스오리=갚으리까.

▶ 통석   아버지는 나를 낳으시고 어머니는 나를 길러주시니
두 분이 아니었다면 이 몸이 살았겠느냐
하늘과 같은 은덕을 어디에 견주어 갚으리까.

2

형아 아이야 네 술흘 믄져보와
뉘 손듸 타나관듸 양직조차 고튼손다
흔 졋 먹고 길러나이셔 닷 모음을 먹디 마라. (松江歌辭 一蓑本)

아이야=아우야 ◇술흘 믄져보와=살을 만져보아라 ◇뉘 손듸=누구에게 ◇타나관
듸=태어났기에 ◇양직조차 고튼손다=생김(樣姿)마저 같으냐 ◇닷=딴. 다른.

---

* 정철(鄭澈 ; 1536~1593). 자 계함(季涵). 호 송강(松江). 문신, 시인. 벼슬은 좌의정에 이르렀
다. 조선시대 가사문학의 대가로 시조의 고산 윤선도와 쌍벽으로 일컬어진다. 저서에 <송
강집>(松江集)과 <송강가사>(松江歌辭)가 있다. 시호는 문청(文淸).

형아 아우야 네 살을 만져보아라.
누구에게서 태어났기에 생김마저 같으냐.
한 젖 먹고 자라나서 다른 마음을 먹지 마라.

3

님금과 빅셩과 스이 하늘과 짜히로딕
내의 셜운 이를 다 아로려 ᄒ시거든
우린들 술진 미나리를 혼자 엇디 머그리. (松江歌辭 一簑本)

셜운 이를=서러운 일을 ◇아로려=알려고 ◇술진=잘 자란 ◇엇디 머그리=어찌
먹겠느냐.

🔯 **통석** 임금과 백성과 차이가 하늘과 땅이지만
나의 서러운 일을 다 알려고 하시거든
우린들 잘 자란 미나리를 혼자서 어찌 먹겠느냐.

4

어버이 사라신제 셤길 일란 다 ᄒ여라
디나간 휘면 애듧다 엇디 ᄒ리
평싱애 고텨 못 홀 일이 잇쑨인가 ᄒ노라. (松江歌辭 一簑本)

셤길 일란=모실 일을 ◇디나간 휘면=지나간 뒤에는. 돌아가신 다음에는 ◇고텨=
다시.

🔯 **통석** 부모님 사라계실 때에 섬기는 일을 다 하여라
돌아가신 뒤면 서럽다 한들 어찌 하겠느냐
평생에 다시 못 할 일이 이것뿐인가 하노라.

5

흔 몸 둘헤 눈화 부부를 삼기실샤

이신 제 흠씌 늙고 주그면 흔 듸 간다
어듸셔 망녕의 꺼시 눈 흘긔려 ᄒᆞᄂᆞ뇨. **(松江歌辭 一簑本)**

둘헤 ᄂᆞ화=둘로 나누어 ◇이신 제=있을 때 ◇흔 듸=한 곳으로 ◇망녕의 ᄭᅥ시=
경망스러운 것이.

▷ **통석** 　한 몸을 둘로 나누어 부부를 만드셨구나.
　　　　있을 때 함께 늙고 죽으면 한 곳으로 간다.
　　　　어디서 경망한 것들이 눈을 흘기려고 하느냐.

6
간나히 가는 길흘 ᄉᆞ나히 에도ᄃᆞ시
ᄉᆞ나희 녜ᄂᆞᆫ 길흘 계집이 츼도ᄃᆞ시
제 남진 제 계집 아니어든 일홈 뭇디 마오리. **(松江歌辭 一簑本)**

에도ᄃᆞ시=에둘러 가듯이 ◇녜ᄂᆞᆫ=가는 ◇츼도ᄃᆞ시=치우쳐 돌아가듯이 ◇남진=
남편 ◇뭇디 마오리=묻지 마시오

▷ **통석** 　여자가 가는 길은 남자가 에둘러 가듯이
　　　　남자가 가는 길을 여자가 치우쳐 돌아가듯이
　　　　제 남편 제 아내가 아니거든 이름 묻지 말거라.

7
네 아들 효경 닑더니 어더록 비환ᄂᆞ니
내 아들 쇼흑은 모릐면 ᄆᆞᆾ로다
어ᄂᆡ제 이 두 글 비화 어딜거든 보려뇨. **(松江歌辭 一簑本)**

효경=효경(孝經). 증자(曾子)의 문인들이 공자와 증자가 효도에 대하여 논한 것을
기록한 유교 경서(經書)의 하나 ◇어더록=어도록. 어느 정도 ◇비환나니=배웠느
냐 ◇쇼흑은=소학(小學)은. 소학은 송나라 주희가 엮은 책으로 아이들이 행할 바
와 마음가짐 등을 서술하였다 ◇ᄆᆞᆾ로다=마칠 것이다 ◇어ᄂᆡ제=언제 ◇비화 어

딜거든=배워 어질거든.

🔖 **통석**　네 아들 효경을 읽더니 어느 정도를 배웠느냐
　　　　　내 아들 소학은 모레면 마칠 것 같구나
　　　　　언제 이 두 글 배워 어질거든 볼 수 있을까.

8

ᄆ을 사ᄅᆷ들아 올ᄒᆫ 일 ᄒᆞ쟈ᄉᆞ라
사ᄅᆷ이 되어나셔 올티옷 못ᄒᆞ면
ᄆᆞ쇼를 갓 곳갈 싀워 밥 머기나 다ᄅᆞ랴.　(松江歌辭 一簑本)

올ᄒᆫ 일 ᄒᆞ쟈ᄉᆞ라=올바른 일 하자꾸나 ◇올티옷=옳지를 ◇ᄆᆞ쇼를=마소를. 짐승을 ◇갓 곳갈 싀워=갓과 고깔을 씌워 ◇밥 머기나=밥을 먹이는 것이나.

🔖 **통석**　마을 사람들아 올바른 일 하자꾸나
　　　　　사람으로 태어나서 옳지를 아니하면
　　　　　마소에 갓과 고깔을 씌워 밥이나 먹이는 것과 다르겠느냐.

9

ᄑᆞᆯ목 쥐시거든 두 손으로 바티리라
갈 ᄃᆡ 겨시거든 막대 들고 조ᄎᆞ리라
향음쥬 다 파ᄒᆞᆫ 후에 뫼셔가려 ᄒᆞ노라.　(松江歌辭 一簑本)

갈 ᄃᆡ 겨시거든=가실 곳이 게시거든 ◇향음쥬=향음주(鄕飮酒). 마을 사람들이 어른들을 뫼시고 읍양(揖讓)의 예를 주고받고 하는 주연을 베푸는 예식 ◇다 파ᄒᆞᆫ=다 끝난.

🔖 **통석**　팔목을 쥐시거든 두 손으로 받들리라
　　　　　갈 곳이 계시거든 지팡이 들고 좇으리라
　　　　　향음주가 다 끝난 다음에는 뫼시고 가려고 한다.

10

늠으로 삼긴 듕의 벗ヌ티 유신ᄒ랴
내의 왼 이를 다 닐오려 ᄒ노매라
이 몸이 벗님곳 아니면 사름 되미 쉬올가. (松江歌辭 一簑本)

유신ᄒ랴=믿음직하겠느냐(有信) ◇왼 이를=잘못된 일을 ◇닐오려 ᄒ노매라=타이르려하는구나 ◇사름 되미=사람구실을 하기가.

🔹통석　남으로 태어난 가운데 벗같이 믿음직하겠느냐
　　　　　나의 잘못된 일을 다 타일러주려 하는구나.
　　　　　이 몸이 벗이 아니면 사람구실을 하기가 쉬울까.

11

어와 뎌 족하야 밥 업시 엇디 ᄒ고
어와 뎌 아자바 옷 업시 엇디 ᄒ고
머흔 일 다 닐러스라 돌보고져 ᄒ노라. (松江歌辭 一簑本)

족하야=조카야 ◇아자바=아저씨 ◇머흔 일=어려운 일 ◇닐러스라=말하여라.

🔹통석　어와 저 조카야 밥 없이 어찌 하겠느냐
　　　　　어와 저 아저씨 옷 없이 어찌 하겠소
　　　　　어려운 일 다 말하여라 서로 돌보고자 하노라.

12

네 집 상스들흔 어더록 출호순다
네 쫄 셔방은 언제나 마치ᄂ순다
내게도 업다 커니와 돌보고져 ᄒ노라. (松江歌辭 一簑本)

상스들흔=상사(喪事)들은 ◇어더록 출호순다=어떻게 처리하느냐 ◇마치ᄂ순다=

맞이하려 하느냐 ◇업다 커니와=없다고 하지만.

네 집 상사들은 어떻게 처리하느냐
네 딸 서방은 어떻게 맞이하려 하느냐
나도 넉넉하지는 않지만 돌보고자 하노라.

13
오늘도 다 새거다 호믜 메고 가쟈스라
내 논 다 믹여든 네 논 졈 믹여주마
올 길히 뽕 짜다가 누에 먹켜 보쟈스라. (松江歌辭 一簑本)

새거다=샜다. 밝았다 ◇가쟈스라=가자꾸나 ◇먹켜=먹여. 키워.

오늘도 다 밝았다. 호미 메고 가자꾸나.
내 논 다 매거든 네 논 좀 매어주마
오늘 길에 뽕 타다가 누에 먹여 보자꾸나.

14
비록 못 니버도 ᄂᆞ믜 오슬 앗디 마라
비록 못 머거도 ᄂᆞ믜 밥을 비디 마라
ᄒᆞᆫ 적곳 ᄠᅵ 시른 휘면 고텨 볏기 어려우리. (松江歌辭 一簑本)

니버도=입어도 ◇ᄂᆞ믜 오슬=남의 옷을 ◇앗디 마라=빼앗지 마라 ◇비디 마라=
비럭질을 하지마라 ◇ᄒᆞᆫ 적곳=한 번을 ◇ᄠᅵ 시른 휘면=때를 묻힌 다음에는. 죄
를 짓고 난 다음에는 ◇고텨=다시.

비록 못 입어도 남의 옷을 빼앗지 마라
비록 못 먹어도 남의 밥을 비럭질 마라
한 번을 때 묻힌 다음에는 다시 씻어내기 어려울 것이다.

15
샹뉵 쟝긔 ᄒᆞ디 마라 숑ᄉᆞ 글월 ᄒᆞ디 마라
집 배야 므슴ᄒᆞ며 ᄂᆞ민 원슈될 줄 엇디
나라히 법을 셰우샤 죄 인ᄂᆞᆫ 줄 모ᄅᆞᄂᆞᆫ다. (松江歌辭 一簑本)

샹뉵 쟝긔=쌍륙(雙六)과 장기(將棋) ◇숑ᄉᆞ=송사(訟事). 재판 ◇집 배야=집이 허물어져. 배야는 탕진하다의 뜻 ◇엇디=어찌 알랴.

📖 통석   쌍륙과 장기를 두지 마라 송사하는 글을 올리지 마라
         집이 허물어져 무엇 하며 남의 원수가 될 줄 어찌 알랴
         나라가 법을 세우시어 죄 있는 줄 모르겠느냐.

16
이고 진 뎌 늘그니 짐 프러 나를 주오
나ᄂᆞᆫ 졈엇쩌니 돌히라 무거을가
늘거도 셜웨라커든 지믈조차 지실가. (松江歌辭 一簑本)

이고 진=머리에 이고 등에 진 ◇돌히라=돌이라고 ◇늘거도 셜웨라커든=늙는 것도 서럽다고 하거늘 ◇지믈조차 지실가=짐을 알맞게 지십시오.

📖 통석   머리에 이고 등에 진 저 늙은이 짐을 풀어 나에게 주시오
         나는 젊었거든 돌이라 한들 무거울까
         늙기도 서러운 것이거든 짐을 알맞게 지십시오

〈酒問答〉

1
므스 일 일우리라 십년 지이 너를 조차
내 ᄒᆞᆫ 일 업시셔 외다마다 ᄒᆞᄂᆞ니
이제야 절교편 지어 전송호ᄃᆡ 엇더리. (松江歌辭 一簑本)

(酒쥬問문答답幷병下하三삼首슈)

십년 지이=십 년이 다 되도록 ◇외다마다=그르다 옳다 ◇절교편=절교편(絶交篇).
절교하는 글 ◇전송호듸=밥을 먹여 떠나보내되(餞送).

🔖 **통석**　무슨 일을 이루겠다 십 년이 다 되도록 너를 따라
　　　　　　내가 한 일 없어서 그르다 옳다 하느냐
　　　　　　이제야 절교하는 글을 지어 전송하되 어떻겠느냐

　2
일이나 일우려 ᄒ면 처엄의 사괴실가
보면 반기실 시 나도 조차 ᄃ니더니
진실로 외다옷 ᄒ시면 마ᄅ신ᄃᆯ 아니랴. (松江歌辭 一簧本)

일우려=하려고 ◇조차=따라 ◇외다옷=그르다고만 ◇마ᄅ신ᄃᆯ=그만두신들.

🔖 **통석**　일이나 하려고 하였다면 처음부터 사귀었겠느냐
　　　　　　보면 반가워하기에 나도 따라 다녔더니
　　　　　　진실로 잘못되었다 하시면 그만두신들 그만 아니냐.

　3
내 말 고텨 드러 너 업스면 못 살려니
머흔 일 구즌 일 널로 ᄒ야 다 닛거든
이제야 ᄂ믈 괴려ᄒ여 녯 벗 말고 엇디리. (松江歌辭 一簧本)

고텨 드러=다시 들어 ◇머흔 일 구즌 일=험한 일 언짢은 일 ◇ᄂ믈 괴려ᄒ여=남
을 사랑하려고 하여.

🔖 **통석**　내 말을 다시 들어라 너 없으면 못 살 것 같으니
　　　　　　험한 일 궂은일을 너로 하여 다 잊거든
　　　　　　이제야 남을 사랑하겠다 하여 예전 벗 말고 어찌하랴.

장경세*

〈江湖戀君歌 前六曲〉

1

瑤空애 둘 붉거늘 一張琴을 빗기 안고
欄干을 디혀 안자 古陽春을 트온마리
엇더타 님향흔 시름이 曲調마다 나느니. (沙村集 1)

瑤空(요공)애=아름다운 하늘에 ◇빗기=비스듬히 ◇디혀=기대어 ◇古陽春(고양춘)
을=옛 양춘곡을. 양춘곡은 금곡(琴曲)의 이름 ◇트온마리=연주하니 ◇시름이=시
름이 ◇나느니=나느냐.

🔖 통석 　하늘에 달이 밝거늘 가야금을 비스듬히 안고
　　　　　난간을 기대앉아 옛 양춘곡을 타니
　　　　　어째서 님을 향한 근심이 곡조마다 나느냐.

2

紅塵의 숨 씨연디 二十年이 어제로다
綠楊芳草애 졀로 노힌 므리 되어
時時히 고개를 드러 님자 그려 우노라. (沙村集 2)

綠楊芳草(녹양방초)애=푸른 버들과 싱그러운 풀에 ◇졀로 노힌 므리=자유스럽게
놓인 말이. 벼슬을 그만두고 ◇그려=그리워하여.

---

* 장경세(張經世 ; 1547~1615). 자 겸선(兼善). 호 사촌(沙村). 문인. 벼슬은 금구현령(金溝縣令)
을 역임했음. 이황의 "도산곡"을 모방한 "강호연군가"를 지었다. 저서에 <사촌집>(沙村集)
이 있다.

🔷 **통석**　속세의 꿈을 깬지가 이십 년이 어제 같구나.
　　　　　푸른 버들과 싱싱한 풀밭에 저절로 놓인 말이 되어
　　　　　때때로 고개를 들어 님을 그리워 우노라.

3

시져리 하 슈상ᄒ이 ᄆ음을 둘 듸 업다

喬木도 녜 ᄀᆺ고 世臣도 ᄀ자시되

議論이 여긔져긔 ᄒ이 그를 몰나 ᄒ노라. (沙村集 3)

시져리 하 슈상ᄒ이=시절(時節)이 너무 수상(殊常)하니. 뒤숭숭하니 ◇喬木(교목)도 네 ᄀᆺ고=큰 나무도 예전과 같고 ◇世臣(세신)도 ᄀ자시되=대대로 높은 벼슬을 한 신하도 갖추어졌는데 ◇여긔져긔ᄒ이=분분(紛紛)하니.

🔷 **통석**　시절이 너무 수상하니 마음을 둘 곳 없다
　　　　　커다란 나무도 예전과 같고 대대로 벼슬한 신하도 다 갖추어졌는데
　　　　　의론이 분분하니 왜 그런지를 몰라 하노라.

4

엇그제 ᄭᅮᆷ 가온대 **廣寒殿**의 올라 가이

님이 날 보시고 ᄀ쟝 반겨 말ᄒ시데

머근 ᄆᆷᆷ 다 ᄉᆱ노라 ᄒ이 날 새ᄂᆫ 줄 모ᄅ로다. (沙村集 4)

廣寒殿(광한전)의=광한전에. 광한전은 하늘에 있다고 하는 옥황상제의 궁전 ◇ᄉᆱ노라 ᄒ이=아뢰려고 하니. 말씀드리고자 하니 ◇모ᄅ로다=모르겠구나.

🔷 **통석**　엇그제 꿈속에서 광한전에 올라가니
　　　　　님께서 나를 보시고 가장 반겨 말씀하시네.
　　　　　먹은 마음을 다 아뢰려고 하니 날이 밝는 줄 모르겠다.

5

漢文이 有道ᄒ이 賈太傅를 내 운노라
當時事勢야 그리 偶然ᄒᆞᆯ가
엇더타 긴 흔숨 긋틴 痛哭조차 ᄒᆞ던고. (沙村集 5)

漢文(한문)이 有道(유도)ᄒ이=한(漢)나라의 문학이 도가 있으니 ◇賈太傅(가태부)를
내 운노라=가태부를 내가 우습게 여긴다. 가태부는 가의(賈誼)로 처음 문제(文帝)에
상주하여 박사가 되고 다음 양왕(梁王)의 대부가 되었다가 제후가 강대해져서 제압
하기 힘듦을 깊이 탄식하고 울었다고 함 ◇긋틴 痛哭(통곡)조차=끝에 통곡마저.

📜 통석　한나라 문학이 도가 있으니 가태부의 행위를 내가 웃는다.
　　　　그때의 일이 되어가는 형세가 그렇게도 우연하던가.
　　　　어쩌다 긴 한숨 끝에 통곡마저 하던고

6

宋玉이 가을ᄒᆞᆯ 만나 므스 이리 슬프던고
寒霜白露ᄂᆞᆫ 하ᄂᆞᆯ히 긔운이라
이 내의 ᄂᆞᆫ 몬져 근심은 봄ᄀᆞ을이 업서라. (沙村集 6)

宋玉(송옥)이=송옥이. 송옥은 초(楚)나라 사람으로 굴원(屈原)의 제자임 ◇므스 이
리=무슨 일이 ◇寒霜白露(한상백로)ᄂᆞᆫ=차가운 서리와 맑은 이슬은 ◇하ᄂᆞᆯ히=하
늘의 ◇이 내의=이 같은 나의.

📜 통석　송옥이 가을을 만나 무슨 일이 슬프던가.
　　　　차가운 서리가 내리고 맑은 이슬이 맺히는 것은 하늘의 기운이다
　　　　이 같은 내가 나 먼저 근심하는 것은 봄가을이 없구나.

〈後六曲〉

1

尼丘에 日月이 불가 陋巷에 비최엿다
浴沂春風에 氣象이 엇더턴고
千載예 喟然 嘆息ᄒ시던 소릐 귀예 ᄀ득 ᄒ여라. (沙村集 7)

尼丘(이구)에=이구에. 이구는 중국 산동성에 있는 산으로, 공자(孔子)가 태어난 곳
◇浴沂春風(욕기춘풍)에=기수에서 목욕하고 봄바람을 쏘임이. 증자(曾子)의 고사임
◇喟然(위연) 歎息(탄식)ᄒ시던=크게 탄식하시던.

> 💬 **통석** 이구에 해와 달이 밝아 내가 사는 곳까지 비추었다
> 기수에 목욕하고 봄바람을 쐬며 돌아오는 기상이 어떠한고
> 천 년 전에 크게 탄식하시던 소리가 귀에 가득 하여라.

2

窓前에 플이 프르고 池上애 고기 쒸다
一般生意를 아ᄂ 이 긔 뉘런고
어즈버 光風霽月 坐上春風이 어제로온 듯ᄒ여라. (沙村集 8)

池上(지상)애=못 위로 ◇一般生意(일반생의)를=일반적인 생의 의미를 ◇아ᄂ 이=
아는 사람이 ◇光風霽月(광풍제월) 坐上春風(좌상춘풍)이=비 온 뒤의 맑은 바람과
비 갠 하늘에 뜬 달과 같이 마음이 깨끗하고 상쾌함과 앉은 곳에 봄바람이 불 듯
온화한 얼굴빛이. 송(宋)나라 학자 정호(程顥)의 온화한 기상을 일컬은 말.

> 💬 **통석** 창 앞에 풀이 파랗고 못 위로 고기가 뛴다
> 일반적인 삶의 의미를 아는 사람이 그 누구인고
> 어즈버 비가 그친 뒤 뜬 달과 앉은 자리에 봄바람 일듯 함이 어제인 것
> 같구나.

3

孔孟의 嫡統이 ᄂᆞ려 晦庵씨 다ᄃᆞ르이
精微學文은 窮理正心 굽닐넌듸
엇더타 江西議論은 그를 支離타 ᄒᆞ던고. (沙村集 9)

孔孟(공맹)의 嫡統(적통)이=공자와 맹자의 직접적인 계통이 ◇晦庵(회암)씨 다ᄃᆞ르이
=회암에게 이르니. 회암은 주자(朱子) ◇精微學文(정미학문)은=정밀하고 자세하게
글을 배움은 ◇窮理正心(궁리정심)=마음을 바르게 하고 깊이 연구함 ◇굽닐넌듸=함
께 일렀는데 ◇江西議論(강서의론)은=강서 학파의 하나인 송(宋)나라 육구연(陸九淵)
이 아호(鵝湖)에서 주희(朱熹)를 만나 논란(論難)이 잦았다는 고사. 육구연은 덕성을
존중하는 것이 기본 사상이어서, 궁리정심의 주희의 사상을 지루하다고 했음.

🏵 통석   공자 맹자의 학통이 나려와 회암에게 이르니
        정밀하고 자세하게 글을 배움은 마음을 바르게 하고 연구하도록 함께
        일렀는데
        어쩌다 강서의 의론은 그것을 지루하다고 하던가.

4

江西의 議論이 놉고 茶飯은 蒲塞로다
菽粟의 맛슬 아던동 모르던동
술릐예 ᄒᆞᆫ 바쾨 업스이 갈길 몰나 ᄒᆞ노라. (沙村集 10)

茶飯(다반)은=예사로운 일은. 항다반(恒茶飯). 또는 술안주 ◇蒲塞(포새)=미상(未
詳). 보잘 것이 없다라는 뜻인 듯. 그릇에 가득하다란 뜻인 듯 ◇菽粟(숙속)의=콩
과 조의. 여러 사람에게 널리 통하는 ◇아던동 모르던동=아는지 모르는지 ◇술릐
예=수레에 ◇업스이=없으니.

🏵 통석   강서의 의론이 높고 예사로운 일은 보잘 것 없구나.
        콩과 조의 맛을 아닌지 모르는지
        수레에 한 바퀴가 없는 것과 같으니 갈 길을 몰라 하노라.

5

丈夫의 몸이 되어 飢寒을 들리 것가
一山風月애 즐거옴미 ⁊이 업다
닉 마다 浮雲富貴을 뜰을 줄리 이시랴. (沙村集 11)

飢寒(기한)을=배고프고 추운 것을 ◇들리 것가=두려워할 것인가 ◇一山風月(일산 풍월)애=산에 살며 즐기는 멋에 ◇닉 마다=내가 싫다고 한 ◇뜰을 줄리=따를 까 닭이.

📖통석　장부로 태어나서 배고프고 추위를 두려워 할 것인가
　　　　산에 살면서 즐기며 사는 멋에 즐거움이 끝이 없다
　　　　내가 싫다고 한 뜬구름 같은 부귀를 따를 까닭이 있겠느냐.

6

得君行道는 君子의 뜻디로되
時節곳 어긔면 考槃을 즐겨ᄒ늬
疏淡ᄒ 松風山月이사 나뿐인가 ᄒ노라. (沙村集 12)

得君行道(득군행도)는=임금의 신임을 얻고 도를 행함은 ◇考槃(고반)을=유유자적 함을. 숨어서 풍류를 즐김을 ◇疏淡(소담)ᄒ=소탈하고 담담한 ◇松風山月(송풍산 월)이사=솔숲을 스치어 부는 바람과 산에 비추는 달이야.

📖통석　임금의 신임을 얻고 도를 행함은 군자의 뜻이로되
　　　　시절과 맞지 않으면 유유자적함을 즐겨하되
　　　　소탈하고 담담한 솔바람과 산 위에 뜬 달을 즐기는 것이야 나뿐인가 하
　　　　노라.

곽기수*

〈漫興〉

1

草堂의 불근 달이 北窓을 비겨시니
시닉 물근 솔릭 두 귀를 절노 싯닉
巢父의 箕山潁水도 이러런동 만동. (寒碧堂文集)

싯닉=씻는구나 ◇巢父(소보)의 箕山潁水(기산영수)도=요임금 시대의 은사(隱士)인
소보와 허유(許由)와 머물렀던 산과 물도 ◇이러런동 만동=이러했던지 아니했던지.

📖 통석 초당의 밝은 달이 북창을 비스듬히 비추니
시냇물 맑은 소리가 두 귀를 저절로 씻는구나.
소보가 귀를 씻었다는 기산과 영수도 이러했던지 아니했던지.

2

믈은 거울이 되어 窓 아픠 빗겨거늘
뫼흔 屛風이 되어 하늘 밧긔 어위엿닉
이듕의 벗 스몬 거슨 白鷗 外예 업서라. (寒碧堂文集)

뫼흔=산은 ◇어위엿닉=넓게 펼쳐 있네. 둘려있네 ◇벗 스몬 거슨=벗을 삼은 것은.

---

* 곽기수(郭期壽 ; 1549~1616). 자 미수(眉叟). 호 한벽(寒碧), 한벽당(寒碧堂). 문인. 벼슬은 부
안현감을 역임했으나 고령의 양친을 봉양하기 위해 벼슬을 사양했다. 저서에 <한벽당문
집>(寒碧堂文集)이 있다.

⟐ 통석　냇물은 거울이 되어 창 앞에 비스듬히 비추거늘
　　　　산은 병풍이 되어 멀리 둘려있네
　　　　이 가운데 벗을 삼은 것은 갈매기밖에 없구나.

　　3
　　義皇이 니건지 오리니 시절이 보암즉디 아니히
　　슐이 狂藥인줄 늬 몬저 알건마는
　　저근덧 醉鄕의 드러가 太古젹을 보려 히늬. (寒碧堂文集)

義皇(희황)이 니건지=복희씨(伏羲氏)가 죽은 지가 ◇보암즉디 아니히=보암직하지
아니하다 ◇狂藥(광약)인줄=미치게 만드는 약인 줄 ◇저근덧=어느 사이에. 잠깐
◇醉鄕(취향)의=취한 기분에. 취중의 기분을 일종의 별천지에 비겨 일컬음.

⟐ 통석　복희씨가 죽은 지 오래니 세상이 보암직하지 아니 하네
　　　　술이 사람을 미치게 하는 약인 줄 내가 먼저 알지마는
　　　　잠깐만 술에 취하여 아주 오랜 옛날 시절을 보려고 하네.

이신의*

〈四友歌〉

1

바회예 셧는 솔이 凜然흔 줄 반가온뎌
風霜을 격거도 여외는 줄 전혀 업다
얻디타 봄 비츨 가져 고틸 줄 모르느니. (石灘先生文集補遺)
(松)

솔이=소나무가 ◇凜然(늠연)흔=씩씩하고 위엄이 있는 듯한 ◇여외는 줄=여위는
기색이 ◇얻디타=어쩌다 ◇봄 비츨 가져=늘 푸른빛을 가져. 항상 푸르러 ◇고틸
=변할.

> 📖 통석　바위에 서있는 소나무가 씩씩하고 위엄 있어 보임이 반갑구나.
> 　　　　바람과 서리를 겪어도 여위는 기색이 전혀 없구나.
> 　　　　어쩌다 늘 푸른빛을 가져 고칠 줄 모르느냐.

2

東籬에 심은 菊花 貴흔 줄를 뉘 아느니
春光을 번폐ᄒ고 嚴霜이 혼자 퓌니
어즈버 쳥고흔 내 버디 다만 넨가 ᄒ노라. (石灘先生文集補遺)
(菊)

---

* 이신의(李愼儀 ; 1551~1627). 자 경칙(景則). 호 석탄(石灘). 문신. 광해군의 폐모사건에 부당
　함을 간하다 회령으로 귀양갔다가 인조반정 때 풀려났다. 이조판서에 추증되었다. 저서에
　<석탄집>(石灘集)이 있다. 시호는 문정(文貞).

東籬(동리)에=동쪽 울타리 밑에 ◇번폐ᄒ고=번거로운 폐단(煩弊)을 없애고 ◇嚴霜(엄상)이=된서리에 ◇청고ᄒᆫ=청백하고 고결(淸高)한 ◇버디=벗이 ◇녠가=너뿐인가.

통석 동쪽 울타리 밑에 심은 국화 귀한 줄을 누가 알겠느냐
봄철을 다 버리고 된서리가 내리는 가을에 혼자 피니
어즈버 맑고 고결한 내 벗이 다만 너뿐인가 하노라.

   3
곳이 無限ᄒ되 梅花를 심근 ᄯ든
눈 속에 곳이 퓌여 ᄒᆫ 비틴 줄 귀ᄒ도다
ᄒ말며 그윽ᄒᆫ 香氣를 아니 貴코 어이리. (石灘先生文集補遺)
(梅)

곳이 無限(무한)ᄒ되=꽃이 많이 있으되 ◇ᄒᆫ 비틴 줄=눈과 똑같은 빛인 줄 ◇ᄒ말며=하물며.

통석 꽃이 많이 있지만 매화를 심은 뜻은
눈 속에서 꽃이 피어 눈과 똑같은 빛인 것이 귀하구나.
하물며 그윽한 향기를 귀하게 아니 여기면 어찌하리.

   4
白雪이 ᄌᄌᆫ 날에 대를 보려 窓을 여니
온갓 곳 간 ᄃᆡ 업고 대 숩히 푸르러셰라
엇디ᄒᆫ 淸風을 반겨 흔덕흔덕 ᄒᄂ니. (石灘先生文集遺補)
(竹)

ᄌᄌᆫ=잦은. 가득 찬. 또는 녹는 ◇온갓 곳=모든 꽃 ◇대 숩히 푸르러셰라=대나무 숲이 푸르렀구나 ◇엇디ᄒᆫ=어째서.

통석 백설이 가득한 날에 대나무를 보려고 창문을 여니
모든 꽃들은 간 곳이 없고 대나무 숲이 푸르렀구나.
어째서 맑은 바람을 반겨서 흔들흔들 춤을 추느냐.

〈短歌〉

1

丈夫의 ᄒ올 事業 아는다 모르는다
孝悌忠信 밧긔 ᄒ올 니리 쏘인는가
어즈버 人道의 ᄒ올 니리 다믄인가 ᄒ노라. (石灘先生文集補遺)

ᄒ올=할 ◇밧긔=밖에 ◇니리=일이 ◇人道(인도)의=사람의 도리로 ◇다믄인가=
다만 이것뿐인가.

통석 사나이로서 할 사업을 아느냐 모르느냐
효제와 충신 밖에 할 일이 또 있겠느냐
어즈버 사람의 도리로 할 일이 다만 이것뿐인가 하노라.

2

南山의 만턴 솔이 어드려 가단말고
亂後 斧斤이 그대로 늘낼시고
두어라 雨露곳 기푸면 다시 볼가 ᄒ노라. (石灘先生文集補遺)

만턴 솔이=많았던 소나무가 ◇어드려 가단말고=어디로 갔다는 말이냐 ◇亂後 斧
斤(난후부근)이=전쟁 뒤에 날카로운 도끼날이 ◇그대로 늘낼시고=그처럼 날랬단
말이냐 ◇雨露(우로)곳 기푸면=자연의 혜택이 많으면. 달리 임금의 은덕이 많으면.

통석 남산에 그 많던 소나무가 어디로 갔단 말이냐
난리 끝에 날카로운 도끼날이 그처럼 날랬단 말이냐
두어라 임금의 은덕이 많으면 다시 볼 수 있을까 하노라.

3

窓 밧긔 細雨 오고 뜰 ᄀᆞ에 제비 ᄂᆞ니

謫客의 懷抱는 무슨 일로 ᄀᆞ디 업서

뎌 제비 飛飛를 보고 한숨 계워 ᄒᆞᄂᆞ. (石灘先生文集補遺)

ᄂᆞ니=나니 ◇謫客(적객)의 懷抱(회포)는=귀양 와 있는 나그네가 품고 있는 생각은
◇ᄀᆞ디 업서=끝이 없어 ◇飛飛(비비)를=나는 것을.

🔖 통석　창밖에 이슬비 내리고 뜰 가에 제비가 나니
　　　　귀양 온 손의 품고 있는 감회는 무슨 일로 끝이 없어
　　　　저 제비가 나는 것을 보고 한숨을 억제하기 어려워하느냐.

4

謫客의 벗디 업셔 空樑의 제비로다

終日 ᄒᆞᄂᆞ 말이 무슴 辭說 ᄒᆞᄂᆞ작고

어즈버 내 픔은 실름은 널로만 ᄒᆞ노라. (石灘先生文集補遺)

벗디=벗이 ◇空樑(공량)의=텅 비어 있는 대들보에 ◇ᄒᆞᄂᆞ작고=하는 것이냐 ◇널
로만=너만이 짐작.

🔖 통석　귀양 온 손에게 벗이 없어 텅 비어 있는 대들보의 제비뿐이로구나
　　　　하루 종일 하는 말이 무슨 말을 하려고 하는 것이냐
　　　　어즈버 내가 품은 시름은 너만이 짐작 하리라.

5

人間이 有情ᄒᆞ 버슨 明月 밧긔 ᄯᅩ 인ᄂᆞᆫ가

千里를 머디 아녀 간 듸마다 ᄯᅡ라오니

어즈버 반가온 녯 버디 다ᄆᆞ 넌가 ᄒᆞ노라. (石灘先生文集補遺)

버슨=벗은 ◇머디 아녀=멀다고 하지 않고 ◇다ᄆ 넨가=다만 너뿐인가.

🔖 **통석** 사람에게 다정한 벗은 명월밖에 또 있겠느냐
천리를 멀다고 하지 아니하고 가는 곳마다 따라오니
어즈버 반가운 예전 벗이 다만 너뿐인가 하노라.

6
雪月의 梅花을 보려 잔을 잡고 窓을 여니
셕씬 곳 여윈 속이 자잔ᄂ이 香氣로다
어즈버 蝴蝶이 이 香氣 알면 애 싄츨가 ᄒ노라. *(石灘先生文集補遺)*

雪月(설월)의=눈 내린 밤에 비추는 달빛에 ◇셕씬 곳=뒤섞여 있는 꽃 ◇여윈 속
이=시들어 있는 속에 ◇자잔ᄂ이=가득한 것이 ◇蝴蝶(호접)이=나비가 ◇애 싄츨
가=애가 끊어질까. 몹시 서러워할까.

🔖 **통석** 눈 내린 밤에 매화를 보려고 술잔을 잡고 창문을 여니
뒤섞여 있는 꽃 시들은 속에 가득한 것이 향기로다
어즈버 나비가 이 향기를 안다면 애가 끊어질까 하노라.

정광천*

〈述懷〉

1

어화 셜운지고 太平은 언졔려니
님굼은 엇지ᄒ며 老親을 엇지 ᄒ리
차라리 쟈ᄂ 닷시 죽어셔 아무란 줄 모로리라. (洛涯實記)

님굼은=임금은 ◇쟈ᄂ 닷시=자는 듯이.

▶ 통석　어와 서럽구나. 태평시절은 언제려니
　　　　임금은 어찌하며 늙은 어버이를 어찌하리.
　　　　차라리 자는 듯이 죽어서 아무것인지도 모르리라.

2

셜울ᄉ 셜울시고 悶罔흠이 ᄀ지 업다
兵塵이 漠漠ᄒ니 갈 길이 ᄋ득ᄒ다
어늬졔 收復故國ᄒ야 君父 편케 하려뇨. (洛涯實記)

ᄀ지 업다=끝이 없다 ◇兵塵(병진)이 漠漠(막막)ᄒ니=전쟁의 피해가 언제 끝날지
모르니 ◇어늬제=어느 때에 ◇收復故國(수복고국)ᄒ야=옛 나라를 다시 찾아서
◇편케=편안하게.

---

* 정광천(鄭光天 ; 1553~1594). 자 자회(子晦). 호 낙애(洛厓), 송파(松坡). 학자. 한강(寒岡) 정
구(鄭逑)의 문하에서 성리학 연구에 전심했고, 임란 때에는 의병활동도 하였다. 저서에
<낙애문집>(洛厓文集)이 있다.

🔊 **통석**　서럽고 서럽구나 답답함이 끝이 없다
전쟁의 피해가 언제 끝날지 모르니 살아갈 길이 아득하다
어느 때에 옛 나라를 다시 찾아 임금과 부모를 편안하게 할까.

3

셜울스 悶罔홀스 時變이 가이 업다
君父를 엇지 ᄒ며 妻子를 엇지 ᄒ리
우에 ᄒ날이 계시니 待天命만 ᄒ오리라. *(洛涯實記)*

時變(시변)이=시세(時世)의 변화가 ◇가이=끝이 ◇우에=위에 ◇待天命(대천명)만
=천명을 기다리기만.

🔊 **통석**　서럽고 답답하구나, 시절의 변화가 끝이 없다
임금과 어버이를 어찌하며 처와 자식을 어찌하랴
머리 위에 하늘이 계시니 천명을 기다리기만 하리라.

4

셜울스 쏘 셜울스 근심이 가이 엽다
國破家亡ᄒ니 어듸로 가리요
ᄎ라리 深山을 들어가 採薇餓死 ᄒ오리라. *(洛涯實記)*

가이 엽다=끝이 없다 ◇國破家亡(국파가망)ᄒ니=나라가 무너지고 집안이 망했으
니 ◇採薇餓死(채미아사)=고사리를 캐어먹다가 굶어죽음.

🔊 **통석**　서럽고 또 서럽구나 근심이 끝이 없다
나라가 무너지고 집안이 망했으니 어디로 가야하나
차라리 깊은 산에 들어가 고사리를 캐먹다 굶어죽을까 하노라.

5

採薇ᄒ고 餓死ᄒᄂ들 老親을 어이 ᄒ리
高山에 遯跡ᄒ여 樂而忘憂 ᄒ려노니

小子드라 山田이나 매야셔 養老흘 일 ㅎ여스라. (洛涯實記)

高山(고산)에 遯跡(둔적)ㅎ여=깊은 산에 자취를 감춰서 ◇樂而忘憂(낙이망우)=혼자 즐기며 세속에 대한 근심을 잊음 ◇小子(소자)드라=아희들아 ◇山田(산전)이나 매 야셔=산에 일구어 놓은 밭이나 매어서.

📖 **통석**   고사리를 캐먹다 굶어죽은들 늙으신 어버이를 어찌 하랴
              깊은 산에 자취를 감추어 혼자 즐기며 세상 근심 잊으려 하니
              아이들아 산에 일구어 놓은 밭이나 매어서 어버이 봉양할 일이나 하여라.

6
小子달아 小子달아 養老흘 일 힘셔 ㅎ라
老親이나 保全ㅎ여 恢復을 보렷노라
닉에 君保全ㅎ면 무슨 근심 하이요. (洛涯實記)

닉에 君保全(군보전)ㅎ면=나의 아버지를 온전하게 보호하면.

📖 **통석**   아이들아 아이들아, 어버이 모실 일 힘써 하라
              늙으신 어버이나 보전하여 회복됨을 보겠다.
              내가 어버이를 보전하면 무슨 근심을 하겠느냐.

〈病中述懷歌〉

1
내 쯧지 迂拙ㅎ야 아무 딕도 맛지 아니 ㅎ니
功名에도 迂闊ㅎ고 營産에도 迂闊ㅎ여
다만 혼자 死生窮賤間 奉親終孝호려 ㅎ노라. (洛涯實記)

迂拙(우졸)ㅎ야=막히고 못나서 ◇迂濶(우활)ㅎ고=오활하고 사정에 어둡고 ◇營産

(영산)에도=재산을 경영하는데도 ◇死生窮賤間(사생궁천간)=죽고 살며 궁상스럽고 천한 사이. 살아가는 동안에 ◇奉親終孝(봉친종효)호려=어버이를 모시는 것으로 효도를 마치려.

🔹 **통석**　내 뜻이 막히고 못나서 아무 곳에도 맞지 아니하니
　　　　공명에도 어둡고 재산을 경영하는 것도 어두워
　　　　다만 혼자서 살아가는 동안 어버이에게 효도하는 것으로 생을 마칠까
　　　　하노라.

2
養親을 ᄒᆞ렷더이 時變이 이려ᄒᆞ다
慮外 病患은 엇지 못치나이다
다만 혼자 밋줍ᄂᆞᆫ 뜻슨 彼蒼者 天을 밋나이다. (洛涯實記)

時變(시변)이=시대의 변화가 ◇慮外(여외)=생각 밖의 ◇못치나이다=보채십니까
◇밋줍ᄂᆞᆫ=믿는 ◇彼蒼者天(피창자천)을=저 푸른 것 하늘을.

🔹 **통석**　어버이에게 효도하려 하였더니 시대의 변화가 이러하다
　　　　생각 밖의 병환은 어찌하여 보채십니까.
　　　　다만 혼자서 믿는 뜻은 저 푸른 것 하늘을 믿나이다.

3
하날님아 하날님아 비는 뜻 아ᅌᅳᆸ소셔
惟一 老人 救濟救濟 ᄒᆞᅌᅳᆸ쇼셔
언졔쎄 老親을 뫼시고 樂天終老 ᄒᆞ오릿고. (洛涯實記)

비ᄂᆞᆫ 뜻=비는 뜻 ◇惟一老人(유일노인)=오직 노인을 ◇언졔쎄=언제쯤 ◇樂天終老(낙천종로)=사는 것을 즐기고 목숨을 마침.

🔹 **통석**　하느님아 하느님아. 비는 뜻을 아시옵소서.
　　　　오직 노인을 구제하고 구제하시옵소서.
　　　　언제쯤이나 늙으신 어버이를 모시고 즐겁게 삶을 마칠 수 있을까.

조존성*

〈呼兒曲〉

1

아히야 구럭 망태 어두 西山에 날 늦거다
밤 지낸 고사리 호마 아니 늘그리야
이 몸이 이 푸새 아니면 朝夕 어이 지내리. (珍靑 112)
(西山採薇)

구럭 망태=구럭과 망태기 ◇어두=거두어라 ◇날 늦거다=해 지겠다 ◇호마=벌써
◇늘그리야=많이 자랐을 것이다 ◇푸새=풋나물. 산나물 ◇朝夕(조석) 어이 지내
리=아침저녁 끼니를 어떻게 하겠느냐.

🔖 **통석** 아희야 구럭과 망태기를 거두어라 서산에 해 지겠다
밤을 지난 고사리가 벌써 아니 자랐겠느냐
이 몸이 이런 풋나물이 아니면 아침저녁 끼니를 어찌 지내랴.

2

아히야 되롱 삿갓 출화 東澗에 비 지거다
기나긴 낙대에 미늘 업슨 낙시 미야
져 고기 놀라지 마라 내 흥계워 호노라. (珍靑 113)
(東澗觀魚)

---

* 조존성趙存性 ; 1553~1627). 자 수초(守初). 호 정곡(鼎谷), 용호(龍湖). 문신. 벼슬은 호조판
서를 역임했다. 시조 "호아곡"(呼兒曲) 4수가 전한다. 시호는 소민(昭敏).

출화=차비해라. 준비하라 ◇東澗(동간)에 비 지거다=동쪽 냇물에 비 오겠다 ◇미늘 업슨=미늘 없는.

통석 아희야 도롱이와 삿갓을 차려라 동쪽 냇물이 비 오겠다
기다란 막대에 미늘 없는 낚시를 매어
저 고기야 놀라지 마라 내 흥이 넘쳐나 그러노라.

3
아히야 粥朝飯 다오 南畝에 일 만해라
서투론 짜부를 늘 마조 자부려뇨
두어라 聖世躬畊도 亦君恩 이시니라. (珍靑 114)
(南畝躬耕)

粥朝飯(죽조반)=이른 아침으로 먹는 죽 ◇南畝(남무)에=남쪽에 있는 밭에 ◇일 만해라=할 일이 많구나 ◇서투론=익숙하지 않은 ◇짜부를=따비를 ◇눌 마조 자부려뇨=누구와 마주 잡겠느냐 ◇聖世躬畊(성세궁경)도=태평한 시대에 몸소 밭을 가는 것도 ◇亦君恩(역군은)=또한 임금의 은혜.

통석 아희야 조반 죽을 다오 남쪽 밭에 일이 많구나.
서투른 따비를 누구와 마주 잡겠느냐
두어라 태평성대에 몸소 밭가는 것도 또한 임금의 은혜이니라.

4
아히야 쇼 며겨 내여 北郭에 새 술 먹쟈
大醉흔 얼굴을 둘빗체 시러 오니
어즈버 羲皇上人을 오늘 다시 보와다. (珍靑 115)
(北郭醉歸)

쇼 며겨 내여=소를 먹여 끌어내라 ◇北郭(북곽)에=북쪽에 있는 마을에 ◇둘빗체 시러 오니=달빛을 등에 지고 돌아오니. 받으며 ◇羲皇上人(희황상인)을=복희씨 이전 태고 때의 사람이란 뜻으로 세상일을 잊고 안일하게 지내는 사람을 ◇보와

다=보는구나.

아희야 소 먹여 끌어내라 북쪽 마을에가 새 술 먹자
       몹시 취한 얼굴을 달빛을 받으며 돌아오니
       어즈버 세상일 모르고 사는 사람을 오늘 다시 보았구나.

박선장*

〈五倫歌〉

1

寸마도 못ᄒᆞᆫ 푸리 봄 이슬 마즌 後에
닙 넙고 줄기 기러 밤나즈로 부러낫다
이 恩惠 하 罔極ᄒᆞ니 가플 줄을 몰ᄂᆡ라. (水西先生文集 1)
(父子)

촌(寸)마도 못ᄒᆞᆫ 푸리=한 치도 안 되는 풀이 ◇밤나즈로 부러낫다=밤낮으로 자랐
다 ◇가플=갚을.

▶통석   한 치도 안 되는 풀이 봄철 이슬 맞은 뒤에
잎이 넓고 줄기가 길어져 밤낮으로 불어났다
이 은혜 너무나도 커서 끝이 없으니 갚을 길을 모르겠다.

2

이 님이 머기시고 이 님이 입피시니
十生九死ᄒᆞᆫ들 님의 德을 니즐ᄂᆞ냐
萬一에 大義를 모ᄅᆞ면 厮養이나 다ᄅᆞ랴. (水西先生文集 2)
(君臣)

이 님이=임금을 가리킴 ◇十生九死(십생구사)ᄒᆞᆫ들=겨우 살아남는다고 한들. 구사

---

* 박선장(朴善長 ; 1555~1617). 자 여인(汝仁). 호 수서(水西). 학자, 문신. 벼슬은 경상도사를 역임
했다. 만년에 서당을 지어 후진교육에 힘썼다. 저서에 <수서선생문집>(水西先生文集)이 있다.

일생과 같은 말 ◇니줄느냐=잊겠느냐 ◇厠養(측양)이나=막일을 하는 사람이나. 무식한 사람.

> 📖 **통석** 이 님이 먹이시고 이 님이 입히시니
> 구사일생한들 님의 은덕을 잊을쏘냐.
> 만일에 이처럼 큰 뜻을 모르면 무식한 사람과 다르랴.

3

두 姓이 흔 듸 모다 함끠 늘거 죽쟈 ᄒ니
百年情好야 이예셔 더라마ᄂᆞᆫ
그려도 恭敬흘 줄 모르면 雎鳩 아니 인ᄂᆞ냐. (水西先生文集 3)
(夫婦)

百年情好(백년정호)야=평생 동안 의가 좋은 것이야 ◇이예셔 더라마ᄂᆞᆫ=이보다 더 하겠느냐만 ◇雎鳩(저구) 아니 인ᄂᆞ냐=징경이 만도 못하지 않느냐.

> 📖 **통석** 두 성씨가 한 곳에 모아 함께 늙어 죽자고 하였으니
> 평생 동안 의리가 좋은 것이야 이보다 더 하겠느냐마는
> 그래도 서로 공경할 줄 모르면 징경이만도 못하지 않느냐.

4

몬져 나니 後에 나니 次序야 다ᄅᆞᆯ지라도
압 뒤헤 들녀셔 한 져즈로 기러낫다
사ᄅᆞᆷ이 이 ᄠᅳᆮ들 모라면 禽獸마도 못ᄒ리. (水西先生文集 4)
(兄弟)

나니=태어났거니 ◇들녀셔=이어서 ◇져즈로 기러낫다=젖으로 자랐다.

> 📖 **통석** 먼저 태어났거니 뒤에 태어났거니 차례야 다를지라도
> 앞과 뒤를 이어서 한 젖으로 자랐다
> 사람이 이 뜻을 모르면 짐승만도 못하리라.

5

남으로 삼긴 거시 이딕도록 親厚홀샤

손 잡고 말흘 제 억게만 두드리랴

桑田이 바닷물 되어도 信을 닛디 마로리라. (水西先生文集 5)

(朋友)

억게만 두드리랴=어깨만 두드리랴 ◇桑田(상전)이 바닷물 되어도=뽕나무 밭이 바닷물이 되어도 천지개벽이 되어도 ◇닛디 마로리라=잊지 않으리라.

🔖통석   남으로 태어난 것이 이토록 친하고 인정이 두터우랴

            손잡고 말할 때 어깨만 두드리고 말겠느냐

            천지가 개벽이 되어도 믿음을 잊지 않으리라.

6

唐虞 머러디고 漢唐宋이 니어시니

天地 오라거니 世道 아니 變홀너냐

그려도 닐곱 구모 가자시니 五倫이야 모르랴. (水西先生文集 6)

唐虞(당우) 머러디고=요순시대가 멀어지고 ◇오라거니=오래되었으니 ◇世道(세도)=세상의 도의 ◇닐곱 구모 가자시니=일곱 구멍(七竅)을 갖추었으니. 사람으로 태어났으니. 일곱 구멍은 얼굴에 있는 눈, 귀, 코와 입의 구멍이 일곱임을 가리킴.

🔖통석   요순시대가 멀어지고 한나라 당나라 송나라가 계속하였으니

            천지개벽이 오래되었으니 세상 도의가 아니 변하겠느냐

            그래도 일곱 구멍을 갖추었으니 오륜이야 모르겠느냐.

7

옷밥이 不足ᄒ니 禮義 ᄎ리 겨를 업셔

家塾黨序을 不關이 너기ᄂᄂᆞ냐

그려도 보고 들으면 비호 리 이시리. (水西先生文集 7)

추리 겨롤=차릴 겨를 ◇家塾黨序(가숙당서)을=집에서나 글방에서나 일가의 순서를 ◇不關(불관)이 너기느냐=상관이 없다고 여기느냐 ◇그려도=그래도 ◇비호 리=배울 것이.

> **통석**　옷과 밥이 부족하여 예의를 차릴 겨를이 없어
> 나가서나 집에서나 순서를 상관없다고 여기느냐
> 그래도 보고 들으면 배울 것이 있으리라.

8
이우즐 미이디 마라 이웃 미오면 갈 듸 업서
一鄕이 브리고 一國이 다 브리리
百年도 못살 人生이 그러그러 엇뎨리. (水西先生文集 8)

이우즐 미이디 마라=이웃을 미워하지 마라 ◇一鄕(일향)이=한 고을이 ◇그러그러 엇뎨리=그렇게 그렇게 지낸들 어떠랴.

> **통석**　이웃을 미워하지 마라 이웃이 미우면 갈 곳이 없다
> 한 고을이 나를 버리고 온 나라가 다 버릴 것이니
> 백년도 살지 못할 인생이 그럭저럭 지낸들 어떠랴.

김득연*

〈山中雜曲〉

1

臥龍山 느린 아래 半畝塘 새로 여니
믜 업슨 거울에 山影이 즘겻ᄂ다
이 내의 經營ᄒᆞᄂᆞᆫ 뜨든 그를 보려 ᄒᆞ노라. (葛峰先生遺墨 1)

臥龍山(와룡산) 느린=와룡산 줄기가 뻗어 내린. 와룡산은 경북 안동(安東)에 있음
◇半畝塘(반무당)=조그만 연못 ◇새로 여니=새로 만드니 ◇믜 업슨 거울에=티끌
이 없어 거울같이 맑은 물에.

🔷 통석　와룡산 줄기가 뻗어 내린 끝에 조그만 연못을 새로 파니
　　　　 티끌 하나 없는 거울같이 맑은 물에 산 그림자가 잠겼구나.
　　　　 이처럼 내가 경영하는 뜻은 그런 것을 보려고 함이다.

2

池塘에 活水이 드니 노ᄂᆞᆫ 고기 다 헬로다
松陰에 淸籟이 나니 琴瑟이 여긔 잇다
안자서 보고 듣거든 도라갈 주를 모ᄅᆞ로다. (葛峰先生遺墨 2)

池塘(지당)에 活水(활수)이 드니=연못에 흐르는 물이 들어오니 ◇헬로다=헤아리겠
다 ◇松陰(송음)에 淸籟(청뢰)이 나니=소나무 그늘에서 맑은 바람소리 나니.

---

* 김득연(金得研 ; 1555~1637). 자 여정(汝精). 호 갈봉(葛峰). 생원과 진사과에 합격하였으나
벼슬하지 않고 경상도 예안(禮安)에 살면서 학문과 시작(詩作)에 전념했다. 그의 유고는
〈용산세고〉(龍山世稿) 권3, 4에 수록되어 있다.

연못에 흐르는 물이 들어오니 노는 고기를 다 헤아리겠다.
소나무 그늘에 맑은 바람소리 나니 거문고와 비파가 여기에 있구나.
앉아서 보고 듣거니 돌아갈 줄을 모르겠도다.

   3
   솔 아래 길를 내고 못 우희 딕를 빗니
   風月烟霞은 左右로 오느괴야
   이 亽예 한가히 안자 늘는 주를 모르리라. (葛峰先生遺墨 3)

길를 내고=길을 만들고 ◇딕를 빗니=축대를 쌓으니 ◇風月烟霞(풍월연하)은=풍
월과 연하는. 자연의 풍치는 ◇오느괴야=오는구나 ◇亽예=사이에.

소나무 아래로 길을 내고 못 위에 축대를 쌓으니
자연의 풍치가 여기저기에서 오는구나.
이 가운데 한가히 앉아 늙는 줄을 모르겠구나.

   4
   늘거도 막대 딥고 병드러도 눕디 아냐
   솔 아래 두르 거어 못 우희 안자 쉬니
   뭇노라 이 엇던 할아비오 나도 몰라 ᄒ노라. (葛峰先生遺墨 4)

막대 딥고=지팡이 짚고 ◇눕디 아냐=눕지 아니하니 ◇두르 거어=두루 걸어 ◇엇
던 할아비오=어떤 늙은이요 작자 자신을 말함.

늙어도 지팡이 짚고 병들어도 눕지 아니하니
소나무 아래 두루 걸어 연못 위에 앉아 쉬니
묻노라 이 어떠한 할아비요 나도 몰라 하노라.

   5
   집 두헤 즛차리 뜯고 문 알픠 믈근 싐 기러

기장밥 닉게 짓고 山菜羹 므로 슬마
朝夕게 風味이 足흠도 내 분인가 ᄒ노라. (葛峰先生遺墨 5)

두혜=뒤에 ◇ᄌ차리=미상. 산나물의 일종인 듯 ◇믈ᄀ 쉼 기러=맑은 샘물 떠다
가 ◇기장밥 닉게 짓고=기장으로 지은 밥을 익게끔 짓고 ◇山菜羹(산채갱) 므로
슬마=산나물로 만든 국을 푹 삶아 ◇朝夕(조석)게 風味(풍미)이 足(족)흠도=아침저
녁에 풍치스런 맛이 충분함도

🔖 **통석**　집 뒤에 자차리 뜯고 문 앞에 맑은 샘물 길어
　　　　기장밥을 익도록 짓고 산채국을 푹 삶아
　　　　아침저녁으로 멋스런 맛이 넉넉함도 내 분수인가 하노라.

6
비 고프거든 버ᄀ렛 밥 먹고 목 므르거든 바갯 믈 마시니
이리ᄒᄂ 가온대 즐거오미 또 잇ᄂ다
ᄂ믜외 浮雲 ᄀᄐ 富貴이사 브롤 주리 이시랴. (葛峰先生遺墨 6)

버ᄀ렛=바구니의 ◇바갯=바가지의 ◇ᄂ믜외=다른 사람의 ◇浮雲(부운) ᄀᄐ 富
貴(부귀)이사=뜬구름처럼 허황된 부귀야 ◇브롤 주리=부러워할 까닭이.

🔖 **통석**　배고프면 바구니의 밥을 먹고 목마르거든 바가지의 물마시니
　　　　이렇게 사는 가운데 이만한 즐거움이 또 있겠느냐
　　　　다른 사람의 뜬구름 같은 부귀 따위야 부러워할 줄이 있겠느냐.

7
山中에ᄂ 白雲이 잇고 山外예ᄂ 綠水이 잇다
구름 ᄎ자 ᄂ믈 씨고 믈ᄀ 조차 고기 낫가
一身이 한가히 ᄃ니니 萬事이 無心ᄒ야라. (葛峰先生遺墨 7)

구름 ᄎ자=깊은 산속으로 다니며 ◇ᄂ믈 씨고=나물 캐고 ◇믈ᄀ 조차=물가를
찾아 ◇ᄃ니니=다니니. 생활하니.

통석   산속에는 흰 구름이 있고 산 밖에는 푸른빛의 물이 있다
높은 산속으로 다니며 나물 캐고 물가를 따라 고기 낚아
이 한 몸이 한가히 다니니 모든 것이 무심하구나.

8

봄의눈 고지 픠고 녀름에눈 綠陰이 난다
錦繡秋山애 볼근 드리 더욱 됴타
ᄒᆞ믈며 白雪蒼松이사 닐어 므슴 ᄒᆞ리오.   (葛峰先生遺墨 8)

고지=꽃이 ◇난다=된다 ◇錦繡秋山(금수추산)애=비단 같은 가을 산에 ◇볼근 드리=밝은 달이 ◇白雪蒼松(백설창송)이사=흰 눈과 푸른 소나무야 ◇닐어 므슴=말하여 무엇.

통석   봄에는 꽃이 피고 여름에는 녹음이 된다
비단같이 아름다운 가을 산에 밝은 달이 더욱 좋구나.
하물며 흰 눈 속의 푸른 솔이야 말하여 무엇 하리요

9

生涯눈 數莖 白髮 心事눈 一片 青山
雪月風花애 四時佳興 다 ᄀᆞ즛다
이 외에 즐거온 이리 ᄯᅩ 업슬가 ᄒᆞ노라.   (葛峰先生遺墨 9)

數莖(수경) 白髮(백발)=두어 가닥 흰 머리카락처럼 깨끗하고 ◇心事(심사)눈 一片 青山(일편청산)=마음 씀씀이는 한 조각 푸른 산처럼 새롭다 ◇雪月風花(설월풍화)애=눈 속의 밝은 달과 바람에 흔들리는 꽃에 ◇四時佳興(사시가흥)=일년 내내의 아름다운 흥취 ◇ᄀᆞ즛다=갖추어져 있다 ◇이리=일이.

통석   생활은 두어 가닥 백발처럼 깨끗하고 마음 씀씀이는 한 쪽 푸른 산처럼 새롭다
눈 속의 밝은 달고 바람에 흔들리는 꽃처럼 한 해 동안의 흥취가 다 갖추어졌다
이 밖에 즐거운 일이 또 없을까 하노라.

10
늘거 히올 일 업서 山中에 도라오니
松菊猿鶴기 다 나를 반기ᄂ다
아히야 술 ᄀ득 브어라 樂而忘憂 ᄒ리라. (葛峰先生遺墨 10)

松菊猿鶴(송국원학)기=소나무 국화와 원숭이 학이 ◇樂而忘憂(낙이망우)=즐기며
근심을 잊다.

🔖 통석   늙어서 할 일이 없어 산속으로 돌아오니
소나무 국화와 원숭이 학이 다 나를 반기는구나.
아희야 술 가득 부어라 즐기며 근심을 잊을까 하노라.

11
龍山애 봄비 개니 고사리 채 슬졋다
石枕애 松風이 부니 줌이 절로 씬다
아히야 깅므로 달혀라 벋 몰 기다려 ᄒ노라. (葛峰先生遺墨 11)

채=다. 모두 ◇石枕(석침)애=돌베개에 ◇松風(송풍)이=소나무 사이를 부는 바람
◇깅므로 달혀라=갱물로 끓여라. 국이라도 끓여라.

🔖 통석   용산에 봄비 개이니 고사리가 다 살쪘겠다.
돌베개에 솔바람이 부니 잠이 저절로 깬다.
아희야 국이라도 끓여라 벗 기다리지 못하겠다.

12
버디 오마커늘 솔 길홀 손소 쓰니
無心한 白雲은 쓸소록 고텨 난다
뎌 白雲아 洞門을 자모지 마라 올 길 모를가 ᄒ노라. (葛峰先生遺
墨 12)

버디 오마커늘=벗이 온다고 하거늘 ◇손소 쓰니=직접 깨끗이 쓰니 ◇고텨 난다
=다시 생긴다 ◇白雲(백운)아 洞門(동문)을=흰 구름아, 동리의 이문(里門)을 ◇자
모지 마라=잠그지 마라 ◇올 길=오는 길.

📖 **통석** 벗이 온다고 하거늘 소나무 사이로 난 길을 손수 쓰니
무심한 흰 구름은 쓸수록 다시 생긴다.
저 구름 속에 동리의 이문을 잠그지 마라 오는 길 모를까 하노라.

13

허여셴 늘근 하라비 솔 아래 비겨시니
희롱ᄒᆞ는 松子는 안즌 알픠 ᄂᆞ려딘다
寂寞히 말ᄒᆞ 리 업스니 웃고 주어 보노라. (葛峰先生遺墨 13)

허여셴=(머리가)허옇게 센 ◇희롱ᄒᆞ는 松子(송자)는=장난하는 것처럼 바람에 날리
는 솔씨는 ◇ᄂᆞ려딘다=떨어진다 ◇말ᄒᆞ 리=말할 사람.

📖 **통석** 머리가 허옇게 센 늙은 할아비 소나무 아래 기대었으니
장난하는 것처럼 바람에 날리는 솔씨는 앉은 자리 앞에 떨어진다.
고요하고 쓸쓸해 더불어 말한 사람 없으니 웃고 주워 보노라.

14

桃源이 잇다 ᄒᆞ야도 네 듣고 못 봣더니
紅霞이 滿洞ᄒᆞ니 이 진짓 거긔로다
이 몸이 ᄯᅩ 엇더ᄒᆞ뇨 武陵人인가 ᄒᆞ노라. (葛峰先生遺墨 14)

桃源(도원)이 잇다=무릉도원이 있다고 ◇네 듣고=예전에 듣고 ◇紅霞(홍하)이=붉
은 노을이 ◇滿洞(만동)ᄒᆞ니=골 안에 가득하니 ◇진짓=진짜로 ◇武陵人(무릉인)인
가=무릉도원에 사는 사람인가.

통석　무릉도원이 있다고 하여도 예전에 듣고 못 보았더니
붉은 노을이 골 안에 가득하니 이곳이 진짜로 거기로구나
이 몸은 또 어떠한가, 무릉도원에 사는 사람인가 하노라.

15

商山 늘근 하라비 採芝歌을 브르더니
千載芝谷애 나도 늘거 브르노라
녯 사름의 즐기던 마슴 이 내 ᄆᆞ음애 알리로다. (葛峰先生遺墨 15)

商山(상산) 늘근 하라비=상산의 사호(四皓)를 가리킴　◇採芝歌(채지가)을=자지가
(紫芝歌)를. 자지가는 상산의 사호가 진(秦)나라의 난리를 피하여 남전산(藍田山)에
들어가 불렀다고 하는 노래　◇千載芝谷(천재지곡)애=천년 후에 상산사호가 숨어
살던 지초가 우거진 골에　◇마슴=마음.

통석　상산의 늙은 할아비 자지가를 부르더니
천년 후에 지초가 우거진 골에 나도 늙어 자지가를 부르노라
옛 사람의 즐기던 풍미를 이 내 마음에 알겠도다.

16

商山洞 ᄂᆞ려 와셔 芝谷 구위 도라드니
松月池臺에 셴 하라비 안자 잇다
잇다감 白雲을 조차 採芝하려 가노라. (葛峰先生遺墨 16)

구위=구비　◇松月池臺(송월지대)에=소나무 위에 달이 뜨고 축대를 쌓은 연못에
◇셴 하라비=머리가 흰 늙은이　◇잇다감=가끔　◇조차=따라　◇採芝(채지)하려=
지초를 캐러가려.

통석　상산동 내려 와서 지초가 나는 골의 구비를 돌아드니
소나무 위에 달이 뜨고 축대를 쌓은 연못에 머리 흰 할아비가 앉아 있다
가끔은 흰 구름을 따라 지초를 뜯으러 가려 가노라.

17

山下泉에 귀를 시으니 人間事를 뉘 드르리오
澗畔松을 벗 사무니 歲寒心事를 내 아노라
ᄒᆞ믈며 早晩功業은 雲卷書에 인ᄂ다. (葛峰先生遺墨 17)

山下泉(산하천)에=산 끝에 솟는 샘에 ◇시으니=씻으니 ◇人間事(인간사)를 뉘 드르리오=사람들의 살아가는 일들은 누가 듣겠느냐 ◇澗畔松(간반송)을=물가에 있는 소나무를 ◇歲寒心事(세한심사)을=날씨가 차가와도 단풍이나 낙엽이 지지 않고 항상 푸름을 간직한 뜻을 ◇早晩功業(조만공업)은=이르거니 늦게 이룬 공업은 ◇雲卷書(운권서)에 인ᄂ다=많은 서책 속에 있구나.

> 📖 통석　산 아래에 있는 샘물에 귀를 씻으니 사람들의 일을 누가 듣겠느냐
> 　　　물가에 서있는 소나무를 벗 삼으니 변하지 않는 마음 씀씀이를 내 알겠다.
> 　　　하물며 이르거나 또는 늦게 이룬 공업은 많은 책 속에 있구나.

18

世上애 사름ᄃᆞ리 모다모다 채 어리다
살 줄만 알고 주글 주를 모ᄅᆞᄂ다
엇다 다 두고 두고셔 먹을 주를 모ᄅᆞᄂ다. (葛峰先生遺墨 18)

사름ᄃᆞ리=사람들이 ◇채 어리다=다 어리석다. 너무 어리석다 ◇주글 주를=죽는 것을 ◇엇다 다 두고=어디에다 전부 쌓아두고

> 📖 통석　세상의 사람들이 모두모두 다 어리석다
> 　　　살 줄만 알고 죽을 줄은 모르는구나
> 　　　어디에다 다 두고 또 두고서 먹을 줄을 모르느냐.

19

山中에 병 든 모미 내 호온자 한가ᄒᆞ야
死生飢寒을 하늘께 브텨 두고

平生애 갑 업시 둣는 거슨 明月淸風 싿이로다. (葛峰先生遺墨 19)

死生飢寒(사생기한)을=죽고 사는 것과 춥고 배고픔을 ◇브텨 두고=맡겨 두고 ◇둣는 거슨=내버려 둔 것은.

🔖 **통석** 산속에 살며 병든 몸이 내 혼자서 한가하여
죽고 사는 것과 배고픔과 추위를 하늘에 맡겨두고
생전에 값없이 내버려 둔 것은 밝은 달과 맑은 바람뿐이로다.

20

내 貧賤 보내랴 흔들 이 貧賤 뉘게 가며
늠의 富貴 오과다 흔들 뎌 富貴이 내개 오랴
보내디도 청티도 말오 내 분재로 흐리라. (葛峰先生遺墨 20)

뉘게=누구에게 ◇오과다=오라고 ◇내개 오랴=나에게 오겠느냐 ◇청티도 말오=부탁하지도 마시오 ◇분재로=분수대로.

🔖 **통석** 내 빈천을 내보내려 한들 이 빈천이 누구에게 가며
남의 부귀를 오라고 한들 저 부귀가 나한테 오겠느냐
보내지도 청하지도 말고 내 분수대로 하겠다.

21

功名도 잇고 뎌마다 쁘로 리도 만코 만코
富貴는 더욱 마다 시름이 하고 하다
아마도 이 내 貧賤이사 즐거오미 그지 업다. (葛峰先生遺墨 21)

쁘로 리도=따를 사람도 ◇더욱 마다=더욱 싫다 ◇시름이 하고 하다=근심걱정이 많고 많다 ◇그지 업다=끝이 없다.

🔖 **통석** 공명도 잇고 저마다 따를 사람도 많고 많고
부귀는 더욱 싫다 시름이 많고 많다
아마도 나의 이 빈천이야 즐거움이 끝이 없다.

22

本性이 無識ᄒ야 아므 일도 다 모르니
東西을 내 알며 南北인들 내 아더냐
아마도 모르는 거시니 모르는 대로 ᄒ리라. (葛峰先生遺墨 22)

本性(본성)이=타고난 성품이 ◇모르는 거시니 모르는 대로=모르는 것이니 모르는
대로

📃 통석　타고난 성품이 무식하여 아무런 일이나 다 모르니
　　　　동서를 내가 알며 남북인들 내가 아더냐
　　　　아마도 모르는 것이니 모르는 대로 하리라.

23

百年이 三萬六千日이라 이 압피 얼메나 ᄒ니
이리 쏘 언제 고텨 놀리(二句 결)
우리는 오늘 ᄂ l 일 모리 놓고 미일미일 노르리라. (葛峰先生遺墨 23)

이 압피 얼메나 ᄒ니=앞으로 남은 날이 얼마나 되느냐 ◇고텨=다시 ◇노르리라
=놀겠다.

📃 통석　백 년이라야 삼만 육천 일이다 이 앞에 남은 날이 얼마나 하랴
　　　　이렇게 또 언제 다시 놀겠느냐
　　　　우리는 오늘 내일 모래 놀고 매일매일 놀겠다.

24

人間에 원만ᄒ 일을 上帝ᄭl 알외ᄂ l 이다
百年 前程이 하 갓가와 셜워이다
원컨댄 不老長春을 分揀 題給ᄒ쇼셔. (葛峰先生遺墨 24)

원만흔=어지간한 ◇上帝(상제)꾀 알외너이다=옥황상제님께 아뢰나이다 ◇百年 前程(백년전정)이=평생을 살아갈 앞길이 ◇하 갓가와 셜위이다=너무 가까워 서럽습니다. 짧아서 ◇不老長春(불로장춘)을=늙지 않고 항상 젊음을 간직하기를 ◇分揀題給(분간제급)ᄒ쇼셔=가려서 내려 주시옵소서.

📖 **통석** 사람의 어지간한 일을 옥황상제님께 아뢰나이다.
　　　　평생을 살아갈 앞길이 너무 짧아서 서럽습니다.
　　　　바라건대 늙지 않고 항상 젊음을 간직하기를 가려서 내려 주시옵소서.

25
上帝 너기사ᄃᆡ 네 말도 어엿브다마ᄂᆞᆫ
白髮公道을 내 엇디 處分ᄒᆞ리
아지기 첫 百年으란 依願施行ᄒᆞ노라. (葛峰先生遺墨 25)

녀기사ᄃᆡ=말씀하시되 ◇어엿브다마ᄂᆞᆫ=불쌍하지마는. 가련하지마는 ◇白髮公道(백발공도)을=백발은 누구에게나 공평한 도리임을. 누구나 다 늙는 것임을 ◇아지기 첫 百年(백년)으란=아직 백 살까지는 ◇依願施行(의원시행)=원하는 대로 베풂.

📖 **통석** 옥황상제께서 말씀하시기를 네 말도 가련하기는 하지마는
　　　　백발은 누구에게나 공평한 도리임을 내가 어떻게 처분하겠느냐
　　　　아직 처음 백 년 동안은 원하는 대로 시행하노라.

26
六十年을 다 디낸 후에 ᄯᅩ 두 희를 지내엿더니
오늘날 봄을 보니 ᄯᅩ 흔 희 ᄯᅩ 오도다
미일에 ᄯᅩ 흔 희 ᄯᅩ 흔 희 ᄒᆞ면 千百年에 니르리로다. (葛峰先生遺墨 26)

디낸=지낸 ◇니르리로다=이를 것이다.

통석 　육십 년을 다 지난 후에 또 두 해를 지냈더니
　　　　오늘에 봄을 보니 또 한 해가 또 오는구나.
　　　　매일에 또 한 해 또 한 해 하면 천백 년에 이르리로다.

27

　네 노던 벗님네를 손곱퍼 헤여보니
　數十年來예 바니나마 업노괴야
　우리는 사라인는 제 미일 이리 노르리라. (葛峰先生遺墨 27)

손곱퍼 헤여보니=손꼽아 헤아려보니 ◇바니나마 업노괴야=반이 넘게 없구나 ◇사
라인는 제=살아 있을 때 ◇이리 노르리라=이렇게 놀겠다.

통석 　예전에 같이 놀던 벗님네들을 손꼽아 헤아려보니
　　　　수십 년 사이에 반이 넘게 없어졌구나.
　　　　우리는 살아 있을 때에 매일 이렇게 놀겠다.

28

　어린 제는 ᄌ라고젓더니 ᄌ라니는 늘기 셜따
　늘글 줄 아던들 ᄌ라디나 마를 거슬
　아마도 몯 졀믈 人生이 아니 놀고 엇데리. (葛峰先生遺墨 28)

ᄌ라고젓더니=자랐으면 했더니. 나이를 먹었으면 했더니 ◇ᄌ라니는=자라고서는
◇몯 졀믈=다시는 젊지 못할.

통석 　어릴 때에는 빨리 자랐으면 했더니 자라고서는 늙기가 섧다
　　　　늙는 줄 알았던들 자라지나 말았을 것을
　　　　아마도 젊지 못할 인생이 아니 놀고 어찌하리.

29

　右 謹言所志矣段 陳地立案成給ᄒ소

劉伶의 노던 딕 醉鄕이 무게셔이다

世上애 爭望ᄒ리 업게 依法成給 ᄒ쇼셔. (葛峰先生遺墨 29)

右(우) 謹言所志矣段(근언소지의단)=위에 삼가 소지를 올리고저하는 것은: '矣段'(의단)은 이두식 표기로 '~저하는'의 뜻임 ◇陳地立案成給(진지입안성급)ᄒ소=처지를 듣고 계획을 세워 처리하여 주십시오 ◇劉伶(유령)의=유령이. 유령은 중국 진나라 때 사람으로 술을 즐겼음 ◇醉鄕(취향)이=술 취해 놀던 곳이 ◇무게셔이다=묵혀있습니다 ◇爭望(쟁망)ᄒ리 업게=다투는 일이 없도록. 또는 사람이 없게 ◇依法成給(의법성급)=법에 따라 처리하여 주십시오

🔷 **통석** 삼가 소지를 올리고저하는 것은 처지를 듣고 계획을 세워 처리하여 주십시오

유령이 술에 취해 놀던 곳이 묵혀있습니다

세상에 다투는 일이 없도록 법에 따라 처리하여 주십시오

30

上帝 너기샤딕 狀辭 的實 히올디라두

陶淵明 李太白도 立案 몯 낸 싸히어니

天下에 公物을 사마 모다 모다 노라스라. (葛峰先生遺墨 30)

너기샤딕=여기시기를 ◇狀辭(장사)=솟장의 내용 ◇的實(적실) 히올디라두=사실과 똑같다고 할지라두 ◇立案(입안)=초안은 냄. 의견을 제시함 ◇싸히어니=땅이니 ◇公物(공물)을 사마=개인의 소유가 아닌 공공의 소유물로 삼아 ◇노라스라=놀거라.

🔷 **통석** 옥황상제가 말씀하시되 솟장의 내용이 사실과 똑같다고 하더라도

도연명과 이태백도 의견을 제시하지 아니한 땅이니

세상에 공공의 소유물로 삼아 모두모두 함께 놀거라.

31

世間에 민망ᄒ 이리 詩艱難 셜웨이다

雪月風花 만나거든 딕졉ᄒ기 어려웨라

許多亨 錦章繡句을 의 몸 題給호쇼셔. (葛峰先生遺墨 31)

민망흔 이리=안타까운(憫惘) 일이 ◇詩艱難(시간난)=시 짓기의 어려움 ◇雪月風花
(설월풍화)=눈 내린 밤의 달과 따뜻한 바람에 핀 꽃 ◇딕졉호기 어려웨라=대접하
기 어렵다. 그것에 합당한 시를 짓기가 어렵다 ◇錦章繡句(금장수구)을=비단과 같
이 빛나고 아름다운 글귀를 ◇의 몸='이 몸'의 오기(誤記)인 듯 ◇題給(제급)호쇼
셔=특별히 글제를 붙여 내려주십시오

📖 **통석**　세상에 안타까운 일이 시 짓기 어려움이 서럽구나.
　　　　눈 위에 비친 달과 바람에 흔들리는 꽃을 만나더라도 제대로 표현하기
　　어려워라
　　　　수많은 비단 같은 글귀를 이 몸에 특별히 내려주십시오

32

上帝 녀기샤듸 古文書 相考히온듸는
三百篇과 李杜詩 百家語을 블블 分給호잇갈든
데례도 不足디 아니커니 이제 엇디 有餘케 호리. (葛峰先生遺墨 32)

古文書(고문서) 相考(상고)호온듸는=옛 문헌을 서로 비교해보건대는 ◇三百篇(삼백
편)과=시경(詩經)에 수록되어 있는 시와 ◇李杜詩(이두시)=당(唐)나라의 이백(李白)
과 두보(杜甫)의 시 ◇百家語(백가어)을=제자백가(諸子百家)의 글들을 ◇블블 分給
(분급)호잇갈든=거듭해서 나누어 주었거든 ◇데례도=저렇게 하여도 ◇엇디=어떻
게. 또는 어찌.

📖 **통석**　옥황상제께서 말씀하시기를 옛 문헌을 서로 비교해보건댄
　　　　시 삼백 편과 이백과 두보의 시 제자백가의 글들을 거듭해서 나누어 주
　　었거든
　　　　저렇게 하여도 부족치 아니하거든 이제 어찌 더 여유 있게 하랴.

33

쏘 고쳐 녀기샤듸 네 가난 불가난이로다

詩能窮人이라 그러ᄒ여 그럿토다
아므려 不足이다 ᄒ야도 시바치 거즛말로 퇴ᄒ노라. (葛峰先生遺墨 33)

고쳐 녀기샤ᄃᆡ=다시 생각하시되 ◇불가난이로다=지독한 가난이로다 ◇詩能窮人
(시능궁인)이라=시는 능히 사람을 궁핍하게 만든다. 또는 궁핍한 가운데 시인이
나온다 ◇아므려 不足(부족)이다=아무리 부족하다 ◇시바치=시를 짓는 마음(詩田)
이 ◇거즛말로 퇴ᄒ노라=거짓말로 무너지니라(頹).

📖 통석   또 다시 말씀하시기를 네 가난은 지독한 가난이로다.
시는 능히 사람을 궁핍하게 만드는 것이라 그리하여 그렇다
아무리 부족하다 하여도 시 짓는 마음이 거짓말로 무너지니라.

34
다믄 ᄒ 간 草屋개 세간도 하고 할샤
나ᄒ고 칙ᄒ고 벼로 부든 므스 일고
이 草屋 이 세간 가지고 아니 즐기고 엇디 ᄒ리. (葛峰先生遺墨 34)

다믄=다만 ◇하고 할샤=많고 많다 ◇벼로 부든=벼루와 붓은.

📖 통석   다만 한 칸 초옥에 세간도 많고 많다
나하고 책하고 벼루와 붓은 무슨 일인고
이 초옥과 이 세간 가지고 아니 즐기고 어찌 하겠느냐.

35
梅葩은 冬至에 픠고 菊芽ᄂᆞᆫ 臘月에 핀다
이 엇던 乾坤에 그리 ᄀᆞ추 샘견ᄂᆞ뇨
이 仙翁 늘근가 ᄒ야 ᄆᆡ일 봄이. (葛峰先生遺墨 35)

梅葩(매파)은=매화는 ◇菊芽(국아)ᄂᆞᆫ=국화의 싹은 ◇臘月(납월)에=섣달에 ◇그리
ᄀᆞ추 샘견ᄂᆞ뇨=그렇게 갖추어 생겼느냐 ◇仙翁(선옹) 늘근가 ᄒ야=신선처럼 사는
늙은이 늙었는가 하여 ◇봄이=바라다보는 것이.

> 🔖 **통석**　매화는 동지에 피고 국화 싹은 섣달에 핀다
> 　　　　 이 어떠한 세상이기에 그렇게 모든 것을 갖추어 생겼는고
> 　　　　 이 신선과 같은 늙은이가 늙었는가 하여 매일 바라다보는 것이.

36

내 ᄒ마 늘건ᄂ냐 늘는 주를 내 몰래라
ᄆ음은 져머 이셔 벗들과 놀려 ᄒ니
엇다다 져믄 벗들은 나를 늘다 ᄒᄂ다. (葛峰先生遺墨 36)

ᄒ마 늘건ᄂ냐=벌써 늙었느냐 ◇늘는 주를=늙은 줄을 ◇엇다다=어쩌다 ◇늘다=
늙었다.

> 🔖 **통석**　내 벌써 늙었느냐 늙은 줄을 내가 모르겠다.
> 　　　　 마음은 젊어 있어 벗들과 놀려고 하니
> 　　　　 어쩌다 젊은 벗들은 나를 늙었다 하는구나.

37

내 양지를 내 몯 보니 내 그더도록 볼셔 늘건ᄂ냐
엊그제 少年이어든 그리 수이 늘글소냐
아ᄆ려 늘다늘다 ᄒ야도 나는 몰라 ᄒ노라. (葛峰先生遺墨 37)

양지를=모습을(樣姿). 얼굴을 ◇그더도록=그처럼 ◇그리 수이=그렇게 쉽게 ◇아
ᄆ려=아무리.

> 🔖 **통석**　내 얼굴을 내 못 보니 내가 그처럼 벌써 늙었느냐
> 　　　　 엊그제 소년이었는데 그렇게 쉽게 늙을 수 있느냐
> 　　　　 아무리 늙었다 늙었다 하여도 나는 몰라 하노라.

38

져믄 벗님네야 늘그니 웃디 마라

졈기는 져근 더디오 늘기사 더 쉬오니
너희도 날 ㄱ트면 쏘 우스 리 이스리라. (葛峰先生遺墨 38)

졈기는 져근 더디오=젊음은 잠깐 사이요 ◇늘기사=늙는 것이 ◇우스 리=웃을
사람이.

> 📖 **통석** 젊은 벗님들아 늙은이 웃지 마라
> 젊음은 잠깐 동안이요 늙는 것이 더 쉬우니
> 너희도 나와 같으면 또 웃을 사람 있으리라.

39

七十年을 다 디낸 후에 쏘 八年에 다드르니
한가ㅎ 니 모미 壽域中에 늘거간다
오늘날 쏘 봄을 만나 擊壤歌을 ㅎ노라. (葛峰先生遺墨 39)

니 모미=이 몸이 ◇壽域中(수역중)에=오래 살았다고 할 만한 나이로 ◇擊壤歌(격
양가)을=땅을 두드리며 즐겁게 부르는 노래. 삶에 만족하여 부르는 노래.

> 📖 **통석** 칠십 년을 다 지낸 후에 또 팔년에 다다르니
> 한가한 이 몸이 삶을 더 늘릴 수 있는 곳에서 늙어간다
> 오늘날 또 봄을 만나 격양가를 부르노라.

40

히히 히히 쏘 히히 히히(二句 결)
이러도 히히 히히 뎌러도 히히 히히
미일에 히히 히히ㅎ니 일일마도 히히 히히로다. (葛峰先生遺墨 40)

일일마도=하는 일 하나하나마저도

통석 히히 히히 또 히히 히히
이래도 히히 히히 저래도 히히 히히
매일에 히히 히히하니 하는 일 하나하나마저도 히히 히히로다.

41
어리고 쏘 어리니 ᄒᆞᆫ는 일이 다 어리다
이리흠도 어리고 뎌리흠도 어리도다
아마도 어린 거시니 어린 대로 ᄒᆞ리라. (葛峰先生遺墨 41)

어리고 쏘 어리니=어리석고 또 어리석으니 ◇어린 거시니=어리석은 사람이니 ◇어린 대로=어리석은 대로.

통석 어리석고 또 어리석으니 하는 일이 다 어리석다
이렇게 하는 것도 어리석고 저렇게 하는 것도 어리석도다.
아마도 어리석은 사람이니 어리석은 대로 행동하리라.

42
내의 졸ᄒᆞ이미 졸ᄒᆞᆫ 듕의 더 졸ᄒᆞ다
生涯도 졸ᄒᆞ고 學業도 졸ᄒᆞ여라
두어라 本性이 졸ᄒᆞ거니 므스이라 아니 졸ᄒᆞ리. (葛峰先生遺墨 42)

졸ᄒᆞ이미=졸(拙)함이. 못남이 ◇므스이라=무엇이라. 무슨 일이든.

통석 나의 못남이 못남 가운데에 더 못났구나
생활도 못나고 학업도 못났구나.
두어라 본성이 못났거니 무슨 일이든 아니 못났겠느냐.

43
애고 늘긔 셜온 졔가 늘지 말고 사랏고쟈
세월이 하 쉬 가니 아믜타 다 늘글노다

비로기 늘글지라도 오래 사라 노올리라. (葛峰先生遺墨 43)

셜온 제가=서러운 내가 ◇사랏고쟈=살고 싶구나 ◇하 쉬 가니=너무 빨리 가니
◇아므타=누구나 ◇비로기=비록에 ◇노올리라=놀겠다.

통석 아이고 늙기 서러운 내가 늙지 말고 살고 싶구나.
세월이 너무 빨리 가니 누구나 다 늙는구나.
비록에 늙을지라도 오래 살아 놀겠다.

44
늘기 다 셜거니와 오래 살기 어려오니
진실로 오래 살면 늘글소록 더 놀리라
우리는 樂而忘憂ᄒ야 늘는 줄을 모르리라. (葛峰先生遺墨 44)

늘기=늙기가 ◇셜거니와=서럽거니와 ◇樂而忘憂(낙이망우)ᄒ야=즐기며 근심을
잊고서 살아.

통석 늙기는 다 서럽거니와 오래 살기가 어려우니
진실로 오래 살면 늙을수록 더 놀겠다.
나돠라 즐기며 근심을 잊고서 늙는 줄을 모르리라.

45
萬卷書를 對ᄒ야셔 千古 버들 싱각ᄒ니
天地間 녜던 길히 一胸中에 다 오ᄂᆞ다
진실로 녜 벗과 녜 길을 알면 아니 녜고 엇졔리오. (葛峰先生遺墨 45)

千古(천고) 버들=예전부터 이제까지의 벗을 ◇녜던 길히=가던 길이. 실행하던 일
들이 ◇一胸中(일흉중)에=가슴속에. 마음속에 ◇녜 벗과=예전의 벗과. 책을 말함
◇아니 녜고 엇졔리오=아니 실행하고 어찌하겠는가.

46

늘으면 죽기 쉽고 죽으면 법 업누니
늘거도 사나는 제 벋과 노미 긔 올흐리
우리는 그런 줄 아라 벋과 믹일 놀리라. (葛峰先生遺墨 46)

법='벗'의 잘못인 듯 ◇늘거도 사나는=늙어도 옳게 사는 것는 ◇제 벋과 노미=
모든 벗들과 노는 것이.

📙 **통석** 늙으면 죽기 쉽고 죽으면 벗이 없으니
늙어도 옳게 사는 것은 모든 벗들과 노는 것이 그 옳으니
우리는 그런 줄 알아 벗과 매일 놀리라.

47

내 뜻 아는 벗님내는 모다 오소 흔듸 노새
모다 와 흔듸 놀미 긔 아니 즐거오랴
흐믈며 風月이 無盡藏흐니 글노 노쟈 흐노라. (葛峰先生遺墨 47)

흔듸 놀미=같이 노는 것이 ◇글노 노쟈=그것으로 놀고자. 풍월을 가지고.

📙 **통석** 내 뜻을 아는 벗님들은 모두 오시오 같이 놉시다.
모두 와서 같이 노는 것이 그 아니 즐거우랴
하물며 자연의 아름다움이 무진장하니 그것으로 놀고자 하노라.

48

어와 벋님네야 모다 모다 죄 오시니
이 山亭이 늘으니 오늘날 더 즐겁다

비로기 林深路黑ᄒ나 마나 ᄌ로ᄌ로 오슈셔. (葛峰先生遺墨 48)

죄=전부 ◇비로기 林深路黑(임심노흑) ᄒ나 마나=비록 숲이 우거져 햇볕이 들지 않아 길이 어둑어둑하거나 말거나 가리지 말고 ◇ᄌ로ᄌ로 오슈셔=자주자주 오십시오

🜲 통석   어와 벗님네들이 모두모두 다 오시니
            이 산정의 이 늙은이 오늘 하루가 더 즐겁다
            비록에 숲이 우거져 길이 어둑하거나 말거나 자주자주 오십시오

49
늘그니는 늘그니를 만나니 반가고 즐겁고야
반가고 즐거오니 늘근 줄을 모롤로다
진실노 늘근 줄 모르거니 미일 만나 즐기리라. (葛峰先生遺墨 49)

반가고=반갑고

🜲 통석   늙은이는 늙은이를 만나니 반갑고 즐겁구나.
            반갑고 즐거우니 늙는 줄을 모르겠다.
            진실로 늙을 줄 모르겠으니 매일 만나 즐기리라.

〈會酌菊酒歌〉

1
어와 이 山中에 모다 모다 죄 오시니
風松寒竹도 조차 즐겨 ᄒᄂ괴야
이 후애 이 모듬블 히히마다 ᄒ쇼셔. (葛峰先生遺墨 50)

죄=전부 ◇風松寒竹(풍송한죽)도=바람과 추위에도 견디며 푸르른 소나무와 대나

무도 ◇조차=따라서 ◇즐겨 ᄒᆞᆫ괴야=즐거워하는구나 ◇모듬블='모듬을'의 잘못
인 듯. 모임을.

🔖 **통석** 어와 이 산속에 모두모두 모두들 오시니
바람과 추위에도 늘 푸른 소나무와 대나무도 따라서 즐거워하는구나.
이 후에도 이 모임을 매해마다 하십시오

2

구름 집고 돌 험흔 길헤 머다 아냐 즐겨 오시니
山城 薄酒은 못 자셥즉 ᄒ거니와
그려도 쁜 고즐 봐겨셔 쏘 흔 잔을 자쇼셔. (葛峰先生遺墨 51)

돌 험흔 길헤=돌로 말미암아 위험한 길에 ◇머다 아냐 즐겨 오시니=멀다고 아니
하시고 즐거이 오시니 ◇山城 薄酒(산성박주)은=산골의 막걸리를 ◇못 자셥적 ᄒ
거니와=자실만하지 못하겠지만 ◇쁜 고즐 봐겨셔=술에 뜬 꽃을 보아서라도 비
록 좋지 않은 술이지만 담근 정성을 봐서라도

🔖 **통석** 구름 깊고 돌 때문에 험한 길에 멀다고 아니하시고 즐거서 오시니
산성의 맛없는 술은 자실만하지 못 하거니와
그래도 술에 뜬 꽃을 보아서라도 다시 한 잔을 자십시오

3

녯 사름이 菊潭水을 마시고도 늘거 오래 사닷거든
오늘날 이 내 술의 녯 고지 쏘 뻐 인ᄂᆡ
진실로 이 잔곳 자시면 不老仙이 드외리라. (葛峰先生遺墨 52)

菊潭水(국담수)을=국화를 띄운 물을 ◇늘거 오래 사닷거든=늙도록 오래 살았거
든. 또는 살았다고 하거든 ◇녯 고지=예전의 꽃이 ◇不老仙(불노선)이 드외리라=
늙지 않는 신선이 될 것이다.

예전 사람들이 국화를 띄운 물을 마시고도 늙도록 오래 살았다고 하거든
오늘날 이 나의 술에 옛날처럼 꽃이 또 떠있네
진실로 이 잔을 잡수시면 늙지 않는 신선이 되리라.

〈契友齊會歌〉

1

鶴髮尊老님네 비 오는 날 쏘 오시니
人間勝事는 이 외예 쏘 업느다
이 압픽 百年을 그음 삼고 미일미일 노샹이다. (葛峰先生遺墨 53)

鶴髮尊老(학발존로)님네=머리가 학처럼 흰 어르신네들 ◇人間勝事(인간승사)는=사
람들에게 이보다 좋은 일은 ◇이 외예=이것 밖에 ◇그음 삼고=한정(限定)하고
◇노샹이다=노십시다.

🝰 **통석** 머리가 허연 어르신네들 비가 오는 날 또 오셨네.
사람들에게 이보다 좋은 일이 이것 밖에 또 없도다.
이 앞으로 백년을 기한을 삼고 매일매일 노십시다.

2

滿山 烟雨中에 수룰 싯고 죄 오시니
小亭 風景이 오늘날 더욱 됴타
모드신 珍重흔 쁟둘 니즐 주리 이스랴. (葛峰先生遺墨 54)

滿山 烟雨中(만산연우중)에=온 산에 안개비가 내리는 가운데 ◇수룰 싯고 죄=술
을 싯고 모두들 ◇小亭(소정) 風景(풍경)이=자그마한 정자의 경치가 ◇모드신=모
이신 ◇珍重(진중)흔 쁟둘=매우 소중한 뜻을 ◇니즐 주리=잊을 줄이.

📖 **통석**　온 산에 안개비가 내리는 가운데 술을 싣고 모두들 오셨네.
　　　　자그마한 정자의 경치가 오늘 하루가 더욱 좋구나.
　　　　모이신 분들의 매우 소중한 뜻을 잊을 까닭이 있으랴.

3

草亭은 다문 三間이오 池塘은 겨오 半畝로다
무서슬 보려 ᄒ야 비 오ᄂ 듸 ᄯ 오신고
이 날을 ᄇ리디 아니 ᄒ시니 그를 감샤ᄒ아이다. (葛峰先生遺墨 55)

草亭(초정)은=풀로 이은 정자는　◇다문=다만　◇池塘(지당)은=연못은　◇겨오
半畝(반무)로다=겨우 반이랑 이로다. 무(畝)는 사방 6척(尺)을 보(步)라 하고 100
보를 무라고 함　◇무서슬=무엇을　◇이 날을 ᄇ리디=이 같은 나를 버리지.

📖 **통석**　정자는 겨우 세 칸뿐이요 연못은 겨우 반이랑 뿐이다
　　　　무엇을 보려고 하여 비가 오는데 또 오셨네.
　　　　이 보잘 것 없는 나를 버리지 아니하시니 그것을 감사하나이다.

〈戱咏赤壁歌〉

1

赤壁 秋七月 旣望은 蘇子 與客 노던 날이
擧酒屬客ᄒ야 誦明月詩 歌窈窕章 ᄒ더니라
우리ᄂ 그 ᄒ늘 不足ᄒ야 오늘부터 노노라. (葛峰先生遺墨 56)

赤壁 秋七月 旣望(적벽추칠월기망)은=적벽의 7월 16일은　◇蘇子 與客(소자 여객)=
소자가 손님과 더불어. 소자는 소식(蘇軾)을 가리킴. 소식의 '전적벽부'(前赤壁賦)
의 첫머리임　◇擧酒屬客(거주촉객)ᄒ야=술잔을 들어 손님에게 마시기를 독촉하여
◇誦明月詩 歌窈窕章(송명월시 가요조장)=명월시를 외우고 요조장을 노래함. 명월
시는 조조(曹操)의 시이며 요조장은 시경(詩經)의 맨 처음에 나오는 장명(章名)임
◇ᄒ늘=하루 가지고는.

　적벽의 칠월 십륙일은 소식이 소님과 더불어 놀던 날이다

술잔을 들어 손님에게 마시기를 독촉하여 명월시를 외우고 요조장을
노래하더니라.

우리는 그 하루가 부족하여 오늘부터 노노라.

2

蘇仙이 一去後에 風月은 더 이셔셔

江上 山中에 네 나은 듯ᄒ야 잇다

ᄒ말며 造物者이 無盡藏ᄒ니 吾與子의 共樂기로다. (葛峰先生遺墨 57)

蘇仙(소선)이 一去後(일거후)에=소동파(蘇東坡)가 한 번 간 뒤에. 동파는 송(宋)나라
시인 소식(蘇軾)의 호임 ◇더 이셔셔=더 있어서. 남아 있어서 ◇네 나은 듯ᄒ야=
예전에 나온 듯하여 ◇ᄒ말며=하물며 ◇造物者(조물자)이=조물주가 만들어준 것
들이. 경치가 ◇吾與子의 共樂(공락)기로다=나와 자네가 같이 즐김이로다.

🔖 통석　소동파가 한 번 간 뒤에도 풍월은 더 남아 있어서

강 위와 산속에 마치 예전에 나온 듯이 있구나.

하물며 조물주가 남겨준 경치가 무진장하니 내 자네와 더불어 즐김이
로다.

3

어와 벗님네야 이 山中에 다 오시니

今日 勝會은 赤壁두곤 더 빗나다

아히야 洗盞 更酌ᄒ야라 相與枕藉 호리라. (葛峰先生遺墨 58)

今日 勝會(금일승회)은=오늘 이 좋은 모임은 ◇赤壁(적벽)두곤=적벽보다 ◇洗盞
更酌(세잔갱작)ᄒ야라=잔을 씻고 다시 부어라 ◇相與枕藉(상여침자) 호리라=술에
취해 서로 어울려 널브러지게 자보리라.

통석 어와 벗님네들이여 이 산속에 모두 오셨네.
오늘 이 모임을 적벽의 뱃놀이보다 더 빛난다.
아희야 잔 씻어 다시 부어라 서로 어울려 널브러지게 취해 자보리라.

〈咏懷雜曲〉

1
다믄 흔 간 草屋개 세간도 하고 할샤
나흐고 칙흐고 벼로 부든 므스 일고
이 草屋 이 세간 가지고 아니 즐기고 엇디 흐리. (葛峰先生遺墨 59)

다믄=다만 ◇벼로 부든=벼루와 붓은.

통석 다만 한 칸 초옥에 세간도 많기도 많구나
나하고 책하고 벼루와 붓은 무슨 일인가
이 초옥과 이 세간을 가지고 아니 즐기고 어찌하랴.

2
늘거 병든 모미 山亭에 누어 이셔
世間 萬事을 다 니저 브렷노라
다믄당 브라는 일은 벗 오과다 흐노라. (葛峰先生遺墨 60)

모미=몸이 ◇니저=잊어 ◇다믄당=다만 ◇오과다=왔으면.

통석 늙어 병든 몸이 산속 정자에 누워 있어
세상의 모든 일을 다 잊어버렸다
다만 바라는 일은 벗이나 왔으면 하노라.

3
내 몸이 병이 하니 어닉 버디 즐겨 오리
네우터 그러흐니 브라도 쇽절 업다
두워라 風月이 버디어니 글로 노다 엇더료. (葛峰先生遺墨 61)

하니=많으니 ◇네우터=예전부터 ◇브라도 쇽절 업다=원해도 어쩔 수 없다 ◇버
디어니=벗이니 ◇글로 노다=그와 더불어 놀다.

📖 통석　내 몸이 병이 많으니 어느 벗이 즐거워 찾아오겠느냐
　　　　예전부터 그러하니 원해도 어쩔 수 없다
　　　　두어라 풍월이 벗이니 그와 더불어 놀다 어떻겠느냐.

4
山中에 버디 업서 風月로 벗 삼으니
一樽酒 百篇詩 이 내의 일이로다
진실로 이 벗곳 아니면 消日 엇디 흐리오. (葛峰先生遺墨 62)

버디=벗이 ◇一樽酒(일준주)=한 통의 술 ◇百篇詩(백편시)=많은 시들이 ◇이 내
의=다 나의.

📖 통석　산속에 벗이 없어 풍월로 벗을 삼으니
　　　　한 통의 술과 많은 시편들이 다 나의 일이로구나
　　　　진실로 이 벗들이 아니면 소일을 어떻게 하리요

5
늘그니 벗 업스믈 네우터 니른더니
오늘날 혜여 보니 긔 진짓 올흔마리
비로기 버디 업서도 나는 즐겨 흐노라. (葛峰先生遺墨 63)

늘그니=늙어지면 ◇네우터 니른더니=예전부터 말들 하더니 ◇혜여 보니=생각해

보니 ◇긔 진짓 올흔마리=그것이 정말 옳으니 ◇비로기=비록.

> **통석** 늙어지면 벗이 없음을 예전부터 말들 하더니
> 오늘날 헤아려 보니 그것이 정말 옳으니
> 비록에 벗이 없어도 나는 즐거워하노라.

6

버디 오 리 업스니 洞門이 줌겨 잇다
三逕 松菊竹을 내 호오자 즐기노라
믜일에 이를 즐기어니 늘른 주룰 엇디 알리. (葛峰先生遺墨 64)

오 리=올 까닭이. 또는 사람이 ◇三逕(삼경)=은자의 뜰. 한(漢)의 장후(張詡)가 뜰
에 작은 길 세 개를 내고 송·죽·국(松竹菊)을 심었다는 고사가 있음 ◇호오자=혼
자 ◇늘른 주룰=늙는 줄을.

> **통석** 벗이라고 올 사람이 없으니 동리의 이문이 잠겨있다
> 세 갈래 길에 소나무, 국화, 대나무를 나 혼자 즐긴다.
> 매일에 이것을 즐기거니 늙는 줄을 어찌 알겠느냐.

7

늘른 줄을 내 모르니 이 내 모미 한가하다
是非인들 내 알며 榮辱긴들 내 아더냐
아마도 一簞食 一瓢飮이아 내 분인가 하노라. (葛峰先生遺墨 65)

늘른=늙는 ◇榮辱(영욕)긴들=영예와 치욕인들 ◇一簞食 一瓢飮(일단사일표음)이아
=한 소쿠리의 밥과 한 표주박의 물이야.

> **통석** 늙는 줄을 내가 모르니 이 내 몸이 한가하다
> 시비인들 내가 알며 영욕인들 내가 알더냐.
> 아마도 한 소쿠리의 밥과 한 표주박의 물이 내 분수인가 하노라.

〈山亭獨咏曲〉

1

靑山은 츔추거늘 綠水은 놀애 ᄒ다
뎌 놀애 뎌 춤에 나도 조쳐 즐기노라
진실로 이 山水間에 아니 놀고 엇디 ᄒ리. (葛峰先生遺墨 66)

놀애=노래 ◇조쳐=좇아서. 따라서.

> **통석** 청산이 춤을 추거늘 시냇물은 노래한다.
> 저 노래 저 춤에 나도 따라 즐기노라
> 진실로 이런 산과 물 사이에서 아니 놀고 어찌 하리.

2

柴扉를 나죄 닷고 竹窓의 줌을 드니
기나긴 春夢을 뉘 와셔 ᄭᅵ오리오
松風이 서늘히 부니 溪水聲에 ᄭᅢ와라. (葛峰先生遺墨 67)

柴扉(시비)를 나죄=사립문을 저녁에 ◇春夢(춘몽)을=덧없는 꿈을 ◇溪水聲(계수성)
에=시냇물 소리에.

> **통석** 사립문은 저녁에 닫고 죽창 곁에 잠을 자니
> 기나긴 허황한 꿈을 누가 와서 깨우겠느냐
> 소나무 사이를 스치는 바람이 서늘하게 부니 시냇물 소리에 깨겠다.

3

柳絮이 다 ᄂᆞᆫ 후에 綠陰이 더욱 됴타
百囀 鶯歌은 소리마다 새로왜라
池塘에 노ᄂᆞᆫ 고기도 조차 즐겨 ᄒᆞᄂ다. (葛峰先生遺墨 68)

柳絮(유서)이=버들솜이 ◇다 는=다 날린 ◇百囀 鶯歌(백전앵가)은=여러 가지 소리의 꾀꼬리 울음소리는 ◇조차=따라서.

🔖 통석   버들솜이 다 날린 뒤에 녹음이 더욱 보기 좋다
여러 가지의 소리를 내며 우는 꾀꼬리 노래는 소리마다 새롭구나.
연못에 노는 물고기도 따라서 즐거워하는구나.

    4
淸風이 소슬 부니 낮줌이 절로 씬다
호온자 니러 안자 녯글와 마를 흐니
어주어 北窓 義皇을 숨에 보 돗 흐야라. (葛峰先生遺墨 69)

소슬 부니=소슬(蕭瑟)하게 부니 ◇녯글와 마를 흐니=옛글과 말을 하니. 옛글을 읽으면서 혼자 말을 주고받으니 ◇어주어='어즈버'의 잘못인 듯 ◇보 돗='본 돗'의 잘못인 듯.

🔖 통석   맑은 바람이 서늘하게 부니 낮잠이 저절로 깬다.
혼자 일어나 앉아 옛 성현들의 글과 말을 주고받으니
어즈버 북창에서 복희씨와 황제를 꿈에 본 듯하여라.

    5
山雨 흣더딘 후에 蓮池를 구어보니
萬點明珠이 碧玉盤의 담겨 잇다
周夫子 灑落襟懷을 고대 본 듯 흐야라. (葛峰先生遺墨 70)

山雨(산우) 흣더딘=산에 오는 비가 흩어진. 또는 그친 ◇蓮池(연지)를 구어보니=연못을 굽어보니 ◇萬點明珠(만점명주)이=많은 물방울들이 ◇碧玉盤(벽옥반)의=푸른 옥쟁반에. 연잎에 ◇周夫子(주부자)='애련설'(愛蓮說)을 지은 송(宋)나라 주돈이(周敦頤)를 가리킴 ◇灑落襟懷(쇄락금회)을=맑고 상쾌한 회포를 ◇고대=지금 막.

산에 오던 비가 흩어진 다음에 연못을 내려다보니
많은 물방울들이 푸른 연잎 위에 담겨져 있다
애련설을 지은 주돈이의 맑고 상쾌한 회포를 지금 곧바로 보는 듯하구나.

6
구름이 집푼 고시 바회 우희 자리 보니
술 시른 野人은 談笑로 져모는다
이몸이 미일 한가ᄒᆞ니 ᄌᆞ조 온들 엇더리. (葛峰先生遺墨 71)

고시=곳에 ◇자리 보니=자리를 마련하니 ◇시른=실은. 취한 ◇野人(야인)은=시
골에 사는 사람은 ◇談笑(담소)로 져모는다=즐겁게 주고받는 말과 웃음으로 저무
는구나 ◇ᄌᆞ조 온둘=자주 온다고 한들.

통석 구름이 쌓인 곳에 바위 위에 자리를 잡아
술 취한 시골사람이 말하고 웃고 하는 것으로 해가 저무는구나.
이 몸이 매일이 한가하니 자주 온다고 한들 어떻겠느냐.

신계영*

〈戀君歌〉

1

蒼梧山 히딘 후의 歲月이 깁퍼 가니
님 그린 무음이 가디록 새로왜라
雨露恩 싱각ᄒ거든 더욱 셜워 ᄒ노라. (仙石遺稿)

蒼梧山(창오산) 히딘 후의=창오산에 해가 진 뒤에. 순임금이 죽고 난 뒤에 ◇가디
록=갈수록 ◇雨露恩(우로은)=임금의 은혜.

> 📖 **통석**　순 임금이 죽고 난 뒤에 세월이 오래 되니
> 님을 그리워하는 마음이 갈수록 새롭구나
> 임금의 은혜를 생각하거든 더욱 설워 하노라.

2

늙고 병이 드러 江湖의 누워신들
님 向ᄒ 丹心이 좀 드다 니즐소냐
千里의 一片魂夢이 오락가락 ᄒᄂ다. (仙石遺稿)

丹心(단심)이 좀 드다 니즐소냐=충성심이 잠이 든다고 잊겠느냐 ◇千里(천리)의
一片魂夢(일편혼몽)이=멀리서 한 조각의 그리는 꿈이.

---

* 신계영(辛啓榮 ; 1557~1669). 자 영길(英吉). 호 선석(仙石). 문신. 벼슬은 판중추부사를 역임
했다. 가사와 시조가 전한다.　저서에 <선석유고>(仙石遺稿)가 있다. 시호는 정헌(靖憲).

통석　늙고 병이 들어 강호에 누워있다고 한들
　　　　님에게 향한 충성심이 잠이 든다고 잊겠느냐
　　　　멀리서 님을 그리는 조그만 꿈이 오락가락 하는구나.

　　3
　蒼然ᄒ 三角山이 半空의 셧ᄂᆞᆫ 얼굴
　눈의 뵈ᄂᆞᆫ 듯 그리오미 ᄀᆞ 업거든
　ᄒᆞ믈며 五雲宮闕이야 닐러 무ᄉᆞᆷ ᄒᆞ리.　*(仙石遺稿)*

蒼然(항연)ᄒ=빛이 푸른　◇그리오미 ᄀᆞ=그리움이 끝　◇五雲宮闕(오운궁궐)이야
=채색 구름이 어려 있는 대궐이야　◇닐러 무ᄉᆞᆷ ᄒᆞ리=말하여 무엇 하겠느냐.

통석　푸르른 삼각산이 반공에 서있는 얼굴과 같구나.
　　　　눈에 뵈는 듯 그리움이 끝이 없거든
　　　　하물며 채색 구름이 어려 있는 궁궐이야 말하여 무엇 하겠느냐.

〈歎老歌〉

　　1
　아히 제 늘그니 보고 白髮을 비웃더니
　그 더듸 아히들이 날 우슬 쥴 어이 알리
　아히야 하 웃지 마라 나도 웃던 아히로다.　*(仙石遺稿)*

그 더듸=그 사이에　◇우슬 쥴 어이 알리=비웃을 줄 어찌 알겠느냐　◇하 웃지=
너무 웃지.

통석　아이 때 늙은이를 보고 백발을 비웃더니
　　　　그 사이에 아이들이 날 비웃을 줄 어찌 알았으랴
　　　　아이야 너무 웃지 마라 나도 어린 땐 웃던 아이로다.

2
사름이 늘근 후의 거우리 원쉬로다
무움이 져머시니 녜 얼굴만 녀겻더니
센머리 벙건 양즈 보니 다 주거만 ᄒ야라. (仙石遺稿)

거우리 원쉬로다=거울이 원수로구나 ◇센머리 벙건 양즈=흰머리 찡그린 모습(樣
姿) ◇주거만 ᄒ야라=죽은 것만 같구나.

▶ 통석 사람이 늙은 후에 거울이 원수로다
마음이 젊었으니 예전의 얼굴만 여겼더니
흰머리 찌그러진 모습을 보니 다 죽은 것만 같구나.

3
늘고 병이 드니 白髮을 어이 ᄒ리
少年行樂이 어제론 듯ᄒ다마는
어듸가 이 얼굴 가지고 녯 내로다 ᄒ오리. (仙石遺稿)

녯 내로다 ᄒ오리='옛날의 나다'라고 하겠느냐.

▶ 통석 늙고 병이 드니 백발을 어찌 하겠느냐
어린 시절 즐겁게 지낸 것이 어제인 듯하다만.
어디가 이 얼굴을 가지고 예전의 내로다 하랴.

〈田園四時歌〉

1
봄날이 졈졈 기니 殘雪이 다 녹거다
梅花ᄂ 불셔 디고 버들가지 누르럿다

아히야 울 잘 고티고 菜田 갈게 ᄒ야라. (仙石遺稿)

점점 기니=점점 길어가니 ◇디고=떨어지고 ◇버들가지=버들가지 ◇울=울타리
◇菜田(채전) 갈게=채소밭 갈도록.

🔰 **통석**　봄날이 점점 길어가니 남은 눈이 다 녹는구나.
매화는 벌써 지고 버들가지는 누렇게 되었다
아희야 울타리 잘 고치고 채소밭 갈도록 준비하라.

　　2
陽坡의 플이 기니 봄빗치 누져 잇다
小園 桃花ᄂ 밤비예 다 픠거다
아히야 쇼 됴히 머겨 논밧 갈게 ᄒ야라. (仙石遺稿)

陽坡(양파)의=양지쪽 언덕에 ◇누져=늦어 ◇픠거다=피었겠구나 ◇쇼 됴히 머거
=소 잘 먹여.

🔰 **통석**　양지쪽 언덕에 풀이 긴 것을 보니 봄빛이 늦었구나.
정원의 복숭아꽃은 밤새 내린 비에 다 피었겠다.
아희야 소 잘 먹여 논밭을 갈도록 하여라.

　　3
殘花 다 딘 後의 綠陰이 기퍼 간다
白日 孤村에 낫둙의 소리로다
아히야 계면됴 불러라 긴 조롬 씨오쟈. (仙石遺稿)

殘花(잔화) 다 딘=남아 있던 꽃이 다 떨어진 ◇白日 孤村(백일고촌)에=한낮 외로
운 마을에 ◇낫둙의=낮에 우는 닭의 ◇계면됴 불러라=계면조(界面調)가락을 불러
라 ◇긴 조롬=계속되는 졸음.

> **통석** 남이 있던 꽃이 다 떨어진 뒤에 녹음이 깊어 간다.
>   대낮 외로운 마을에 낮에 우는 닭의 소리로구나
>   아희야 계면조의 노래를 불러라 자꾸 오는 조름을 깨도록 하자.

4

園林 寂寞ᄒᆞᆫ듸 北窓을 빗겨시니
거믄고 노라라 낫즘을 씨와괴야
(종장 결) *(仙石遺稿)*

노라라='노리라'의 잘못인 듯. 노래에.

> **통석** 정원 숲이 고요하고 쓸쓸한데 북창에 비스듬히 서서
>   거문고 노래에 낮잠을 깨었구나.
>   (종장 결)

5

흰 이슬 서리 되니 ᄀᆞ을히 느껴 잇다
긴 들 黃雲이 ᄒᆞᆫ 빗치 되거고야
아희야 비즌 술 걸러라 秋興 계워 ᄒᆞ노라. *(仙石遺稿)*

흰 이슬=영롱한 이슬(白露) ◇黃雲(황운)이=누렇게 물결치는 듯한 들판이. 곡식이 누렇게 익어가는 것을 말함 ◇ᄒᆞᆫ 빗치 되거고야=한 가지 빛으로 되었구나.

> **통석** 백로(白露)가 지나고 상강(霜降)이 되니 가을이 늦었구나.
>   넓은 들 누렇게 물든 구름 같은 들판이 한 가지 빛으로 되었구나.
>   아희야 비즌 술 걸러라 가을흥취를 억제하기 어렵구나.

6

東籬에 菊花 피니 重陽이 거예로다
自蔡로 비즌 술이 ᄒᆞ마 아니 니것ᄂᆞ냐

아희야 紫蟹黃鷄로 안酒 쟝만ᄒᆞ야라. (仙石遺稿)

東籬(동리)에=동쪽 울타리에 ◇重陽(중양)이 거예로다=중양절이 거의 다 되었다.
중양절은 음력 9월 9일 ◇自蔡(자채)로 비즌='自蔡'(자채)는 '紫彩'(자채)의 잘못.
자채쌀로 비즌 ◇ᄒᆞ마 아니 니것ᄂᆞ냐=벌써 익지 아니하였겠느냐 ◇紫蟹黃鷄(자해
황계)로=자줏빛 게와 수탉으로

> 🔖 **통석**   동쪽 울타리 밑에 국화가 피니 중양절이 거의 다 되었구나.
> 자채쌀로 빚은 술이 이미 아니 익었겠느냐
> 아희야 자줏빛 게와 수탉으로 안주를 장만하여라.

7

北風이 노피 부니 압 뫼히 눈이 딘다
茅簷 츤 빗치 夕陽이 거에로다
아희야 豆粥 니것ᄂᆞ냐 먹고 자랴 ᄒᆞ로라. (仙石遺稿)

딘다=온다. 떨어진다 ◇츤 빗치=차가운 햇빛이 ◇거에로다=다 되었구나 ◇豆粥
(두죽) 니것ᄂᆞ냐=콩죽 익었느냐 ◇자랴 ᄒᆞ로라=자려고 한다.

> 🔖 **통석**   겨울바람이 높게 부니 앞산에 눈이 온다.
> 추녀 끝에 차가운 빛이 저녁때가 다 되었다
> 아희야 콩죽이 다 되었느냐 먹고 자려고 하노라.

8

어제 쇼 친 구들 오늘이야 채 덥거니
긴 줌 계우 ᄭᆡ니 아젹 날이 놉파 잇다
아ᄒᆞ야 서리 녹앗ᄂᆞ냐 닐고쟈도 ᄒᆞ노라. (仙石遺稿)

쇼 친 구들=소를 먹이기 위해 불을 땐 구들 ◇채 덥거니=겨우 더우니 ◇아젹 날
이=아침 해가 ◇닐고쟈도=일어나고자 하기도

▷ 통석 어제 소를 먹이기 위해 불을 땐 구들이 아침에야 겨우 더우니
　　　　 깊이 든 잠을 겨우 깨니 아침 해가 높이 떠 있다
　　　　 아희야 밤새 내린 서리가 녹았느냐 일어나야하지 않겠느냐.

9

이바 아희들아 새히 온다 즐겨 마라
헌서흔 歲月이 少年 아사 가느니라
우리도 새히 즐겨호다가 이 白髮이 되얏노라. (仙石遺稿)

이바=이봐라 ◇헌서흔='헌스흔'의 잘못인 듯. 새해가 왔다고 하면서 시끌시끌한
◇少年(소년) 아사=젊음을 빼앗아.

▷ 통석 이봐라 아희들아 새해가 온다고 좋아하지 마라
　　　　 시끌시끌한 세월이 젊음을 빼앗아 가느니라.
　　　　 우리도 새해를 좋아하다가 이처럼 백발이 되었구나.

10

이바 아희들아 날 샌다 깃거 마라
자고 새고 자고 새니 歲月이 멋츳 가리
百年이 하 草草호니 나는 굿버 호노라. (仙石遺稿)

멋츳 가리=벌써 가겠느냐. 얼마나 가겠느냐 ◇百年(백년)이 하 草草(초초)호니=백
년이 너무 빨리 가니 ◇굿버=서운해.

▷ 통석 이 보아라 아희들아 날이 샌다고 기뻐하지 마라
　　　　 자고 새우고 자고 새우니 세월이 얼마나 가겠느냐
　　　　 백년이 너무 빨리 가는 듯하니 나는 서운해 하노라.

이덕일*

〈憂國歌〉

1

學文을 후리티오 文武을 ᄒ온 뜻은
三尺劍 들너메오 盡心報國 호려터니
ᄒᆞᆫ 일도 ᄒᆞ옴이 업스니 눈믈계워 ᄒ노라. (漆室遺稿 1)

學文(학문)을 후리티오=공부하는 것을 포기하고 ◇盡心報國(진심보국) 호려터니=
정성을 다해 국가에 보답하려고 하였더니 ◇ᄒᆞᆫ 일도 ᄒᆞ옴이=한 가지 일도 이룩한
것이. 또는 이룩한 일도

🔖 **통석** 공부하는 것을 내던지고 무술을 배운 뜻은
　　　　　삼척검 둘러메고 정성을 다해 나라에 보답하려 하였더니
　　　　　한 가지 일도 이룩한 것이 없으니 눈물을 억제하기 어렵구나.

2

壬辰年 淸和月의 大駕 西巡 ᄒ실 날의
郭子儀 李光弼 되오려 盟誓러니
이몸이 不才론들노 알 니 업서 ᄒ노라. (漆室遺稿)

壬辰年 淸和月(임진년청화월)의=임진년 4월에. 임진년은 선조(宣祖) 25년(1592) ◇大
駕 西巡(대가서순)=임금의 수레가 서쪽으로 순행(巡幸)함. 선조가 의주(義州)로 피

---

* 이덕일(李德一 ; 1561~1622). 자 경이(敬而). 호 칠실(漆室). 무신. 정유재란 이후 이순신이
죽자 절충장군에 올랐다. 광해군의 국정문란을 한탄한 시조를 지었다. 저서에 <칠실유
고>(漆室遺稿)가 있다.

난 간 사실을 말함 ◇郭子儀(곽자의)=당(唐)나라의 명장으로 안녹산의 난 때 공을
세워 분양왕(汾陽王)에 봉하였음 ◇李光弼(이광필)=당나라 장군으로 곽자의와 함
께 안녹산의 난에 공을 세웠음 ◇不才(부재)론들노=재주가 없기 때문에.

> 📖 **통석**　임진년 사월에 임금의 수레가 서쪽으로 가시는 날에
> 당나라 때의 곽자의나 이광필이 되겠다고 맹세했더니
> 이 몸이 재주가 없기 때문인지 아는 사람들이 없구나.

3

나라히 못 니즐 거슨 녜 밧긔 뇌여 업다
衣冠文物을 이대도록 더러인고
이 怨讐 못내 갑플가 칼만 글고 잇노라. (漆室遺稿)

니즐 거슨=잊을 것은 ◇녜 밧긔=예(禮)밖에 ◇뇌여=전혀 ◇衣冠文物(의관문물)을=
사람들의 차림새와 문물에 관한 모든 것을 ◇이대도록 더러인고=이처럼. 더럽혔는고

> 📖 **통석**　나라가 못 잊을 것은 예의밖에 전혀 없다
> 사람의 차림새와 문물을 이처럼 더럽혔는가.
> 이 원수를 끝내 갚지 못할까 하여 칼만 갈고 있노라.

4

城 잇사 되 막으랴 녜 와도 흘 일 업다
三百二十州의 엇디 엇디 딕킐게오
아므리 藎臣精卒인들 의거 업시 어이 흐리. (漆室遺稿)

되=되놈. 일본군을 말함 ◇三百二十州(삼백이십주)의=나라를. 조선시대 우리나라
의 고을의 수 ◇藎臣精卒(신신정졸)인들=충성된 신하와 우수하고 강한 병사인들
◇의거=의거(義擧)인 듯.

> 📖 **통석**　성이 있어도 왜놈을 막을 수 있겠느냐 여기에 와도 할 일 없다
> 삼백이십 주나 하는 이 나라를 어찌어찌 지킬 것이냐
> 아무리 충성된 신하와 뛰어난 병사인들 의거 없이 어찌하랴.

5

盜賊 오다 뉘 막으리 아니 와셔 알니로다
三百二十州의 누구누고 힘써흘고
아모리 애고애고흔들 이 人心을 어이흐리. (漆室遺稿)

盜賊(도적)=왜군을 말함 ◇뉘 막으리=누가 막겠느냐.

🗣️**통석** 왜적이 온다고 한들 누가 막겠는냐, 아냐, 와서 보면 알 것이다
삼백이십 주의 누구누구가 힘써 막을까
아무리 애고애고 하고 슬퍼한들 이 인심이야 어찌하랴.

6

어와 셜운디오 싱각거든 셜운디오
國家 難危를 알 니 업서 셜운디오
아모나 이 難危 알아 九重天의 슬오쇼셔. (漆室遺稿)

셜운디오=슬프구나 ◇九重天(구중천)의=하늘에 ◇슬오쇼셔=아뢰소서.

🗣️**통석** 어와 슬프구나 생각해보니 슬프구나.
나라가 어렵고 위태함을 알 사람이 없으니 슬프구나.
누구나 이 어렵고 위태함을 알아서 하늘에 아뢰소서.

7

慟哭關山月과 傷心鴨水風을
先王이 쓰실 적의 누고누고 보온게오
들 불고 바람 불적이면 눈의 삼삼 흐여라. (漆室遺稿)

慟哭關山月(통곡관산월)과=고향의 달을 보고 통곡하고 ◇傷心鴨水風(상시압수풍)을=압록강에 부는 바람을 가슴 아파함을. 선조(宣祖)가 지은 시의 한 구절임. 선

조가 지은 시는 "國事蒼黃日 誰能郭李忠 大邦存大計 恢復權諸公 慟哭關山月 傷心
鴨水風 朝臣今日後 尙可更東西"(국사창황일 수능곽이충 대빈존대계 회복권제공 통
곡관산월 상심압수풍 조신금일후 상가갱동서) ◇先王(선왕)이=먼저의 왕이. 선조
(宣祖)를 가리킴 ◇보온게오=본 것이오

🔖 **통석**　고향의 달을 보고 통곡하고 압록강에 부는 바람이 가슴아파함을
　　　　먼저의 임금이 지으실 때에 누구누구 본 것이오
　　　　달이 밝고 바람이 불 때면 눈에 삼삼 하구나.

8

숨의 와 니르샤디 聖太祖 神靈게셔
降祥宮 디으시고 脩德을 ᄒ랴테다
나라히 千年을 누르심은 이 일이라 ᄒ더이다. (漆室遺稿)

聖太祖(성태조)=조선의 태조 이성계를 가리키는 듯. ◇降祥宮(강상궁)=실제의 궁궐
이 아닌 상상의 궁궐인 듯 ◇脩德(수덕)을=덕을 닦기를 ◇ᄒ랴테다=하겠다 ◇누르
심은='누리시은'의 잘못인 듯.

🔖 **통석**　꿈에 나타나 말씀하기기를, 훌륭한 태조의 신령께서
　　　　강상궁을 지으시고 덕 닦기를 할 터이다
　　　　나라가 천년을 누릴 수 있는 것은 이 일이라고 하더이다.

9

마르쇼셔 마르쇼셔 移都 ᄯᆺ 마르쇼셔
一百적 勸ᄒ여도 마르쇼셔 마르쇼셔
享千年 不拔鞏基를 더져 어히 ᄒ시릿가. (漆室遺稿)

移都(이도) ᄯᆺ=수도를 옮길 뜻 ◇一百(일백)적=백 번을 ◇享千年 不拔鞏基(향천년
불발공기)를=천년을 누려온 뽑아도 뽑히지 않을 단단한 터전을 ◇더져=내버려
◇어히 ᄒ시릿가=어이 하시겠습니까.

통석 　하지 마십시오, 하지 마십시오, 도읍을 옮길 뜻 먹지 마십시오
　　　　일백 번을 권하여도 하지 마십시오, 하지 마십시오
　　　　천년을 누려온 뽑히지 안할 터전을 내버려 어찌 하시렵니까.

10

마ᄅ쇼셔 마ᄅ쇼셔 하 疑心 마ᄅ쇼셔
得民心 外예ᄂᆞᆫ ᄒᆞ올 일 업ᄂᆞ이다
享千年 夢中傳敎ᄂᆞᆫ 귀예 錚錚ᄒᆞ여이다. (漆室遺稿)

得民心(득민심) 外(외)예ᄂᆞᆫ=민심을 얻는 것 밖에는 ◇享千年 夢中傳敎(향천년 몽중
전교)ᄂᆞᆫ=천년을 누려온 꿈에라도 전해 받은 가르침은.

통석 　하지 마십시오, 하지 마십시오, 너무 의심하지 마십시오
　　　　민심을 얻는 것 밖에는 하실 일이 없습니다.
　　　　천년을 누려온 꿈속에서 받은 가르침이 귀에 쟁쟁합니다.

11

뵈 나하 貢賦 對答 쓸 찌허 徭役 對答
옷 버슨 赤子들이 비곪파 셜워ᄒᆞᄂᆡ
願컨댄 이 ᄯᅳᆺ 아ᄅᆞ샤 宣惠 고로 ᄒᆞ쇼셔. (漆室遺稿)

뵈 나하=베를 짜 ◇貢賦(공부)=세금을 냄 ◇쓸 찌허=쌀을 찧어 ◇徭役(요역)=나
라에서 구실로 시키던 노동 ◇赤子(적자)들이=자식들이 ◇宣惠(선혜) 고로=은혜를
베푸는 것을 골고루.

통석 　베를 짜서 세금내고 쌀을 찧어 몸값 내고
　　　　헐벗은 자식들이 배가 고파 슬퍼하는구나.
　　　　바라건대 이 뜻을 아시고 은혜 베풀기를 고루 하십시오

12

功名과 富貴란 餘事로 혀여 두고
廊廟上 大臣네 盡心國事 ᄒ시거나
이렁셩 저렁셩 ᄒ다가 내죵 어히 ᄒ실고. (漆室遺稿)

餘事(여사)로 혀여 두고=급하지 않은 일러 여겨 두고 ◇廊廟上(낭묘상)=낭청에 계
신. 조정에 계신 ◇盡心國事(진심국사)=나랏일에 온 힘을 쏟음 ◇이렁셩 저렁셩
ᄒ다가=이렇게 저렇게 허송하다가 ◇내죵 어히=나중에 어찌.

🔖 **통석**　공명과 부귀란 것은 급하지 않은 일로 여겨 두고
　　　　　낭청의 대신들 나랏일에 온 힘을 쏟으시거나
　　　　　이럭저럭 지내다가 나중에 어찌 하실 것인가.

13

힘써 ᄒ는 싸홈 나라 爲ᄒ 싸홈인가
옷밥의 뭇텨이셔 ᄒ를 일 업서 싸호놋다
아마도 근티디 아니ᄒ니 다시 어이ᄒ리. (漆室遺稿)

뭇텨이셔=묻혀 있어서. 쌓여 있어서 ◇싸호놋다=싸우는구나 ◇근티디=그치지.

🔖 **통석**　열심히 하는 싸움 나라 위한 싸움인가
　　　　　의식이 풍족하니 할 일이 없어 싸우는가.
　　　　　아마도 싸움을 그치지 아니하니 다시 어찌 하려는가.

14

이는 져 외다 ᄒ고 져는 이 외다 ᄒ늬
每日의 ᄒ는 일이 이 싸홈 ᄲ이로다
이즁의 孤立無助는 님이신가 ᄒ노라. (漆室遺稿)

외다=틀렸다. 잘못이다 ◇孤立無助(고립무조)는=혼자만 있고 도움을 받지 못하는
것은.

🔸 **통석**　이쪽은 저쪽이 틀렸다 하고 저쪽은 이쪽이 틀렸다 하니
　　　　매일매일 하는 일이 이런 싸움뿐이로구나.
　　　　이 가운데 혼자만 있고 아무런 도움을 받지 못하는 것은 님이신가 하
　　　　노라.

15

마롤디여 마롤디여 이 싸홈 마롤디여
尙可更 東西를 싱각ᄒ야 마롤디여
眞實로 말기옷 말면 穆穆濟濟 ᄒ리라. *(漆室遺稿)*

마롤디여=마를 것이여. 그만둘 것이다 ◇尙可更 東西(상가갱동서)를=아직도 동인
이다 서인이다 하는 것을. 선조(宣祖)의 시 구절임 ◇말기옷 말면=그만두기만 그
만둔다면 ◇穆穆濟濟(목목제제)=화목하고 공경하는 것이 아름답게 여겨짐.

🔸 **통석**　하지 말지여, 하지 말지여, 이런 싸움 하지 말지여
　　　　아직도 동인이다 서인이다 하고 생각들을 하지 말지여
　　　　진실로 하지 않기만 한다면 화목하고 공경하는 것이 아름답게 여겨질
　　　　것이리라.

16

마리쇼셔 마리쇼셔 이 싸홈 마리쇼셔
至公無私히 마리쇼셔 마리쇼셔 마리쇼셔
眞實로 마리옷 마리시며 蕩蕩平平 ᄒ리이다. *(漆室遺稿)*

至公無私(지공무사)히=지극히 공평하고 사사로움이 없이 ◇마리옷 마리시며=말기
만 마신다면 ◇蕩蕩平平(탕탕평평)=어느 쪽에도 치우치지 않고 공평함.

🔸 **통석**　하지 마십시오, 하지 마십시오, 이 싸움 하지 마십시오
　　　　지극히 공평하고 사사로움 없이 마십시오, 마십시오, 마십시오
　　　　진실로 하지 않으시면 어느 쪽에도 치우치지 않고 공평할 것입니다.

17

이 이권들 즐거오며 져 디다 셜울소냐
이긔나 디나 즁의 전혀 不關호다만은
아모도 씨듯디 못호니 그를 셜워 호노라. (漆室遺稿)

이권들=이긴다고 해서 ◇져 다다=져 준다고 ◇전혀 不關(불관)호다만은=전혀 아
무런 관계가 없다마는.

🔖 **통석**　이것을 이긴들 즐거우며 져 준다고 서러울쏘냐.
　　　　　이기거나 지거나 간에 전혀 아무런 관련이 없다마는
　　　　　아무도 깨닫지 못하니 그를 섧워 하노라.

18

이 외나 져 외나 즁의 그만 져만 더져두고
호올 일 호오면 그 아니 죠흘손가
호올 일 호디 아니호니 그룰 셜워 호노라. (漆室遺稿)

외나=잘못되었거나 ◇그만 져만 더져두고=그 정도나 이 정도로 던져두고

🔖 **통석**　이것이 잘못되었거니 저것이 잘못되었거나 간에 그만 저만 던져두고
　　　　　할 일을 하게 되면 그 아니 좋을런가.
　　　　　할 일을 하지 아니하니 그것을 서러워하노라.

19

이라 다 올호며 제라 다 글을랴
두 편이 ᄀᆺ트여 이 싸홈 아니 마닉
聖君이 準則이 되시면 졀노 말가 호노라. (漆室遺稿)

이라 다 올호며=이것이라 다 옳으며 ◇제라 다 글을랴=저것이라 다 그르랴 ◇아

니 마닉=그치지 아니 하네 ◇準則(준칙)이=본보기가 되는 법이 ◇절노 말가=저
절로 그칠까.

> 🔖 **통석**　이것이라 다 옳으며 저것이라 다 그르랴
> 　　　두 편이 똑같아 이 싸움을 그치지 아니하네.
> 　　　훌륭한 임금께서 본보기가 되는 법칙이 되신다면 저절로 그칠까 하노라.

20
어와 可笑(가소)로다 人間事(인간사) 可笑(가소)로다
모 업시 궁그러 是非(시비)를 아니ᄒ다
아모나 公道(공도)을 직킈여 모나 본들 엇더ᄒ리. **(漆室遺稿)**

모=모서리. 모가 남이 ◇궁그러=둥그러 ◇公道(공도)을=공변된 도리를 ◇모나 본
들=모서리가 나본들.

> 🔖 **통석**　어와, 우습구나. 사람 사는 일 우습구나.
> 　　　모서리가 없이 둥그러 시비를 아니 하는구나.
> 　　　누구나 공변된 도리를 지켜 모서리가 나본들 어떠하리.

21
이제야 싱각과라 모로고 ᄒᄂ도다
國家(국가)의 害(해)로운 줄 혈마 알면 그러ᄒ랴
반ᄃ시 모로고ᄒ면 일러볼가 ᄒ노라. **(漆室遺稿)**

싱각과라=생각해봐라 ◇혈마=설마 ◇일러볼가=말하여 볼까. 타일러 볼까.

> 🔖 **통석**　이제야 생각해봐라 모르고 하였구나.
> 　　　나라에 해로운 줄 설마 알면 그러했겠느냐
> 　　　반드시 모르고 하였다면 타일러 볼까 하노라.

22

알고 그린는가 모로고 그린는가
아니 알오도 모로노라 그린는가
眞實로 알고 그리면 닐너 무슴 흐리요. (漆室遺稿)

그린는가=그리하였는가. 또는 그러는가 ◇아니 알오도 모로노라=아니 알고도 모른다고 ◇알고 그리면=알고도 그렇게 했다면.

⟩통석　알고서 그렇게 하였는가 모르고서 그렇게 하였는가.
　　　아니면 알고도 모른다고 그리하였는가.
　　　진실로 알고도 그리했다면 말하여 무엇 하리요.

23

무르쇼셔 슬올이다 마 말슴 무르쇼셔
仔詳히 무르시면 歷歷히 슬올이다
하늘이 놉고 먼들노 슬올 길 업스이다. (漆室遺稿)

무르쇼셔 슬올이다=물으십시오 아뢰겠습니다 ◇마 말슴=말씀. 마는 강조의 의미로 쓰였음 ◇먼들노 슬올 길=멀기 때문에 아뢸 방법.

⟩통석　물으십시오 아뢰겠습니다. 말씀 물으십시오.
　　　자세히 물으신다면 자세히 아뢰겠습니다.
　　　하늘이 높고 멀기 때문에 아뢸 방법이 없사옵니다.

24

我聖祖 積德으로 餘慶千世 흐읍시니
先王도 效則흐샤 順天命 흐시니다
聖主는 이 뜻 알르샤 千萬疑心 말르쇼셔. (漆室遺稿)

我聖祖(아성조) 積德(적덕)으로=우리 훌륭한 조상이 쌓은 덕으로 ◇餘慶千世(여경천세)=나머지 경사스런 일이 천세까지 미침 ◇效則(효칙)흐샤=본받으시어 ◇順天

命(순천명)=천명에 순응함 ◇聖主(성주)는=훌륭한 임금께서는 ◇千萬疑心(천만의심)=절대로 의심을.

> 📖 **통석** 우리 훌륭한 조상이 쌓은 덕으로 나머지 경사가 천세까지 미치시니
> 먼저 군왕도 본받으시어 천명에 순응하셨습니다.
> 임금께서는 이 뜻을 아시어 절대로 의심을 마소서.

25

빠홈에 시비만 ᄒ고 公道是非 아닌는다
어이ᄒ 時事 이ᄀ티 되엿는고
水火도곤 깁고 더운 환이 날노 기러 가노마라. *(漆室遺稿)*

公道是非(공도시비) 아닌는다=누구에게나 공평한 옳고 그름을 따지지 아니 한다 ◇時事(시사)=이 시대의 여러 가지 일 ◇水火(수화)도곤 깁고 더운=물불보다 깊고 뜨거운 ◇환이=근심(患)이 ◇날노 기러=날마다 더해.

> 📖 **통석** 싸움에 시비만 하고 누구에게나 공평한 시비는 아니 하는구나.
> 어찌된 이 시대의 일들이 이같이 되었는고
> 물불보다 깊고 뜨거운 근심이 날로 더해 가는구나.

26

나라히 굿드면 딥이 조차 구드리라
딥만 도라보고 나라일 아니 ᄒ늬
ᄒ다가 明堂이 기울면 어늬 딥이 굿들이오. *(漆室遺稿)*

딥이 조차=집도 따라서 ◇딥만 도라보고=자기 집만 보살피고 ◇굿들이오=구드리오

> 📖 **통석** 나라가 튼튼하면 집이 따라서 튼튼하리라
> 집만 돌아보고 나라 일을 아니 하는구나
> 그러다가 명당이 기울면 어느 집이 튼튼하리요

27

어와 거즛 일이 金銀玉帛 거즛 일이
長安 百萬家의 누구누고 던녀는고
어즈아 壬辰年 뜻 글이되니 거즛 일만 여기노라. (漆室遺稿)

거즛 일이=거짓 일이 ◇金銀玉帛(금은옥백)=금은과 옥과 비단 ◇어즈아='어즈버'
의 잘못인 듯 ◇글이되니=그렇게 되니. 또는 잘못 되니.

🔖통석 어와 거짓 일이 금은과 옥과 비단이 거짓 일이
        장안 모든 집의 누구누구가 지니고 있는가.
        어즈버 임진년 뜻 그렇게 되니 거짓 일로만 여기노라.

28

功名을 願찬커든 富貴인들 비알소냐
一間茅屋의 苦楚히 홈자 안자
밤낫의 憂國傷時를 못내 셜워 ᄒ노라. (漆室遺稿)

비알소냐=바랄소냐 ◇苦楚(고초)히 홈자=괴롭게 혼자 ◇憂國傷時(우국상시)를=나
라를 걱정하고 시절을 가슴아파함을.

🔖통석 공명을 원하지 않거든 부귀인들 바랄쏘냐
        한 칸 초가집에 괴롭게 혼자 앉아
        밤낮의 나라를 걱정하고 시절을 한탄함을 못내 셜워 하노라.

김상용*

〈五倫歌〉

1

어버이 子息 스이 하늘 삼긴 至親이라
부모곳 아니면 이 몸이 이실소냐
烏鳥도 反哺를 흐니 父母孝道 흐여라. (仙源續稿)

至親(지친)이라=아버지와 아들, 형과 아우의 사이와 같이 더할 수 없이 아주 친하다 ◇烏鳥(오조)도 反哺(반포)를=까마귀도 자라서 어미에게 먹이를 물어다 주거늘.

🏷 통석　어버이와 자식과의 사이 하늘이 만든 아주 친한 사이라
　　　　부모가 아니었다면 이 몸이 있을 수 있겠느냐
　　　　까마귀도 어버이에게 효도한다고 하니 부모님께 효도하여라.

2

님군을 섭기오듸 正흔 길노 引導흐야
鞠躬盡瘁흐야 죽은 後의 마라스라
가다가 不合곳 흐면 믈너간들 엇더리. (仙源續稿)

正(정)흔 길노=올바른 길로 ◇鞠躬盡瘁(국궁진췌)흐야=심신을 바쳐 국가의 일에 진력하여 ◇마라스라=그만두거라 ◇가다가 不合(불합)곳 흐면=벼슬을 살다가 의견의 일치가 되지 않으면 ◇믈너간들=벼슬을 그만둔들.

---

* 김상용(金尚容 ; 1561~1637). 자 경택(景擇). 호 선원(仙源), 풍계(楓溪). 문신. 병자호란 때 왕족을 시종하고 강화도로 피란했다가 성이 함락되자 화약에 불을 질러 자살했다. 글씨에 뛰어났다. 저서에 <선원유고>(仙源遺稿)와 <선원속고>(仙源續稿)가 있다. 시호는 문충(文忠).

　임금을 섬기되 바른 길로 인도하여
　　　　　심신을 바쳐 나라 일에 전력하여 죽은 다음에 그만두어라.
　　　　　벼슬을 살다가 의견이 다르면 벼슬을 그만두고 물러난들 어떠리.

　　　3
　　夫婦라 히온 거시 늠으로 되어 이셔
　　如鼓瑟琴ᄒ면 긔 아니 즐거오냐
　　그러코 恭敬곳 아니면 卽同禽獸 ᄒ리라. (仙源續稿)

히온 거시=하는 것이 ◇如鼓琴瑟(여고금슬)ᄒ면=북이나 거문고나 슬과 같이 조화
를 이루면 ◇그러코=그러고도 ◇卽同禽獸(즉동금수)=곧 금수와 같음.

🔁 통석　부부라고 하는 것이 남으로 되어 있어
　　　　　북이나 거문고나 슬과 같으면 그것이 아니 즐겁겠느냐
　　　　　그러면서도 공경하지 않으면 곧 금수와 같을 것이다.

　　　4
　　兄弟 두 몸이나 一氣로 ᄂᆞ화시니
　　人間의 貴ᄒᆞᆫ 거시 이 外에 ᄯᅩ 잇ᄂᆞᆫ가
　　갑주고 못 어들 거슨 이ᄲᅢᆫ인가 ᄒ노라. (仙源續稿)

一氣(일기)로 ᄂᆞ화시니=한 가지 기운으로 나뉘었으니 ◇갑주고 못 어들 거슨=돈
으로 살 수 없는 것은.

🔁 통석　형제가 두 몸이나 한 가지 기운으로 나뉘었으니
　　　　　사람으로 귀한 것이 이 밖에 또 있겠는가.
　　　　　돈으로 살 수 없는 것은 이것뿐인가 하노라.

　　　5
　　벗을 사괴오딕 처음의 삼가ᄒ야

날도곤 나으 니로 글ᄒᆞ여 사괴여라
終始히 信義를 딕히여 久而敬之 ᄒᆞ여라. (仙源續稿)

날도곤 나으 니로=나보다 나은 사람으로 ◇글ᄒᆞ여=가리어 ◇終始(종시)히=나중
도 처음처럼 ◇딕히여=지켜서 ◇久而敬之(구이경지)=오래도록 공경함.

📖 **통석**　벗을 사귀는데 처음부터 삼가 하여.
　　　　나보다 나은 사람으로 가려서 사귀거라.
　　　　나중도 처음처럼 신의를 지키어 오래오래 공경하여라.

〈訓戒子孫歌〉

1
이바 아희들아 내 말 드러 비화ᄉᆞ라
어버이 孝道ᄒᆞ고 어룬을 恭敬ᄒᆞ야
一生의 孝悌를 닷가 어딘 일흠 어더라. (仙源續稿)

드러 비화ᄉᆞ라=듣고서 배워라 ◇어룬을=어른을 ◇닷가=닦아 ◇어딘 일흠 어더
라=어질다고 하는 이름을 얻도록 해라.

📖 **통석**　이봐라 아희들아 내 말을 듣고 배우거라.
　　　　어버이에게 효도하고 어른을 공경하여
　　　　평생에 효제를 닦아 어질다고 하는 이름을 얻도록 해라.

2
늠의 말 니르디 말고 내 몸을 슬펴보아
허믈을 고티고 어딘 ᄃᆡ 올마ᄉᆞ라
내 몸의 온갖 흉 이시면 늠의 말을 니르랴. (仙源續稿)

니르디=말하지. 탓하지 ◇어딘 듸=어진 곳. 착한 곳 ◇올마스라=옮기자구나 ◇흉
이시면=허물이 있으면서 ◇니르랴=하겠느냐.

　다른 사람의 말 탓하지 말고 내 몸을 살펴보아
　　　　잘못을 고치고 어진 곳으로 옮아가자꾸나.
　　　　내 몸에 온갖 허물이 있으면서 다른 사람의 말을 하겠느냐.

3
사름이 되어이셔 용흔 길로 둣녀스라
言忠信 行篤敬을 念慮의 닛디 마라
내 몸이 용티곳 아니면 洞內옌들 둣느랴. (仙源續稿)

용흔 길로 둣녀스라=순하고 용렬한 길로 다니거라. 그렇게 행동하거라 ◇言忠信
行篤敬(언충신 행독경)을=언행을 성실하게 함을 ◇닛디=잊지 ◇용티곳=순하고
용렬하지.

　사람으로 태어나서 순하고 용렬한 길로 다니거라.
　　　　언행을 성실하게 함을 마음속에 잊지 마라
　　　　내 몸이 순하고 용렬하지 않으면 동내엔들 다니겠느냐.

4
말을 삼가ᄒ야 怒호온 제 더 춤아라
ᄒ 번을 失言ᄒ면 一生의 뉘읏브뇨
이 中의 조심홀 거시 말솜인가 ᄒ노라. (仙源續稿)

怒(노)호온 제=노여웠을 때 ◇뉘읏브뇨=뉘우치지 않겠느냐.

　말을 삼가고 노여울 때 더 참아라.
　　　　한 번을 실언하면 평생을 뉘우치지 않겠느냐
　　　　이 가운데 조심할 것이 언행인가 하노라.

5

늠과 싸홈마라 싸홈이 害 만흔뇨
크면 官訟이오 적으면 羞辱이라
무스 일 내 몸을 그릇 듯녀 父母羞辱 먹이리. (仙源續稿)

官訟(관송)이오=관가에서 하는 송사요 ◇羞辱(수욕)이라=부끄럽고 욕이 된다
◇그릇 듯녀=잘못 행동하여 ◇父母羞辱(부모수욕)=부모님에게 부끄럽고 욕을.

🔖 통석   다른 사람과 싸움마라 사움이 해가 많지 않으냐
크면 관가에서 하는 송사요 작으면 부끄럽고 욕이 된다.
무슨 일로 내 몸을 잘못 행동하여 부모에게 부끄럽고 욕을 먹이랴.

6

그른 일 몰나 하고 뉘우처 다시 마라
알고도 쏘 하면 내죵내 그르리라
眞實로 허믈곳 고티면 어딘 사름 되리라 (仙源續稿)

그른 일 몰나 하고=잘못된 일을 몰라서 했으면 ◇뉘우처 다시 마라=뉘우치고 다
시는 하지마라 ◇내죵내=나중에는. 마침내는 ◇그르리라=잘못될 것이다 ◇어딘=
어진.

🔖 통석   잘못된 일 몰라서 했으면 뉘우치고 다시 하지마라
알고도 또 잘못한다면 마침내는 잘못될 것이다
진실로 잘못을 고치면 어진 사람이 되리라.

7

貧賤을 슬허 말고 富貴를 불워 마라
人爵곳 닷그면 天爵이 오느니라
萬事를 하늘만 밋고 어딘 일만 하여라. (仙源續稿)

人爵(인작)곳 닷그면=사람이 만든 직위를 닦으면 ◇天爵(천작)이=하늘이 내리는

직위가.

> 📖 **통석** 빈천을 슬퍼하지 말고 부귀를 부러워하지 마라
> 사람이 만든 직위를 닦으면 하늘이 만든 직위가 올 것이다
> 모든 일을 하늘을 믿고 어진 일만 하여라.

8
慾心 난다 ᄒ고 못쓸 일 ᄒ디 마라
나ᄂ 니저셔도 놈이 樣子 보ᄂ니라
ᄒᆫ 번을 惡名을 어드면 어ᄂ 믈노 시스리. *(仙源續稿)*

니저셔도=잊었다고 해도 ◇樣子(양자)=내 모습. 또는 나의 행동 ◇어ᄂ 믈노 시
스리=어떤 물로 씻어내겠느냐.

> 📖 **통석** 욕심이 난다고 해서 몹쓸 일 하지 마라
> 나는 잊었다고 해도 다른 사람이 내 행동을 보느니라.
> 한 번이라도 나쁜 이름을 얻으면 어떤 물로 씻어내겠느냐.

9
일 닐어 洗手ᄒ고 父母의 問安ᄒ고
左右의 뫼와 이셔 恭敬ᄒ야 셤기오디
餘暇의 글 ᄇᆡ와 닑어 못 밋츨 ᄃᆞᆺ ᄒ여라. *(仙源續稿)*

일 닐어=일찍 일어나 ◇뫼와 이셔=모시고 있어 ◇글 ᄇᆡ와 닑어=글을 배우고 읽
어 ◇못 밋츨 ᄃᆞᆺᄒ여라=미치지 못할 듯 행동하라.

> 📖 **통석** 일찍 일어나 세수하고 부모님께 문안인사 드리고
> 항상 뫼시고 있으면서 공경하여 섬기되
> 여가에 글을 배우고 읽고 하면서 항상 미치지 못할 듯 행동하라.

박인로[*]

〈早紅枾歌〉

1

盤中 早紅감이 고아도 보이ᄂ다
柚子 안이라도 픔엄즉도 ᄒ다마ᄂ
픔어가 반기 리 업슬시 글노 셜워 ᄒᄂ이다

盤中 早紅(반중조홍)감이=소반 위에 놓인 일찍 익는 붉은 감이 ◇고아도 보이ᄂ
다=고와도 보이는구나 ◇柚子(유자) 안이라도=귤이 아니라도 예전 중국 삼국시
대 육적(陸績)이 여섯 살 때 원술(袁術)이 준 귤을 품어다가 어머니에게 주려고 했
던 고사를 말함 ◇반기 리=반길 사람이 ◇글노=그것을. 그것으로

🔖 **통석** 소반 위에 놓인 일찍 익는 붉은 감이 고와도 보이는구나.
　　　　　예전 육적이 품었다고 하는 귤이 아니더라도 품을 만하다마는
　　　　　품어가도 반길 사람이 없으므로 그것으로 서러워하나이다.

2

王祥의 鯉魚 잡고 孟宗의 竹筍 썩거
검던 멀리 희도록 老萊子의 오슬 입고
一生애 養志誠孝를 曾子ᄀ치 ᄒ리이다.

王祥(왕상)의 鯉魚(이어)=왕상의 잉어. 왕상은 진(晉)나라 효자. 계모가 겨울에 잉

---

* 박인로(朴仁老 ; 1561~1642). 자 덕옹(德翁). 호 노계(蘆溪). 무신, 시인. 벼슬은 용양위부호
군이었다. 가사문학 작품이 제일 많으며 시조 작품도 60수 이상이 있다. 저서에 <노계
집>(蘆溪集)이 있다. 그의 시조는 문집에 수록되어 있다.

어를 구하므로 얼음을 깨고 잡으려 하니 잉어가 나왔다는 고사 ◇孟宗(맹종)의 竹筍(죽순)=맹종의 죽순. 맹종은 중국 오(吳)나라 효자. 어머니가 죽순을 좋아해서 맹종이 겨울에 대밭에 들어가 애탄(哀歎)하니 죽순이 나왔다는 고사 ◇멀리=머리카락 ◇老萊子(노래자)의 오슬=노래자의 색동옷을. 노래자는 중국의 효자. 나이 70에 색동옷을 입고 노부모 앞에서 춤을 추어 즐겁게 했다는 고사 ◇養志誠孝(양지성효)를=뜻을 기르고 효도를 다함을 ◇曾子(증자)ᄀᆞ치=증자처럼. 증자는 공자의 제자로 본명이 삼(參)임.

🔖 **통석** 　왕상이 잡았다고 하는 잉어잡고 맹종이 꺾었다고 하는 죽순을 꺾어
　　　　　검던 머리가 백발이 다 되도록 노래자가 입었다고 하는 색동옷을 입고
　　　　　평생에 뜻을 기르고 효도를 다함을 증자처럼 하겠다.

3

萬鈞을 늘려내야 길게길게 노흘 ᄭᅩ아
九萬里 長天에 가는 히를 자바민야
北堂의 鶴髮雙親을 더듸 늘게 ᄒᆞ리이다.

萬鈞(만균)을 늘려내야=만 균이나 되는 것을 늘려서. 한 균은 30근 ◇노흘=노끈을 ◇九萬里 長天(구만리장천)에=멀고 먼 하늘에 ◇자바민야=잡아매어 ◇北堂(북당)의 鶴髮雙親(학발쌍친)을=늙으신 어버이를. 북당은 어머니를 가리킴.

🔖 **통석** 　만 균이나 되는 것을 늘려서 길게길게 노끈을 꼬아
　　　　　멀리 높은 하늘에 떠가는 해를 잡아매어
　　　　　북당의 늙으신 부모님을 더디 늙게 하겠다.

4

羣鳳 모다신 듸 외 가마기 드러오니
白玉 사힌 곳애 돌 흐나 갓다마는
두어라 鳳凰도 飛鳥와 類시니 뫼셔 논들 엇더ᄒᆞ리.

羣鳳(군봉) 모다신 듸=여러 마리의 봉황들이 모인 곳에 ◇가마기=까마귀 ◇사힌

곳애=쌓인 곳에 ◇돌 흐아=돌 하나 ◇飛鳥(비조)와 類(류)시니=나는 새는 마찬가지니. 다 같이 나는 새니.

📖 **통석** 여러 마리의 봉황들이 모인 곳에 한 마리의 까마귀가 들어오니
흰빛 옥이 쌓여 있는 곳에 돌 하나같지마는
두어라 봉황도 까마귀도 나는 새와 같은 무리니 뫼시고 논들 어떠랴.

〈五倫歌〉

父子有親

1

아비는 나으시고 어미는 치읍시니
昊天罔極이라 갑흘 길이 어려우니
大舜의 終身誠孝도 못다 한가 ㅎ노라

치읍시니=키우시니 ◇昊天罔極(호천망극)이라=넓은 하늘 같이 끝이 없음 ◇大舜(대순)의 終身誠孝(종신성효)도=훌륭한 순임금의 죽을 때까지 정성을 다하는 효도도 ◇못다 한가=다 갖지 못할까.

📖 **통석** 아버지는 낳으시고 어머니는 키우시니
넓은 하늘처럼 끝없는 은혜를 갚을 방법이 없으니
훌륭한 순임금처럼 죽을 때까지 정성을 다하는 효도로도 못다 갚을까
하노라.

2

人生 百歲中에 疾病이 다 이시니
부모를 섬기다 멋 힛를 섬길넌고
아마도 못다 할 誠孝를 일즉 벼퍼 보렷로라.

다 이시니=전부 다라 생각되니 ◇일즉 벼퍼 보렷로라=일찍부터 베풀어 보고 싶다.

🔖 **통석**　사람이 백년을 살아도 질병이 전부이다 싶으니
　　　　부모를 섬긴다고 해도 몇 년을 섬기겠느냐
　　　　아마도 다하지 못할 정성스런 효도를 일찍부터 베풀어 보고 싶다.

3

父母 섬기기를 至誠으로 섬기리라
鷄鳴에 盥漱ᄒ고 燠寒을 뭇ᄌ오며
날마다 侍側奉養을 沒身不衰 ᄒ오리라.

鷄鳴(계명)에 盥漱(관수)ᄒ고=닭이 우는 새벽에 일어나 양치질 하고 ◇燠寒(오한)을=덥고 차가움을 ◇侍側奉養(시측봉양)을=곁에 모시고 받드는 것을 ◇沒身不衰(몰신불쇠)=몸을 가리지 않고 소홀히 하지 않음.

🔖 **통석**　부모님 섬기기를 지극한 정성으로 섬기겠다.
　　　　닭이 우는 때 일어나 양치질하고 잠자리가 덥고 차가움을 묻자오며
　　　　날마다 곁에 모시고 봉양하는 것을 몸을 가리지 않고 소홀히 하지 않으리라.

4

世上 사름들아 父母恩德 아ᄂ산다
父母곳 아니면 이 몸이 이실소냐
生死葬祭예 禮로써 終始 갓게 섭겨서라.

아ᄂ산다=아느냐 ◇이실소냐=있을 수 있겠느냐 ◇生死葬祭(생사장제)에=살아 계실 때나 돌아가시어 장사지내고 제사를 올릴 때에 ◇終始(종시) 갓게=처음부터 끝까지 일관되게.

🔖 **통석**　세상 사람들아 부모님의 은덕을 아느냐
　　　　부모님이 아니면 이 몸이 있을 수 있겠느냐
　　　　살아계실 때나 돌아가시어 장사지내고 제사드릴 때 예로써 처음부터 끝까지 일관되게 섬겨라.

5

三千 罪惡中에 不孝애 더니 업다

夫子의 이 말슴 萬古애 大法 삼아

아모려 下愚不移도 밋처 알게 ᄒ려롤로라.

더니=더한 것이 ◇夫子(부자)의=공자님의 ◇아모려 下愚不移(하우불이)도=아무리
너무 어리석어 가르쳐주어도 이를 실천이 옮기지 못해도 ◇밋처=깨우쳐.

📘 통석 　삼천 가지 죄악 가운데 불효보다 더한 것이 없다

　　　　공자님의 이 말씀을 예로부터 큰 법으로 삼아

　　　　아무리 가르쳐 주어도 모르는 어리석은 사람이라도 깨우쳐 알게 하겠다.

君臣有義

6

聖恩이 罔極ᄒ줄 사름들아 아ᄂ순다

聖恩곳 안니면 萬民이 살로소냐

이 몸이 罔極ᄒ 聖恩을 갑고말려 ᄒ노라.

아ᄂ순다=아느냐. 알겠느냐 ◇살로소냐=살 수가 있겠느냐.

📘 통석 　임금의 은혜가 끝없이 큰 줄을 사람들아 알겠느냐

　　　　임금의 은혜가 아니면 백성들이 살 수가 있겠느냐

　　　　이 몸이 끝없는 임금의 은혜를 갚고 말고자 하노라.

7

稷契도 안넌 몸애 聖恩도 罔極ᄒ샤

百번을 죽어도 갑흘 닐이 업것마ᄂ

窮達이 길이 달나 못 뫼압고 셜웻로라.

稷契(직설)도=순(舜)임금 때 신하인 직과 설. 직은 농업을, 설은 교육을 맡아보았음 ◇窮達(궁달)이 길이 달나=빈궁과 영달(窮達)이 같지 아니하여 ◇못 뫼압고 설윗로라=뫼시지 못하고 설워하노라.

> **통석** 순임금 때의 직과 설과 같지 아닌 사람에게 임금의 은혜도 끝이 없구나.
> 백번을 죽었다 깨어나도 갚을 길이 없을 것 같다마는
> 빈궁과 영달이 같지 아니하여 뫼시지 못하고 설워하노라.

8

사름 삼기실제 君父 갓게 삼겨시니
君父ㅣ 一致라 輕重을 두로소냐
이 몸은 忠孝 두 사이애 늘글 주를 모르노라.

갓게=똑같이 ◇輕重(경중)을 두로소냐=더하고 덜함을 둘 수 있겠느냐.

> **통석** 사람이 태어날 때 임금과 아버지가 똑같게 태어났으니
> 임금과 아버지는 똑같은지라 더하고 덜함을 둘 수 있겠느냐
> 이 몸은 충성과 효도의 두 사이에서 늙는 줄을 모르겠다.

9

深山의 밤이 드니 北風이 더옥 차다
玉樓高處에도 이 브름 부는게오
긴 밤의 치우신가 北斗 비겨 바리로라.

玉樓高處(옥루고처)에도=임금이 계신 궁궐에도 ◇치우신가=춥지나 않으실까 ◇비겨 바리로라=기대어 바라보노라. 또는 빙자하여.

> **통석** 깊은 산속에 밤이 되니 겨울바람이 더욱 차갑다
> 임금이 계신 궁궐에도 이 바람이 부는 것 아니오
> 긴 밤 동안 춥지 않으실까 북두에 기대어 바라보노라.

10
이 몸이 죽은 後에 忠誠이 넉시 되야
놉히놉히 ᄂᆞ라 올나 閶闔을 블너 열고
上帝ᄭᅴ 우리 聖主를 壽萬歲에 비로리라.

閶闔(창합)을 블너=하늘로 올라가는 첫 번째 문을 지키는 사람을 불러.

🔖 **통석** 이 몸이 죽은 뒤에 충성스런 넋이 되어
　　　　높이 높이 날아올라 하늘의 문을 지키는 사람을 불러서 열고
　　　　옥황상제께 우리 임금을 오래도록 살기를 빌겠다.

夫婦有別

11
夫婦ㅣ 이신 後에 父子兄弟 삼겨시니
夫婦곳 아니면 五倫이 가즐소냐
이中에 生民이 비롯ᄒᆞ니 夫婦 크다 ᄒᆞ로라

이신=생긴. 있는 ◇가즐소냐=갖추어질 수가 있느냐 ◇生民(생민)이 비롯ᄒᆞ니=백
성이 시작되니.

🔖 **통석** 부부가 생긴 뒤에 부자형제가 생겼으니
　　　　부부가 아니면 오륜이 갖추어질 수가 있느냐
　　　　이런 가운데 백성이 시작되니 부부란 것이 가장 소중하다고 하겠다.

12
사람 내실 적의 夫婦ᄀᆞ게 삼겨시니
天定配匹이라 夫婦ᄀᆞ치 重ᄒᆞᆯ소냐
百年을 아적 삼아 如鼓琴瑟 ᄒᆞ렷로라.

天定配匹(천정배필)이라=하늘이 정해준 짝이라 ◇아적 삼아=아침 삼아. 처음의
시작처럼 ◇如鼓琴瑟(여고금슬)=거문고(琴)와 비파(瑟)의 소리가 서로 어울리듯 부
부가 화합한다는 뜻.

> 🔖 **통석**　사람을 낳으실 때에 부부를 똑같이 생기게 하셨으니
> 하늘이 정해준 짝이라 부부처럼 소중하랴
> 평생을 아침처럼 생각하고 금슬이 어울리는 것처럼 화목하게 하겠다.

13

夫婦을 重타 흔들 情만 重게 가질 것가
禮別 업시 居處ᄒ며 恭敬 업시 조흘소냐
一生애 敬待如賓을 冀缺 갓치 ᄒ오리라.

禮別(예별)=부부유별이란 예절의 구별 ◇조흘소냐=좋아할 것이냐 ◇敬待如賓(경
대여빈)을 冀缺(기결) 갓치=존경하고 대접하는 것을 손님처럼 하기를 각결(郤缺)
같이. 각결은 중국 춘추시대 진(晉)나라 사람으로 아내를 지극히 경대했다고 함.
기결은 각결의 다른 이름.

> 🔖 **통석**　부부의 관계를 소중하다 한들 정만 소중하게 가질 것인가
> 부부간에 구별 없이 거처하며 공경 없이 좋아할 것이냐
> 평생에 존경하고 대우하기 손님처럼 함을 기결과 같이 하기라.

14

夫婦 삼길 적의 하 重케 삼겨시니
夫唱婦隨ᄒ야 一家天地 和ᄒ리라
날마다 擧案齊眉을 孟光 ᄀᆺ게 ᄒ여라.

하 重(중)케=아주 소중하게 ◇夫唱婦隨(부창부수)ᄒ야=지아비가 하자고 하면 지어
미가 따라가야 ◇一家天地(일가천지) 和(화)ᄒ리라=한 집안이라고 하는 사회를 화
목하게 하리라 ◇擧案齊眉(거안제미)을 孟光(맹광) ᄀᆺ게=밥상을 들어 올리되 높이
를 눈썹과 같이 했다고 하는 맹광처럼. 맹광은 중국 한(漢)나라 때 양홍(梁鴻)의 처

로 남편을 존경하였음.

🏵 **통석** 부부가 생길 때에 아주 소중하게 생겼으니
지아비가 하자고 하면 지어미가 따라야 한 집안이 화목하리라
날마다 밥상을 눈썹과 같게 들어올리기를 맹광과 같게 하여라.

15

남우로 삼긴 거시 夫婦굿치 重흘넌가
사름의 百福이 夫婦에 가잣거든
이리 重흔 스이에 아니 和코 엇지 흐리.

남우로=남으로 타인으로 ◇百福(백복)이=모든 복이 ◇가잣거든=갖추어져 있거든
◇이리=이렇게.

🏵 **통석** 남으로 생긴 것이 부부같이 소중하겠는가.
사람의 모든 복이 부부에 갖추어져있거든
이렇게 소중한 사이에 아니 화목하고 어찌하랴.

兄弟有愛

16

兄弟 내실 적의 同氣로 삼겨시니
骨肉至親이 兄弟 굿치 重흘넌가
一生애 友愛之情을 흔 몸 굿치 흐리라.

骨肉至親(골육지친)이=뼈와 살이 아주 친한 사람이. 혈족이 ◇友愛之情(우애지정)
을=형제간에 사랑하고 아끼는 감정을.

🏵 **통석** 형제로 태어날 때에 같은 기운으로 태어났으니
뼈와 살이 아주 친한 친척이 형제처럼 소중하겠는가.
평생에 형제간의 사랑하는 감정을 한 몸처럼 하리라.

17

爭財예 失性ㅎ야 同氣不睦 마라스라

田地와 奴婢는 잡을 주면 살련이와

아모려 萬金인들 兄弟 살 듸 잇느냐

爭財(쟁재)예 失性(실셩)ㅎ여=재산 싸움에 본성을 잃어서 ◇同氣不睦(동기불목)=형제간에 화목하지 못함 ◇살련이와=살 수 있으나 ◇아모려=아무리.

📗통석   재산 다툼에 본성을 잃어서 형제간에 화목하지 못한 일 하지마라
전지와 남자 종이나 여자 종은 돈을 주면 살 수 있으려니와
아무리 만금을 준들 형제를 살 곳이 있느냐.

18

友愛를 尤篤ㅎ야 百年을 흔틔 살며

흔 옷 흔 밥을 논하 닙고 논하 먹고

白髮애 아뮈줄 모르도록 흠의 늘쟈 ㅎ노라.

尤篤(우독)ㅎ야=더욱 돈독하게 하여 ◇百年(백년)을 흔틔=평생을 한 곳에 ◇논하 닙고=나누어 입고 ◇아뮈줄='아뮌줄'의 잘못인 듯. 남인 줄. 아무인 줄.

📗통석   우애를 더욱 돈독하게 하여 평생을 같이 살며
옷가지 하나 밥 하나라도 나누어 입고 나누어 먹고
백발이 되도록 남인 줄 모르도록 함께 늙고자 하노라.

19

同氣로 셋 몸 되야 흔 몸가치 지닉다가

두 아은 어듸 가셔 도라올 줄 모르는고

날마다 夕陽 門外예 한숨 계워 ㅎ노라.

아은=아우는 ◇門外(문외)예=이문(里門) 밖에.

> 📖 **통석**　같은 기운으로 삼 형제가 되어 한 몸같이 지내다가
> 　　　　두 아우는 어디 가서 돌아올 줄을 모르는고,
> 　　　　날마다 저녁에 이문밖에 나가 기다리며 한숨을 참기 어려워하노라.

20

友愛 깁흔 쓰지 表裏 업시 흔 쯧 되야
이 中에 和兄弟를 우린가 너겨써니
엇지타 白首隻鴈이 혼자 울줄 알리오.

쓰지=뜻이 ◇表裏(표리)=걷과 속. 차별 ◇너겨써니=여겼더니 ◇白首隻鴈(백수척
안)이=늙어 혼자가 됨이 ◇울줄 알리오=울게 될 줄 알았으랴.

> 📖 **통석**　형제간 우애 깊은 뜻이 차별 없이 한 뜻이 되어
> 　　　　이 가운데에 형제간에 화목함을 우리라 여겼더니
> 　　　　어쩌다 늙어 외기러기처럼 혼자서 울게 될 줄 알았으랴.

朋友有信

21

벗을 사괼던딘 有信케 사괴리라
信 업시 사괴며 恭敬 업시 지닐소냐
一生애 久而敬之을 始終 업게 ᄒ오리라.

久而敬之(구이경지)을=오랫동안 변함없이 공경함을 ◇始終(시종) 업게=처음과 끝
이 다름이 없이. 한결같이.

> 📖 **통석**　벗을 사귈 것이면 신의가 있게 사귈 것이다
> 　　　　믿음 없이 사귀며 공경하는 마음 없이 지낼 것이냐
> 　　　　평생에 오랫동안 변함없이 공경함을 처음과 끝이 다름없이 하리라.

22

言忠行篤ᄒ고 벗 사고기 삼가오면
내 몸애 辱 업고 외다 ᄒ 리 적거이와
진실로 삼가지 못ᄒ면 辱及其親 ᄒ오리라.

言忠行篤(언충행독)ᄒ고=말은 충성되게 하며 행동을 돈독하게 하고 ◇사고기=사
귀기 ◇외다 ᄒ 리 적거이와=그르다고 할 사람이 적거니와 ◇辱及其親(욕급기
친)=욕됨이 그 부모에게까지 미침.

🔸 **통석** 언행을 충성되고 돈독하게 하고 벗 사귀기를 삼가면
내 몸에 돌아오는 욕이 없고 그르다고 할 사람이 적거니와
진실로 삼가지 목하면 욕됨이 부모에게까지 미치리라.

總論

23

天地間 萬物中에 사름이 最貴ᄒ니
最貴ᄒ 바ᄂ 五倫이 아니온가
사름이 五倫을 모ᄅ면 不遠禽獸 ᄒ리라.

天地間 萬物中(천지간 만물중)에=세상의 모든 것들 가운데 ◇不遠禽獸(불원금수)=
금수와 다름이 없다.

🔸 **통석** 세상 모든 것 가운데 사람이 가장 귀하니
가장 귀하다고 하는 것은 오륜이 아니겠는가.
사람이 오륜을 모르면 짐승이나 다름이 없으리라.

24

幸玆秉彛心이 古今 업시 다 이실ᄉ
爰輯舊聞ᄒ야 二三篇 지어시니

嗟哉 後生들아 살펴보고 힘써ᄒᆞ라

幸玆秉彝心(행자병이심)이=다행히 이 도덕을 지키는 마음이. 천성이 ◇爰輯舊聞
(원집구문)ᄒᆞ야=이전에 들은 이야기를 모아서 ◇嗟哉(차재)=아아 ◇後生(후생)들아
=뒷세상 사람들아.

🔷 **통석**　다행히 이 도덕을 지키겠다는 마음이 예전이나 지금에 다 가지고 있어서
이에 전에 들은 이야기를 모아서 두세 편을 지었으니
아아! 뒷세상 사람들아 살펴보고 힘써 실행하라.

25
仔細히 살펴보면 뉘 아니 感激ᄒᆞ리
文字ᄂᆞᆫ 拙ᄒᆞ되 誠敬을 삭여시니
진실로 熟讀詳味ᄒᆞ면 不無一助 ᄒᆞ리라.

拙(졸)ᄒᆞ되=치졸하지만 ◇삭여시니=새겼으니 ◇熟讀詳味(숙독상미)ᄒᆞ면=많이 읽
고 자세히 음미하면 ◇不無一助(불무일조)=도움이 되는 것이 없지 아니하리라.

🔷 **통석**　자세히 살펴보면 누가 감격하지 않겠느냐
문자는 치졸하지만 정성과 공경을 새겼으니
진실로 많이 읽고 자세히 음미하면 도움이 되는 것이 있으리라.

〈辛酉秋與鄭寒岡蔚山椒井〉

1
神農氏 모른 藥을 이 椒井의 숨겨던가
秋陽이 쬐오ᄂᆞᆫ듸 물속의 잠겨시니
曾點의 浴沂氣像을 오늘 다시 본 덧ᄒᆞ다.

鄭寒岡(정한강)=조선 중기의 학자인 정구(鄭逑 ; 1543~1620). 한강은 그의 호 ◇神農氏(신농씨)=중국 고대의 제왕. 농사와 제약(製藥)을 가르쳤다고 함 ◇椒井(초정)의=초정에. 초정은 울산(蔚山)에 있는 샘의 이름 ◇秋陽(추양)이=가을 햇볕이 ◇曾點(증점)의 浴沂氣像(욕기기상)을=증점이 기수에 가서 목욕하고 돌아오며 노래를 읊조리며 돌아오고 싶다고 한 기상을.

📖 통석　신농씨도 모르는 약을 이 초정에 숨겼던가?
　　　　가을 햇볕이 쬐는데 물속에 잠겼으니
　　　　증점이 기수에 목욕하고 돌아오고 싶다고 한 기상을 오늘 다시 보는 듯하구나.

　　2
　紅塵에 쓰지 업셔 斯文을 닐을 삼아
　繼往開來ㅎ야 吾道을 발키시니
　千載後 晦菴先生을 다시 본 덧 ㅎ여라.

紅塵(홍진)에=햇빛에 비쳐 붉은 색을 띤 먼지 속에. 속세에 ◇쓰지=뜻이 ◇斯文(사문)을=유교에. 사문은 성인의 도(道)를 가리키는 말 ◇닐을=일을 ◇繼往開來(계왕개래)ㅎ야=지난 일을 계승하고 올 일을 엶 ◇吾道(오도)을=우리의 도리를. 유교를 ◇千載後(천재후)=천년 뒤. 먼 훗날. ◇晦菴先生(회암선생)을=주자(朱子)를. 회암은 주자의 호임.

📖 통석　속세에 뜻이 없어 유학을 일을 삼아
　　　　자난 일을 잇고 올 일을 열어 우리의 도리를 밝히시니
　　　　천년 뒤에 회암 선생을 다시 보는 듯하구나.

　〈立巖〉

　　1
　無情히 서는 바회 有情ㅎ야 보이ᄂ다

最靈훈 吾人도 直立不倚 어렵거늘
萬古애 곳게 선 저 얼구리 고칠 적이 업느다. (立巖)

서는=서 있는 ◇最靈(최령)훈 吾人(오인)도=가장 신령하다고 하는 사람도 ◇直立不倚(직립불의)=의지하지 아니하고 곧바로 섬 ◇얼구리=얼굴이. 모습이 ◇적이=때가.

📖 통석　무정하게 서 있는 바위 유정하여 보이는구나.
　　　　가장 신령하다는 사람도 남에 의지 않고 홀로 서기 어렵거늘
　　　　예전부터 곧게 서 있는 저 얼굴이 고칠 때가 없구나.

2

江頭에 屹立ㅎ니 仰之예 더욱 눕다
風霜애 不變ㅎ니 鑽之예 더욱 굿다
사람도 이 바회 굿ㅎ면 大丈夫닌가 ㅎ노라. (立巖)

屹立(흘립)ㅎ니=우뚝 솟았으니 ◇仰之(앙지)예=우러러보기에 ◇鑽之(찬지)예=뚫기에는 ◇굿다=굳다.

📖 통석　강가에 우뚝 솟았으니 우러러보기에 더욱 높다
　　　　비바람에 변하지 않으니 뚫어보기에는 더욱 굳다
　　　　사람도 이 바위와 같다면 대장부라 하겠다.

3

흔 말도 업슨 바회 사괼 일도 업건만은
古貌眞態를 벗스마 으즈시니
世上애 益者三友를 사괼 쑬 모르노라. (立巖)

古貌眞態(고모진태)를=옛 모습 그대로의 참된 모양을 ◇益者三友(익자삼우)를=사귀어 도움이 되는 세 친구를. 익자삼우는 정직한 사람, 신의 있는 사람, 지식 있는 사람을 말함.

🔖 **통석**　한마디의 말도 없는 바위 사귈 일도 없지마는
　　　　옛 모습 그대로의 참된 모양을 벗을 삼아 앉았으니
　　　　세상에 사귀어 도움이 되는 세 가지 친구를 사귈 줄 모르는구나.

4

繩墨 업시 삼긴 바회 어늬 規矩 알니마ᄂᆞᆫ
놉고도 고다니 貴하야 보나ᄂᆞ다
애들다 可히 사람이오니 돌마도 못하랴. (立巖)

繩墨(승묵)=목수의 용구인 먹줄 ◇規矩(규구) 알니마ᄂᆞᆫ=법칙을 알겠느냐만 ◇고다
니=곧으니 ◇보나ᄂᆞ다=보인다 ◇사람이오니=사람으로서 ◇돌마도=돌만도

🔖 **통석**　먹줄도 없이 생긴 바위가 어떤 법칙을 알겠느냐만
　　　　높고도 곧으니 더욱 고귀하여 보이는구나.
　　　　슬프구나, 오직 사람으로 태어나서 돌만도 못하랴.

5

卓然直立ᄒᆞ니 法 바담즉 ᄒᆞ다마ᄂᆞᆫ
구름 깁흔 峽中에 알 리 잇사 츠자오랴
努力躋攀ᄒᆞ면 奇觀이야 만ᄒᆞ니라. (問巖)

卓然直立(탁연직립)ᄒᆞ니=우뚝한 모습으로 곧게 서니 ◇法(법) 바담즉=본받을 만
◇峽中(협중)에=산골짜기에 ◇알 리 잇사=아는 사람이 있어 ◇努力躋攀(노력제반)
ᄒᆞ면=힘써 휘어잡고 올라가면 ◇奇觀(기관)이야 만ᄒᆞ니라=볼만한 경치가 많으니라.

🔖 **통석**　우뚝한 모습으로 곧게 서있으니 본받을 만하다마는
　　　　구름이 깊은 산골짜기에 아는 사람이 있어 찾아오랴
　　　　힘써 올라오면 볼만한 경치가 많으리라.

6

世情이 ㅎ 殊常ᄒ니 나를 본들 반길넌가
枉己循人ᄒ야 내 어듸 올마가료
山됴코 믈 됴ᄒ 골의 삼긴대로 늘그리라. (答嚴)

世情(세정)이 ㅎ 殊常(수상)ᄒ니=세상 물정이 너무 시끄러우니 ◇枉己循人(왕기순인)ᄒ야=자기의 지켜야할 바를 버리고 다른 사람을 좇으니 ◇어듸 올마가료=어디로 옮겨 가겠는가.

🔖 통석 　세상 물정이 너무 시끄러우니 나를 본다고 반기겠는가?
　　　　자기의 지켜야할 바를 버리고 남을 좇으니 내 어디로 옮겨가겠느냐
　　　　산수의 경치가 아름다운 골짜기에 주어진 대로 늙으리라.

7

天皇氏 처음부터 니 深山의 혼ᄌ 이셔
너 보고 반기기를 멧 사름이 지내던고
萬古애 許多英雄을 드러보려 하노라. (問嚴)

지내던고=지났던고 거쳐 갔던고 ◇드러보려=들어보려. 알아보려.

🔖 통석 　천황씨가 처음부터 이 깊은 산에 혼자 계시어
　　　　너를 보고 반기시기를 몇 사람이나 지났던고
　　　　예전부터 이제까지의 수많은 영웅들을 알아보려 하노라.

8

巢許를 지낸 後에 嚴處士를 만낫다가
닛비 여희고 알 니 업시 배렷드니
오늘수 또 너를 만나니 時運인가 하노라. (答嚴)

巢許(소허)를=소보(巢父)와 허유(許由)를. 이들은 요(堯) 임금 때의 은사(隱士)임 ◇嚴處士(엄처사)를=후한(後漢)의 엄광(嚴光)을 말함. 광무제(光武帝)가 불렀으나 부춘산

(富春山)에 숨어 나오지 아니하고 칠리탄(七里灘)에서 낚시질을 하였음 ◇낫비 여
희고=서운하게 여기고 또는 이별하고 ◇베럿드니=버려두었더니 ◇時運(시운)인
가=그 시대의 운수인가.

> 🌓 **통석**　소부와 허유를 겪은 뒤에 엄광을 만났다가
> 　　　　서운하게 여기고 알만한 사람이 없어 없어서 버려두었더니
> 　　　　오늘에야 또 너를 만나니 그 시대의 운수인가 하노라.

9
從容히 다시 뭇자 너 나건 지 몇 千年고
네 나흔 必然하고 내 나흔 적건마는
니졔나 너과 나와는 흠의 놀쟈 ᄒ노라. (問巖)

從容(종용)히=조용히 ◇나건 지=낳은 지. 생긴 지 ◇나흔 必然(필연)하고=나이는
틀림없고 ◇니졔나=이제는.

> 🌓 **통석**　조용히 다시 물어보자 너 낳은 지 몇 천년이냐.
> 　　　　네 나이는 틀림없고 내 나이는 적지마는
> 　　　　이제는 너와 나와는 함께 놀고자 하노라.

10
唐虞를 그제 본 덧 漢唐宋을 어제 본 덧
숨ᄀᆞ치 지내가니 남은 히도 적다마는
十二會 못다 간 떠드란 나도 너와 늙그리라. (答巖)

唐虞(당우)를=요순(堯舜)시대를 ◇十二會(십이회)=일 년을 말함. 음양가(陰陽家)가 말
하는바 일월이 열두 번 서로 만나는 동안 ◇못다 간 떠드란=모였다가 간 동안은.

> 🌓 **통석**　요순시대를 그저께 본 듯 한당송을 어제 본 듯
> 　　　　세월이 꿈처럼 지나가니 남아 있는 세월도 적다마는
> 　　　　일년을 모였다 가는 동안은 나도 너와 늙으리라.

11

草屋 두세 間을 巖穴에 부쳐두고
松竹 두 빗치 病目애 익어시니
이 中에 春去秋來를 아므 젠 줄 모르로다. (精舍)

巖穴(암혈)에 부쳐두고=석굴에 붙여두고 짓고 ◇病目(병목)애 익어시니=병든 사
람의 눈에 익숙해졌으니. 늙은이의 눈에 ◇春去秋來(춘거춘래)를=봄이 가고 가을
이 오는 것을. 세월이 가는 것을 ◇아므 젠 줄=어느 때인 줄.

🔖 **통석**　초가집 두서너 칸을 바위 동굴에 지어두고
　　　　　소나무와 대나무의 두 빛이 늙은이의 눈이 익숙해졌으니
　　　　　이 가운데 세월이 가는 것을 어느 때인지를 모르겠다.

12

夫子의 起予者는 商也라 드러더니
오늘 起予者는 말 업슨 바회로다
어리고 鄙塞던 마암이 절로 새롭 ᄒᆞᄂᆞ다. (起予巖)

夫子(주자)의=공자(孔子)의 ◇起予者(기여자)는=내 뜻을 일으키고 넓힐 수 있는 사
람은 ◇商也(상야)라=상(商)이다. 상은 공자의 제자로 자가 자하(子夏)임 ◇어리고
鄙塞(비색)던=어리석고 비루하고 꽉 막혔던.

🔖 **통석**　공자가 '내 뜻을 일으키고 넓힐 수 있는 사람은 자하'라고 들었더니
　　　　　오늘날 내 뜻을 일으키고 넓힐 수 있는 것은 말 없는 저 입암이로구나.
　　　　　어리석고 비루하고 꽉 막혔던 마음이 저절로 새로워지는구나.

13

戒懼臺 올라오니 믄득 절로 戰兢ᄒᆞ다
臺上에 살펴보며 이ᄀᆞ치 저흡거든
못 보고 못 듯는 싸히야 아니 삼가 엇지 ᄒᆞ리. (戒懼臺)

戒懼臺(계구대)=입암의 바위 이름 ◇戰兢(전긍)ᄒ다=전전긍긍하다. 두려워 쩔쩔매다 ◇이곳치 저흡거든=이처럼 두렵거든 ◇싸히야=땅이야.

🗒 **통석**   계구대에 올라오니 별안간 저절로 두려워 쩔쩔매겠구나.
                계구대 위에서 사방을 살펴보니 이처럼 두렵거든
                보고 듣지 못한 땅이야 아니 삼가고 어찌하리.

14

峰頭에 소슨 들이 이 山中의 비취노다
九萬里長天이 멀고도 놉건마ᄂᆞᆫ
高山이 揷天ᄒ니 돌 우흐로 나ᄂᆞᆫ덧다. (吐月峰)

소슨=솟은 ◇揷天(삽천)ᄒ니=하늘을 꿰뚫는 듯하니 ◇우흐로=위로 ◇나ᄂᆞᆫ덧다=나는 듯하다. 또는 나오는 듯하다.

🗒 **통석**   산봉우리 위에 솟은 달이 이 산속을 다 비추는구나.
                구만리장천이 아득히 멀고도 높지마는
                높은 산이 하늘을 꿰뚫는 듯하니 바위 위로 솟아나는 듯하구나.

15

巍巍ᄒᆫ 九仞峰이 衆山中에 秀異코야
下學工程이 이 山 하기 갓건마ᄂᆞᆫ
엇디라 이제 爲山은 功虧一簣 ᄒᄂᆞᆫ게오. (九仞峰)

巍巍(외외)ᄒᆫ=높고 높은 ◇九仞峰(구인봉)이=구인봉이. 구인봉은 입암에 있는 봉우리 이름 ◇衆山中(중산중)에 秀異(수이)코야=여러 산 가운데서도 뛰어났구나 ◇下學工程(하학공정)이=아래로 일이 되어가는 과정을 배움이 ◇엇디라=어떻다 ◇爲山(위산)은=산을 만드는 것은 ◇功虧一簣(공휴일궤)=한 삼태기의 흙 때문에 공을 이루지 못함. 조금만 더 노력하면 성공할 수 있는 것을 그르쳐 버리는 것의 비유.

ᢒ통석 높고 높은 구인봉이 여러 산들 가운데에 뛰어났구나.
아래로 일이 되어가는 과정을 배움이 이 산과 같지마는
어떻다 이제 산을 만드는 것은 한 삼태기의 흙 때문에 공을 이루지 못
하는 것이오

16

南魯岑 이 일홈을 뉘라서 지은 게오
夫子登臨도 이 東山 아니런가
萬古靑山이 只麼히 놉하시니 아모 된줄 모르로다 (小魯岑)

南魯岑(남로잠)=공자가 동산(東山)에 올라서 노(魯)나라가 좁다고 한 것에서 붙인
봉우리의 이름 ◇뉘라서 지은 게오=누가 지은 것이오 ◇夫子登臨(부자등림)도=공
자가 높은 산에 오른 것도 ◇東山(동산)=중국 산동성에 있는 산. 공자가 이 산에
올라 세상이 좁다고 했음 ◇只麼(지마)히=다만.

ᢒ통석 남로잠이란 이 이름을 누가 지은 것이오
공자께서 산에 오름도 이 동산이 아니겠는가.
만고에 푸르른 산이 다만 높게 솟았으니 어딘 줄을 모르겠다.

17

名利예 쓰지 업서 비오싀 막되 집고
訪水尋山 ᄒ야 避世臺예 드러오니
어즈버 武陵桃源도 여긔런가 ᄒ로라. (避世臺)

名利(명리)예=명예와 재산에 ◇비오싀=베옷에 ◇訪水尋山(방수심산)ᄒ야=산과 물
을 찾아 ◇避世臺(피세대)=입암에 있는 바위. 세상을 기피한다는 뜻을 가졌음.

ᢒ통석 명예와 재산에 뜻이 없어 베옷에 지팡이를 짚고
산과 물을 찾아서 피세대에 들어오니
어즈버 무릉도원이 여기런가 하노라.

18

合流臺 ᄂ린 물이 보기예 有術ᄒ다
彼此 업시 흘러가고 左右에 逢源ᄒ니
分時異 合處同을 이 臺下애 아라고야. (合流臺)

合流臺(합류대)=입암(立巖) 29곡 가운데 바위의 명칭 ◇ᄂ린=흘러내리는 ◇보기예
有術(유술)ᄒ다=보기에도 술수가 있는 듯하다 ◇彼此(피차) 업시=너와 내가 없이
◇左右(좌우)에 逢源(봉원)ᄒ니=좌우에서 근원이 만나니. 두 물줄기가 만나니 ◇分
時異 合處同(분시이 합처동)을=나뉠 때는 다르나 합쳐지는 곳은 같음을.

🔖 **통석**　합류대 아래 흘러가는 물이 보기에도 술수가 있는 듯하다
　　　　너와 내가 없이 흘러가고 좌우에서 흘러오는 물의 근원을 만나니
　　　　나뉠 때는 다르나 합쳐지는 곳을 같음을 이 합류대 아래에서 알았도다.

19

尋眞洞 ᄂ린 물이 巖下애 구븨 지어
不舍晝夜ᄒ야 亭子 압히 드러오니
어즈버 洛水伊川을 다시 본 듯 ᄒ여라. (尋眞洞)

尋眞洞(심진동)=입암에 있는 지명 ◇ᄂ린=흘러내리는 ◇구븨 지어=굽이를 만들
어 ◇不舍晝夜(불사주야)ᄒ야=밤낮을 쉬지 아니하고 ◇洛水伊川(낙수이천)을=낙수
와 이천. 낙수는 중국 섬서성 동남부의 진령(秦嶺)에서 발원하여 하남성을 흘러
황하로 들어가는 강이고, 이천은 하남성 노씨현(盧氏縣)에 근원을 두고 낙양을 거
쳐 낙수(洛水)에 드는 강.

🔖 **통석**　심진동 흘러가는 냇물이 바위 아래에 구비를 만들어
　　　　밤과 낮을 쉬지 아니하고 정자 앞으로 들어오니
　　　　어즈버 낙수와 이천을 다시 본 듯하구나.

20
솔 알이 아희들아 네 얼운 어듸 가뇨

藥키러 가시니 ᄒ마 도라오렷마는
山中에 구름이 깁흐니 간 곳 몰라 ᄒ노라. (採藥洞)

얼운 어듸 가뇨=어른 어듸 가셨느냐 ◇ᄒ마 도라오렷마는=벌써 돌아왔으련만. 당나라 시인 가도(賈島)의 시 '심은자불우'(尋隱者不遇)인 "松下問童子 言師採藥去 只在此山中 雲深不知處"(송하문동자 언사채약거 지재차산중 운심부지처)와 같은 시상임.

🔖 **통석**　소나무 아래에 있는 아이들이 네 어른은 어디 가셨느냐?
　　　　약을 캐러 가셨으니 벌써 돌아오실 법하지마는
　　　　산속에 구름이 잔뜩 끼었으니 간 곳을 모르겠습니다.

21
浴鶴潭 ᄆᆞᆯ근 물에 鶴을 조차 沐浴ᄒ고
訪花隨柳ᄒ야 興을 ᄐᆞ고 도라오니
아무려 風乎舞雩詠而歸ㄴ들 블을 일이 이시랴. (浴鶴潭)

浴鶴潭(욕학담)=입암에 있는 웅덩이의 이름 ◇訪花隨柳(방화수류)ᄒ야=꽃을 찾고 버들을 따라서 ◇아무려=아무렴 ◇風乎舞雩詠而歸(풍호무우영이귀)ㄴ들=무우에 가서 바람을 쐬고 읊조리며 돌아온들. 증삼(曾參)이 한 말임 ◇블을=부러워할.

🔖 **통석**　욕학담 맑은 물에 학을 따라 목욕하고
　　　　꽃을 찾고 버들을 따라서 흥에 겨워 돌아오니
　　　　아무렴 증점이 한 것과 같은 풍류인들 부러워할 일이 있겠느냐.

22
淵泉이 하 ᄆᆞᆰ그니 가ᄂᆞᆫ 고기 다 보인다
一二三四를 낫낫치 혜리로다
童子야 새물에 고기를 다시 혜여 보아라. (數魚淵)

淵泉(연천)이 하 ᄆᆞᆰ그니=샘이 나는 웅덩이가 너무 맑으니 ◇가ᄂᆞᆫ=왔다 갔다 하는 ◇낫낫치 혜리로다=낱낱이 헤아리겠다.

23

磯頭에 누엇다가 씨드라니 들이 븓다
靑藜杖 빗기 집고 玉橋를 건너오니
玉橋애 믈근 소ᄅᆡ를 자는 새만 아놋다. (響玉橋)

磯頭(기두)에=낚시터에 있는 돌에 ◇靑藜杖(청려장)=명아주대로 만든 지팡이 ◇빗
기=비스듬히 ◇아놋다=아는구나.

> 💬 **통석**　낚시터 돌을 베고 누웠다가 깨달으니 달이 환히 밝구나.
> 　　　　명아주 지팡이를 비스듬히 짚고 옥교를 건너오니
> 　　　　옥교의 맑은 물소리를 자는 새만 아는 듯하고나.

24

낙대를 빗기 쥐고 釣月灘 ᄇᆞ라 ᄂᆞ려
블근 역귀 헤혀 ᄂᆞ고 들 알ᄋᆡ 안ᄌᆞ시니
아모려 桐江興味ㄴ들 블을 주리 이시랴. (釣月灘)

釣月灘(조월탄)=입암에 있는 여울 이름 ◇ᄇᆞ라 ᄂᆞ려=곧바로 내려와 ◇역귀=여뀌.
풀이름 ◇헤혀 ᄂᆞ고=헤쳐내고 ◇아모려=아무리 ◇桐江興味(동강흥미)ㄴ들=동강
의 흥미인들. 엄광(嚴光)이 부춘산의 동강에서 낚시질을 한 고사. 동강은 중국 절
강성 동려현 경계를 흐르는 강 ◇불을 주리=부러워할 까닭이.

> 💬 **통석**　낚싯대를 비스듬히 쥐고 조월탄으로 바로 내려가
> 　　　　붉은 여뀌를 헤쳐내고 달이 비치는 곳에 앉아 있으니
> 　　　　아무리 엄광이 동강에서 낚시질하던 흥취인들 부러워 할 줄이 있으랴.

25

沮溺의 가던 밧치 千年을 묵어거늘
구름을 허혀 드러 두세 이렁 가라두고
生涯를 足다사 홀가마는 부를 거슨 업노왜라. (耕雲野)

沮溺(저익)의=장저(張沮)와 걸익(桀溺)이. 장저와 걸익은 춘추시대의 은사(隱士)임
◇밧치=밭이 ◇허혀 드러=헤치고 들어가 ◇生涯(생애)를 足(족)다사=생활이 충분
하다고야 ◇부를 거슨=부러워할 것은.

통석　장저와 걸익이 갈던 밭이 천년 동안이나 묵었거늘
　　　　구름을 헤치고 들어가 두세 이랑을 갈아 두고
　　　　생활을 하기에 충분하다고야 하겠느냐마는 부러워 할 것은 없노라.

26

停雲嶺 브라보니 天中에 두렷괴야
陟彼崔嵬ᄒᆞ면 五雲蓬萊 보련마는
病目애 눈물이 얼히니 바리보기 아득ᄒᆞ다. (停雲嶺)

停雲嶺(정운령)=입암 29곡의 산봉우리 이름 ◇두렷괴야=뚜렷하구나 ◇陟彼崔嵬
(척피최외)ᄒᆞ면=저 험하고 높은 산에 오르면 ◇五雲蓬萊(오운봉래)=오색구름으로
물든 봉래산 ◇病目(병목)애=병이 든 눈에. 늙은이의 눈에 ◇얼히니=어리니.

통석　정운령을 바라보니 하늘 가운데 뚜렷이 솟아있구나.
　　　　저 험하고 높은 산에 오른다면 오색구름으로 물든 봉래산을 볼 수 있으
　　　런만
　　　　늙은이의 눈에 눈물이 어리니 바라보기가 아득하구나.

27

産芝嶺 올나오니 一身이 香氣롭다
四皓商山도 이 芝嶺 아니런가

山路애 구름이 깁흐니 아모 딘 줄 모르로다. (産芝嶺)

産芝嶺(산지령)=입암에 있는 고개 이름 ◇四皓商山(사호상산)도=상산의 사호도 상산은 중국 섬서성 상현(商縣)의 동남쪽에 있는 산으로, 진(秦)나라의 난을 피하여 상산에 숨은 4사람으로 이들은 눈썹과 머리가 모두 희었기에 사호라 했음.

🔷 **통석**　산지령에 올라오니 지초로 온몸이 향기롭다
　　　　　상산의 사호들도 이 지령에 숨은 것 아니겠는가.
　　　　　산길에 구름이 잔뜩 끼었으니 어딘 줄 모르겠다.

28
隔塵嶺 하 놉흐니 紅塵이 머러간다
ᄀᆞᆺ득이 먹은 귀 싯슬ᄉᆞ록 먹어가니
山 밧긔 是是非非를 듯도보도 못ᄒᆞ로다. (隔塵嶺)

隔塵嶺(격진령)=입암에 있는 산마루의 이름 ◇紅塵(홍진)이=시끄러운 세상이. ◇ᄀᆞᆺ득이=가득이나 ◇듯도보도=듣지도 보지도

🔷 **통석**　격진령이 하도 높으니 속세가 멀어간다
　　　　　가뜩이나 먹은 귀는 씻을수록 더 먹는 듯하니
　　　　　산 밖 사람들의 시비를 듣기도 보기도 못 하겠노라.

29
江上 山 ᄂᆞ린 굿히 솔 아릭 너분 돌해
翠嵐丹霞ㅣ 疊疊이 둘러시니
어즈버 雲母屛風을 ᄀᆞᆺ 그린 듯 ᄒᆞ여라. (畫裏臺)

너분 돌해=넓은 돌에 ◇翠嵐丹霞(취람단하)ㅣ=푸르고 붉은 빛을 내는 아지랑이와 노을이 ◇雲母屛風(운모병풍)을=운모로 만든 병풍을 ◇ᄀᆞᆺ=지금 막.

📖 **통석** 강위에 산이 뻗어 내린 끝에 소나무 아래 넓은 돌에
　　　　　푸르고 붉은 빛을 내는 아지랑이와 노을이 첩첩이 둘러있으니
　　　　　어즈버 운모로 만든 병풍을 막 그린 듯하구나.

〈慕賢〉

1

반가올샤 오늘 쑴에 首陽隱士 보완제고
正色愀然ᄒ고 날ᄃ려 ᄒᄂ는 말슴
至今에 叩馬ᄒ던 忠義를 못ᄂᆡ 이져 ᄒ더라.

首陽隱士(수양은사)=수양산에 숨어 살던 은(殷)나라의 백이(伯夷)와 숙제(叔齊)를
말함 ◇正色愀然(정색초연)ᄒ고=근심스럽고 두려워하는 얼굴빛을 바로하고 ◇날
ᄃ려=나에게 ◇叩馬(고마)ᄒ던 忠義(충의)를=말을 못 가도록 붙잡던 의리의 충고
를 ◇못ᄂᆡ 이져 ᄒ더라=끝내 잊지 못하더라.

📖 **통석** 반갑구나. 오늘 꿈에 백이숙제를 보았구나.
　　　　　걱정스럽고 두려워하는 얼굴빛으로 나에게 하시는 말씀이
　　　　　지금에 말은 잡고 못 가게 하던 충의를 끝내 잊지 못하더라.

2

汨羅 ᄂ린 믈이 靈均의 怨淚로다
爲國忠憤을 넉시라도 못내 이져
至今에 嗚咽波聲이 어제론듯 ᄒ얏ᄂ다.

汨羅(멱라)=멱라수(汨羅水). 중국 호남성 상음현(湘陰縣) 북쪽에 있는 강. 초(楚)나
라 굴원(屈原)이 빠져 죽었음 ◇靈均(영균)의 怨淚(원루)로다=영균의 원망의 눈물
이로구나. 영균은 굴원의 호임 ◇爲國忠憤(위국충분)을=나라를 위한 충성스런 울
분을 ◇못내 이저=끝내 잊지 못하여 ◇嗚咽波聲(오열파성)이=목이 메어 우는 듯

한 물소리가.

🔖 **통석**　먹라수 흘러가는 물이 굴원의 억울한 눈물이로구나.
　　　　　　나라 위한 충성스런 울분을 넋이라도 끝내 잊지 못하여
　　　　　　지금에 목 메인 듯한 물소리가 어제인 듯하구나.

〈自警〉

1
明鏡에 틔 씨거던 갑주고 닷글 줄
아희 어룬 업시 다 밋쳐 알건마는
갑 업시 닷글 明德을 닷글 줄을 모르ᄂ다

틔 씨거던=때가 끼게 되면 ◇갑주고 닷글 줄=값을 주고 닦을 줄 ◇아희 어룬 업
시=아이와 어른의 구별 없이 ◇다 밋쳐=다 걸쳐서.

🔖 **통석**　잘 비추는 거울에 때가 끼게 되면 돈은 주고 닦을 줄을
　　　　　　아희와 어른의 구별 없이 다 걸쳐서 알지마는
　　　　　　값을 주지 않고도 닦을 명덕을 닦을 줄을 모르느냐.

2
誠意關 도라드러 八德門 브라보니
크나큰 흔길이 넙고도 곳다마는
엇지타 盡日行人이 오도가도 아넌게오.

誠意關(성의관)=뜻을 정성스럽게 한다는 상상의 관문 ◇八德門(팔덕문)=여덟 가
지의 덕을 갖춘 문. 상상의 문으로 팔덕을 갖춘 상태를 말함 ◇엇지타=어찌하여
◇盡日行人(진일행인)이=하루 종일 길 가는 사람들이.

성의관을 돌아 들어와 팔덕문을 바라보니
크나큰 좋은 길이 넓고도 곧다마는
어찌하여 하루 종일 길 가는 사람들이 오지도 가지도 아니하는 것이오

3

九仞山 긴 솔 베혀 濟世舟를 무어 뉘야
길 닐흔 行人을 다 건느려 호엿더니
사공도 無狀호야 暮江頭에 부렷느다.

九仞山(구인산)=높이가 9인이나 되는 산. 1인은 8척(尺)임. 실제의 산이 아님 ◇濟世舟(제세주)를=세상을 구제할 수 있는 배를 ◇무어 뉘야=만들어서 ◇닐흔=잃은 ◇無狀(무상)호야=예절이 없어서 ◇暮江頭(모강두)에=저무는 강가에.

구인산의 큰 소나무를 베어 세상을 구제할 수 있는 배를 만들어서
길을 잃은 행인을 다 건네주려 하였더니
사공도 예절이 없어서 저무는 강가에 버렸구나.

강복중*

〈癸亥反正歌〉

1

癸亥 三月春의 뜯 가진 李貴 金瑬ㅣ
龍泉劍을 들어메고 太平케 ㅎ단말가
아희야 靑藜杖 닉여라 위로ㅎ러 가쟈. (淸溪歌詞 1)

癸亥 三月春(계해 삼월춘)의=계해년(1628) 삼월 봄에. 인조반정(仁祖反正)이 일어남 ◇李貴(이귀) 金瑬(김류)ㅣ=이귀(1557~1633)와 김류(1571~1648)가. 인조반정을 일으킨 주동인물임 ◇龍泉劍(용천검)을=용천검을. 보검을 ◇위로ㅎ러=수고했음을 고맙게 생각하고 치사하러(慰勞).

📖 **통석** 계해년 삼월 봄에 반정의 뜻을 가진 이귀와 김류가
용천검을 둘러메고 나라를 태평케 하였단 말인가.
아희야 푸른 명아주지팡이를 내 놓아라 위로하러 가자꾸나.

2

忠孝만 푸문 져 李貴ㅣ 구레 버슨 말이 되어
綠草淸溪上의 임쟈 그러 우니다가
이졔ᄂᆞ 王孫 만나 愛用至用 ㅎ노라. (淸溪歌詞 2)

푸문=품은 ◇綠草淸溪上(녹초청계상)의=푸른 풀이 우거진 맑은 시냇가에. 재야[在

---

* 강복중(姜復中 ; 1563~1639). 자 재기(載起) 호 청계망사(淸溪妄士). 학문은 깊지 않으나 영락한 가문을 일으키기 위해 애썼다. 그는 국문 가사와 시조를 지었는데 이들은 <청계공유사>(淸溪公遺事)에 수록되어 있다.

野에 ◇우니다가=우는 듯이 지내다가. 불만을 품고 살다가 ◇王孫(왕손) 만나=왕손을 만나. 왕손은 인조(仁祖)를 가리킴 ◇愛用至用(애용지용)=매우 소중하게 쓰임.

🔖 통석　충효만을 품고 있던 저 이귀가 마치 굴레 벗은 말이 되어
　　　　　푸른 풀이 우거진 맑은 냇가에 임자를 그리워 울며 지내다가
　　　　　이제는 왕손을 만났으니 매우 소중하가 쓰일까 하노라.

3
公洪道主ㅣ 明鑑이오 恩津太守ㅣ 明鑑이니
恩津 上下人이 다들 稱頌ᄒᄂ구나
淸溪 八十衰翁도 興만 계워 ᄒ노라. (淸溪歌詞 3)

公洪道主(공홍도주)ㅣ=공주(公州)와 홍주(洪州)의 지사(知事)가. 홍주는 지금의 홍성(洪城) ◇明鑑(명감)이오=좋은 본보기요 ◇恩津太守(은진태수)ㅣ=은진태수가. 은진은 지금의 충남 논산군 은진면으로 예전엔 고을이었음 ◇上下人(상하인)이=모든 사람들이 ◇淸溪 八十衰翁(청계 팔십쇠옹)도=팔십이 된 쇠약한 늙은이 청계도. 청계는 작자 본인의 호임.

🔖 통석　충청도 감사가 좋은 본보기요 은진태수가 좋은 본보기니
　　　　　은진에 사는 모든 사람들이 다들 칭송하는구나.
　　　　　청계의 팔십 쇠약한 늙은이도 흥을 억제하기 어려워하노라.

4
堯時도 이러ᄒ고 舜時도 이러턴가
處處 康衢의 擊壤歌 뿐이로다
아모리 黃龔召杜,ㄴ들 긔나 이나 ᄃ르랴. (淸溪歌詞 5)

處處 康衢(처처강구)의=곳곳의 길거리에 ◇黃龔召杜(황공소두),ㄴ들=황공과 소두인들. 황은 황제(黃帝) 헌원씨를, 공은 공수(龔遂)를 가리킴. 황제는 고대의 성군(聖君)이며 공수는 한 대(漢代)의 간신임. 소는 한(漢)의 소신신(召信臣)이며, 두는 후한(後漢)의 두시(杜詩)로 이들은 선정을 베풀었음 ◇긔나 이나=그것이나 이것이나.

요임금 때도 이러했고 순임금 때도 이러했던가.
곳곳의 길거리에 격양가만 들릴 뿐이로다.
아무라 황공과 소부인들 그것이나 이것이나 다르겠느냐.

5
葛馬山 老松鶴이 張網의 버므러셔
金明宇 匕首劒의 아니 죽고 샤라나쾌
아므리 解三面湯德인들 긔나 이나 ᄃ르랴. (淸溪歌詞 6)

葛馬山(갈마산)=소재 미상 ◇老松鶴(노송학)이=노송에 앉은 학이 ◇張網(장망)의
버므러셔=펼쳐 놓은 그물에 걸려서 ◇金明宇(김명우)=인명. 미상 ◇匕首劒(비수
검)의=날카로운 칼에 ◇샤라나쾌=살아났구나 ◇解三面湯德(해삼면탕덕)인들=죄
인을 관대하게 취급했다는 은(殷)나라 탕임금의 덕인들. 탕왕이 들에 나가서 그물
을 사면(四面)을 치고 빌고 있는 사람을 보고 가 삼면(三面)을 걷어치우고 다시 빌
게 하였다고 함.

갈마산 늙은 소나무에 앉은 학이 펼친 그물에 걸려서
김명우 비수의 칼날에 죽지 아니하고 살아났구나.
아무리 죄인에 관대했던 탕 임금의 덕인들 그것이나 이것이나 다르겠
느냐.

〈淸溪慟哭六條曲〉

1
宣王이 化仙後에 고은 大君 어듸 간고
에엿쁜 大妃 公主의 거슴 소긔 즘겨 계셔 밤이나 낫지ᄂ 님 향히 哀
情과 懷中殺子늘 一刻이나 이즈실가 飢寒이 到骨ᄒ야 八十衰翁은 이
고이고 ᄒ며 西宮을 브라보고 눈물질 뿐이로듸

아므나 有情호 벗님네 뎌 쇠 열길 호쇼셔. (清溪佳詞 7)

宣王(선왕)이=조선(朝鮮)의 선조(宣祖)대왕이 ◇化仙後(화선후)에=죽어 신선이 된 뒤에 ◇고은 大君(대군)=불쌍한 대군. 영창대군(永昌大君)을 말함 ◇에엿샌=가련한 ◇大妃 公主(대비공주)의=대비와 공주의. 인목대비(仁穆大妃)와 정명공주(貞明公主)를 말함 ◇거슴 소긔 졈겨 계셔=가슴 속에 잊히지 않고 있어서 ◇낫지ᄂᆞ=낮이나 ◇님 향히=선조 임금을 향해 ◇哀情(애정)과 懷中殺子늘=애틋한 정과 죽은 자식에 대한 회포를 ◇이즈실가=잊을 수 있을까 ◇飢寒(기한)이 到骨(도골)호야=춥고 배고픔이 뼛속까지 파고들어 ◇八十衰翁(팔십쇠옹)은=팔십 먹은 쇠약한 늙은이는. 작자를 가리킴 ◇西宮(서궁)을=인목대비가 갇혀 있던 궁궐을 ◇아므나=누구든지 ◇뎌 쇠 열길=저 자물쇠가 열릴 방도를.

🔖 **통석**   선조대왕이 죽어 신선이 된 뒤에 불쌍한 영창대군은 어디에 갔는고 가련한 인목대비와 정명공주의 가슴 속에 잊히지 않고 있어서 밤이나 낮이나 선조임금을 향해 애틋한 정과 죽은 자식에 대한 회포를 잠시라도 잊을 수 있을까 춥고 배고픔이 뼛속까지 파고들어 팔십의 쇠약한 늙은이는 애고애고 하며 서궁을 바라보고 눈물을 흘릴 뿐이로다
누구나 인정이 있는 벗님들 저 자물쇠가 열릴 방도를 바라소서.

2

닛쑬 굿튼 銀을 뫼화 박말로 마련호야
하나하 좃셤의 柳枝로 미엿ᄃᆞ가
南山의 봄부리 나거든 어늬 물로 ᄭᅵ더니. (清溪歌詞 8)

닛쑬 굿튼=입쌀 같은 ◇뫼화=모아 ◇박말로=큰말(大斗)로 ◇마련호야=준비하여 ◇하나하=하나하나를 ◇좃셤의=좁쌀을 담은 섬에 ◇柳枝(유지)로=버들가지로 ◇봄부리=봄철의 불이 ◇ᄭᅵ더니=끄려고 하느냐.

🔖 **통석**   입쌀 같이 하얀 은을 모아 큰말로 준비하여
하나하나를 좁쌀을 담은 섬의 버들개지로 매었다가
남산에 봄철의 불이 나거든 어떤 물로 끄려하느냐.

3

애고 애고 이닉 (슬픔 엇지ᄒ면 좋을고)
南漢中 (갓치신) 고은 님 엇지 엇지 ᄒ시는고
晝夜의 慟哭悲歌를 알 리 업셔 ᄒ노라. (淸溪歌詞 9)

南漢中(남한중)=남한산성 안에 ◇고은 님=아름다운 님. 인조(仁祖)대왕을 가리킴
◇慟哭悲歌(통곡비가)를=통곡하며 부르는 슬픈 노래를 ◇알 리=알 까닭이. 또는
사람이.

▷통석　아이고 아이고 나의 슬픔 어찌하면 좋을꼬
　　　　남한산성에 안에 갇히신 인조대왕께서 어찌어찌 지내시는고
　　　　밤낮으로 통곡하며 부르는 슬픈 노래를 알 까닭이 없어 하노라.

4

내 아비 舜象變를 四十餘年 맛다실 제
在外艱苦를 곳쳐 안쟈 싱각ᄒ니
至今에 鏡分哀情을 알 리 업셔 ᄒ노라 (淸溪歌詞 10)

舜象變(순상변)를=미상 ◇맛다실 제=맡았을 때에 ◇在外艱苦(재외간고)를=밖에
있는 어려움을 ◇鏡分哀情(경분애정)=거울을 둘로 나누어 가지고 헤여져야 할 입
장의 서글픈 감정을.

▷통석　내 아버지의 순상변을 사십 여년을 맡았을 때에
　　　　밖에 있는 어려움을 다시 앉아 생각하니
　　　　지금에 거울을 나누어 가져야 할 서글픈 감정을 알 까닭이 없어 하노라.

5

春風의 봄 ᄴᅢ 울고 버들의 시 실 난다
無妹獨子는 어드러로 갓돗썬고
世上의 徹天은 나ᄲᅮᆫ인가 ᄒ노라. (淸溪歌詞 11)

봄 쌔=봄철의 새가 ◇시 실 난다=새 가지 돋는다 ◇無妹獨子(무매독자)는=누이가 없는 외아들은 ◇갓돗썬고=갔는고 ◇徹天(철천)은=하늘에 사무치는 한을 가진 사람은.

🔖 **통석**   봄바람에 봄철의 새가 울고 버들에는 새 가지가 돋는다.
누이가 없는 외아들은 어디로 갔는고
세상에 하늘에 사무치는 한을 가진 사람은 나뿐인가 하노라.

6
孫子 아홉 아니며는 이 모미 번듯 주거
애고 애고 ᄒ며 이 근심 늬 아던야
드러라 臺山의 書堂 짓고 五倫教訓 호리라. (清溪歌詞 12)

번듯 주거=번드시 죽어. 분명히 죽어 ◇드러라=듣거라 ◇臺山(대산)의=높다란 산에 ◇五倫教訓(오륜교훈)=오륜을 가르침.

🔖 **통석**   손자 아홉 아니라면 이 몸이 분명히 죽어
애고애고 하며 이 근심을 내가 알겠느냐
듣거라 높다란 산에 서당을 짓고 오륜을 가르치리라.

〈八月秋風謝延平大監贈扇歌〉

1
大監 쥬신 붓치 뵈옷시 맛즈녜다
風高冷月의 오시면 됴ᄒ리쇠
두어라 三伏의 늬여 大監 싱각호리이다. (清溪歌詞 14)

뵈옷시=베옷에 ◇맛즈녜다=맞습니다. 어울립니다 ◇風高冷月(풍고냉월)의=바람이

높고 달빛이 차가울 때에. 서늘한 때에 ◇됴ᄒᆞ리쇠=좋을 것일세 ◇닉여=내놓고서.

> 🔖 **통석** 대감께서 주신 부채 베옷에 어울립니다.
> 바람이 높고 달빛이 차가울 때에 오시면 좋을 것일세.
> 두어라 삼복더위에 내놓고서 대감 생각을 하겠다.

2

天桃를 貴ㅌ호듸 듯고셔 못 보니
이 징반의 ᄃᆞ문 天桃 大監이 ᄃᆞ 쟈신ᄃᆞ니
天桃 ᄃᆞ 쟈신 後의 百年 살게 ᄒᆞ소셔. (清溪歌詞 15)

天桃(천도)=먹으면 장수한다고 하는 복숭아 ◇ᄃᆞ문=담은 ◇ᄃᆞ 쟈신ᄃᆞ니=다 잡수
신다고 하니.

> 🔖 **통석** 먹으면 장수한다는 복숭아를 귀하다고 하나 듣고도 못 보았더니
> 이 쟁반에 담은 천도복숭아를 대감께서 다 잡수신다니
> 이 천도복숭아를 다 잡수신 뒤에 백년을 살게 하십시오.

〈敬贈月沙大監歌〉

1

天中의 셧는 들과 江湖의 희친 모릭
블거든 조치 마라 조커든 붉지 마라
붉고셔 쏘 됴흔 月沙과 아니 놀고 엇지 ᄒᆞ리. (清溪歌詞 17)

희친=흩어진 ◇블거든=밝거든 ◇조치 마라=깨끗하지 말거나 ◇月沙(월사)과=월
사와. 월사는 조선시대 한학(漢學) 사대가(四大家)의 하나인 이정귀(李廷龜 ; 1564
~1635)의 호.

　　하늘 가운데 떠있는 달과 강과 호수에 흩어진 모래
　　밝거든 깨끗하지 말거나 깨끗하거든 밝지 말거나
　　밝고서 또 깨끗한 월사와 아니 놀고 어찌하겠느냐?

　2
　楊花渡 第一峰을 네 듯고 오늘 보니
　歷歷行舟는 오명가명 셧도느다
　아희야 盞 고쳐 부어라 못니 보와 ᄒ노라. (淸溪歌詞 18)

楊花渡(양화도) 第一峰(제일봉)을=양화나루의 경치가 좋은 봉우리를. 양화도는 한
강 마포 아래의 양화진(楊花津)으로 지금의 서울 양화교(楊花橋) 위쪽이고 제일봉
은 지금의 절두산(切頭山)을 가리키는 듯 ◇네 듯고=예전에 듣고 ◇歷歷行舟(역력
행주)는=오가는 배 하나하나는 ◇오명가명 셧도느다=오면서 가면서 섞여 도나보
다 ◇못니 보와=다 보지 못할까.

　　양화나루 제일봉을 예전에 듣고 오늘에서야 보니
　　오가는 배 하나하나는 오면서가면서 섞여 도나보다.
　　아희야 잔 다시 부어라 이 경치를 다보지 못할까 한다.

　3
　楊花渡 ᄂ린 므리 어드러로 가ᄂ손ᄃ
　ᄂ히 ᄂ려가 海水ᄂ 되련이와
　우리는 渭水陽 가의셔 갈 듸 몰나 ᄒ노라. (淸溪歌詞 19)

ᄂ린 므리=흘러가는 물이 ◇어드러로 가ᄂ손ᄃ=어디로 흘러가느냐 ◇ᄂ히 ᄂ려
가=냇물이 흘러서 ◇渭水陽(위수양) 가의셔=위수의 양지쪽 가에서. 위수는 강태
공이 낚시하던 곳 ◇갈 듸=갈 곳.

　　양화나루 흘러가는 물이 어지로 흘러가느냐
　　냇물이 흘러가 바닷물이 되려니와
　　우리는 위수의 양지 가에서 갈 곳 몰라 하노라.

4

楊花渡 白鷗들은 녯 벗도 하ᄃ마ᄂ
長安 月沙ᄂ 또 엇지 ᄃ려 온ᄃ
우리도 네 ᄯᆮ을 아라 흠ᄭᅵ 늦ᄌ 왓노라. (清溪歌詞 20)

하ᄃ마ᄂ=많다마는. 또는 삼을 만하다마는 ◇月沙(월사)ᄂ=월사는. 월사는 조선시
대 한학자 이정귀(李廷龜)의 호임.

📖 **통석**　양화나루 갈매기들은 예전 벗들도 많다마는
　　　　　 장안의 월사는 또 어찌 데려왔느냐
　　　　　 우리도 네 뜻을 알아 함께 늙고자 하노라.

5

春秋도 아니로ᄃᆡ 風雨ᄂ 무슨 일고
戰國도 아니로ᄃᆡ 奴酋ᄂ 또 엇지오
아미나 奴酋를 보아든 날을 잇ᄃ 하여라. (清溪歌詞 21)

春秋(춘추)도=춘추시대도 ◇風雨(풍우)ᄂ=전쟁의 위험은 ◇戰國(전국)도=전국시대
도 ◇奴酋(노추)ᄂ=오랑캐의 우두머리. 일본의 풍신수길을 가리키는 듯 ◇아미나
=누구나 ◇날을 잇ᄃ=내가 있다고

📖 **통석**　춘추시대도 아닌데 전쟁의 위험은 무슨 일인고
　　　　　 전국시대도 아닌데 오랑캐 우두머리는 또 어찌된 일이오
　　　　　 아무나 오랑캐 우두머리를 보거든 내가 있다고 하여라.

6

더 괴ᄂ 누를 져허 노피노피 올나ᄂᆫᄃ
豺狼을 나ᄂ 저허 기피기피 드럿노라
宣父도 이러ᄒᆞ므로 畏於匡을 ᄒᆞ시니라. (清溪歌詞 22)

더 괴는=저 고양이는 ◇누를 져허=누구를 두려워하여 ◇豺狼(시랑)을=승냥이를 ◇져허=두려워하여 ◇宣父(선보)도=공자(孔子)도 ◇畏於匡(외어광)을=바로잡기를 두려워함.

> 📖 **통석**　저 고양이는 누구를 두려워하여 높이높이 올라갔느냐
> 　　　　　　승냥이를 나는 두려워하여 깊이깊이 들어왔노라
> 　　　　　　공자님도 이러하므로 잘못 바로잡기를 두려워하시니라.

7

곳츤 ᄯᅡ련니와 가지란 썻지 마라
가지곳 썻그며는 어듸러 ᄯᅩ 퓌더니
우리는 그 ᄠᅳᆮ을 아라 害ᄒᆞᆯ 物이 업스라. (淸溪歌詞 23)

어듸러=어디서 ◇퓌더니=피겠느냐 ◇업스라=없으리라.

> 📖 **통석**　꽃은 따지마는 가지는 꺾지 마라.
> 　　　　　　가지를 꺾으면 어디서 또 꽃이 피겠느냐
> 　　　　　　우리는 그 뜻을 알아 방해될 물건이 없을 것이다.

8

南秋江의 撰集先賢이 어듸 간고 ᄒᆞᆺ더니
連山 恩津 昆季名宰 이 긔런가 긔 이런가
긔 이요 이 그 ᄀᆞᆺ트니 高下 몰나 ᄒᆞ노라. (淸溪歌詞 24)

南秋江(남추강)의=남추강의. 추강은 남효온(南孝溫 ; 1454~1492)의 호임 ◇撰集先賢(찬집선현)이=예전 현인들의 글을 모은 것이 ◇連山 恩津(연산 은진) 昆季名宰(곤계명재)이=연산과 은진의 형제항렬의 훌륭한 군수가. 연산과 은진은 충청남도 논산군에 있는 옛 고을임 ◇이 긔런가 긔 이런가=이가 그 사람이런가 그가 이 사람인가 ◇긔 이요 이 그 ᄀᆞᆺ트니=그 사람이요 이가 그와 같으니 ◇高下(고하)=낮고 덜한 지.

남효온이 예전 현인들의 글을 모은 것이 어디로 갔는가 하였더니
연산과 은진의 형제 군수가 이가 그 사람이런가 그가 이 사람인가
그가 이 사람이요 이 사람이 그 사람 같으니 형제간에 누가 나은지를
몰라 하노라.

9

牛溪 쥬거 잇고 栗谷 ᄯᅩ 업셔 잇고
에엿쑌 鰲城은 ᄯᅩ 어듸 가든말고
두어라 長安 月沙나 百年 살게 ᄒᆞ쇼셔. (淸溪歌詞 25)

牛溪(우계) 쥬거 잇고=우계가 죽었고, 우계는 조선시대 성혼(成渾 ; 1535 ~1598)의
호임 ◇栗谷(율곡)=조선시대 학자인 이이(李珥 ; 1536~1584)의 호임 ◇鰲城(오성)은
=오성은. 오성부원군 이항복(李恒福 ; 1556~1618)을 가리킴.

성 혼은 죽었고 이 이 또한 죽어서 없고
불쌍한 이 항복은 또 어디에 갔단 말인고
두어라 장안의 월사나 백년 살게 하십시오.

10

엇그제 두던 바독 아희드라 어듸 가니
梨花의 風動ᄒᆞ니 훗듯ᄂᆞ니 아니인가
이 긔요 긔 이 갓ᄐᆞ니 是非 몰라 ᄒᆞ노라. (淸溪歌詞 26)

梨花(이화)의 風動(풍동)ᄒᆞ니=배꽃에 바람이 부니 ◇훗듯ᄂᆞ니 아니인가=여기저기
흘날리며 떨어지는 것이 아닌가 ◇이 긔요 긔 이 갓ᄐᆞ니=이것이 그것이요 그것이
이것 같으니.

엊그제 두던 바둑 아희들아 어디에 갔느냐?
배꽃에 바람이 부니 흘날리며 떨어지는 것 아닌가
이것이 그것이요 그것이 이것 같으니 시비 몰라 하노라.

11

이 모미 鶴이 되어 長安의 와 넙놀거늘
南山의 큰 거믜 줄 텨 두고 기둘인다
어느 졔 湯德을 만나 萬里飛揚 ᄒ리오. (淸溪歌詞 27)

이 모미=이 몸이 ◇넙놀거늘=넘실대며 놀거늘 ◇어느 졔=어느 때 ◇湯德(탕덕)을=
탕 임금과 같이 덕이 있는 사람을 ◇萬里飛揚(만리비양)=멀리까지 드높이 날라 감.

🔖 통석　　이 몸이 학이 되어 장안에 와서 넘실대며 놀거늘
　　　　남산의 큰 거미줄을 쳐두고 가다린다
　　　　어느 때 탕 임금과 같이 덕 있는 임금은 만나 멀리까지 드높이 날아갈
　　수 있으리오

〈判官答歌〉

1

이바 李判官아 날 又ᄒ야 네 마즈라
맛는 네 알프랴 아니 맛는 ᄂ니 알프랴
至今의 못죽는 人生이 슬쏭말쏭 ᄒ여라. (淸溪歌詞 28)
(朝飯失時歌)

又(우)ᄒ야=위하여 ◇네 마즈라=네가 대신 맞아라 ◇알프랴=아프겠느냐.

🔖 통석　　이 보아라, 이 판관아 나를 위하여 네가 맞아라.
　　　　맞는 네가 아프겠느냐 아니 맞는 내가 아프겠느냐
　　　　지금에 못 죽는 인생이 사는 둥 마는 둥 하구나.

2

의 엇진 말이온고 늬 그른 ᄐ시외ᄃ

父母의 敎下ᄂ 날 ᄉ랑 ᄒ시ᄂ니

진실로 이 敎下 厭ᄒ면 기 돗티ᄂ 다르랴. (淸溪歌詞 29)

(判官答歌四別紙云答)

긔 엇진 말이온고=그것이 어찌된 말인가 ◇그른 ᄐ시외ᄃ=잘못된 탓이로다 ◇敎下(교하)ᄂ=가르침은 ◇敎下 厭(교하염)ᄒ면=가르침을 싫어하면 ◇기 돗티ᄂ=개돼지나.

🔖 **통석** 그것이 어찌된 말인가 내가 잘못된 탓이로다.
부모님의 가르침은 나를 사랑하시기 때문이니
진실로 이 가르침을 싫어하면 개돼지나 다르랴.

3

믈도 디혀 양민 말도 듯고 아니

規矩準繩 方伯이신ᄃᆯ 아니 듯고 아라실가

令監이 窮問細聽ᄒ시고 鏡分則合 ᄒ쇼셔. (淸溪歌詞 30)

(別紙云答李判官歌)

믈도 디혀=물도 대어 ◇양민=어진 백성(良民) ◇듯고 아니=듣고 아니 듣고 ◇規矩準繩(규구준승)=사물의 준칙. 또는 생활에서 지켜야 할 법도 ◇方伯(방백)이신ᄃᆯ=방백이라 하신들. 방백은 관찰사로 지금의 도지사에 해당함 ◇令監(영감)이=영감은 방백을 높여 부르는 말 ◇窮問細聽(궁문세청)ᄒ시고=끝까지 묻고 자세히 들으시고 ◇鏡分則合(경분즉합)=거울이 깨지면 곧 합침. 의견의 차이를 조정함을 일컫는 말.

🔖 **통석** 논에 물도 대여 어진 백성의 말도 듣고 혹은 아니 듣고
지켜야 할 법도를 방백이라 해서 듣지 않고 알았을까
영감이 끝까지 묻고 자세히 들으시고 의견이 다른 것을 조정하십시오

4

아비 遭變後의 祖宗器物 어듸 간고

善良 子孫이 드 流離 호연뇌다

令監이 十年霜刃으로 太平恢復 호쇼셔. (淸溪歌詞 31)

(判官答歌 四)

遭變後(조변후)의=변란을 당한 뒤에 ◇祖宗器物(조종기물)=선조께서 물려주신 물건들 ◇流離(유리) 호연뇌다=흩어져 떠돌아다니는구나 ◇十年霜刃(십년상인)으로=십년동안 갈아온 서릿발처럼 날카로운 칼날로.

🔖 통석 　아버지가 변란을 당한 뒤에 선조가 물려준 물건들이 어디로 갔는고
찰하고 어진 자손이 다 흩어져 떠돌아다니는구나.
영감이 십년을 갈아온 서릿발 같은 칼날로 태평을 도로 찾아 주십시오

5

南의는 예난 나고 北의는 되난 느고

葛麻山下의 鼠竊狗偸 싸혇뇌다

道主의 一長劍으로 惡跡 업게 하쇼셔. (淸溪歌詞 32)

(別紙云答李判官歌)

예난='왜난'의 잘못인 듯. 왜란(倭亂)이 나고 ◇되난=되난(胡亂) ◇鼠竊狗偸(서절구투)=남의 물건을 슬쩍 훔치는 것. 좀도둑 ◇道主(도주)의=관찰사의 ◇惡跡(악적)=나쁜 흔적.

🔖 통석 　남쪽에는 왜란이 나고 북쪽에는 오랑캐의 난이 나고
갈마산 아래에 좀도둑 같은 무리들이 쌓였구나.
관찰사의 한 칼로 나쁜 흔적이 없도록 하십시오.

〈訪珍山郡守歌〉

1
어와 반가올스 그듸도록 반가올스
同高祖 八寸이니 머즈흔들 얼머 멀스
오날은 郡守보니 高祖본듯 ᄒ예다. (淸溪歌詞 35)

그듸도록=그처럼 ◇머즈흔들=멀다고 한들.

🗣 **통석**　어와 반갑구나, 그처럼 반갑구나.
　　　　한 고조에 팔촌이니 촌수가 멀다고 한들 얼마 멀까
　　　　오늘은 군수를 보니 고조를 본 듯하구나.

2
春風이 건듯 부러 到任 긔별 잠깐 듯고
萬重雲山을 허위허위 너머 오이
어저버 七年의 時雨 본듯 ᄒ예다. (淸溪歌詞 36)

到任(도임)=임지에 도착함 ◇萬重雲山(만중운산)을=구름이 겹겹이 쌓인 높은 산을
◇너머 오이=넘어오니 ◇어저버=어즈버 ◇七年(칠년)의 時雨(시우)=칠년의 가뭄
끝에 때맞추어 오는 비.

🗣 **통석**　봄바람이 건듯 불어 임지에 도착했다는 기별 잠깐 듣고
　　　　구름이 낀 높은 산을 허우적거리며 넘어 오니
　　　　어즈버 칠년 가뭄 끝에 때맞추어 내리는 비를 본 듯하여라.

3
珍山 郡守前의 爲父長歎 아뢰옵고
古人이 일오듸 一家의 生八寸이
어즈버 同高祖니 怨恨 업게 프러 쥬쇼셔. (淸溪歌詞 37)

珍山(진산)=충청남도 금산(錦山)에 있는 고을. 예전 전라도 고을이었음 ◇爲父長歎(위부장탄)=아버지로서의 어려움을 탄식함 ◇일오디=말씀하시기를 ◇一家(일가)의 生八寸(생팔촌)이=한 울타리 안에 팔촌이 생긴다는 말이.

🏵**통석** 진산 군수 앞에 어버이로서의 어려움을 말씀드리니
옛 사람이 말씀하기를 한 집에서 팔촌이 생긴다고 하니
어즈버 한 고조의 자손이니 원한 없도록 풀어 주십시오

4
술을 멉즈ᄒ니 百姓이 셜워하고
고기를 먹즈ᄒ니 샨쳐도 셜워ᄒ니
愛婢 料산○의 臺안쥬○ ○○及將○ ᄒ오리 더 ᄃ고 니여 붓고 드잣ᄂ다. (淸溪歌詞 38)

멉즈ᄒ니=먹고자 하니 ◇샨쳐도=산나물(山菜)도 ◇니여 붓고 드잣ᄂ다=계속하여 붓고 들자꾸나.

🏵**통석** 술을 먹고자 하니 백성들이 서러워하고
고기를 먹고자 하니 산나물도 서러워하겠다.
(   )하겠느냐 더 다오 계속하여 술을 붓고 들자꾸나.

5
珍山 上下人아 네 원이 엇더ᄒ니
村村 耆老더리 날ᄃ려 일온마리
우리집 吠犬足氂ᄂ 자히 남ᄃ ᄒ네다. (淸溪歌詞 39)

원이=원님이 ◇耆老(기로)더리=늙은이들이 ◇날ᄃ려 일온마리=나에게 하는 말이 ◇吠犬足氂(폐견족리)ᄂ=짖어대는 개의 크기가 ◇자히 남ᄃ ᄒ네다=한 자가 넘는 다고 합디다.

📖 **통석**   진산의 모든 사람들아 네 원님이 어떠하더냐.
     마을마다 늙은이들이 나에게 말하기를
     우리 집에 짖어대는 개의 크기가 한 자가 넘는다고 하더라.

〈爲祖爲父慷慨歌〉

1

爲祖爲父ᄒ야 水火中원 들건 지을 줌줌코 싱각ᄒ니
五十八年를 不計晴雨ᄒ고 長立官門 ᄒ여시니
世上의 非理好訟者는 날샌이라 ᄒᄂ다. (淸溪歌詞 40)

爲祖爲父(위조위부)ᄒ야=할아버지나 아버지가 되어 ◇水火中(수화중)원 들건 지을
=물불과 같이 위험한 것 속에 들어갈 것인지를 ◇不計晴雨(불계청우)ᄒ고=날이
개이거나 비가 오는 것을 가리지 않고 ◇長立官門(장립관문) ᄒ여시니=오랫동안
관문에 서 있었으니. 관직생활을 하였으니 ◇非理好訟者(비리호송자)는=옳지 않은
일에 송사하기 좋아한 사람은.

📖 **통석**   할아버지나 아버지가 되어 물불과 같은 위험 속에 들어갈 것인지를 잠
     잠히 생각하니
     오십 팔년을 개이거나 비가 오는 것을 가리지 않고 오랫동안 관문 곁에
     서 있었으니
     세상에 옳지 않은 일에 송사하기를 좋아한 사람은 나뿐인가 하노라.

2

許筬이 일온 말슴 孝友盡誠ᄒ 리 當代에 너샌이라
舜象此變이 自古로 흘러오니
어즈버 未免遭變이아 네오 긔오 달ᄅ랴. (淸溪歌詞 41)

許筬(허성)이=조선시대 학자인 허성이. 허성(1548~1612)은 허엽(許曄)의 아들로 허

균(許筠)의 형임 ◇일온 말슴=하신 말씀 ◇孝友盡誠(효우진성) ᄒ리=부로(父老)에 효도하고 형제간에 우애를 정성을 다할 사람이 ◇舜象此變(순상차변)이=미상 ◇未免遭變(미면조변)이아=변을 당함을 면할 수 없음이야.

📖 통석　허성이 하신 말씀 부모에 효도하고 형제간 우애를 다할 사람은 이 시대에 너뿐이다
　　　　순상의 이러한 변란이 예로부터 전하여 내려오니
　　　　어즈버 변을 당함을 면할 수 없음이야 너와 내가 다르랴.

〈水月亭淸興歌〉

1
清溪水의 沐浴ᄒ고 葛麻山의 취닙 ᄯᅳ더
ᄢᅦ쟝의 ᄯᆲ여 먹고 水月亭의 훗거르며
晝夜의 北風을 向ᄒ야 님만 그려 우뇌다. (淸溪歌詞 43)

葛麻山(갈마산)=소재 미상. 충청도 논산에 있는 듯 ◇취닙=취나물 ◇ᄢᅦ쟝의 ᄯᆲ여 먹고=된장에 끓여 먹고 ◇水月亭(수월정)=정자 이름. 작자의 소유인 듯 ◇훗거르며=흩어 걸으며 ◇北風(북풍)을='北向'(북향)을의 잘못인 듯. 임금이 계신 쪽을 향하여.

📖 통석　청계 냇물에 목욕하고 갈마산의 취나물을 뜯어
　　　　된장에 끓여 먹고 수월정에 흩어 걸으면서
　　　　밤낮으로 북향을 향하여 님만 그리워 웁니다.

2
栗嶺川 긴 감쇼희 낫듸 들고 훗것ᄃ가
아츰밥 죠히 먹고 긴 조오름 늬여시니
世上의 煩憂ᄒᆫ 벗의 이 ᄯᅳᆺ 알가 ᄒ노라. (淸溪歌詞 44)

栗嶺川(율령천)=내 이름 ◇감쇼희=깊은 웅덩이에. 감은 깊어 물이 검게 보인다는 뜻 ◇훗것ㄷ가=산책하다가 ◇죠히=깨끗이. 잘 ◇긴 조오름 너여시니=오랜 동안의 참기 어려운 졸음이 나오니 ◇煩憂(번우)혼=번거롭고 걱정되는.

> 📖 **통석** 율령천의 길고 깊은 웅덩이에 낚싯대 들고 흘어 걷다가
> 아침밥 깨끗이 먹고 계속되는 졸음이 나오니
> 세상에 번거롭고 걱정이 많은 벗이 이 뜻 알까 하노라.

3

栗嶺川 ㄴ린 믈이 臺山으로 지ㄴ간ㄷ
片片桃花ㄴ 어드러셔 쩌 오ㄴ니
아희야 武陵을 뭇거든 이를 긔라 ㅎ여라. (淸溪歌詞 45)

片片桃花(편편도화)ㄴ=한 잎 한 잎 떠내려 오는 복숭아꽃은 ◇어드러셔=어디에서 ◇이를 긔라=이곳을 그곳이라.

> 📖 **통석** 율령천의 흘러내려가는 냇물이 대산을 지나간다.
> 한 잎 두 잎 떠내려 오는 복숭아꽃은 어디에서 떠 오느냐
> 아희야 누가 무릉도원을 묻거든 이곳을 그곳이라 하여라.

4

臺山 一片石을 世上이 ㅂ렷꺼늘
落花塵土를 ㄴ 쓸고 혼ㅈ 노니
乾坤도 有情히 너겨 흠쯰 늙ㅈ ㅎㄴ다. (淸溪歌詞 46)

ㅂ렷꺼늘=버렸거늘 ◇落花塵土(낙화진토)를=떨어진 꽃잎과 먼지를 ◇너겨=여겨.

> 📖 **통석** 대산의 바위 하나를 세상 사람들이 버려두었거늘
> 떨어진 꽃잎과 흙먼지를 나 혼자서 쓸고 노니
> 하늘과 땅도 다정히 여겨 함께 늙자고 하는구나.

5
水月亭의 쓰을 두고 臺山의 몸을 두니
이 모미 둘히면 갈라 두고 아니 놀랴
이 모미 드만 ᄒ나히니 오락가락 ᄒ노라. (淸溪歌詞 47)

둘히면=둘이라면 ◇놀랴=놀겠느냐 ◇ᄒ나히니=하나니.

🔖 통석   수월정에다 뜻을 두고 대산에다 몸을 두니.
　　　이 몸이 둘이라면 여기저기 갈라두고 아니 놀겠느냐
　　　이 몸이 다만 하나이니 오락가락 하노라.

6
平生의 ᄂᆡ 벗이 업셔 窓 밧씌 松竹 샌이
晝夜 淸風의 굽일며 추믈 추니
至今의 舜琴歌聲은 어졔론덧 ᄒ여라. (淸溪歌詞 48)

굽일며=(바람에) 굽혔다 일어서며 ◇추믈=춤을 ◇舜琴歌聲(순금가성)이=순임금의
오현금을 타고 남풍시(南風詩)를 노래하는 소리가.

🔖 통석   평생에 내 벗이 없어 창 밖에다 소나무와 대나무뿐이라.
　　　밤낮 맑은 바람에 굽혔다 일어서며 춤을 추듯 하니
　　　지금에 순임금이 오현금을 타고 남풍시를 노래하는 소리가 어제인 듯
하구나.

7
平生의 낙ᄃᆡ 들고 淸溪邊의 흣거르며
長嘯望月 ᄒ고 도라올 길 니졔거늘
妻妾은 젼녁 粥 시거가니 쉬이 오라 빗안다. (淸溪歌詞 49)

長嘯望月(장소망월)ᄒ고=시가 따위를 길게 읊조리며 달을 쳐다보며 ◇니졔거늘=잊었거늘 ◇젼녁 粥(죽) 시거가니=저녁 죽이 식어가니 ◇쉬이 오라 빈얀다=빨리 오라 재촉한다.

▷ **통석**   평생에 낚싯대 들고 청계 냇가에 흩어 거닐며
시를 읊조리고 달을 쳐다보며 돌아오는 것을 잊었거늘
처첩은 저녁 죽 식어가니 빨리 오라 재촉한다.

8

栗嶺川 白鷗들아 달 업거든 슬퍼스라
흣더진 바독을 뉘 盜賊 ᄒ리마ᄂᆞᆫ
그려도 너희곳 아니면 귄들 어이 미ᄃᆞ랴. (清溪歌詞 50)

그려도=그래도 ◇귄들=그것인들 ◇어이 미ᄃᆞ랴=어찌 믿으랴.

▷ **통석**   율령천의 갈매기들아 달이 없거든 살펴보아라.
흩어진 바둑을 누가 도적질 하랴마는
그래도 너희가 아니면 그것인들 어찌 믿으랴.

9

安貧 喜分ᄒ야 富貴功名 모로노라
江湖의 벗이 업셔 白鷗 갈미 ᄲᅮᆫ이로다
白鷗야 헌슬을 마라 世上 알가 ᄒ노라. (清溪歌詞 51)

安貧 喜分(안빈희분)ᄒ야=가난한 것도 분수라 생각하고 기쁘게 여겨 ◇갈미=갈매기 ◇헌슬을 마라=야단스럽게 떠들지(喧辭)를 마라.

▷ **통석**   가난한 것도 내 분수라 기쁘게 여겨 부귀와 공명을 모른다.
강호에 벗이 없어 백구와 갈매기뿐이로다
백구야 야단스레 떠들지 마라 세상 사람들이 알까 걱정된다.

10

商山 四皓들히 栗嶺川의 모두 이셔
一盃酒 취혀 들고 날드려 일온 말이
平生을 三神山의 藥 먹고 죽지 마즈 ᄒᆞᄂ다. (清溪歌詞 52)

商山 四皓(상산사호)들히=상산의 사호들이 ◇모두 이셔=모여 있어 ◇취혀 들고=
추켜 들고 높이 들고 ◇날드려 일온 말이=나에게 하는 말이.

📖 통석　상산의 사호들이 율령천에 모여 있어
　　　　술 한 잔 추켜들고 나에게 하는 말이
　　　　평생을 삼신산의 불사약을 먹고 죽지말자 하더라.

11

巫山 神女들이 東嶺川의 조츠와셔
桃源은 여긔로다 十二峰은 어드메고
져 건너 져 峰이 긔라 호듸 나도 몰라 ᄒᆞ노라. (清溪歌詞 53)

조츠와셔=따라와서　◇桃源(도원)은=무릉도원은　◇十二峰(십이봉)은=무산(巫山)의
열두 봉우리는　◇긔라 호듸=그것이라 하지만.

📖 통석　무산의 신녀들이 동령천에 따라와서
　　　　무릉도원은 여기로다 무산의 십이봉은 어디인고
　　　　저 건너 저 봉우리가 그것이라 하되 나도 몰라 하노라.

12

山川을 戲弄ᄒᆞ야 風景만 조히 여겨
花開 落葉時에 定處 업시 ᄃᆞ니거를
世上은 清溪邊 釣翁을 狂者러라 ᄒᆞᄂ다. (清溪歌詞 54)

조히 여겨=좋게 생각하여. 또는 깨끗하게 여겨 ◇花開 落葉時(화개낙엽시)에=꽃
이 피고 잎이 떨어지는 시절에. 봄부터 가을까지 ◇淸溪邊 釣翁(청계변조옹)을=청
계의 냇가에서 낚시질하는 늙은이를. 글 지은 사람을 말함 ◇狂者(광자)러라=미친
사람이라

> 📖 **통석**　산과 물을 희롱하여 경치만을 좋게 생각하여
> 　　　　꽃이 피는 봄에서 낙엽 지는 가을까지 정처 없이 다니거늘
> 　　　　세상 사람들은 청계냇가의 낚시하는 늙은이를 미친 사람이라 하더라.

13

닉 ᄆ암 둘 듸 업셔 歌辭를 製作ᄒ니
正大君子는 다 올타 ᄒ니만는
엇더타 蔽日浮雲類는 이도 외ᄃ ᄒᄂ다. (淸溪歌詞 55)

正大君子(정대군자)는=마음가짐이 바르고 생각하는 것이 넓은 사람은 ◇蔽日浮雲
類(폐일부운류)는=햇볕을 가리고 떠다니는 구름 같은 부류는. 간신배들은 ◇이도
외ᄃ=이것도 틀렸다.

> 📖 **통석**　내 마음 둘 곳이 없어 가사를 지으니
> 　　　　마음가짐이 바르고 생각이 넓은 사람은 다들 옳다고 하지마는
> 　　　　어쩌다 간신배 같은 무리들은 이것도 그르다 하는구나.

14

栗嶺川 白鷗들이 날 ᄃ려 일온 말리
人間是非를 모로고 늘그소셔
우리는 ᄒ 말도 아니되 검ᄃ셰ᄃ ᄒᄂ다. (淸溪歌詞 56)

날 ᄃ려 일온 말리=나에게 하는 말이 ◇모로고 늘그소셔=모르고 늙으시오 ◇ᄒ 말
도 아니되=한마디의 말도 아니하였는데도 ◇검ᄃ셰ᄃ ᄒᄂ다=검다 희다 하더라.

통석　율령천의 갈매기들이 나에게 하는 말이
　　　　사람들의 시비를 모르고 늙으십시오
　　　　우리는 한마디 말도 아니하였는데 검다 희다 하더라.

15

栗嶺川 느린 믈은 夷齊의 怨聲되여
一刻도 긋치쟈녀 여흘마도 우는 쇼릭
至今의 爲君忠情을 못닉 우던 쇼리로다. (淸溪歌詞 57)

긋치쟈녀=그치지 아니하여 ◇여흘마도=여울마저도 ◇爲君忠情(위군충정)을=임금
을 위한 충성된 마음을.

통석　율령천 흘러가는 냇물은 백이숙제의 원망하는 소리가 되어
　　　　잠시도 그치지 아니하여 여울마저도 우는 소리로다
　　　　지금의 임금을 위한 충성된 마음을 끝내 울던 소리로구나.

16

淸溪예 道士이셔 鶴 一雙을 빗기 트고
오르며 느리며 本無跡 즈랑마라
早晩의 白雲 탈 神仙이 네나 닉나 드르랴. (淸溪歌詞 58)

本無跡(본무적)=본래 흔적이 없음 ◇早晩(조만)의=오래지 않아서 ◇白雲(백운) 탈
神仙(신선)이=흰 구름을 타고 하늘로 올라갈 신선이. 죽을 사람이.

통석　청계에 도사가 있어서 학 한 쌍을 비스듬히 타고
　　　　올라가며 내려가며 본래 흔적이 없다고 자랑하지마라
　　　　오래지 않아 흰 구름을 타고 하늘로 올라갈 신선이 너와 내가 다르랴.

17

渭水陽 釣魚翁과 淸溪쇼 釣魚翁을

世上 公論의 누를 더타 議論흐고
아므리 太公望 呂尙인들 긔나 너나 드르랴. (淸溪歌詞 59)

渭水陽 釣魚翁(위수양 조어옹)과=위수의 양지쪽에서 낚시질하던 늙은이와. 강태공을 말함 ◇淸溪(청계)쇼 釣魚翁(조어옹)을=청계의 웅덩이에 낚시하는 늙은이를. 자신을 말함 ◇世上 公論(세상공론)의=세상에 공변된 의논이 ◇누를 더타=누가 더 낫다 ◇太公望 呂尙(태공망 여상)인들=위수에서 낚시질하던 여상인들.

📋 **통석** 위수에서 낚시하던 늙은이와 청계의 웅덩이에서 낚시하는 늙은이를
세상의 공변된 의론이 누구를 더 낫다고 의론할까
아무리 위수에서 낚시하던 태공망 여상인들 그나 내나 다르겠느냐.

18
淸溪쇼 달 발근 밤의 슬피 우는 긔러가
雙雙이 놉피 써셔 누를 그려 우는고
우리는 半쪽기 되어 님만 그려 우노라. (淸溪歌詞 60)

淸溪(청계)쇼=청계의 웅덩이 ◇긔러가=기러기야 ◇누를 그려=누구를 그리워해서 ◇半(반)쪽기=반짝이. 외짝이.

📋 **통석** 청계의 웅덩이에 달 밝은 밤에 슬피 우는 기러기야
쌍쌍이 높이 떠서 누구를 그려서 우는고
우리는 외짝이 되어 님만 그리워하여 우노라.

19
忠孝도 니 못흐고 비록이 주글센들
暮夜明月의 杜鵑의 넉시 되어 平生의 爲君父 怨恨를 梨花一枝예 春帶雨ㅣ 되어시니
行人도 니 쯧을 아라 駐馬愁를 흐느다. (淸溪歌詞 61)

暮夜明月(모야명월)의=깊은 밤 밝은 달밤에 ◇爲君父 怨恨(위군부 원한)를=군부로서의 원한을 ◇梨花一枝(이화일지)예 春帶雨(춘대우)ㅣ=배꽃이 핀 가지에 봄에 내리는 비 ◇駐馬愁(주마수)를=말을 멈출까 말까 하는 걱정을.

🔖 **통석** 충효도 이루지 못하고 내 비록 죽을지언정
깊은 밤 밝은 달밤에 두견의 넋이 되어 평생에 군부로서의 원한을 배꽃 핀 가지 하나에 머금은 봄비가 되었으니
길가는 사람도 내 뜻을 알아 말을 멈출까 말까 하는 생각을 하게 하는구나.

20
臺山 上上峰의 닉 혼즈 올나와셔
에예터 슬컷 울고 싱각ᄂ니 님이로다
平生의 爲君父哀情이야 一刻인들 이즐잇가. (淸溪歌詞 62)

에예터 슬컷=소리쳐 실컷 ◇爲君父哀情(위군부애정)이야=임금과 아버지를 위한 서글픈 감정이야.

🔖 **통석** 대산 맨 꼭대기에 내가 혼자 올라와서
소리쳐 실컷 울고 생각나느니 님이로다.
평생에 임금과 아버지를 위한 서글픈 감정이야 잠시인들 잊을 것인가.

21
百年만 스두 가셔 一朝의 神仙이 되야
朝雲暮雨 트고 萬里飛揚 ᄒ요리라
然後의 乾坤日月과 홈씌 늙즈 ᄒ노라. (淸溪歌詞 63)

스두 가셔=살다 죽어서 ◇朝雲暮雨(조운모우)=아침에는 구름이 되고 저녁에는 비가 되어서 ◇萬里飛揚(만리비양)=멀리까지 날아올라.

통석 백년만 살다 죽어서 하루아침에 신선이 되여
아침에는 구름이 되고 저녁에는 비가 되어서 타고 멀리까지 날아오르
리라
그 후에 하늘땅 해와 달과 함께 늙자 하노라.

〈和訓民歌〉

1
어와 져 탑아 阡丘高의 서 이셔
執平 와 겨신듸 굽닐기를 아니는듸
진실로 굽닐기옷 아니면는 죽도록의 마즈리라. (淸溪歌詞 80)

阡丘高(천구고)의=높은 곳에 ◇執平(집평) 와 겨신듸=집평에 와서 계신데. 집평은
지평(持平)의 잘못인 듯. 관리가 와 계신데 ◇굽닐기를 아니는듸=굽혔다 일어서기
를 아니하느냐. 복종하기를 ◇죽도록의 마즈리라=죽을 정도로 매를 맞을 것이다.

통석 어와 저 탑아 높은 곳에 서 있어서
지평이 와 계신데도 굽실거리기를 아니하느냐
진실로 굽실거리지 않는다면 죽을 정도로 매를 맞을 것이다.

2
堯時쩍 印이신가 舜時쩍 印이신가
져 印 가지시고 正公事 흐옵쇼셔
우리도 故鄕의 도라가 擊壤歌을 흐리이다. (淸溪歌詞 81)

正公事(정공사)=공사를 바로함.

통석 요임금 시절의 관인인가 순임금 시절의 관인인가
저 관인을 가지시고 공사를 바로 하시옵소서
우리도 고향으로 돌아가 격양가를 부르며 살겠습니다.

〈駒城李彌詞謹答永言〉

1
七里灘 어드런고 栗嶺川 아니인가
釣魚臺 어듸런고 水月亭이 아니인가
滄浪水 물근 곳의 垂釣흔 뎌 한으바 계야 알가 흐노라. (淸溪歌詞 82)

七里灘(칠리탄) 어드런고=칠리탄이 어디런고 칠리탄은 후한(後漢)의 엄광(嚴光)이
후에 제왕이 된 광무제(光武帝)가 룰러도 나오지 않고 부춘산(富春山)에 있는 동강
(桐江) 칠리탄에 은거하며 낚시질을 하였음 ◇垂釣(수조)흔 뎌 한으바=낚시를 드
리운 저 할아비야 ◇계야=너야.

🔶 **통석**　칠리탄이 어디런고 율령천이 아니겠느냐
　　　　 낚시터가 어디런고 수월정이 아니겠느냐
　　　　 푸른 물이 출렁이는 맑은 곳에 낚시를 드리운 저 할아비야 너야 알가
　　　하노라.

2
栗嶺川이 北海濱가 天下大老 만느괘라
西伯이 업셔시니 善養老를 긔 뉘 흘고
두어라 九重閶闔의 가 天下父라 아뢰리라. (淸溪歌詞 83)

北海濱(북해빈)가=북해의 가인가 ◇天下大老(천하대로) 만느괘라=천하의 대로인
강태공을 만났구나 ◇西伯(서백)이 업셔시니=주(周)나라 문왕(文王)이 없으니. 서백
은 주문왕을 가리키는 말로 서방제후의 우두머리라는 뜻임 ◇善養老(선양로)를=
늙은이를 잘 돌봄을 ◇九重閶闔(구중창합)의 가=궁궐의 문에 들어가 ◇天下父(천
하보)라=세상에서 제일 훌륭한 남자라.

🔊 **통석** 율령천이 북해의 가인가 천하의 대로인 강태공을 만났구나
　　　　주나라 문왕이 없으니 늙은이를 그 누가 잘 돌보고
　　　　두어라 궁궐의 문에 들어가 천하보라 아뢰겠다.

　　3
　渭水陽 아니로딕 太公望 만ᄂ보니
　一竿 生涯예 黃髮만 彪彪ᄒᆞᄃ
　어늬 제 周文을 만나 載與俱歸 홀고. (淸溪歌詞 84)

渭水陽(위수양) 아니로딕=위수의 양지쪽이 아니더라도. 위수는 강태공이 낚시하던
곳 ◇太公望(태공망)=태공인 여상(呂尙). 흔히 강태공이라 부름 ◇一竿 生涯(일간
생애)예=낚싯대 하나만 가지고 살아감에 ◇黃髮(황발)만 彪彪(표표)ᄒᆞᄃ=늙어 누
렇게 된 머리카락만 아롱졌느냐 ◇어늬 제=어느 때 ◇周文(주문)을=주나라 문왕
과 같은 사람을 ◇載與俱歸(재여구귀)=수레를 타고 같이 돌아옴. 대우를 받음.

🔊 **통석** 위수의 양지쪽은 아니지만 태공망과 같은 사람을 만나니
　　　　낚싯대 하나로 살아가는 생활에 누렇게 된 머리카락만 아롱졌느냐
　　　　어느 때 주나라 문왕과 같은 사람을 만나 제대로 된 대접을 받을고

　　4
　籊籊竹竿으로 耋歲 나믄 뎌 ᄒᆞ아바
　平生所懷를 뉠더러 닐넛던고
　오늘은 이 나를 만나 못니 픠와 ᄒᆞ노라. (淸溪歌詞 85)

籊籊竹竿(적적죽간)으로=가지가 없고 가늘고 길며 끝이 뾰족한 낚싯대로 ◇耋歲
(질세) 나믄 뎌 ᄒᆞ아바=팔십 살 남짓한 저 할아비야 ◇平生所懷(평생소회)를=평생
에 가지고 있던 회포를 ◇뉠더러 닐넛던고=누구에게 말하였던고 ◇못니 픠와=다
말하려.

🔊 **통석** 통석길고 뾰족한 낚싯대 하나로 팔십이 남짓한 저 할아비야
　　　　평생 가지고 있던 회포를 누구에게 말하였던고
　　　　오늘은 이 나를 만났으니 다 말하여 보아라.

5
江湖의 벗지 업셔 白鷗만 벗을 ᄒ니
즈늬 셰고 져도 셰니 우실 일은 젼혀 업ᄃ
世上의 莫黑匪烏는 웃는 법도 잇ᄂ느니라. (淸溪歌詞 86)

벗지=벗이 ◇즈늬 셰고 져도 셰니=(머리카락이)자네도 희고 저도 희니 ◇우실 일
은=웃을 일은 ◇莫黑匪烏(막흑비오)는=검고서 까마귀가 아닌 새는.

📗통석 강호에 벗이 없어 백구만을 벗을 삼으니
    자네도 머리가 희고 저도 희니 웃을 일도 전혀 없다
    세상에 검고서도 까마귀가 아닌 새는 웃을 법도 있느니라.

송타*

〈花庵九曲〉

1

곳아 즈란 層石榴ㅣ오 트러 지은 古槎梅ㅣ라

三峰 怪石에 둘닌 솔이 늙어시니

아마도 花庵風景이 너섄인가 ᄒ노라. (花庵隨錄)

곳아 즈란=꼬아서 자란. 분재(盆栽)를 가리킴 ◇層石榴(층석류)ㅣ오=층을 이룬 석류요 ◇트러 지은=비틀어서 만든 ◇古槎梅(고사매)ㅣ라=고목이 다된 매화다 ◇花庵風景(화암풍경)이=화암의 경치가. 화암은 작자의 호임.

📖 **통석** 꼬아서 자라 층을 이룬 석류요 비틀어서 만든 고목이 다된 매화이다 봉우리가 세 개인 괴상하게 생긴 돌에 매달린 소나무가 오래되었으니 아마도 화암의 아름다운 경치는 너뿐인가 한다.

2

風淸 月白夜에 三尺琴을 겻틔 로코

四時佳興을 百花中에 붓쳐시니

이 몸도 昇平 聖澤에 저젓는가 ᄒ노라. (花庵隨錄)

風淸 月白夜(풍청월백야)에=바람이 맑고 달이 밝은 밤에 ◇三尺琴(삼척금)을=거문고를 ◇겻틔 로코=곁에 놓고 ◇四時佳興(사시가흥)을=일 년 동안의 아름다운 흥취를 ◇昇平 聖澤(승평성택)에 저젓는가=태평한 시대의 임금의 은택에 젖었는가.

---

* 송타(宋柁 ; 1567~1597). 해광(海狂) 송제민(宋齊民)의 아들로 고제봉(高霽峰) 문하에서 수업했다. 임진왜란 때 일본에 압송되어 가다가 바다에 뛰어들어 순절했다.

🔖 **통석** 바람이 맑고 달이 밝은 밤에 거문고를 곁에 놓고
일 년 동안의 아름다운 흥취를 모든 꽃에 의탁했으니
이 몸도 태평한 시대 임금의 은택에 젖었는가 하노라.

3

마당의 보리 들고 花塢의 石榴 핀다
간밤 비즌 술을 葛巾에 걸너 내니
아마도 世上 시름이 半나마 덜니인다. (花庵隨錄)

들고=알맹이가 영글어가고 ◇花塢(화오)의=꽃이 핀 둑에 ◇葛巾(갈건)에=칡으로
만든 두건에 ◇덜니인다=덜어진다.

🔖 **통석** 마당의 보리는 영글어가고 꽃이 핀 둑에 석류가 핀다.
지난밤에 담근 술을 칡으로 만든 두건을 체 삼아 걸러내니
아마도 세상의 근심이 반이나마 덜어지는 듯하구나.

4

草堂에 낫줌 깨여 一竿竹 들어메고
釣臺 夕陽에 無心이 안즈시니
白鷗도 閑暇이 너겨 짐줏 戲弄ㅎ더라. (花庵隨錄)

一竿竹(일간죽)=한 개의 낚싯대 ◇釣臺(조대)=낚시터 ◇짐줏=일부러.

🔖 **통석** 초당에 낮잠을 깨어 낚싯대 하나 둘러메고
낚시터에서 저녁 무렵에 무심히 앉았으니
갈매기도 한가롭게 여겨 일부러 희롱하더라.

5

梧桐에 雨滴ㅎ고 竹林에 煙籠이라

小艇에 簑笠 두고 藤床에 누엇더니
어듸셔 닷 드는 소릐는 줌든 날을 씨오느니. (花庵隨錄)

雨滴(우적)ㅎ고=빗방울이 떨어지고 ◇煙籠(연롱)이라=연기가 서리었다 ◇小艇(소정)에=작은 배에 ◇簑笠(사립)=삿갓 ◇藤床(등상)에=등나무를 올린 평상에 ◇닷드는=닻을 들어올리는.

> 📖 **통석**　오동나무에 빗방울이 떨어지고 대숲에 연기가 어리었다
> 　　　　조그만 배에 삿갓을 두고 등나무를 올린 평상에 누었더니
> 　　　　어디서 닻을 들어 올리는 소리는 잠든 나를 깨우느냐.

6
막대 집고 나 건너니 楊柳風이 徐來로다
긴 프롬 져른 로래 쯧대로 消日ㅎ니
어듸셔 樵童牧叟는 웃고 指點 ㅎ느니. (花庵隨錄)

나 건너니=밖에 나가 거니니 ◇楊柳風(양류풍)이 徐來(서래)로다=버드나무를 흔드는 바람이 천천히 불어오는구나 ◇져른 로래=짧은 노래 ◇樵童牧叟(초동목수)는=나무하는 아이와 소먹이는 늙은이는 ◇指點(지점) ㅎ느니=손가락질을 하나니.

> 📖 **통석**　지팡이를 짚고 밖에 나가 거니니 버드나무를 흔드는 바람이 천천히 불어오는구나.
> 　　　　긴 휘파람과 짧은 노래로 마음대로 날을 보내니
> 　　　　어디서 나무하는 아이와 소먹이는 늙은이는 웃고 손가락질을 하느냐.

7
夕陽에 白鷗還ㅎ고 茅簷에 煙霞宿이라
花香 月色이 텰 업시 房의 드니
ᄋ희야 거문고 淸 텨라 醉코 놀가 ㅎ노라. (花庵隨錄)

白鷗還(백구환)ᄒ고=갈매기는 집으로 돌아오고 ◇茅簷(모첨)에 煙霞宿(연하숙)이라 =초가집 처마에 저녁연기가 깃들었다 ◇花香 月色(화향 월색)이=꽃향기와 달빛이 ◇텰 업시=계절을 가리지 않고 ◇淸(청) 텨라=청줄을 처라. 연주하라. 청줄은 높은 소리를 내는 줄.

> **통석** 저녁이 되니 갈매기는 집으로 돌아오고 초가집 처마에 연기가 깃들였다.
> 꽃의 향기와 달빛이 계절을 가리지 않고 방안으로 들어오니
> 아희야 거문고를 치거라 취해서 놀려고 하노라.

8

시름 계워 長醉ᄒ고 금심 계워 곳 보노라

금심 시름을 곳 씌여 슐로 치니

어즈버 酒非狂藥이오 花閑趣ㄴ가 ᄒ노라. (花庵隨錄)

계워=겨워. 억제하기 힘들어 ◇금심=근심 ◇곳 씌여=꽃을 띠워 ◇슐로 치니=술을 담그니 ◇酒非狂藥(주비광약)이오=술은 사람을 미치게 만드는 약이 아니오 ◇花閑趣(화한취)ㄴ가=꽃을 보며 한가하게 보내는 취미인가.

> **통석** 시름을 억제하기 힘들어 오랫동안 취하고 근심을 억제하가 어려워 꽃
> 구경을 하노라
> 근심과 시름을 꽃처럼 띠워 술로 담그니
> 어즈버 술은 광약이 아니오 꽃을 보며 한가하게 보내는 취미인가 하노라.

9

白水에 벼를 갈고 靑山에 섭플 친 후

西林 風雨에 쇼 머겨 도라오니

두어라 野人 生涯도 쟈랑흘 째 이시리라. (花庵隨錄)

白水(백수)에=깨끗하고 맑은 물에 ◇섭플 친=섶을 친 ◇西林 風雨(서림풍우)에=서쪽 숲에 비바람 불 때 ◇野人 生涯(야인생애)도=시골에 사는 사람의 생활도

🔖 **통석**　깨끗한 물에 벼를 심고 푸른 산에서 풀 섶을 깎은 뒤
서쪽 숲에 비바람 불 때 소를 먹이고 돌아오니
두어라 시골에 사는 사람의 생활도 자랑할 때가 있으리라.

10

風雪 山齋夜에 相對 一樹梅ㅣ라
웃고 저을 보니 저도 날을 웃는고나
우어라 梅則儂兮ㅣ 儂則梅ㄴ가 ᄒ노라. (花庵隨錄)

風雪 山齋夜(풍설산재야)에=눈보라가 치는 산재의 밤에 ◇相對 一樹梅(상대일수
매)ㅣ라=한 그루의 매화를 상대하다 ◇저을=저를 ◇梅則儂兮(매즉농혜)ㅣ 儂則梅
(농즉매)ㄴ가=매화가 나요 내가 매화인가.

🔖 **통석**　눈보라가 치는 밤 산에 지은 집에서 한 그루의 매화를 상대하다
웃으며 매화를 완상하니 매화도 나를 보고 웃는 듯하구나.
웃어워라 매화가 나요 내가 매화인가 하노라.

정훈*

〈月谷答歌〉

1
녯 사ᄅᆞᆷ 이젯 사ᄅᆞᆷ 耳目口鼻 ᄀᆞᆺ것마는
나 ᄒᆞᆫ자 엇디 ᄒᆞ야 녯 사ᄅᆞᆷ을 그리ᄂᆞᆫ고
이제도 녯 사ᄅᆞᆷ 겨시니 긔 내 벗인가 ᄒᆞ노라. (水南放翁遺稿 11)

ᄒᆞᆫ자=혼자 ◇그리ᄂᆞᆫ고=그리워하는고.

통석 옛날 사람과 이제 사람이 이목구비가 같지마는
나 혼자서 어찌하여 옛날 사람을 그리워하는고.
이제도 옛날 사람이 계시니 그가 나의 벗인가 하노라.

2
내 양ᄌᆞ 하 험ᄒᆞ니 비노 셩젹 아니 ᄒᆞᄂᆡ
분 ᄇᆞ른 각시님네 다 웃고 ᄃᆞ니거든
엇ᄭᅳ제 지나간 ᄒᆞᆫ 분이 ᄒᆞᆫ자 곱다 ᄒᆞ노라. (水南放翁遺稿 12)

양ᄌᆞ 하 험ᄒᆞ니=모습 너무 험악하니 ◇비노 셩젹=비누로 화장 ◇ᄒᆞᆫ자=혼자.

통석 내 모습이 너무 험악하니 비누로 화장을 아니 하네
분을 바른 각씨님들이 다 웃고 다니거든
엇그제 지나가는 한 분만이 혼자 곱다고 하더라.

---

* 정훈(鄭勳 ; 1563~1640). 자 방노(邦老). 호 수남방옹(水南放翁). 시인. 전형적인 양반의 가정에 태어났으나 관직에는 나가지 않았다. 가사와 시조를 지은 것이 그의 문집에 수록되어 전한다. 저서에 <수남방옹유고>(水南放翁遺稿)가 있다.

3
게셔 有信ᄒ면 내 호자 無信홀가
百年 前의란 둘히 다 밋사이다
世上 雲雨ㅅ情이야 비홀 주리 이시랴. (水南放翁遺稿 13)

게셔=거기서. 당신이 ◇호자=혼자 ◇雲雨ㅅ情(운우정)이야=남녀간에 좋아하는 감
정이야 ◇비홀 주리=배울 까닭이.

🔖통석   당신이 신의가 있다고 하면 나 혼자 신의가 없을까
       백 년 전에는 두 사람이 다 서로 믿었습니다.
       세상에 단순히 남녀 간에 좋아하는 감정이야 배울 까닭이 있으랴.

4
靑松으로 울흘 삼고 白雲으로 帳 두로고
草屋三間이 숨어 겨신 져 내 벗님
胸中에 邪念이 업스니 그를 스랑ᄒ노라. (水南放翁遺稿 14)

울흘=울타리를 ◇胸中(흉중)에 邪念(사념)이=가슴속에 나쁜 생각이.

🔖통석   푸른 소나무로 울타리를 삼고 흰 구름으로 휘장 삼아 두르고
       작은 초가집 속에 숨어 사시는 저 나의 벗님
       가슴속에는 나쁜 생각이 없으니 그를 사랑하노라.

5
벗님 사는 짜흘 싱각고 브라보니
龍湫洞 밧씌오 구름드리 우희로다
밤마다 외로운 뿜만 호자 든녀 오노라. (水南放翁遺稿 15)

싱각고=생각하고 ◇밧씌오=밖이오 ◇구름드리=높게 놓은 다리. 실제가 아닌 상

상의 다리인 듯.

> 🈯 **통석**   벗님이 사는 땅을 생각하고 바라보니
>   용추동 밖이요 구름다리 위로구나
>   밤마다 외로운 꿈만 혼자 다녀 오는구나.

6

둘이 불근 제는 잔을 들고 싱각하고
時節이 됴흔 제는 景을 보고 그리노라
살음이 덜 괴운 타스로 니칠 저기 져거라. (水南放翁遺稿 16)

제는=때는 ◇景(경)을=경치를 ◇살음이=사람이 ◇덜 괴운 타스로=조금 사랑하
는 탓으로 ◇니칠 저기 져거라=잊을 때가 적구나.

> 🈯 **통석**   달이 밝을 때는 술잔을 들고 생각하고
>   시절이 좋을 때는 경치를 보며 그리워하노라
>   사람이 조금 사랑하는 탓으로 잊을 때가 적구나.

7

믜흔 疊疊하고 구름은 자자시니
故人의 집 싸히 브라도 볼셩업다
무음만 길 알아 두고 오락가락 하노라. (水南放翁遺稿 17)

믜흔='뫼흔'의 잘못인 듯. 산은 ◇자자시니=가득 찼으니 ◇집 싸히 브라도 볼셩
업다=집 쪽은 바라보아도 볼 수 없다 ◇무음만=마음속으로만.

> 🈯 **통석**   산은 첩첩히 쌓였고 구름은 가득 찼으니
>   옛 친구의 집 쪽은 바라보아도 볼 수 없다
>   마음속으로 가는 길 알아두고 오락가락 하노라.

8

예셔 그리는 뜻을 졔셔 아니 모로는가
므던히 고은 님 덧업시 녀희올 덧
ᄒ로밤 더새고 간 후에 다시 볼가 ᄒ노라. (水南放翁遺稿 18)

예셔=여기서. 이쪽에서 ◇졔셔 아니 모로는가=저쪽에서 어찌 모르겠는가 ◇므던
히 고은=무던히 고운 ◇덧업시 녀희올 덧=어쩔 수 없이 여희게 될 듯 ◇더새고
간=아무 곳에서나 들어가 밤을 새고 간.

🔖 통석   이쪽에서 그리워하는 뜻을 저쪽에서 어찌 모르겠는가.
          무던히 고운 님을 덧없이 여희게 될 듯
          하룻밤을 아무 곳에나 들어가 밤을 새고 간 뒤에 다시 볼까 하노라.

9

商山의 採芝ᄒ러 브듸 네히 가리런가
좃츠 리 업슨듸 우리 들히 가사이다
世上의 어즈러온 일들 듯도 보도 마사이다. (水南放翁遺稿 19)

商山(상산)의 採芝(채지)ᄒ러=상산으로 지초를 뜯으러. 상산사호(商山四皓)를 두고
한 말임 ◇브듸 네히 가리런가=구태여 넷이 갈 것인가 ◇좃츠 리 업슨듸=좇아갈
사람이 없는데 ◇마사이다=맙시다.

🔖 통석   상산으로 지초를 뜯으러 구태여 넷이 갈 것인가
          따르는 사람이 없는데 우리 둘이 갑시다.
          세상의 어지러운 일들은 듣지도 보지도 맙시다.

10

方丈山 기슭에셔 神仙님네 만나신가
엇부시 보와든 내 말슴 傳ᄒ쇼셔
山中에 ᄐ시는 靑鶴을 나도 ᄐ다 엇더 ᄒ리. (水南放翁遺稿 20)

方丈山(방장산)=삼신산의 하나. 또는 지리산(智異山)을 가리키기도 함 ◇엇부시 보와든=얼핏이라도 보거든. 비슷하게라도 보거든.

통석 방장산 기슭에서 신선님을 만나셨는가.
얼핏이라도 뵙거든 내 말씀을 전하십시오
산속에서 타시는 청학을 내가 타도 어떠하겠습니까.

이시*

〈操舟候風歌〉

1

데 가는 더 사공아 비 잡고 내말 들어
順風 만난 후의 가더라 아니가랴 於思臥
中流에 遇風波ᄒ면 업더딜가 ᄒ노라. (善迁堂逸稿)

가더라 아니가랴=가다가 아니 가겠느냐 ◇於思臥(어사와)=배 젓는 소리 ◇中流
(중류)에 遇風波(우풍파)ᄒ면=물이 흐르는 가운데서 풍파를 만나면 ◇업더딜가=엎
어질까.

통석 저기 가는 저 사공아 배 멈추고 내 말을 들어라
순풍을 만나거든 가다가 아니 가겠느냐
물 흐르는 중간에서 풍파를 만나면 배가 엎어질까 하노라.

2

ᄇᄅᆷ날 아뎍날 긔 엽다 ᄒ고 드디 마라
海波茫茫ᄒ듸 颶風이 던혀 브ᄂᆡ
아마도 구틔여 건너려 ᄒ면 載胥及溺 엇디홀고. (善迁堂逸稿)

ᄇᄅᆷ날 아뎍날=바람 부는 날 아침 ◇긔 엽다 ᄒ고=그것이 옅다고 하고서. 물이
옅다고 해서 ◇드디 마라=들지 마라. 건너지 마라 ◇海波茫茫(해파망망)ᄒ듸=바

---

* 이시(李蒔 ; 1569~1636). 자 중립(中立). 호 선우당(善迁堂). 학자. 벼슬은 하지 않았으나 사
복시부정(司僕寺副正)에 추증되었다. 만년에 우계서당(迂溪書堂)을 지어 후진양성에 힘썼다.
저서에는 <선우당유고>(善迁堂遺稿)가 있다.

다의 파도가 넓고 멀어 아득한데 ◇颶風(구풍)이=폭풍이 ◇던혀 브닉=심하게 부네 ◇載胥及溺(재서급익)=함께 배를 탔다가 물에 빠짐.

📖 **통석** 바람 부는 날 아침에 물이 옅다고 해서 들어가지 마라
바다의 파도가 넓고 아득한데 폭풍이 심하게 부네
아마도 구태여 건너려고 한다면 같이 물에 빠지면 어찌하겠느냐.

3

朔風이 되오 브러 大海를 흔들티니
一葉扁舟로 갈 길히 아득ᄒ다
두어라 이 빈 ᄒ번 기운 휘면 브틸 곧이 업스리라. (善迁堂逸稿)

되오=되게. 심하게 ◇흔들티니=뒤흔드니 ◇기운 휘면 브틸 곧이=기울어진 뒤에는 배를 댈 곳이.

📖 **통석** 북풍이 심하게 불어 큰 바다를 뒤흔드는 듯하니
조그마한 배로는 갈 길이 아득하다
두어라 이 배 한번 기운 뒤에는 배붙일 곳이 없을 것이다.

방원진*

〈愛蓮曲〉

1

대집 三間을 짓고 못 파 蓮을 심거
翠葉瓊葩의 만향이 어린 저긔
거믄고 한닙 소리를 알 니 업서 ㅎ노라. (晩悟遺稿)

대집=대나무를 엮어 지은 집 ◇翠葉瓊葩(취엽경파)의=푸른 잎과 아름다운 꽃에
◇만향이=가득한 향기(滿香)가 ◇어린 저긔=퍼질 때에 ◇한닙=한입(大葉). 대엽
은 곡조의 이름 ◇알 니=아는 사람이. 또는 알 까닭이.

🔖 **통석**　대나무로 서너 칸의 집을 짓고 못을 파고 연을 심어
　　　　　푸른 잎과 아름다운 꽃에 가득한 향기가 풍길 때에
　　　　　거문고 대엽 곡조를 뜯어도 알 사람이 없어 하노라.

2

蓮花이오 또 蓮花을 다시곰 것거 주여
周濂溪 愛蓮說을 맛드려 닐러보니
千古애 ㄱ 업슨 쁘들 알 리 져거 ㅎ노라. (晩悟遺稿)

것거 주여=꺾어 쥐고 ◇周濂溪 愛蓮說(주렴계 애련설)을=주렴계가 지은 애련설
을. 주렴계는 북송(北宋)의 학자 주돈이(周敦頤 ; 1017~1073)의 호이며 애련설을 지
었음 ◇맛드려 닐러보니=재미있게 읽어보니 ◇ㄱ 업슨 쁘들 알 리 져거=무한한

---

* 방원진(房元震 ; 1577~1650). 자 이성(而省). 호 만오(晩悟). 임진왜란 때는 의병을 일으키기
도 하였다. 저서에 〈만오유고〉(晩悟遺稿)가 있다.

뜻을 알 사람이 적어.

📃 **통석** 연꽃이오, 또 연꽃을 다시 꺾어 쥐고
주렴계의 애련설을 재미가 들려 읽어보니
예전부터 이제까지 무한한 뜻을 알 사람이 적어 하노라.

   3
   茂叔을 숨에 맛나 愛蓮說을 물어보니
   寂寞千年에 내 쁘들 뉘 아더니
   맛초아 君子를 맛나니 내 뜻 알가 ㅎ노라. (晩悟遺稿)

茂叔(무숙)을=무숙을. 무숙은 주돈이의 자(字)임 ◇寂寞千年(적막천년)에=천여 년
뒤까지 제대로 알아주는 사람이 없음에 ◇뉘 아더니=누가 알겠느냐 ◇맛초아=때
맞추어.

📃 **통석** 무숙을 꿈에 만나 애련설에 대해 물어보니
천여 년 뒤까지 제대로 알아주는 사람이 없음에 내 뜻을 누가 알더냐.
때맞추어 그대와 같은 군자를 만났으니 내 뜻을 알까 하노라.

이경엄*

〈扶餘懷古〉

1

白빅馬마 秋츄江강月월이 濟졔王왕의 넉시 되어
十십里니 平평沙사의 夜야夜야로 비취여셔
落낙花화岩암 千천年년餘여怨원을 못내 슬허 ᄒᆞᄂ다. (過庭拾遺)

白馬 秋江月(백마추강월)이=백마강에 비친 가을 달이 ◇濟王(제왕)의=백제시대 왕의 ◇落花巖(낙화암)=충남 부여 백마강안(白馬江岸)의 절벽. 백제의 패망 때 궁녀들이 투신했다고 함 ◇千年餘怨(천년여원)을=천년 전에 남아있던 원한을.

📖 통석　백마강에 비친 가을달이 백제 왕의 넋이 되어
　　　　십리나 되는 평평한 모래톱의 밤마다 비취여서
　　　　낙화암의 천 년 전에 남아있던 원한을 끝내 슬퍼하더라.

2

半반月월城셩의 들이 붉고 落낙花화岩암의 곳 픤 적
多다情졍ᄒᆞ 蜀쵹魄빅聲셩은 므슴 ᄠᅳᆮ을 머거이셔
千천萬만古고 故고國국興흥亡ᄂ망을 혼자 셜워 ᄒᆞᄂ다. (過庭拾遺)

蜀魄聲(쵹빅셩)은=소쩍새의 울음소리는 ◇머거이셔=먹었기에.

---

* 이경엄(李景嚴 ; 1579~1662). 자 자릉(子陵). 호 석문(石門), 현기(玄機). 문신. 벼슬은 한성부판윤을 역임했고 사후 우의정에 추증되었다. 저서에 <과정습유>(過庭拾遺)가 있다.

◈ 통석 반월성에 달이 밝고 낙화암에 꽃 필적에
정다운 소쩍새의 울음소리는 무슨 뜻을 먹었기에
오래전에 나라가 흥하고 망한 것을 혼자서 서러워하느냐.

김광욱*

〈栗里遺曲〉

1

陶淵明 주근 後에 坐 淵明이 나닷말이
밤무을 녜 일홈이 마초와 フ틀시고
도라와 守拙田園이야 긔오내오 다르랴. (珍青 146)

陶淵明(도연명)=중국 진(晉)나라 때 시인 도잠(陶潛)의 호임 ◇나닷말이=태어났다
고 하니. 또는 태어났다고 하는 말이 ◇밤무을=밤마을(栗里). 도연명이 살던 마을
의 이름 ◇녜 일홈이=옛 이름이 ◇마초와=마침 ◇守拙田園(수졸전원)이야=전원
에서 옹졸하게 사는 것이야 ◇긔오내오=그나 내나.

▶ **통석**   도연명이 죽은 뒤에 또 연명이 났다고 하니
밤마을 옛 이름이 마침 예전과 같구나.
돌아와 전원에서 옹졸하게 사는 것이야 그와 내가 다르랴.

2

功名도 니젓노라 富貴도 니젓노라
世上 번우흔 일 다 주어 니젓노라
내 몸을 내무자 니즈니 눔이 아니 니즈랴. (珍青 147)

니젓노라=잊었다 ◇번우흔=번거롭고 걱정되는(煩憂) ◇다 주어=다 내버리어 ◇내

---

* 김광욱(金光煜 ; 1580~1656). 자 회이(晦而). 호 죽소(竹所). 문신. 벼슬은 좌참찬에 이르렀
다. 도연명을 사모하여 부귀공명과 세상의 번거로움을 잊고 한가로운 생애를 살았다. 시호
는 문정(文貞). 저서에 <죽소집>(竹所集)이 있고 <장릉지장>(長陵誌狀)을 찬(撰)했다.

ᄆ자 니즈니=나까지도 잊으니.

📖 **통석**　공명도 잊었다 부귀도 잊었다
　　　　세상의 번거롭고 걱정되는 일 모두 다 잊었노라
　　　　내 몸을 나마저도 잊으니 남이 아니 잊겠느냐.

3

뒷집의 술ᄡᆞᆯ을 ᄭᅮ니 거츤 보리 말 못ᄎᆞ다
즈는 것 마고 ᄶᅵ허 쥐비저 괴아 내니
여러 날 주렷든 입이니 ᄃᆞ나ᄡᅳ나 어이리. (珍靑 148)

술ᄡᆞᆯ을 ᄭᅮ니=술 담글 쌀을 빌리니 ◇거츤 보리=찧지 아니한 보리 ◇말 못ᄎᆞ다=
말(斗)이 되지 아니 한다. 얼마 되지 아니 한다 ◇즈는 것=마르지 않은 것. 여물
지 않은 것 ◇마고 ᄶᅵ허=급하게 찧어. 되는대로 찧어 ◇쥐비저=손으로 움켜쥐고
서 담가 ◇괴아 내니=발효시켜 술을 만드니 ◇주렷든=굶주렸던 ◇ᄃᆞ나ᄡᅳ나 어이
리=맛이 달거나 쓰거나 어이 하리.

📖 **통석**　뒷집에 술 담글 쌀을 꾸니 거친 보리가 한 말이 되지 않는구나.
　　　　여물지 않은 것 마구 찧어 손으로 버무려 술을 만드니
　　　　여러 날을 굶주렸던 입이니 맛이 달거나 쓰거나 어찌하랴.

4

江山 閑雅ᄒᆞᆫ 風景 다주어 맛다이셔
내 혼자 님자여니 뉘라셔 ᄃᆞ톨소니
ᄂᆞᆷ이야 슴ᄭᅩ지 너긴들 ᄂᆞ화 볼 줄 이시랴. (珍靑 149)

閑雅(한아)ᄒᆞᆫ=한가롭고 아담한 ◇맛다이셔=맡아서 ◇님자여니=임자가 되었으니
◇뉘라셔 ᄃᆞ톨소니=누구와 다투겠느냐 ◇슴ᄭᅩ지 너긴들=심술궂게 여긴들. 마음
에 흡족하지 않게 생각한들.

📖 통석　산과 물의 한가롭고 아담한 경치를 다 주거늘 맡아서
　　　　 나 혼자서 임자가 되니 누구와 다툴 것이냐
　　　　 다른 사람이 흡족하지 않게 생각한들 나누어볼 까닭이 있겠느냐.

5

딜가마 조히 씻고 바희 아래 심믈 기러
픗쥭 들게 쑤고 저리지이 쯰어내니
世上에 이 두 마시야 ᄂ믑이 알가 ᄒ노라. (珍靑 150)

딜가마=질가마. 흙을 재료로 하여 구워 만든 솥 ◇조희=깨끗이 ◇픗쥭=팥죽 ◇저
리지이 쯰어내니=절인김치를 ᄭ집어내니 ◇마시야=맛이야.

📖 통석　질가마 깨끗이 씻고 바위 아래 샘물 길어
　　　　 팥죽 달게 쑤고 저리김치 ᄭ집어내니
　　　　 세상에 이 두 맛이야 남이 알까 두렵다.

6

어와 져 白鷗야 므슴 슈고 ᄒ᷋ᄂ슨다
ᄀ᷀ᆯ숩흐로 바자니며 고기 엿기 ᄒᄂ괴야
날 ᄀ᷀치 군ᄆ음 업시 줌만 들면 엇더리. (珍靑 151)

므슴 슈고 ᄒᄂ슨다=무슨 수고를 하는 것이냐 ◇ᄀᆯ숩흐로 바자니며=갈대숲으로
돌아다니며 ◇고기 엿기 ᄒᄂ괴야=고기 엿보기를 하는구나 ◇날 ᄀ치 군ᄆ음=나
처럼 딴 생각.

📖 통석　어와, 저 백구야 무슨 수고를 하는 것이냐
　　　　 갈대숲으로 돌아다니며 고기 엿보기를 하는구나.
　　　　 나처럼 딴 생각 없이 잠만 들면 어떠하리.

7

茅簷 기나긴 히에 히올 일이 아조 업서
蒲團에 낫줌드러 석양에 지자 씨니
門밧긔 뉘 으흠흐며 낙시 가쟈 흐느니. (珍靑 152)

茅簷(모첨)=초가집 추녀 ◇히에=날에 ◇蒲團(포단)에=부들로 만든 두둑한 요에
◇지자 씨니=해가 지자 깨니. 또는 지나서 깨니 ◇으흠흐며=아함하며. 인기척을
내며.

통석 초가집 추녀 기나긴 해에 할 일이 아주 없어
포단에 낮잠이 들어 석양이 지나서 깨니
문밖에서 누가 아함하고 인기척을 내며 낚시가자고 하느냐.

8

三公이 貴타흐들 이 江山과 밧골소냐
扁舟에 들을 싯고 낙대를 흣더질 제
이 몸이 이 淸興을 가지고 萬戶侯ㄴ들 부르랴. (珍靑 153)

三公(삼공)이=정승이. 삼공은 영의정과 좌·우의정을 말함 ◇흣더질 제=흩어 던질
때. 몇 개의 낚시를 던질 때 ◇淸興(청흥)을=상쾌한 흥취를 ◇萬戶侯(만호후)ㄴ들
부르랴=만호의 제후인들 부러워하랴.

통석 삼정승이 아무리 귀하다고 한들 이 강산과 바꾸겠느냐?
조그만 배에 달을 싣고 낚싯대를 흩어 던질 때에
이 몸이 이러한 맑은 흥취를 가지고 만호의 제후인들 부러워하랴.

9

秋江 불근 들에 一葉舟 혼자 저어
낙대를 썰쳐드니 자는 白鷗 다 놀란다
어디셔 一聲漁笛은 조차 興을 돕느니. (珍靑 154)

一葉舟(일엽주)=조그마한 배 ◇一聲漁笛(일성어적)은=한 가락 고기잡이배에서 들리는 피리소리는 ◇조차=따라서. 맞추어.

📖 **통석** 가을철 강의 밝은 달에 조그마한 배를 혼자서 저어
　　　　낚싯대를 세게 흔드니 잠자는 갈매기가 다 놀란다.
　　　　어디서 한가락의 어부들의 저 소리는 때맞추어 흥을 돕느냐.

　　10
　　헛글고 싯근 文書 다 주어 후리치고
　　匹馬 秋風에 채를 쳐 도라오니
　　아므리 믹인 새 노히다 이대도록 싀훤ᄒ랴. (珍靑 155)

헛글고 싯근=흐트러지고 시끄러운 ◇다 주어 후리치고=다 집어 내던지고 ◇匹馬秋風(필마추풍)에=한 마리의 말을 가을바람에 ◇채를 쳐=채찍을 치며 ◇믹인 새 노히다=새장 안에 갇혀 있던 새가 풀려나온다 해도 ◇이대도록=이처럼.

📖 **통석** 흐트러지고 시끄러운 문서 다 집어 내던지고
　　　　한 필의 말을 가을바람 부는데 채찍을 치며 돌아오니
　　　　아무리 새장에 갇혀 있던 새가 풀려난다고 해도 이처럼 시원하겠느냐.

　　11
　　대막대 너를 보니 有信ᄒ고 반갑괴야
　　나니 아힛 적의 너를 트고 든니더니
　　이제란 悤 뒤헤 셧다가 날 뒤 셰고 든녀라. (珍靑 156)

나니=내가. 또는 감탄사 ◇아힛 적의=어릴 때에 ◇날 뒤 셰고=나를 뒤에 세우고

📖 **통석** 대나무 지팡이 너를 보니 신의가 있고 반갑구나,
　　　　내가 어린애일 때에 너를 타고 다니더니
　　　　이제는 창문 뒤에 섰다가 아를 뒤에 세우고 다녀라.

12

世上 사름들이 다 쓰러 어리더라

죽는 줄 알면서 놀 줄란 모로더라

우리는 그런줄 알모로 長日醉로 노노라. (珍靑 157)

다 쓰러 어리더라=모두가 어리석더라 ◇놀 줄란=놀 줄은 ◇長日醉(장일취)로=여
러 날을 계속 취한 상태로 또는 온종일을 취한 상태로

🔖 **통석**　　세상 사람들이 모두가 어리석더라.

　　　　　　죽는 줄을 알면서도 놀 줄은 모르더라.

　　　　　　우리는 그런 줄 알므로 온종일을 취하는 것으로 놀겠다.

13

사름이 주근 後에 다시 사 니 보왓는다

왓노라 ᄒ 니 업고 도라와늘 보 니 업다

우리는 그런줄 알모로 사라신 제 노노라. (珍靑 158)

사 니 보왓는다=산 사람 보았느냐 ◇왓노라 ᄒ 니=왔다고 하는 사람 ◇도라와늘
보 니=살아 돌아왔거늘 본 사람.

🔖 **통석**　　사람의 죽은 뒤에 다시 살았다고 하는 사람 보았느냐

　　　　　　살아왔노라 하는 사람 없고 살아 돌아왔다고 하거늘 본 사람 없다

　　　　　　우리는 그런 줄 알므로 살아있을 때에 놀겠다.

14

黃河水 몱단말가 聖人이 나셔도다

草野群賢이 다 니러 나닷말가

어즈버 江山風月을 늘을 주고 갈소니. (珍靑 159)

黃河水(황하수) 몱다말가=황의 물이 맑아졌단 말인가. 황하가 천년에 한 번씩 맑

아지게 되면 성인이 나온다고 함 ◇草野群賢(초야군현)이=시골에 묻혀 있는 여러 현인들이 ◇다 니러 나닷말가=다 일어났다는 말인가 ◇눌을 주고 갈소니=누구를 주고 갈 것이냐.

🔖 **통석**　황하수가 맑아졌단 말인가 성인이 나셨구나.
시골에 묻혀있는 여러 현인들이 다 일어났다는 말인가
어즈버 이 강산의 풍월을 누구에게 주고 갈 것이냐.

15
셰버들 柯枝 것거 낙근 고기 쒜여 들고
酒家를 츠즈려 斷橋로 건너가니
왼 골에 杏花 져 짜히니 갈길 몰라 ᄒ노라. (珍靑 160)

셰버들=수양버들 ◇斷橋(단교)로=끊어진 다리로 ◇왼 골에=골짜기 가득이 ◇杏花(행화) 져=살구꽃이 떨어져.

🔖 **통석**　수양버들 가지를 꺾어 잡은 고기를 꿰어 들고
술파는 집을 찾으려고 끊어진 다리를 건너가니
골짜기 가득히 살구꽃이 떨어져 쌓이니 갈길 몰라 하노라.

16
東風이 건듯 부러 積雪을 다 노기니
四面靑山이 녜 얼골 나노매라
귀 밋틔 히 무근 서리는 녹을 줄을 모른다. (珍靑 161)

건듯 부러=잠깐 불어 ◇四面靑山(사면청산)이=사방의 푸른 산이 ◇녜 얼골 나노매라=옛 모습이 나타나는구나 ◇귀 밋틔 히 무근 서리는=귀밑에 해가 묵은 서리는. 백발은.

🔖 **통석**　봄바람이 건듯 불어 쌓인 눈을 다 녹이니
사방의 푸른 산이 옛 모습이 나타나는구나.
귀 밑에 해가 묵은 서리는 녹을 줄을 모른다.

17

崔行首 뿍달힘 ᄒ새 趙同甲 곳달힘 ᄒ새
돈찜 개찜 오려 點心 날 시기소
每日에 이렁셩 굴면 므슴 시름 이시랴. (珍靑 162)

崔行首(최행수)=최씨 행수. 행수는 무리중의 우두머리 ◇뿍달힘·곳달힘=쑥이나 꽃을 넣어서 전(煎)을 만들어 먹는 것 ◇趙同甲(조동갑)=조씨 동갑내기 ◇돈찜 개찜 오려 點心(점심)=돼지찜 개찜과 올벼를 찧어 만든 점심 ◇날 시기소=나를 시키시오 ◇이렁셩 굴면=이렇게 지내면.

🔖 통석   최행수 쑥달임하세 조동갑 꽃달임하세
　　　　 돼지찜과 개찜 올벼로 짓는 점심을 나를 시키시오
　　　　 매일에 이렇게 지내면 무슨 근심이 있으랴.

나위소*

〈江湖九歌〉

1

어버이 나흥셔늘 님금이 먹이시니
나흔 德 먹인 恩을 다 갑곤랴 흐엿더니
倏然히 七十이 러무니 흘 일 업서 흐노라. (羅氏家範 1)

나흥셔늘=낳으셨거늘 ◇갑곤랴=갚으려 ◇倏然(숙연)히=갑자기. 문득 ◇러무니=
넘으니.

▶ **통석**　어버이가 나으셨거늘 임금이 먹이시니
낳으신 덕과 먹이신 은혜를 다 갚으려 하였더니
문득 나이 칠십이 넘으니 할 일이 없다고 하겠다.

2

어와 聖恩이야 罔極흘슨 聖恩이다
江湖 安老도 分 밧긔 일이어든
흐믈며 두 아들 專誠榮養은 쏘 어인고 흐노라. (羅氏家範 2)

江湖 安老(강호안로)도=자연 속에서 편안히 늙는 것도 ◇分(분) 밧긔 일이어든=분
수 밖의 일이거든 ◇專誠榮養(전성영양)은=정성을 다해 봉양함은 ◇어인고=어인
일인고.

---

* 나위소(羅緯素 ; 1582~1666). 자 계빈(季彬). 호 송암(松巖). 벼슬은 경주부윤에 이르러 사직
하고 고향에 내려갔다. 뒤에 노인직으로 동지중추부사에 임명되었으나 사퇴했다.

통석 어와 임금의 은혜야 끝이 없는 것은 임금의 은혜로다
자연 속에서 편안히 늙는 것도 분수 밖의 일이거든
하물며 두 아들이 정성을 다해 봉양함은 또 어인 일인고 하노라.

3

烟霞의 깁픠 든 病 藥이 効驗 업서
江湖에 바리연디 十年 밧기 되어세라
그러나 이제 다 못 죽음도 긔 聖恩인가 ㅎ노라. (羅氏家範 3)

바리연디=버려진지 ◇밧기 되어세라=넘게 되었구나.

통석 자연을 좋아하여 깊이 든 병에 약이 효험이 없어
시골에 버려진지가 십 년이 넘게 되었구나.
그러나 이제까지 다 죽지 못함도 그것이 임금의 은혜 때문인가 하노라.

4

전나귀 밧비 모라 다 졈은 날 오신 손님
보리피 구즌 뫼예 饌物이 아조 업다
아희야 빅 내어 씌워라 그믈 노하 보리라. (羅氏家範 4)

전나귀 밧비=다리를 저는 나귀를 바쁘게 ◇다 졈은 날=다 저물어가는 날 ◇보리피 구즌 뫼예=보리기울이 섞인 거친 밥에 ◇饌物(찬물)이 아조=반찬이 될 것이 아무 것도

통석 다리 저는 나귀를 바삐 몰아 다 저물어가는 날에 오신 손님
보리기울이 섞인 거친 밥에 반찬 될 만한 것이 아주 없다
아희야 배를 내어 띄워라 그물 놓아 보겠다.

5

달 붉고 브람 자니 물결이 비단 일다

短艇을 빗기 노하 오락가락 ᄒ난 興을
白鷗야 하 즐겨 말고려 世上 알가 ᄒ노라. (羅氏家範 5)

ᄇ람 자니=바람이 잔잔하니 ◇비단 일다=비단과 같다 ◇短艇(단정)을=자그마한
배를 ◇하 즐겨 말고려=너무 즐거워하지 마라.

📜 통석　달 밝고 바람이 잔잔하니 물결이 비단처럼 부드럽다
　　　　자그마한 배를 비스듬히 띄워 오락가락 하는 흥취를
　　　　갈매기야 너무 즐거워하지 마라 세상 사람들이 알까 하노라.

6
모래 우희 자ᄂ 白鷗 閑暇키도 閑暇홀샤
江湖風趣를 네 디닐 ᄯ 내 디닐 ᄯ
夕陽의 半帆歸興은 너도 날만 못ᄒ리라. (羅氏家範 6)

江湖風趣(강호풍취)를=자연의 풍경과 정취를 ◇디닐 ᄯ=지니고 있을 때 ◇半帆歸
興(반범귀흥)은=돛을 반쯤 올리고 돌아오는 멋은. 배를 천천히 부리며 돌아오는
흥취는 ◇날만=나만은.

📜 통석　모래 위에서 잠자는 갈매기 한가하기도 한가하구나.
　　　　자연의 풍경과 정취를 네가 지닐 때가 나도 지닐 때다
　　　　석양에 돛을 반쯤 올리고 돌아오는 멋은 너도 나만은 못하리라.

7
ᄀᄂ 비 빗긴 ᄇ람 낫대 멘 뎌 하나바
네 生涯 언마 치라 슈고롬도 슈고롤샤
生涯를 爲호미 아니라 漁興 계워 하노라. (羅氏家範 7)

ᄀᄂ 비 빗긴 ᄇ람=이슬비에 비스듬히 부는 바람 ◇하나바=할아비 ◇언마 치라=
얼마의 값어치가 되느냐 ◇슈고롬도 슈고롤샤=수고로움도 수고롭다 ◇生涯(생애)
를 爲(위)호미=생계를 위함이 ◇漁興(어흥) 계워=고기 잡는 흥취를 이기지 못하여.

▶ **통석**　이슬비에 비스듬히 부는 바람 낚싯대 멘 저 할아비야
　　　　네 생활이 얼마의 값어치가 되느냐 수고로움도 수고롭구나.
　　　　생계를 위함이 아니라 고기 잡는 흥취를 이기지 못하노라.

8

피 燒酒 무우저리 우옵다 어룬 待接
늠은셔 닐온 말이 草草타 ᄒ건마ᄂᆞᆫ
두어라 니도 내 分이니 分內事,ㄴ가 ᄒᆞ노라. (羅氏家範 8)

피 燒酒(소주) 무우저리=피 쌀로 담근 소주와 무절임 ◇우옵다=우습구나 ◇어룬
=어른 ◇늠은셔=남들은 ◇닐온=하는 草草(초초)타=보잘 것 없다 ◇니도=이것
도 ◇分內事(분내사),ㄴ가=분수에 맞는 일인가.

▶ **통석**　피 쌀로 담근 술과 무우절임 우습구나 어른 대접
　　　　다른 사람들 하는 말이 보잘 것 없다 하지마는
　　　　두어라 이것도 내 분수이니 분수에 맞는 일인가 하노라.

9

食祿을 긋친 後로 漁釣을 生涯ᄒᆞ니
혬 업슨 아히들은 괴롭다 ᄒ건마ᄂᆞᆫ
두어라 江湖閑適이 이 내 分인가 ᄒᆞ노라. (羅氏家範 9)

食祿(식록)을=먹고 살기위한 벼슬을 ◇긋친=그만 둔 ◇漁釣(어조)을=고기 잡고
낚시질하는 것으로 ◇혬 업슨=생각 없는 ◇江湖閑適(강호한적)이=자연 속에서 한
가롭게 자적(自適)하는 것.

▶ **통석**　먹고 살기위한 벼슬을 그만둔 뒤에 고기 잡고 낚시질 하는 것으로 생활
　　　　하니
　　　　생각이 없는 아이들은 괴롭다고 하지마는
　　　　두어라 자연 속에서 한가롭게 지내는 것이 이것이 나의 분수인가 하노라.

윤선도*

〈漫興〉

1

山산水슈間간 바회 아래 ᄠᅱ집을 짓노라 ᄒᆞ니
그 모ᄅᆞᆫ ᄂᆞᆷ들은 욷ᄂᆞᆫ다 ᄒᆞᆫ다마ᄂᆞᆫ
어리고 햐암의 ᄠᅳᆺ의ᄂᆞᆫ 내 分분인가 ᄒᆞ노라. (孤山遺稿 1)

ᄠᅱ집을 짓노라 ᄒᆞ니=띠풀로 지붕을 한 집을 짓는다고 하니 ◇그 모ᄅᆞᆫ ᄂᆞᆷ들은=그 사정을 모른 사람들은 ◇욷ᄂᆞᆫ다 ᄒᆞᆫ다마ᄂᆞᆫ=웃고 하지마는 ◇어리고 햐암의 ᄠᅳᆺ의ᄂᆞᆫ=어리석고 무식한 시골사람(鄕闇)의 뜻은.

통석 산과 물 사이의 바위 아래에 뛰집을 짓는다고 하니
그 사정을 모르는 사람들은 웃고 하지마는
어리석고 무식한 사람의 뜻은 내 분수에 맞는 것인가 하노라.

2

보리밥 픗ᄂᆞ믈을 알마초 머근 後후에
바회 ᄀᆞᆺ ᄆᆞᆰᄀᆞ의 슬ᄏᆞ지 노니노라
그 나믄 녀나믄 일이야 부ᄅᆞᆯ 줄이 이시랴. (孤山遺稿 2)

알마초=알맞게 ◇ᄆᆞᆰᄀᆞ의=물가에 ◇슬ᄏᆞ지=마음껏 ◇그 나믄 녀나믄=그 나머지 다른 ◇부ᄅᆞᆯ 줄이 이시랴=부러워할 까닭이 있으랴.

---

* 윤선도(尹善道 ; 1587~1671). 자 약이(約而). 호 고산(孤山), 해옹(海翁). 문신, 시인. 조선시대 시조의 대가로 가사의 정철과 더불어 시가의 쌍벽을 이루었다. 시호는 충헌(忠憲). 저서에 <고산유고>(孤山遺稿)가 있다.

　보리밥 풋나물을 알맞게 먹은 뒤에
　　　　바위 끝 물가에 마음껏 놀며 다니노라.
　　　　그 나머지 다른 일이야 부러워할 까닭이 있으랴.

　　3
　잔 들고 혼자 안자 먼 뫼흘 브라보니
　그리던 님이 오다 반가옴이 이러ᄒ랴
　말ᄉᆞᆷ도 우음도 아녀도 몯내 됴하 ᄒ노라. (孤山遺稿 3)

오다=오는구나 ◇아녀도=아니하여도 ◇몯내 됴하=이내 좋아. 아주 좋아.

🐚 통석　술잔을 들고서 혼자 앉아 먼 산을 바라보니
　　　　그리워하던 님이 오는구나 반가움이 이렇겠느냐
　　　　말씀도 웃음도 아니라도 이내 좋아 하노라.

　　4
　누고셔 三삼公공도곤 낫다 ᄒ더니 萬만乘승이 이만ᄒ랴
　이제도 헤여든 巢소父부許허由유 낙돗더라
　아마도 林님泉천閑한興흥을 비길 곳이 업세라. (孤山遺稿 4)

三公(삼공)도곤=삼정승보다 ◇萬乘(만승)이=천자(天子)가 ◇헤여든=헤아리니 ◇巢父許由(소부허유) 낙돗더라=소부와 허유가 낫더라. 소부와 허유는 요임금 때의 은사(隱士) ◇林泉閑興(임천한흥)을=자연 속에 사는 한가한 흥치를.

🐚 통석　누군가 삼정승보다 좋다고 하더니 천자가 이만하랴
　　　　이제도 헤아리니 소부나 허유보다 낫더라
　　　　아마도 자연 속에서 사는 흥치를 비할 곳이 없구나.

　　5
　내 셩이 게으르더니 하늘히 아ᄅ실샤

人인間간 萬만事스를 흔 일도 아니 맛뎌
다만당 ᄃ토 리 업슨 江강山산을 딕히라 ᄒ시도다. (孤山遺稿 5)

성이=성품이 ◇맛뎌=맡기시네 ◇다만당=다만 ◇ᄃ토 리 업슨=다툴 사람이 없는
◇딕히라=지키라.

📖 통석 내 성품이 게으르더니 하늘이 아시는지라
     사람 사는 세상의 모든 일을 한 가지 일도 아니 맡기시네.
     다만 다툴 사람이 없는 강산이나 지키라고 하시는구나.

 6
江강山산이 됴타ᄒ들 내 分분으로 누얻ᄂ냐
님군 恩은惠혜를 더욱 아노이다
아므리 갑고쟈ᄒ야도 ᄒ올 일이 업세라. (孤山遺稿 6)

됴타ᄒ들=좋다고 한들 ◇아노이다=알고 있습니다 ◇ᄒ올=해야 할.

📖 통석 강산이 아무리 좋다고 해도 내 분수로 누웠느냐
     임금의 은혜를 더욱 절실하게 알겠도다.
     아무리 갚고자 하여도 해야 할 일이 없구나.

〈夏雨謠〉

 1
비오ᄂ듸 들희 가랴 사립 닷고 쇼 머겨라
마히 ᄆ양이랴 잠기연장 다스려라
쉬다가 개ᄂ 날 보아 ᄉ래 긴 밧 가리라. (孤山遺稿 8)

들희 가랴=들에 가겠느냐 ◇마히 ᄆ양이랴=장마가 항상(每樣) 계속되겠느냐 ◇잠기

연장 다스려라=쟁기와 연장 손을 보아라 ◇스래=이랑 ◇가리라=갈겠다.

📖 **통석**   비 오는데 들에 가랴 사립문 닫고 소를 먹여라
　　　　장마라지만 늘 계속되겠느냐 쟁기와 연장을 손보아라.
　　　　쉬다가 개는 날 보아 이랑 긴 밭 갈겠다.

   2
심심은 ᄒ다마ᄂ 일 없ᄉ 마히로다
답답은 ᄒ다마ᄂ 閑한暇가ᄒ올손 밤이로다
아히야 일즉 자다가 東동트거든 닐거라. (孤山遺稿 9)

마히로다=장마로다 ◇東(동)트거든 닐거라=먼동이 트거든 일어나거라.

📖 **통석**   심심은 하다마는 할 일 업는 장마로다
　　　　답답은 하지마는 한가하기는 밤이로구나.
　　　　아희야 일찍 자다가 먼동이 트거든 일어나거라.

〈五友歌〉

   1
내 버디 몃치나 ᄒ니 水슈石셕과 松송竹듁이라
東동山산의 들 오르니 긔 더옥 반갑고야
두어라 이 다ᄉ 밧긔 또 더ᄒ야 머엇 ᄒ리. (孤山遺稿 13)

버디 몃치나=벗이 몇이냐 ◇들 오르니=달뜨니 ◇더ᄒ야 머엇ᄒ리=보태서 무엇
하겠느냐.

📖 **통석**   내 벗이 몇이냐 하니 수석과 송죽이다
　　　　동산에 달이 뜨니 그것이 더욱 반갑구나.
　　　　두어라 이 다섯 밖에 또 더하여 무엇하겠느냐.

2

구룸 빗치 조타ᄒ나 검기를 ᄌ로ᄒ다
ᄇ람소리 ᄆ다ᄒ나 그칠 적이 하노매라
조코도 그츨 뉘 업기ᄂ 믈뿐인가 ᄒ노라. (孤山遺稿 14)

조타ᄒ나=깨끗하다고 하나 ◇ᄌ로ᄒ다=자주한다 ◇그칠 적이=그칠 때가 ◇하노
매라=많구나 ◇뉘 업기ᄂ=때가 없는 것은.

📖 **통석**   구름 빛이 깨끗하다고 하나 검기를 자주 한다
바람소리가 맑다고 하나 그칠 때가 많구나.
깨끗하고도 그칠 때가 없는 것은 물뿐인가 하노라.

3

고ᄌ 므스 일로 퓌며셔 쉬이 디고
플은 어이ᄒ야 프르ᄂ 듯 누르ᄂ니
아마도 변티 아닐ᄉ 바회뿐인가 ᄒ노라. (孤山遺稿 15)

고ᄌ=꽃은 ◇쉬이 디고=쉽게 시들고 ◇누르ᄂ니=누렇게 되느냐 ◇변티 아닐ᄉ=
변하지 않는 것은.

📖 **통석**   꽃은 무슨 일로 피면서 쉽게 시들고
풀은 어이하여 푸른 듯하더니 곧 누러지느니
아마도 변하지 않는 것은 바위뿐인가 하노라.

4

더우면 곳 퓌고 치우면 닙 디거ᄂ
솔아 너ᄂ 얻디 눈서리를 모르ᄂ다
九구泉쳔의 불희 고ᄃ 줄을 글로 ᄒ야 아노라. (孤山遺稿 16)

언디=어찌 ◇九泉(구천)의=땅속에 ◇고든 줄을 글로 ᄒ야=곧은 줄을 그것으로 말미암아.

🔖 **통석** 더우면 꽃이 피고 추우면 잎이 떨어지거늘
솔아 너는 어찌 눈과 서리를 모르느냐
땅속에 뿌리가 곧은 줄을 그것으로 하여 알겠다.

5
나모도 아넌 거시 플도 아넌 거시
곳기는 뉘 시기며 속은 어이 뷔연는다
더러코 四ㅅ時시에 프르니 그를 됴하 ᄒ노라. (孤山遺稿 17)

뉘 시기며=누가 시켰으며 ◇어이 뷔연는다=어찌 비었느냐 ◇됴하=좋아.

🔖 **통석** 나무도 아닌 것이 풀도 아닌 것이
곧기는 누가 시키며 속은 어찌 뷔었느냐.
그렇고 일년 내내 푸르니 그를 좋아 하노라.

6
쟈근 거시 노피 떠셔 萬만物물을 다 비취니
밤듕의 光광明명이 너만 ᄒ니 또 잇느냐
보고도 말 아니 ᄒ니 내 벋인가 하노라. (孤山遺稿 18)

쟈근 거시=작은 것이 ◇너만 ᄒ니=너 만한 것이 ◇잇느냐=있겠느냐.

🔖 **통석** 작은 것이 높이 떠서 만물을 다 비추니
밤중의 광명이 너 만한 것이 떠 있느냐
보고도 말을 아니 하니 내 벗인가 하노라.

〈初筵曲〉

1

집은 어이 ᄒ야 되엳는다 大대匠쟝의 功공이로다
나무는 어이 ᄒ야 고든다 고조 즐을 조찬노라
이 집의 이 뜯을 알면 萬만壽슈無무疆강 ᄒ리라. (孤山遺稿 23)

되엳는다=되었느냐 ◇大匠(대쟝)의=대목장(大木匠)의. 목수의 ◇고든다=곧은가 ◇고
조 즐을 조찬노라=먹고자의 줄을 따랐다.

📖 **통석** 집은 어이하여 되었느냐 대목장의 공이로다
나무는 어이하여 곧게 되었느냐 먹고자의 줄을 따랐다
이 집의 이러한 뜻을 알면 만수무강 하리라.

2

술은 어이 ᄒ야 됴ᄒ니 누록 섯글 타시러라
국은 어이 ᄒ야 됴ᄒ니 鹽염梅ᄆᆡ ᄠᅥᆯ 타시러라
이 음식 이 뜻을 알면 萬만壽슈無무疆강 ᄒ리라. (孤山遺稿 24)

됴ᄒ니=좋으냐 ◇누록 섯글 타시러라=누룩 섞을 탓이다 ◇鹽梅(염매)=간을 알맞
게 함.

📖 **통석** 술은 어이하여 좋으냐 누룩을 섞을 탓이다.
국은 어이하여 좋으냐 간을 알맞게 할 탓이다.
이 음식과 이 뜻을 알면 만수무강 하리라.

〈罷宴曲〉

1
즐기기도 ᄒ려니와 근심을 니즐 것가
놀기도 ᄒ려니와 길기 아니 어려오냐
어려온 근심을 알면 萬만壽슈無무疆강 ᄒ리라. (孤山遺稿 25)

니즐 것가=잊을 것인가 ◇길기 아니 어려오냐=오래도록 하는 것이 어렵지 않겠
느냐.

📖 **통석** 즐기기도 하려니와 근심을 잊을 것인가
　　　　　놀기도 하려니와 오래도록 하는 것이 어렵지 않겠느냐
　　　　　어려운 근심을 알면 만수무강 하리라.

2
술도 머그려니와 德덕 업스면 亂란ᄒᄂ니
츔도 추려니와 禮례 업스면 雜잡되ᄂ니
아마도 德덕禮례를 딕히면 萬만壽슈無무疆강 ᄒ리라. (孤山遺稿 26)

亂(난)ᄒᄂ니=어지럽나니. 문란하나니.

📖 **통석** 술도 먹으려니와 덕이 없으면 문란하나니
　　　　　춤도 추려니와 예가 없으면 잡되나니
　　　　　아마도 덕과 예를 지키면 만수무강 하리라.

〈夢天謠〉

1
샹해런가 꿈이런가 白빅玉옥京경의 올라가니

玉옥皇황은 반기시나 羣군仙션이 꺼리ᄂᆞ다
두어라 五오湖호烟연月월이 네 分분일시 올탓다. (孤山遺稿 67)

샹해런가=일상(日常)이던가 ◇白玉京(백옥경)의=옥황상제가 있다고 하는 하늘 위의 궁궐에 ◇玉皇(옥황)은=옥황상제는 ◇羣仙(군선)이=여러 신선들이 ◇五湖烟月(오호연월)이=오호의 은은한 달빛이 ◇네 分(분)일시 올탓다=너의 분수임이 틀림없구나.

🔖 통석　일상시던가 꿈이던가 백옥경에 올라가니
　　　　옥황상제께서는 반가워하시나 여러 신선들이 꺼리더라.
　　　　두어라 오호의 은은한 달빛이 네 분수임이 틀림없구나.

　　2
풋줌의 숨을 ᄭᅮ어 十십二이樓루에 드러가니
玉옥皇황은 우스시되 羣군仙션이 ᄭ짇ᄂᆞ다
어즈버 百빅萬만億억蒼창生ᄉᆡᆼ을 어늬 결의 무르리. (孤山遺稿 68)

十二樓(십이루)에=천상 옥황상제의 궁궐에 ◇百萬億蒼生(백만억창생)을=수많은 백성들을 ◇어늬 결의 무르리=어느 틈에 묻겠느냐.

🔖 통석　얼핏 든 잠에 꿈을 꾸어 십이루에 들어가니
　　　　옥황은 웃으시되 여러 신선들은 꾸짖는다.
　　　　어즈버 수많은 백성들을 어느 틈에 묻겠느냐.

　　3
하늘히 이저신 제 므슴 術슐로 기워낸고
白빅玉옥樓루 重듕修슈홀제 엇던 바치 일워낸고
玉옥皇황ᄭᅴ 술와보쟈 ᄒᆞ더니 다 몯ᄒᆞ야 오나다. (孤山遺稿 69)

이저신 제=이지러졌을 때 ◇기워낸고=기워낼꼬 ◇엇던 바치=어떤 공인(工人)이. 목수가 ◇술와보쟈 ᄒᆞ더니=여쭈어보자 하였더니 ◇다 몯ᄒᆞ야 오나다=다 하지 못하고 왔도다.

📖 **통석**　하늘이 이지러졌을 때 무슨 재주로 기워낼꼬
　　　　　백옥루를 중수할 때 어떤 목수가 이루어낼꼬
　　　　　옥황께 여쭈어보자 하였더니 다 말하지 못하고 왔도다.

〈遣懷謠〉

1

슬프나 즐거오나 올타ᄒ나 외다ᄒ나
내 몸의 ᄒ올 일만 닫고닫글 뿐이언뎡
그 밧긔 녀나믄 일이야 분별ᄒᆯ 줄 이시랴. (孤山遺稿 70)

올타ᄒ나 외다ᄒ나=옳다고 하나 그르다고 하나 ◇닫고닫글=닦고 닦을 ◇그 밧긔
녀나믄=그 밖에 나머지.

📖 **통석**　슬프나 즐거우나 옳다하나 그르다하나
　　　　　내 몸의 할 일만 닦고 닦을 뿐이언정.
　　　　　그 밖의 나머지 일이야 분별할 줄 있으랴.

2

내 일 망녕된 줄 내라 ᄒ야 모ᄅᆞᆯ손가
이 ᄆᆞᆷ 어리기도 님 위ᄒᆞᆫ 타시로쇠
아ᄆᆡ 아ᄆᆞ리 닐러도 님이 혜여 보쇼셔. (孤山遺稿 71)

내라 ᄒ야 모ᄅᆞᆯ손가=나라고 해서 모르겠는가 ◇어리기도=어리석기도 ◇아ᄆᆡ 아
ᄆᆞ리 닐러도=그 누가 아무리 말하여도 ◇혜여 보쇼셔=헤아려 보십시오

통석 내 일이 잘못된 줄을 나라고 하여 모르겠는가.
　　　이 마음 어리석기도 님 위한 탓이로다.
　　　그 누가 아무리 말하여도 님이 헤아려 보십시오.

3

楸츄城셩 鎭딘胡호樓루 밧긔 우러 녜는 뎌 시내야
므슴 호리라 晝듀夜야의 흐르는다
님 向향흔 내 뜯을 조차 그칠 뉘를 모로느냐. (孤山遺稿 72)

楸城 鎭胡樓(추성진호루) 밧긔=추성의 진호루 밖에. 추성은 함북 경원(鏡源)의
다른 이름 ◇우러 녜는=물소리를 내며 흘러가는 ◇므슴 호리라=무엇 하겠다.

통석 추성 진호루 밖에 울며 흘러가는 저 시냇물아
　　　무엇을 하겠다고 밤낮으로 흐르느냐
　　　님 향한 내 뜻을 따라 그칠 때를 모르느냐.

4

뫼흔 길고길고 믈은 멀고멀고
어버이 그린 뜯은 만코만코 하고하고
어듸셔 외기러기는 울고울고 가느니. (孤山遺稿 73)

그린=그리워하는 ◇하고하고=많고 많고

통석 산은 길고 길게 뻗어있고 물은 멀고 멀리 흘러가고
　　　어버이를 그리워하는 뜻은 많고많고 또 많고많고
　　　어디서 짝 없는 기러기는 울고울고 가느냐.

5

어버이 그린 줄을 처음붓터 아란마는
님군 向향흔 뜯도 하늘히 삼겨시니

眞진實실로 님군을 니 ᄌ면 긔 不블孝효ㄴ가 녀기롸. (孤山遺稿 74)

그린 줄을=그리워하는 줄을 ◇아란마ᄂ=알았지마는 ◇니ᄌ면=잊으면 ◇녀기롸=여기노라.

🔖 **통석**　어버이 그리워하는 줄을 처음부터 알았지만
　　　　임금에게 향한 뜻도 하늘이 만드셨으니
　　　　진실로 임금을 잊으면 그것이 불효인가 여기노라.

이홍유*

〈山民六歌〉

1

이 몸이 閒暇ᄒ야 山水間에 졀노 늘거
功名富貴를 쯧박게 이져쓰니
此中에 淸幽한 興味를 혼ᄌ 죠와 ᄒ노라. (遯軒公遺事 1)

쯧박게=생각 밖에. 관심이 없음 ◇此中(차중)에 淸幽(청유)한=이런 가운데 맑고
그윽한.

📖 **통석**　　이 몸이 한가하여 자연 속에서 절로 늙어
　　　　　공명과 부귀를 관심조차 갖지 않으니
　　　　　이러한 가운데 맑고 그윽한 흥미를 혼자 좋아 하노라.

2

죠고만 이 니 몸이 天地間에 혼ᄌ 잇셔
淸風明月를 벗슴어 누엇쓰니
世上의 是是非非를 느ᄂᆫ 몰ᄂᆞ ᄒ노르. (遯軒公遺事 2)

혼ᄌ잇셔=혼자뿐이어서

---

* 이홍유(李弘有 ; 1588~1617). 자 순길(順吉). 호 遯軒(둔헌), 산민(山民). 진사에 합격하고 재
야의 학자, 교육자로 생애를 마쳤다. 필사본인 <경주이씨가승>(慶州李氏家乘) 안에 시조
작품이 전하고 있다.

조그만 이 내 몸이 이 세상에 혼자뿐이어서
청풍과 명월을 벗을 삼아 누웠으니
속세의 시시비비를 나는 전혀 몰라 하노라.

3

世上의 ᄇ린 몸이 히올 이리 전혀 읍셔
一張玄琴을 自然이 훗지 ᄐ니
아ᄆ도 子期 쥬근 후에 知音ᄒ 리 읍셔 ᄒ노ᄅ. (遯軒公遺事 3)

히올 이리=할 일이 ◇一張玄琴(일장현금)을=거문고 하나를 ◇훗지 ᄐ니=흩어 타니, 산조(散調)를 연주하니 ◇子期(자기)=종자기(鍾子期)를 말함. 종자기는 춘추시대 거문고의 명수인 백아(伯牙)의 거문고 소리를 가장 잘 알아듣던 사람 ◇知音(지음)ᄒ 리 읍셔=소리를 알아들을(知音) 사람이 없어.

🔖 **통석** 세상에 버려진 몸이 할 일이 전혀 없어
거문고 하나로 마음 내키는 대로 흩어 타니
아마도 종자기가 죽은 뒤에 소리를 알아들을 사람이 없구나.

4

늘고 병든 몸을 世上이 ᄇ렷실ᄉㅣ
죠고만 草堂을 시ᄂㅣ 우희 일워두고
目前에 보이는 松竹아 ᄂㅣ 븟인가 ᄒ노ᄅ. (遯軒公遺事 4)

ᄇ렷실ᄉㅣ=버렸으므로 ◇일워두고=지어두고 ◇븟인가='벗인가'의 잘못인 듯.

🔖 **통석** 늙고 병든 몸을 세상이 버렸으므로
조그만 초당을 시내 위에 지어두고
눈앞에 보이는 소나무와 대나무야 네가 내 벗인가 하노라.

5

山林에 드런 지 오ᄅㅣ니 世上事를 모ᄅ노ᄅ

十丈紅塵이 을므ᄂᆞ ᄀ려ᄂᆞᆫ고
物外에 ᄲᅱ여ᄂᆞᆫ 몸이 報恩이 어렵셔ᄅᆞ. (遯軒公遺事 5)

드런 지 오래니=들어온 지가 오래 되었으니 ◇十丈紅塵(십장홍진)이=수많은 세상의 시끄러움이 ◇을므ᄂᆞ ᄀ려ᄂᆞᆫ고=얼마나 가려 있는고 ◇物外(물외)에 ᄲᅱ여ᄂᆞᆫ=세상 물정 밖에 있는 ◇어렵셔ᄅᆞ=어려워라.

▷통석 시골에 들어온 지가 오래니 세상 돌아가는 일을 모르노라
수많은 세상의 시끄러움이 얼마나 가려 있는고
세상의 물정 밖에 있는 몸이 은혜 갚기가 어렵구나.

6
風塵의 奔走ᄒᆞᄂᆞᆫ 분네 ᄒᆞᄂᆞᆫ 일이 젼혀 읍ᄃᆡ
밤낫 닷 (이하 결)

風塵(풍진)의 奔走(분주)ᄒᆞᄂᆞᆫ 분네=속세에 바삐 살아가는 분들.

▷통석 속세에 바삐 사는 사람들 하는 일이 전혀 없다
밤낫 닷 (이하 결)

이중경*

〈漁父詞〉

1

漁父 漁父들하 네 내오 내 네로다
네 버지 내어니 내 너롤 모롤소냐
此中의 閑暇호 生涯는 너와 나와 잇도다. (雜卉園集)

네 내오 내 네로다=네가 나요 내가 너로구나 ◇네 버지 내어니=너의 벗이 나이니
◇此中(차중)의=이 가운데에. 이 세상에 ◇너와 나와 잇도다=너와 내가 있구나.

> 📙 **통석**　어부 어부들아 네가 나이고 내가 너로구나
> 너의 벗이 나이니 내가 너를 모룰쏘냐.
> 이 가운데 한가한 생활을 하기는 너와 내가 있구나.

2

白鷗 白鷗들하 내 네오 네 내로다
내 버지 네어니 네 나롤 모롤소냐
此中의 閑暇호 溪山의 나와 너와 놀니라. (雜卉園集)

버지 네어니=벗이 너이니 ◇溪山(계산)의=시냇물과 산에. 자연에.

> 📙 **통석**　갈매기야 갈매기야 네가 나이고 내가 너로구나
> 나의 벗이 너이니 네가 나를 모룰쏘냐.
> 이 가운데 한가한 산과 물에서 나와 네가 놀겠다.

---

* 이중경(李重慶 ; 1599~1678). 자 경숙(慶叔). 호 수헌(壽軒).

3

靑山은 언제 나며 綠水은 언제 난고
前萬古 後萬古 져 나히 언매언고
내 몸도 此中에 놀아 를글 주리 업세라. (雜卉園集)

져 나히 언매언고=제 나이 얼마인고 ◇를글 주리=늙을 까닭이.

🔖 **통석**　청산은 언제 생겼으며 녹수는 언제 생겼는고
이전 이후의 아주 오랜 옛적이니 제 나이 얼마인고
내 몸도 이 가운데 놀아 늙을 줄아 없구나.

4

功名도 내 몰래라 부귀도 내 몰래라
虛浪ᄒᆞᆫ 人生이 世事도 내 몰래라
아마도 이 江山 아니면 내 몸 들 딕 업세라. (雜卉園集)

虛浪(허랑)ᄒᆞᆫ=거짓이 많고 착실하지 못한 ◇世事(세사)도=세상 돌아가는 일도

🔖 **통석**　공명도 나는 모르겠다 부귀도 나는 모르겠다
착실하지 못한 인생이 세상 돌아가는 일도 나는 모르겠다
아마도 이 강산이 아니면 내 몸 둘 곳 없겠구나.

5

前溪예 고기 낫고 後山의 菜를 킈여
잇거나 업거나 굴머시나 머거시나
此生의 근심이 업ᄉᆞ니 글롤 즐겨 ᄒᆞ노라. (雜卉園集)

낫고=낚고 ◇菜(채)를=산나물을 ◇글롤=그를. 이렇게 지내는 것을.

앞 내에서 고기를 낚고 뒷산에서 나물을 캐어
있거나 없거나 끼니를 굶었거나 먹었거나
이생에서 근심이 없으니 이렇게 지내는 것을 즐겨 하노라.

〈漁父別曲 前三章〉

1
아이고 애들올샤 아이고 셜올세고
罔極흔 天地예 내 혼자 사라 이셔
네 잇던 魚菜를 보니 내 안 들 듸 업세라. (雜卉園集)

罔極(망극)흔=더 할 수 없이 크고 넓은 ◇네 잇던=예전에 있던. 또는 여기에 있
던 ◇魚菜(어채)를=물고기와 야채를 넣어 만든 음식을 ◇내 안 둘 듸=내 마음 둘
곳이.

통석 아이고 애달프구나, 아이고 서럽구나.
크고 넓은 천지에 내 혼자 살아 있어
여기에 있던 어채를 보니 내 마음 둘 곳이 없구나.

2
처엄의 못 싱각ᄒᆞ여 詩書를 일삼도다
中間의 妄녕 되여 名利를 ᄇᆞ라도다
物外예 風月江山이 내 분인가 ᄒᆞ노라. (雜卉園集)

처엄의 못 싱각ᄒᆞ여=어려서 잘못 생각하여 ◇妄(망)녕 되여=정신이 흐려져서 ◇物
外(물외)예=현실 밖에.

통석 젊어서 잘못 생각하여 공부에 일삼았도다.
중간에 정신이 흐려져 명예와 이윤을 바랐도다.
물외의 풍치가 좋은 자연이 나의 분수에 맞는가 한다.

3

이런들 뉘 올타 ᄒ며 져러ᄒ들 뉘 외다 ᄒ료
을거나 외거나 나도 내 일 모르노라
世上에 是非를 마라 漁父ㅣ 므슴 그르리. (雜卉園集)

뉘 올타 ᄒ며=누가 옳다고 하며 ◇뉘 외다 ᄒ료=누가 그르다 하겠는가 ◇을거나
='올거나'의 잘못인 듯. 옳거나 ◇므슴 그르리=무엇이 그르랴. 잘못이 있으랴.

🔰 통석   이렇다고 한든 누가 옳다고 하며 저렇다고 한들 누가 그르다고 하랴
옳거나 그르거나 나도 내 일을 모르겠다
세상에 시비를 하지마라 어부가 무엇이 그르겠느냐.

〈梧臺漁父歌〉

1

一曲 勝溪山의 生涯를 브텨 두고
漁樵을 일을 삼아 百年을 보내리라
어저워 武夷九曲이 예도 긘가 ᄒ노라. (雜卉園集)

勝溪山(승계산)의=경북 청도(淸道)에 있는 승계산에 ◇브텨 두고=붙여 두고 근거
를 두고 ◇漁樵(어초)을=고기 잡고 나무하는 것을 ◇百年(백년)을 =평생을 ◇어저
워=어즈버 ◇武夷九曲(무이구곡)이=송(宋)나라 주자(朱子) 머물던 곳. 중국 복건성
무이산에 있음 ◇예도 긘가=여기도 그곳과 같은가.

🔰 통석   첫 구비 승계산에 생활의 근거를 두고
고기를 잡고 나무하는 것을 일을 삼아 평생을 살리라
어즈버 주희의 무이구곡이 여기도 그곳과 같은가 하노라.

2

二曲 釣漁舟를 碧波에 씌워 가쟈

아히야 놀 저어라 石齒예 걸릴셰라

뎌 우희 綠苔 磯頭의 白鷗ᄒᆞᆫ듸 가리라. (雜卉園集)

釣漁舟(조어주)를=낚싯배를 ◇놀=노를 ◇石齒(석치)예=바위가 이빨처럼 튀어나온 곳에 ◇綠苔 磯頭(녹태기두)의=푸른 이끼가 덮인 낚시질하는 돌머리에.

📙 **통석**　둘째 구비 낚싯배를 푸른 물결에 띄워 가자꾸나.
　　　　아희야 노를 저어라 돌이 이빨처럼 튀어나온 곳에 걸릴까 두렵다
　　　　저 위에 이끼가 낀 낚시터 돌머리의 갈매기에게 가겠다.

3

三曲 一竿竹을 夕陽의 빗기 들고

淸江을 구어보니 白魚도 하고 할샤

이 만슬 世上 人間의 제 뉘라셔 알리오. (雜卉園集)

一竿竹(일간죽)을=낚싯대 하나를 ◇구어보니=굽어보니. 내려다보니 ◇白魚(백어) 도 하고 할샤=뱅어도 많기도 많구나. 흰빛 고기도 ◇이 만슬=이 맛을.

📙 **통석**　셋째 구비 낚싯대 하나를 저녁 무렵에 비스듬히 들고
　　　　맑은 강물을 굽어보니 흰빛 고기들도 많고 많구나.
　　　　이 맛을 세상 사람들 그 누가 알겠느냐?

4

四曲 貫柳魚를 비예 담아 돌라 오니

白沙 汀洲의 櫓聲이 얼의엿다

아히야 酒一盃 브어라 漁父詞를 브로리라. (雜卉園集)

貫柳魚(관류어)를=버들가지에 꿴 물고기를 ◇白沙 汀洲(백사정주)의=흰모래가 펼 쳐진 물가에 ◇櫓聲(노성)이 얼의엿다=노젓는 소리가 어리었다 ◇漁父詞(어부사)

롤=자연을 즐기며 낚시질이나 고기잡이를 하는 즐거움을 읊조리는 내용의 시를.

🔖 **통석** 넷째 구비 버들가지에 꿴 물고를 배에 싣고 돌아오니
흰모래가 펼쳐진 물가에 노 젓는 소리가 어리었구나.
아희야 술 한 잔 부어라 어부사를 부르리라.

5

五曲 任所如ᄒ니 淸灘의 흘리 써가
프래목 도라드러 碧潭의 머믈거다
아희야 놀 저어 내여라 石屛下의 가쟈. *(雜卉園集)*

任所如(임소여)ᄒ니=가는대로 맡겨두니 ◇淸灘(청탄)의=물소리가 맑은 여울에 ◇프래목=여울 이름 ◇碧潭(벽담)의=퍼런 웅덩이에 ◇石屛下(석병하)의=병풍처럼 생긴 낭떠러지 아래에.

🔖 **통석** 다섯째 구비 배를 가는대로 맡겨두니 청탄으로 흘러 떠가
파래목 돌아들어 시퍼런 웅덩이에 머무는구나.
아희야 노를 저어 배를 끌어내어라 병풍처럼 생긴 절벽 아래로 가자구나.

6

六曲 如遺世ᄒ니 身心도 閑適ᄒ샤
魚鰕를 버들 삼고 水石을 지블 삼아
늙기를 다 니즌 후의 놀고 노쟈 ᄒ노라. *(雜卉園集)*

如遺世(여유세)ᄒ니=세속의 일을 잊어버린 듯 행동하니 ◇魚鰕(어하)를 버들 삼고=물고기와 새우들로 벗을 삼고 ◇지블=집을 ◇니즌=잊은.

🔖 **통석** 여섯째 구비 세상을 잊어버린 듯하니 몸과 마음도 한가하구나.
물고기와 새우들로 벗을 삼고 자연을 집을 삼아
늙는 것을 다 잊은 뒤에 놀고 놀고자 하노라.

7

七曲 芙蓉石이 波中의 濯出ᄒ니

太華峰 玉井의 十丈花 픠엿ᄂ 듯

此間의 太乙眞人이 蓮葉舟를 타 인ᄂ 듯. (雜卉園集)

芙蓉石(부용석)이=연꽃모양의 바위가 ◇波中(파중)의 濯出(탁출)ᄒ니=물결 가운데 씻은 듯 우뚝하니 ◇太華峰 玉井(태화봉옥정)의=태화봉에 있는 맑은 샘에 ◇十丈花(십장화)=안개꽃 또는 불로초 ◇太乙眞人(태을진인)이=하늘에 있는 신선이 ◇蓮葉舟(연엽주)를=연잎으로 만든 배를 ◇타 인ᄂ 듯=타고 있는 듯.

📖 **통석** 일곱째 구비 연꽃모양의 바위가 물결 가운데 씻은 듯 우뚝하니
태화봉에 있는 맑은 샘에 안개꽃이 피어있는 듯
이 가운데 태을진인이 연잎으로 만든 배를 타고 있는 듯.

8

八曲 恣回沿ᄒ니 江光이 無際ᄒᄃᆡ

淸風徐來ᄒ니 水波不興 ᄒ엿도다

이 ᄇᆡ를 中洲에 머므러 風景 보기 죠해라. (雜卉園集)

恣回沿(자회연)ᄒ니=멋대로 물길을 돌리니 ◇江光(강광)이 無際(무제)ᄒᄃᆡ=강에 비추는 햇빛이 끝이 없는데 ◇淸風徐來(청풍서래)하니=서늘한 바람이 천천히 불어오니 ◇水波不興(수파불흥)=물결이 일지 아니함. 소식(蘇軾)의 '적벽부'(赤壁賦)에 나오는 글임 ◇中洲(중주)에=물가의 중간쯤 되는 곳에.

📖 **통석** 여덟째 구비 배를 마음대로 돌리니 햇빛이 끝이 없는데
맑은 바람은 천천히 불어오고 물결은 일어나지 아니하도다.
이 배를 물가 중간쯤에 머무르니 풍경이 보기가 좋구나.

9

九曲 泝流光ᄒ여 溪亭에 도라 가쟈

滿江ᄒ 風月을 이 ᄇᆡ예 시러시니

가다가 뎌근 둣 머므러 다시 놀고 그티쟈. (雜卉園集)

泝流光(소유광)=물결에 비추는 달빛을 거슬러서 ◇溪亭(계정)에=물가에 있는 정자
에 ◇滿江(만강)흔=강에 가득한 ◇뎌근 둣=잠깐 만.

📖 **통석** 아홉째 구비 물에 흐르는 달빛을 거슬러 물가의 정자로 돌아가자
강에 가득한 바람과 달을 이 배에 실었으니
가다가 잠간 동안만 머물러 다시 놀고 그만두자.

〈漁父別曲 後三章〉

1
經綸을 내 아더냐 濟世ᄒ 리 업슬러냐
太平時뀬는 언메나 머런는고
匹夫의 爲國忠心을 내여 뵐 듸 업세라. (雜卉園集)

經綸(경륜)을=세상을 다스림을 ◇濟世(제세)ᄒ 리 업슬러냐=세상을 구제할 사람이
업겠느냐 ◇太平時世(태평시세)는=태평한 세상은 ◇匹夫(필부)의=보통사람의 ◇내
여 뵐 듸=내여 보일 때가. 내여 보일 곳이.

📖 **통석** 세상을 다스림은 내가 알겠느냐 세상 구제할 사람 없겠느냐
태평한 세상은 아직도 얼마나 멀었느냐.
보통사람의 나라위한 충성심을 내여 보일 때가 없구나.

2
내 나이 만커니 쓰나 머리도 셰거니 쓰나
少年時 ᄆ음은 츳싱 아니 늘건노라
日日에 兒戱를 ᄒ니 윗는 줄을 모른다. (雜卉園集)

츠싱 아니 늘건노라=이 세상에 아니 늙었다. 아직 늙지 않았다 ◇兒戱(아희)롤 ᄒ니 윗
ᄂ 줄을=아희들처럼 장난을 하니 잘못된 줄을. 또는 아희들과 장난을 치니 웃는 줄을.

📎 **통석**　내 나이가 많거나 말거나 머리가 희거나 말거나
　　　　어릴 때 마음은 이 세상에 아니 늙고 싶다
　　　　날마다 아희들 놀이를 하니 남이 웃는 줄을 모른다.

　　3
　蒼山은 놉고 놉고 流水는 길고 길고
　山高水長ᄒ니 긔 아니 죠흘소냐
　山水間 一閑人 되어 허믈 업시 사노라. (雜卉園集)

蒼山(창산)은=푸른 산은 ◇山高水長(산고수장)ᄒ니=산은 높고 물을 멀리 흘러가니.

📎 **통석**　푸른 산은 높고높고 흘러가는 물은 길고길고
　　　　산은 높고 물은 멀리까지 흘러가니 그것 아니 좋으냐.
　　　　자연 속의 한가한 사람이 되어 잘못 없이 사노라.

이정환[*]

〈悲歌〉

1

반 밤듕 혼쟈 이러 뭇노라 이 닉 쑴아
萬里遼陽을 어늬 듯 둔녀 온고
반갑다 鶴駕仙容을 친히 뵌 듯ᄒ여라. (松岩遺稿)

반 밤듕=한밤중 ◇이러=일어나 ◇萬里遼陽(만리요양)을=머나먼 요양을. 요양은
만주 심양(瀋陽)으로 병자호란 당시 우리의 세자와 대군이 볼모로 잡혀 갔음 ◇어
늬 듯=어느 사이에 ◇鶴駕仙容(학가선용)=수레를 탄 왕자의 모습을.

▷ **통석** 한밤중에 혼자 일어나 뭇노라 이 내 꿈아
         머나 먼 요양을 어느 사이에 다녀왔는고
         반갑다 수레를 탄 왕자의 모습을 친히 뵌 듯하구나.

2

풍셜 석거친 날에 뭇노라 北來 使者야
小海 容顔이 언매나 치오신고
故國의 못 쥭는 孤臣이 눈믈 계워 ᄒ노라. (松岩遺稿)

北來 使者(북래사자)=북쪽에서 온 사신 ◇小海容顔(소해용안)이=우리나라 왕자의
얼굴이 ◇언매나 치오신고=얼마나 추우실까.

---

* 이정환(李廷煥 ; 1604~1673). 자 휘원(輝源). 호 송암(松巖). 학자. 효자로 알려져 숙종 때 정
문이 세워졌고, 경종 때 지평에 추증되었다. 병자호란의 국치(國恥)를 통분히 여겨 지은 시
조 "비가"(悲歌)가 한역과 함께 전한다. 저서엔 <송암유고>(松巖遺稿)가 있다.

📀 **통석** 눈보라가 썩어 친 날에 믓노라 북에서 온 사신아
우리나라 왕자의 얼굴이 얼마나 추우실가
고국에 죽지 못하고 살아있는 외로운 신하가 눈물을 참기 어렵구나.

3

후싱 듁은 후에 항왕을 뉘 달래리
楚軍 三年에 艱苦도 그지업다
어느 제 漢日이 밝아 太公 오게 홀고. (松岩遺稿)

후싱=후생(侯生). 한고조(漢高祖)의 신하로 유방에게 가서 유방의 부친을 돌려주고
천하중분(天下中分)의 약속을 얻어냄 ◇항왕을=항왕(項王)을. 항왕은 항우(項羽)를
가리킴 ◇楚軍 三年(초군삼년)에=초나라 군사에게 억류되어 있던 삼년동안에 ◇艱
苦(간고)도=어렵고 고통스러움도 ◇어느 제 漢日(한일)이 밝아=언제면 한나라 세
상이 되어 ◇太公(태공)=한고조의 아버지.

📀 **통석** 후생(侯生)이 죽은 뒤에 항우를 누가 달래겠느냐
초나라 군사에게 잡혀 있던 삼년에 어렵고 고통스러움도 끝이 없다
언제면 한나라 세상이 되어 태공을 오게 할 수 있을까.

4

朴堤上 듁은 후에 님의 실람 알 리 업다
異域 春宮을 뉘랴셔 모셔 오리
至今에 致述嶺歸魂을 못닉 슬허 ᄒ노라. (松岩遺稿)

朴堤上(박제상)=신라시대의 충신. 당시 일본에 볼모로 잡혀 있던 왕제(王弟)를 구
하고 그 곳에서 죽음을 당함 ◇듁은=죽은 ◇실람=시름 ◇異域 春宮(이역춘궁)을
=다른 나라에 있는 왕세자를 ◇致述嶺歸魂(치술령귀혼)을=치술령에서 박제상이
돌아오기를 기다리다 망부석(望夫石)이 되었다고 하는 박제상 부인의 혼을.

📖 **통석** 박제상이 죽은 뒤에 님의 실음 알 사람이 없다
　　　　다른 나라에 볼모잡힌 왕세자를 누가 모셔 오리
　　　　지금에 치술령에서 남편이 돌아오기를 가다리다 죽은 혼을 끝내 슬퍼
　　　　하노라.

5

旄丘를 돌아보니 衛사람 에엿브다
歲月이 자로 가니 츩 즐이 길엇세라
이 몸의 해어진 갓옷을 기워줄 이 업서라. (松岩遺稿)

旄丘(모구)를=앞이 높고 뒤가 낮은 언덕을 ◇衛(위)사람 에엿브다=위나라 사람이
불쌍하다. 위나라는 주대(周代) 제후의 나라로, 무왕의 아우 강숙(康叔)이 책봉된
곳. 적인(狄人)이 여후(黎侯)를 쫓아내매 여후는 위나라로 도망하여 구원을 청했으
나 들어주지 않았다. 그후 여후의 신자(臣子)가 모구에 올라 츩이 자란 것을 보고
위군(衛君)을 책하여 한 말임 ◇자로 가니=빨리 가니 ◇츩 즐이 길엇세라=칡넝쿨
이 길어졌구나 ◇해어진 갓옷을=떨어진 갓옷을. 갓옷은 짐승의 털로 안을 댄 옷.

📖 **통석** 저 언덕을 바라보니 위나라 사람이 불쌍하다
　　　　세월이 빨리 가니 칡넝쿨이 길어졌구나.
　　　　이 몸에 해어진 갓옷을 기워줄 사람이 없구나.

6

朝廷을 바라보니 武臣도 하 만하라
辛苦흔 和親을 누를 두고 흔 것인고
슬프다 趙厩吏 이미 죽으니 參乘흘 리 업세라. (松岩遺稿)

하 만하라=아주 많구나 ◇辛苦(신고)흔 和親(화친)을=어렵게 이룬 화친을. 병자호
란 당시의 청나라와의 화친 ◇趙厩吏(조구리)=미상. 조씨 성을 가진 마부 ◇參乘
(참승)흘 리=같이 수레를 탈 사람이.

　　　조정을 바라보니 무신들도 아주 많구나.
　　　어렵게 이룬 화친을 누구를 두고 한 것인고
　　　슬프다 조 구리가 이미 죽으니 같이 수레를 탈 사람이 없구나.

7

九重 달 발근 밤의 聖慮 일정 만흐려니
異域風霜에 鶴駕인들 이즐소냐
이박에 억만창생을 못내 분별ᄒ시는다. (松岩遺稿)

九重(구중)=임금이 계신 대궐 ◇聖慮(성려) 일정=임금의 걱정이 응당 ◇異域風霜
(이역풍상)에=다른 나라에서 겪는 어려움에 ◇鶴駕(학가)인들=왕세자에 관한 일인
들 ◇분별ᄒ시는다=걱정하시는구나.

　　　임금이 계신 대궐 달 밝은 밤에 임금의 걱정은 응당 많을 것이니
　　　다른 나라에서 겪는 어려움에 왕세자의 일은들 잊겠느냐
　　　이 밖에 모든 백성들을 끝까지 걱정하시는구나.

8

구렁에 낫는 풀이 봄비에 절로 길어
알을 일 업스니 긔 아니 조흘소냐
우리는 너희만 못ᄒ야 실람 겨워 ᄒ노라. (松岩遺稿)

구렁에=굴형에. 굴형은 땅이 움푹 파인 곳 ◇낫는=자라는 ◇알을 일 업스니=걱
정할 일 없으니. 무지(無知)하니 ◇실람 겨워=시름을 억제하지 못함.

　　　굴형에 자라는 풀이 봄비에 저절로 길어져
　　　걱정할 일이 없으니 그것이 좋지 않으냐.
　　　우리는 너희 풀만도 못하여 근심을 참기 어렵다.

9
조그만 이 한 몸이 하늘 밧긔 쩌디니
오싴 구름 기픈 곳의 어느 거시 서울인고
바람에 지나는 검줄 갓흐야 갈 길 몰라 흐노라. (松岩遺稿)

하늘 밧긔 쩌디니=먼 곳에 떨어지니 ◇바람에 지나는 검줄 갓흐야=바람이 날리
는 검불 같아서.

📖 통석   조그만 이 한 몸이 먼 곳에 떨어지니
오색구름 깊은 곳이 어느 곳이 서울인가
바람에 지나가는 검불 같아서 갈 길을 몰라 하노라.

10
이거사 어린거사 잡말 마라스라
漆室의 悲歌를 뉘라서 슬퍼하리
어듸서 濁酒 한잔 얻어 이 실람 풀가 하노라. (松岩遺稿)

漆室(칠실)의 悲歌(비가)=칠실지우(漆室之憂)를 말함. 칠실은 노(魯)나라 고을의 이
름으로 예전 노나라 칠실의 한 여자가 나라의 일을 근심하던 끝에 목매어 자살한
고사에서 나온 말로 제 신분에 맞지 않는 근심을 가리키는 말.

📖 통석   이것아. 어리석은 것아 쓸데없는 말 하지마라
칠실의 슬픈 노래를 누가 슬퍼하겠느냐
어디서 탁주 한 잔을 얻어 이 시름을 풀어볼까 하노라.

장복겸*

〈孤山別曲〉

1

青山은 에워들고 綠水는 도라가고
夕陽이 거들 째에 新月이 소사난다
眼前에 一尊酒 가지고 시름 프자 ᄒ노라. (玉鏡軒遺稿 1)

에워들고=에워싸고 ◇도라가고=빙둘러 돌아가고 ◇거들 째에=저녁 햇볕이 없어
져 갈 때에. 해가 질 때에 ◇소사난다=떠오른다 ◇一尊酒(일존주)=일준주(一樽酒).
한 통의 술 ◇프자=풀고자.

📖 **통석**   청산은 주위를 에워싸고 녹수는 빙둘러갔는데
               저녁 해가 저물 무렵에 새달이 뜨는구나
               눈앞에 술 한 통 가지고 시름 풀고자 한다.

2

山林의 늘근 몸이 詩酒에 病이 되니
안쟈면 盞을 츳고 醉ᄒ면 붓을 잡니
이 밧긔 녀나믄 人事는 全未全未 ᄒ노라. (玉鏡軒遺稿 2)

안쟈면=앉으면. 또는 자지 않으면 ◇녀나믄=나머지는 ◇全未全未(전미전미)=전혀
그러하지 않음. 아무것도 없음.

---

* 장복겸(張復謙 ; 1617~1703). 자 익재(益哉). 호 옥경헌(玉鏡軒), 고산거사(孤山居士). 저서에
   〈옥경헌유고〉(玉鏡軒遺稿)가 있다.

산림에 묻혀 늙은 몸이 시와 술 때문에 병이 드니
자지 않으면 술잔을 찾고 취하면 붓을 잡네.
이 밖에 나머지 살아가는 일들은 아무것도 없도다.

3

江山의 눈이 닉고 世路의 ㄴ치 서니
어듸 뉘 門의 이 허리 굽닐손고
一尊酒 三尺琴 가지고 百年 消日호리라. (玉鏡軒遺稿 3)

눈이 닉고=눈에 익숙하고 ◇世路(세로)의 ㄴ치 서니=세상 살아가는 일에 낯이 서
니. 체면이 서네. 친숙하지 못하네 ◇굽닐손고=굽실거릴 것인고 ◇一尊酒(일존
주)=일준주(一樽酒). 한 술통의 술.

통석 자연은 눈에 익숙하고 세상 살아가는 일에는 낯이 서네.
어디 뉘 집의 문에 가 이 허리를 굽실거릴 것인가
술동이와 거문고를 가지고 평생을 소일하리라.

4

늬 말도 늠이 마소 늠의 말도 늬 아닌늬
孤山 不孤亭의 조하 늘는 몸이로쇠
어듸셔 妄佞의 손이 검다 셰다 ᄒ나니. (玉鏡軒遺稿 4)

늬 말도 늠이 마소=나에 대한 말도 다른 사람들은 하자마시오 ◇늬 아닌늬=내
하지 않겠네 ◇孤山 不孤亭(고산 불고정)의=고산 불고정이. 전북 임실군 지사면
영천리에 있는 정자 ◇조하=좋아 ◇손이=손님이. 사람이 ◇검다 셰다=검다 희
다. 옳다 그르다.

통석 내 말을 남들은 하지 마시오 남의 말도 내 아니하겠네.
고산의 불고정이 좋아 늙는 몸이로되
어디서 망녕 난 사람들은 검다 희다 하느냐.

5

玉鏡軒 잠을 씌여 嫩柳莊 안니다가
靑溪石 훗드듸여 不孤亭을 올나가니
아히야 一壺酒 가지고 나를 츳자 오느라. (玉鏡軒遺稿 5)

嫩柳莊(눈류장)=정자의 이름인 듯 ◇안니다가=앉았다가 ◇靑溪石(청계석)=청계석
(淸溪石)의 잘못인 듯. 푸른 시냇가의 돌 ◇훗드듸여=이곳저곳을 짚으며.

🔖 **통석**　옥경헌에 잠을 깨여 눈류장에 앉았다가
　　　　　시냇가의 돌을 이리저리 짚으며 불고정으로 올라가니
　　　　　아이야 술 한 병을 가지고 나를 찾아오너라.

6

엇긔제 비즌 술이 다만 세 甁샌이로다
흔 甁은 믈의 놀고 쏘 흔 甁 뫼희 노셔
이 밧긔 나믄 甁 가지고 달의 논들 엇더리. (玉鏡軒遺稿 6)

엇긔제=엊그제 ◇믈의 놀고=물가에서 놀고 ◇뫼희 노셔=산에서 놀면서 ◇달의
논들=달빛을 감상하면서.

🔖 **통석**　엊그제 담금 술이 다만 세 병이로구나
　　　　　한 병은 물가에서 놀고 한 병은 산에서 놀며
　　　　　이밖에 나머지 한 병을 가지고 달빛을 감상하며 논들 어떠랴.

7

生涯도 苦楚ᄒ고 世味도 淡泊ᄒ다
흰 술 ᄒ두 잔의 프른 글귀 샌이로쇠
玉鏡軒 平生 行狀이 이 밧긔는 업세라. (玉鏡軒遺稿 7)

生涯(생애)도 苦楚(고초)ㅎ고=생활도 어렵고 ◇世味(세미)도 淡泊(담박)ㅎ다=세상 사는 맛도 멋스럽지 못하다 ◇흰 술=막걸리 ◇프른 글귀=생소한 글귀. 세련되지 못한 ◇玉鏡軒(옥경헌)=필자 소유의 전각의 이름이며 아호임.

🔖 **통석** 생활도 어렵고 세상사는 재미도 멋스럽지 못하다
막걸리 한두 잔에 생소한 글귀뿐이지만
옥경헌의 생전 사는 모습이 이것 밖에는 없구나.

8

人生이 百年內예 憂患에 쓰여스니
盞 잡고 웃는 날이 흔 달의 몃 적일고
술 두고 벗 만는 날이야 아니 놀고 어이리. (玉鏡軒遺稿 8)

百年內(백년내)예=평생 동안에 ◇쓰여스니=속에 들어있으니. 연속이니 ◇몃 적일고=몇 번이나 될고.

🔖 **통석** 사람이 한 평생을 사는 동안 근심과 걱정의 연속이니
술잔을 잡고 더불어 웃음을 나눌 수 있은 날이 몇 번이나 될고
술을 두고서 벗을 만난 날이야 아니 놀고 어찌하랴.

9

七絃이 冷冷ㅎ니 녜 소릭는 잇다마는
鍾期을 못 맛나니 이 曲調 게 뉘 알이
碧空의 一輪明月이 내 버진가 ㅎ노아. (玉景軒遺稿 9)

七絃(칠현)이 冷冷(냉냉)ㅎ니=거문고 소리가 울리니 ◇녜 소릭는=예전 소리는 ◇鍾期(종기)을=종자기(鍾子期)를. 종자기는 춘추시대 거문고 명수인 백아(伯牙)가 거문고를 타면 이를 평하던 사람인데 종자기가 죽자 백아는 거문고 줄을 끊고 타지 않았다고 함 ◇게 뉘 알이=그 누가 알겠느냐 ◇一輪明月(일륜명월)이=보름달이 ◇버신가 ㅎ노아=벗인가 하노라.

📜 **통석**　거문고 소리가 울리니 네 소리는 있다마는
　　　　　　종자기와 같은 사람을 만나지 못하니 이 곡조를 그 누가 알겠느냐
　　　　　　푸른 하늘의 보름달만이 내 벗인가 하노라.

10

국 安酒 깁픈 盞은 座上씌 나소오고
노릭 춤 댱고 붑픈 져므니 맛겨 두고
아히야 조히 붓 먹 드려라 聯句 흔 작 흐옵새. (玉鏡軒遺稿 10)

座上(좌상)씌 나소오고=나이 많은 어른에게 내어오고　◇댱고 붑픈=장구와 북은
◇져므니=젊은이에게　◇조히=종이　◇聯句(연구)=한시(漢詩)에서 대구(對句)를 말함.

📜 **통석**　국 안주에 큰 잔은 어른들께 내어오고
　　　　　　노래와 춤 장구와 북은 젊은이에게 맡겨두고
　　　　　　아희야 종이와 붓과 먹을 가져오너라. 연구 한 짝 지읍시다.

이휘일*

〈楮谷田家八曲〉

1

世上의 브린 몸이 畎畝의 늘거가니
밧겻 일 내 모르고 ᄒᆞᄂᆞᆫ 일 무스 일고
이 中의 憂國誠心은 年豊을 願ᄒᆞ노라. (願豊) (存齋集 1)

브린=버린. 속세에서 물러난 ◇畎畝(견무)의=시골의. 본래는 밭의 고랑과 이랑을
말함 ◇밧겻=바깥. 속세 ◇무스 일고=무슨 일인가 ◇憂國誠心(우국성심)은=나라
를 걱정하는 충성된 마음은 ◇年豊(연풍)을=풍년을.

📎 통석　세상에 버림받은 몸이 시골에서 늙어가니
　　　　 바깥일은 내가 모르고 하는 일이 무엇인고
　　　　 이 가운데 나라를 걱정하는 충성된 마음은 풍년들기를 원하노라.

2

農人이 와 이로ᄃᆡ 봄 왓ᄂᆡ 바틔 가새
압집의 쇼보 잡고 뒷집의 따보 닉닉
두어라 내 집 부ᄃᆡᄒᆞ랴 늠ᄒᆞ니 더욱 됴타. (春) (存齋集 2)

農人(농인)이 와 이로ᄃᆡ=농사짓는 사람이 내게 와서 말하기를 ◇봄 왓ᄂᆡ 바틔 가
새=봄이 왔으니 밭에 갑시다 ◇쇼보 잡고=쟁기를 잡고. 쟁기를 빌려다 밭일을

---

* 이휘일(李徽逸 ; 1619~1672). 자 익문(翼文). 호 존재(存齋). 학자. 학행으로 참봉에 임명하였
　으나 부임하지 않았다. 상제의례(喪祭儀禮)의 제도와 절목(節目)을 상세히 연구했다. 저서에
　<존재집>(存齋集) 등이 있다.

하고 ◇싸보 닉닉=따비를 빌려다 밭일을 하네. 따비는 풀뿌리를 뽑고나 밭을 가는 농기구의 하나 ◇부딕ᄒ랴=화전(火田)을 일구랴. 부대는 부대기의 준말로 화전을 말함.

📖 통석　농사짓는 사람이 내게 와서 말하기를 봄철이 왔으니 밭에 갑시다
　　　　앞집의 쟁기를 빌려 밭일을 하고 뒷집의 따비를 빌려 밭일을 하네
　　　　두어라 내 집만 화전을 일구겠느냐 다른 사람들이 하니 더욱 좋구나.

　3
여름날 더운 적의 단 싸히 부리로다
밧고랑 ᄆᆡ쟈ᄒ니 ᄯᆞᆷ 흘너 싸희 듯네
어스와 粒粒辛苦 어늬 분이 알ᄋ실고.(夏) (存齋集 3)

더운 적의=더운 때에 ◇단 싸히 부리로다=뜨거워진 땅이 불과 같구나 ◇싸희 듯네=땅에 떨어지네 ◇어스와=감탄사 ◇粒粒辛苦(입립신고)=낟알 하나하나마다 다 수고로움인 것을. 농사짓기의 어려움을.

📖 통석　여름철 더운 때에 뜨거워진 땅이 불처럼 뜨겁구나.
　　　　밭고랑을 매려고 하니 땀이 흘러 땅에 떨어지네
　　　　어와 낟알 하나하나가 다 수고로움인 것을 어느 분네가 아실까.

　4
ᄀᆞ을희 곡셕 보니 됴흠도 됴흘셰고
내 힘의 닐운 거시 머거도 마시로다
이 밧긔 千駟萬鍾을 부러 무슴 ᄒ리오.(秋) (存齋集 4)

ᄀᆞ을희=가을에 ◇됴흠도 됴흘셰고=좋기도 좋다 ◇닐운 거시 머거도 마시로다=이룬 것이 먹어도 맛이 좋구나 ◇千駟萬鍾(천사만종)을=많은 말이 끄는 수레와 많은 봉록을. 높은 벼슬아치를 ◇부러 무슴=부러워하여 무엇.

통석 가을에 곡식을 바라보니 좋기도 좋구나.
　　　내 힘으로 키운 것이니 먹어도 맛이 나는구나.
　　　이밖에 높은 벼슬아치들을 부러워 무엇 하리오

5

밤의란 스츨 스고 나죄란 쒸를 부여
草家집 자바 미고 農器졈 추려스라
來年희 봄 온다 흐거든 결의 縱事 흐리라.(冬) (存齋集 5)

밤의란=밤에는 ◇스츨=새끼를 ◇나죄란=저녁에는 ◇쒸를 부여=띠풀을 베어 ◇
農器(농기)졈 추려스라=농기구 좀 준비하여라 ◇온다 흐거든=오면은 ◇결의 縱事
(종사)=그 참에 바삐 일을.

통석 밤에는 새끼를 꼬고 저녁에는 띠풀을 베어
　　　초가집 지붕을 잡아매고 농기구 좀 손보아라.
　　　내년에 봄이 온다고 하면 그 참에 바삐 일을 하리라.

6

새배 빗 나쟈 나셔 百舌이 소리흐다
일거라 아희들아 밧 보러 가쟈스라
밤스이 이슬 긔운에 언마나 기런는고 흐노라.(晨) (存齋集 6)

새배 빗 나쟈=새벽빛이 나오자 집을. 먼동이 트자 ◇나셔=집을 나서니 ◇百舌(백
설)이 소리흐다=지빠귀가 지저귄다 ◇일거라=일어나거라 ◇밧 보러 가쟈스라=밭
을 돌보러 가자꾸나 ◇이슬 긔운에=이슬 때문에 ◇언마나 기런는고=얼마나 자랐
는고

통석 먼동이 트자 집을 나서니 지빠귀가 노래한다.
　　　일어나거라 아희들아 밭을 돌보러 가자꾸나.
　　　밤사이 이슬을 머금어 얼마를 자랐을까 하노라.

7
보리밥 지어 담고 도트랏 깅을 ᄒ여
비 골ᄂᆞᆫ 農夫들을 趁時예 머겨스라
아ᄒᆡ야 ᄒᆞᆫ 그릇 올녀라 親히 맛바 보내리라.(午) (存齋集 7)

도트랏 깅을 ᄒ여=명아주로 국을 끓여 ◇趁時(진시)예 머겨스라=진작에 먹여라
◇맛바=맛보아.

📜 통석 보리밥 지어서 담고 명아주로 국을 끓여
배곯는 농부들을 진작에 먹여라
아희야 한 그릇 다오 직접 맛을 보아 보내겠다.

8
西山애 ᄒᆡ 지고 플긋테 이슬 난다
호뮈를 들너 메고 들듸여 가쟈스라
이 中의 즐거운 ᄯᅳᆺ을 닐러 무슴 ᄒ리오.(夕) (存齋集 8)

이슬 난다=이슬 맺힌다 ◇들듸여 자쟈스라=달빛을 띄고 가자꾸나. 돌아오자 ◇닐러=말하여.

📜 통석 서산에 해가 지고 풀끝에 이슬이 맺힌다.
호미를 둘러메고 달빛을 받으면서 돌아오자꾸나.
이런 가운데의 즐거운 뜻을 말하여 무엇 하겠느냐.

김기홍*

〈寬谷八景〉

1

寬谷 너븐 뜰히 北海를 벼여이셔
天地 삼긴 후에 몃 사람 든녀간고
이제와 卜居焉ᄒ니 百年 사가 하노라. (寬谷先生實記 1)
(寬谷卜居)

寬谷(관곡)=함북 나진(羅鎭)과 웅기(雄基) 사이에 있는 마을 ◇너븐 뜰히=넓은 들이 ◇벼여이셔=베고 있어 ◇卜居焉(복거언)ᄒ니=살만한 땅으로 점쳤으니 ◇百年(백년) 사가=평생을 살까.

통석 관곡의 넓은 들판이 북해를 베고 있어서
천지개벽 있은 뒤에 몇 사람이 다녀갔는고
이제 와서야 살만한 곳으로 정했으니 평생을 살까 하노라.

2

巖山 松柏들히 草木과 섯거디여
饕風虐雪의 속절 업시 늙어 간다
우리도 太平烟月의 늙는 주를 모르리라. (寬谷先生實記 2)
(巖上松柏)

---

* 김기홍(金起泓 ; 1635~1701). 자 원잠(元潛). 호 관곡(寬谷), 송은(松隱). 학자. 함경도 경원(慶源)에 거주. 생활이 곤란하였으나 학문을 좋아하였다. 송시열의 학문은 사숙하고 민정중(閔鼎重)에게 직접 배웠다.

巖山(암산) 松柏(송백)들히=바위가 많은 산의 소나무와 잣나무들이 ◇섯거디여=섞여 있어 ◇饕風虐雪(도풍학설)의=탐학스런 바람과 잔인한 눈. 즉 나쁜 기후나 환경 ◇속절 업시=어쩔 수 없이.

🔖 **통석** 바위가 많은 산 소나무와 잣나무들이 보잘 것 없는 풀과 나무에 섞여서
탐학스런 바람과 잔인한 눈이 시달리며 어쩔 수 없이 늙어간다
우리도 태평한 세상에 늙을 줄을 모르리라.

3
杜鵑花 어제 디고 躑躅이 오늘 픠니
山中繁華ㅣ야 이 밧긔 또 이실가
힝호나 流水에 흘러 消息 알가 ᄒ노라. (寬谷先生實記 3)
(山頭躑躅)

杜鵑花(두견화) 어제 디고=진달래꽃 어제 시들어 떨어지고 ◇躑躅(척촉)이 오늘 픠니=철쭉이 오늘 피니 ◇山中繁華(산중번화)ㅣ야=산속에서 야단스럽게 꽃이 피는 것이 ◇힝호나=행여나.

🔖 **통석** 진달래꽃은 어제 지고 철쭉이 오늘 피니
산속에서 야단스럽게 꽃이 피는 것이 이것 밖에 또 있겠는가.
행여나 흐르는 물에 떠내려가 남에게 소식 알려질까 하노라.

4
白岳의 올나안자 蒼海를 도라보니
구름이 노피 개고 漁舟만 즘겨 잇다
두어라 落霞孤鶩을 닐러 무슴 ᄒ리오. (寬谷先生實記 4)
(白岳玩景)

白岳(백악)=함경북도 경원(慶源)과 경흥(慶興)의 경계에 있는 만수산(萬壽山) 북록의 한 암석의 이름 ◇노피 개고=높게 개이고 ◇落霞孤鶩(낙하고목)을=저녁놀이

걷힐 때 외롭게 나는 들오리를.

🔖 통석　백악에 올라앉아 푸른 동해를 돌아보니
　　　　구름은 높게 개이고 고기잡이배만 잠긴 듯이 놓여있구나.
　　　　두어라 저녁놀이 걷힐 때 외롭게 나르는 들오리를 말하여 무엇 하랴.

5

赤島에 빈를 믹고 陶穴을 츳자보니
當時 遺跡이 完然도 흔뎌이고
우리도 豊沛 赤子로 沒世不忘 흐리라. (寬谷先生實記 5)
(赤島懷古)

赤島(적도)에=함경북도 경흥(慶興) 남쪽 40리에 있는 해중섬. 예전 목조(穆祖)가 피
해있던 곳임 ◇陶穴(도혈)을=이성계의 조상인 익조(翼祖)의 도혈유지(陶穴遺址)를
말함 ◇當時(당시) 遺跡(유적)이=그때의 남아있는 흔적이 ◇豊沛 赤子(풍패적자)로
=조선 왕조의 발상지의 은혜를 많이 받은 백성으로 패는 한고조(漢高祖) 유방(劉
邦)이 태어난 강소성 패현(沛縣)을 말함 ◇沒世不忘(몰세불망)=세상을 잊고 살아도
그 은혜는 잊지 아니함.

🔖 통석　적도에다 배를 매고 도혈을 찾아보니
　　　　그때의 남아 있는 흔적이 아직도 완연하구나.
　　　　우리도 조선 왕조 발생지의 백성으로 은혜를 잊지 아니하리라.

6

卵島에 올나 안자 蒼海를 구버보니
믈결이 자준노딕 넘노ᄂᆞ니 白鷗ㅣ로다
뉘라셔 네 알을 줏관딕 몰내 슬허 ᄒᆞᄂᆞ라. (寬谷先生實記 6)
(卵島取卵)

卵島(난도)에=함경북도 경흥(慶興) 남쪽 70리의 바다에 있는 섬 ◇자준노딕=잔잔
한데 ◇넘노ᄂᆞ니=넘나들며 노는 것이 ◇줏관딕=줍기에.

난도에 올라 앉아 푸른 동해를 내려다보니
물결이 잔잔한데 넘실대며 노는 것이 갈매기로구나
누가 너의 알을 줍기에 끝내 슬퍼하느냐.

7

松山裏 碧溪邊의 절로 ᄌ란 고사리를
일 업시 노닐며셔 것고 것고 다시 것거
朝夕에 비브로 머그니 주릴 주리 이시랴. (寬谷先生實記 7)
(採薇療飢)

松山裏 碧溪邊(송산리벽계변)의=소나무가 우거진 산속의 푸른 시냇가에 ◇노닐며
셔=노닐면서 ◇것고=꺾고 ◇비브로 머그니=배불리 먹으니 ◇주릴 주리 이시랴=
굶주릴 까닭이 있겠느냐.

🌀 **통석**　　소나무 우거진 산속 시냇가에 저절로 자란 고사리를
하는 일 없이 노닐면서 꺾고 꺾고 또 꺾어
아침저녁에 배불리 먹으니 굶주릴 까닭이 있으랴.

8

낫디를 두러메고 夕陽을 쯔여 가니
釣臺 노픈 고딕 白鷗만 모다 잇다
白鷗야 놀나디 마라 내 벗 되려 ᄒ느라. (寬谷先生實記 8)
(釣臺盟鷗)

쯔여 가니=띠며 가니. 쬐면서 가니 ◇고딕=곳에 ◇모다 잇다=모여 있다 ◇내 벗
되려=내가 너의 친구가 되려고

🌀 **통석**　　낚싯대를 둘러메고 저녁햇볕을 쬐며 가니
낚시터 높은 곳에 갈매기만 모여 있다
갈매기야 놀라지 마라 내가 네 벗이 되려고 하노라.

낭원군*

〈宗親燕會宣醞賜樂〉

1

이도 聖恩이오 뎌도 聖恩이라
모도신 公子님너 아는가 모로는가
眞實로 이 뜻을 아르셔 同樂太平 ᄒ오리라. (珍靑 176)

이도=이것도 ◇뎌도=저것도 ◇모도신=모이신 ◇公子(공자)님너=공자님들. 공자
는 남을 높혀 부르는 말임.

> 🗩 **통석**　이렇게 하는 것도 임금의 은혜요 저렇게 한 것도 임금의 은혜라
> 여기에 모이신 공자님들 아시는가 모르시는가
> 진실로 이 뜻을 아시어 함께 태평을 누리리라.

2

이 술이 天香酒ㅣ라 모다 대되 슬타 마소
令辰에 醉ᄒ 後에 解醒杯 다시 ᄒ새
ᄒ믈며 聖代를 만나 아니 醉코 어이리. (眞靑 177)

天香酒(천향주)ㅣ라=아주 좋은 술이라 ◇모다 대되=모두 통틀어 ◇슬타 마소=싫
다고 하지 마시오 ◇令辰(영신)에=경사스런 날에 ◇解醒杯(해성배)=해장을 위해
마시는 술잔.

---

* 낭원군(郞原君 ; 1640~1669). 본명 간(偘). 호 최락당(最樂堂). 왕족. 선조(宣祖)의 손자이며
효종(孝宗)의 당숙이다. 한문에 조예가 깊고 시가(詩歌)에 능했다. 그의 시조 작품은 진본
<청구영언>에 수록되어 있다. "오륜가"는 따로 제목이 없다.

이 술이 아주 좋은 술이니 모두들 싫다고 하지 마시오
경사스런 날에 취한 다음에 해장술을 다시 합시다
하물며 태평성대를 만나 아니 취하고 어찌 하겠습니까.

〈釣魚臺和孝廟御製〉

1

太公의 釣魚臺를 계유 구러 ᄎ자가니
江山도 그지 업고 志槪도 새로왜라
眞實로 萬古英風을 다시 본 듯하여라. (珍靑 181)

太公(태공)의 釣魚臺(조어대)를=강태공이 낚시하던 곳을 ◇계유 구러=겨우 구르듯
고생하여 ◇그지 업고=끝이 없고 ◇萬古英風(만고영풍)을=만고에 끼친 빼어난 기
풍을.

📖 통석　강태공이 낚시하던 곳을 겨우 고생하여 찾아가니
아름다운 강산도 끝이 없고 의지와 기개도 새롭구나
진실로 만고에 끼친 빼어난 기풍을 다시 보는 듯 하여라.

2

灤河水 도라드니 師尙父의 釣磯로다
渭水風烟이야 古今에 다를소냐
어즈버 玉璜畢事를 親히 본 듯ᄒ여라. (珍靑 182)

灤河水(난하수)=만주 열하성(熱河省)의 경계로 드는 강 ◇師尙父(사상부)의 釣磯(조
기)로다=강태공이 낚시하던 곳이다. 문왕의 태사(太師)로 상보(尙父)라 호를 붙였
음 ◇渭水風烟(위수풍연)이야=강태공이 낚시하던 환경이야 ◇玉璜畢事(옥황필사)
야=주나라의 문왕과 무왕이 천명을 받들어 혁은조주(革殷造周)의 대업을 완성한
일. 옥황은 강태공이 낚아 얻었다고 하는 부참(符讖)이 새겨진 구슬.

난하수를 돌아드니 강태공이 낚시하던 곳이로다
강태공이 낚시하던 환경이야 예전과 지금이 다르겠느냐
어즈버 강태공이 얻었다고 하는 구슬을 직접 본 듯하구나.

3

首陽山 느린 믈이 釣魚臺로 가다 ᄒ니
太公이 낙던 고기 나도 낙가보련마ᄂ
그 고기 至今히 업스니 믈동말동 ᄒ여라. (珍靑 183)

首陽山(수양산)=산서성 영제현(永濟縣) 남쪽에 있는 산. 백이와 숙제가 절의를 지
켜 은거하다가 아사(餓死)한 산 ◇가다 ᄒ니=흘러간다고 하니.

🔔 **통석** 수양산에 흘러가는 냇물이 조어대로 흘러간다고 하니
강태공이 낚았던 고기를 나도 낚아보련마는
그 때의 고기가 지금에는 없으니 미끼를 물지말지 하구나.

〈五倫歌〉

1

어버이 날 나흐셔 어질과쟈 길러내니
이 두 分 아니시면 내 몸 나셔 어질소냐
아마도 至極ᄒ 恩德을 못내 가파 ᄒ노라. (珍靑 197)

날 나흐셔=나를 낳으시어 ◇어질과쟈=어질게 되도록 만들고자 ◇못내 가파=끝
내 갚지 못 할까.

🔔 **통석** 어버이 나를 낳으시어 어질게 되도록 길러내시니
이 두 분이 아니시면 내 몸이 태어나 어질 수 있느냐
아마도 끝없는 은덕을 끝내 못 갚을까 하노라.

2

우리 몸 갈라 난들 두 몸이라 아지 마소

分形連氣ᄒ니 이 니른 兄弟니라

兄弟아 이 뜻을 아라 自友自恭 ᄒ쟈스라. (珍靑 198)

갈라 난들=나뉘어 태어난들 ◇分形連氣(분형연기)ᄒ니=몸은 나뉘었으나 기운은 서로 이어졌으니 ◇니른=이른바 ◇自友自恭(자우자공) ᄒ쟈스라=스스로 우애하고 공경 하자꾸나.

🔖 **통석** 이리 몸이 갈라서 태어났다고 한들 두 몸이라 알지 마시오
몸은 나뉘었으나 기운은 이어졌으니 이 이른바 형제이다
형제야 이 뜻을 알아 스스로 우애하고 공경하자꾸나.

3

男女有別ᄒ 줄 사름마다 알년마ᄂ

學文을 모로면 알기 아니 어려온랴

眞實로 國法 이시니 無別無行 ᄒ지 마라. (珍靑 199)

알년마ᄂ=알고 있지마는. 알만 하거늘 ◇學文(학문)을=글 배우는 것을 ◇알기 아니 어려온랴=알기가 아니 어려우랴 ◇無別無行(무별무행)=사리판단 없이 함부로 행동하지 아니함.

🔖 **통석** 남녀가 유별한 줄 사람마다 알지마는
글 배우는 것을 모르면 알기 어려운 것 아니냐
진실로 나라에 법도가 있는 것이니 함부로 행동하지 마라.

4

져무니 어룬 뫼셔 간 듸마다 ᄎ례곳 알면

無知ᄒ 愚氓들도 아니 아지 못 ᄒ려니

ᄒ믈며 人倫을 알려 ᄒ면 이 아니코 어이리. (珍靑 200)

져무니=젊은이 ◇간 듸마다=간 곳마다 ◇ᄎ례곳=차례를. 장유유서(長幼有序)를 ◇愚氓(우맹)들도=우매한 백성들도 ◇이 아니코=이를 하지 아니하고

🈁 **통석**　젊은이 어른 모시고 가는 곳마다 차례를 알면
　　　　무지한 어리석은 백성들도 아니 알지는 못하려니
　　　　하물며 사람의 도리를 알려고 한다면 이를 아니하고 어찌하리.

　　5
늠으로셔 親ᄒ 사름 벗이라 닐러시니
有信곳 아니ᄒ면 사괼 줄이 이실소냐
우리ᄂᆞ 어진 벗 아라셔 責善을 바다 보리라. (珍靑 201)

닐러시니=말하였으니 ◇有信(유신)곳=믿음이 있는 행동을 ◇사괼 줄이 이실소냐 =사귈 까닭이 있겠느냐 ◇責善(책선)을=착한 일을 하도록 꾸짖음을.

🈁 **통석**　남으로서 친한 사람을 벗이라 말하였으니
　　　　신의가 있지 아니하면 사귈 까닭이 있겠느냐
　　　　우리는 어진 벗을 가려서 잘하도록 꾸지람을 받아 보리라.

　　6
鄕黨은 禮 ᄇᆞ르니 어니 사름 無禮ᄒ리
無知ᄒ 少年들이 年齒를 제 몰라도
그러나 人形을 가져시니 비화 알가 ᄒ노라. (珍靑 202)

鄕黨(향당)은=내가 나고 자란 마을이나 거기 사는 사람들은 ◇年齒(연치)를 제=나이를 제가 ◇人形(인형)을 가져시니=사람의 모습을 갖추었으니. 사람구실을 한다면.

🈁 **통석**　내가 낳고 자란 마을이나 사람들은 예의가 바르니 어느 누가 무례를 저지르겠느냐
　　　　아무리 무식한 소년들이라도 사람들의 나이를 제가 몰라도
　　　　그러나 사람구실을 제대로 한다면 배워서라도 알까 하노라.

신교*

〈歸臨鏡吟〉

1

가노라 白石亭아 다시 보쟈 白鷗들아
너희를 다시 보니 써나고쟈 ᄒ랴마는
젹의도 臨鏡亭 이시니 기들일가 ᄒ로라. (馬史抄)

白石亭(백석정)=충북 청원(淸原)에 있는 것으로 작자가 세운 것임 ◇젹의도=저기
에도 ◇臨鏡亭(임경정)=정자 이름. 소재 미상.

통석　가자 백석정아 다시 보자 갈매기들아
　　　　너희들을 다시 보니 떠나기가 아쉽다마는
　　　　저기에도 임경정이 있으니 기다릴까 하노라.

2

臨鏡亭 볼근 돌의 蓮島의 올나 안자
거믄고 줄을 골나 松亭의 셰워 두니
어디셔 一陣淸風이 져와 ᄐ려 ᄒᄂ니. (馬史抄)

볼근 돌의=밝은 달에 ◇蓮島(연도)=섬 이름. 소재 미상 ◇一陣淸風(일진청풍)이=
한 번 부는 맑은 바람이 ◇ᄐ려=타려고 연주하려고

---

* 신교(申澩 ; 1641~1703). 자 성원(聖源). 호 백석정(白石亭).

　임경정 밝은 달빛에 연도에 올라 앉아
거문고 줄을 골라 소나무 숲의 정자에 세워 두니
어디서 한 번 부는 맑은 바람이 저와 더불어 타려고 하느냐.

3

白鷗야 나지 마라 잡을 내 아니로다
蓮못시 노는 고기 흔 가지로 보쟈고야
아마도 取適이 죠흐니 슬 못진들 어이라. (馬史抄)

나지 마라=날지를 마라 ◇取適(취적)이=낚시를 하려는 것이 아니라 한가롭게 보내고자 하는 것이 ◇어이라=어찌하겠느냐.

　갈매기야 날지들 마라 너 잡을 내가 아니다
연못에 노는 고기를 한 가지로 보자구나
아마도 한가롭게 보내고자 하는 것이니 살이 찌지 않은들 어떠냐.

4

드러는 거므괴요 나가면 山水로다
平生의 흐는 거시 이 두 가지 뿐이로다
늠은셔 虛浪타 흐여도 나는 죠하 흐노라. (馬史抄)

드러는 거므괴요=집에 들어오면 거문고요 ◇山水(산수)로다=물과 산을 좋아하는 것이다 ◇늠은셔=남들은 ◇虛浪(허랑)타=하는 행동이 허황되고 착실하지 못하다.

　집에 들어오면 거문고요 밖에 나가면 산과 물을 좋아하는 것뿐이로다
평생 좋아하는 것이 이 두 가지뿐이로다
다른 사람들은 허황되다고 하지만 나는 좋아 하노라.

5

光陰이 欻急흐니 감던 마리 다 셰거다
人間의 나와 이셔 므스 일 흐다 흐리

두어라 江山風月노 흠의 늙어가 ᄒᆞ노라. (馬史抄)

光陰(광음)이 欻急(훌급)ᄒᆞ니=세월이 몹시 빠르니 ◇감던 마리 다 셰거다=검던 머리기 다 희었구나 ◇나와 이셔=태어나서 ◇ᄒᆞ다 ᄒᆞ리=한다고 하겠느냐.

🔖 **통석**　세월이 몹시 빠르니 검던 머리가 다 희어졌다
　　　　　사람으로 태어나서 무슨 일 한다고 하겠느냐
　　　　　두어라 자연의 풍류로 함께 늙어 가리라.

〈歸山吟〉

　1
十年 從仕 後에 故鄕으로 도라오니
山川依舊ᄒᆞ되 人事ᄂᆞᆫ 달나셰라
아마다 世間存沒을 못내 슬허 ᄒᆞ노라. (馬史抄)

從仕 後(종사후)에=벼슬살이를 한 뒤에 ◇달나셰라=달라졌구나 ◇아마다=아마도 ◇世間存沒(세간존몰)을=세상의 존속과 멸망을. 변화를.

🔖 **통석**　십 년 동안 벼슬살이를 한 뒤에 고향으로 돌아오니
　　　　　산천은 예전과 똑 같은데 사람 사는 일은 달라졌네.
　　　　　아마도 세상의 존속과 멸망을 끝내 슬퍼하노라.

　2
江山아 나 왓노라 白鷗야 반갑고야
淸風明月도 기드러 줄 알건마ᄂᆞᆫ
聖恩이 ᄒᆞᆼ 至重ᄒᆞ시니 自然遲滯ᄒᆞ여라. (馬史抄)

기드러 줄=기다려 줄 것으로 ◇自然遲滯(자연지체)ᄒᆞ여라=저절로 늦어 머뭇거렸

구나.

🔖 **통석**　산과 물아 내 돌아왔노라 갈매기야 반갑구나.
　　　　청풍과 명월도 기다려 줄 것으로 알았지마는
　　　　임금의 은혜가 너무나 크시므로 저저로 머뭇거렸노라.

　　3
　巖上의 有亭ᄒ고 亭下의 有水노다
　一葉扁舟을 花柳間의 ᄆᆡ야 두고
　一生의 琴書와 벗지 되니 節가는 줄 내 몰라 ᄒ노라. (馬史抄)

花柳間(화류간)의 ᄆᆡ야 두고=꽃들과 버들 사이에 매어 두고　◇一生(일생)의 琴書
(금서)와 벗지 되니=평생을 거문고와 서책과 벗이 되니　◇節(절)가는 줄=세월이
가는 줄.

🔖 **통석**　바위 위에 정자를 짓고 정자 아래에 물이 있구나.
　　　　자그마한 배를 꽃들과 버들 사이에 매어 두고
　　　　평생을 거문고와 서책과 벗이 되니 세월 가는 줄 내가 모르노라.

　　4
　山花ᄂᆞᆫ 믈의 픠고 믈ᄉᆡᄂᆞᆫ 山의 운다
　一身니 閑暇ᄒ야 山水間의 누어시니
　世上의 어즈러은 긔별을 나ᄂᆞᆫ 몰라 ᄒ로라. (馬史抄)

山花(산화)ᄂᆞᆫ 믈의 픠고 믈ᄉᆡᄂᆞᆫ 山(산)의 운다=서로 모순됨을 나타낸 것임　◇어즈
러은 긔별을=혼란스런 소식을. 앞에서 산화가 물에 피고 물새가 산에서 우는 것
을 강조한 것임.

🔖 **통석**　산의 꽃은 물에 피고 물새는 산에서 운다.
　　　　일신이 한가하여 산과 물의 사이에 누웠으니
　　　　세상의 혼란스런 소식을 나는 모른 체 하리라.

5

거믄고 빗기 들고 山水을 희롱ᄒ니

淸風은 건듯 불고 明月도 도라 온다

ᄒ믈며 有信ᄒ 믈여기는 오명가명 ᄒᄂ니. (馬史抄)

山水(산수)을 희롱ᄒ니=산과 물을 가지고 노니. 완상하니 ◇도라 온다='돌아온다'의 잘못인 듯 ◇믈여기ᄂ='갈며기ᄂ'의 잘못 인 듯.

▶ 통석　거문고를 비스듬히 들고 산과 물을 완상하니
　　　　맑은 바람은 잠간 불고 밝은 달도 돌아온다
　　　　하물며 의리가 있는 갈매기는 오며가며 하는구나.

6

長松 落落ᄒ고 澗水ᄂ 潺潺ᄒ ᄃᆡ

土瓦床枕의 낫즘을 더듸 ᄭᆡ니

山밧긔 어즈러온 風雨를 나ᄂ 몰나 ᄒ노라. (馬史抄)

長松 落落(장송낙락)ᄒ고=커다란 소나무가지가 늘어지고 ◇澗水(간수)ᄂ 潺潺(잔잔)ᄒ ᄃᆡ=시냇물은 잔잔한 곳에 ◇土瓦床枕(토와상침)의=흙을 쌓아 만든 침상과 사기로 만든 베게. 편하지 않은 잠자리 ◇더듸 ᄭᆡ니=늦게 깨니 ◇어즈러온 風雨(풍우)를=시끄러운 비바람을. 세상의 일을.

▶ 통석　커다란 소나무 가지는 늘어지고 시냇물은 잔잔한데
　　　　흙과 사기로 만든 침상과 베개를 베고 누워 낮잠을 늦게 깨니
　　　　산 밖의 시끄러운 일들을 나는 모르는 체하리라.

7

거믄고 興盡커던 釣臺로 ᄂ려 가니

桃花 뜬 물근 믈 쒸노ᄂ이 고기로다

아ᄒᆡ야 밋기 ᄃᆞ지 마라 取適이나 ᄒ오리라. (馬史抄)

興盡(흥진)커던=흥취가 다하게 되면 ◇쮜노ᄂ이=뛰노는 것이 ◇밋기 ᄭᅳ지 마라=미끼를 꿰지 마라 ◇取適(취적)이나=취적이나. 취적은 낚시질에서 고기를 취하는 것이 아니라 즐거움을 취함. 이는 어떤 행동에 있어서 목적이 거기에 있는 것이 아니고 다른 데에 있음을 말함.

🔖 **통석** 거문고 타는 흥취가 다하거든 낚시터로 나려 가니
복숭아꽃 떠 있는 물에 뛰노는 것이 고기로다.
아희야 미끼를 꿰지 마라 낚시하는 즐거움이나 즐기리라.

8
山水의 病이 되고 琴歌의 癖이 이셔
山水 죠흔 곳의 琴歌로 노니노라
두어라 草露人生이 아이 놀고 어이 ᄒᆞ랴. (馬史抄)

山水(산수)의 病(병)이 되고 琴歌(금가)의 癖(벽)이 이셔=산과 물을 좋아하는 것이 병이 되고 거문고를 켜고 노래하는 고집스런 버릇이 있어 ◇草露人生(초로인생)이 =풀끝에 달린 이슬같이 덧없는 인생이 ◇아이 놀고=아니 놀고

🔖 **통석** 산수를 좋아하는 것이 병이 되고 거문고와 노래를 좋아하는 고집이 있어
산과 물이 좋은 곳에 거문고와 노래로 즐기노라
두어라 풀끝에 달린 이슬처럼 덧없는 인생이 아니 놀고 어찌하랴.

〈東遊吟〉

1
鳥嶺 너문 후에 周王 山水 됴타커늘
短琴 壺酒로 澗水邊의 안자 노니
아마도 向來 功名이 쉼르 듯ᄒᆞ여라. (馬史抄)

鳥嶺(조령)=경상북도 문경(聞慶)의 새재 ◇周王(주왕) 山水(산수) 됴타커늘=경북 청송(靑松)의 주왕산의 산과 물이 좋다고 하거늘 ◇短琴 壺酒(단금호주)로=거문고 와 술 한 병으로 ◇澗水邊(간수변)의=산골 시냇가에 ◇向來 功名(향래공명)이=지 난 번의 공명이 ◇쑴르 듯ᄒᆞ여라=꿈인 듯하구나.

> **통석** 새재를 넘은 뒤에 주왕산의 산수가 좋다고 하거늘
> 거문고와 술 한 병을 들고 시냇가에 앉아 노니
> 아마도 지난 번의 공명이 꿈인 듯하구나.

2
清凉山 景 됴흔 딕 芒鞋竹杖 신고
三尺 一壺酒로 處處의 안자 노니
아마도 世事를 다 니즈니 갈 줄 몰라 ᄒᆞ노라. (馬史抄)

清凉山(청량산)=경상북도 안동(安東)에 있는 산 ◇芒鞋竹杖(망혜죽장)=짚신과 대지 팡이 ◇三尺(삼척) 一壺酒(일호주)로=조그마한 거문고와 술 한 병으로 ◇處處(처 처)의=곳곳에 ◇니즈니=잊으니.

> **통석** 청량산의 경치 좋은 곳을 짚신과 대지팡이 신고 짚고
> 거문고와 술 한 병으로 곳곳에 앉아 노니
> 아마도 세상 번거로운 일을 다 잊으니 돌아갈 줄 몰라 하노라.

3
陶山 貴ᄒᆞᆫ 곳을 귀경ᄒᆞ려 願이러니
匹馬單童으로 오롤이야 ᄎᆞᄌᆞ오니
아마도 先賢 遺跡이 어제론 듯ᄒᆞ여라. (馬史抄)

陶山(도산)=도산서원(陶山書院) ◇귀경ᄒᆞ려=구경하려고 ◇匹馬單童(필마단동)으로 =한 필의 말과 시중드는 아이 하나로 ◇오롤이야=오늘에야 ◇先賢 遺跡(선현유 적)에=선현이 남기신 자취가 ◇어제론 듯ᄒᆞ여라=어제의 일처럼 느껴지는구나.

도산서원처럼 귀한 곳을 구경하기 소원이러니
　　　말 한 필과 심부름하는 아이만으로 오늘에야 찾아오니
　　　아마도 선현의 남긴 자취가 어제인 듯하구나.

　　4

　　聾巖의 옵을 늘여 愛日堂 안자 보니

　　先賢忠孝를 본 드시 알이로다

　　흐믈며 畵像을 瞻仰ᄒ니 더욱 宛然ᄒ여라. (馬史抄)

聾巖(농암)의=농암은 경상도 안동에 있는 바위로 이현보(李賢輔 ; 1467~1555)의 호인 농암을 바위에 새겼음 ◇옵을 늘여='몸을 나려'의 잘못인 듯 ◇愛日堂(애일당)=농암이 있는 위의 언덕에 있는 집. 이현보가 소일하던 곳임 ◇본 드시 알이로라=본 것처럼 알겠도다 ◇畵像(화상)을 瞻仰(첨앙)ᄒ니=초상을 우러러 보니 ◇宛然(완연)ᄒ여라=뚜렷하구나.

농암에 몸을 내려 애일당에 앉아보니
　　　선현의 충효를 눈에 본 것처럼 알겠도다.
　　　하물며 초상을 우러러 보니 더욱 뚜렷하구나.

〈北征吟〉

　　1

　　北關을 하직ᄒ고 龍灣으로 도라드니

　　統軍亭 올라 안자 胡地를 구버보니

　　아마도 慷慨愚忠이 더욱 無窮ᄒ여라. (馬史抄)

北關(북관)을=북쪽에 있는 관문(關門). 또는 함경도를 말함 ◇龍灣(용만)으로=용만은 평안북도 용천(龍川)의 옛 이름. 평안도를 가리킴 ◇統軍亭(통군정)=평북 의주(義州) 객관 북쪽에 있는 정자 ◇胡地(호지)를=오랑캐 땅을 ◇慷慨愚忠(강개우충)

이=비분강개하는 어리석은 신하의 충성심이.

🔖 **통석** 북관을 하직하고 용만으로 돌아 들어오니
통군정에 올라 앉아 오랑캐 땅을 내려다보니
아마도 비분강개하는 어리석은 신하의 충성심이 더욱 무궁하구나.

2

鐵嶺 노픈 재를 匹馬로 올라오니
白雪이 蒲壑인듸 갈 길이 千里로다
ᄒ믈며 家鄕이 杳然ᄒ니 自然 心亂ᄒ여라. (馬史抄)

鐵嶺(철령)=강원도 회양(淮陽)과 함경도 안변(安邊) 사이에 있는 고개 ◇蒲壑(포학)
인듸='滿壑(만학)인듸'의 잘못인 듯. 골짜기에 가득한데 ◇家鄕(가향)이 杳然(묘연)
ᄒ니=고향이 아득하니 ◇自然 心亂(자연심란)ᄒ여라=저절로 마음이 어지럽더라.

🔖 **통석** 철령 높은 고개를 한 마리의 말을 타고 올라오니
백설이 골짜기에 가득한데 갈 길이 천리로다
하물며 고향이 까마득하니 저절로 심란하여라.

3

鐵嶺 너문 후의 花信을 알녀 ᄒ야
젼나귀 밧비 모라 萬世橋 도라오니
아마도 봄눈 깁흐니 핀 곳 몰나 ᄒ노라. (馬史抄)

花信(화신)을=꽃소식을. 봄소식을 ◇젼나귀 밧비 모라=다리를 저는 나귀를 급하
게 몰아 ◇萬世橋(만세교)=함경남도 함흥(咸興)에 있는 다리 ◇봄눈 깁흐니 핀 곳
몰라=봄철의 눈이 많이 내리니 꽃이 핀 곳을 몰라.

🔖 **통석** 철령을 넘은 뒤에 꽃소식을 알려고 하여
다리를 저는 나귀를 급하게 몰아 만세교에 돌아오니
아마도 봄철 눈이 쌓였으니 꽃이 핀 곳을 몰라 하노라.

곽시징*

〈景寒亭感興詠懷歌〉

1

樂村의 精舍를 짓고 寒景을 想像ㅎ며
朱夫子 道德을 千載下의 景慕ㅎ니
朝夕의 數三冠童으로 講學고져 하노라. (景寒亭遺稿)
(我有景寒菴)

樂村(낙촌)의=낙촌은 지은 사람이 살던 마을 ◇精舍(정사)를=학문을 하기 위한 집
을 ◇寒景(한경)을 想像(상상)ㅎ며=겨울철의 경치를 머릿속에 그려보며 ◇朱夫子
(주부자) 道德(도덕)을=송나라 주희(朱熹)의 가르침을 ◇千載下(천재하)의 景慕(경
모)ㅎ니=천년 뒤에 우러러 사모하네 ◇數三冠童(수삼관동)으로=두서넛의 어른과
아이들로 ◇講學(강학)고져=학문을 강론하고자.

📖 통석　낙촌에다 정사를 짓고 겨울철의 경치를 머릿속에 그려보며
　　　　송나라 주희의 도덕을 천년 뒤에 우러러 사모하네,
　　　　아침저녁으로 두서넛 어른과 아이들로 학문을 강의코자 하노라.

2

風月로 벗을 삼고 水石間의 棲遲ㅎ며
釣採로 契潤ㅎ고 일 업시 누어시니
世間의 富貴名利야 잇고 업고 몰래라. (景寒亭遺稿)
(棲遲樂水濱)

---

* 곽시징(郭始徵 ; 1644~1713). 초자(初字) 경숙(敬叔). 자 지숙(智叔). 호 경한재(景寒齋). 저서
　에 <경한정유고>(景寒亭遺稿)가 있다.

棲遲(서지)ᄒᆞ며=유유한 심정으로 놀며 지내며. 벼슬을 버리고 민간에서 놀면서 쉬며 ◇釣採(조채)로=낚시질하며 산나물을 뜯는 것으로 ◇契闊(계활)ᄒᆞ고=부지런히 노력하고 ◇잇고 업고=있고 없고

🔖 **통석** 자연을 즐기는 운치로 벗을 삼고 물과 바위 사이를 느긋이 지내며 낚시질하고 나물 뜯는 것을 부지런히 하고 일 없이 누웠으니 세상의 부귀와 명리야 있고 없고를 모르겠다.

3

草野의 農夫되야 耕鑿으로 生涯 삼고
太平聖代예 구실 업시 늘거가니
爾極이 아니미 업스니 感君恩을 트노라. (景寒亭遺稿)
(鑿耕何爾極)

耕鑿(경착)으로=밭을 갈아 먹고 우물을 파서 마시는 것으로 ◇구실=하는 일 ◇爾極(이극)이 아니미=극진함이 아닌 것이 ◇感君恩(감군은)을 트노라=임금의 은혜에 감격함을 탄다. 연주한다.

🔖 **통석** 시골의 농부가 되어 밭을 갈고 샘을 파서 먹고 마시는 것으로 생활을 삼고
태평한 시대에 하는 일 없이 늙어가니
극진한 것이 아님이 없으니 임금의 은혜에 감격함을 연주하노라.

4

ᄇᆞ람의 부치ᄂᆞ 나모 엇지ᄒᆞ여 靜ᄒᆞᆯ손고
劬勞恩德을 무스 일로 갑프려
孤露의 허믈이나 적어 辱 기치기 마로져. (景寒亭遺稿)
(風樹感親深)

부치는=흔들리는 ◇엇지ᄒ여 靜(정)홀손고=어떻게 하면 가만하게 할 수 있을까 ◇劬勞恩德(구로은덕)을=부모가 낳아주고 길러주신 은혜와 공덕을 ◇孤露(고로)의 =고독하고 돌보아 주는 이가 없음. '고'는 부모가 없음이요, '로'는 나를 감싸주는 이가 없음의 뜻 ◇허물이나 적어=잘못이나 적어서 ◇辱(욕) 기치기 마로져=욕을 끼치는 일이나 말았으면.

🔖 **통석**　　바람에 흔들리는 나무를 어떻게 하면 가만하게 할 수 있을까
　　　　　　낳으시고 길러주신 어버이 은덕을 무슨 일로 갚을 수 있을까
　　　　　　어버이가 없는 외로움의 잘못이나 적고 욕을 끼쳐드리는 일이나 말았
　　　　　　으면.

5

碧潭의 줌긴 明月 날 위ᄒ여 徘徊ᄒ니
西湖 潔城의 屋樑消息 傳ᄒ려믄
너보고 顔色을 보온 닷ᄒ니 더욱 슬허ᄒ노라.　(景寒亭遺稿)
(望月恩兄面)

碧潭(벽담)의=물이 깊어 푸른빛을 띤 연못에 ◇西湖 潔城(서호결성)의=충청남도 홍성(洪城)에 있던 옛 고을의 ◇屋梁消息(옥량소식)=시골소식. 또는 친구의 소식 ◇顔色(안색)을=얼굴을.

🔖 **통석**　　깊은 웅덩이에 잠긴 밝은 달이 나를 위해 배회하는 듯하니
　　　　　　충청도 홍성에 있는 친구소식이나 전하려무나.
　　　　　　너를 보고 친구의 얼굴을 보는 듯하니 더욱 슬퍼하노라.

6

靑天의 씻는 白雲 碧潭心의 往來ᄒ니
漢陽 驪江을 두로 다 ᄃ녀온다
三處의 너보고 싱각는 情은 一般인가 ᄒ노라.　(景寒亭遺稿)
(看雲慰弟心)

碧潭心(벽담심)의=시퍼런 웅덩이 가운데에 ◇漢陽 驪江(한양여강)을=한양과 여강
사이를. 여강은 경기도 여주(驪州)를 가리킴 ◇三處(삼처)의=세 곳의. 세 곳은 구
름이 떠 있는 하늘과 그림자가 비치는 연못과 마음속인 듯.

🔖 **통석**　푸른 하늘에 떠 있는 흰 구름이 푸른 연못 가운데를 오고가며 비추니
　　　　한양과 여강 사이를 두루 다 다녀왔느냐
　　　　세 곳에 있는 너를 보고 생각하는 정은 다 같은가 하노라.

7

睢鳩는 關關ᄒ고 螽斯는 詵詵ᄒ니
이런 줄 못 뵈오니 風樹慟이 더옥 ᄒ다
진실로 一家곳 和樂ᄒ면 貧賤ᄒᄂᆞᆯ 어이리. (景寒亭遺稿)
(睢能夫婦別)

睢鳩(저구)는 關關(관관)ᄒ고=징경이는 지저귀고 암수가 서로 사이좋게 우는 소리
◇螽斯(종사)는 詵詵(선선)ᄒ니=메뚜기는 모여드네. 부부가 화합하여 자손이 많음
을 비유함 ◇風樹慟(풍수통)이 더옥 ᄒ다=부모를 잃어 봉양하지 못하는 아픔이
더욱 크다.

🔖 **통석**　징경이는 지저귀고 메뚜기는 모여든다.
　　　　이런 줄을 뵈옵지 못하니 부모를 봉양하지 못한 아픔이 더욱 크다
　　　　진실로 한 집안이 화락하면 가난하다고 한들 어떠하리.

8

쩌 만흔 고기들아 有信ᄒᆞᆯ손 네 버지여
各各 흣텃다가 다시 츠자 相從ᄒ니
ᄒᆞ믈며 長幼를 츨하리 더옥 긔특ᄒᆞ야라. (景寒亭遺稿)
(魚亦友朋尋)

쩌=때 ◇버지여=벗이로구나 ◇흣텃다가=흩어졌다가 ◇相從(상종)ᄒ니=서로 따
르네 ◇長幼(장유)를=나이가 많고 적음을 아니 ◇츨하리=참으로. 진실로

통석 떼가 많은 고기들아 의리가 있기는 네 벗이로구나.
각각 흩어졌다가 다시 찾아 서로 따르네.
하물며 나이가 많고 적음을 아니 참으로 더욱 기특하여라.

9

華陽山 萬丈峰을 브라보니 더옥 놉다
壁立혼 氣象을 어늬 째예 니즐손고
樂村의 小山水 이시니 일로 위로 흐노라. (景寒亭遺稿)
(瞻華追師表)

華陽山(화양산) 萬丈峰(만장봉)을=화양산의 만장봉을. 주희(朱熹)가 있던 곳을 가리
키는 듯 ◇壁立(벽립)혼=벽처럼 우뚝 솟은 ◇니즐손고=잊겠는가 ◇小山水(소산수)
이시니=자그마한 볼만한 경치가 있으니 ◇일로=이것으로

통석 화양산의 만장봉을 바라보니 더욱 높구나.
벽처럼 우뚝 솟은 기상을 어느 때라도 잊을 것인가.
낙촌의 자그마한 산수가 있으니 이것으로 위로를 삼고자 하노라.

10

烏床上 黃卷中의 夫子를 외와시니
顔曾은 後先흐고 程朱는 左右로다
이 中의 즐기는 모음이 늙는 줄을 몰래라. (景寒亭遺稿)
(觀書慕聖賢)

烏床上(오상상)='吾床上'(오상상)의 잘못인 듯. 내 책상 위에 ◇黃卷中(황권중)의=
책 가운데 ◇夫子(부자)를 외와시니=공자님을 암송(暗誦)하니 ◇顔曾(안증)은 後先
(후선)흐고=안회(顔回)와 증자(曾子)는 선후가 있고 ◇程朱(정주)는 左右(좌우)로다
=정호(程顥)와 정이(程頤)형제와 주희(朱熹)는 항상 주위에 있구나.

내 책상 위의 서책 가운데서 공자님을 암송하니
안회와 증자는 선후가 있고 정호, 정이의 형제와 주자는 좌우에 있다
이 가운데 성현의 말씀을 즐기는 마음에 늙는 줄을 모른다.

11

太公은 釣渭水ᄒ고 孔明은 耕南陽ᄒᆯ제
世間榮辱을 얼ᄆᆞ나 니젓던고
굿ᄒᆞ여 닛디 못ᄒᆞ여 나온 줄을 몰래라. (景寒亭遺稿)
(釣耕懷呂葛)

釣渭水(조위수)ᄒ고=위수에서 낚시질하고. 낚시질을 하다가 주 문왕을 만났음 ◇耕南陽(경남양)ᄒᆯ제=남양에서 밭을 갈 때. 남양에 은거할 때 유비가 찾아왔음 ◇世間榮辱(세간영욕)을 얼ᄆᆞ나 니젓던고=세상의 영예와 치욕이 됨을 얼마나 잊고 있었던가 ◇굿ᄒᆞ여 닛디 못ᄒᆞ여 나온 줄을=굳이 세상영욕을 잊지 못하고 다시 속세에 나온 까닭을.

🔊 **통석** 태공은 위수에서 낚시질하고 제갈량은 남양에서 밭을 갈 때
세상의 영욕을 얼마나 잊었던가.
굳이 세간영욕을 잊지 못하고 다시 속세에 나온 까닭을 모르겠구나.

12

伯夷는 餓西山ᄒ고 魯連은 蹈東海ᄒ니
千載高風을 긔 뉘라셔 나을손고
華陽의 늘그니 업ᄉ니 더옥 슬허ᄒ노라. (景寒亭遺稿)
(山海憶夷連)

伯夷(백이)는 餓西山(아서산)ᄒ고=백이는 수양산에서 고사리를 캐어 먹다가 굶어 죽고 ◇魯連(노련)은 蹈東海(도동해)ᄒ니=노중련(魯仲連)은 동해를 밟으니. 노중련은 진시황에 반대해 동해에 빠져죽었음 ◇千載高風(천재고풍)을=천년 동안의 고상한 풍채를 ◇華陽(화양)의 늘그니=화양의 늙은이. 주자를 가리키는 듯.

백이는 서산에서 굶어죽고 노련은 동해를 밟으니
천년 동안의 고상한 풍채를 그 누가 낫다고 할고
화양의 늙은이 없으니 더욱 슬퍼하노라.

13

佳山도 보기 됴코 麗水도 보기 됴해

山水의 眞興味는 仁智 밧근 모르시리

夕陽의 浴沂를 想像ᄒ고 詠而歸를 ᄒ노라. (景寒亭遺稿)

(仁智知眞樂)

佳山(가산)·麗水(여수)=아름다운 산과 물 ◇仁智(인지) 밧근=어짊과 지혜 이외에
는. 요산요수(樂山樂水) 이외에는 ◇浴沂(욕기)를 想像(상상)ᄒ고 詠而歸(영이귀)를
=기수(沂水)에서 목욕할 것을 머릿속에 그리며 읊조리며 돌아옴. 공자(孔子)의
물음에 증석(曾晳)이 대답한 말.

아름다운 산은 보기 좋고 아름다운 물은 보기 좋아
산수의 참다운 흥미는 어짊과 지혜 이외에는 모를 것이라
저녁에 기수에서 목욕한 것을 상상하고 읊조리며 돌아오리라.

14

天心의 月明ᄒ고 水面의 風淸ᄒᆯ제

無限ᄒ 景像을 어이 다 形容ᄒ리

中心의 浩然ᄒ 氣운이 비곱픈 줄 니제라. (景寒亭遺稿)

(淸明養浩然)

天心(천심)의 月明(월명)ᄒ고=하늘 가운데 달이 밝고 ◇水面(수면)의 風淸(풍청)ᄒᆯ
제=물 위로 바람이 시원하게 불 때 ◇景像(경상)을='景狀을'의 잘못이 아닌지. 경
치를 ◇어이=어찌 ◇中心(중심)의 浩然(호연)ᄒ 氣(기)운이=마음속이 탁 트인 듯한
기운이 ◇니제라=잊겠다.

15

冷冷흔 七絃琴을 釣臺上의 빗기 투니

波光月影이 有意ᄒ야 넘노는 듯

古調를 알 니 저그니 혼자 즐겨ᄒ노라. (景寒亭遺稿)

(琴橫臺上月)

冷冷(냉랭)흔=청아하고 맑은. 거문고 소리를 표현한 말 ◇波光月影(파광월영)이=
넘실대는 물결에 비추는 달의 그림자가 ◇有意(유의)ᄒ야 넘노는 듯=생각이 있어
넘실대는 듯 ◇古調(고조)를 알 니 저그니=옛날 가락을 알 사람이 적으니.

通석 맑은 소리를 내는 거문고를 낚시터 위에서 비스듬히 타니
물결이 비치는 달그림자가 생각이 있어 넘실대는 듯
옛 가락을 알 사람이 적으니 혼자 즐겨 하노라.

16

一葉小漁艇을 水中天의 씌워두고

釣魚도 됴커니와 투고 놀기 더옥 됴타

山外예 風浪이 ᄌᄌᆫ들 므슴 시름 이시리. (景寒亭遺稿)

(艇泛水中天)

一葉小漁艇(일엽소어정)을=조그마한 고기잡이배를 ◇水中天(수중천)의=하늘이 비치는
물 가운데에 ◇釣魚(조어)도=낚시로 고기를 잡는 것도 ◇山外(산외)예 風浪(풍랑)이=
속세에 시끄러운 일들이 ◇ᄌᄌᆫ들=잔잔하거늘. 또는 잔잔하다고 한들 ◇므슴 시름
이시리=무슨 근심이 있겠느냐.

통석 　조그만 고기잡이배를 하늘이 비치는 물 가운데 띄워두고
　　　　　고기 낚기도 좋거니와 타고 놀기가 더욱 좋다
　　　　　속세에 시끄러운 일들이 많다고 한들 무슨 근심이 있겠느냐.

17

潭心의 힌 비최니 믈 빗치 더옥 조타
水光中 形色이 글임인들 그러ᄒ랴
이 쌔에 一陣狂風이 믈결 낼가 저헤라. (景寒亭遺稿)
(寡慾心常淨)

潭心(담심)의=연못 가운데에 ◇조타=깨끗하다 ◇글임인들 그러ᄒ랴=그림인들 그
렇게 좋겠느냐 ◇一陣狂風(일진광풍)이=휙 부는 회오리바람이 ◇믈결 낼가 저혜
라=출렁이게 만들까 두렵다.

통석 　못 가운데에 해가 비추니 물빛이 더욱 깨끗하다
　　　　　물에 비친 색깔 가운데 생김이 그림인들 그렇게 아름다우랴
　　　　　이때에 한번 휙 부는 회오리바람이 출렁이게 할까 두렵다.

18

石田이 밧츨 갈고 雨中의 기음 미야
麻衣麥飯을 니오나 못 니오나
山水의 興味 졔오니 괴로온 줄 몰래라. (景寒亭遺稿)
(安貧意自閑)

石田(석전)이=‘석전의’의 잘못인 듯. 돌이 많은 밭에 ◇기음 미야=김을 매어 ◇麻
衣麥飯(마의맥반)을=베옷을 입고 보리밥 먹기를. 어려운 살림에 끼니를 ◇니오나
=계속하거나 ◇졔오니=분에 넘치니.

돌 많은 밭을 갈고 빗속에 기음을 매어
베옷을 입고 보리밥을 먹는 생애를 계속하거나 못하거나
산수를 좋아하는 멋이 분수에 넘치니 괴로운 줄 모르노라.

19
거복아 너는 어이 머리는 내엿는다
머리곳 내여시면 世上이 아느니라
져재예 범 세히 이시니 머린들 낼 줄 이시랴. (景寒亭遺稿)
(識微審出處)

거복아=거북아 ◇머리곳 내여시면=머리를 내놓으면 ◇져재예 범 세히 이시니=
시장(市場)에 범이 세 마리가 있으니. 삼인성호(三人成虎)를 말함. 세 사람이 짜면
거리에 범이 나왔다는 거짓말도 통할 수 있다는 뜻으로, 근거 없는 말도 여러 사
람이 말하게 되면 믿게 됨을 비유하여 일컫는 말.

거북아 너는 어찌하여 머리는 내어놓느냐
머리를 내어놓으면 세상이 아느니라.
저자 거리에 범 셋이 있으니 머리라고 내놓을 까닭이 있느냐.

20
遊魚야 避티 말고 날을 조차 노라스라
釣餌를 貪티 말고 물곤 믈 먹어스라
내게도 낙대는 잇거니와 잡을 줄은 니제라. (景寒亭遺稿)
(知命遠危難)

遊魚(유어)야 避(피)티 말고 날을 조차 노라스라=헤엄치며 노는 고기야 피하지
말로 나를 따라 놀자구나 ◇釣餌(조이)를 貪(탐)티 말고=낚시 밥을 욕심내지 말
고 ◇니제라=잊었다.

　헤엄치며 노는 고기야 피하지 말고 나를 따라 놀자구나
　　　　낚시 미끼를 욕심내지 말고 맑은 물을 먹어라
　　　　나에게도 낚싯대가 있거니와 잡을 줄은 잊었다.

21

山寂寂 水潺潺ᄒ니 어이ᄒ야 그러ᄒ다
뫼히도 나모 잇고 물의도 돌 업ᄉ면
其間이 動靜語黙이야 네요 내요 다르랴. (景寒亭遺稿)
(語黙非殊理)

山寂寂(산적적) 水潺潺(수잔잔)ᄒ니=산은 조용하고 물은 잔잔하니 ◇물의도=물에
도 ◇動靜語黙(동정어묵)이야=움직이거나 가만히 있는 일이나 말이 있고 없음이야.

📄 통석　　산은 조용하고 물은 잔잔하니 어찌하여 그러하냐.
　　　　산에도 나무 있고 물에도 돌이 없으면
　　　　그 사이에 움직이거나 가만히 있거나 말을 하거나 안하는 것이야 너와
　　　　내가 다르랴.

22

青山은 面面立ᄒ고 綠水ᄂᆫ 悠悠逝라
峨洋山水間의 知音이 긔 뉘신고
아마도 白壽相從은 너뿐인가 ᄒ노라. (景寒亭遺稿)
(峨洋歎絶絃)

面面立(면면립)ᄒ고=봉우리마다 우뚝 섰고 ◇悠悠逝(유유서)라=유유히 흘러간다
◇峨洋山水間(아양산수간)의=높고 넓은 산과 물 사이에 ◇知音(지음)이=나를 알아줄
사람이 ◇白首相從(백수상종)은=늙어서도 서로 따름은. 또는 늙도록 서로 따름은.

📄 통석　　청산은 봉우리마다 우뚝 섰고 녹수는 유유히 흘러간다
　　　　높고 넓은 산과 물 사이에 나를 알아줄 사람이 그 누구인가
　　　　아마도 늙어서도 서로 따르는 것은 너뿐인가 하노라.

23

春花發 秋月明ᄒ고 夏風淸 冬雪白ᄒ니
四時佳賞이 山水間의 ᄀ자잇다
晝夜의 즐기ᄂ 興味ᄂ 分外事인가 ᄒ노라. (景寒亭遺稿)
(四時佳興足)

春花發(춘화발) 秋月明(추월명)ᄒ고=봄에는 꽃피고 가을에는 달 밝고 ◇夏風淸(하
풍청) 冬雪白(동설백)ᄒ니=여름에는 바람이 시원하고 겨울엔 흰 눈이 쌓이니 ◇四
時佳賞(사시가상)이=일년 내내 아름다운 경치가 ◇ᄀ자잇다=갖추어져 있다 ◇分
外事(분외사)인가=분수 밖의 일인가. 과분한 일인가.

🔹 **통석**　봄에는 꽃이 피고 가을에는 달이 밝고 여름에는 바람이 시원하고 겨울
에는 눈이 희니
한 해의 아름다운 경치가 산과 물 사이에 갖추어 있다
밤낮으로 즐기는 흥취는 분수 밖의 일인가 하노라.

24

글 업ᄉ 科擧 못 보고 才德 업서 벼슬 못 ᄒ니
그 모론 벗님ᄂᄂ 志槪 놉다 웃ᄂ고나
林泉의 病 업시 늘거가니 다시 므슴 求ᄒ리. (景寒亭遺稿)
(終老樂林泉)

글 업ᄉ=배운 것이 없어 ◇모론=모르는 ◇林泉(임천)의=자연의. 시골의 생활을
말함 ◇므슴=무엇을.

🔹 **통석**　배운 학문이 없어 과거를 못보고 재주와 덕이 없어 벼슬을 못하니
그런 사정을 모르는 벗님네들은 지개가 높다고 웃는구나.
시골에 살면서 병 없이 늙어가니 다시 무엇을 구하랴.

이담명*

〈思老親曲〉

1

봄은 오고 또 오고 풀은 플으고 또 플으니
나도 이 봄 오고 이 플 프르기 ᄀ티
어느 날 故鄕의 도라가 老母섹 뵈오려뇨. **(靜齋先生文集)**

플은 플으고=풀은 푸르고 ◇ᄀ티=같이 ◇뵈오려뇨=뵈올 수가 있을까.

▶ **통석** 봄은 오고 또 오고 풀은 푸르고 또 푸르니
나도 이 봄이 오고 풀이 푸르기와 같이
어느 날 고향에 돌아가 늙으신 어머님께 뵈올 수 있으랴.

2

親年은 七十五ㅣ오 嶺路는 數千里오
도라갈 期約은 가디록 아득ᄒ다
아마도 ᄌ음 업슨 中夜의 눈믈 계워 셜웨라. **(靜齋先生文集)**

親年(친년)은=어머니의 연세가 ◇嶺路(영로)는=경상도에서 고향까지의 거리는 ◇가
디록 아득ᄒ다=갈수록 아득하다 ◇ᄌ음 업슨 中夜(중야)의=잠이 오지 않는 한밤중에.

---

* 이담명(李聃命 ; 1646~1701). 자 이뇌(耳老). 호 정재(靜齋). 문신. 숙종 때 경신대출척(庚申
大黜陟)으로 유배되었다가 복관, 후에 갑술옥사(甲戌獄事)에 다시 유배되었다 풀려났음. 저
서에 <정재집>(靜齋集)이 있다.

　　어머니의 연세가 칠십오 세요 경상도에서 고향은 수천리라

　　돌아갈 기약은 갈수록 아득하다

　　아마도 잠이 오지 않는 밤중에 눈물이 넘쳐나 서럽구나.

3

길히 머다ᄒ나 나면 아니 가랴터냐

믈이 파려ᄒ다 ᄐ면 아니 녜라터냐

가고 넨 後ㅣ면 老母歸寧ᄒ올 일이듸 遄臻于衛언마는 不瑕有害라 이를

저퍼 ᄒ노라. (靜齋先生文集)

길히 머다ᄒ나=길이 멀다고 하나 ◇나면 아니 가랴터냐=나서면 아니 가겠느냐
◇믈이 파려ᄒ다=말이 파리하다 ◇녜라터나=가겠느냐 ◇老母歸寧(노모귀녕)ᄒ올=
늙으신 어머니께서 편안히 돌아가실 ◇遄臻于衛(천진우위)언마는 不瑕有害(불하유
해)라=빨리 위나라에 돌아가고자 하지만 어떤 해가 있을까. 시경(詩經) 천수(泉水)
장에 나오는 구절임 ◇저퍼=두려워.

　　길이 멀다고 하나 나서면 아니 가겠느냐

　　말이 파리하다 하나 올라타면 아니 가겠느냐

　　가고 또 간 뒤에는 노모가 편안히 돌아가실 일이로되 '빨리 위나라에

　　돌아가고자 하지만 어떤 해가 있을까'라 했으니 이를 두려워하노라.

4

謫裏 光陰은 四年이 ᄇᆞᆯ셔 되고 天外家鄕은 萬里에 아득ᄒ니

몸이 못 가거든 奇別이나 드ᄅᆞ듸야

아마리 陟屺 瞻望을 말라 ᄒᆞᆫ들 어들손가. (靜齋先生文集)

謫裏 光陰(적리광음)은=귀양 온 동안의 세월은 ◇天外家鄕(천외가향)은=하늘 밖인
것처럼 느껴지는 고향은 ◇드ᄅᆞ듸야=들었으면 ◇아마리=아무리 ◇陟屺 瞻望(척
흘첨망)을=높은 곳에 올라가 멀리 바라봄을 ◇말라 ᄒᆞᆫ들 어들손가=하지 말라고
한들 그만둘 수 있을까.

귀양 온 동안의 세월이 사 년이 벌써 지나고 하늘 밝인 것처럼 생각되
는 고향은 만 리나 되어 아득하니
몸이 못가거든 기별이나 들었으면
아무리 높은 곳이 올라 멀리 바라보는 것을 그만두라고 한들 그만둘 수
있을까.

5

臨行密密縫 意恐遲遲歸 難將寸草心 報得三春暉

人情이 懇切ㅎ니 鬼神인들 아니 울가

至今의 이 詩 이 뜻은 읊흘소록 슬페이다. (靜齋先生文集)

臨行密密縫 意恐遲遲歸 難將寸草心 報得三春暉(임행밀밀봉 의공지지귀 난장춘초심
보득삼춘휘)=떠날 때 꼼꼼히 손보는 것은 늦게 돌아올까 걱정해서이다. 부모의
은혜를 갚으려는 마음을 헤아리기 어려워 따뜻한 봄볕을 갚을 수가 있을까. 당(唐)
나라 맹교(孟郊)의 시 '유자음'(遊子吟)의 일부로 원시에는 '難將'(난장)이 '誰言'(수
언)으로 되어 있음 ◇읊흘소록 슬페이다=읊을수록 슬프구나.

떠날 때 꼼꼼히 손보는 것은 늦게 돌아올까 걱정해서 이다. 부모의 은
혜를 갚으려는 마음을 헤아리기 어려워 따뜻한 봄볕을 갚을 수가 있을까
사람의 정이 간절하니 귀신인들 아니 울겠느냐
지금의 이 시와 이 뜻은 읊을수록 슬프구나.

6

기럭이 아니 ᄂᆞ니 片紙를 뉘 傳ᄒ리

시름이 ᄀᆞ득ᄒ니 ᄭᅮᆷ인들 이룰손가

每日의 老親 얼굴이 눈의 森森ᄒ야라. (靜齋先生文集)

아니 ᄂᆞ니=아니 나니 ◇ᄭᅮᆷ인들 이룰손가=꿈인들 이룰 수가 있을까 ◇눈의 森森
(삼삼)ᄒ야라=잊히지 않고 눈에 어른거리는구나.

기러기가 날지를 아니하니 편지를 누가 전하랴
근심이 가득하니 꿈인들 이룰 수가 있을까
매일에 늙으신 어머님의 얼굴이 눈에 어른거리는구나.

7

東山의 올나 보니 故國도 멀셔이고
太行이 어드메오 구름이 머흐레라
갈스록 愛日寸心이 如臨深淵 ᄒ여라. (靜齋先生文集)

東山(동산)의=동산에. 동산은 중국 산동성에 있는 산으로 공자가 이 산에 올라보
고 노(魯)나라가 작다고 했음 ◇멀셔이고=멀고나 ◇太行(태행)이=태행산이. 태행
산은 중국 하남성 진성현 남쪽 태행산맥의 주봉임 ◇머흐레라=험하구나. 변화가
심해 예측하기가 어렵다 ◇갈스록 愛日寸心(애일촌심)이=갈수록 부모에게 효도함
이. 자식으로서 부모님을 섬길 날이 얼마 없어 시간의 흐름을 애석히 여긴다는 말
임 ◇如臨深淵(여림심연)=마치 깊은 연못에 임하는 것같이 조심하는 것.

동산에 올라보니 고국도 멀고나
태행산이 어디냐 구름이 험하구나
갈수록 부모에게 효도할 날이 적으니 더욱 몸가짐이 조심스럽구나.

8

天涯 絶域의 새 히를 네 번 보니
寸草 深情은 니르도 말려니와
아마도 鶴髮倚閭를 어이 ᄒ야 慰勞ᄒ고. (靜齋先生文集)

天涯 絶域(천애절역)의=하늘 끝 외진 곳에. 귀양 온 곳에 ◇寸草 深情(촌초심정)은
=부모의 은혜에 보답하려는 깊은 정은 ◇니르도 말려니오=말할 것도 없거니와
◇鶴髮倚閭(학발의려)를=머리가 백발인 어버이가 자식이 돌아오기를 이문(里門)까
지 나와 기다리는 심정을.

부모의 은혜에 보답하려는 깊은 정은 말도 하지 말려니와
아마도 백발의 어버이가 이문에 나가 자식 오기를 기다리는 심정을 어
찌하여 위로할꼬

9

有難赦罪 難醫疾 爲不忠臣 不孝男
蘇齋이 句ㅣ를 이제록 볼쟉시면
놈이 아니라 날을 니른 말이로쇠. (靜齋先生文集)

有難赦罪 難醫疾 爲不忠臣 不孝男(유난사죄난의질 위불충신불효남)=죄를 용서하
기도 어렵고 의원이 병을 고치기도 어렵다. 충신이 되지 못하니 효자도 안 된다
◇蘇齋(소재)=송(宋)나라 시인 두보(杜甫) 소식(蘇軾)을 가리킴 ◇이제록 볼쟉시면
=이제야 새삼스레 다시 본다면 ◇ 날을 니른 말이로쇠=나를 두고 한 말이로구나.

🔸 통석 죄를 용서하기도 어렵고 의원이 병을 고치기도 어렵다. 충신이 되지 못
하니 효자도 안 된다.
송나라 소식의 이 구절을 이제야 새삼스레 다시 본다면
다른 사람이 아니라 나를 두고 한 말이로다.

10

내 罪를 아옵거니 流竄이 薄罰이라
到處 聖恩을 어이 ᄒ야 갑ᄉ올고
老親도 플텨 혜시고 하 그리 마오쇼셔. (靜齋先生文集)

아옵거니=내가 알거니 ◇流竄(유찬)이 薄罰(박벌)이라=멀리 귀양을 보낸 것이 오
히려 가벼운 벌이다 ◇到處 聖恩(도처성은)을=이곳에 도착할 수 있도록 베풀어주
신 임금의 은혜를 ◇플텨 혜시고=널리 이해하시고 ◇하 그리=너무 그렇게.

통석 내 죄를 내가 알거니 멀리 귀양 보낸 것이 오히려 가벼운 벌이다
이곳에 도착할 수 있도록 베풀어주신 임금의 은혜를 어이하여 갚을까
어머님도 널리 이해하시고 너무 그렇게 걱정하지 마시옵소서.

11

하늘이 놉흐시나 ᄂᆞ준 듸를 드르시ᄂᆡ
日月이 갓가오샤 下土의 비최시ᄂᆡ
아ᄆᆞ라타 우리 母子之情을 슬피실 제 업스오랴. (靜齋先生文集)

ᄂᆞ준 듸를=낮은 곳을 ◇드르시ᄂᆡ=들으시네 ◇日月(일월)이=해와 달이. 임금님이 ◇下土(하토)의=백성들이 사는 곳에 ◇아ᄆᆞ라타=아무려나 ◇슬피실 제 업스오랴 =살피실 여유가 없겠느냐.

통석 하늘이 높으시나 낮은 곳을 들으시네.
임금님이 백성과 가까우셔 백성들을 다 보살피시네.
아무려나 우리 모자간의 정을 보살피실 여유가 없겠느냐.

12

가치 울거나 거믜 ᄂᆞ리거나 燈花 열리거나
(중장 결)
아마도 반가온 奇別을 어ᄂᆡ 째예 드ᄅᆞ려뇨. (靜齋先生文集)

가치=까치 ◇거믜 ᄂᆞ리거나=거미가 줄을 늘이거나 ◇燈花(등화) 열리거나=등잔 불에 불똥이 맺히거나 ◇드ᄅᆞ려뇨=들을까.

통석 까치 울거나 거미가 줄을 내리거나 등잔불에 불똥이 맺히거나
(중장 결)
아마도 반가운 기별을 어느 때에 들을까.

조유수*

〈春州小詞〉

1

昭陽亭 빈를 트고 母津江 도라드러
谷雲의 藍輿 て라 春景을 다 보아다
져 줌아 淸平紅葉은 九秋의 가 보리라. (后溪詩集)

昭陽亭(소양정)=강원도 춘천(春川) 봉의산(鳳儀山)에 있는 정자 ◇母津江(모진강)=
춘천 북쪽 42리에 있는 강 ◇谷雲(곡운)=춘천에 있는 지명 ◇藍輿(남여)=뚜껑이
없는 작은 가마 ◇春景(춘경)을 다 보아다=봄의 경치를 다 보았다 ◇淸平紅葉(청
평홍엽)은=청평산의 단풍. 청평산은 춘천 북쪽에 있음 ◇九秋(구추)의=가을에.

🔷 **통석** 　소양정에서 배를 타고 모진강을 돌아들어
　　　　　곡운에서 남여를 갈아타고 봄의 경치를 다 보았다
　　　　　저 중아 청평산의 단풍은 가을에 가서 보겠다.

2

昭陽江 고기 잡고 鳳儀山 松茸 ᄯ니
春州風味를 노 업다 못흘노다
어즈버 八十太太守는 그를 眷戀ᄒᄂ냐. (后溪詩集)

鳳儀山(봉의산)=강원도 춘천(春川) 시내에 있는 산 ◇松茸(송용)='松栮'(송이)의 잘

---

* 조유수(趙裕壽 ; 孝宗·肅宗朝). 자 의중(毅仲). 호 후계(后溪). 시에 능했던 것으로 여겨진다.
3수의 시조가 전하고 있다. 시조(時調)를 '소사'(小詞)라고 부른 것이 특이하다고 하겠다. 저
서에 <후계시집>(后溪詩集)이 있다.

못인 듯. 송이버섯 ◇春州風味(춘주풍미)를=춘주 음식의 고상한 맛을. 춘주는 춘천의 다른 이름 ◇노 업다=아주 없다 ◇八十太太守(팔십태태수)=팔십 먹은 태수. 태태수는 운율을 맞추기 위함인 듯 ◇眷戀(권련)ᄒᄂ냐=간절히 생각하고 그리워하느냐.

🔖 **통석**   소양강에서 고기 잡고 봉의산에서 송이를 따니
　　　　　춘천의 풍미를 아주 없다고 못할 것이다
　　　　　어즈버 팔십 먹은 태수는 그것을 간절히 생각하고 그리워하느냐.

안서우*

〈楡院十二曲〉

1

닉 ᄆᆞᆷ 져버아 눔의 ᄆᆞᆷ 싱각ᄒᆞ니
나 슬흐면 눔 슬코 눔 됴흐면 나 됴흐니
모로미 己所不念을 勿施於人 ᄒᆞ리라. (兩棄齋散稿)

저버아=생각을 낮추거나 상대방에게 유리하게 해서 ◇모로미=모름지기 ◇己所不
念(기소불염)을 勿施於人(물시어인)=내가 하고자 하는 마음이 없는 것을 남에게
베풀지 아니함. 기소불렴은 기소불욕(己所不欲)과 같은 말임.

🔖 **통석**   나의 마음을 접고서 남의 마음을 생각하니
          내가 싫으면 남도 싫고 남이 좋으면 내도 좋으니
          모름지기 내가 생각하지 아니한 바를 남에게 베풀지 말라고 하리라.

2

文章을 ᄒᆞ쟈 ᄒᆞ니 人生識字憂患始오
孔孟을 비호려 ᄒᆞ니 道若登天不可及이로다
이 내 몸 쓸 ᄃᆡ 업스니 聖代農圃 되오리라. (兩棄齋散稿)

---

* 안서우(安瑞羽 ; 1664~1735). 자 봉거(鳳擧). 호 양기옹(兩棄翁). 학자. 벼슬은 울산부사를 지
냈다. 전라도 무주(茂朱)에 살면서 서울에 발을 끊고, 첨지중추부사에 임명되었으나 취임하
지 않았다. 저서에 <양기재유고>(兩棄齋遺稿)와 <양기재산고>(兩棄齋散稿)가 있다. "유원
십이곡"(楡院十二曲)은 13수로 된 연시조이나 <양기재산고>에는 전부를 "유원십이곡"이라
했음.

文章(문장)을=공부를 ◇人生識字憂患始(인생식자우환시)오=사람이 글자를 아는 것
이 근심걱정의 시작이오 ◇孔孟(공맹)을=공자와 맹자를. 유학(儒學)을 ◇道若登天
不可及(도약등천불가급)이로다=학문의 도리는 하늘에 오르는 것과 같아 이르기가
어렵다 ◇聖代農圃(성대농포)=태평시대에 농사짓는 논밭이나 가꾸는 사람.

통석 공부를 하자하니 사람이 글자를 아는 것이 걱정과 근심의 시작이오
유학을 배우려 하니 학문의 도리는 하늘에 오르는 것과 같아 이르기가
어렵다
이 내 몸은 쓸 곳이 없으니 태평성대에 농사짓는 사람이나 되리라.

3

青山은 므스 일노 無知ᄒᆫ 날 ᄀᆞᆺᄒᆞ며
綠水는 엇지ᄒᆞ야 無心ᄒᆫ 날 ᄀᆞᆺᄐᆞ뇨
無知타 웃지마라 樂山樂水홀가 ᄒᆞ노라. (兩棄齋散稿)

므스 일노=무슨 일로 ◇날 ᄀᆞᆺᄒᆞ며=나와 같으며 ◇樂山樂水(요산요수)홀가=산과
물을 좋아할까.

통석 청산은 무슨 일로 무지한 나와 같으며
녹수는 어찌하여 무심한 나와 같으냐.
무지하다고 웃지 마라 산과 물을 좋아할까 하노라.

4

紅塵에 絶交ᄒᆞ고 白雲으로 爲友ᄒᆞ야
綠水青山에 시름 업시 늘거가니
이듕의 無限至樂을 헌ᄉᆞ홀가 두려웨라. (兩棄齋散稿)

紅塵(홍진)에 絶交(절교)ᄒᆞ고=속세와 인연을 끊고 ◇爲友(위우)ᄒᆞ야=벗 삼아서 ◇無
限至樂(무한지락)을=한이 없는 지극한 즐거움을 ◇헌ᄉᆞ홀가 두려웨라=시끄럽게
떠들어댈까 두렵다.

속세와 인연을 끊고 백운으로 벗을 삼아서
녹수와 청산에 걱정 없이 늙어가니
이 가운데 한 없는 지극한 즐거움을 남들이 시끄럽게 떠들어댈까 두렵다.

5

耕田ᄒ야 朝夕ᄒ고 釣水ᄒ야 飯餐ᄒ며
長腰의 荷鎌ᄒ고 深山의 採樵ᄒ니
내 生涯 이쑌이라 뉘라셔 다시 알리. (兩棄齋散稿)

耕田(경전)ᄒ야 朝夕(조석)ᄒ고=농사를 지어 아침저녁 밥을 먹고 ◇釣水(조수)ᄒ야
飯餐(반찬)ᄒ며=낚시질하여 잡은 고기로 반찬하며 ◇長腰(장요)의 荷鎌(하겸)ᄒ고=
허리에 낫을 차고 ◇深山(심산)의 採樵(채초)ᄒ니=깊은 산에 가 나무를 하니.

🏛 통석 농사지어 아침저녁 끼니하고 낚시질하여 잡은 고기를 반찬하며
허리에 낫을 차고 깊은 산에 들어가 나무하니
내 생활이 이것뿐이라고 누가 다시 알겠느냐.

6

내 生涯 澹泊ᄒ니 긔 뉘라셔 ᄎᄌ오리
入吾室者 淸風이오 對吾飮者 明月이라
이 내 몸 閑暇ᄒ니 主人 될가 ᄒ노라. (兩棄齋散稿)

生涯 澹泊(생애담박)ᄒ니=생활이 욕심이 없고 마음이 깨끗하니 ◇入吾室者 淸風
(입오실자청풍)이오=내 방에 드는 것은 맑은 바람이요 ◇對吾飮者 明月(대오음자
명월)이라=나를 상대해서 술 마시는 것은 밝은 달이라.

🏛 통석 내 생활이 담박하니 그 누가 나를 찾아오겠느냐
내 방에 드는 것은 맑은 바람이요 나와 상대하여 술 마시는 자는 밝은
달이라
이 내 몸이 한가하니 주인이 될까 하노라.

7

人間의 벗 잇단 말가 나는 알기 슬희여라
物外에 벗 업단 말가 나는 알기 즐거웨라
슬커나 즐겁거나 내 분인가 ᄒᆞ노라. (兩棄齋散稿)

잇단 말가=있단 말인가 ◇슬희여라=싫다 ◇物外(물외)에=속세의 밖에.

🔷 **통석** 　사람에게 벗이 있다는 말인가 나는 알기 싫다
　　　　속세 밖에 벗이 없다는 말인가 나는 알기 즐거워라
　　　　싫거나 즐겁거나 내 분수인가 하노라.

8

嶺山의 白雲起ᄒᆞ니 나는 보믜 즐거웨라
江中 白鷗飛ᄒᆞ니 나는 보믜 반가왜라
즐기며 반가와 ᄒᆞ거니 내 벗인가 ᄒᆞ노라. (兩棄齋散稿)

嶺山(영산)의 白雲起(백운기)ᄒᆞ니=산마루에 흰 구름이 일어나니 ◇보믜=쳐다보기가.

🔷 **통석** 　산마루에 흰 구름이 일어나니 나는 보기 즐거워라
　　　　강 가운데 갈매기가 나니 나는 보기 반가워라
　　　　즐기며 반가워하거니 내 벗인가 하노라.

9

有情코 無心홀 슨 아마도 風塵 朋友
無心코 有情홀 슨 아마도 江湖 鷗鷺
이제야 昨非今是을 씌ᄃᆞ른가 ᄒᆞ노라. (兩棄齋散稿)

風塵 朋友(풍진붕우)=이 세상의 친구들 ◇江湖 鷗鷺(강호구로)=강과 호수에 떠있는 갈매기와 백로 ◇昨非今是(작비금시)을 씌ᄃᆞ른가=어제 그르다고 한 것이 이제는 옳은 것임을 깨달았는가.

다정하고도 무심한 것은 아마도 이 세상의 친구들
무심하고도 다정한 것은 아마도 강호의 갈매기와 백로
이제야 어제 그르다고 한 것이 이제는 옳은 것임을 깨달았는가 하노라.

10

陶彭澤 棄官去홀 제와 太傅는 乞骸歸홀 제
浩然 行色을 뉘 아니 부러ᄒ리
알고도 不知止ᄒ니 나도 몰나 ᄒ노라. (兩棄齋散稿)

陶彭澤 棄官去(도팽택기관거)홀 제와=도연명(陶淵明)이 벼슬을 버리고 갈 때와. 팽
택현령(彭澤縣令)으로 있을 때 독우(督郵)란 감독관이 현신(現身)하기를 재촉하자
하찮은 녹미(祿米) 때문에 허리를 굽힐 수 없다하고 벼슬을 버리고 고향으로 돌아
왔음 ◇太傅(태부)는 乞骸歸(걸해귀)홀 제=장사왕(長沙王) 태부(太傅)인 가의(賈誼)
가 벼슬에서 물러가고자 간청할 때 ◇浩然 行色(호연행색)을=마음이 넓고 뜻이
크게 행동하는 모습을 ◇부러ᄒ리=부러워하지 않겠느냐 ◇不知止(부지지)=그만둘
때를 아지 못하니.

도연명이 벼슬을 버리고 갈 때와 가태부가 물러가고자 간청할 때
마음이 넓고 크게 행동하는 모습을 누가 부러워하지 않겠느냐
알고도 그만둘 때를 알지 못하니 나도 몰라 하노라.

11

내 ᄆᆞ음 定ᄒ 後니 爲貧而仕 거즛말이
내 몸을 自專티 못 ᄒ니 爲親而屈이 올흔말이
이제나 養極專城ᄒ니 도라갈가 ᄒ노라. (兩棄齋散稿)

爲貧而仕(위빈이사)=가난하기 때문에 벼슬을 함 ◇自專(자전)티=스스로 온전히 하
지 ◇爲親而屈(위친이굴)이 올흔말이=어버이를 위해 자신을 굽힘이 옳으니 ◇이
제나=이제는 ◇養極專城(양극전성)ᄒ니=‘專城’은 ‘專誠’의 잘못인 듯. 극진히 봉양
하기에 정성을 다하니.

　내 마음을 정한 뒤니 가난 때문에 벼슬한다는 것이 거짓말이다
　　　　내 몸을 스스로 온전히 못하니 어버이를 위해 자신을 굽힘이 옳으니
　　　　이제는 극진히 봉양하기에 정성을 다하니 돌아갈까 하노라.

12

人間의 風雨多ᄒ니 므스 일 머므ᄂᆞ뇨
物外에 烟霞足ᄒ니 무스 일 아니 가리
이제ᄂᆞᆫ 가려 定ᄒ니 逸興 계워 ᄒ노라. (兩棄齋散稿)

風雨多(풍우다)ᄒ니=어려움이 많으니 ◇物外(물외)에 烟霞足(연하족)ᄒ니=현실 세계와 떨어져 있는 듯한 세상에 경치가 아름다우니 ◇逸興(일흥) 계워=세속을 벗어난 풍류스런 흥취를 억제하기 어려워.

▶️ 통석　사람들의 사는 세상에 어려움이 많다고 하니 무슨 까닭에 머물러 있는가.
　　　　세속을 벗어난 듯한 세상의 경치가 좋다고 하니 왜 아니 가겠느냐
　　　　가겠다고 결정을 하고 났으나 풍류스런 흥취를 억제하기 어렵구나.

13

먹거든 머지마나 멀거던 먹지마나
멀고 먹거든 말이나 ᄒ련마ᄂᆞᆫ
입조차 벙어리 되니 말 못ᄒ여 ᄒ노라. (兩棄齋散稿)

먹거든 머지마나=귀가 먹었거든 눈이나 멀지 말거나 ◇멀거던 먹지마자=눈이 멀었거든 귀먹지 말거나.

▶️ 통석　귀가 먹었거든 눈이나 멀지 말거나 눈이 멀었거든 귀먹지 말거나
　　　　눈멀고 귀먹었거든 말이나 할 수 있으련만
　　　　입마저 벙어리가 되니 말하지 못하여 하노라.

14

玉峰의 ᄂᆞᆫ는 구롬 가지 말고 게 잇거라

네 비록 無心흔들 나는 보매 有情흐다
구룸도 드룸이 잇던디 長繞嶺上 흐느다. (兩棄齋散稿)

玉峰(옥봉)의=산봉우리에 ◇느는 구룸=떠가는 구름(飛雲) ◇나는 보매=내가 보기에는 ◇드룸이 잇던디=들은 것이 있던지. 들은 말이 있던지 ◇長繞嶺上(장요영상)=오랫동안을 고갯마루에 둘려있음.

📖 통석 산봉우리에 떠가는 구름 가지 말고 거기 있거라
너는 비록 무심하다고 하지만 내가 봄에는 유정하다
구룸도 들은 것이 있던지 오랫동안을 고갯마루에 둘려있더라.

15
赤城의 丹霞起흐니 天臺는 어듸메오
香爐에 紫烟生흐니 廬山이 여긔로다
이듕의 無限仙景이 내 分인가 흐노라. (兩棄齋散稿)

赤城(적성)의=적성은 지명 ◇丹霞起(단하기)흐니=붉게 물든 운기(雲氣)가 일어나니 ◇天臺(천대)는=하늘은 ◇香爐(향로)에 紫烟生(자연생)흐니=향로에 자줏빛 연기가 피어오르니. 향로는 산봉우리 이름인 듯 ◇廬山(여산)이=중국 강서성 구강현(九江縣) 남쪽에 있는 산으로 경치가 뛰어남 ◇無限仙境(무한선경)이=신선들의 세계처럼 무한한 경치가.

📖 통석 적성에 붉게 물든 운기가 일어나니 하늘은 어디쯤이냐
향로에 자줏빛 연기가 피어오르니 여산이 여기로구나
이 가운데 신선들의 세계처럼 무한한 경치가 내 분수인가 하노라.

16
山名 以東흐니 謝太傅 노던 딘가
村居近社흐니 稷下里 여긔로다
아희야 絃誦乙 니겨스라 高臥時起 흐리라. (兩棄齋散稿)

山名 以東(산명이동)ᄒᆞ니=산 이름이 동이라 하니. 동산이라 하니 ◇謝太傅(사태부)=중국 진(晉)나라 명신 사안(謝安 ; 320~385)을 가리킴. 죽은 뒤에 사부에 추증되었으므로 사태부라 함. 정사(政事)의 여가에 동산(東山)에 올라 기생과 풍악으로 즐겁게 놀았다고 함 ◇村居近祠(촌거근사)ᄒᆞ니=사당근처의 마을에 사니 ◇稷下里(직하리)=지명 중국 산동성 임치현(臨淄縣) 북쪽으로 옛날 제성(齊城)의 서쪽 땅. 제(齊)나라 선왕(宣王)이 학자들을 우대하였으므로 한때 천하의 학자들이 모두 이곳에 모였다고 함 ◇絃誦乙(현송을) 니겨스라='乙'은 우리말 조사(助詞). 거문고를 연주하고 시 외우기를 익혀라 ◇高臥時起(고와시기)=벼슬을 그만두고 한가히 지내니 때가 되면 일어나리라.

📖 **통석** 산 이름을 동이라 하니 진나라의 사안이 놀던 곳인가
사당 근처의 마을에 사니 직하리가 여기로구나
아희야 거문고를 연주하고 시외우기를 익히거라 한가히 지내다 때가
되면 일어나리라.

17
貪이라 貪이라 ᄒᆞᆫ들 山水貪이 貪이 되며
病이라 病이라 ᄒᆞᆫ들 烟霞病이 病이 되랴
아마도 이 貪病 계우니 못 곳칠가 ᄒᆞ노라. (兩棄齋散稿)

山水貪(산수탐)이 貪(탐)이 되며=자연을 욕심냄이 욕심이 되며 ◇煙霞病(연하병)이=자연을 사랑하는 병이 ◇貪病(탐병) 계우니=탐을 내고 병이 되는 것이 정도에 지나치니. 너무 좋아하니.

📖 **통석** 욕심낸다 욕심낸다고 한들 산수를 욕심내는 것이 욕심이 되며
병이라 병이라 한들 자연을 사랑하는 병이 병이되랴
아마도 이 욕심내고 병이 되는 것이 정도에 지나치니 못 고칠까 하노라.

18
青山으로 울흘 삼고 綠水로 쯰을 삼아
碧峰蒼波에 시름 업시 往來ᄒᆞ니

이 中의 探山釣水ᄒ야 飢渴이나 免홀가. (兩棄齋散稿)

울흘=울타리를 ◇씌을=띠를 ◇碧峰蒼波(벽봉창파)에=푸른 산봉우리와 출렁이는
물에 ◇探山釣水(채산조수)ᄒ야 飢渴(기갈)이나=산에서 나물을 캐고 물에 낚시질
하여 배고프고 목마름이나.

🔖 **통석**　청산으로 울타리를 삼고 녹수로 띠를 삼아
　　　　푸른 산봉우리와 출렁이는 물결에 근심 없이 왕래하니
　　　　이 가운데에 나물 캐고 낚시질하여 배고프고 목마름이나 면할까.

19
집이 집이 아냐 烟霞아 내 집이오
벗이 벗이 아냐 風月이냐 내 벗이되
집 잇고 벗 어든 後니 萬事無心 ᄒ여라. (兩棄齋散稿)

아냐=아니다 ◇煙霞(연하)아=연기와 노을이. 자연이 ◇어든=얻은.

🔖 **통석**　내 집이 집이 아니라 연기와 노을이 내 집이요
　　　　내 벗이 벗이 아니라 바람과 달이야말로 내 벗이로되
　　　　집 있고 벗 얻은 뒤니 모든 것에 근심이 없어라.

권섭*

〈梅花〉

1

모첨의 둘이 딘 졔 첫 줌을 얼픗 세여
반벽잔등을 의지 삼아 누어시니
일야 미화ㅣ 발호니 님이신가 호노라. (玉所稿 2)

모첨의=초가집 처마의(茅簷) ◇딘 제=졌을 때에 ◇얼픗=얼핏 ◇반벽잔등을 의지
삼아=벽에 걸린 깜박거리는 등잔불(半壁殘燈)을 의지하여 ◇일야=일야(一夜). 밤
사이. 하룻밤 ◇발호니=피니(發).

◈ **통석** 초가집 처마에 달이 졌을 때에 첫 잠을 얼핏 깨여
벽에 걸린 깜박거리는 등잔불을 의지하여 누었으니
밤사이에 매화가 피었으니 님이신가 하노라.

2

아마도 이 벗님이 풍운이 그디 업다
옥골빙혼이 닝담도 흐져이고
풍편의 그만흔 향긔는 셰한불기 흐느다. (玉所稿 3)

풍운이=풍류와 운치가(風韻) ◇그디 업다=그지없다. 끝이 없다 ◇옥골빙혼이=매
화가(玉骨氷魂). 매화의 이칭(異稱) ◇닝담도=차갑게 느껴지기도(冷淡) ◇풍편의=

---

* 권섭(權燮 ; 1671~1759). 자 조원(調元). 호 옥소(玉所). 시인. 백부 권상하(權尙夏)에게 수학
했다. 벼슬에 나가지 아니하고 문필 생활과 탐승여행으로 생애를 보냈다. 저서에 <옥소
고>(玉所稿)가 있다.

바람결의(風便) ◇ㄱ만흔 향긔는=그윽한 향기는. 암향(暗香)은 ◇셰한불기=추운 계절에도 고치지 않음(歲寒不改).

> 💿 통석　아마도 이 벗님이 풍류와 운치가 그지없다
> 　　　깨끗한 용모와 차가운 넋이 차갑게 느껴지기도 하는구나.
> 　　　바람결의 그윽한 향기는 추운 계절에도 고치지 않는구나.

3

틴긔도 묘흘시고 네 몬져 츈휘로다
흔 가지 것거 내여 이 쇼식 뎐챠 ㅎ니
님계셔 너를 보시고 반기실가 ㅎ노라. (玉所稿 4)

틴긔도=천지의 이치(天機)도 ◇츈휘로다=따뜻한 봄의 햇볕(春暉)이로구나 ◇뎐챠 ㅎ니=전(傳)하고자 하니.

> 💿 통석　하늘의 이치도 묘하구나 네가 먼저 봄의 따뜻한 햇볕을 받는구나.
> 　　　한 가지 꺾어서 이 소식을 전하고자 하니
> 　　　님께서 너를 보시고 반가워하실까 하노라.

4

님이 너를 보고 반기실가 아니실가
긔년화류의 취흔 줌 못 씌얏는고
두어라 다 각각 졍이니 날과 늙쟈 ㅎ노라. (玉所稿 5)

긔년화류의=몇 년(幾年) 동안의 화류(花柳)에 ◇졍이니=정(情)이니 ◇날과=나와.

> 💿 통석　님이 너를 보시고 반가워하실까 아니하실까
> 　　　몇 년 동안의 화류(花柳)에 취한 잠을 깨지 못하였는가.
> 　　　두어라 다 각각의 정(情)이니 나와 함께 늙자 하노라.

〈六詠〉

1

싱쇼죵경 느지 들고 빅뇨쥰분ᄒᆞᄂᆞᆫ 적의
문무가 기리 불고 일무방쟝 ᄒᆞ여시니
아마도 지텬ᄒᆞ신 명녕이 쳑강양양 ᄒᆞ실가. (祭樂肅) (玉所稿 12)

싱쇼죵경=생소종경. 생은 생황(笙簧), 소는 젓대, 종경은 편종(編鐘)과 편경(編磬).
악기의 총칭 ◇느지 들고=느즉이 들고 느슨하게 들고 ◇빅뇨쥰분ᄒᆞᄂᆞᆫ 적의=모
든 관리들이(百僚) 빨리 달리(駿奔)는 때에 ◇문무가=문과 무를 찬양하는 노래(文
武歌) ◇기리 불고=늘어지게 불고 ◇일무방쟝=일무를 바야흐로 춤(佾舞方張). 일
무는 사람을 여러 줄로 세워서 추는 춤 ◇지텬ᄒᆞ신=하늘에 계신(在天) ◇명녕이=
모든 것을 훤히 살피는 영혼이(明靈) ◇쳑강양양=혹은 하늘에 오르고, 혹은 땅에
내리기를(陟降洋洋) 계속함.

> 📖 **통석** 각종의 악기들을 느직하게 들고 모든 관료들이 바쁘게 움직일 때에
> 문무를 찬양하는 노래를 늘어지게 불고 일무를 바야흐로 추니
> 아마도 하늘에 계신 영령들이 오르내리기를 계속하시는 것일까.

2

단 우희셔 슈긔를 들어 뉵화팔진 뎡졔ᄒᆞ고
징 티며 북 울니고 ᄉᆞ오합을 �ᄒᆞ더니
져근덧 호령포 ᄒᆞᆫ 방의 만마무셩 ᄒᆞ여라. (軍樂整) (玉所稿 13)

단 우희셔=높게 만들어 놓은 지휘하는 곳에서 ◇슈긔를=장군의 깃발을(帥旗). 지
휘하는 기를 ◇뉵화팔진 뎡졔ᄒᆞ고=육화팔진(六花八陣)을 정제(整齊)하고 군진을
군법에 맞게 정비하고 ◇징 티며=쟁(錚)을 치며 ◇ᄉᆞ오합을=네다섯 차례의 겨룸
(四五合)을 ◇호령포=예포(禮砲)를 말함 ◇만마무셩=모든 말들이(萬馬) 소리를 죽
이고 조용함(無聲).

단 위에서 장군 깃발을 들어 군진을 정리하고
징을 치며 북을 울리고 네다섯 차례 겨루더니
잠깐 사이 예포 한 방에 모든 말들이 조용하더라.

3

가사 장삼 ᄀ초 닙고 ᄎ례로 버려 셔셔
탁하의 삼비ᄒ고 천수공양 도도는 양
아마도 삼ᄃㅣ상 위의를 다시 본 듯 ᄒ여라.(禪樂定) (玉所稿 14)

가사 장삼=가사(袈裟)와 장삼(長衫). 가사는 중이 입는 법의(法衣). 장삼은 검은 베로 만든 길이가 길고 소매가 넓은 중의 옷 ◇ᄀ초 닙고=갖추어 입고 ◇탁하의 삼비ᄒ고=탁자 아래(卓下)에서 세 번 절(三拜)하고 ◇천수공양=오래 살기를 빌면서 부처에게 드리는 음식이나 꽃, 항(千壽供養) ◇도도는 양=돋우어 차리는 모습 ◇삼ᄃㅣ상 위의를=삼대(三代)의 위엄과 권위(威儀)를.

🔖 **통석**　가사와 장삼을 갖추어 입고 차례로 늘어서서
탁자 아래에서 세 번 절하고 오래 살기를 빌며 부처에게 공양을 올리는 양은
아마도 삼대의 위의를 다시 보는 듯하구나.

4

거믄고 가약고 ᄒㅣ금 피리 댱고 섯거 트며
나삼을 반만 드러 보허스로 얼러 추니
밤듕만 금연화쵹의 취ᄒ는 줄 몰래라.(女樂湯) (玉所稿 15)

댱고=장구(杖鼓). 또는 장고(長鼓) ◇섯거 트며=어울려 연주하며. 같이 연주하며 ◇나삼을=비단으로 만든 적삼을 ◇보허스로=보허자(步虛子)로. 궁중무용의 반주 음악으로 연주하는 악곡의 하나(步虛詞) ◇얼러 추니=어우러져 춤을 추니 ◇금연화쵹의 취ᄒ는=화려한 잔치(錦筵)의 촛불(華燭)에 술 취하는.

거문고 가야금 해금 피리 장구를 어울려 연주하며
비단 적삼의 소매를 반만 들어 보허자 가락에 어울려 춤을 추니
밤중만 화려한 잔치를 밝히는 촛불 속에 술 취하는 줄을 모르겠구나.

5
져지비 비파즈비 필이즈비 세히 나셔
집마다 줏갑 닐고 걸냥됴로 블며 트며
슬토록 흘라흘라 ᄒ다가 멋만 듯고 가노매.(傭樂捷) (玉所稿 16)

져지비=져(笛)를 부는 사람. 재비는 차비(差備)로 무엇을 준비하는 사람을 뜻하는
말 ◇비파즈비=비파를 부는 사람 ◇필이즈비=피리를 부는 사람 ◇세히 나셔=세
사람이 나서 ◇줏갑 닐고=술값을 달라 말하고 ◇걸냥됴로 블며 트며=거랑조로
노래 부르며 악기를 연주하며, 거랑꾼의 노랫가락(乞糧調)으로 ◇슬토록=오래도록
◇흘라흘라=의성어. 지껄이는 소리 ◇멋만 듯고 가노매=흉내만 남기고 가는구나.

🎵 **통석** 저 부눈 사람 비파 부는 사람 피리 부는 사람 셋이서
집집마다 술값 달라 말하고는 거랑꾼 가락으로 노래 부르며 연주하며
오래도록 중얼중얼 대다가 흉내만 남기고 가는구나.

6
몽도리의 블근 갓 쓰고 찰 들고 너펄며셔
잡소리 저저리고 제셕군흥 쳥ᄒ노매
새도록 댱고 북 던던던 ᄒ며 그칠 줄을 모른다.(巫樂淫) (玉所稿 17)

몽도리의=동달이에. 동달이는 옛날 군복의 한 가지. 검은 두루마기인데, 안을 다
홍으로 하고, 붉은 소매를 달았으며, 뒤를 터서 지었음 ◇너펄며셔=너펄거리면서
◇잡소리 저저리고=잡가(雜歌)를 지껄이면서 ◇제셕군흥 쳥ᄒ노매=제석(帝釋)거리
를 부르며 흥을 돋구며. 제석은 무당이 섬기는 신(神)을 말하며, 제석거리는 제석
풀이를 할 때 부르는 노래 ◇새도록=밤새도록 ◇던던던=덩덩덩. 장구나 북소리
를 말함.

〈十六詠〉

1

굴헝의 셧ᄂᆞ 나모 언건도 흐쳐이고
풍샹을 슬ᄏᆞᆺ 격고 독야쳥쳥 ᄒᆞ얏고야
져근덧 버히디 말고 두면 동냥ᄌᆡ 될노다. (松) (玉所稿 18)

언건도=거만해 보임(偃蹇). 또는 성대함 ◇슬ᄏᆞᆺ 격고=많이 겪고 ◇져근덧 버히디
=조금만이라도 베지 ◇동냥ᄌᆡ 될노다=쓸 만한 재목이(棟梁才) 되겠다.

📜 **통석** 구렁에 서 있는 나무 우뚝하기도 하구나
어려운 고비를 많이 겪고 홀로 푸르기만 하구나
조금이라도 베지 않으면 쓸 만한 재목이 되겠다.

2

츄풍이 요락ᄒᆞ여 초목이 다 이원ᄃᆡ
만계 황화ᄂᆞ 어이 ᄒᆞ여 픠엿ᄂᆞᆫ고
진실노 만졀한향이 가쉴 적이 업세라. (菊) (玉所稿 19)

요락ᄒᆞ여=나뭇잎을 흔들어 떨어뜨려(搖落) ◇이원ᄃᆡ=앙상한데 ◇만계 황화ᄂᆞ=섬
돌에 가득한(滿階) 국화(菊花)는 ◇만졀한향이=늦은 계절에 선뜩하게 느껴지는 향
기(晚節寒香)가 ◇가쉴 적이=변할 때가.

📜 **통석** 가을바람에 나뭇잎이 떨어져 초목이 다 앙상한데
섬돌에 가득한 국화는 어이 하여 피었는고
진실로 늦은 계절에 선뜩하게 느껴지는 향기가 변할 때가 없구나.

3
츤 괴운 머금고 셔셔 눈빗츨 새오는 듯
옥골 빙혼이 봄 젼의 도라오니
굿득에 닝담혼 풍운의 암향조차 들릴샤.(梅) (玉所稿 20)

눈빗츨 새오는 듯=눈(雪)의 새하얀 빛을 시새우는 듯 ◇옥골 빙혼이=매화가. 옥골(玉骨)과 빙혼(氷魂)은 다 매화를 가리키는 말 ◇젼의=젼(前)에 ◇닝담흔 풍운의=차갑게 느껴지는 풍도와 운치(冷淡)가 ◇암향조차 들릴샤=그윽한 향기(暗香)마저 풍겨오는 듯.

🔖 **통석** 차가운 기운을 머금고 서서 새하얀 눈빛을 시샘하는 듯
하얀 매화가 봄이 되기 전에 꽃을 피우니
가뜩이나 차갑게 느껴지는 풍도와 운치에 그윽한 향기조차 풍겨오는
듯하구나.

4
곳거든 마디 업거나 속은 어이 통톳던고
설상풍우의 스시의 혼 빗칠쇠
들밤의 영부소도 됴커든 쳑쳑셩은 엇디오.(竹) (玉所稿 21)

곳거든 마디=곧거든 마디가 ◇어이 통톳던고=어찌 통(通)하였는가 ◇설상풍우의=눈서리와 비바람(雪霜風雨)에 ◇스시의=일 년 내내(四時)에 ◇영부소도=대나무 나뭇가지가 자라 그림자가 사방으로 퍼진 모습(影扶疎)도 ◇쳑쳑셩은=근심이 쌓인 듯한 서글피 들리는 소리(慽慽聲)는. 댓잎이 부딪히는 소리는 ◇엇디오=어떠한가. 또는 어쩐 일인가.

🔖 **통석** 곧거든 마디가 없거나 속은 어찌 통했는고
눈서리와 비바람을 겪고도 일 년 내내 한 가지 빛이로구나.
달밤에 대나무가지의 그림자도 좋거니와 서글프게 들리는 듯한 소리는
웬일인가.

5
대륙의 서려안자 긔셰도 장흘시고
텬근을 괴와 이셔 디륙이 기우는 듯
아마도 한양의 못은 긔운 더옥 녕장 ᄒ여라.(山) (玉所稿 22)

서려안자=서리고 앉아 ◇텬근을 괴와 이셔=하늘 끝을(天根) 떠받들고 있어서 ◇디
륙이 기우는 듯=땅(地陸)이 한 쪽으로 기우는 듯 ◇한양의 못은 긔운=서울(漢陽)
에 모인 기운이 ◇녕장=오래도록 힘이 넘쳐남(永壯).

🔷 **통석**　대륙에 서리고 앉았으니 기세도 장하구나
　　　　천근을 떠받들고 있어서 마치 땅이 한 쪽으로 기우는 듯
　　　　아마도 서울에 모인 기운이 더욱 오래도록 힘이 넘쳐나거라.

6
골골이 들리는 소리 조흠도 조흘시고
암계를 다 디내고 굽이굽이 도라가니
무서시 미친 일이 잇관듸 열열명명을 ᄒ는다.(溪) (玉所稿 23)

조흠도 조흘시고=좋기도 좋구나 ◇암계를=바위 옆으로 흐르는 시내를(巖溪) ◇무
서시=무엇이 ◇미친 일이 잇관듸=원한이 맺히는 일이 있기에 ◇열열명명을=소
리 내어 울음(咽咽鳴鳴)을.

🔷 **통석**　골짜기마다 들리는 물소리가 듣기에 좋기도 좋구나
　　　　바위 옆으로 난 시내를 다 지나고 굽이굽이 돌아 흐르니
　　　　무슨 원한 맺힌 일이 있기에 소리 내어 우느냐.

7
됴흘시고 일듸쟝뉴 소련을 잇그는 듯
듀야의 흘려내여 곤곤부진 ᄒ는고야
아무리 일만 번 것거도 갈 듸 몰라 ᄒ노라.(江) (玉所稿 24)

일딕쟝뉴=띠처럼 길게 흐르는 냇물(一帶長流) ◇소련을 잇그는 듯=흰 빛의 명주(素練)를 이끄는 듯 ◇곤곤부진=물이 힘차게 흘러 다함이 없음(滾滾不盡) ◇것거도 갈 듸=꺾이어도 끝난 곳.

📖 **통석** 좋구나, 띠처럼 길게 흐르는 강물이 마치 흰 명주를 이끈 듯
밤낮으로 흘러내려 힘차게 흘러도 그치지를 아니 하는구나
아무리 일만 번을 꺾이어도 끝난 곳을 몰라 하는구나.

8
깁희를 모르거니 그인들 어이 알리
만경챵낭이 텬디간의 빠혀시니
언제야 져 믈결 기두려 스히 셩젼 빠얼고.(海) (玉所稿 25)

그인들=끝인들 ◇만경챵낭이=끝없이 넓은 바다의 출렁이는 물결(萬頃滄浪)이 ◇기두려=기다려 ◇스히 셩젼=사해상전(四海桑田)인 듯. 상전벽해의 뜻.

📖 **통석** 깊이를 모르니 물가를 어찌 알겠느냐
끝없이 넓은 바다의 출렁이는 물결이 천지간에 쌓였으니
어느 때 저 물결을 기다려 상전벽해가 되기를 바랄까

9
구롬 밧긔 학 트신 분니 한가히도 둔니실샤
슈궁 패궐의 즈쇼셩이 더옥 됴희
져근덧 하계를 보쇼셔 우온 일이 만해라.(仙) (玉所稿 26)

분녀=어르신네 ◇슈궁 패궐의=수궁의 커다란 궁궐(水宮霸闕)인 듯 ◇즈쇼셩이=신선이 부는 퉁소소리(紫簫聲)가 ◇져근덧=잠간 ◇하계를=사람들이 사는 세계(下界)를 ◇우온=우스운.

통석 구름 밖에 학을 타신 어르신네 한가히도 다니시는구나.
　　　 수궁에 있는 궁궐에서 부는 퉁소소리가 더욱 좋구나
　　　 잠간 하계를 보십시오. 우스운 일이 많을 것입니다.

10

믈 아래 줌겻더니 소소뜨니 텬상일쇠
셰구롬 거느리고 변화도 신긔홀샤
져근덧 흔 줄 김 뿔와주면 히닉 싱녕 살올가. (龍) (玉所稿 27)

소소뜨니=솟아 떠오르니 ◇텬상일쇠=하늘 위(天上)이로구나 ◇흔 줄 김 뿔와주면 =한 줄기 비라도 내려주면 ◇히닉 싱녕 살올가=온 세상(海內)의 백성들을(生靈) 살리지 않을까.

통석 물 아래에 잠겨 있더니 솟아 떠오르니 하늘 위로구나
　　　 많은 구름을 거느리고 변화도 신기하구나.
　　　 잠깐이라도 한 줄기 비라도 내려주면 온 세상의 백성들을 살려주지 않
　　　 을까.

11

쇼리 티고 휘프람 불며 긔염도 황홀홀샤
이 뫼희 드런 되 멋히나 되어스니
진실노 네 잠간 떠나면 호리죵횡 흐려다. (虎) (玉所稿 28)

긔염도 황홀홀샤=대단한 기세(氣焰)도 눈부실 정도로구나 ◇드런 되=들어온 지가 ◇호리죵횡 흐려다=여우와 삵이(狐狸) 멋대로 돌아다닐까(縱橫) 두렵다. 호리는 소인배(小人輩)의 비유로 쓰인 듯.

통석 꼬치를 치며 휘파람을 부니 대단한 기세도 황홀하구나.
　　　 이 산에 들어온 지가 몇 해가 되었으니
　　　 진실로 네가 잠시라도 이 산을 떠나게 되면 여우나 삵이 멋대로 돌아다
　　　 닐까 두렵다.

12

청쇼의 뇨량ᄒ 소ᄅᆡ 구쇼의 들니노매
벽ᄒᆡ 요공의 언제나 도라가리
엇더타 월하의 홀로 셔셔 긴 짓츨 다듬ᄂᆞ니.(鶴) (玉所稿 29)

청쇼의 뇨량ᄒ 소ᄅᆡ=맑게 갠 밤(淸宵)의 높이 명랑하게 울려 퍼지는 소리가(寥亮)
◇구쇼의=하늘 가장 높은 곳(九霄)까지 ◇벽ᄒᆡ 요공의=바다처럼 푸른(碧海) 먼 하
늘에(搖空) ◇짓츨=깃을.

🔖**통석**　맑게 갠 밤 명랑하게 울려 퍼지는 소리가 하늘 끝까지 들리니
바다처럼 푸른 먼 하늘에 언제쯤 돌아가겠느냐
어쩌다 달빛아래 홀로 서서 기다란 깃을 다듬느냐.

13

이 몸이 텬디간의 태창졔미 ᄀᆞᆺ것마ᄂᆞᆫ
고금을 혜여보니 히온 일도 긔특ᄒᆞᆯ샤
두어라 쥐ᄀᆞᄐᆞᆫ 인간이야 닐러 무슴ᄒᆞ리.(人) (玉所稿 30)

태창졔미=커다란 창고(太倉) 속의 한 톨의 피(稊米). 헤아릴 수 없을 만큼의 많은
것 비해 아주 작은 것의 비유 ◇혜여보니=헤아려보니 ◇히온 일도=한 일도 ◇쥐
ᄀᆞᄐᆞᆫ=쥐 같은. 소인배를 가리킴 ◇닐러 무슴ᄒᆞ리=말하여 무엇 하겠느냐.

🔖**통석**　이 몸이 마치 이 세상의 커다란 창고 속의 피 한 톨 같지만
예전부터 이제까지를 헤아리니 한 일도 기특하구나.
두어라 쥐 같은 소인배들이야 말하여 무엇 하겠느냐.

14

너도 믈의 잇다 ᄒᆞ고 사름마다 잡으려 ᄒᆞᆫ들
금넌이 잠간 일면 구롬 모라 ᄃᆞᆫ일여든

아므리 밋기를 준들 걸닐 줄이 이시랴.(鯉) (玉所稿 31)

믈의 잇다=물속에 있다 ◇금닌이 잠간 일면=번쩍이는 비늘(錦鱗) 잠깐이라도
일어나면 ◇구롬 모라 도일여든=구름을 몰고 다닐 것이어든. 용이 되어 조화를
부릴 수 있을 것이어든 ◇밋기를 준들=미끼를 준다고 한들 ◇걸닐 줄이=걸릴
까닭이.

🔲 통석 　너도 물속에 있다하고 사람들마다 잡으려고 하지만
　　　　　번쩍이는 비늘이 잠깐이라도 일어나면 구름을 몰고 다닐 것이어든
　　　　　아무리 미끼를 준다고 한들 낚시에 걸릴 까닭이 있겠느냐.

15
오리마 젹표마들이 관단노틴 ㄱ틀손가
브람의 소릐쳐 울며 네 굽을 허위치니
아므리 쳔니지 이신들 알 리 업서 셜웨라.(馬) (玉所稿 32)

오리마 젹표마들이=오류마(烏騮馬)나 젹토마(赤驃馬)들이=오류마는 온 몸이 검
은 말, 젹표마는 붉은 색을 가진 명마 ◇관단노틴=관단(款段)과 노태(駑胎). 관단
은 느리고 더딘 말. 노태는 걸음이 느린 말 ◇허위치니=허위적거리니 ◇쳔니지
이신들=천리를 달리고 싶은 뜻(千里志)이 있다고 한들 ◇알 리=알 만한 사람이.
또는 까닭이.

🔲 통석 　오류마나 젹표마와 같은 천리마들이 간단이나 노태와 같겠는가
　　　　　바람에 소릐쳐 울며 네 발굽을 허위적거려 보지만.
　　　　　아무리 천리를 달리고 싶은 뜻을 가졌다고 한 들 알 사람이 없어 서럽다.

16
홰 우희 발 사리고 안자 ᄂᆞ래를 고쳐 것고
골희눈 기우리고 호긔도 이실지고
언제면 됴흔 브람 만나 플덕 ᄂᆞ라 가려뇨.(鷹) (玉所稿 33)

발 사리고 안자=발로 꽉 움켜쥐고 앉아 ◇ㄴ래를 고쳐 것고=날개를 다시 꺾고
접고 ◇골희눈=눈동자 가에 희읍스름한 테가 둘린 눈. 환안(環眼) ◇호긔도 이실
지고=씩씩하고 장한 기상도 있구나. 호기(豪氣) ◇됴흔 브람=순풍(順風).

📋 **통석**　　햇대 위에 발로 꽉 움켜쥐고 날개를 다시 꺾고
　　　　　　　고리눈을 기우리고 앉았으니 장한 기상도 있구나
　　　　　　　언제면 순풍을 만나 풀떡 하늘로 날아가려고 하느냐.

〈郭都正從祖重晉日壽詞〉

1

쓸 압희 셔는 대츈 몃 알음이 되얏ㄴ니
간 밤 비 긔운의 새희 소리 다시 나셔
아마도 천년만년의 이월 뉘를 모른디. (玉所稿 34)

셔는 대츈=서있는 대추나무(大椿) ◇알음=아름 ◇새희 소리=새소리가 ◇이월 뉘
를=시들을 줄을 ◇모른디=모르는구나.

📋 **통석**　　뜰 앞에 서있는 대추나무 몇 아름이 되었느냐
　　　　　　　간 밤 내린 비 기운에 새소리가 다시 나서
　　　　　　　아마도 천년만년을 시들을 줄을 모르는구나.

2

북당의 나는 훤쵸 몃 퍼기 되얏ㄴ니
간밤 비 긔운의 새 닙히 다시 나니
아마도 천년만년의 이월 뉘를 모른다. (玉所稿 35)

북당의=어머니가 거처하는 곳(北堂)에 ◇나는 훤쵸=싹이 난 훤초(萱草). 원추리.
어머니의 대칭(代稱)으로 쓰임 ◇닙히=잎이.

북당에 싹이 나온 훤초(萱草)가 몇 포기나 불어났느냐
간밤에 내린 비 기운에 새 잎이 다시 나니
아마도 천년만년의 시들 줄을 모른다.

3
천년을 사르쇼셔 만년을 사르쇼셔
태산이 편ᄒᆞ도록 만경창히 다 ᄌᆞᆺᄃᆞ록
이 텬디 다시 ᄀᆡ벽ᄒᆞ도록 슈고무강 ᄒᆞ쇼셔. (玉所稿 36)

편ᄒᆞ도록='평ᄒᆞ도록'의 잘못인 듯. 평평해지도록. 평지가 되도록 ◇만경창히=
널고 너른 푸른 바다(萬頃蒼海)가 ◇ᄌᆞᆺᄃᆞ록=잦아들도록. 마를 때까지 ◇슈고무
강=건강하게 오래 삶(壽考無疆).

🔹 **통석** 천년을 사십시오 만년을 사십시오.
태산이 평지가 되고 만경창해가 다 마르도록
이 천지가 다시 개벽하도록 건강하게 오래 사십시오.

4
요지연 남은 반도 ᄲᅵ 디여 다시 나셔
곳 픠여 다시 디고 새 여름 다시 ᄆᆡᆺ쳐
그 ᄲᅵ를 ᄯᅩ 다시 심거 ᄯᅩ 여ᄃᆞ록 사르쇼셔. (玉所稿 37)

요지연=요지에서 있었던 잔치(瑤池宴). 옛날 목천자(穆天子)가 서왕모(西王母)를 만
났다고 하는 곳 ◇반도=3천년에 한 번씩 열매가 열린다는 복숭아(蟠桃) ◇ᄲᅵ 디
여=씨가 떨어져 ◇여름=열매 ◇여ᄃᆞ록=열 때까지.

🔹 **통석** 요지연에 남은 복숭아씨가 떨어져서 다시 나서
꽃이 피어 다시 지고 새로운 열매가 다시 맺혀
그 씨를 또 다시 심어 또 열리도록 사시옵소서.

5

이 잔 잡으시고 또 흔 잔 잡으쇼셔

잡으신 남은 잔을 두엇다가 고쳐 드러

이 히를 쏘 고쳐 만나 드려볼가 ᄒ노라. (玉所稿 38)

고쳐 드러=다시 들어 ◇이 히를 쏘 고쳐=이 해(歲)를 쏘 다시.

📗 **통석**   이 술잔을 잡으시고 또 한 잔 잡으십시오
　　　　　잡으신 남은 잔을 두었다가 다시 들어
　　　　　이 한 해를 또 다시 만나 드려볼까 하노라.

〈謂客〉

1

이바 노래 흔 곡됴 쟝진쥬로 블러스라

압 집의 술이 닉고 일촌이 도화ㅣ로다

진실노 츈풍이 다나곳 가면 노라 볼 셰 업세라. (謂客) (玉所稿 39)

이바=이보시오 ◇쟝진쥬로 블너스라=장진주(將進酒)가락으로 불러라 ◇일촌이 도
화ㅣ로다=온 마을(一村)이 복숭아꽃(桃花)이로구나 ◇츈풍이 다나곳 가면=봄철이
지나가고 나면 ◇노라 볼 셰=놀아 볼 때. 형세가.

📗 **통석**   이보시오 노래 한 곡조를 장진주가락으로 불러보아라
　　　　　앞집의 술이 익고 온 마을이 복숭아꽃이로구나
　　　　　진실로 봄철이 다 가고나면 놀아 볼 때가 없을 것이다.

2

닉은 술 걸러내오 내 불으면 네 마촐다

풍광이 브진ᄒ니 녹음방초 잇ᄂ마ᄂ

아마도 일춘쇼화를 못내 보아 ᄒ노라.(客答) (玉所稿 40)

내 불으면 네 마츨다=내가 부르면 네가 맞추어 오겠느냐 ◇풍광이 브진ᄒ니=경치가(風光) 아주 좋으니(不盡) ◇잇ᄂ마는=있다고 하지만 ◇일춘쇼화를 못내 보아=봄철의 화창한 경치를(一春韶華) 다 보지 못해.

▷ 통석   익을 술 걸러내시오 내 부르면 자네 꼭 오게나
경치가 아주 좋으니 녹음과 방초가 있다고 하지만
아마도 봄철의 화창한 경치를 다 보지 못할까 하노라.

〈病中詠盆桃〉

1
팀변의 심근 도화 유정도 흔져이고
어제 못 핀 가지 오늘 ᄆ자 픠여셰라
아마도 츈풍이 느저시니 힝혀 딜가 ᄒ노라. (玉所稿 41)
(桃花新開)

팀변의=침소 근방(寢邊)에 ◇도화=복숭아꽃(桃花) ◇마ᄌ=마저 ◇힝혀 딜가=행(幸)여나 떨어질까.

▷ 통석   침소 근방에 심은 복숭아꽃 정이 있기도 하는구나.
어제 못 핀 가지가 오늘 마저 피었구나.
아마도 봄바람이 늦었으니 행여나 떨어질까 걱정이다.

2
곳 지쟈 새 플 나ᄂ 일원의 츈ᄉㅣ로다
낙화방초야 긔 더옥 보기 됴희
어즙어 이 내 픙졍이 ᄀ실 적이 업세라. (玉所稿 42)
(桃花已落細草新生)

일원의 츈스 l 로다=집 정원(一院)의 봄철의 볼 수 있는 일(春事)이구나 ◇낙화방초야=꽃이 지고 풀이 싱그러운 것(落花芳草)이야 ◇풍정이=풍취와 감정(風情)이 ◇가실 적이=변할 때가.

통석 꽃이 지자 새 풀이 돌아나니 집안 뜰이 봄 풍경이구나.
꽃이 지고 싱그러운 풀이 돌아남은 그것이 더욱 보기 좋구나.
어즈버 이 같은 나의 풍정(風情)이 변할 때가 없구나.

3

츈풍이 느즈나 싸나 픠온 고지 디나마나
닙 속의 봉오리 새로운 향긔로다
두어라 일년쇼화는 네 혼잰가 ㅎ노라. (玉所稿 43)
(桃花才落新蕊復開)

느즈나 싸나=늦거나 말거나 ◇고지 디나마나=꽃이 떨어지거나 말거나 ◇일년쇼화는=한 해 동안에 느낄 수 있는 화려한 봄의 경치(韶華)는.

통석 봄바람이 늦거나 말거나 피었던 꽃이 지거나 말거나
잎 속의 봉우리 새로운 향기로구나
두어라 한 해 동안에 느낄 수 있는 화려한 봄경치는 너 혼자인가 하노라.

〈獨自往遊戯有五詠〉

1

벗님늬 남산의 가새 됴흔 긔약 닛디 마오
닉은 술 졈졈 싀고 지진 곳뎐 셰여가늬
자늬늬 아니옷 가면 네 혼잔들 엇더리. (玉所稿 48)

가새=갑시다 ◇됴흔 긔약 닛디 마오=좋은 약속(期約) 잊지 마시오 ◇싀고=신맛

이 되어가고 ◇곳뎐=화젼(花煎) ◇세여가너=상해가네. 변해가네 ◇자너니 아니옷
가면=자네가 가지 않는다면

📖 **통석** 벗님들 남산에 갑시다 좋은 약속 잊지 마시오
익은 술 점점 시고 기름에 지진 화전 상해가네
자네가 아니 간다면 내 혼자인들 어떠하리.

2

어져 이 밋친 사름아 날마다 흥동일가
어제 곡셩 보고 또 어듸를 가쟛 말고
우리는 듕시급제 ᄒ고 호ᄉᄒ여 보려너. (玉所稿 49)
(諸文官答)

흥동일가=흥취가 일어나서 움직(興動)일까 ◇곡셩=곡성(曲城). 현재 경북 안동군
에 속해 있는 임하(臨河)의 옛 이름 ◇듕시급제ᄒ고=중시(重試)에 급제(及第)하고.
중시는 과거에 급제한 사람이 다시 과거에 응시하는 것 ◇호ᄉᄒ여=좋은 일(好事)
을 하여.

📖 **통석** 어허 이 미친 사람아 날마다 흥이 일어난단 말인가
어제는 곡성을 가보고 또 어디를 가자는 말인가
우리는 중시에 급제하고 좋은 일을 하여 보려네.

3

져 사름 밋을 셰 업다 우리신지 노라보쟈
복건망혜로 슬ᄏ장 ᄃᆞ니다가
도라와 승유편 디어 후셰뉴젼 ᄒ리라. (玉所稿 50)
(復謂他客)

셰=믿을 세(勢)가 ◇우리신지=우리끼리 ◇복건망혜로=복건(幞巾)과 망혜(芒鞋)로.
간단한 차림으로 ◇승유편=즐겁게 잘 놀았던 일을 지은 글(勝遊篇) ◇디어=지어
◇후셰뉴젼=훗날까지 전해지도록(後世流傳).

저 사람 믿을 형세가 없다 우리끼리 놀아보자
복건과 망혜로 마음 내키는 대로 다니다가
돌아와 즐겁게 놀았던 일을 적어 뒷세상에 전하도록 하리라.

4

우리도 갈 톄 업다 숨츠고 오곰 알픠
창 닷고 더운 방의 분대로 퍼져이셔
비 우희 아기닉 치티고 괴여보려 ᄒ노라. (玉所稿 51)
(他客答)

갈 톄=갈 힘이. 움직일 체력이 ◇오곰 알픠=오금이 아파 ◇분대로 퍼져이셔=분
수(分數)대로 퍼져 있어. 마음대로 누워있어 ◇아기닉 치티고=애들을 치켜 올리며
◇괴여보려=사랑해 보려.

우리도 갈 힘이 없다 숨이 차고 오금이 아파
창문 닫고 따듯한 방에 마음껏 퍼져있어
배 위에다 아기들을 치켜 올리며 사랑해보려 하노라.

5

벗이야 잇고 업고 ᄂᆞᆷ들이 우으나 쓰나
냥신미경을 ᄂᆞᆷ 글와 아니 보랴
평싱의 이 됴흔 회포를 슬컷 펴고 오리라. (玉所稿 52)
(自解)

ᄂᆞᆷ들이 우으나 쓰나=다른 사람들이 웃거나 말거나 ◇냥신미경을=좋은 시절 아름
다운 경치(良辰美景)을 ◇ᄂᆞᆷ 글와=남이 말한다고 해서 ◇됴흔 회포를 슬컷 펴고=
좋은 품은 생각(懷抱)을 마음껏 펼치고

동행한 벗이야 있고 없고 다른 사람들이 웃거나 말거나
좋은 시절 아름다운 경치를 남이 말한다고 해서 아니 보겠느냐
생전의 이 좋은 감회를 마음껏 펼치고 오리라.

〈笑矣乎〉

1

이바 우옵고야 우옵도 우우울샤
우옵고 우우우니 우옵 계워 못 흘노다
아마도 히히 호호 ᄒ다가 하하 허허 흘셰라. (玉所稿 55)

이바 우옵고야=이보시오 우습구나 ◇우우우니=웃어우니 ◇우옵 계워 못 흘노다
=너무나 웃어워 못 참겠다.

🔖 **통석** 이보시오 우습구나 웃음도 웃어울사
우습고 웃어우니 너무나 웃어워 못 참겠다.
아마도 히히 호호 하다가 하하 허허 하겠다.

2

하하 허허 ᄒ들 내 우옴이 졍 우옴가
하 어척 업셔셔 늣기다가 그리되게
벗님ᄂᆡ 웃디들 말구려 아귀 ᄣᅵ여디리라. (玉所稿 56)

졍 우옴가=진정한 웃음이겠는가 ◇어척 업셔셔=어처구니가 없어서 ◇늣기다가
그리되게=남의 영향을 받아서 그리 되었네 ◇웃디들 말구려=웃지들 마시구려 ◇아
귀 ᄣᅵ여디리라=입이 찢어지리라.

　　하하 허허 하고 웃은들 내 웃음이 진정한 웃음일까
　　　　　　하도 어처구니가 없어서 남들 때문에 그렇게 되었네.
　　　　　　벗님네들 웃지를 마시구려 입이 찢어지리라.

　　　3
　　아귀 픠여딘들 우운 거슬 어이 ᄒ리
　　우운 일 슬큿ᄒ고 웃기조차 말라ᄒᄂᆫ
　　이 사람 져만 슬커든 우운 일을 말구려. (玉所稿 57)

우운 거슬=우스운 것을　◇우운 일 슬큿ᄒ고=우스운 일 실컷 하고　◇웃기조차 말
라ᄒᄂᆫ=웃는 것마저 말라고 하느냐　◇져만 슬커든=자기만 싫거든.

🔖 **통석**　　입이 찢어진들 우스운 것을 어찌하겠는가.
　　　　　　우스운 일 실컷하고 웃는 것조차 하지 말라고 하는
　　　　　　이 사람 자기만 싫거든 우스운 일을 하자 말구려.

　　　4
　　아므리 마쟈흔들 우음이 졀노 나늬
　　내가 이만 홀졔 자내늬야 다 니를가
　　슬토록 히히 하하 ᄒ다가 박쟝대쇼 ᄒ시소. (玉所稿 58)

마쟈흔들=그만두고자한들　◇내가 이만 홀졔=내가 이만 할 때　◇자내늬야=자네
들이야　◇다 니를가=다들 오죽하겠는가　◇박쟝대쇼=손뼉을 치며 큰소리로 웃음
(拍掌大笑).

🔖 **통석**　　아무리 그만두고자한들 웃음이 저절로 나네.
　　　　　　내가 이만할 제 자네들이야 다들 오죽하겠는가.
　　　　　　싫도록 히히 하하 하다가 손뼉을 치며 큰소리로 웃어보시오

〈悲來乎〉

1

아마도 이내 인싱 불샹코 잔잉홀샤

험혼 일 구즌 일 슬쿳도 보안디고

두어라 잔잉혼 인싱 닐러 쇽졀 업세라. (玉所稿 59)

불샹코 잔잉홀샤=불썽하고 잔인(殘忍)하구나 ◇슬쿳도 보안디고=많이도 보았구나
◇닐러 쇽졀=말하여 쓸데.

📖 **통석** 아마도 나의 인생이 불쌍하고 잔인하구나.
험한 일 궂은 일 많이도 보았구나.
두어라 잔인한 인생 말해보아야 쓸데없더라.

2

쇽졀은 업더마는 하 셜워 닐은 말이

네 인물 내 셩품을 낸들 아니 잠간일가

아마도 이 셜운 회포를 알리 ○○ 셜웨라. (玉所稿 60)

하 셜워=너무 서러워.

📖 **통석** 쓸데는 없다마는 너무 서러워서 일컫는 말이네
네 인물과 내 성품을 낸들 아니 잠깐일까
아마도 이 서러운 회포를 아는 사람이 ○○ 서럽구나.

3

늠이야 아나마나 내 압흘 출혀스라

일 업시 노는 이들 우으나 꾸지즈나

내 몸의 그른 일 업스면 슬허 므슴 ㅎ려뇨. (玉所稿 61)

아나마나=알거나 말거나 ◇압흘 출혀스라=앞가림을 하여라 ◇우으나 꾸지즈나= 웃거나 꾸짖거나 ◇그른 일=잘못된 일.

🔊 통석　다른 사람이야 알거나 말거나 내 앞가림을 하여라.
　　　　　일 없이 노는 사람들 웃거나 꾸짖거나
　　　　　내 몸에 잘못된 일 없으면 슬퍼하여 무엇 하겠느냐?

　　4
　　슬쿠지 ᄒ디마라 이 아니 내 타시랴
　　ᄂ대되 덧내고 왼 말이 곳 업스랴
　　져그나 아라곳 도니면 구즌 일이 이실가. (玉所稿 62)

슬쿠지=슬프다 ◇ᄂ대되 덧내고=다른 사람들이 잘못을 저지르고서도 ◇왼 말이 곳 업스랴=잘못된 말이 바로 없겠느냐 ◇져그나 아라곳 도니면=조금이라도 알아 서 돌리면. 이해하면.

🔊 통석　슬프다 하지마라 이 내 탓이 아니랴
　　　　　남이 잘못을 저지르고 잘못된 말이 바로 없겠느냐
　　　　　조금이라도 알아서 돌리면 궂은 일이 있겠느냐.

〈黃江九曲歌〉

　　1
　　하늘이 뫼흘 여러 地界도 붉을시고
　　千秋水月이 分밧긔 묽아셰라
　　아마도 石潭巴谷을 다시 볼 듯ᄒ여라. (玉所稿 66)
　　(摠歌)

◇地界(지계)도 붉을시고=땅의 경계도 분명하구나. ◇千秋水月(천추수월)이=오랜 세월이 흐르는 동안의 자연이 ◇分(분)밧긔=분수 밖에. 의외로 ◇石潭巴谷(석담파곡)을=석담의 계곡을. 석담은 황해도 해주(海州)에 있는 지명. 율곡(栗谷) 이이(李珥)가 은거하던 곳 ◇볼 듯=볼 것만.

📖 **통석** 하늘이 산을 열어 땅의 경계도 분명하구나.
오랜 세월이 흐르는 동안의 자연이 분수에 넘치게 맑았구나.
아마도 율곡의 석담계곡을 다시 볼 것만 같구나.

2
一曲은 어드메오 花岩이 奇異홀샤
仙源의 깁흔 물이 十里의 長湖로다
엇더타 一陣帆風이 갈 듸 아라 가느니. (玉所稿 67)
(對岩)

仙源(선원)=신선이 있다고 하는 곳 ◇一陣帆風(일진범풍)이=돛을 달고 배를 움직일 정도로 부는 바람 ◇갈 듸=갈 곳.

📖 **통석** 첫째 구비는 어드냐 화암이 기이하구나.
신선이 있다고 하는 곳의 깊은 물이 십리의 긴 호수로다
어쩌다 돛을 움직일 정도로 부는 바람이 갈 곳을 알아서 가느니.

3
二曲은 어드메오 花岩도 됴흘시고
千峰이 合沓흔듸 限 업슨 烟花로다
어듸셔 犬吠鷄鳴이 골골이 들니느니. (玉所稿 68)
(花岩)

合沓(합답)흔듸=중첩했는데 ◇烟花(연화)로다=안개가 꽃처럼 피었구나. 봄철에 안개가 햇빛에 반사되어 아름답게 보이는 현상 ◇犬吠鷄鳴(견폐계명)이=개 짖는 소리와 닭의 울음소리가.

📖 **통석** 둘째 구비는 어드냐 화암도 좋구나.
많은 봉우리가 중첩했는데 한이 없는 안개로구나
어디서 개 짖는 소리와 닭 우는 소리가 골짜기마다 들리느냐.

　　4
三曲은 어드메오 黃江이 여긔로다
洋洋絃誦이 舊齋를 니어시니
至今의 秋月 亭江이 어제론 듯ᄒ여라. (玉所稿 69)
(黃江)

黃江(황강)=충청북도 단양의 옛 청풍현(淸風縣) 속역(屬驛) 서쪽 35리쯤에 있는 강
◇洋洋絃誦(양양현송)이=현악기를 타며 시를 읊조리는 계속되는 모양이 ◇舊齋(구
재)를=옛날 집을. 구재는 수암(遂菴) 권상하(權尙夏)가 제자를 가르치던 한수재(寒
水齋)를 가리킴 ◇秋月 亭江(추월정강)이=가을달이 강가의 정자에 비춤이.

📖 **통석** 셋째 구비는 어드냐 황강이 여기로다
악기를 타며 시를 외는 소리가 널리 옛 서재까지 이어지니
지금의 가을달이 강가의 정자에 비춤이 어제인 듯하여라.

　　5
四曲은 어드메오 일홈도 홀난홀샤
灘聲과 岳危이 一壑을 흔드는듸
그 아래 깊히 자는 龍이 櫂歌聲의 씨거다. (玉所稿 70)
(皇恐灘)

홀난홀샤=황홀 찬란하구나. 홀란(惚爛) ◇灘聲(탄성)과=여울의 물소리와 ◇岳危(악
위)이=높게 솟은 뫼가 ◇一壑(일학)을=온 골짜기를 ◇櫂歌聲(도가성)의 씨거다=
배 젓는 소리에 깨겠다.

🦫 **통석**　넷째 구비는 어디냐 이름도 황홀 찬란스럽구나.

　　　　　여울의 물소리와 높게 솟은 뫼가 온 골짜기를 흔드는데

　　　　　그 아래 깊이 잠든 용이 배 젓는 노랫소리에 깨겠다.

　　6

　五曲은 어드메오 이 어인 權소ㅣ런고

　일홈이 偶然혼가 化翁이 기드린가

　이 中의 左右 村落의 살아 볼가 ᄒ노라. (玉所稿71)

　(權湖)

權(권)소=웅덩이(沼)의 이름　◇化翁(화옹)이=조화옹(造化翁)이　◇기드린가=기다렸
는가.

🦫 **통석**　다섯째 구비는 어디냐 이 어찌된 권소인고

　　　　　이름이 우연한 것인가 조화옹이 기다린 것인가

　　　　　이 가운데 좌우의 마을에 살아볼까 하노라.

　　7

　六曲은 어드메오 屛山이 錦繡로다

　白雲明月이 玉京이 여기로다

　뎌 우희 太守神仙이 네 뉘신 줄 몰내라. (玉所稿 72)

　(錦屛)

屛山(병산)이=병풍을 두른 듯한 산이. 또는 충북 단양의 옛 청풍현 북쪽에 있는 병
풍산(屛風山)을 가리키는 듯　◇玉京(옥경)이=천상의 상제(上帝)가 살고 있다고 하는
곳이　◇太守神仙(태수신선)이=신선 가운데 우두머리가　◇뉘신 줄=누구이신 줄.

🦫 **통석**　여섯째 구비는 어디냐 병산이 비단이로구나.

　　　　　흰 구름과 밝은 달이 옥황상제가 산다고 하는 곳이 여기로구나

　　　　　저 위에 신선의 우두머리가 그 누구인 줄 모르겠다.

8

七曲은 어드메오 芙蓉壁이 奇絶홀샤

百尺天梯의 鶴唳를 듯ㄷ올 듯

夕陽의 泛泛 孤舟로 오락가락 ㅎㄴ다. (玉所稿 73)

(芙蓉壁)

芙蓉壁(부용벽)이 奇絶(기절)홀샤=연꽃처럼 생긴 절벽의 경치가 뛰어나고나 ◇百尺天梯(백척천제)의=까마득히 높은 곳에 ◇鶴唳(학려)를 듯ㄷ올 듯=학의 울음소리를 들을 수 있을 듯 ◇泛泛 孤舟(범범고주)로=흔들거리는 작은 배로

🔅 **통석**　일곱째 구비는 어디냐 부용벽이 기이하고 뛰어났구나.

　　　까마득히 높은 곳에 학의 울음소리를 들을 수 있을 듯

　　　저녁때 흔들거리는 작은 배로 오라가락 하도다.

9

八曲은 어드메오 凌江洞이 묽고 깁희

琴書 四十年의 네 어인 손이러니

아마도 一室雙亭의 못내 즐겨 ㅎ노라. (玉所稿 74)

(凌江)

凌江洞(능강동)이=능강의 골이. 능강은 제천에 있는 하천 ◇琴書(금서)=음악의 가락 등을 적어 놓은 책 ◇一室雙亭(일실쌍정)의=방이 하나뿐인 두 정자에.

🔅 **통석**　여덟째 구비는 어디냐 능강동이 맑고 깊다

　　　금서를 대한지 사십년에 너 어떤 손님이러니

　　　아마도 방 하나인 두 정자에 못내 즐겨 하노라.

10

九曲은 어드메오 一閤이 긔 뉘러니

釣臺丹葉이 古今의 風致로다

져긔 져 別有洞天이 千萬世ㄴ가 ᄒᆞ노라. (玉所稿75)

(龜潭)

一閤(일합)이=한 집이 ◇釣臺丹葉(조대단엽)이=낚시터의 붉게 물든 나뭇잎이 ◇別有洞天(별유동천)이=특별한 골짜기가.

▷ **통석**　아홉째 구비는 어디냐 한 집에 그 누구냐
　　　　낚시터의 붉게 물든 잎이 에나 지금이나 풍치가 좋구나.
　　　　저기 저 특별한 골짜기가 천만년이나 되었는가 하노라.

권구*

〈屛山六曲〉

1

富貴라 求치 말고 貧賤이라 厭치 말아
人生 百年이 閑暇할사 사니 이 내 것이
白鷗야 날지 말아 너와 忘機하오리라. (屛谷先祖內政編 1)

厭(염)치 말아=싫어하지 마라 ◇閑暇(한가)할사 사니=한가하게 살아가니 ◇忘機
(망기)하오리라=세속의 일을 잊으리라. 기(機)는 마음의 기틀.

▶ 통석　부귀라고 구하려 하지 말고 빈천이라고 싫어하지 마라
　　　　　인생 백년이 한가하게 살아가니 이 내 것이라
　　　　　갈매기야 날아가지 마라 너와 세속의 일을 잊으리라.

2

千尋絶壁 섯난 아래 一帶長江 흘너간다
白鷗로 버즐 삼아 漁釣 生涯 늘거가니
두어라 世間消息 나난 몰나 하노라. (屛谷先祖內政編 2)

千尋絶壁(천심절벽)=천 길이나 되는 낭떠러지 ◇섯난=서 있는. 서 있는 것처럼
보이는 ◇一帶長江(일대장강)=띠처럼 생긴 긴 강 ◇나난=나는.

---

* 권구(權榘 ; 1672~1749). 자 방숙(方叔). 호 병곡(屛谷). 학자. 과거에 뜻을 두지 않고 육경
　(六經)과 사서(四書)를 탐독, 청문, 주수(籌數), 복서(卜筮), 병가(兵家)에 통달했다. 저서엔
　<병곡집>(屛谷集)이 있다.

천 길이나 되는 절벽이 서 있는 것처럼 보이는 아래 띠처럼 긴 강이 흘러간다.
　　　　갈매기로 벗을 삼아 고기 잡고 낚시질하는 생활로 늙어가니
　　　　두어라 세상의 소식을 나는 몰라 하노라.

3

보리밥 파 生菜를 量 맛촤 먹은 後에
茅齋를 다시 쓸고 北窓下에 누엇시니
눈 압해 太空 浮雲이 오락가락 하놋다. (屛谷先祖內政編 3)

生菜(생채)를=야채를　◇量(양) 맛촤=알맞게 맞추어　◇茅齋(모재)를=띠로 지붕을
이은 집을　◇太空 浮雲(태공부운)이=넓은 하늘에 떠다니는 구름이.

🔖 **통석**　보리밥에 파 생채를 알맞게 맞추어 먹은 뒤에
　　　　띠로 이은 집을 다시 쓸고 북창 아래 누었으니
　　　　눈앞에 넓은 하늘에 떠다니는 구름이 오락가락 하는구나.

4

空山裏 저 가난 달에 혼자 우난 저 杜鵑아
落花狂風에 어나 가지 으지 하리
百鳥야 恨하지 말아 내곳 설워 하노라. (屛谷先祖內政編 4)

空山裏(공산리) 저 가난=아무도 없는 산속 저 홀로 떠가는　◇落花狂風(낙화광풍)
에=꽃잎이 떨어지도록 미친 듯이 부는 바람에　◇어나 가지 으지 하리=어느 가지
에 의지하겠느냐　◇百鳥(백조)야=모든 새들아　◇내곳=내가. 나도

🔖 **통석**　아무도 없는 산속 떠가는 달에 혼자 우는 저 두견새야
　　　　꽃이 떨어지도록 부는 사나운 바람에 어느 가지 의하겠느냐
　　　　모든 새들아 한탄하지 마라 나도 서러워 하노라.

5

저 가막이 즛지 말아 이 가막이 좃지 말아
野林 寒烟에 날은 죠차 저물거늘
어엿불사 翩翩 孤鳳이 갈 바 업서 하닛다. (屛谷先祖內政編 5)

가막이=까마귀 ◇즛지=짖지. 울지 ◇좃지=쫓지 ◇野林 寒烟(야림한연)에=들판
숲속의 차가운 안개 속에 ◇날은 죠차=해마저 ◇어엿불사=불쌍하구나 ◇翩翩 孤
鳳(편편고봉)이=훨훨 나는 외로운 봉황이.

📖 통석　　저 까마귀 울지 마라 아 까마귀 쫓지 마라
　　　　　　들판 숲속 차가운 안개 속에 해마저 저물거늘
　　　　　　불쌍하구나 훨훨 나는 외로운 봉황이 갈 바를 몰라 하는구나.

6

西山에 해 저 간다 고기 비 씻단 말아
竹竿을 둘너 뫼고 十里長沙 나려가니
烟花 數三 漁村이 武陵인가 하노라. (屛谷先祖內政編 6)

해 저 간다=해가 넘어간다 ◇竹竿(죽간)을=낚싯대를 ◇十里長沙(십리장사)=십리
나 되는 긴 모래 뻘을 ◇烟花(연화)=안개가 피어오르는.

📖 통석　　서산에 해가 넘어간다 고깃배 떴단 말이냐
　　　　　　낚싯대 둘러메고 십리나 되는 모래뻘을 나려가니
　　　　　　안개가 피어오르는 두서너 어촌이 무릉도원인가 하노라.

이삼[*]

〈聖主鴻恩歌〉

1

갑프리라 갑프리라 셩쥬홍은 갑프리라

이 몸이 죽을진들 어이 ᄒ야 다 갑프리

이싱의 못 갑픈 은혜는 후싱의나 갑프리라. (白日軒遺集)

셩쥬홍은=훌륭한 임금의 크나큰 은혜(聖主鴻恩) ◇이싱의=이승의. 지금 살고 있
는 세상에 ◇후싱의나=죽은 다음의 세상에서나(後生).

▶ **통석**　갚겠다 갚겠다 훌륭한 임금은 은혜를 갚겠다.
　　　　　이 몸이 죽을지언정 어찌하면 다 갚을까
　　　　　이승의 못 갚은 은혜는 후생에 가서라도 갚겠다.

2

애돌을슨 사람일다 일편단심 긔 뉘 알리

위국일ᄉᄂᆞᆫ 알암즉도 ᄒ건만은

알고도 모로ᄂᆞᆫ 체 ᄒ니 그를 셜워 ᄒ노라. (白日軒遺集)

애돌을슨 사람일다=애달픈 것은 사람이로구나 ◇위국일ᄉᄂᆞᆫ=나라를 위태할 때
한 번 죽는 것(危局一死)은.

---

* 이삼(李森 ; 1677~1735). 호 백일헌(白日軒). 무신. 벼슬은 공조판서를 역임했다. 저서에
〈백일헌유집〉(白日軒遺集)이 있다.

통석   애달픈 것은 사람이로구나. 일편단심을 그 누가 알겠느냐
나라가 위태할 때 한번 죽는다는 것은 알만도 하건마는
알고도 모르는 체하니 그것을 서러워하노라.

박순우*

〈東遊錄〉

1

萬壑이 깁픈 곳애 안개조차 즘겨셰라
桃花水 업스니 갈 길히 희미토다
아마도 武陵仙子의 藏春計,ㄴ가 ㅎ노라. (明村遺稿)
(鐵原・金化)

萬壑(만학)이=많은 골짜기가 ◇桃花水(도화수) 업스니=복숭아꽃 필 무렵, 얼음이
불어나 흐르는 강물이 없으니 ◇희미토다=희미하구나 ◇武陵仙子(무릉선자)의=무
릉도원에 사는 신선의 ◇藏春計(장춘계)ㄴ가=봄을 숨겨놓은 계교인가.

🏵 **통석**　많은 골짜기가 깊숙한 곳에 안개마저 잠겨있구나
　　　　복숭아꽃이 떠오는 시냇물이 없으니 갈 길이 희미하구나.
　　　　아마도 무릉의 신선이 봄을 숨겨놓은 계교인가 하노라.

2

摩尼洞 깁픈 골로 斷髮嶺 올라셔니
金剛山 萬二千을 歷歷히 다 볼로다
아히야 딜 밧비 몰아라 어셔 가려 ㅎ노라. (明村遺稿)
(斷髮嶺)

---

* 박순우(朴淳愚 ; 1686~1759). 자 지수(智叟). 호 명촌(明村). 학자. 생원을 지냈고, 성품이 온
후 강직하고 효행이 지극하며 문재(文才)가 뛰어났다. 가사에 "금강별곡"(金剛別曲)이 있다.
저서에 <명촌유고>(明村遺稿) 등이 있다.

摩尼洞(마니동)=금강산에 있는 골짜기 이름 ◇斷髮嶺(단발령)=고개이름. 강원도 회양(淮陽)의 천마산(天磨山)에 있는데 속인(俗人)이 이 고개에 올라 금강산을 바라보고 누구나 머리를 깎고 세속을 벗어나고 싶은 생각을 하게 된다고 전함 ◇볼로다=보겠다.

📖 **통석**　마니동 깊은 골짜기로 해서 단발령에 올라서니
　　　　　금강산 만이천봉을 하나하나 다 보겠다.
　　　　　아희야 말을 바삐 몰거라 어서 가려 하노라.

　　3
一見 金剛山이 中國人의 願이로다
生此東國ᄒᆞ야 아니 보고 어이 ᄒᆞ리
우리도 不遠千里來ᄒᆞ니 緣分인가 ᄒᆞ노라. (明村遺稿)
(斷髮嶺)

一見 金剛山(일견금강산)이=금강산을 한 번 보는 것이 ◇生此東國(생차동국)ᄒᆞ야=우리나라에 태어나서 ◇不遠千里來(불원천리래)ᄒᆞ니=천리를 머다 하지 않고 찾아왔으니.

📖 **통석**　금강산을 한 번 보고자 하는 것이 중국사람의 소원이로다.
　　　　　우리나라에 태어나서 아니 보고 어찌하랴
　　　　　우리도 천리를 머다 하지 아니하고 찾아왔으니 연분인가 하노라.

　　4
四仙亭 舊日 仙人 누긔누긔 四仙인고
오늘날 나 온 후는 五仙亭이 되엿도다
아희야 四仙이 뭇거던 나 왓더라 ᄒᆞ여라. (明村遺稿)
(四仙亭)

四仙亭(사선정)=강원도 고성군(高城郡) 삼일포(三日浦)에 있었던 정자 ◇舊日 仙人

(구일선인) 누긔누긔 =옛날의 신선 누구누구가 ◇四仙(사선)인고=사선이냐. 사선
은 술랑(述郎), 남랑(南郎), 영랑(永郎)과 안상(安祥)임 ◇나 온 후는=내가 오고난
뒤에는.

📖 **통석**　사선정에 옛날 선인 누구누구가 사선인고
　　　　　오늘날 내가 온 뒤에는 오선정이 되었구나
　　　　　아희야 네 선인이 묻거든 내가 왔더라고 하여라.

5

東海를 넙다더니 이제 보니 과연 넙다
魯仲達 업스니 뉘 다시 브룰소니
아마도 江漢朝宗은 녯 길인가 ᄒ노라. (明村遺稿)
(東海)

魯仲達(노중달)='魯仲連'(노중련)의 잘못. 노중련은 중국 전국시대 제(齊)나라 사람.
고답(高踏)하여 일체 누구에게도 시종치 않고 기꺼이 남의 어려운 일들을 풀어줌.
후에 전단(田單)이 제왕에게 진언하여 그에게 벼슬을 주려고 하자 해상으로 숨어
버림 ◇뉘 다시 브룰소니=누구를 다시 바라겠느냐 ◇江漢朝宗(강한조종)은=강하
(江河)가 바다로 흘러들어가는 것은.

📖 **통석**　동해를 넓다고 하더니 이제 보니 과연 넓구나.
　　　　　노중달이 없으니 누구를 다시 바라겠느냐
　　　　　아마도 강하가 바다로 흘러가는 것은 옛 길인가 하노라.

6

明沙에 픠엿는 海棠 녯 줌을 너도 본다
兩兩 白鷗는 疎雨에 그저 는다
아마도 昔年 詩句가 卽今朝ㄴ가 ᄒ노라. (明村遺稿)
(東海)

明沙(명사)에 픠엿는=명사십리(明沙十里)에 피어 있는 ◇녯 줌을 너도 본다=옛날

의 중을 너도 보았느냐. 중은 고려시대의 스님 선탄(禪坦)을 가리킴. 그가 영동지
방을 유람하고 시를 지었음 ◇兩兩 白鷗(양양백구)는=쌍쌍이 나는 백구는 ◇疎雨
(소우)에 그저 논다=성긴 빗속에서도 그대로 난다 ◇昔年 詩句(석년시구)가 卽今
朝(즉금조)ㄴ가=지난날의 시구가 오늘같이 새로운가. 고려시대 스님 선탄(禪坦)이
관동지방을 유람하고 지은 시 "명사십리해당홍 백구양양비소우"(明沙十里海棠紅
白鷗兩兩飛疎雨) 의 구절임.

🔖 **통석**   명사십리에 피어 있는 해당화 옛날 중을 너도 보았느냐
             쌍쌍이 나는 갈매기는 성긴 빗속에서도 그대로 나는구나
             아마도 지난날의 시구가 오늘 같이 새로운가 하노라.

이식근*

〈戀子詞〉

1

뭇兒희 보내연지 어느 덧 半年일다
져근 兒희 조차 가셔 석둘의 아니오니
아마도 白髮倚門의 시름계워 ᄒ노라. (綠坡集 1)

半年(반년)일다=반년이 되었구나. ◇白髮倚門(백발의문)=늙으신 부모가 이문(里門)
밖에까지 나가 자식이 돌아오기를 기다림.

📑 **통석** 맏이를 보낸 지가 어느덧 반년이 되었구나.
작은 아이마저도 가서 석 달이 되어도 아니오니
아마도 동네어구에 나가 기다리기도 힘 드는 것 같구나.

2

내 이만 글이우니 저희도 글일노다
글일 줄 알앗다면 當初 아니 보낼나쇠
아마도 보내고 글이는 일은 나도 몰나 ᄒ노라. (綠坡集 2)

내 이만 글이우니=내가 이 정도 그리우니 ◇글일노다=그리워할 것이다 ◇보낼나
쇠=보내지 않았을 것이다.

---

* 이식근(李植根 ; 1687~1764). 자 사고(士固).

🔖 **통석**　내가 이만큼이나 그리우니 저들도 그리울 것이다
　　　　그리워 할 줄 알았다면 처음부터 보내지 말 것을
　　　　아마도 보내고 그리워하는 일은 나도 모르겠구나.

　　3
　　뭇노라 져 明月아 내 兒희들 보앗는다
　　應當이 볼거시니 이 내 消息 傳ᄒ렴은
　　每日의 晝而倚門 夜不寐라 닐러라. (綠坡集 3)

晝而倚門(주이의문) 夜不寐(야불매)라=낮에는 문에 기대 돌아오기를 기다리고 밤에는 잠 못 이룸을 ◇닐러라=말하여라.

🔖 **통석**　묻겠다. 저 밝은 달아 내 아희들 보았느냐
　　　　응당 볼 수 있을 것이니 내 소식 좀 전하려무나.
　　　　매일 낮에는 올까 기다리고 밤에는 잠 못 이룬다고 말해다오

안창후*

〈閒說二十五幷詩歌〉

1

人이 人이라 흔들 人마다 人이랴
人이 人이라사 人이 人이니라
진실노 人노릇 ᄒ랴 ᄒ면 反求諸己 ᄒ여스라. (閒說堂遺稿)
(人道)

人(인)이라 흔들=사람이라고 한들 ◇人(인)이랴=사람이랴 ◇人(인)이라사=사람 노
릇을 해야 ◇反求諸己(반구제기)=어떤 일의 원인을 나 자신에게서 찾음.

📖 통석　사람이 사람이라 한들 사람마다 사람이겠느냐
　　　　사람이 사람이라야 사람이 사람이니라.
　　　　진실로 사람노릇 하려고 하면 일의 원인을 자기에게서 찾도록 하여라.

2

道心은 惟徵ᄒ고 人心은 惟危ᄒ니
惟情惟一이라사 允執厥中 ᄒ오리라
진실노 이 말슴 體得ᄒ면 聖賢同歸 ᄒ오리라. (閒說堂遺稿)
(人心道心)

道心(도심)은 惟徵(유징)ᄒ고 人心(인심)은 惟危(유위)ᄒ니=인간 본래의 도의심은

---

* 안창후(安昌後 ; 1687~1771). 자 계중(繼仲). 호 한열당(閒說堂). 저서에 <한열당유고>(閒說
堂遺稿)가 있다.

물욕에 가리어 명백하게 하기 어려움이 있고, 육체적인 욕망에서 생기는 마음은 물욕에 미혹되어 사도(邪道)에 빠질 위험이 있음 ◇惟精惟一(유정유일)이라사=오직 한 가지 일에 마음을 쏟아야 ◇允執厥中(윤집궐중)=진실로 그 중용의 도를 잡아서 지킴 ◇體得(체득)ᄒ면=몸소 익히면 ◇聖賢同歸(성현동귀)=성현들과 함께 할 수 있음. 성현의 대열에 낄 수 있음.

📖 **통석**　도의심은 명백하게 밝히기 어렵고 인심은 나쁜 길에 빠질 수 있으니 오직 한 가지 일에 마음을 쏟아야 중용의 도를 지킬 것이다 진실로 이 말씀 몸소 익히면 성현과 함께 할 수 있으리라.

3

心爲一身之主요 意爲有爲之臣이라
志因意而定立ᄒ고 氣得隨而發行ᄒ다
아마도 持其志오사 無暴其氣乙가 ᄒ노라. (閒說堂遺稿)
(心意志氣)

心爲一身之主(심위일신지주)요=마음은 한 몸의 주인이요 ◇意爲有爲之臣(의위유위지신)이라=뜻은 쓸모가 있는 것의 신하이라 ◇志因意而定立(지인의이정립)ᄒ고=뜻은 마음에 의해 바로 서고 ◇氣得隨而發行(기득수이발행)ᄒ다=기는 따르고자 하는 것을 얻고서 행동으로 나타난다 ◇持其志(지기지)오사 無暴其氣乙(무폭기기을)가='乙'은 우리말 조사(助詞). 그 뜻을 지녀야 그 기운을 함부로 함이 없을까.

📖 **통석**　마음은 한 몸의 주인이요 뜻은 쓸모 있는 것의 신하이다 뜻은 마음에 의해 바로 서고, 기는 따르고자 하는 것을 얻고서 행동으로 나타나다. 아마도 그 뜻을 지녀야 그 기운을 함부로 함이 없을까 하노라.

4

食色 雖重ᄒ나 亡身이 또 害ㅣ로쇠
言其重 不可無요 言其害 不可有ㅣ니
아마도 不厭不貪ᄒ오사 善養氣質일가 ᄒ노라. (閒說堂遺稿)

(食色)

食色 雖重(식색수중)ᄒ나=식욕과 색욕이 비록 소중하나 ◇亡身(망신)이 또 害(해)
ㅣ로쇠=몸을 망치는 것이 또 해가 되는 것이다 ◇言其重 不可無(언기중불가무)요
=말은 그 신중함이 없을 수 없고 ◇言其害 不可有(불가유)ㅣ니=말은 그 해로움이
있어서는 아니 되니 ◇不厭不貪(불염불탐)ᄒ오사=너무 싫어하지도 않으며 너무
욕심내지 말고서 ◇善養氣質(선양기질)일가=기질을 잘 키워야할까.

📜 **통석**　식욕과 색욕이 비록 소중하나 몸을 망치는 것이 또한 해가 되는 것이
로다.
　　말은 그 신중함이 없을 수 없고 말은 그 해로움이 있어서는 아니 되니
아마도 너무 싫어하지 않으며 너무 욕심내지 말고서 기질을 잘 키워야
할까 하노라.

　5
堯舜도 사름이요 내 역시 사름이다
사름은 ᄒ 가지나 堯舜 호자 堯舜이다
아마도 發憤力行ᄒ면 人皆可爲堯舜일가 ᄒ노라. (閒說堂遺稿)
(天性賢愚同)

호자=혼자서만 ◇發憤力行(발분역행)ᄒ면=분발해서 힘써 노력하면 ◇人皆可爲堯
舜(인개가위요순)일가=사람은 누구나 요순과 같이 되는 것일까.

📜 **통석**　요순도 사람이요 나 역시도 사람이다
사람은 한가지로되 요순만 혼자 요순이로다.
　　아마도 분발해서 힘써 실행하면 사람은 누구나 다 요순처럼 되는 것일
까 하노라.

　6
言人過 後患何ᄂ 孟夫子의 垂訓이요
卽其新 不究舊ᄂ 韓昌黎의 至論이라

이 말씀 시힝ᄒ면 身不危 俗淳厚 ᄒ오리라. (閒說堂遺稿)

(謹身以約接人以厚)

言人過 後患何(언인과후환하)는=다른 사람의 허물을 말하게 되면 그 후환이 어찌
되는가는 ◇孟夫子(맹부자)의 垂訓(수훈)이요=맹자가 후세에 전하는 교훈이요 ◇卽
其新 不究舊(즉기신불구구)는=새로운 것만 가까이 하고 옛 것을 고구(考究)하지
않는 것은 ◇韓昌黎(한창려)의 至論(지론)이라=한창려가 주장하는 이론이다. 한창
려는 당(唐)나라 문인 한유(韓愈)로 창려에 살았기에 그렇게 일컬음 ◇시힝ᄒ면=
그대로 하게 되면(施行) ◇身不危 俗淳厚(신불위속순후)=몸은 위태하게 되지 아니
하고 풍속은 순박하고 인심이 후해짐.

🔖 **통석**　남의 허물을 말하게 되면 그 후환이 어찌 되는가는 맹자가 후세에 전하
는 교훈이요

새로운 것만 가까이 하고 옛 것을 고구하지 않는 것은 한창려의 지론
이다.

이 말씀을 그대로 시행하면 몸은 위태하게 되지 않고 풍속은 순박하고
인심은 후해지리라.

7
愛而知其惡ᄒ고 惡而知其善ᄒ면

中心이 至公ᄒ야 是非分明ᄒ오리라

엇지타 末世言論은 阿於所好ᄒᄂ 게야. (閒說堂遺稿)

(愛惡以公)

愛而知其惡(애이지기악)ᄒ고=사랑하되 그 악함을 알고 ◇惡而知其善(악이지기선)ᄒ
면=악하고서 그 착함을 알면 ◇中心(중심)이 至公(지공)ᄒ야=마음이 지극히 공평하
여 ◇是非分明(시비분명)ᄒ오리라=옳고 그름이 뚜렷하게 밝혀질 것입니다 ◇엇지타
=어쩌다 ◇末世言論(말세언론)은=세상의 어지러움이 극도로 어지러운 때의 언론
은 ◇阿於所好(아어소호)ᄒᄂ 게야=자기가 좋아하는 것에만 아부하는 것이냐.

🔖 **통석**　사랑하되 그 악함을 알고 악하고서 그 착함을 알면
　　　　마음이 지극히 공평하여 시비가 분명할 것입니다
　　　　어쩌다 극도로 어지러운 세상의 언론은 자기가 좋아하는 것에만 아부
하는 것이냐.

　　8
簞瓢陋巷 不改樂은 顔子 호자 호여 잇고
無恒産 無恒心은 凡人이 거의로다
그러나 秉彝良心은 업슬 줄이 이시랴. (閒說堂遺稿)
(士有恒心民易失恒)

簞瓢陋巷 不改樂(단표누항불개락)은=한 소쿠리의 밥과 한 표주박의 물을 마시며
누추한 곳에 살면서도 이를 즐거움으로 알고 고치지 않음은 ◇顔子(안자) 호자 호
여 잇고=안연(顔淵) 혼자서 하였고 ◇無恒産 無恒心(무항산무하심)은=항산이 없으
면 항심이 없는 것은 ◇凡人(범인)이 거의로다=보통사람들이 전부가 그렇다 ◇秉
彝良心(병이양심)은=타고난 떳떳한 양심은.

🔖 **통석**　한 소쿠리의 밥과 한 표주박의 물을 마시며 누추한 곳에 살면서 이를
　　　　즐거움으로 알고 고치지 않음은 안자가 혼자서 하였고
　　　　항산이 없으면 항심이 없는 것은 보통사람들이 전부가 그렇다
　　　　그러나 타고난 떳떳한 양심은 없을 까닭이 있겠느냐.

　　9
일 모로기 흔치 말고 일마다 持公호면
七情이 절로 트여 모를 일 호오리라.
진실노 萬事無惑호면 隨處能安 호오리라. (閒說堂遺稿)
(知事)

일 모로기 흔치 말고=일 할 줄 모르는 것 한탄하지 말고 ◇持公(지공)호면=공평
성만 유지하면 ◇七情(칠정)이 절로 트여=칠정이 저절로 깨우쳐져서 ◇모를 일
호오리라=모르는 일도 할 수 있으리라 ◇萬事無惑(만사무혹)호면=모든 일에 의혹

됨이 없으면 ◇隨處能安(수처능안)=어느 곳에 있어도 능히 안전함.

🔖 **통석**　일할 줄 모르는 것 한탄치 말고 일마다 공평성만 유지하면

칠정이 절로 깨우쳐져 모르는 일도 할 수 있으리라

진실로 모든 일에 의혹됨이 없으면 어느 곳에 있어도 능히 안전하리라.

10

義理 알기 어렵다 ㅎ나 良知 良能 뉘 업스리

절로 아는 義理 推明ㅎ면 모르던 義理 漸漸 씨리

엇지타 私慾 마글 줄 모르고 下愚自處ㅎ는 게야. (閒說堂遺稿)

(知義理)

良知 良能(양지양능)=생각하지 않고도 알며, 배우지 않고도 능히 알 수 있는 것. 경험이나 교육을 거치지 않고도 곧 알거나 행할 수 있는 지능 ◇뉘 업스리=누가 없겠느냐 ◇절로 아는 義理 推明(의리추명)ㅎ면=저절로 알고 있는 의리라도 추리하여 밝히면 ◇씨리=깨우치리 ◇私慾(사욕) 마글=사사로운 욕심을 막을 ◇下愚自處(하우자처)ㅎ는 게야=자신이 스스로 어리석은 체를 하는 것이냐.

🔖 **통석**　의리를 알기 어렵다고 하나 생각하거나 배우지도 않고 능히 알 수 있는 것이 누구에겐들 없으랴

저절로 알고 있는 의리라도 추리하여 밝히면 모르던 의리 점차로 깨우치리.

어째서 사사로운 욕심을 막을 줄 모르고 자신이 스스로 어리석은 체를 하는 것이냐.

11

그른 일 그로라 ㅎ고 모르는 일 모르노라 ㅎ면

그른 일 고치고 모르던 일 아라 가리

이 말슴 賤近ㅎ오나 進就홀 道理니라. (閒說堂遺稿)

(喜聞過武隱無識)

그로라 ᄒ고=그르다 하고 ◇모르노라 ᄒ면=모른다고 하면 ◇아라 가리=알아서 행하게 되리 ◇賤近(천근)ᄒ오나 進就(진취)홀=비록 천박하나 앞으로 해야 할.

📖 **통석**　그른 일은 그르다 하고 모르는 일은 모른다고 하면
　　　　　그른 일 고치고 모르던 일 알게 되리라
　　　　　이 말씀이 비록 천박하오나 앞으로 해야 할 도리니라.

12

고이ᄒ다 내 일이야 ᄒ ᄆᆞᆷ 두 가지다
양ᄌᆞ에 진심ᄒ고 事親에 未盡ᄒ니
慈鳥의 未反哺ᄂᆞᆫ 내 恨인가 ᄒ노라. (閒說堂遺稿)
(養子方知我不孝)

고이ᄒ다=이상하다. 괴이하다 ◇양ᄌᆞ에 진심ᄒ고=자식을 돌봄(養子)에 정성을 다하고(盡心) ◇事親(사친)에 未盡(미진)ᄒ니=부모를 섬김에는 정성을 다하지 아니하니 ◇慈鳥(자조)의 未反哺(미반포)ᄂᆞᆫ=까마귀의 반포하는 은혜를 본받지 아니함은.

📖 **통석**　괴이하다 내가 하는 일이여 한 마음이 두 가지다.
　　　　　자식을 돌봄에 정성을 다하고 어버이를 섬김에는 정성을 다하지 않으니
　　　　　까마귀의 반포하는 은혜를 본받지 않음은 내 한탄할 일인가 하노라.

13

잇버도 잇분 줄 모르고 괴로워도 괴로운 줄 모르니
養子홀 至誠은 愚夫愚婦 ᄒ 가지다
아마도 父母心 爲心者ㅣ아 率性之孝ㄴ가 ᄒ노라. (閒說堂遺稿)
(子以父母心爲心則率性以爲孝)

잇버도=힘들어도 ◇養子(양자)홀 至誠(지성)은=자식을 돌볼 지극한 정성은 ◇愚夫愚婦(우부우부)=어리석은 남자나 여자. 또는 보통의 남녀 ◇父母心 爲心者(부모심위심자)ㅣ아=부모의 마음을 위하는 마음을 가진 사람이야 ◇率性之孝(솔성지효)ㄴ가=타고난 성품의 효심인가. 타고난 효자인가.

🦘 통석　힘들어도 힘든 줄 모르고 괴로워도 괴로운 줄 모르니
　　　자식을 돌볼 지극한 정성은 어리석은 남자나 여자나 한 가지다
　　　아마도 부모의 마음을 위하는 마음을 가진 사람이라야 타고난 효자인
　　가 하노라.

14

善繼 人志도 聖人事요 不待三年改도 古訓이다
善繼ᄂᆞᆫ 彰前美요 改之ᄂᆞᆫ 蓋昔非라
父兄의 올ᄒᆞᆫ 뜻 못 니으면 忝厥祖ᄂᆞᆫ가 ᄒᆞ노라. (閒說堂遺稿)
(可繼述則繼述 可改則改之)

善繼 人志(선계인지)도 聖人事(성인사)요=사람의 뜻을 잘 계승하는 것도 성인의
일이요 ◇不待三年改(부대삼년개)도 古訓(고훈)이다=삼 년이 지나도 고치지 아니
하는 것도 옛 사람의 가르침이다. 부모가 돌아가시고 삼 년이 지나도 고치지 않고
그대로 지킴은 효라는 말임 ◇善繼(선계)ᄂᆞᆫ 彰前美(창전미)요=그대로 계승하는 것
은 앞의 잘 된 것을 밝히는 것이요 ◇改之(개지)ᄂᆞᆫ 蓋昔非(개석비)라=고친다는 것
은 지난 잘못을 덮어버리는 것이다 ◇니으면=계승하면 ◇忝厥祖(첨궐조)ᄂᆞᆫ가=그
조상을 욕되게 하는 것인가.

🦘 통석　사람의 뜻을 잘 계승하는 것도 성인의 일이요 삼 년이 지나도 고치지
　　　않는다는 것도 옛 사람의 가르침이다
　　　그대로 계승하는 것은 앞의 잘 된 것을 밝히는 것이요 고친다는 것은
　　　지난 잘못을 덮어버리는 것이다
　　　부형의 옳은 뜻을 못 이으면 그 조상을 욕되게 하는 것인가 하노라.

15

同姓은 百代之親이요 敦睦은 傳家之風이라
이 敦睦 못 니으면 子孫 잇다 ᄒᆞ올소냐
各思其親ᄒᆞ면 절노 私同ᄒᆞᆯ가 ᄒᆞ노라. (閒說堂遺稿)
(思先則睦族)

同姓(동성)은 百代之親(백대지친)이요=같은 성씨를 가진 사람은 백대의 친족이요
◇敦睦(돈목)은 傳家之風(전가지풍)이라=돈독하고 화목함은 집안 대대로 내려오는
가풍이다 ◇잇다=있다고 ◇各思其親(각사기친)ㅎ면=각각 그 어버이를 생각하게
되면 ◇절노 私同(사동)홀가=저절로 같은 집안이 될까.

📖 통석　같은 성씨를 가진 사람은 대대로 이어온 친족이요 돈독하고 화목함은
　　　　집안 대대로 내려오는 가풍이다
　　　　이 돈목을 계승하지 못하면 자손이 있다고 할 수 있겠느냐.
　　　　각각 그 어버이를 생각하게 되면 저절로 같은 집안이 될까 하노라.

16
能不爲 外物誘는 成德君子의 일이요
迷耳目 私心發은 凡人의 例事로다
이러모로 伊川이 初學者의 先學인가 ㅎ노라. (閒說堂遺稿)
(戒貪女樂)

能不爲 外物誘(능불위외물유)는=능히 외물의 유혹에 빠지지 아니하는 것. 외물
은 명리나 부귀 따위를 가리키나 여기서는 여자의 유혹을 말함 ◇成德君子(성덕군
자)의=덕성을 갖춘 훌륭한 남자의 ◇迷耳目 私心發(미이목사심발)은=듣고 보는
것이 미혹하게 되면 부정한 마음이 일어나는 것은 ◇凡人(범인)의 例事(예사)로다
=평범한 사람들에게 흔히 있는 일이다 ◇伊川(이천)이 初學者(초학자)의 先學(선
학)인가=이천이 처음 공부하는 사람보다 먼저 배운 사람인가. 이천은 송나라 학
자 정이(程頤)의 호임.

📖 통석　능히 외물의 유혹에 빠지지 아니하는 것은 덕성을 갖춘 훌륭한 남자의
　　　　일이요
　　　　듣고 보는 것이 미혹하게 되면 부정한 마음이 일어나는 것은 평범한 사
　　　　람들에게 흔히 있는 일이다
　　　　이러므로 정이가 처음 공부하는 사람보다 먼저 배운 사람인가 하노라.

17

古樂도 못 보왓고 今樂도 못 비홧ᄂᆡ

泠泠 嘈嘈 中에 正聲 淫聲 다ᄅᆞ도다

그러나 與衆樂樂ᄒ고 樂而不淫 ᄒ오리라. (閑說堂遺稿)

(樂樂而不淫)

古樂(고악)도=예전 음악도 ◇今樂(금악)도 못 비홧ᄂᆡ=이제의 음악도 못 배웠네 ◇泠泠 嘈嘈(냉랭조조) 中(중)에=맑은 소리와 시끄러운 소리 가운데에 ◇正聲 淫聲(정성음성)=음탕하지 않은 소리와 음탕한 소리 ◇與衆樂樂(여중낙락)ᄒ고 樂而不淫(낙이불음)=여러 사람들과 즐거워하고 즐거워하면서도 음란하지 않음.

통석 예전 음악도 못 보았고 지금의 음악도 못 배웠네,

맑은 소리와 시끄러운 소리 가운데에 바른 소리와 음탕한 소리가 다르도다.

그러나 여러 사람들과 즐겁고 즐거워하고 즐거워하면서 음란하지 않으리라.

18

풍악이 즐겁다 ᄒ나 듯기로셔 달ᄋ도다

즐거운 이 들으면 즐기고 슬푸 니 드르면 슬퍼ᄒᄂᆡ

아마도 心樂이 本이요 樂락은 말인가 ᄒ노라. (閑說堂遺稿)

(心樂爲本樂樂爲末)

듯기로셔 달ᄋ도다=듣기에 따라서는 다르도다 ◇슬푸 니=기분이 울적한 사람이 ◇心樂(심락)이 本(본)이요 樂(락)락은 말인가=마음속으로 즐거워하는 것은 근본이요 단순히 즐기는 것은 끝(末)인가.

통석 풍악이 즐겁다고 하나 듣기에 따라서는 다르도다.

즐거운 사람이 들으면 즐겁고 기분이 울적한 사람이 들으면 서글프니

아마도 마음속으로 즐기는 것은 근본이요 단순히 즐기는 것은 지엽인가 하노라.

19

민망하다 긔 爲帥ㅣ여 好勝乙 專主ᄒᆞ니 義理샹의 ᄂᆞᆷ이로다.
改過ᄒᆞ랴다가 ᄂᆞᆷ이 알면 부러 아니 ᄒᆞ니
아마도 好從善이라사 氣從令일가 ᄒᆞ노라. (閒說堂遺稿)
(戒好勝)

긔 爲帥(위수)ㅣ여=그가 우두머리가 됨이여 ◇好勝乙(호승을) 專主(전주)ᄒᆞ니='乙'
은 우리말 조사(助詞). 이기고자 하는 것만을 제 마음대로 하니 ◇改過(개과)ᄒᆞ랴다
가=잘못을 고치려고 하다가 ◇부러=일부러 ◇好從善(호종선)이라사 氣從令(기종
령)일가=선한 것을 따르기를 좋아해야 법령에 마음이 따르는 것일까.

🔷 **통석**　민망하다 그가 우두머리가 됨이여 이기고자 하는 것만을 제 마음대로
하니 의리상 남이로다.
잘못을 고치려다가 다른 사람이 알면 일부러 아니 하니
아마도 선한 것을 따르기를 좋아해야 법령에 마음이 따르는 것일까 하
노라.

20

그른 일 올타 ᄒᆞ고 올흔 일 그르다 알기 쉬오니
深思精察ᄒᆞ야 ᄌᆞ시 알기 공부ᄒᆞ소
이 도리 有道者의 質定ᄒᆞ오사 是非分明ᄒᆞ오리라. (閒說堂遺稿)
(是非不可自恃輕定)

그른 일 올타 ᄒᆞ고=잘못된 일을 옳다 하고 ◇深思精察(심사정찰)ᄒᆞ야=깊이 생각
하고 자세히 살펴서 ◇ᄌᆞ시 알기=자세히 알기 ◇有道者(유도자)의 質定(질정)ᄒᆞ오
사=도덕이 높은 사람이 있어 여러모로 사리를 따지고 헤아려 작성하시어.

🔷 **통석**　잘못된 일을 옳다 하고 옳은 일을 그르다고 알기 쉬우나
깊이 생각하고 자세히 살펴서 자세히 알기를 공부하시오
이 도리는 도덕이 높은 사람이 사리 따지고 헤아려 작성한 것이니 시비
가 분명할 것입니다.

21

富貴도 驕로 일코 才能도 驕로 損失ᄒ니
션비의 仁義禮智 교만ᄒ고 ᄇᆞᆯ글소냐
아마도 驕字의 警戒ᄂᆞᆫ 天子庶人 一樣일가 ᄒ노라. (閒說堂遺稿)
(戒驕)

驕(교)로 일코=교만한 것으로 인해 잃어버리고 ◇損失(손실)ᄒ니=손해보고 잃어버리니 ◇션비의=선비의. 선배의 ◇교만ᄒ고 ᄇᆞᆯ글소냐=교만(驕慢)과 바꿀 것이냐 ◇驕字(교자)의 警戒(경계)ᄂᆞᆫ=교라는 글자로 타이르고 훈계하는 것은 ◇天子庶人(천자서인) 一樣(일양)일가=천자나 서인이 똑같을가.

▶ 통석　부귀도 교만으로 잃어버리고 재능도 교만으로 손해보고 잃어버리는 것이니
　　　선비의 인의예지를 교만하고 맞바꿀 것이냐
　　　아마도 교라는 글자의 경계는 천자나 서인이나 똑같을까 하노라.

22

天性은 ᄒᆞᆫ 가지나 氣稟은 다ᄅᆞ도다
先覺이 覺後覺은 하늘의 ᄡᅳ지니 元無識은 ᄇᆞᆯ이고 知而不言 괴이ᄒ다
아마도 敎人不倦은 好學者의 道理인가 ᄒ노라. (閒說堂遺稿)
(有知不敎不知同)

氣稟(기품)=기질과 품성은 ◇先覺(선각)이 覺後覺(각후각)은=먼저 깨달을 사람이 먼저 깨우치고 나중 깨우치는 것은 ◇元無識(원무식)은 ᄇᆞᆯ이고=본래의 무식한 것을 버리고 ◇知而不言(지이불언) 괴이ᄒ다=알면서도 말하지 아니하는 것이 이상하다 ◇敎人不倦(교인불권)은 好學者(호학자)의=남을 가르치는 일에 게으르지 아니한 것은 학문을 좋아하는 사람의.

▷ **통석**　타고난 성품은 한가지나 기질과 품성은 다르도다.

　　먼저 깨달은 사람이 먼저 깨닫고 나중 깨닫는 것은 하늘의 뜻이니 본래의 무식은 버리고 알면서도 말하지 아니하는 것은 이상하다

　　아마도 남을 가르치는 일에 게으르지 아니한 것은 학문을 좋아하는 사람의 도리인가 하노라.

23

杜門ᄒ면 벗이 업고 出入ᄒ면 失宜ᄒ니

벗 업스면 棄人이요 失宜ᄒ면 妄人이다

ᄎ랄히 棄人이 되연졍 妄人은 免ᄒ오리라. (閒說堂遺稿)

(自歎出處難)

杜門(두문)=문을 닫고 밖에 나가지 아니하면 ◇失宜(실의)ᄒ니=화목한 것을 잃으니 ◇棄人(기인)이요=버림받은 사람이요 ◇妄人(망인)이다=되는대로 거칠게 행동하는 사람이다 ◇ᄎ랄히=차라리.

▷ **통석**　문을 닫고 밖에 나가지 아니하면 벗이 없고 출입하게 되면 화목한 것을 잃으니

　　벗이 없으면 버림받은 사람이요 실의하면 멋대로 행동하는 사람이다

　　차라리 기인이 될지언정 망인은 면하리라.

24

徒言은 크게 하나 進就에 無實ᄒ니

反己ᄒ야 自愧ᄒ고 向人ᄒ야 嘲笑ㅣ로다

그러나 狂夫言도 聖人이 굴히시니 不以人廢言일가 ᄒ노라. (閒說堂遺稿)

(自責徒言無實)

徒言(도언)은=헛된 말은 ◇進就(진취)에 無實(무실)ᄒ니=일을 이루어 나감에는 실익이 없으니 ◇反己(반기)ᄒ야 自愧(자괴)ᄒ고=자기를 돌이켜 스스로 부끄러워하고 ◇向人(향인)ᄒ야 嘲笑(조소)ㅣ로다=다른 사람에 대하여는 웃음거리가 되도다 ◇狂夫言(광부언)도=미친 사람의 말도 ◇굴히시니=분별하시니 ◇不以人廢言(불이

인폐언)일가=사람의 때문에 말을 버려서는 안 되는 것인가.

통석   헛된 말은 큰소리로 떠드나 일을 함에는 실익이 없으니
자기를 돌이켜 스스로 부끄러워하고 다른 사람에게 대하여는 웃음거리
가 되도다.
그러니 미친 사람의 말이라도 성인이 분별하시니 사람 때문에 그 말을
버려서는 안 되는 것인가 하노라.

김수장*

〈奉賀親耕親蠶〉

1

東野에 親耕ᄒ오시고 北宮에 手蠶ᄒ시니
愛民恩德이 宇宙에 드리윗다
우리도 華封祝聖으로 壽富多男 ᄒ오소셔. (海周 526)

東野(동야)에 親耕(친경)ᄒ오시고=동쪽에 있는 들에서 친히 밭을 가시고. 동야는
조선시대 왕이 세손과 더불어 친경하던 동교(東郊)로 지금의 서울 답십리(踏十里)
인 듯 ◇北宮(북궁)에 手蠶(수잠)ᄒ시니=북궁에서 손수 누에를 키우시니. 북궁은
경복궁을 가리킴 ◇愛民恩德(애민은덕)이=백성을 사랑하시는 은혜와 덕이 ◇드리
윗다=교훈을 후세사람에게 주시었다 ◇華封祝聖(화봉축성)으로 壽富多男(수부다
남)=화봉인이 임금을 축복한 것처럼 부귀와 다남을. 중국 화(華)지방에 관리로 임
명된 사람이 요(堯)임금에게 수(壽)·부(富)·다남자(多男子)의 세 가지를 축수하던 일
이며, 화는 섬서성 화현(華縣)임.

🔖 통석 　동쪽에 있는 들에서 친히 밭을 가시고 북궁에서 손수 누에를 치시니
　　　　백성을 사랑하시는 은혜와 덕이 온 세상에 드리웠다
　　　　우리도 화봉인이 임금을 축복한 것처럼 부귀 다남하시오소서.

2

歷山에 東壇이삿다 景福宮이 養蠶이시라
赤子의 艱難을 덜고져 ᄒ신 德은

---

* 김수장(金壽長 ; 1690~?). 자 자평(子平). 호 노가재(老歌齋). 가객. 가집 <해동가요>(海東歌
謠)를 편찬했다. 시조의 창작에도 뛰어나 그의 작품 100여수가 전하고 있다.

398 조선시대 연시조 註解

山之高 海之深이라도 못 밋츨식 ᄒ노라. (海周 527)

歷山(역산)에 東壇(동단)이샷다=역산에 있는 동쪽 단이었다. 역산은 중국 산동성 역성현(歷城縣)에 있고 순(舜)임금이 이곳에서 밭을 갈았던 일이 있음 ◇赤子(적자)의 艱難(간난)을=백성들의 어렵고 고생됨을 ◇山之高(산지고) 海之深(해지심)이라도=산이 아무리 높고 바다가 아무리 깊다고 하더라도

🔖 **통석** 역산에 동단이로다 경복궁에 양잠을 하시니라
백성의 어렵고 고생됨을 덜고자 하신 은덕은
산이 아무리 높고 바다가 아무리 깊다고 하더라도 미치지 못할까 하노라.

이유*

〈子規三疊〉

1

子規야 우지마라 네 우러도 쇽졀 업다
울거든 너만 우지 날은 어이 울니는다
아마도 네 소릭 드를쪠면 가슴 압파ᄒ노라. (朴海 219)

쇽졀 업다=쓸데없다 ◇날은 어이 울니는다=나를 어찌 울리느냐.

통석 자규야 우지마라 네가 피나게 울어도 쓸데없다
울겠거든 너만 울지 나는 어찌 울리느냐
아마도 네 소리를 들을 때면 가슴 아파하노라.

2

어엿분 네 님금을 싱각ᄒ고 졀노 우니
하늘이 시겨쩌든 네 어이 울녀시리
날 업슨 霜天雪月에는 눌노 ᄒ여 우니던가. (朴海 220)

어엿분=불쌍한 ◇졀노 우니=제 스스로 우니 ◇날 업슨=내가 없는 ◇霜天雪月(상천설월)에는=서리가 내린 밤하늘과 눈 위에 비친 달밤에는 ◇눌노 ᄒ여 우니던가=누구로 하여금 울게 할 것인가.

---

* 이유(李渘 ; 肅宗朝). 호 소악루(小岳樓). 숙종 때 현감을 지냈음.

　가련한 네 임금을 생각하고 그렇게 우니
　　　　하늘이 시켰어도 네가 어찌 그렇게 울겠느냐
　　　　내가 없는 차가운 달밤에는 누구로 하여금 울게 하겠느냐.

3

　　不如歸 不如歸ᄒᆞ니 도라갈 만 못ᄒᆞ거늘
　　어엿분 우리 님금 무스 일노 못 가신고
　　至今히 梅竹樓 ᄃᆞᆯ빗치 어제론 ᄃᆞᆺᄒᆞ여라. (朴海 221)

不如歸(불여귀)ᄒᆞ니=소쩍새가 우니　◇어엿분 우리 님금=불쌍한 우리 임금. 단종(端宗)을 가리킴　◇무스 일노=무슨 일로　◇梅竹樓(매죽루)=강원도 영월(寧越)에 있는 누대.

📖 통석　불여귀 불여귀하고 소쩍새가 울어도 돌아갈 만도 하지마는
　　　　불쌍한 우리 임금은 무슨 일로 못 가시는고
　　　　지금에 매죽루에 비추는 달빛이 어제인 듯하구나.

이광명*

〈贈參議公謫所詩歌〉

1

靑天의 놉흔 돌아 摩尼 光景 보앗는다
大海風浪에 指向 업시 홀노 셔셔
南極에 一星 明흔듸 四時長春 흐더이다.

摩尼 光景(마니광경)=강화도 마니산에서 보는 경치 ◇大海風浪(대해풍랑)에 指向
(지향) 업시=넓은 바다의 사나운 파도에 일정한 방향 없이 ◇南極(남극)에 一星(일
성) 明(명)흔듸=남극에 별 하나 밝은데 ◇四時長春(사시장춘)=항상 잘 지낸다.

📖 **통석**　푸른 하늘에 높이 뜬 달아 마니산에서 보는 경치를 보았느냐
넓은 바다 사나운 파도에 일정한 방향 없이 홀로 서서
남극에 별 하나 밝은데 항상 잘 지낸다고 하더라.

2

놀기 됴흔 虛川江아 보기 됴흔 長平山아
善地 宿緣을 니졈즉 흐랴마는
京國을 써난지 오라니 갈 길 밧바 흐노라.

虛川江(허천강)=함경도 갑산군(甲山郡) 서쪽에 있는 강 ◇長平山(장평산)=함경도
갑산군 동쪽에 있는 산 ◇善地 宿緣(선지숙연)을 니졈즉=살기 좋을 땅의 오래전

---

* 이광명(李匡明 ; 1701~1778). 어려서 부친을 여의고 하곡(霞谷) 정제두(鄭齊斗) 문하에서 양
명학을 공부했다. 백부 이진유(李眞儒)의 역률(逆律)에 관련되어 갑산(甲山)에 유배되었다가
죽었다.

부터의 인연을 잊을 만도 ◇京國(경국)을=서울을.

🔖 **통석**　놀기가 좋은 허천강아 보기가 좋은 장평산아
　　　　살기 좋은 땅의 오래전부터의 인연을 잊을 만도 하지마는
　　　　서울을 떠난 지 오래니 갈 길이 바빠하노라.

　　3
　　한을 싸 삼긴 후의 三水甲山 막암일다
　　風霜을 隔去ᄒ니 世上인동만동 ᄒ예
　　두어라 莫非王土니 聖鑑이 비최실가 ᄒ노라.

한을 싸 삼긴 후의=천지개벽 후에 ◇三水甲山(삼수갑산) 막암일다=삼수와 갑산이
하도 높아 하늘을 막았다. 삼수와 갑산은 함경도에 있는 군(郡)으로 모두 오지(奧
地)임 ◇風霜(풍상)이 隔去(격거)ᄒ니=세상의 어려움을 멀리서 겪으니 ◇世上(세상)
인동만동 ᄒ예=사람 사는 곳인지 아닌지 분간하기 어렵네 ◇莫非王土(막비왕토)
니=왕의 땅이 아닌 곳이 없으니 ◇聖鑑(성감)이=임금의 분별하여 하는 일이.

🔖 **통석**　하늘과 땅이 생긴 뒤에 삼수와 갑산이 하도 높아 하늘을 막았구나.
　　　　세상의 어려움을 멀리서 겪으니 사람이 사는 곳인지 아닌지를 분간하
　　　　기 어렵네.
　　　　두어라 왕의 땅이 아닌 곳이 없으니 임금의 하는 일이 비춰실까 하노라.

신지*

〈永言〉

1

淸溪上 伴鷗亭에 極目瀟麗 風景일다
無心한 白鷗들은 自去自來 무삼 일고
白鷗야 나지 마라 네 벗인 줄 모를소냐. (伴鷗翁遺事 1)

伴鷗亭(반구정)=경북 문경에 세운 정자 ◇極目瀟麗(극목소쇄) 風景(풍경)일다=시선
이 미치는 곳까지의 맑고 깨끗한 아름다운 경치로구나 ◇自去自來(자거자래)=제
멋대로 왔다가 제 멋대로 감 ◇나지 마라=날지 마라 ◇모를소냐=모르겠느냐.

▶ 통석　맑게 흐르는 시냇가 반구정에 먼 곳까지의 경치가 아름답구나.
　　　　무심한 갈매기들은 제 멋대로 왔다가 제 멋대로 가는 것은 무슨 일이냐
　　　　갈매기야 날지를 마라 내가 네 벗인 줄 모르겠느냐.

2

白鷺洲 도라 드러 伴鷗亭을 돌나 가니
長烟은 一空흔듸 皓月은 千里로다
아히야 風光이 이러흐니 아니 놀고 엇지 흐리. (伴鷗翁遺事 2)

白鷺洲(백로주) 도라 드러=백로가 노니는 물가를 돌아 들어와서 ◇돌나 가니=돌
아 나가니 ◇長烟(장연)을 一空(일공)흔듸=길게 드리운 저녁연기는 가리워 텅 빈

---

* 신지(申墀 ; 1706~1780). 자 백담(伯膽). 호 반구옹(伴鷗翁). 여러 차례 과거에 응시하였으나
실패하고 말년에 귀전은일(歸田隱逸)하여 현재 경북 문경(聞慶)에 반구정(伴鷗亭)을 짓고 여
생을 보냈다. 저서에 <반구옹유사>(伴鷗翁遺事)가 있다.

것 같은데 ◇皓月(호월)은 千里(천리)로다=밝은 달은 멀리까지 비춘다.

▶ **통석**　백로가 노니는 물가를 돌아 들어와서 반구정으로 돌아 나가니
　　저녁연기는 가리워 텅 빈 것 같은데 밝은 달이 멀리까지 비춘다.
　　아희야 경치가 이렇게 좋으니 아니 놀고 어찌하겠느냐.

3

구버난 千尋綠水 仰對하니 萬尺斷崖
丹崖에 紅花發이오 綠水에 白鷗飛라
紅花發 白鷗飛하니 閒興 게워 하노라. (伴鷗翁遺事 3)

구버난 千尋綠水(천심녹수)=내려다보면 천 길이나 되는 벼랑에 흐르는 푸른 물
◇仰對(앙대)하니 萬尺斷崖(만척단애)=올려다보니 만 길이나 되는 절벽 ◇丹崖(단
애)에 紅花發(홍화발)이오=붉게 물든 낭떠러지엔 붉은 꽃이 만발하고

▶ **통석**　내려다보면 천 길이나 하는 벼랑에 푸른 시냇물이, 올려다보니 만 길이
　　나 되는 절벽
　　붉게 물든 낭떠러지에 붉은 꽃 피고 푸른 시냇물에 갈매기가 나는구나.
　　붉은 꽃 피고 갈매기가 나니 한가로운 흥취를 억제하기 어렵구나.

4

泛彼中流 鸂鶒之鳥 顧此亭上 皓皓之翁이로다
特心코 多情한 이 우리 둘 섇이로쇠
이제난 날 차지 리 읍스니 널로조차 늘그리라. (伴鷗翁遺事 4)

泛彼中流(범피중류) 鸂鶒之鳥(후후지조)=저 물 가운데 떠서 날갯짓을 하는 새 ◇顧
此亭上(고차정상) 皓皓之翁(호호지옹)이로다=이 정자를 돌아보니 머리가 허연 늙
은이로다 ◇特心(특심)코=특별히 마음이 통하고 ◇차지 리 읍스니=찾을 사람이
없으니 ◇널로조차=너와 더불어.

　💠 **통석**　저 물 가운데 떠서 날갯짓을 하는 새와 정자 위를 돌아보니 머리가 허
　　　연 늙은이뿐이다
　　　특별히 마음이 통하고 다정한 것이 우리 둘뿐이로다.
　　　이제는 나를 찾아올 사람이 없으니 너와 더불어 늙으리라.

　　　5
　　李白은 詠詩於廬山ᄒ고 巢父난 洗耳於潁水로다
　　사람이 古今인들 志趣야 다를너냐
　　우리도 潁水廬山에 한 무리 되오리라. (伴鷗翁遺事 5)

詠詩於廬山(영시어여산)ᄒ고=여산에서 시를 읊고. 이백은 "여산폭포시"(廬山瀑布
詩)를 지었음 ◇洗耳於潁水(세이어영수)로다=영수에 귀를 씻다. 영수(潁水)는 중
국 하남성에서 발원하여 회수(淮水)로 드는 강. 소보(巢父)는 허유(許由)의 잘못.
요임금 시절 영수 가에 은거하였는데 요임금이 자기에게 천하를 내주겠다는 말
을 듣고 귀가 더러워졌다고 하여 영수에 귀를 씻었다. 이때 소보가 송아지에게
물을 먹이려다가 허유가 귀를 씻는 것을 보고 더러운 물을 먹일 수 없다고 상류
로 끌고 가서 물을 먹였다고 함 ◇志趣(지취)야=뜻이나 취향이야 ◇한 무리=같
은 부류(部類).

　💠 **통석**　이백은 여산이서 시를 읊고 소보는 영수에 귀를 씻었다
　　　사람이야 고금이 다르지만 뜻이나 취향이야 다르겠느냐
　　　우리도 영수나 여산에 놀던 소보나 이백과 같은 무리가 될까 하노라.

　　　6
　　烟霞로 집을 삼고 鷗鷺로 벗을 삼아
　　팔 베고 물 마시고 伴鷗亭에 누어시니
　　世上의 富貴功名은 헌 신인가 ᄒ노라. (伴鷗翁遺事 6)

烟霞(연하)로=안개와 노을로. 자연으로 ◇鷗鷺(구로)로=갈매기와 백로로. 새들과
◇헌 신인가=헌 신짝인가.

자연으로 집을 삼고 새들과 벗을 삼아

팔을 베고 물을 마시며 반구정에 누었으니

세상 사람들이 구하는 부귀공명이야 나에게는 헌 신짝인가 하노라.

7

말그나 맑은 滄浪波에 太乙蓮葉 씌웠난듸

濯纓歌 한 曲調에 잠든 날 씨오거든

孺子야 淸濁自取를 나난 몰나 하노라. (伴鷗翁遺事 7)

滄浪波(창랑파)에=푸른 물결에. 창파(滄波)에 ◇太乙蓮葉(태을연엽)=신선이 타는 배. 태을선(太乙船). 태을은 고대의 신선인 태을진인(太乙眞人)을 가리킴 ◇濯纓歌 (탁영가)=갓끈을 씻으며 부르는 노래. 원래 <맹자>(孟子)에 나오는 말로 물이 더러우면 발을 씻고 깨끗하면 갓끈을 씻는다는 말에서 유래함 ◇孺子(유자)야=아희야 ◇淸濁自取(청탁자취)를=깨끗하고 더러움 가운데 어느 것을 택할지 스스로 결정하는 것을.

통석 맑고 맑은 푸른 물에 배를 띄웠는데

맑은 물에 갓끈을 씻으며 부르는 노랫가락이 잠든 나를 깨우거든

아희야 물이 맑거나 흐린 것 가운데 어느 것 선택할 지를 나는 몰라 하노라.

8

人寂寂 夜深深한듸 伴鷗亭에 누어시니

天心에 月到하고 水面에 風來한다

아마도 一般淸意味를 어든 이 나 뿐인가 ㅎ노라. (伴鷗翁遺事 8)

人寂寂(인적적) 夜深深(야심심)한듸=사람 자취가 없고 밤은 아주 깊은데 ◇天心 (천심)에 月到(월도)하고=달은 하늘 가운데 떠 있고 ◇水面(수면)에 風來(풍래)한다=물 위로 바람이 분다 ◇一般淸意味(일반청의미)를=남들이 말하는 맑음의 뜻을. 송(宋)나라 소옹(邵雍; 1011~1077)의 시 "청야음"(淸夜吟)인 '月到天心處 風來水面時 一般淸意味 料得少人知'(월도천심처 풍래수면시 일반청의미 요득소인

지)를 가져다 썼음.

🔖 통석 인적이 드믈고 밤은 깊은데 반구정에 누웠으니
달은 하늘 가운데 떠 있고 물 위로 바람이 불어온다
아마도 남들이 말하는 맑음의 뜻을 얻은 사람은 나뿐인가 하노라.

9

仰觀ᄒᆞ니 鳶飛戾天 俯察ᄒᆞ니 魚躍于淵
이졔야 보아 하니 上下理도 分明하다
하믈며 光風霽月 雲影天光이야 어늬 그지 잇스리. (伴鷗翁遺事 9)

仰觀(앙관)ᄒᆞ니=올려다보니 ◇鳶飛戾天・魚躍于淵(연비려천 어약우연)=소리개는 날아 하늘에 이르고, 물고기는 못에서 뜀. <시경>의 본뜻은 새나 물고기 같은 미물이 스스로 만족하게 여기는 모양, 또는 임금의 덕화가 골고루 미친 모양을 말하는 것이나, <중용>에 인용된 뜻은, 솔개가 하늘로 날고 물고기가 못에서 뛰는 것은 다 도(道의 작용이며, 천지 만물을 자연의 성품을 따라 움직여 저절로 그 즐거움을 얻음. 도는 천지간에 미만(彌滿)하다는 뜻으로 쓰였음 ◇俯察(부찰)ᄒᆞ니=내려다보니 ◇上下理(상하리)도=위와 아래의 이치도 상하는 하늘과 땅, 또는 임금과 신하의 관계를 말함 ◇光風霽月(광풍제월)=비온 뒤의 맑은 바람과 밝은 달. 마음이 넓어 자질구레한 데 거리끼지 아니하고 쾌활하며 쇄락한 인품에 비유함. 또는 태평세월을 일컬음 ◇雲影天光(운영천광)이야=구름의 그림자와 하늘이 빛이야 또는 자연의 이치를 말함 ◇어늬 그지 잇스리=어찌 끝이 있겠느냐. 또는 어느 끝이 있겠느냐.

🔖 통석 올려다보니 솔개가 하늘로 날고 내려다보니 물고기가 못에서 뛰어오른다.
이제야 자세히 보니 자연의 이치도 분명하다
하물며 자연의 이치들이 어찌 끝에 있겠느냐.

10

心事난 靑天白日 生涯난 明月淸風
立正位 行大道하니 그 아니 大丈夫ᆫ가

408 조선시대 연시조 註解

이 밧게 富貴貧賤 威武ㄴ달 이 마암 搖動하랴. (伴鷗翁遺事 10)

心事(심사)난 靑天白日(청천백일)=마음 씀씀이는 맑게 갠 날처럼 깨끗하다 ◇生涯
(생애)난 明月淸風(명월청풍)=생활은 밝은 달과 맑은 바람처럼 여유롭다 ◇立正位
行大道(입정위 행대도)하니=바른 자리에 서고 커다란 도를 실천하니 ◇威武(위무)
ㄴ달=위세와 무력인들 ◇이 마암 搖動(요동)하랴=이 마음이 흔들리겠느냐.

📖 **통석**　마음 씀씀이는 맑게 갠 날처럼 깨끗하고 생활은 밝은 달과 맑은 바람처
럼 한가롭다
바른 자리에 서고 커다란 도리를 실천하니 그 어찌 대장부 아니겠느냐
이밖에 부귀와 빈천 위세와 무력인들 이 마음이 흔들리겠느냐.

11

青山은 萬古青이오 流水난 晝夜流라
山青青 水流流 그지도 읍슬시고
우리도 그치지 마라 山水갓치 하오리라. (伴鷗翁遺事 11)

그지도 읍슬시고=다함도 없구나.

📖 **통석**　푸른 산은 만고에 푸르르고 흐르는 물은 밤낮으로 흐른다
산은 언제나 푸르르고 물은 흐르고 흘러 다함도 없구나
우리도 그치지 마라 산과 물처럼 하리라.

12

春水난 滿四澤이오 夏雲은 多奇峰이라
秋月은 揚明輝오 冬嶺에 秀孤松이라
아마도 四時佳興이 사람과 한가진가 하노라. (伴鷗翁遺事 12)

春水(춘수)난 滿四澤(만사택)이오=봄철이 물은 사방 연못에 가득하고 ◇夏雲(하운)
은 多奇峰(다기봉)이라=여름철의 구름은 기이한 봉우리를 많이 만드는구나 ◇秋
月(추월)은 揚明輝(양명휘)오=가을철의 달은 밝게 비추고 ◇冬嶺(동령)에 秀孤松(수

고송)이라=겨울철 눈이 덮인 산마루에 외로이 선 소나무가 우뚝하다. 진(晉)나라 도잠(陶潛)의 시 '사시'(四時)를 가지고 초장과 중장으로 만들었음.

🔰 **통석**   봄철의 물은 사방 웅덩이에 가득하고 여름철 구름은 기이하게 변함이 많구나

가을철 달은 밝게 비추고 겨울철 눈 덮인 산마루에 외로운 소나무가 우뚝하구나

아마도 일년 내내의 아름다운 흥취가 사람과 한가지인가 하노라.

채헌*

⟨石門歌⟩

1

石門이 石門 안여 商山 이 고질다
紫芝歌 흔 곡調의 世事를 다 이즌이
이 밧긔 富貴功名은 浮雲인가 ᄒ노라. (石門亭尋眞同遊錄 1)

石門(석문)=작자의 소유 정자인 석문정(石門亭)을 말함 ◇商山(상산)이 고질다=상산 이 곳이다. 상산은 상산사호(商山四皓)가 머물던 곳. 또는 경상북도 상주(尙州)의 옛 이름 ◇紫芝歌(자지가)=상산의 사호가 불렀다고 하는 노래.

▶ 통석　석문이 석문이 아니라 상산 이 곳이다
　　　　자지가 한 곡조에 세상일을 다 잊으니
　　　　이 밖에 부귀공명은 뜬구름과 같은가 하노라.

2

青山이 둘너 잇고 碧水도 흘너 간다
風月이 버지 되야 白雲의 누어시니
白鷗야 百年을 함긔 노쟈 ᄒ노라. (石門亭尋眞同遊錄 2)

碧水(벽수)도=푸른 물도 ◇버지 되야=벗이 되어.

---

* 채헌(蔡瀗 ; 1715~1795). 자 계징(季澄). 호 근품재(近品齋). 생원이 되었으나 과장에 나가지 않았다. 자연과 더불어 생활하고 거기에서 존심(存心)의 도를 깨치려 노력하고 이것을 시로 표현하였다.

통석 청산이 울타리처럼 둘러 있고 푸른 물도 흘러간다.
풍월이 벗이 되어 백운 속에 누었으니
갈매기야 평생을 함께 놀자 하노라.

양주익*

〈感聖恩歌〉

1

일이 ᄒ야도 聖恩이요 뎌리 ᄒ야도 聖恩이라

엇지 ᄒ야 갑프녀뇨 與天地無窮ᄒ 聖恩이라

두어라 世世生生ᄒ야 萬之一이나 갑파 볼가 ᄒ로라. (無極集)

일이 ᄒ야도=이렇게 하여도 ◇뎌리 ᄒ야도=저렇게 하여도 ◇與天地無窮여천지
무궁ᄒ=천지와 더불어 끝이 없는 ◇世世生生(세세생생)ᄒ야=몇 번이라도 다시
태어나서.

🔖 **통석** 이렇게 하여도 임금의 은혜요 저렇게 하여도 임금의 은혜라
어떻게 하여 갚을 것이냐 천지와 더불어 무궁한 임금의 은혜라
두어라 몇 번이라도 다시 태어나 만분지일이라도 갚아볼까 하노라.

2

오늘도 聖恩이요 닉일도 聖恩이라

百年 三萬六千日이 날날마다 聖恩이라

아마도 向國 一片丹心은 흰 날이 天中에 둘렷는가 ᄒ로라. (無極集)

흰 날이=밝은 해가(白日) ◇둘렷는가=달려있는가.

---

* 양주익(梁周翊 ; 1722~1802). 자 군한(君翰). 호 무극(无極). 문신. 동지중추부사를 역임했다.
시문에 능하였으며, 성리학과 역학에도 깊은 연구가 있다. 또한 글씨에도 능했다. 저서에
<무극집>(無極集)이 있다.

　오늘도 임금의 은혜요 내일도 임금의 은혜라
　　　백년 삼만 육천일이 날마다 날마다 임금의 은혜라
　　　아마도 나라를 향한 일편단심은 밝은 해가 하늘 가운데 달려있는 것과
　　　같은가 하노라.

　　3

듀건 이도 聖恩이요 산 이도 聖恩이라
幽明之間에 浩蕩히 얼킨 거시 聖恩이라
어즙아 結草圖報란 말은 歇後키 萬千인가 ᄒ로라. (無極集)

듀건 이도=죽은 사람도 ◇산 이도=산 사람도 ◇幽明之間(유명지간)에=살고 죽고
간에 ◇浩蕩(호탕)히 얼킨 거시=퍽 넓어서 끝이 없이 얽힌 것이 ◇結草圖報(결초
도보)란 말은=죽어서라도 은혜를 갚고자 한다는 말은 ◇歇後(헐후)키 萬千(만천)인
가=대수롭지 않게 여길 수가 없는가.

🔖 **통석**　죽은 이도 임금의 은혜요 살아 있는 사람도 임금의 은혜라
　　　살고 죽고 간에 넓고 끝없이 얽힌 것이 임금의 은혜라
　　　어즈버 결초보은이란 말은 대수롭지 않게 여길 수가 없는 것인가 하노라.

　　4

蛟山도 聖恩이요 蓼水도 聖恩이라
山峨峨 水洋洋이 다 聖恩만 못 ᄒ여라
南山의 날과 東海예 들도 萬壽无疆을 비로니 우리 님긔. (無極集)

蛟山(교산)도=교룡산(蛟龍山)도 교룡산은 전북 남원(南原)에 있는 산 ◇蓼水(요수)
도=요수도 요수는 전북 남원에 있는 물 ◇山峨峨(산아아) 水洋洋(수양양)이=산이
높고 험준하며 물이 넓고 질펀함이 ◇南山(남산)의 날과=남산 위에 떠있는 해와
◇비로니=비나니.

통석 교산도 임금의 은혜요 요수도 임금의 은혜다
산이 높고 험준하며 물이 넓고 질펀해도 다 임금의 은혜만 못 하여라
남산의 해와 동해의 달도 만수무강을 비나니 우리 임금님께.

5

나아가도 聖恩이요 믈너가도 聖恩이라
廊廟나 江湖나 간곳마다 聖恩이라
이몸이 一百番 듁어도 ᄆ음은 千千萬萬春인가 ᄒ로라. (無極集)

나아가도=벼슬길에 나가도 ◇믈너가도=벼슬을 그만두어도 ◇廊廟(낭묘)나=의정
부(議政府)나. 벼슬살이를 하거나 ◇江湖(강호)나=시골이나 ◇千千萬萬春(천천만만
춘)인가=언제나 젊음 그대로인가.

통석 벼슬길에 나아가도 임금의 은혜요 벼슬에서 물러나도 임금의 은혜로다
벼슬살이를 하거나 시골에 살아도 가는 곳마다 임금의 은혜라
이 몸이 일백 번을 죽어도 마음은 언제나 젊음 그대로인가 하노라.

〈又感恩曲〉

1

天地도 좁고 좁고 河海라도 엿고 엿다
文武兼卸 六十字은 四百年來 처음이라
忠壯公 感泣ᄒᄂᆫ 눈물이 九泉下의 ᄯᅩ 흔슴이 솟ᄂᆫ가 ᄒ노라. (無極集)

엿고=얕고 ◇文武兼卸 六十字(문무겸함육십자)은=문무를 겸한 직함 60자는 ◇忠
壯公(충장공)=임진왜란 때의 의병장 김덕령(金德齡 ; 1567~1596)의 시호 ◇눈물이
='눈물이'의 잘못. 눈물이 ◇九泉下(구천하)의=구천의 아래에서 ◇흔슴이=한숨이.

통석 천지라도 좁고 좁고 하해라도 옅고 옅다
문무를 겸한 직함 육십 자는 사백 년 이래 처음이다
충장공 김덕령을 감격해 우는 눈물이 구천의 아래에 또 한숨이 솟는가 하노라.

2

湖南 第一 寒門에 過分한 恩澤이 찌는 둧ᄒᆞ니
夙夜洞屬ᄒᆞ야 이내 ᄆᆞ음이 淵氷이로다
終古로 宇宙間 大英雄이 다 戰戰兢兢으로 와ᄂᆞ니. (無極集)

湖南 第一寒門(호남제일한문)에=호남에서 제일 보잘 것 없는 가문에 ◇過分(과분)한 恩澤(은택)이=분에 넘치는 임금의 은혜가 ◇찌는 둧ᄒᆞ니=찌는 듯하니. 많이 받으니 ◇夙夜洞屬(숙야통촉)ᄒᆞ야=이른 아침부터 밤늦게까지 깊이 살펴서 ◇淵氷(연빙)이로다=마치 연못의 엷은 얼음을 밟는 듯하다. 매우 조심스럽다 ◇終古(종고)로=언제까지나 영원히 ◇戰戰兢兢(전전긍긍)=몹시 두려워서 조심함 ◇와ᄂᆞ니=왔느니. 되었느니.

통석 호남에서 제일 보잘 것 없는 가문에 임금의 은택이 찌는 듯하니
이른 아침부터 밤늦게까지 깊이 살펴도 내 마음은 연못의 얼음을 밟는 것처럼 조심스럽다
언제까지나 우주 사이에 훌륭한 영웅들이 다 전전긍긍하며 살아 왔느니.

3

蛟龍山 上上峰에 깃드려 인ᄂᆞᆫ 져 白雲아
老臣의 不忍訣ᄒᆞᄂᆞᆫ 눈믈을 비삼아 ᄀᆞ득 실어다가
洛陽宮闕 雲漢 볼 때예 沛然히 ᄂᆞ려 들일가 ᄒᆞᄂᆡ. (無極集)

不忍訣(불인결)ᄒᆞᄂᆞᆫ=이별을 참지 못하는 ◇洛陽宮闕(낙양궁궐)=임금이 계시는 궁궐 ◇雲漢(운한)=은하수 ◇沛然(패연)히 ᄂᆞ려=비가 억수로 쏟아져 내려 ◇들일가 ᄒᆞᄂᆡ=소리를 들리게 할까 하네.

　교룡산 상상봉에 깃들여 있는 저 백운아
　　늙은 신하의 이별을 참지 못하는 눈물을 비삼아 가득 가져다가
　　낙양 궁궐에 은하수를 볼 때에 비가 억수로 쏟아져 내려 소리를 들리게
　하까 하네.

4

太平十二策을 네 아니 드려는 우리 님쎄
做時不如說時란 말은 朱夫子의 訓戒文이라
百里도 坐흔 小朝廷이니 簡易蕩平이 入德門인가 ᄒ노라. (無極集)

太平十二策(태평십이책)을=세상을 태평하게 하는 열두 가지 방책. 정조(正祖)가 내
었음 ◇做時不如說時(주시불여설시)란=일을 할 때는 말을 할 때만 같지 못함이란
◇朱夫子(주부자)의=주자(朱子)의 ◇簡易蕩平(간이탕평)이　入德門(입덕문)인가=쉬
운 탕평책이 덕문(德門)에 들어가는 길인가.

　태평십이책을 네가 우리 님에게 드리지 않았느냐
　　일을 할 때는 말을 할 때만 같지 아니하단 말은 주자의 훈계문이다
　　백리도 또한 작은 조정이니 쉬운 탕평책이 덕문으로 들어가는 길인가
　하노라.

5

胸藏萬甲 一等精兵 萬古名將 諸葛孔明을 맛겨
八陣圖 風雲으로 大破코저 欲寇長城
진실로 破키곳 破ᄒ면 天下歸仁 廊淸ᄒ리라. (無極集)

胸藏萬甲 一等精兵(흉장만갑일등정병)=갑옷으로 단단히 무장을 한 제일 가는 정
예의 군사 ◇八陣圖 風雲(팔진도 풍운)으로=여덟 가지 진법을 그린 지도로 변화
를 시도하여 ◇大破(대파)코저 欲寇長城(욕구장성)=장성을 침공하고자 해서 크게
쳐부수자 ◇天下歸仁 廊淸(천하귀인 낭청)ᄒ리라=천하는 인으로 돌아가고 조정이
맑아지리라.

▶ **통석** 갑옷으로 단단히 무장을 한 제일 가는 정예의 군사와 만고의 명장 제갈
량에 맡겨
　여덟 가지 진법을 그린 지도로 변화를 시도하여 장성을 침공하고자 해
서 크게 쳐부수자
　진실로 쳐부수기만 쳐부순다면 천하는 인으로 돌아가고 조정이 맑아지
리라.

위백규*

〈農歌〉

1

셔산의 도들볏 셔고 구움은 느제로 내다
비 뒷 무근 플이 뉘 밧시 짓터든고
두어라 추례 지운 닐이니 미는 다로 미오리라. (三足堂歌帖)

도들볏 셔고=돋을볕. 처음으로 솟아오르는 햇볕이 나타나고 아침에 서쪽 하늘에
채색구름이 나타나는 현상을 말함 ◇구움은 느제로 내다=구름은 느지막이 내린다
◇비 뒷 무근 플이=비가 온 뒤에 묵은 풀이 ◇뉘 밧시 짓터든고=누구의 밭이 풀
이 우거졌던고 ◇추례 지운 닐이니=차례를 정해놓은 일이니 ◇미는 다로 미오리
라=매는 대로 매겠다.

🔖 **통석**   서산에 돋을볕 비추고 구름은 느지막이 내린다.
비 온 뒤에 묵은 풀이 누구의 밭이 풀이 우거졌던고
두어라 차례가 정해진 일이니 매는 대로 매리라.

2

도롱이예 홈의 걸고 쓸 곱은 검은 쇼 몰고
고동풀 쓴머기며 깃믈 곳 느려갈 제
어듸셔 픔 진 벗님 홈씌 가쟈 ᄒᆞᄂᆞᆫ고. (三足堂歌帖)

---

* 위백규(魏伯珪 ; 1727~1798). 자 자화(子華). 호 존재(存齋). 학자. 천문, 지리, 율력, 복서, 산
수 등에 통달했다. 정조(正祖) 때 학행으로 벼슬을 제수 받았으나 취임하지 않았다. 저서엔
<예설>(禮說)을 비롯한 다수가 있다. 그의 시조는 조부인 삼족당(三足堂) 위세보(魏世寶)의
문집인 <삼족당가첩>(三足堂歌帖)에 수록되어 전한다.

홈의=호미 ◇쌜 곱은=뿔이 구부러진 ◇고동풀=미상. 혹 고들빼기가 아닌지 ◇뜻머기며=뜯어 먹이며 ◇깃믈 ᄀᆞᆺ=풀이 우거진 개울가를 ◇픔 진 볏님=품을 갚을 벗님.

통석 도롱이에 호미를 걸고 뿔이 구부러진 검은 소를 몰고
고동풀을 뜯어 먹이면서 풀이 우거진 개울가를 내려갈 때
어디서 품을 갚을 벗님은 함께 가자고 하는고.

3

둘러내쟈 둘러내쟈 긴 ᄎᆞ골 둘너내쟈
바라기 역고를 골골마다 둘너내쟈
쉬 짓튼 긴 ᄉᆞ래ᄂᆞᆫ 마조 잡아 둘너내쟈. (三足堂歌帖)

둘러내쟈=김을 매자의 뜻인 듯 ◇긴 ᄎᆞ골=길고 곡식이 가득 심겨진 고랑을 ◇바라기 역고를=바랭이와 여뀌를 ◇골골마다=고랑마다 ◇쉬 짓튼 긴 ᄉᆞ래ᄂᆞᆫ=쉽게 풀이 자라는 긴 이랑은 ◇마조 잡아=마주잡아. 같이 어울려.

통석 김을 매자 김을 매자 긴 고랑을 김을 매자
바랭이와 여뀌를 고랑 고랑마다 김을 매자
쉽게 풀이 자라는 긴 이랑은 같이 어울려서 김을 매자.

4

ᄠᆞᆷ은 듣ᄂᆞᆫ 대로 듯고 볏슨 쬘 대로 쬔다
청풍의 옷깃 열고 긴 파람 흘리 불 제
어ᄃᆡ셔 길 가ᄂᆞᆫ 소님ᄂᆡ 아ᄂᆞᆫ ᄃᆞ시 머무ᄂᆞᆫ고. (三足堂歌帖)

듣ᄂᆞᆫ 대로 듯고=떨어질 대로 떨어지고 ◇볏슨 쬘 대로 쬔다=햇볕은 쬘 대로 내려쬔다 ◇긴 파람 흘리 불 제=길게 휘파람을 소리가 퍼져가도록 불 때 ◇소님ᄂᆡ=손님네 ◇아ᄂᆞᆫ ᄃᆞ시=아는 듯이. 아는 것처럼.

땀은 떨어질 대로 떨어지고 햇볕은 쬘 대로 쬔다.
맑은 바람에 옷깃을 열고 길게 휘파람을 멀리 들리도록 불 때
어디서 길을 가는 손님네는 아는 것처럼 머무는고

5

힝긔예 보리 마오 사발의 콩닙치라
내 밥 만흘셰요 네 반찬 적글셰라
먹은 뒷 흔슘 줌 경이야 네오 내오 다흘소냐. (三足堂歌帖)

힝긔예 보리 마오=탕기에 보리밥 말고 ◇사발의 콩닙치라=사발(沙鉢)에 콩잎채
라. 콩잎채는 콩잎을 된장에 박은 장아찌의 한 가지. 콩잎장 ◇만흘셰요=많구나
◇적글셰라=적겠구나 ◇흔슘 줌 경이야=잠깐 잠자는 경(境)이야. 경은 마음이
놓여 있는 상태 ◇다흘소냐='다룰소냐'의 잘못인 듯.

🔹 **통석** 탕기에 보리밥 말고 사발에 콩잎채라
내 밥은 많구나 네 반찬 적겠구나.
밥 먹은 뒤에 한 숨 잠자는 맛이야 너와 내가 다르겠느냐.

6

돌라가쟈 도라가쟈 히 지거단 도라가쟈
게변의 손발 싯고 홈의 메고 돌아올 제
어듸셔 우배초젹이 흠끠 가쟈 빅아ᄂ고. (三足堂歌帖)

히 지거단=해가 넘어가거든 ◇게변의=시냇가에(溪邊) ◇홈의=호미 ◇우배초젹이
=쇠등에 탄 이이들이 부는 풀피리 소리(牛背草笛)가 ◇빅아ᄂ고=재촉하느냐.

🔹 **통석** 돌아가자 돌아가자 해 지거든 돌아가자
시냇가에 손발 씻고 호미 메고 돌아올 때
어디서 쇠등에 탄 아이들 풀피리 소리가 함께 가자 재촉하느냐.

7
면홰는 세 드래 네 드래요 일윈 벼는 픠는 모가 곱는가
오뉴월이 언제 가고 칠월이 븐이로다
아마도 하느님 너히 삼길 제 날 위ᄒᆞ야 삼기샷다. (三足堂歌帖)

면홰는 세 드래 네 드래요=목화는 열매가 세 개 네 개요 ◇일윈 벼는=일찍 수확
하는 벼는 ◇픠는 모가 곱는가=패어나는 벼이삭이 곱지 않는가 ◇븐이로다=반이
되었구나 ◇너히 삼길 제=너희들 만들어 내실 때.

🔖 통석   목화는 열매가 세 개 네 개요 이른 벼는 패나오는 모가 곱지 않은가.
오뉴월이 언제 가고 칠월도 반이로다
아마도 하느님이 너희들 만드실 제 나를 위해 만드셨다.

8
아히는 낙기질 가고 집사름은 저리치 친다
새 밥 닉을 싸예 새 슬을 걸러셔라
아마도 밥 들이고 잔 자블 싸여 호흠 계워 ᄒᆞ노라. (三足堂歌帖)

낙기질=낚시질 ◇저리치 친다=절이김치를 담근다 ◇닉을 싸예=익을 때에 ◇밥
들이고 잔 자블 싸여=밥을 지어 올리고 술잔을 잡을 때에 ◇호흠 계위=호흥(豪
興)이 넘쳐.

🔖 통석   아희는 낚시질 가고 집사람은 저리김치를 담근다.
새로 지은 밥 익을 때에 새 술을 걸러라
아마도 밥상 올리고 술잔 잡을 때에 호흥이 넘쳐나리라.

9
취ᄒᆞᄂ 니 늘그니요 웃는 니 아히로다
흐른 슈븨 흐린 슐을 고개 수겨 권홀 째여
뉘라셔 흐르장고 긴 노래로 ᄎᆞ례춤을 미루는고. (三足堂歌帖)

취ᄒᆞᄂ 니 늘그니요=술 취하는 사람은 늙은이요 ◇웃는 니=웃는 사람은 ◇흐
튼 슌빅 흐린 술을=흐트러진 순배에 막걸리를. 순배는 돌리는 잔(巡杯) ◇고개
수겨 권홀 쌔여=고개를 수그리고 권할 때에 ◇뉘라서=누가 ◇흐르쟝고=미상.
물 흐르는 듯이 잘 치는 장구소리인 듯 ◇츠례춤을 미루는고=차례가 정해진 춤
을 미루는가.

📙 **통석**   술에 취하는 사람은 늙은이요 웃는 사람은 아희로다
           순서가 흐트러진 술잔에 막걸리를 고개 숙여 권할 때에
           누가 매끄러운 장구소리와 긴 노래로 차례가 된 춤을 미루는가.

황윤석*

〈木州雜歌〉

1

天地ㄱ치 크시읍고 日月ㄱ치 붉으시니
우리 先王 恩澤은 萬萬世 傳ㅎ시리
아마도 ᄒ낫 賤臣이 혼자 닛기 어려웨라. (頤齋亂稿)

ᄒ낫 賤臣(천신)이=하잘 것 없는 신하가 ◇닛기=계승하기.

▶ 통석　천지같이 크시고 일월같이 밝으시니
　　　　　우리 선왕의 은택은 먼 후세에까지 전하실 것이니
　　　　　아마도 하잘 것 없는 신하가 혼자 계승하기 어렵구나.

2

年年 九月 열사흔 날 年年 三月 初 닷샌 날
우리 先王 聖德을 어느 덧 닛ᄌ올가
어즙어 百年 限ㅎ여 죽도록 갑ᄉ오려. (頤齋亂稿)

어느 덧 닛ᄌ올가=어느 사이에 잊을까 ◇百年(백년) 限(한)ㅎ여=평생을 기한으로 삼아.

---

* 황윤석(黃胤錫 ; 1729~1791). 자 영수(永叟) 호 이재(頤齋). 언어학자. 그의 문집 속에 수록되어 있는 <화음방언자의해>(華音方言字義解)와 <자모변>(字母辯)은 오늘날 국어학 연구에 좋은 자료가 되고 있다. 저서에 <이재유고>(頤齋遺稿)가 있다.

▶ **통석**　해마다 구월 열 사흗날 해마다 삼월 초닷새 날
　　　　우리 선왕의 훌륭한 덕을 어느 사이에 잊을까
　　　　어즈버 평생을 기한으로 하여 죽을 때까지 갚으려.

3

닛즈오려 못 닛즈올 쉬인 두 히 先王 功德
時時와 夜夜로 念念의 눈물이웁
두어라 우리 님 聖明이웁시니 太平萬歲 비웁노라. (頤齋亂稿)

닛즈오려 못 닛즈올=잊으려 해도 못 잊을 ◇쉬인 두 히 先王(선왕) 功德(공덕)=52
년간의 선왕의 공덕. 영조(英祖) 재위기간의 통치를 말함 ◇念念(염렴)의 눈물이웁
=생각마다의 눈물이웁니다 ◇聖明(성명)이웁시니=우리 임금의 밝은 지혜이시니.

▶ **통석**　잊으려 해도 못 잊을 쉰두 해 동안의 선왕의 공덕
　　　　때때로 밤마다 생각마다의 눈물이웁니다.
　　　　두어라 우리 임금의 밝으신 지혜이시니 태평만세를 비웁나이다.

4

밥술도 님 恩惠오 뫼올도 님 恩惠니
家屬親戚들이 님 恩惠 아라시렴
眞實노 아압기옷 아오시면 衣食日用 無愧하리. (頤齋亂稿)

밥술도=밥술이라도 먹는 것도 ◇뫼올도=뫼 오라기도 웃도 ◇家屬親戚(가속친척)
들이=집안 식솔이나 친척들이 ◇아압기옷 아오시면=알기만 아신다면 ◇衣食日用
(의식일용) 無愧(무괴)하리=웃이며 밥이며 날마다 쓰는 것들이 부끄러움이 없을
것이다.

▶ **통석**　밥술이나 먹는 것도 임금의 은혜요 뫼 오라기를 걸치는 것도 임금의 은
　　　　혜니
　　　　집안 식구나 친척들이 임금의 은혜를 아십시오
　　　　진실로 알기만 아신다면 의식이며 일용의 모든 것이 부끄러움이 없으
　　　　리라.

5

君恩이 罔極ᄒᆞ와 白髮의 木川 오니
그리던 家屬 울어 大綱 만나리라
아마도 四百里 風雪의 慈親思念 어려왜라. (頤齋亂稿)

木川(목천) 오니=목천의 원님으로 오니. 충청남도 천안(天安)에 있던 목천(木川)인
듯 ◇그리던 家屬(가속)=그리워하던 집안 식구 ◇四百里 風雪(사백리풍설)의=400
리 여행길에 ◇慈親思念(자친사념)=어머니 생각.

📘 **통석** 임금의 은혜가 한 없이 크셔서 백발이 되어 목천의 원님으로 오니
그리워하던 집안 식구들이 울어 대강 만나리라
아마도 사 백리 여행길에 어머님 생각 어렵구나.

6

阿爸님 늘 ᄇᆞ리고 阿麽님 내 뫼오려
三年後 六年만의 薄邑을 엇단말가
두어라 薄邑일만정 天地君父 恩惠로다. (頤齋亂稿)

阿爸(아파)님=아버님 ◇阿麽(아마)님=어머님 ◇내 뫼오려=내가 미워서. 또는 뫼
시려고 ◇薄邑(박읍)을 엇단말가=작고 보잘 것 없는 작은 고을의 원이 되었단 말
인가 ◇天地君父(천지군부)=하늘과 땅과 같은 임금과 어버이.

📘 **통석** 아버님 나를 버리시고 어머님 내가 뫼시려고
삼 년 뒤 육 년 만에 작고 보잘 것 없는 작은 고을의 원이 되었단 말인가
두어라 박읍일망정 이도 천지와 같이 크신 임금과 어버이의 은혜로다.

7

고흘도 젹다 말고 物力도 窘타 말고
내 ᄆᆞ음 다 ᄒᆞ오며 國恩을 가푸려니

슬프다 勢 업슨 微臣이라 쓷과 달나 어이 흐랴. (頤齋亂稿)

고흘도 적다 말고=고을도 적다고 하지 말고 ◇物力(물력)도 窘(군)타 말고=생산되
는 물건도 군색하다고 하지 말고 ◇勢(세) 업슨 微臣(미신)이라=권세가 없는 보잘
것 없는 벼슬아치라 ◇쓷과 달나 어이 흐랴=생각하던 것과 달라 어찌 하랴.

🔖 **통석**　고을이 적다고 하지 말며 생산되는 물건도 군색하다 하지 말고
　　　　　내 정성을 다 하며 나라에 대한 은혜를 갚으려고 하니
　　　　　슬프다 권세가 없는 보잘 것 없는 벼슬아치라 생각하던 것과 달라 어이
　　　　　하랴.

8

믓누의님 쉬인 여슷 아이손 마온 아홉
져근 누의 마온 여슷 아니 늙다 흐올소냐
내 나도 쉬인 흐아히니 百年 慈親 홈씌 榮奉흐리. (頤齋亂稿)

아이손=아우는 ◇내 나도=내 나이도 ◇百年 慈親(백년자친) 홈씌 榮奉(영봉)흐리
=평생 어머님을 함께 받들어 모시리라.

🔖 **통석**　맏 누님은 쉬여섯 아우는 마흔아홉
　　　　　작은 누이 마흔여섯 아니 늙었다고 하겠느냐
　　　　　내 나이도 쉰하나니 평생을 어머님을 함께 받들어 모시리라.

9

믓아들 쏠 흐애오 믓쏠 婚期 늦게 되나
十八歲 少子와 十一歲 少女는 阿彌 업시 어이려뇨 彌 아래 女
슬푸다 先人餘慶 계옵시니 너희 壽福 브라노라. (頤齋亂稿)

흐애오=하나요 ◇阿彌(아미)=어미 ◇先人餘慶(선인여경) 계옵시니=선친께서 좋은
일을 한 것이 게시니.

🔷 통석 맏아들은 딸 하나요 맏딸 혼기 늦게 되었으나
십팔 세 아들과 십일 세 딸애는 어미 없이 어이하리.
슬프다 선친께서 좋은 일을 한 것이 계시니 너의 수복을 바라노라.

10

白髮의 少室 보니 琴瑟舊情 더욱 섧다
時時로 생각ᄒᆞ면 二十九年 어제런 듯
아마도 새오 녜오 天數ㅣ오니 셜움 즐김 무엇 ᄒᆞ리. (頤齋亂稿)

少室(소실) 보니=젊은 여자 첩실을 얻으니 ◇琴瑟舊情(금슬구정)=금슬이 좋았던 옛정이 ◇새오 녜오=새 것 옛 것. 처첩이 ◇셜움 즐김=서러움과 즐거움.

🔷 통석 늙어서야 첩실을 얻으니 금슬이 좋았던 옛정이 더욱 서럽구나.
때때로 생각하면 이십구 년이 어제인 듯
아마도 새 것과 옛 것이 다 하늘의 운수라 생각하니 서러워하고 즐거워
하여 무엇 하랴.

11

南來先墓 桃李所여 王輪山도 멋 히런고
象頭山 東南의 더욱 죠타 龍頭ㅣ려라
이 後의 先人 亡室 完窆되면 무삼 關念 ᄒᆞ올소냐. (頤齋亂稿)

南來先墓 桃李所(남래선묘도리소)여=남으로 오신 선조들 묘소 보답할 수 있는 곳
이여. 복숭아와 오얏을 심어 여름엔 그늘에 쉴 수 있고 가을에는 열매를 수확할
수 있어 은혜에 보답 할 수가 있음 ◇王輪山(왕륜산)=전북 정읍(井邑) 태인(泰仁)
의 속원(屬院) 북쪽에 있는 산 ◇象頭山(상두산)=전북 정읍 태인 동쪽에 있는 산
◇龍頭(용두)ㅣ려라=용두산일러라. 용두산은 전북 정읍 태인에 있는 산 ◇先人
亡室 完窆(선인 망실 완폄)되면=돌아가신 아버지와 죽은 아내의 장례가 끝나면
◇무삼 關念(관념)=무슨 관심.

통석
　　　　남쪽으로 오신 선조들 묘소가 도리소니 왕륜산도 몇 해던고
　　　　상두산 동남 더욱 좋다 용두산이로구나
　　　　이후에 돌아가신 아버지와 죽은 아내의 장례가 끝나면 무슨 관련된 생
　　각 하겠느냐.

　　　12
　오래다 우리 龜壽洞中 東偏 잿 밧이오
　僉正先祖 舊墓읍고 烈女房親 旌門 마조
　眞實노 二百年 追慕ᄒ면 孝子孝孫 되오리라. (頤齋亂稿)

오래다=오래되었다 ◇龜壽洞中(귀수동중) 東偏(동편) 잿 밧이오=귀수동 안 동쪽
고개 밧이오 ◇僉正先祖 舊墓(첨정선조 구묘)읍고=첨정 벼슬한 선조의 옛 무덤
있고 첨정은 조선시대 종사품의 벼슬 ◇烈女房親 旌門(열녀방친정려) 마조='房親'
은 '傍親'의 잘못인 듯. 열녀인 방계 친척의 정려를 마주대함.

　　　　오래되었다 우리 귀수동 안 동쪽 고개 밧이오
　　　　첨정벼슬 지낸 선조 구묘가 있고 열녀인 방친의 정려를 마주대하니
　　　　진실로 이백 년 동안의 일을 추모하면 효자와 효손이 되리라.

　　　13
　龜壽洞 本宅 西偏 四十里 逍遙山下
　蓬萊ᄂ 几案이오 沙浦 襟帶로다
　그 中의 우리집 三世 遺躅 어이 ᄎᆞ마 니즐소니. (頤齋亂稿)

本宅(본택) 西偏=본집 서쪽 ◇逍遙山下(소요산하)=소요산 아래. 소요산은 전북 고
창(高敞) 흥덕(興德) 서쪽에 있는 산 ◇蓬萊(봉래)ᄂ 几案(궤안)이오=봉래산은 안석
(案席)이요 ◇沙浦(사포) 襟帶(금대)로다=사포는 깃과 띠로다. 사포는 전북 부안(扶
安) 서쪽에 있는 포구임. 금대는 산천(山川)이 꼬불꼬불 돌아 요해를 이루고 있음
을 비유함 ◇三世 遺躅(삼세유촉)=삼대를 전해오는 옛 자취 ◇어이 ᄎᆞ마 니즐소
니=어찌 진실로 잊을 수가 있으랴.

귀수동 본집 서쪽 사십 리 소요산 아래
　　　　봉래는 안석이요 사포는 깃과 띠로다
　　　　그 가운데 우리 집 삼대를 전해오는 옛 자취를 어이 참아 잊을소냐.

14

龍頭先山 十里 西南 太山 古懸 第三里라
黃榜山下 龍溪물의 慈親夢中 히 비최네
이몸이 胎育ᄒ온 吉地오니 承先待後 아닐소냐. (頤齋亂稿 14)

太山 古懸(태산고현)='古懸'은 '古縣'의 잘못인 듯. 태산은 전북 태인(泰仁)의 옛 이름 ◇黃榜山下 龍溪(황방산하용계)물의=황방산 아래 용계의 냇물이. 황방산은 정읍에 있는 산인 듯 ◇胎育(태육)ᄒ온 吉地(길지)오니=어머니 뱃속에서 자라온 상서로운 곳이니 ◇承先待後(승선대후)=선대를 계승하고 후대를 대우함.

▣ 통석　　용두 선산 십 리 서남 태산 옛 고을 제삼리라
　　　　황방산 아래 용계의 냇물이 모친의 태몽 가운데 해 비취었네.
　　　　이 몸이 어머님 뱃속에서 자란 길지니 선대를 계승하고 후세에 돌볼 곳
　　　　아니겠느냐.

15

文章도 繼繼ᄒ샤 行誼도 承承ᄒ샤
科宦이 긋다흔들 우리 五世 눌 불을가
두어라 明農讀書ᄒ여 先子遺訓 傳ᄒ여둔. (頤齋亂稿 15)

行誼(행의)=행실이 올바름도 ◇科宦(과환)이 긋다흔들=과거에 합격하여 벼슬길에 나가는 것이 끊어진다고 한들 ◇눌 불을가=누구를 부러워할까 ◇明農讀書(명농독서)ᄒ여=농사에 힘쓰고 책을 읽어 ◇先子遺訓(선자유훈) 傳(전)ᄒ여둔=선친께서 남기신 가르침은 전하려무나.

📜 **통석** 문장도 잇고 이으섰다 행실의 올바름도 잇고 이으섰다
과거에 합격하여 벼슬길에 나가는 것이 끊어졌다고 한들 우리 오세 누
구를 부러워할까
두어라 농사에 힘쓰고 책을 읽어 선친께서 남기신 교훈 전하려무나.

16

言語도 不可不愼 飮食도 不可不節
言語도 文字의 미뤄 보고 飮食으로 財祿의 미뤄보라
넷 聖人 頤卦大象이니 우리 先訓 더욱 됴타. (頤齋亂稿)

言語(언어)도 不可不愼(불가불신)=말도 삼가 아니하니 할 수 없고 ◇飮食(음식)도
不可不節(불가부절)=음식도 절약하지 않을 수 없다 ◇財祿(재록)의 미뤄보라=재산
과 봉록을 헤아려보라 ◇頤卦大象(이괘대상)이니=이괘의 큰 형상이니. 이괘는 64
괘의 하나로 음식을 주어 남을 구제할 상(象)임.

📜 **통석** 말도 삼가지 않을 수 없고 음식도 절약하지 않을 수 없다
말도 문자에 헤아려 보고 음식도 재산과 봉록을 헤아려 보라
옛 성인의 이괘의 큰 형상이니 우리 선조의 가르침이 더욱 좋다.

17

虛靈ᄒ온 이 내 本心 純善ᄒ온 이 내 本性
本心은 聖凡이 한 가지오 本性은 人物이 한 가지니
엇디타 本心性 汨失하여 至愚極賤 되올소냐. (頤齋亂稿)

虛靈(허령)ᄒ온=잡념이 없고 마음이 신령에 통하는 ◇純善(순선)ᄒ온=온전히 착한
◇聖凡(성범)이=성스러움과 범상함 ◇本心性 汨失(본심성골실)=본심과 본성을 빨
리 잃어 ◇至愚極賤(지우극천)=매우 어리석고 천하게.

통석 잡념이 없고 신영과 통하는 내 본심 온전히 착한 내 본성
본심은 성스러움과 평범함이 한 가지요 본성은 사람됨이 한 가지니
어쩌다 본심과 본성을 빨리 잃어 매우 천하고 어리석게 될 것이냐

18

天地도 廣大ᄒᆞ다 내 ᄆᆞᄋᆞᆷ ᄀᆞᆺ치 廣大
日月도 光明ᄒᆞ다 내 ᄆᆞᄋᆞᆷ ᄀᆞᆺ치 光明
眞實노 내 ᄆᆞᄋᆞᆷ 天地日月 ᄀᆞᆺ게 ᄒᆞ면 堯舜同歸 ᄒᆞ오리라. (頤齋亂稿)

ᄀᆞᆺ게 ᄒᆞ면=같을 수가 있다면 ◇堯舜同歸(요순동귀)=요순과 같이 됨.

통석 천지도 광대하다 내 마음과 같이 광대하다
일월도 광명하다 내 마음과 같이 광명하다
진실로 내 마음을 광대한 천지와 광명한 일월과 같게 하면 요순과 같게 되오리라.

19

靈明不測 이 내 ᄆᆞᄋᆞᆷ 出入無時 이 내 ᄆᆞᄋᆞᆷ
毫釐間 千里萬里오 須臾間 千古萬古ㅣ러라
아마도 輕輕히 照管ᄒᆞ고 略略히 存在ᄒᆞ여 敬字 닛지 마오려니. (頤齋亂稿)

靈明不測(영명불측)=신령스럽고 밝은 것이 헤아리기 어려움 ◇出入無時(출입무시)=나드는 것이 특별한 때가 없음 ◇毫釐間(호리간) 千里萬里(천리만리)=아주 작은 차이가 천리나 만리가 되고 ◇須臾間(수유간) 千古萬古(천고만고)ㅣ러라=잠깐 사이가 아주 오래가 되노라 ◇輕輕(경경)히 照管(조관)ᄒᆞ고=신중하지 못하고 행동이 아주 가볍게 관리하고 ◇略略(약략)히 存在(존재)ᄒᆞ여=간략하게 살아가면서 ◇敬字(경자) 닛지 마오려니=경이란 글자를 잊지 말 것이니라.

통석 신령스럽고 밝은 것이 헤아리기 어려운 내 마음 출입이 일정치 않은 내 마음

아주 작은 차이가 천리만리가 되고 잠깐사이가 천고만고이러라.

아마도 가벼이 행동하고 간략하게 살아가면서 경이란 글자를 잊지 말 것이다.

20

믜이 쥐면 ㅂ아지리 아니 쥐면 ᄃ라나리

勿忘勿助 地境의 이 내 ᄆ음 삼가 슬퍼

즉도록 蹈虎履氷이오 臨淵隕谷 이오리라. (頤齋亂稿)

믜이 쥐면 ㅂ아지리=매우 강하게 쥐면 부서질까 ◇ᄃ라나리=달아날까 ◇勿忘勿助(물망무조) 地境(지경)의=잊을 수도 도울 수도 없는 경우의 ◇蹈虎履氷(도호이빙)이오=호랑이 꼬리를 밟거나 엷은 얼음 위를 걷는 것이요 ◇臨淵隕谷(임연운곡)=깊은 웅덩이에 임했거나 골짜기에 떨어질 것처럼 ◇이오리라='하오리라'의 잘못인 듯.

통석 세게 쥐면 부서질까 아니 쥐면 달아날까

잊기도 돕기도 못할 경우의 내 마음을 삼가 살펴서

죽을 때까지 호랑이 꼬리를 밟거니 엷은 얼음을 걷는 것이오, 깊은 연못이 골짜기에 간 것처럼 하오리라.

21

君臣은 大義 잇고 父子는 至親이며

長幼有序의 兄弟 들고 朋友有信의 師生 드네

아마도 夫婦一倫은 五倫之本이라 엇디 無別ᄒ올소냐. (頤齋亂稿)

大義(대의) 잇고=크나큰 뜻이 있고 ◇師生(사생) 드네=스승과 학생이 생기네 ◇夫婦一倫(부부일륜)은 五倫之本(오륜지본)이라=부부의 한결같은 윤리는 오륜의 근본이다.

통석 군신 사이에는 의리 있고 부자는 지친이며
장유유서에 형제가 생기고 붕우유신에 스승과 학생이 생기네.
아마도 부부간의 한결같은 윤리는 오륜의 근본이라 어찌 분별이 없을
쏘냐.

22
七歲 孫男을 祖母도 안을소냐 七歲 孫女를 祖父도 안을소냐
七歲 男女 不同席은 兄弟 姉妹에도 닛지 말게
아모리 夫婦間 至親至密이나 爲先有別 ᄒ여세라. (頤齋亂稿)

닛지=잊지 ◇夫婦間(부부간) 至親至密(지친지밀)이나=부부의 사이가 아주 친하고
밀접하나 ◇爲先有別(위선유별)=남녀유별을 최우선으로 삼아라.

통석 일곱 살 손자를 할머니도 안을 것이냐 일곱 살 손녀를 할아버지가 안을
것이냐
일곱 살 남녀는 자리를 같이 할 수 없음은 형제와 자매 사이에도 잊지
말게
아무리 부부사이가 아주 절친하고 밀접해도 남녀유별을 최우선으로 삼
아라.

23
人生이 有慾ᄒ야 寒暖飢飽 밧긔 無限
淫聲도 저푸오나 亂色도 더욱 저퉈
조금곳 本心 일ᄉ오면 사름 아녀 禽獸ㅣ러라. (頤齋亂稿)

寒暖飢飽(한난기포) 밧긔=따뜻하고 추움과 배가 부름과 고픔 외에. 즉 일상생활에
필요한 것 외에 ◇淫聲(음성)도 저푸오나=음탕한 음악도 두려우나 ◇亂色(난색)도
더욱 저퉈=난잡한 여색도 더욱 두려워 ◇조금곳 本心(본심) 일ᄉ오며=조금이라도
본성을 잃으면 ◇사름 아녀 禽獸(금수)ㅣ러라=사람이 아니라 짐승이로다.

사람에게 욕심이 있어서 따듯하고 추움과 배고프고 배부름 외에 무한
하다
음탕한 음악도 두려우나 난잡한 여색은 더욱 두려워
조금이라도 본심을 잃으면 사람이 아니라 금수와 같으니라.

24

禽獸도 寒暖 알고 禽獸도 飢飽 알고
禽獸도 死生利害 낫낫치 모르는 일 잇돗던가
슬프다 禽獸만 賤타 말고 내 몸 貴키 도라 보게. (頤齋亂稿)

死生利害(사생이해)=죽고 사는 것과 이롭거나 해로운 것 ◇잇돗던가=있던가 ◇貴
(귀)키=귀하게 되게.

짐승도 춥고 따듯함을 알고 짐승도 배고프고 배부름을 알고
짐승도 죽고 사는 것과 이롭거나 해로움 것을 하나하나 모르는 일 있
던가.
슬프다 짐승만 천하다 하지 말고 내 몸 귀하게 돌아보게.

25

이 내 몸이 天地間의 禽獸와 다르기는
倫紀禮節을 제 모르고 이 能히 아름이니
엇지타 天地예 參爲三才ᄒ여 禽獸同歸 ᄒ올소냐. (頤齋亂稿)

제 모르고=짐승은 모르고 ◇이 能(능)히 아름이니=사람은 능히 아는 것이니 ◇엇
지타=어쩌다 ◇參爲三才(참위삼재)ᄒ여=삼재에 참여하여. 삼재는 하늘과 땅 그리
고 사람으로 사람이 되어서 ◇禽獸同歸(금수동귀)=짐승과 같을 수가.

이 내 몸이 천지간에 짐승과 다르기는
짐승은 윤기와 예절을 모르고 사람은 능히 이것을 아는 것이니
어쩌다 이 세상에 사람이 되어서 짐승과 같아지려고 하려느냐.

26

禽獸웃 아니 되면 夷狄도 되지 말고
下愚로 上智 틔워 堯舜周孔濂洛關閩 되어 보소
두어라 層層階梯예 머다한달 언마 머을손가. (頤齋亂稿)

夷狄(이적)도=오랑캐도 ◇下愚(하우)로 上智(상지) 틔워=어리석음을 지혜로 깨우쳐
서 ◇堯舜周孔濂洛關閩(요순주공염락관민)=요임금과 순임금, 주공(周公)과 공자(孔
子), 염계(濂溪)와 낙양(洛陽)사람, 관중(關中)과 민중(閩中)사람. 염락과 관중사람은
각각 송(宋)나라 유학자로 염계사람은 주돈이(周敦頤)를, 낙양사람은 정호(程顥)와
정이(程頤)를, 관중사람은 장재(張載)를, 민중사람은 주희(朱熹)를 가리킴 ◇層層階
梯(층층계제)예=층층으로 된 계단이나 사다리에 ◇머다한달 언마 머을손가=멀다
고 한들 얼마나 멀 것인가.

📖 통석 짐승이 아니 되려면 오랑캐도 되지 말고
　　　　어리석음을 지혜로 깨우쳐 요순같은 임금과 주공과 공자, 염계와 낙양,
　　　　관중과 민중사람 되어 보십시오.
　　　　두어라 층층으로 된 계단이나 사다리에 멀다고 한들 얼마나 멀겠느냐.

27

末世人物이라 흔들 上古人物 다를넌가
偏邦人物이라 흔들 中國人物 아를넌가
으즙어 天生人物이라 古今中外 分揀 알게. (頤齋亂稿)

偏邦人物(편방인물)이라 흔들=한쪽에 치우친 나라의 인물이라 한들. 우리나라 사
람을 말함 ◇으즙어=어즙어 ◇天生人物(천생인물)이라=하늘이 낸 인물이라.

📖 통석 망해가는 세상의 인물이라고 한들 상고시대 인물과 다르겠는가.
　　　　한 쪽에 치우친 곳의 인물이라고 한들 중국의 인물과 다르겠는가.
　　　　어즈버 하늘이 낸 인물이라 고금과 중외를 분간할 줄 알게.

28

人才야 前도 後도 彼此同異 언마 ᄒ리

아ᄂᆞᆫ 이 잇ᄉᆞ오면 쓰이ᄂᆞᆫ 이 절노 잇네

아마도 一代人才ᄂᆞᆫ 自了一代事ㄴ가 ᄒ노라. (頤齋亂稿)

아ᄂᆞᆫ 이 잇ᄉᆞ오면=아는 것이 많은 사람이 있으면 ◇쓰이ᄂᆞᆫ 이=쓸 곳이 있는 사람이 ◇一代人才(일대인재)ᄂᆞᆫ=한 시대의 쓸만한 사람은 ◇自了一代事(자료일대사)ㄴ가=한 시대의 일을 스스로 끝낼 수 있는 사람인가.

▶ 통석　쓸 만한 사람이야 먼저 나고 나중에 나도 피차간에 차이가 얼마나 하랴
　　　　아는 것이 있는 사람이면 쓸 곳이 있는 사람이 저절로 있네.
　　　　아마도 한 시대에 쓸 만한 사람은 한 시대 일을 스스로 끝낼 수 있는 사람인가 하노라.

남극엽*

〈愛景堂十二月歌〉

1

시리산 저 민 우의 반가울샤 샹원돌이
풍년 쇼식 씌워다가 내 창 압폐 몬졔 왓다
아마도 이 밤 조흔 경의 노지 안코 무숨 흐리. (愛景言行錄)
(右正月 載山望月章)

시리산=일명 재산(載山). 소재 미상 ◇저 민 우의=저 산꼭대기 위에 ◇샹원돌이=
보름달(上元)이 ◇몬졔 왓다=먼저 떴다 ◇조흔 경의 노지 안코=좋은 경치에 놀지
않고

📖 **통석**　시리산 저 꼭대기 위에 반갑구나. 정월 보름달이
풍년 소식 가져다가 내 창 앞에 먼저 떴구나.
아마도 이 밤 좋은 경치에 놀지 아니하고 무엇 하랴.

2

취흔 좀 늦게 깃여 강교를 보라보이
즈옥이 펴인 안개 한식 비 개엿도다
아히야 슐 부어라 젼촌의 취흔 노래 졀 일닌가 흐노라. (愛景言行錄)
(右二月 江郊曉霧章)

---

* 남극엽(南極曄 ; 1736~1804). 자 수여(壽汝). 호 애경(愛景). '애경당십이월가'(愛景堂十二月
歌)가 있어 한역이 같이 수록되어 있다.

깃여=깨어 ◇강교룰 보라보이=강이 있는 교외(江郊)를 바라보니 ◇즈욱이 펴인=
자욱하게 펼쳐진 ◇한식 비=한식(寒食) 때 내린 비 ◇젼촌의=전촌(前村)에 ◇절
일넌가=계절이 빠른가.

3
꽃나무 심운 섬의 쓰는 이 양긔로다
꽃 보고 술 부으이 애돌올샤 빅발이여
빅발아 레 짐쟉ᄒ여 더듸 나미 엇더ᄒ리. (愛景言行錄)
(右三月 東崗花卉章)

심운 섬의=심은 섬돌에 ◇쓰는 이 양긔로다=뜨는 것이 양긔(陽氣)로다. 양기는
봄기운을 말함 ◇레=네가 ◇더듸 나미=늦게 나오는 것이. 나중에 희어지는 것이.

4
녹수 산졍 기픈 곳직 벗 부른다 저 새쇼리
동풍에 깃셜 썰쳐 근치ᄂᆞ이 구우로다
내 엇지 살ᄂᆞᆷ으로 새만 못ᄒ여 흔이로다. (愛景言行錄)
(右四月 山亭鶯聲章)

녹수 산정=푸르른 나무가 우거진(綠樹) 산에 있는 정자(山亭) ◇기픈 곳직=깊은 곳
에 ◇깃셜=깃을 ◇근치ᄂᆞ이 구우로다=소리가 그치는 곳이 언덕 모퉁이(丘隅)로구나
◇살ᄂᆞᆷ으로='살름으로'의 오기. 사람으로 태어나 ◇흔이로다=한(恨)이로구나.

5

밧 가러 밥얼 먹고 슴얼 파 물 마신이
강구연월 어늬 쌘오 고잔 들 놀래솔리 알름답다 저 농부야
태평곡 화답홀 재 내 근심 절로 업다. (愛景言行錄)
(右五月 古棧農歌章)

밥얼=밥을 ◇슴얼=샘을 ◇쌘오=때인고 ◇고잔 들=고잔 들판. 고잔(古棧)은 지명.

6

문 압픠 가는 물이 대제로 흘러 든다
쐴가다 저 물가예 갓근 싯고 브라보이 가는 겻도 저 물너오 잇는 겻
도 져 물이라
셩닌의 일른 말슴 물보기도 슐이 닛다 흥신이라. (愛景言行錄)
(右六月 大堤觀漲章)

가는=흘러가는 ◇대제로=큰뚝으로(大堤). 또는 지명 ◇갓근 싯고=갓끈을 씻고
◇가는 겻도=흘러가는 것도 ◇잇는 겻도=남아있는 것도 ◇셩닌의 일른=성인
(聖人)이 하신 ◇물보기도 슐이 닛다=물이 흘러가는 것을 쳐다보는 것도 재주
(術)가 있다.

7

바람이 건듯 부이 서셕봉 몰근 긔운 우후경이 더욱 죳다

쥭유을 반만 열여 죵일을 묵딕훈이

믈외 양붕이 너 븐인가 ᄒᆞ노라. (愛景言行錄)

(右七月 瑞石青嵐章)

부이=부니 ◇서셕봉=서석봉(瑞石蜂). 봉우리 이름 ◇몰근 긔운=맑은 기운 ◇우후경이=비가 온 뒤의 경치(雨後景)가 ◇쥭유를=대나무를 쪼개서 결은 창문(竹牖)을 ◇죵일을 묵딕훈이=종일(終日)을 말없이 대하니(默對) ◇믈외 양붕이 너 븐인가= 세상 밖의(物外) 좋은 벗(良朋)이 너 뿐인가.

🪶 **통석** 바람이 건듯 부니 서석봉의 맑은 기운이 비가 온 뒤의 경치가 더욱 좋구나.

대나무로 결은 창문을 반쯤 열고 하루 종일을 말없이 상대하니

속세 밖의 좋은 벗이 너뿐인가 하노라.

8

골골이 나ᄂᆞ 믈예 흘ᄅ 온다 도화로다

팔월션 어이 집의 쥰쥬 아이 빗뎌실가

잔 싯고 몬져 부여 이개미슈 ᄒᆞ자셔라. (愛景言行錄)

(右八月 四野稻花章)

골골이 나ᄂᆞ 믈예=골짜기 마다 흘러나오는 물에 ◇흘ᄅ 온다=떠내려 온다 ◇팔월션=농부(農夫). 농부는 팔월에 한가하여 팔월신선이라 부름 ◇어이 집의=어느 집에 ◇쥰쥬 아이 빗뎌실가=준주(樽酒)를 아니 빚었을가. 술을 담그지 않았겠느냐 ◇몬져 부여=먼저 부어 ◇이개미슈 ᄒᆞ자셔라=이개미수(以介眉壽). 부모님의 장수를 기원하자꾸나.

🔖 통석　골짜기 마다 흐르는 물이 흘러온다 복숭아꽃이로구나.
팔월신선이라 부르는 농부들 어느 집에 술을 아니 빚었을까
잔을 씻고 먼저 부어 부모님의 장수를 기원하자꾸나.

9

씬남우 셜이 입피 금수평풍 둘여 잇다
복악의 올나 셔셔 남포을 보라본이
지스 비츄 워인 말고 만쳔슉긔예 늑는 것이 더욱 셥다. (愛景言行錄)

(右九月 北嶽丹楓章)

씬남우 셜이 입피=신나무 서리 맞은 잎이. 신나무는 단풍나무 ◇금수평풍 둘여
잇다=비단으로 꾸민 병풍(錦繡屛風)을 둘러친 것 같다 ◇북악의=북쪽에 있는 산
(北岳)에 ◇남포을 보라본이=남쪽에 있는 포구(南浦)를 바라보니 ◇지스비츄 워인
말고=지사가 가을을 슬퍼 한다는 말이(志士悲秋) 무슨 말인고 지사는 어느 때나
죽을 각오가 되어 있다는 뜻 ◇만쳔슉긔예=하늘에 가득 찬 차가운 기운(滿天肅氣)
에 ◇늑는 것이=늙는 것이.

🔖 통석　신나무 서리 맞은 잎이 비단병풍 둘러친 것 같구나.
북쪽에 있는 산에 올라서서 남쪽의 포구를 바라보니
지사가 가을을 슬퍼한다는 말이 무슨 말인고 하늘에 가득 찬 차가운 기
운에 늙는 것이 더욱 셥다.

10

고반 흔 곡죠를 간슈기의 비회흔이
믈은 어이 죵죵흔고 다 모도 츤 솔이라
두어라 한가흔 이 내 듯즐 영시불고 흐올이라. (愛景言行錄)

(右十月 堦邊澗水章)

고반 흔 곡죠를=소반을 두드리며(扣槃) 노래 한 곡죠를 ◇간슈기의=시냇가에(澗
水) ◇어이 죵죵흔고=어째서 죵죵(淙淙)하고 죵죵은 물이 흐르는 모양이나 그 소
리 ◇다 모두 츤 솔이라=다 모두가 차가운 소리이다 ◇듯즐=뜻을 ◇영시불고=

영시불고(永矢不告). 영시불훤(永矢不諼)과 같은 말. 언제까지나 마음에 맹세하여 잊지 않음.

> **통석**　소반을 두드리며 노래 한 곡조를 부르며 시냇가를 배회하니
> 　　　　물은 어찌 쫄쫄 흐르고 모두가 다 차가운 소리이다
> 　　　　두어라 한가한 이 내 뜻을 언제나 잊지 아니하리라.

11

눈 속의 플은 핏치 그 안이 졸일는가
진태후 붕흔 후의 지금ᄀ지 붓그러워
싯고자 ᄒᆞᄂᆞᆫ 모음 상셜 즁의 알리로다. (愛景言行錄)
(右至月 雪裏孤松章)

플은 핏치=푸른 빛이 ◇졸일는가=‘졸’은 ‘솔’의 잘못인 듯. 솔이 아니겠는가 ◇진태후 붕흔=진태후(秦太后)가 죽은(崩) ◇싯고자 ᄒᆞᄂᆞᆫ 모음=씻어버리고자 하는 마음 ◇상셜 즁의=상셜(霜雪) 가운데.

> **통석**　눈 속에 푸른빛이 그것이 소나무가 아니겠는가.
> 　　　　진 태후가 죽은 뒤에 지금까지 부끄러워
> 　　　　씻어버리고자 하는 마음 눈서리 속에서 알 것이다.

12

긔욱에 웅긴 쎨리 믈즁예 군ᄌ로자
청풍을 화답ᄒᆞ야 옥음을 훗터신이
아마도 허심고졀은 비홀 ᄃᆡ 업다 ᄒᆞ로라. (愛景言行錄)
(右臘月 風前舞竹章)

긔욱에=기수(淇水)의 후미진 곳에(淇奧) ◇웅긴 쎨리=옹글게 자란 풀이 ◇믈즁예=물건중(物中)에 ◇옥음을=옥음(玉音)을. 아름다운 소리를 ◇허심고졀은=속이 텅 비었으나 높은 절개를 지녔음은. 대나무를 칭송한 말임(虛心高節) ◇비홀 ᄃᆡ 업다 ᄒᆞ로라=비교할 곳이 없다고 하겠다.

기수의 후미진 곳에 옹글게 자란 풀이 물건 가운데 군자로구나
청풍에 대답하여 아름다운 소리를 흩었으니
아마도 속이 텅 비었으나 높은 절개를 지녔음은 비교할 곳이 없다고 하
겠다.

김상직*

〈入山歌〉

1

물리 기러 長水런가 城이 기러 長城인가
長水 長城 兩長間에 入山男兒 去留地라
아마도 긴장ᄌᆞ 흐나이야 어이 질이 이즐손야. (竹菊軒遺稿 2)

물리 기러=물이 길어 ◇長水(장수)런가=장수인가. 장수는 전라북도에 있는 군명(郡名) ◇長城(장성)인가=장성은 전라남도에 있는 군명 ◇兩長間(양장간)에=두 장의 사이에 ◇어이 질이 이즐손야=어찌 영원히 잊겠느냐.

📖 **통석**　물이 길어 장수런가 성이 길어 장성이런가
　　　　　장수와 장성의 두 장 사이에 산에 드는 남자의 머물을 만한 곳이라
　　　　　아마도 긴장(長)자 하나야 어찌 영원히 잊겠느냐.

2

八公山 조탄 말을 예 듯고 이제 보니
千峰에 白雲이오 萬壑에 烟氣로다
아마도 武陵桃源이 이에 긴ᄀᆞ 흐노라. (竹菊軒稿 3)

八公山(팔공산) 조탄 말을 =팔공산의 경치가 좋다는 말을. 팔공산은 전북 장수(長水)에 있는 산 ◇예 듯고=예전에 듣고 ◇이에 긴ᄀᆞ=이곳이 그곳인가.

---

* 김상직(金商稷 ; 1750~1815). 자 교여(敎汝). 호 죽국헌(竹菊軒). 무명의 선비. 효성이 지극했으며, 한때 장수에 있는 팔공산에 은거하기도 하였다. 저서에 <죽국헌유고>(竹菊軒遺稿)가 있다.

팔공산 경치가 좋다는 말을 예전에 듣고 이제 보니
많은 봉우리에 백운이요 많은 골짜기에 연기로다
아마도 무릉도원이 이곳이 그곳인가 하노라.

권익륭*

〈風雅別曲〉

1

풍아의 깁흔 쯧을 뎐ᄒᆞᄂᆞ 니 긔 뉘신고
고됴를 됴하ᄒᆞ나 아ᄂᆞ 니 젼혀 업ᄂᆡ
졍셩이 하 미망ᄒᆞ니 다시 블너 보리라. (古今歌曲 1)

풍아의=풍류와 문아(文雅)의 ◇뎐ᄒᆞᄂᆞ 니=전하는 사람이 ◇고됴를 됴하ᄒᆞ나=예전부터 전해오는 가락(古調)을 좋아하나 ◇아ᄂᆞ 니=아는 사람이 ◇졍셩이 하 미망ᄒᆞ니=바른 곡조의 음악이(正聲) 너무나 모호하니(微茫).

▷ **통석** 풍아의 깊은 뜻을 전하는 사람이 그가 누구신가
옛날 곡조를 좋아하나 아는 사람이 전혀 없네
바른 음악이 너무나 모호하니 다시 불러 보리라.

2

내 ᄆᆞᆯ이 긔어니 몰고 쏘 모라라
질고를 믈을지니 원습을 굴힐소냐
셩은이 지듕ᄒᆞ시니 못 갑흘가 ᄒᆞ노라. (古今歌曲 2)

긔어니=기(驥)이니. 기는 총이말과 같음. 푸른빛을 띤 부루말 ◇질고를 믈을지니=질고(疾苦)를 물을지니. 혹 '믈을지니'는 '몰을지니'의 잘못인 듯. 질고를 모르니 ◇원습을 굴힐소냐=높으면서도 평탄한 길과 낮으면서도 질퍽한 길(原濕)을 가릴

---

* 권익륭(權益隆 ; 英祖朝?). 자 대숙(大叔). 호 하처산인(何處散人). 음사(蔭仕)로 벼슬이 목사(牧使)에 이르렀다. <고금가곡>(古今歌曲)에 그의 시조 작품이 수록되어 있다.

것이냐 ◇셩은이 지듕ㅎ시니=임금의 은혜(聖恩)가 매우 중하니(至重).

🔖 통석 내 말이 총이말이니 몰고 또 몰아라.
병들고 괴로움을 모르니 좋은 길과 나쁜 길을 가리겠느냐
임금의 은혜가 매우 소중하니 못 갚을까 하노라.

3
위의도 거룩ㅎ고 녜모도 너를시고
희학을 됴하ㅎ나 학ㅎ미 되올소냐
아마도 셩덕지션을 못 니즐가 ㅎ노라. (古今歌曲 3)

위의도=위엄 있는 권위와 의용(儀容)도 위의(威儀)도 ◇녜모도=예절에 합당한 용모
(禮貌)도 ◇희학을 됴하ㅎ나=실없는 말로 하는 농지거리도 좋아하니(戲謔) ◇학ㅎ미
되올소냐=가혹함(虐)이 될소냐 ◇셩덕지션을=크고 지극히 착한 덕을(盛德至善).

🔖 통석 위엄 있는 의용(儀容)도 거룩하고 예절에 합당한 용모도 넓구나.
해학을 좋아하나 남에게 가혹함이 될까 걱정이다
아마도 크고 지극히 착한 덕을 못 잊을까 하노라.

4
좌상의 손이 잇고 준즁의 술이 ㄱ득
듕심을 즐길지니 외모를 위흘소냐
덕음이 공쇼ㅎ시니 시즉시효 ㅎ리라. (古今歌曲 4)

좌상의 손이 잇고=자리에는(座上) 손님이 있고 ◇준즁의=술통에(樽中). 후한(後漢)
의 공융(孔融)이 평생소원이라고 말한 "座上客常滿 樽中酒不空"(좌상객상만 준중주
불공)을 말함 ◇듕심을=마음속을(中心) ◇외모를=겉모습을(外貌) ◇덕음이 공쇼ㅎ
시니=도리에 닿는 착한 말이(德音) 크게 밝으시니(孔昭) ◇시즉시효=곧 반응이 나
타남(是則是傚).

통석 자리에는 손님이 있고 술통에는 술이 가득
마음속을 즐길 것이니 겉모습을 위하겠느냐
도리에 닿는 말이 밝으시니 곧 반응이 나타나리라.

5

이 히 져므러시니 아니 놀고 어이ᄒ리
즐기믈 됴하ᄒ나 황흠은 말지어다
아마도 직ᄉ기우야 긔 냥실가 ᄒ노라. (古今歌曲 5)

즐기믈 됴하ᄒ나=즐기는 것을 좋아하나 ◇황흠은=성질이 차근차근하지 못하고
거칠음은(荒) ◇직ᄉ기우야=마땅히 그 근심을 생각함이야(職思其憂) ◇긔 냥실가=
그가 어진 선비일까(良士).

통석 이 한 해가 저물었으니 아니 놀로 어찌하랴
즐김을 좋아하나 차근차근하고 거칠음은 하지마라
아마도 마땅히 근심을 생각함이야 그가 어진 선비일까 하노라.

6

두엇ᄂᆫ 둉고금슬 날로 즐겨 놀지어다
빅년 후 도라보오 화옥의 뉘 들소니
싱젼의 다 즐기지 못ᄒ면 뉘우츨가 ᄒ노라. (古今歌曲 6)

두엇ᄂᆫ 둉고금슬=두었던 종과 북 거문고와 비파(鐘鼓琴瑟) ◇날로=날마다. 또는
나와 더불어 ◇화옥의=화려하게 지은 집의(華屋).

통석 두었던 악기를 가지고 날마다 즐겨 놀 것이다
백년 후를 돌아보시오 화려하게 지은 집에서 누가 들을 것이냐
생전에 다 즐기지 못한다면 후회할까 하노라.

신갑준*

〈歎誠曲〉

1

芝蘭은 슴거도 繁榮치 못ᄒ고
荊棘은 버혀도 快去치 못ᄒ뇌
眞實로 어려온 일이 이 두 거시로다. (城西幽稿)

芝蘭(지란)은=지초(芝草)와 난초(蘭草)는. 향기로운 풀은 ◇슴거도=심어도 ◇繁榮
(번영)치=무성하게 자라지 ◇荊棘(형극)은=가시덤불은 ◇快去(쾌거)치=시원스럽게
제거치.

▷ 통석 지초와 난초는 심어도 무성하게 자라지 못하고
가시덤불은 베어내도 시원스레 제거치 못하네.
진실로 어려운 일이 이 두 가지 것이로다.

2

春光이 더지 업서 歲月로 荏苒ᄒ야
老將至ᄒ단 말슴 古賢이 읍허 계옵시니
우리도 聖化中 愚民이라 이를 아니 근심ᄒ올가. (城西幽稿)

荏苒(임염)ᄒ야=늦어져서. 세월을 끌어서 ◇老將至(노장지)ᄒ단=늙을수록 더욱 성
숙해진다는 ◇古賢(고현)이 읍허 계옵시니=예전 성현이 말씀하고 계시니 ◇聖化
中 愚民(성화중우민)이라=임금의 교화 가운데 사는 백성들이라.

---

* 신갑준(申甲俊 ; 1771~1845). 자 우중(又仲). 호 만각재(晩覺齋). 저서에 <성서유고>(城西幽
稿)가 있다.

　봄볕이 덧이 없어 세월이 늦어져서
　　　늙을수록 성숙해진다는 말씀 옛날 성현이 말씀하시니
　　　우리도 임금의 교화 가운데 사는 백성이라 이를 아니 근심할까.

〈願學曲〉

1

泰山이 높다 말고 오라기를 싱각하소
河海을 깁다 말고 건너기을 싱각흐소
놉흐나 깁푸나 오라고 건너기는 진실노 내 마음의 인는이라. (城西幽稿)

오라기를=오르기를. 오를 방법을 ◇인는이라=있는 것이다.

📖 통석　태산이 높다고만 하지 말고 오를 방법을 생각하시오
　　　하해를 깊다고만 하니 말고 건널 방법을 생각하시오
　　　높으나 깊으나 오르거나 건너거나 진실로 내 마음에 있느니라.

2

놉흔들 길 업스며 깁푼들 빈 업단가
聖學도 이로흐니 高遠타 自盡 말고 萬古遺經 빈호고 또 빈호소
이러코 못흥 니는 自古及今 업느니라. (城西幽稿)

聖學(성학)도 이로흐니=성인이 닦아놓은 학문도 이러하니 ◇高遠(고원)타 自盡(자진) 말고=높고 심원(深遠)하다고 스스로 포기하지 말고 ◇萬古遺經(만고유경)=예전부터 전해오는 경전 ◇못흥 니는=하지 못하는 사람은 ◇自古及今(자고급금)=예전부터 지금에 이르기까지.

높다고 한들 길이 없으며 깊다고 한들 배가 없을까
　　　　성인의 학문도 이와 같으니 높고 멀다고 스스로 포기하지 말고 예전부
　　　터 전해오는 경전을 배우고 또 배우시오
　　　　이러고도 하지 못하는 사람은 예전부터 지금까지 없느니라.

　　3
　衛武公 抑戒詩는 九十五歲 아니런가
　孔夫子 이란 말슴 死而後已矣니라
　우리는 太倉의 稊米로셔 囂塵에 자든 잠을 이지야 씌여쓴들 엇지할
고. (城西幽稿)

衛武公 抑戒詩(위무공 억계시)는=위무공이 자신을 억제하고 경계하는 시는. 위
무공은 당(唐)의 삼원인(三原人)으로 이름은 경무(景武), 태종 때 위무공으로 봉
해짐 ◇이란=이러한. 또는 이르신 ◇死而後已矣(사이후이의)니라=죽은 후에야
일을 그만둠. 죽을 때까지 노력하여 그치지 아니함이라 ◇太倉(태창)의 稊米(제
미)로셔=태창 속의 한 알의 돌피로서. 극히 광대한 것에 비하여 극히 작은 것
일 일컫는 말 ◇囂塵(효진)에=번거로운 속세의 일에 ◇이지야 씌여쓴들=이제
야 깨었다고 한들.

📎 통석　　위무공의 억제하고 경계하는 시는 아흔다섯 살 때 아니던가.
　　　　공자가 하신 말씀 죽은 후에야 일을 그만둔다고 하였느니라.
　　　　우리는 창고 속의 한 알이 돌피로서 번거로운 속세의 일에 자던 잠을
　　　이제야 깨었다고 한들 어찌할꼬

　〈慕賢曲〉

　　1
　聖人이 不作ᄒ면 萬古綱常 잇슬손가
　賢人이 繼述하니 그 道 漸漸 발가셔라
　이 내 몸 옷 입고 밥먹기들 聖人德澤 아니런가. (城西幽稿)

不作(부작)ᄒᆞ면=짓지 않았으면. 만들지 않았으면 ◇萬古綱常(만고강상)=예전부터 지켜 내려온 떳떳한 윤리 ◇繼述(계술)하니=계속하여 지으니 ◇밥먹기둘=밥 먹는 것인들.

🔖 **통석**   성인이 만들지 않았으면 예전부터 지켜 내려온 떳떳한 윤리가 있을 수 있을까
         현명한 사람들이 계속하여 저술하니 그 도가 점점 밝았구나.
         이 몸이 옷 입고 밥 먹는 것인들 성인들의 덕택 아니겠는가.

2

顔子의 이란 말슴 舜何人也며 予何人也라 ᄒᆞ시고
公明儀 ᄒᆞᄂᆞᆫ 말이 文王은 我師也라 ᄒᆞ니
이들 말슴 三復ᄒᆞ고 景仰高山 ᄒᆞ오리라. (城西幽稿)

顔子(안자)의 이란 말슴=안자가 하신 말씀. 안자는 공자의 제자 안회(顔回)를 높여서 일컫는 말 ◇舜何人也(순하인야)며 予何人也(여하인야)라="순은 어떤 사람이고 나는 어떤 사람이냐" 안자의 말로 성인과 범인(凡人)은 차이가 없다는 뜻 ◇公明儀(공명의)=춘추전국시대 사람으로 자장(子張)의 문인(門人)임 ◇이들 말슴 三復(삼부)ᄒᆞ고=이들의 말씀을 세 번을 반복하고 ◇景仰高山(경앙고산)=높은 산처럼 흠모하고 우러러 봄.

🔖 **통석**   안자께서 하신 말씀 '순은 어떤 사람이며 나는 어떤 사람이냐'고 하시고
         공명의가 하는 말이 '문왕은 나의 스승이라'고 하니
         이들의 말씀을 세 번 되풀이하고 높은 산처럼 흠모하고 우러러 보리로다.

3

源川이 渾渾ᄒᆞ야 晝夜에 不舍ᄒᆞ거니
松竹이 蒼蒼ᄒᆞ야 萬古에 長靑ᄒᆞ거니
우리도 乾坤中 一身이라 一身中에도 一乾坤이 이실작시면 萬古長靑 못ᄒᆞ손가. (城西幽稿)

源川(원천)이 渾渾(혼혼)ᄒ야=샘에서 발원한 냇물이 흐르고 흘러서 ◇不舍(불사)ᄒ
거니=쉬지 않고 흐르거니 ◇蒼蒼(창창)ᄒ야=푸르고 푸르러서 ◇長靑(장청)ᄒ거니
=언제나 푸르거니 ◇乾坤中(건곤중)=이 세상에 ◇이실작시면=있을 것 같으면.

🔖 **통석**　샘에서 발원한 냇물이 흐르고 흘러 밤낮을 계속 흐르나니
　　　　송죽이 푸르고 푸르러 예전부터 언제나 푸르거니
　　　　우리도 이 세상 가운데 하나라 하나 가운데에도 하나의 세상이 있다면
　　　　언제나 푸르지 못하겠느냐.

조황*

〈人道行〉

1

天地間 蠢動物이 口腹 外예 닐 업거널
藐然헌 此一身 제 헐 닐이 하고 만타
第一에 人道곳 업스면 저 禽獸나 다를소냐. (三竹詞流 1)

蠢動物(준동물)이=꿈틀거리는 벌레 같은 것들이. 되지 못한 것들이 ◇口腹 外(구복외)예=배불리 먹는 것 밖에 ◇닐 업거널=할 일이 없거늘 ◇藐然(막연)헌 此一身(차일신)=고독한 이 한 몸 ◇하고 만타=많고도 많다 ◇人道(인도)곳 업스면=사람의 도리가 없으면.

📜 통석　천지간에 꿈틀거리는 벌레 같은 것들이 배불리 먹는 것밖에 일이 없거늘
　　　　고독한 이 한 몸이 제가 할 일이 많고 많다
　　　　첫째로 사람의 도리가 없으면 저 짐승이나 다를쏘냐.

2

父母의 一生精力 子息으로 竭허거다
十朔後 成童前에 바라더니 成人이라
아마도 人子의 道理는 本性中에 잇나니라. (三竹詞流 2)

一生精力(일생정력)=평생의 활동하는 힘은 ◇竭(갈)허거다=다 없어진다 ◇十朔後 成童前(십삭후 성동전)에=태어나서 열다섯 살이 되기 전에 ◇人子(인자)의 道理(도

* 조황(趙榥 ; 純祖朝). 자 중화(重華). 호 삼죽(三竹). 개인 가집 <삼죽사류>(三竹詞流)가 있고, 이본이 있어 상당한 부분에 차이가 있고 이본에는 사설시조도 들어 있다.

리)는=사람으로서의 도리는.

🔖 **통석** 부모의 평생 정력이 자식으로 다 마른다.
태어나 열다섯 살 되기 전에 완전한 사람 되기를 바라더니
아마도 사람의 자식 된 도리는 본성 가운데 있느니라.

　　3
百歲늘 다 스라도 五十年이 밤이로다
十歲前 六十後가 쏘 一半이 되단말가
아마도 其間 歲月에 夙興初寐 허리로다. (三竹詞流 3)

밤이로다=백년을 살아도 반은 낮이고 반은 밤이다 ◇十歲前 六十後 (십세전 육십후)
가=열 살 이전 육십 살 이후가 ◇夙興初寐(숙흥초매)=일찍 일어나고 일찍 잠.

🔖 **통석** 백 살을 다 살아도 오십 년은 밤이로다.
열 살 이전 육십 살 이후가 또 절반이 되었다는 말인가
아마도 그 사이의 세월에 일찍 일어나고 일찍 자리로다.

　　4
忠信에 터늘 닥가 智水仁山 面背허고
誠敬이 主幹ㅎ여 天下廣居 經營허니
아마도 作之不己ㅎ야 드러볼가 ㅎ로라. (三竹詞流 4)

智水仁山(지수인산) 面背(면배)허고=좋아하는 산과 물을 앞뒤에 두고 ◇誠敬(성경)
이 主幹(주간)ㅎ여=정성스러움과 공경스러움이 맡아서 ◇天下廣居(천하광거) 經營
(경영)허니=천하의 넓은 곳을 경영하니 광거는 인(仁)에 비유하여 일컫는 말임 ◇作
之不己(작지불이)ㅎ야 드러볼가=끊임없이 있는 힘을 다하여 이루어볼까.

🔖 **통석** 충신에 터를 닦아 좋아하는 산과 물을 앞뒤에 두고
정성과 공경이 맡아서 천하의 널리 살 곳을 널리 경영하니
아마도 항상 있는 힘을 다해 이루어볼까 하노라.

5

洛陽에 十字通衢 天下道里 均敵헌데
제 발로 가는 스름 못 가 리가 업건마는
스름이 제 아니 가고 길만 머다 허더라. (三竹詞流 5)

洛陽(낙양)에 十字通衢(십자통구)=낙양의 번화한 네거리. 여기서 낙양은 서울의 뜻
으로 쓰였음 ◇天下道里 均敵(천하도리균적)헌데=세상의 이정(里程)은 고르고 대
등한데 ◇못 가 리가=가지 못할 사람이.

⟫ 통석 　낙양의 번화한 네거리 천하의 이정(里程)이 고르고 대등한데
　　　　　제 발로 가는 사람 못 갈 사람이 없지마는
　　　　　사람들이 제 스스로 아니 가고 길만 멀다고 하더라.

6

十五에 志于學ᄒ여 平天下늘 準的허고
鷄鳴起 夜深寐ᄒ여 늬 道理만 늬 허거다
畢竟에 늬 道行不行은 時運所關이로고나. (三竹詞流 6)

十五(십오)에 志于學(지우학)ᄒ여=열다섯 살에 학문에 뜻을 두어 ◇平天下(평천하)
늘 準的(준적)허고=천하를 평정할 것을 목표로 삼고 ◇鷄鳴起 夜深寐(계명기야심
매)ᄒ여=닭이 울 때 일어나고 밤늦게 잠자리에 들어 ◇道行不行(도행불행)은=도
를 행하고 행하지 못함은 ◇時運所關(시운소관)이로고나=시운이 관여할 바로구나.

⟫ 통석 　열다섯에 학문에 뜻을 두고 천하 평정을 목표로 삼고
　　　　　닭이 울 때 일어나고 밤늦게 잠자리에 들어 내가할 도리만 내 하였다
　　　　　마침내 나의 도를 행하고 못함은 시운이 관여할 바로구나.

7

男兒의 立身揚名 顯父母도 크다마는
士君子 出處間에 쏀時字가 關重허다

아마도 晝耕코 夜讀ᄒ여 俟河之淸 허리로다. (三竹詞流 7)

立身揚名 顯父母(입신양명현부모)도=출세를 하여 이름을 드날려 부모의 이름을
드러내는 것도 ◇士君子 出處間(사군자출처간)에=선비가 벼슬을 하고 아니하는
사이에 ◇關重(관중)허다=중대한 관계가 있다 ◇俟河之淸(사하지청)=황하가 맑기
를 기다린다. 즉 때를 기다린다는 뜻.

📖 **통석**   남자가 출세하여 이름을 드날려 부모의 이름을 드러낸다는 뜻도 크지
마는
선비가 벼슬을 하고 아니하는 사이에 때시자가 중대한 관련이 있다.
아마도 낮에 밭 갈고 밤에 글 읽어 황하가 맑기를 기다리겠다.

8
平生에 잡은 ᄆᆞ음 窮達間에 다를소냐
孝悌로 齊家타가 得君허면 忠義러니
지금에 늬 몸에 分內事가 全而歸之 ᄲᅵᆫ이로다. (三竹詞流 8)

잡은 ᄆᆞ음=결정한 마음 ◇窮達間(궁달간)에=빈궁과 영달 사이에서 ◇孝悌(효제)로
齊家(제가)타가=효도와 우애로 집안을 바로 다스리다가 ◇得君(득군)허면 忠義(충
의)러니=올바른 임금을 만나면 충성과 의리로 섬길 것이러니 ◇分內事(분내사)가
=내 분수에 맞는 일이 ◇全而歸之(전이귀지)=부모에게 받은 몸을 상한 데 없이
온전히 보전하였다가 죽음에 이르러 이를 부모에게 돌려야할 뿐이다.

📖 **통석**   평생에 결정한 마음 빈궁과 영달 사이에서 달라지겠느냐
효제로 집안을 다스리다가 올바른 임금은 만나면 충성과 의리로 섬길
것이니
지금의 내 몸에 분수에 맞는 일은 몸을 온전히 보존하였다가 죽는 것뿐
이로다.

9
古今에 異端 邪說 洪水 猛獸 다름업고

名利關 繁華場은 深淵薄氷 아닐소냐
아마도 鶯花水竹間에 獨善其身 허리로다. (三竹詞流 9)

異端 邪說(이단사설)=전통이나 권위에 반항하는 것과 올바르지 않은 논설 ◇洪水
猛獸(홍수맹수) 다름업고=장마나 사나운 짐승처럼 무섭기 다름없고 ◇名利關 繁
華場(명리관번화장)은=명예와 이욕에 관련되고 번화한 곳은 ◇深淵薄氷(심연박
빙)=깊은 연못에 임하고 얇은 얼음을 밟는 것처럼 위험한 것 ◇鶯花水竹間(앵화
수죽간)에=꾀꼬리 노래하고 꽃이 활짝 피는 자연 속에 ◇獨善其身(독선기신)=혼
자서 그 몸만 온전하게 잘 하여 감.

▷ **통석**　예나 지금이나 전통에 반하고 바르지 못한 논설은 홍수나 맹수와 다름
없고
　명예와 이욕에 관련되고 번화한 곳은 깊은 못에 가거나 얇은 얼음을 밟
는 것과 같은 것 아니겠느냐
　아마도 새가 노래하고 꽃이 피는 자연 속에서 홀로 그 몸을 잘 지켜가
리로다.

　10
이 몸에 一生精力 心中으로 소사 나니
老僧의 舍利珠늘 어늬 상직 젼허리요
아희야 네 입에 너어 藏之中心 ㅎ여라. (三竹詞流 10)

老僧(노승)의 舍利珠(사리주)늘=늙은 스님의 사리구슬을. 사리는 송장을 화장하고
나오는 결정체(結晶體) ◇어늬 상직 젼허리요=어느 상좌(上座)가 전하겠느냐 ◇藏
之中心(장지중심)=마음속에 보관함.

▷ **통석**　이 몸에 일생동안의 정력이 마음속으로 솟아나니
　늙은 스님의 사리구슬을 어느 상좌가 전하겠느냐
　아희야 네 입에 넣어 마음속에 간직하여라.

〈箕裘謠〉

1

天地間 生民初에 各授其職 허여시니
士農과 工商 外여 遊衣食은 못 허리라
우리도 제 職業 잇스니 父作子述 허리로다. (三竹詞流 11)

天地間(천지간) 生民初(생민초)에=사람이 세상에 처음 태어날 때에 ◇各授其職(각수기직)=각자가 자기의 직분을 받음 ◇遊衣食(유의식)은=놀며 먹고 사는 것은 ◇父作子述(부작자술)=아버지와 자식이 만듦.

🔖 **통석** 사람이 처음 세상에 태어날 때에 각자가 자기의 직분을 받도록 하였으니
사농과 공상 이외에 놀고먹는 것은 못 허리로다
우리도 제 직업이 있으니 아버지가 한 것을 자식이 이어가리라.

2

通萬古 四民中에 儒者事가 어려웨라
幼而學壯行이 一身으로 天下로다
그中에 時止時行을 天命듸로 허나니라. (三竹詞流 12)
(通萬古 四民中에 儒者事가 어려왜라
八歲後 平生準的 致君澤民이로고나
그 中에 一身行藏을 天時듸로 허나니라.) (異本 51)

通萬古(통만고) 四民中(사민중)에=예전부터 온 백성들 가운데. 사민은 사농공상(士農工商)을 가리킴 ◇儒者事(유자사)가=유학자의 신분이. 유학자가 하는 일이 ◇幼而學壯行(유이학장행)이=어려서는 열심히 배우고 장년이 되어서는 배움을 실행하는 것이 ◇一身(일신)으로 天下(천하)로다=이 한 몸에 매인 것이 아니다 ◇時止時行(시지시행)을=그칠 때와 행할 때를 ◇平生準的 致君澤民(평생준적 치군택민)=평생의 목표는 임금을 섬기고 백성을 윤택하게 하는 것 ◇一身行藏(일신행장)을=한 몸이 벼슬에 나가고 물러나고 하는 것을 ◇天時(천시)듸로=하늘의 뜻대로

▷ **통석** 옛적부터 사민 가운데 유학자의 신분이 어려워라

어려서는 열심히 배우고 장년이 되어서는 배움을 실행하는 것이 한 몸에 매인 것이 아니다

그 가운데서 그칠 때 그치고 행할 때 행하는 것을 천명대로 하는 것이니라.

3

堯舜의 四門 밧긔 오고 오는 선비 中에

皐夔와 稷契이가 무슨 글을 닐거시리

엇지타 五車書 닉다른 後 그 世上이 다시 업노. (三竹詞流 13)

(堯舜의 四門 밧긔 오고오는 선비 중에

皐夔와 稷契이가 무슨 글얼 일거시리

後代 文學士는 多聞博識 쓸데 업다.) (異本 52)

四門(사문) 밧긔=사방의 문 밖에. 여기서는 요임금에 순임금에게 임금 자리를 양위(讓位)한 것을 말함 ◇선비=선비 ◇皐夔(고기)와 稷契(직설)이가=주(周)나라 문왕(文王)의 선조인 고요(皐陶)와 기(夔), 후직(后稷)과 은(殷)나라 탕왕(湯王)의 선조인 설(契)의 네 사람을 아울러 일컫는 말. 모두 요순시대의 명신(名臣)임 ◇닐거시리=읽었겠느냐 ◇五車書(오거서)=다섯 수레에 가득 실을 만큼의 많을 책 ◇닉다른=뛰쳐나간. 지나간 ◇多聞博識(다문박식)=듣고 아는 것이 많음.

▷ **통석** 요임금이 순임금에게 양위한 뒤에 오고 오는 선비 가운데

고기와 직설이 무슨 글을 읽었겠느냐

어쩌다 오거서가 내달린 뒤에 그런 세상이 다시없느냐.

4

莘野에 저 農夫야 天民先覺 네로고나

이 百姓 건지려니 三聘玉帛 마다허랴

아마도 그 몸의 출처는 저 하날이 시기니라. (三竹詞流 14)

莘野(신야)에 저 農夫(농부)야=신야에서 농사짓던 저 사람아. 은(殷)나라의 재상 이

윤(伊尹)을 가리킴 ◇天民先覺(천민선각) 네로고나=도를 먼저 깨달은 사람이 너로구나 ◇百姓(백성) 건지려니=백성을 구제하려고 하는 것이니 ◇三聘玉帛(삼빙옥백) 마다허랴=세 번이나 옥백을 가지고 와 부름을 싫다고 하겠느냐. 은나라 탕왕(湯王)이 신야에서 밭 갈던 이윤을 불러 재상을 시킨 일 ◇그 몸의 출처는=그가 벼슬길에 나오게 된 것은 ◇하날이 시기니라=하늘이 시킨 것이다.

📖 **통석**　신야에서 농사짓던 저 농부야 도를 먼저 깨달은 사람이 너로구나
　　　　　이 백성을 구제하려고 세 번이나 옥백을 가지고 와서 부름을 싫다고 하겠느냐
　　　　　아마도 그가 벼슬길에 나오게 된 것은 하늘이 시키신 것이라.

5

傳巖下 暮烟屋에 夢裏 君王 너도 본다
良弼을 旁求헐 졔 네 自負늘 아니헌다
後王은 長夜飮허노라니 쑴 쑬 사이 업스리라. (三竹詞流 15)

傳巖下 暮烟屋(부암하 모연옥)에=부암 아래 저녁연기가 둘린 집에 ◇夢裏 君王(몽리군왕)=꿈에 군왕을 봄. 은나라 고종(高宗)이 재상 부열(傅說)을 얻은 것을 말함. 부열은 부암에서 담쌓는 일을 하였으니 어진 사람을 구할 때 그를 얻고 기뻐서 이름을 부열이라 했음 ◇良弼(양필)을 旁求(방구)헐 제=잘 보필할 수 있는 신하를 널리 구할 때에 ◇네 自負(자부)늘=네가 제 자신이 가치나 능력을 믿지를 ◇後王(후왕)은 長夜飮(장야음)허노라니=뒤의 왕이 밤새워 술을 마신다고 하니.

📖 **통석**　부암 아래 저녁연기가 둘린 집에 꿈속에 군왕을 너도 보았느냐
　　　　　보필할 수 있는 신하를 널리 구할 때에 네가 네 자신을 믿지 아니한다.
　　　　　후대의 왕은 밤새워 술을 마신다고 하니 꿈을 꿀 사이가 없으리라.

6

渭水上 一漁翁이 天下事는 經綸허고
支離헌 八十年을 낙시딕로 이져고나
아무리 文王이신들 못 만나고 어이 허리. (三竹詞流 16)

渭水上 一漁翁(위수상일어옹)이=위수에서 낚시하던 한 늙은이가. 쥬(周)나라 문왕 (文王)의 스승 여망(呂望 ; 일명 呂尙)을 말함. 위수에서 낚시질을 하다 문왕을 만났 는데 이때의 나이가 80을 넘었음 ◇天下事(천하사)는 經綸(경륜)허고=천하의 일을 잘 다스리고 ◇支離(지리)헌 八十年(팔십년)을=지루한 팔십 년 동안. 문왕을 만 나기 전까지의 세월을 말함 ◇이져고나=잊었구나.

◆ 통석 위수에서 낚시하던 한 늙은이가 천하의 일을 잘 다스리고
지루한 팔십 년을 낚싯대 하나로 잊었구나.
아무리 문왕이라고 한들 못 만나고 어찌하랴.

7
周公이 三吐哺하여 天下士늘 禮待허니
丹穴 나는 鳳이 朝陽梧桐 마다허랴
엇지라 五十年刑措後는 그 선비가 다시 업노. (三竹詞流 17)

周公(주공)이 三吐哺(삼토포)하여 天下士(천하사)늘 禮待(예대)허니=쥬(周) 문왕의 아들인 주공이 밥 한 번 먹을 때 세 번이나 토하며 천하의 선비들을 예의로 대접 하니. 주공은 밥 한 번 먹는 동안이 찾아오는 손님이 있으면 먹던 것을 뱉고 사람 을 만났다고 함 ◇丹穴(단혈) 나는 鳳(봉)이=단사(丹砂)를 캐는 광혈(鑛穴)에서 나 는 봉황새가 ◇朝陽梧桐(조양오동) 마다허랴=아침햇살이 비추는 오동나무 열매를 싫다고 하겠느냐 ◇五十年刑措後(오십년형조후)는=오십 년 동안 형법을 두고도 쓰지 않은 뒤에는. 나라가 잘 다스려져서 죄인이 없음을 말함.

◆ 통석 주공이 밥 한 번 먹을 때 세 번이나토하며 천하의 선비들을 예의로 대
접하니
단혈에 나는 봉황이 아침햇살이 비추는 오동나무 열매를 싫다고 하랴
어쩌다 오십 년 동안 형법을 두고도 쓰지 않은 뒤에는 그런 선비가 다
시 없느냐.

8
鄕三物 賓興時예 野無遺賢 허더니라

郁郁헌 저 制作을 스름 업시 젼헐소냐

두어라 東遷後 人物은 權謀術數 쑨이로다. (三竹詞流 18)

鄕三物(향삼물) 賓興時(빈흥시)예=학교를 세워 인재를 채용할 때에. 향삼물은
주(周)나라 때 향학의 과정으로 육덕(六德)·육행(六行)·육례(六禮)를 말하며, 빈흥
은 인재를 채용하는 법을 말함 ◇野無遺賢(야무유현)=벼슬을 하지 아니하고 초
야에 묻혀 있는 현인이 없었음 ◇郁郁(욱욱)헌=문물이 번성한 ◇東遷後(동천
후)=주(周)나라가 평왕(平王)이후 도읍을 서경(西京)에서 낙양(洛陽)으로 옮긴 이
후 ◇權謀術數(권모술수)=목적을 위해서는 수단을 가리지 않고 인정이나 도덕
도 없이 온갖 수단과 방법을 쓰는 술책.

🔷통석   학교를 세워 인재를 채용할 때에 초야에는 현인이 없더라.

홀륭한 저 저작들을 사람 없이 전할 수 있으랴

두어라 주나라가 수도를 동쪽으로 옮긴 다음의 인물은 권모술수뿐이로다.

9

夕陽時 다 된 後에 夫子신들 어이허리

刪述코 筆削ㅎ여 垂之萬世허신 功德

아마도 天地日月과 갓치 恒久 허리로다. (三竹詞流 19)

(夕陽時 다 된 後에 夫子신들 어이ㅎ리

繼往聖開來學이 雙璧中에 늬다르니

萬世에 永頓헌 功이 賢於堯舜 허시니라.) (異本 58)

夕陽時(석양시) 다 된=해질 때가 다 된. 죽을 때가 가까워진 ◇夫子(부자)신들=
공자(孔子)인들 ◇刪述(산술)코 筆削(필삭)ㅎ여=쓸 데 없는 것을 깎고 서술하여
◇垂之萬世(수지만세)허신=후세까지 전해 내려오게 하신. 공자께서 <춘추>(春
秋)를 지으신 것을 말함 ◇恒久(항구)=변하지 않고 오래오래 감 ◇繼往聖開來學
(계왕성개래학)이=성인의 도통을 잇고 이를 후손에게 열어줌이 ◇雙璧中(쌍벽중)
에 늬다르니=두 사람의 뛰어난 영재 가운데 특출하니. 쌍벽은 공자와 맹자를 가
리키는 듯 ◇永頓(영돈)헌=영구히 갖추어 놓은 ◇賢於堯舜(현어요순)=요임금이
나 순임금보다 더 어짊.

🔖 **통석**
　죽을 때가 가까워진 다음에 공자인들 어찌하랴

쓸 데 없는 것을 깎고 서술하여 후세까지 전해오도록 하신 공덕

아마도 천지와 일월같이 변하지 않고 오래 가리로다.

10

陋巷에 少年高弟 終日如愚 허신 ᄆᆞ음

三月仁 허거니와 未達一間 어이 허리

아모리 東周時衰運이나 中道而斃 허단말가. (三竹詞流 20)

(陋巷에 졀믄 션븨 終日如愚 허신 ᄯᅳ지

三月仁 허거니와 未達一間 어이허리

두어라 夫子을 만나기로 亞聖인 줄 니 아노라,) (異本 59)

陋巷(누항)에 少年高弟(소년고제)=좁은 길거리에 나이 어린 수제자. 공자의 제자 안회(顔回)를 가리킴 ◇終日如愚(종일여우)=하루 종일을 옳고 그름을 판단하지 못하는 바보처럼 행동함 ◇三月仁(삼월인) 허거니와 未達一間(미달일간) 어이 허리=예(禮)에 돌아가는 것이 인(仁)이 되고 즐거움이 그 속에 있다고 하였지만 한 칸의 집에도 미치지 못함을 어이 하리 ◇東周時衰運(동주시쇠운)이나=동주 때 쇠퇴할 시운(時運)이나 ◇中道而斃(중도이폐)=중도에 죽음 ◇亞聖(아성)인 줄=성인에 버금가는 줄.

🔖 **통석**
　누항에 나이 어린 수제자 종일을 바보처럼 행동하신 마음을

예(禮)에 돌아가는 것이 인(仁)이라 하거니와 한 칸의 집에도 미치지 못함을 어이하리.

아무리 동주 때 쇠퇴할 시운이나 중도에 죽어야 한단 말인가.

11

夫子道 一以貫을 忠恕二字 劈破ᄒ여

三綱領 八條目을 門人으로 傳述허니

아마도 聖人 大一統에 獨得其宗 허시니라. (三竹詞流 21)

(夫子道 一以貫을 忠恕二字 劈破하여

三綱領 八條目을 門人의게 傳허시니
아마도 後生의 入德門이 大學 一篇이로고나.) (異本 60)

夫子道 一以貫(부자도일이관)을 忠恕二字 劈破(충서이자벽파)ㅎ여=공자의 도는 하
나로써 일관하니 충과 서 두 글자를 파헤쳐서 ◇三綱領 八條目(삼강령 팔조목)을
=세 강령과 여덟 조목을 ◇門人(문인)으로 傳述(전술)=제자로 하여금 전하여 기술
하니 ◇聖人 大一統(성인대일통)에=성인께서 천하를 크게 통일함에 ◇獨得其宗(독
득기종)=홀로 그 근본을 얻음 ◇入德門(입덕문)이 大學 一篇(대학일편)=덕의 경지
에 들어갈 수 있는 관문이 <대학>이 가장 중요함.

📖 통석　　공자의 도는 하나로써 일관하니 충과 서 두 글자를 파헤쳐서
　　　　　세 가지 강령과 여덟 조목을 제자로 하여금 전하여 기술하니.
　　　　　아마도 성인께서 천하를 크게 통일함에 홀로 그 근본을 얻으시니라.

12
昌平里 詩禮庭에 述聖公이 이여 나셔
費而隱 發未發로 大本達道 闡明허니
아마도 生花一枝예 쯔 흔 가지 퓌여고나. (三竹詞流 22)
(昌平里 詩禮庭에 述聖公이 이여 나셔
發未發 費而隱을 一統으로 前述하니
아마도 生花一枝예 쯔 한 가지 퓌여고나.) (異本 63)

昌平里(창평리) 詩禮庭(시예정)에=창평리 시와 예를 가르친 뜰에. 창평리는 공자
(孔子)가 태어난 마을이며 시예정은 공자의 아들 백어(伯魚)가 아버지에게서 시와
예를 배워야 하는 까닭을 뜰에서 듣고 당장 배웠다고 함 ◇述聖公(구성공)이 이여
나셔='述聖公이'의 잘못. 술성공이 계속하여 태어나서. 술성공은 공자의 손자 자
사(子思)의 봉호(封號). 그는 공자의 제자 증자(曾子)에게 배워 <중용>(中庸)을 지
었다고 함 ◇費而隱(비이은) 發未發(발미발)로=비이은이란 성인(聖人)의 도(道)는
그 효용이 광대하여 두루 미치나 그 자체는 은미(隱微)하여 드러나지 아니하며, 발
미발은 희로애락의 감정을 나타내지 않는 것을 중용이라 하는 것으로 ◇大本達道
(대본달도) 闡明(천명)허니=크고 요긴한 근본으로 도에 다다를 수 있음을 드러내
밝히니 ◇生花一枝(생화일지)예=꽃이 핀 나뭇가지에.

🔖 **통석**
창평리 시와 예를 가르친 뜰에 술성공이 계속하여 태어나서
비이은 발미발로 크고 요긴한 근본으로 도에 다다를 수 있음을 밝히니
아마도 꽃이 핀 나뭇가지에 또 한 가지가 피었구나.

13

三遷敎 허든 집의 큰 선비가 成就허니
黜霸功 行王道는 時運이라 已矣로딕
그 時節 異端邪說은 闢之廓如 허시니라. (三竹詞流 23)

三遷敎(삼천교) 허든 집의 큰 선비가=세 번이나 이사를 하며 자식을 가르치던 집안의 훌륭한 선비가. 맹자를 말함 ◇黜霸功 行王道(출패공행왕도)는=패자의 공로를 물리치고 왕도를 행함은 ◇時運(시운)이라 已矣(이의)로딕=그 때의 운수라 틀렸다고 하더라도 ◇異端邪說(이단사설)은 闢之廓如(벽지확여)=맞지 않는 말과 올바르지 못한 논설을 활짝 열어젖힘. 이단사설은 양묵(楊墨)을 가리킴.

🔖 **통석** 세 번 씩이나 이사하며 자식을 가르치던 집안의 훌륭한 선비가 일을 이루니
패자의 공로를 물리치고 왕도를 행함은 그 대의 운수가 이미 틀렸다고 하더라도
그 시절 맞지 않는 말고 바르지 못한 논설을 활짝 열어젖히시니라.

14

七十二 弟子中에 篤信聖人 그 뉘신고
一天下 轍環時에 先後허든 子貢이라
三喪後 築室獨居허고 心喪三年 쏘 허니라. (三竹詞流 24)
(七十二 弟子中에 篤信聖人 그 뉘헌고
一天下 轍環時에 先後허든 子貢이라
허믈며 心喪 三年外에 築室獨居 쏘 허니라.) (異本 61)

七十二(칠십이) 弟子中(제자중)에=공자(孔子)의 제자 72인 가운데 ◇篤信聖人(독신성인)=독실하게 믿음을 가진 성인 ◇一天下(일천하) 轍環時(철환시)에=공자가 세상에 수레를 타고 두루 다닐 때에 ◇先後(선후)하든 子貢(자공)이라=앞뒤에 따른 공자의 제자 자공이다. 자공은 본명이 사(賜)이고 자공은 자(字)임 ◇三喪後(삼상후) 築室獨居(축실독거)허고 心喪三年(심상삼년)=삼년상 끝난 다음 움막을 지어 혼자 지내며 상복을 입지 않고 상제와 같은 마음으로 삼 년을 지냄.

🔊 **통석**　공자의 칠십이 제자 가운데 독실한 믿음을 가진 성인은 그 누구신고
　　　　천하에 수레를 타고 돌아다닐 때 앞뒤에서 따른 자공이다
　　　　삼년상이 끝난 다음 움막을 지어 혼자 지내며 심상 삼 년을 또 하니라.

　15
　子路의 鷄冠豚佩 升堂高弟 되얏고나
　南方强 北方强은 變化氣質 허려니와
　아마도 糞墙朽木은 彫飾허기 어려왜라. (三竹詞流 25)

子路(자로)의 鷄冠豚佩(계관돈패)=자로가 수탉의 털로 만든 관을 쓰고 수퇘지 가죽을 걸치고. 자로는 공자의 제자. 이름은 유(由). 자로는 자임. 자로가 초년에는 성질이 강해서 사람을 침해하여 욕보이고 법도에 따르지 아니하였던 것을 말함 ◇升堂高弟(승당고제)=학문이 점점 깊어져서 수제자가 됨 ◇南方强(남방강) 北方强(북방강)은=남방지강(南方之强)과 북방지강(北方之强)은. 남방지강은 중국 남쪽지방 사람의 강점으로 관용과 인내를 말하며, 북방지강은 기질이 거세어서 강용(强勇)만으로 밀고 나가는 사람을 말함 ◇變化氣質(변화기질) 허려니와=기질을 변화시킬 수 있으려니와 ◇糞墙朽木(분장후목)은 彫飾(조식)허기=썩은 흙으로 친 담장과 썩은 나무는 조각하여 장식하기. 썩은 나무와 흙은 정신이 썩어 있는 사람은 가르치기가 어려움을 말한 것임.

🔊 **통석**　자로는 수탉의 털로 만든 관을 쓰고 수퇘지 가죽을 걸치고도 당에 오르는 수제자가 되었구나.
　　　　남방지강과 북방지강은 기질을 변화시킬 수 있으려니와
　　　　썩은 흙으로 친 담장과 썩은 나무는 새기고 장식하기 어려워라.

16

先聖의 遺風으로 齊魯文學 天性이라

焚書後 八年戰에 絃誦聲이 不絶허니

아모리 不讀書英雄인들 禮義邦에 어이 허리. (三竹詞流 26)

先聖(선성)의 遺風(유풍)으로=먼저시대 성인들에게서 전해 내려온 풍습으로 ◇齊魯文學(제노문학)=제나라와 노나라의 학문. 즉 맹자와 공자의 학문 ◇焚書後 八年戰(분서후팔년전)에=진시황이 분서개유(焚書坑儒)를 한 뒤 팔 년간의 전쟁에 ◇絃誦聲(현송성)이 不絶(부절)허니=거문고 소리와 시를 외는 소리가 끊어지지 아니하니 ◇不讀書英雄(부독서영웅)인들=책을 읽지 않는 영웅인들 ◇禮義邦(예의방)=예의로 다스리는 나라에.

🔖 통석　먼저 성인들에게서 전해 내려온 풍습으로 제나라와 노나라의 학문은 천성이라

진시황의 분서갱유 다음 팔년간 전쟁에도 노래 소리와 시를 외는 소리가 끊어지지 아니하니

아무리 책을 읽지 않는 영웅인들 예의로 다스리는 나라에 어찌하랴.

17

漢興初 制禮時늘 叔孫生이 만나고야

三代損益 어듸 두고 改廢繩墨 어인 일고

두어라 捨所學從所好늘 나는 몰나 허로라. (三竹詞流 27)

(漢興初 制禮時늘 叔孫生이 만나고야

時變도 보려니와 三代損益 어이허리

굿틔야 大匠의 繩墨을 네 손으로 毁廢헌다.) (異本 65)

漢興初(한흥초) 制禮時(제례시)늘=한(漢)나라가 바야흐로 흥성한 초기 조의(朝儀)를 만들 때거늘 ◇叔孫生(숙손생)이=숙손통(叔孫通)이. 숙손통은 한고조 때의 유학자로 진(秦)나라의 법을 폐지하고 조의를 만들었음 ◇三代損益(삼대손익)=삼대의 손괘(損卦)와 익괘(益卦). 삼대는 하(夏)·은(殷)·주(周)를 가리키며 손괘는 64괘의 하나로, 간괘(艮卦)와 태괘(兌卦)가 거듭된 것으로, 산 아래 못이 있음을 상징하는 괘이

고, 익괘는 손괘(巽卦)와 진괘(震卦)가 거듭된 것으로 바람과 우레를 상징함 ◇改廢
繩墨(개폐승묵) 어인 일고=고치거나 그만두는 규칙을 새로 정하는 것은 어쩐 일
인고 ◇捨所學從所好(사소학종소호)늘=배운 학문을 버리고 좋아하는 것을 따르는
것을 ◇大匠(대장)의 繩墨(승묵)을=훌륭한 장인(匠人)의 규칙을 ◇段廢(단폐)헌다=
깨뜨려 없애려 하느냐.

📖 통석　한나라가 흥성한 초기에 조의를 만들 때 숙손생을 만났구나.
　　　　삼대의 손괘와 익괘를 어디 두고 고치거나 버리는 규칙을 새로 만드는
　　　　것은 어쩐 일인고
　　　　두어라 배운 학문을 버리고 좋아하는 것을 따르는 것을 나는 몰라 하
　　　　노라.

　　18
　　西漢朝 二百年에 彬彬文學 만타마는
　　屈三閭 哀怨聲에 黃老學이 섞겨고나
　　엇지타 眞儒의 天人策이 江都上에 늘것는고. (三竹詞流 28)

西漢朝(서한조)=한(漢) 고조(高祖)에서 평제(平帝)에 이르는 시대. 장안(長安)에 도읍
했음 ◇彬彬文學(빈빈문학) 만타마는=훌륭한 문학작품이 많지마는 ◇屈三閭(굴삼려)
哀怨聲(애원성)에=굴삼려의 애처럽고 원망이 섞인 소리에. 초(楚)나라 굴원(屈原)이
지은 이소(離騷)를 말함 ◇黃老學(황노학)이 섞겨고나=황제(黃帝)와 노자(老子)의 학
문이 섞였구나 ◇眞儒(진유)의 天人策(천인책)이 江都上(강도상)에=진정한 유학자의
훌륭한 계책(計策)이 강화도(江華島)에. 양명학자인 정제두(鄭齊斗 ; 1649~1736)를 가
리키는 듯.

📖 통석　서한조정 이백 년에 훌륭한 문학작품이 많지마는
　　　　굴원의 애처럽고 원망이 섞인 소리에 황제와 노자의 학문이 섞였구나.
　　　　어쩌다 진정한 유학자의 훌륭한 계책이 강화도에서 늙었는고

　　19
　　洛陽에 一書生이 少年 功名 不幸허다
　　升平時 告君文字 痛哭流涕 어인 닐고

古人이 不動心허는 나에 出而筮仕 허더니라. (三竹詞流 29)

洛陽(낙양)에 一書生(일서생)이=낙양의 일개 서생. 전한(前漢) 때의 가의(賈誼 ; 201~168)를 가리키는 듯 ◇升平時 告君文字(승평시고군문자) 痛哭流涕(통곡유체) 어인 닐고=태평시절 임금에게 올리는 글에 통곡하고 눈물흘림은 무슨 일인고 그는 장사왕(長沙王)에 봉해져 태부가 되었는데 제후가 강대하져서 제압하기가 힘듦을 깊이 탄식하고 울었다고 함 ◇不動心(부동심)허는 나에 出而筮仕(출이사사)=마음이 움직이지 않는 나에게 처음 벼슬을 하게 함.

🔹 **통석**   낙양의 일개 서생이 어린 나이에 공명을 얻은 것이 불행하다
태평시절 임금에게 올리는 글에 통곡하고 눈물흘림은 무슨 일인고
고인이 마음이 움직이지 아니하는 나에게 처음으로 벼슬을 하게 하더라.

20

漢明帝 녯 先生을 弟子禮로 尊奉허나
俗儒의 記誦學이 堯舜其君 어이 하리
自是로 西域佛法이 始通中國 허니라. (三竹詞流 30)

漢明帝(한명제) 녯 先生(선생)을 弟子禮(제자례)로 尊奉(존봉)허나=한(漢)나라 명제가 옛 선생을 제자의 예로써 높여 받들었으나 ◇俗儒(속유)의 記誦學(기송학)이=속된 유생의 입으로만 외는 공부가. 인격도야와는 동떨어진 학문이 ◇堯舜其君(요순기군)=요순 같은 임금인들 어찌 하랴 ◇自是(자시)로 西域佛法(서역불법)이 始通中國(시통중국)=이로부터 서역의 불교가 비로소 중국에 통용되기 시작함. 명제의 통치 기간인 영평(永平) 10년이 가섭마등(迦葉摩騰)과 축법란(竺法蘭)에 의해 불교가 중국에 들어왔음.

🔹 **통석**   한나라 명제가 옛 선생을 제자의 예로써 높여 받들었으나
속된 유생의 입으로만 외우는 공부가 요순같은 임금인들 어찌 하랴
이로부터 서역의 불교가 비로소 중국에 통용되기 시작하니라.

21

長楊賦 大文章이 逢時不幸 허거니와

草太玄 헐제붓터 네 工夫가 詭異터니

畢竟에 出處不明ᄒ여 白首投閣 ᄒ여고나. (三竹詞流 31)

(前漢書 儒林傳에 可憐 人物 揚雄이라

草太玄 헐 제부터 工夫가 詭異터니

畢竟에 失其身하여 白首投閣 허여고나.) (異本 68)

長楊賦(장양부) 大文章(대문장)이 逢時不幸(봉시불행) 허거니와=장양부를 지은 대문호(文豪)가 때를 잘못 만나 불행하거니와. 장양부는 전한(前漢)말의 양웅(揚雄 ; 53BC~18AD)이 지은 부. 성제(成帝)가 사냥을 즐겨 온갖 짐승을 장양궁(長楊宮)으로 날라 사웅관(射熊館) 주위에 망을 치고 가두어, 호인(胡人)으로 하여금 이 짐승을 잡게 하는 것을 보고 諷諫(풍간)한 것임 ◇草太玄(초태현) 헐제붓터=태현경(太玄經)을 초(草)할 때부터. 태현경은 역(易)에 비겨 쓴 것임 ◇畢竟(필경)에 出處不明(출처불명)ᄒ여 白首投閣(백수투각) ᄒ여고나=마침내는 글의 출처가 분명치 못하여 백수에 누각에서 투신하였구나. 양웅은 한(漢)의 왕망(王莽)이 세운 신(新)나라의 대부가 되어 망대부(莽大夫)라고도 불림. 태현경을 초할 때 꿈에 흰 봉황을 토했다 하고, 이때 아홉 살 난 아들 동오(童烏)가 같이 거들었기로 태현경을 '동오'(童烏)라고도 함. 왕망이 신나라를 세우니 글을 올려 진(秦)나라의 과실을 폭로하고 신(新)나라의 미덕을 칭찬하였는데 이를 '극진미신'(極秦美新)이라고 함. 양웅이 은거하며 태현경을 저술할 때 '적막으로 덕을 지킨다.'고 자칭하다가, 후에 역적인 왕망 밑에서 벼슬하며 유흠(劉歆)의 죄에 연루되어 체포당하게 되자 높은 누각에서 몸을 던져 죽으니 사람들이 '적막은 투각(投閣)이로세'라 했음.

🔖 **통석**　장양부를 지은 대문장 양웅이 때를 잘못 만나 불행하거니와
　　　　태현경을 초할 때부터 네 공부가 해괴하더니.
　　　　마침내는 출처가 분명치 못하여 백수로 누각에서 투신을 하였구나.

22

東漢末 名節士가 嚴子陵의 餘風이라

光武帝 업는 世上 富春山 놉흘쇼냐

차라리 一片孤魂이 首陽山에 가 롤너라. (三竹詞流 32)

東漢末 名節士(동한말 명절사)가 嚴子陵(엄자릉)의 餘風(여풍)이라=동한 말엽에 유

명한 절개를 지킨 사람이 엄자릉의 남아 전해오는 풍습이다 ◇光武帝(광무제) 업는 世上(세상) 富春山(부춘산)=후한의 광무제가 없는 세상에 부춘산이. 엄자릉은 후한 때 사람으로 본명이 광(光)임. 광무제와 같이 공부하였고 후에 광무제가 제위에 올라 불렀으나 나오지 않고 부춘산에 숨어 동강(桐江) 칠리탄(七里灘)에서 낚시질을 하였음 ◇一片孤魂(일편고혼)이 首陽山(수양산)에 가 롤니라=외로운 혼이 백이숙제가 죽은 수양산에나 가서 놀겠다.

🔰 **통석**   동한 말엽에 유명한 절개를 지킨 사람이 엄자릉의 남아 전해오는 풍습이라

후한 광무제가 없는 세상에 부춘산이 높겠느냐.

차라리 외로운 혼이 백이숙제가 죽은 수양산에나 가서 놀리라.

23

草堂睡 씨다르니 닉 平生을 닉 알거다

山外事 괴로옴을 거울것치 보건마는

窓 밧씌 세 번 온 손의 一片心을 어이허리. (三竹詞流 33)

草堂睡(초당수)=초당에서 자던 잠 ◇닉 平生(평생)을 닉 알거다=내 평생은 내가 알겠다. 제갈량이 지었다고 하는 시 '대몽수선각 평생아자지 초당춘수족 창외일지지'(大夢誰先覺 平生我自知 草堂春睡足 窓外日遲遲)의 구절임 ◇窓(창) 밧씌 세 번 온 손의=창밖에 세 번이나 찾아온 손님의. 유비(劉備)가 제갈량(諸葛亮)을 세 번씩 찾아간 일(三顧草廬)을 말함.

🔰 **통석**   초당에서 자던 잠 깨달으니 내 평생을 내가 알겠다.

산 밖의 일이 괴로움인 것을 거울을 보는 것처럼 잘 알고 있지마는

창밖에 세 번이나 찾아온 손님의 진실한 마음을 어찌하리.

24

東西晉 二百年에 士子 氣習 怪異허다

麴蘖이 生涯여니 名敎樂地 뉘 알리오

그 즘에 柴桑一士가 닉 벗인가 허로라. (三竹詞流 34)

(東西晉 百餘年에 士子 氣習 怪異허다
一杯酒 生涯여니 名敎樂地 늬 알이오
그중에 烈丈夫 이스니 靖節先生 이로고나.) (異本 72)

士子 氣習(사자기습) 怪異(괴이)허다=선비들의 풍습이 괴상하고 이상하다. 여기서
선비는 죽림칠현이라고 하는 유령(劉伶)과 완적(阮籍) 등을 가리킴 ◇麴糵(국벽)이
生涯(생애)여니=술이 곧 생활이니 ◇名敎樂地(명교낙지)='名敎內自有樂地'(명교내
자유락지)를 말함. 인륜(人倫)의 가르침을 행하는 가운데, 저절로 즐거운 경지(境地)
가 있음 ◇柴桑一士(시상일사)가=시상의 한 선비가. 도연명(陶淵明)을 말함. 시상
은 강서성 구강현(九江縣) 서남쪽에 있는 산으로 연명이 이곳이 살았으며, 혹은 고
향이라고도 함 ◇靖節先生(정절선생)=도연명을 존칭해서 부르는 이름.

🔖 **통석** 동진 서진 이백 년에 선비들의 풍습이 괴상하고 이상하다
술이 곧 생활이니 인륜의 가르침을 행하는 가운데 저절로 즐거운 경지
가 있음을 누가 알리오
그 가운데 시상의 한 선비가 내 벗인가 하노라.

25

唐天子 御宇初에 純用覇道 어인 일고
進士科 創始後로 天下英雄 간데 업다
우리도 그 後에 나셔 誤了平生 허거다. (三竹詞流 35)

唐天子 御宇初(당천자 어우초)에=당나라 천자가 통치하던 초기에 ◇純用覇道(순용
패도) 어인 일고=순전히 패도만 쓴 것은 무슨 일인고 패도는 왕도(王道)의 상대
어로 인의를 무시하고 무력이나 권모로써 공리(功利)를 오로지 하는 일 ◇誤了平
生(오료평생) 허거다=평생을 잘못 마칠까 한다.

🔖 **통석** 당나라 천자가 통치하던 초기에 순전히 패도만 쓴 것은 무슨 일인고
진사과를 처음으로 만든 뒤에 천하영웅 간 곳 없다
우리도 그 뒤에 태어나서 평생을 잘못 마칠까 하노라.

26

河陽에 一布衣가 因文悟道 거의ᄒᆞ여

原道와 佛骨表로 儒家事業 自任터니

엇지타 潮州 刺史堂에 太顚僧이 올나던고. (三竹詞流 36)

(河陽에 讀書야 文章ᄲᅮᆫ이 아니로다

原道와 佛骨表ᄂᆞᆫ 孟子 後에 처음이라

엇디타 潮州 刺史堂에 太顚이 나 올나던고.) (異本 74)

河陽(하양)에 一布衣(일포의)가 因文悟道(인문오도) 거의ᄒᆞ여=하양의 한 벼슬 없는 선비가 글로 도를 깨우치기를 거의 다하여. 하양은 중국 하남성 맹현(孟縣)의 서쪽에 있는 지명이며 포의는 반악(潘岳 ; 247~300)으로 하양현령을 지냈음 ◇原道(원도)와 佛骨表(불골표)=유교와 불교로 ◇潮州 刺史堂(조주자사당)에=조주에 있는 자사의 사당에. 조주는 지금의 광동성 조안현(潮安縣)이며, 여기에 당(唐)나라의 한유(韓愈)가 좌천되어 자사가 되었으며 그의 사당이 여기에 있음 ◇太顚僧(태전승)이=먼 서역의 승려가.

📖 통석   하양의 한 벼슬 없는 선비가 글로 도를 깨우치기를 거의 다하여
유교와 불교로 유생사업을 자신의 일로 여기더니
어쩌다 조주자사의 사당에 먼 서역의 승려가 올랐는고

27

五星이 聚奎運에 周茂叔이 쳐음 나셔

太極通書 압희 놋고 無邊風月 吟弄헐져

하랄이 程太中 보닉여 子弟 付托 ᄒᆞ시니라. (三竹詞流 37)

五星(오성)이 聚奎運(취규운)에=오성이 규운에 모임. 규운은 문운(文運)을 말함 ◇周茂叔(주무숙)이=송(宋)나라 학자 주돈이(周敦頤 ; 1017~1073)가. 무숙은 자이며 송학(宋學)의 비조(鼻祖)라 불림 ◇太極通書(태극통서)=주돈이가 지은 책 ◇無邊風月(무변풍월) 吟弄(음롱)헐져=한이 없는 자연을 노래하며 희롱할 때 ◇하랄이=하늘이 ◇程太中(정태중)=송(宋)나라 학자 정호(程顥 ; 1032~1085)와 정이(程頤 ; 1033~1107)형제를 가리킴.

28

曾思門 嫡傳統을 表章ᄒ여 詔後ᄒ니
이 先生 繼開功이 孟子 後에 ᄒ아여널
먼듸셔 才勝헌 文章輩가 分朋攻擊 허단말가. (三竹詞流 38)

曾思門(증사문) 嫡傳(적전통)=증자(曾子)와 자사(子思) 문하의 학통을 전함을 ◇表章(표장)ᄒ여 詔後(조후)ᄒ니=세상에 널리 알리니 ◇繼開功(계개공)이=성인의 학통을 이어 후인에게 이를 열어 전하게(繼往聖開來學)한 공로가 ◇ᄒ아여널=하나거늘 ◇才勝(재승)헌 文章輩(문장배)가=잔재주만 뛰어난 글하는 무리들이 ◇分朋攻擊(분붕공격)=끼리끼리 나뉘어 공격.

📎 **통석** 증자와 자사 문하의 학통을 전함을 세상에 널리 알리니
이 선생의 성인의 학통을 후인에게 전한 공이 맹자 뒤에 하나거늘
멀리서 잔재주만 뛰어난 글하는 무리들이 끼리끼리 나뉘어 공격하단
말인가.

29

百源山 十年燈에 性命學을 自得ᄒ여
安樂窩 一平生에 天根月窟 往來허니
아마도 英邁헌 져 氣像은 空中樓閣이로고나. (三竹詞流39)
(陳處士 數理學을 道義門에 부처두고
安樂窩 一平生에 生老太平 조흘시고
아마도 豪邁헌 져 긔상은 空中樓閣이로고나.) (異本 77)

百源山(백원산) 十年燈(십년등)에=백원산에서 십년동안 밝힌 등불에 ◇性命學(성명

학)을 自得(자득)ᄒ여=성명학을 스스로 해득하여. 성명학은 성리학의 학설로, 하늘이 부여하는 것을 명(命)이라 하고, 이를 받아서 내게 있는 것을 성(性)이라고 한다. 송(宋)나라 소옹(邵雍 ; 1011~1077)이 이지재(李之才)에게서 배워 발전시킨 것으로 그의 학파를 백원학파(百源學派)라 부름 ◇安樂窩(안락와) 一平生(일평생)에 天根月窟(천근월굴) 往來(왕래)허니=안락와가 평생 동안 천근과 월굴을 왕래하니. 안락와는 소옹의 호, 천근은 하늘 끝, 월굴은 달 속으로 거기를 왕래했다는 것은 그것에 대한 연구를 했다는 뜻 ◇英邁(영매)헌=영민하고 비범한 ◇空中樓閣(공중누각)=공중에 지은 누각처럼 허황되다는 뜻임.

📖 통석　백원산에서 십 년 동안 공부하여 성명학을 스스로 해득하여
　　　　　안락와 소옹이 평생 동안에 천문을 연구하더니
　　　　　아마도 영민하고 비범한 저 기상은 공중누각처럼 허황하구나.

30

張橫渠 談兵時에 勸讀中庸 그 뉘시며
孫秀才 索遊日에 春秋一部 뉘 뉘신고
아마도 宋朝眞宰相은 范文正公 이로고나. (三竹詞流 40)

張橫渠(장횡거) 談兵時(담병시)에=장횡거가 병법을 말할 때에. 장횡거는 북송(北宋)의 학자 장재(張載 ; 1020~1077)를 가리킴. 흔히 횡거선생(橫渠先生)이라 불렸음. 그의 학문은 역(易)을 종(宗)으로 하고, 중용을 적(的)으로 하고, 예(禮)를 체(體)로 하여, 공맹(孔孟)의 학을 최고로 삼았으며, 우주의 본체를 태허(太虛)라고 하였음 ◇勸讀中庸(권독중용)=중용 읽기를 권하며 ◇孫秀才(손수재) 索遊日(색유일)에=손수재가 노는 날을 찾음에. 손수재는 송나라 학자 손복(孫復)으로, 태산(泰山)에 살면서 <춘추>를 공부하였다 ◇宋朝眞宰相(송조진재상)은 范文正公 (범문정공)=송나라 때 참다운 재상은 범문정공. 문정공은 북송 때 학자 범중엄(范仲淹 ; 990~1052)으로 자는 희문(希文)임.

📖 통석　횡거 장재가 병법을 말할 때에 중용 읽기를 권한 사람 그 누구며
　　　　　손수재 복이 노는 날을 찾을 때에 춘추 일부를 읽도록 한 사람 누구인고
　　　　　아마도 송나라 때 참다운 재상은 범문정공 중엄이로구나.

31

周靈王 千五百年後 庚戌에 나신 先生
生民來 聖人事業 終條理늘 허시니라
우리도 朱夫子 아닐어면 冥行摘埴 허리로다. (三竹詞流 41)

周靈王(주영왕)=주나라의 왕으로 재위(571~545BC)했음 ◇庚戌(경술)에 나신 先生
(선생)=송(宋)의 주희(朱熹 ; 1130~1200)를 가리킴 ◇生民來(생민래) 聖人事業(성
인사업) 終條理(종조리)늘=백성이 생긴 이래 성인의 사업을 마치시기를 ◇朱夫
子(주부자) 아닐어면=주희가 아니었다면 ◇冥行摘埴(명행적식)=어둠속을 더듬어
서 걸어가더라도 실행함.

📖 통석　주나라 영왕 천오백 년 뒤 경술년에 태어나신 주희 선생
　　　백성이 생긴 이래 성인의 사업이 마치시기를 하시니라
　　　우리도 주부자 아니었으면 어둠속을 더듬어서 걸어가더라도 실행을 하
　　　리로다.

32

扶桑에 나는 날빗 崑崙山이 몬져 바다
黃河水 맑는 듸로 天下 文明 허더니라
아마도 그 산 一枝脉에 白頭山이 소삿고나. (三竹詞流 42)

扶桑(부상)에 나는 날빗=부상에서 떠오르는 햇빛. 부상은 해가 뜨는 동쪽 바다,
또는 그곳에 있다고 하는 상상의 나무 ◇黃河水(황하수) 맑는 듸로=중국 황하가
한번 맑아지는 대로. 황하가 맑아지면 성인이 나온다고 함 ◇一枝脈(일지맥)에=한
갈래의 맥에.

📖 통석　부상에서 떠오르는 햇빛 곤륜산이 먼저 받아
　　　황하수가 한번 맑아지는 대로 천하가 문채가 나고 분명해지더라.
　　　아마도 그 산의 한 갈래의 맥으로 백두산이 솟았구나.

33

太陽이 午會 지나 不咸山에 返照허니

帝王이 나고 난다 儒宗인들 아니 나랴

허물며 小華禮義俗이 箕聖舊國 이로고나. (三竹詞流 43)

(天地間 도는 氣數 白頭山에 도라드니

시 天子 나고 난다 儒宗인들 아니 나랴

허물며 小華禮義俗이 箕聖舊國이로고나.) (異本 82)

午會(오회)=오후 ◇不咸山(불함산)에 返照(반조)허니=백두산에 되비추니 ◇儒宗(유종)인들=유학에 통달된 권위 있는 학자인들 ◇아니 나랴=태어나지 않겠느냐 ◇小華禮義俗(소화예의속)이 箕聖舊國(기성구국)=우리나라의 예의와 풍속이 기자(箕子)의 옛 나라 ◇氣數(기수)=스스로 돌아가는 길흉화복의 운수.

🔖 **통석** 태양이 오후를 지나 불함산에 되비추니
제왕들이 태어나고 태어난다 뛰어난 유학자인들 아니 태어나랴
하물며 우리나라의 예의와 풍속이 기자 성인의 옛 나라로구나.

34

白雲洞 시 影堂에 夫子晬容 揭奉허고

成均館 創設時예 禮樂器와 奴婢로다

아마도 前朝 眞儒는 晦軒인가 허노라. (三竹詞流 44)

白雲洞(백운동) 시 影堂(영당)에=백운동의 새로 지은 영당에. 백운동은 경북 영주(榮州)의 순흥(順興)에 있는 지명. 영당은 이름난 사람의 화상이나 위패를 모신 사당 ◇夫子晬容(부자수용) 揭奉(게봉)허고=공자(孔子)의 화상을 걸어 모시고 ◇前朝 眞儒(전조진유)는 晦軒(회헌)인가=고려시대 참다운 유학자는 회헌인가. 회헌은 안향(安珦 ; 1243~1306)의 호임.

🔖 **통석** 백운동 새로 세운 영당에 공자의 화상을 걸어 모시고
성균관을 창설할 때에 예악의 기구와 노비를 주셨구나.
아마도 고려시대의 참다운 유학자는 회헌 안향인가 하노라.

35

我東方 性理學에 鄭圃隱이 宗師로다

집집예 祠堂이요 골골마다 鄕校로다

아마도 善竹橋 千古血은 義理中에 元氣로다. (三竹詞流 45)

鄭圃隱(정포은)이 宗師(종사)로다=정몽주(鄭夢周 ; 1337~1392)가 존경하는 스승이
다. 포은은 정몽주의 호 ◇善竹橋(선죽교) 千古血(천고혈)은=선죽교에 남아 있다
고 하는 오랜 옛적의 피는 ◇義理中(의리중)에 元氣(원기)로다=의리 가운데 본래
부터 타고 난 기운이다.

📖 통석   우리나라 성리학에 포은 정몽주가 존경받는 스승이로다.
집집마다 사당이요 고을마다 향교로다
아마도 선죽교에 남아 있는 옛날의 혈흔은 의리 가운데 본래부터 타고
난 기운이로다.

36

魯司寇 三日政을 趙靜庵이 허시니라

大司憲 사흘만에 男女異路 허더니라

엇지타 그씨 少正卯늘 슬네 두엇던고. (三竹詞流 46)

(魯司寇 三日政을 趙靜庵이 허시니라

大司憲 사흘만에 男女異路 허여고나

두어라 忠宣堂 一夜間에 國運所關 어이 허리.) (異本 85)

魯司寇(노사구) 三日政(삼일정)을=노나라 사구가 삼일 만에 바로잡은 정사를. 노
나라의 사구는 누구인지 미상이나 혹 공자를 가리키는 듯 ◇趙靜庵(조정암)이=
조광조(趙光祖 ; 1482~1519)가. 정암은 조광조의 호 ◇男女異路(남녀이로)=남녀가
다니는 길을 달리함. 곧 문란한 사회질서를 바로잡음 ◇少正卯(소정묘)늘=소정
의 벼슬을 가진 묘 묘는 누구인지 미상임.

　노나라 사구가 삼일 만에 바로 잡은 정사를 정암 조광조 하시니라
대사헌 삼일 만에 남녀가 다니는 길을 달리하더라.
어찌하여 그때에 소정묘를 살려 두었던가.

37

嶠南에 鄒魯風은 老先生의 遺韻이라

七十年 참 工夫로 聖學十圖 밧치고셔

도라가 一團和氣로 薰陶後生 허시니라. (三竹詞流 47)

嶠南(교남)에 鄒魯風(추노풍)은=영남에 추로의 풍속이 남은 것. 추로는 공자와
맹자를 가리키며 유학의 기풍을 말함 ◇老先生(노선생)의 遺韻(유운)=옛 선생의
남기신 풍도(風度)이다. 노선생은 퇴계 이황(李滉 ; 1501~1570)을 가리킴 ◇聖學十
圖(성학십도)=이황이 지은 책. 선조(宣祖)가 성군이 되기를 바라는 뜻에서 군왕의
도에 관한 학문의 요체를 10개의 도식으로 그려 해설을 붙였다 ◇一團和氣(일단화
기)로 薰陶後生(훈도후생)=여러 사람이 단합되고 화목한 분위기로 후생을 가르침.

　영남에 공자와 맹자의 학풍은 옛 퇴계선생이 남기신 풍도이다
칠십 년 참다운 공부로 성학십도를 바치고
고향으로 돌아가 단합되고 화목한 분위기로 후생을 가르치시더라.

38

東海上 五峰山이 夢龍室에 降神ᄒ여

積工헌 聖學集要 西山衍義 어여게라

千載에 石潭秋月이 先生氣像 이로. (三竹詞流 48)

五峰山(오봉산)이=강원도 회양군(淮陽郡)과 통천군(通川郡) 사이에 있는 산 ◇夢龍
室(몽룡실)에 降神(강신)ᄒ여=몽룡실에 신이 내려서. 몽룡실은 율곡 이이(李珥 ;
1536~1584)의 어머니가 꿈에 용을 보고 낳았다고 하는 방에 붙인 이름으로 강릉
오죽헌(烏竹軒)에 있음 ◇積工(적공)헌 聖學集要(성학집요)=공을 들여 지은 성학집
요. 성학집요는 율곡의 저서 ◇西山衍義(서산연의) 어여게라=서산연의를 비켜갔다.
서산연의는 송(宋)나라 진덕수(眞德秀)가 지은 책으로 서산은 복건성에 있는 서암

산(西巖山)으로 서산정사(西山精舍)를 짓고 강학(講學)하였음 ◇千載(천재)에 石潭秋
月(석담추월)이=먼 훗날에 석담에 뜬 가을달이. 석담은 율곡이 한때 머물렀던 해
주(海州)의 석담계곡을 말함.

📖 **통석** 동해의 오봉산이 몽룡실에 신이 되어 내려와
공들여 지은 성학집요는 서산연의를 비켜갔다
먼 훗날에 석담에 뜬 가을달이 선생의 기상이로구나.

39

朝廷에 朋黨論이 人才 업슬 張本이요
科場에 末流獘는 션비 업고 말리로다
後生이 志于學헌들 늘을 조츠 드르리오. (三竹詞流 49)
(師門에 分黨 後로 格言인들 公議되며
科場에 末流獘는 異端이나 다를소냐
後生이 志于學헌들 늘을조츠 드르요.) (異本 88)

朋黨論(붕당론)이=뜻을 같이한 사람들끼리 모여 떠들어대는 의논이 ◇人才(인재)
업슬 張本(장본)이요=인재가 없는 근원이요 ◇科場(과장)에 末流獘(말류폐)는=과거
시험장의 기울어져가는 전통의 폐단은 ◇션비 업고 말리로다=선비도 없고 그치고
말 것이다 ◇後生(후생)이 志于學(지우학)헌들=뒷사람들이 배우고자 한들 ◇늘을
조츠 드르리오=누구를 따라 듣고 배우겠는가 ◇師門(사문)에=스승의 문하(門下)에
◇格言(격언)인들 公議(공의)되며=사리에 맞고 교훈이 될 만한 말이라도 공식적으
로 의론이 되며.

📖 **통석** 조정의 끼리끼리 떠들어대는 의논이 인재가 없을 원인이요
과거시험장의 말세의 폐단은 참다운 선비가 없고 말 것이로다.
뒷사람이 배우고자 한들 누구를 따라 듣고 배우겠는가.

40

닉 아희 箕裘業을 嚴師益友 업다말고
聖人만 篤信ᄒ여 實地上에 進進허면

千載에 一脈眞源이 自然相接 허리로다. (三竹詞流 50)

箕裘業(기구업)을=가업(家業)을. 기는 키를, 구는 가죽을 다루는 일. 훌륭한 대장 장이의 아들은 대장간 일의 기초가 되는 가죽을 기워 갖옷 만드는 일부터 배우고, 좋은 활을 만드는 사람의 아들은 버들가지를 휘어 키 만드는 일부터 먼저 배운다는 <예기>(禮記)에서 나온 말 ◇嚴師益友(엄사익우)=엄격한 스승과 도움이 되는 벗 ◇聖人(성인)만 篤信(독신)ᄒ여=성현만을 돈독하게 믿어 ◇實地上(실지상)에 進進(진진)허면=실제의 일에 나가면 ◇一脈眞源(일맥진원)이 自然相接(자연상접)=근원의 한 가닥이라도 자연스레 접하게 됨.

🔖 **통석**　내 아이의 가업을 엄격한 스승과 도움이 되는 벗이 없다 하지 말고
성현만을 독실하게 믿어 실제의 일에 매진한다면
먼 훗날 근원의 한 가닥이라도 자연스레 접하게 될 것이로다.

〈酒老園擊壤歌〉

1

伏羲氏 書契 後로 歷代人物 닉 아노라
日月이 도는 듸로 英雄豪傑 가고 간다
두어라 닉 손에 一壺酒로 餞別千古 허리로다. (三竹詞流 51)

伏羲氏(복희씨) 書契(서계) 後(후)로=복희씨가 예전에 글자를 만든 뒤로 ◇日月(일월)이 도는 듸로=천지가 운행하는 대로 ◇가고 간다=죽고 죽는다 ◇餞別千古(전별천고)=천고와 술을 먹으면서 이별.

🔖 **통석**　복희씨가 예전 글자를 만든 뒤로 역대의 인물을 내 아노라
천지가 운행하는 대로 영웅호걸들이 죽고 죽는다.
두어라 내 손의 한 병 술로 천고와 이별하리로다.

2

九鶴山 깁흔 골에 桃花流水 짜라 드니

窈窕헌 一洞天이 武陵仙源 아닐녀냐

두어라 此生에 남은 歲月 酒中에나 보니리라. (三竹詞流 52)

九鶴山(구학산)=강원도 원주(原州)와 충청북도 제천(堤川)의 경계에 있는 산 ◇桃花流水(도화유수) 짜라 드니=복숭아꽃이 떠 흐르는 물을 따라 들어가니 ◇窈窕(요조)헌 一洞天(일동천)이=조용한 골짜기 안이 ◇武陵仙源(무릉선원) 아닐녀냐=신선이 산다고 하는 무릉도원이 아니겠느냐 ◇此生(차생)에 남은 歲月(세월) 酒中(주중)에나=남아있는 여생 술을 마시면서나.

📖 통석　구학산 깊은 골에 복숭아꽃이 떨어져 흐흐는 물을 따라 들어오니
　　　　조용한 골짜기 안이 무릉도원이 아니겠느냐
　　　　두어라 이승에 남아있는 여생 술이나 마시면서나 보내리라.

3

堯舜이 治天下헐졔 八元八凱 時節 만나

慶雲과 景星歌로 南風詩늘 和答허니

날거든 康衢 無事人은 擊壤歌나 허리로다. (三竹詞流 53)

治天下(치천하)헐졔=세상을 다스릴 때에 ◇八元八凱(팔원팔개)='八元八愷'의 잘못. 여덟 사람의 선량한 사람과 여덟 사람의 화합한 사람. 팔원은 고신씨(高辛氏)의 재자(才子)인 백분(伯奮), 중감(仲堪), 숙헌(叔獻), 계중(季仲), 백호(伯虎), 중웅(仲熊), 숙표(叔豹)와 계리(季貍)이며, 팔개는 고양씨(高陽氏)의 재자인 창서(蒼舒), 퇴개(隤凱), 도연(檮戭), 대림(大臨), 방강(尨降), 정견(庭堅), 중용(仲容)과 숙달(叔達)임 ◇慶雲(경운)과 景星歌(경성가)로=도(道) 있는 나라에 태평시대에 나타난다고 하는 상서로운 구름과 별로 ◇南風詩(남풍시)늘=남풍시를. 남풍시는 우순(虞舜)이 지었다고 하는 시 ◇康衢 無事人(강구무사인)은=길거리의 아무런 일이 없는 사람은. 보통의 사람은 ◇擊壤歌(격양가)나=태평한 시절의 노래나.

📖 통석　요임금과 순임금이 천하를 다스릴 때 팔원팔개의 시절을 만나
　　　　상서로운 구름과 별을 노래하고 남풍시로 화답하니
　　　　나와 같은 보통의 사람은 격양가나 부르리라.

4

男兒가 世間에 날 제 聰明耳目 稟賦ᄒ여

宇宙內 許多事가 나믜 닐이 아니여널

엇지타 巖穴間 이 스름은 康齊一身 ᄲᅵᆫ이로다. (三竹詞流 54)

聰明耳目(총명이목) 稟賦(품부)ᄒ여=영리하고 기억력이 좋아 남들의 주목을 받으며 천생으로 태어나서 ◇宇宙內(우주내) 許多事(허다사)가=세상의 여러 가지 일들이 ◇나믜 닐이 아니여널=다른 사람의 일이 아니거늘 ◇巖穴間(암혈간)=바위틈에 ◇康齊一身(강제일신)=백성들을 평안히 하고 구제하는데 한 몸을 다하고자 할.

🔸 **통석**　남자가 세상에 태어날 때 영리하고 똑똑한 천성으로 태어나서
　　세상의 여러 가지 일들이 남의 일이 아니거늘
　　어쩌다 시골의 이 사람은 백성들을 편안히 구제하는 데 한 몸을 다하고자 할뿐이로다.

5

甌冶子 큰 플무에 王金覇鐵 百鍊ᄒ여

一雙劒 지여 ᄂᆡ니 갑시 마나 님ᄌᆞ 업다

至今에 張華가 업스니 斗牛龍光 그 뉘 알리. (三竹詞流 55)

甌冶子(구야자)=구야자는 옛날의 이름 높은 대장장이 ◇王金覇鐵(왕금파철) 百鍊(백련)ᄒ여=여러 가지 쇠붙이를 수없이 달구어 ◇지여 ᄂᆡ니=만들어 내니 ◇갑시 마나=값이 많아서 ◇張華(장화)=진 무제(晉武帝) 때 박물군자. 뇌환(雷煥)을 시켜 풍성(酆城)의 옥(獄) 터를 파게하고 용천(龍泉)과 태아(太阿)라는 이름의 보검 한 쌍을 얻어 하나는 장화가 가졌고 하나는 뇌환이 가졌는데, 장화가 조왕(趙王) 윤(倫)에게 피살당하자 그 칼이 어디 갔는지 몰랐음. 후에 뇌환이 죽은 뒤 그 아들이 아비의 칼을 차고 연평진(延平津)을 건너는데, 문득 칼이 칼집에서 빠져나와 강물 속으로 떨어지기에 잠수부를 시켜 물속으로 들어가 보도록 하니, 두 마리의 용이 서리어 있더라고 함. 뇌환의 아들이 말하기를 "전일에 선공(先公)께서 이 칼은 신물(神物)이므로 끝에 가서 반드시 서로 합쳐질 것이라 하시더니, 과연 오늘 두 칼이 합친 것이다"고 했다 함 ◇斗牛龍光(두우용광)=두성(斗星)과

우성(牛星)에 용광검의 빛이 비춤.

> 📖 **통석** 대장장이의 커다란 풀무에 여러 가지 쇠붙이를 백 번 넘게 달구어
> 한 쌍의 칼을 만들어 내니 값이 많아 임자가 없다
> 지금에 장화가 없으니 두성과 우성에 비치는 영광검의 빛을 그 누가 알
> 겠느냐.

6

靑山에 좀통 안에 天下英雄 다 늘거다
鄕三物 더져두고 聲律試士 어인 일고
그 중에 世間公道가 白髮 흔아 샌이로다. (三竹詞流 56)
(唐太宗 좀통 안에 天下英雄 다 늘거다
鄕三物 어듸 가고 李杜文章 늬다른고
두어라 우리 分內事가 修身齊家 샌이로다.) (異本 6)

좀통=줌통. 활 한가운데의 손으로 쥐는 부분. 태종의 무력(武力)을 말함 ◇鄕三物(향삼물)=주(周)나라 때 향학(鄕學)의 교과과정으로서의 육덕(六德), 육행(六行)과 육례(六禮) ◇더져두고=내버려 두고 ◇聲律試士(성률시사)=사성(四聲)에 따라 지은 시부(詩賦)나 문장의 시험관 ◇世間公道(세간공도)=세간의 공평한 도리는 ◇李杜文章(이두문장) 늬다른고=당나라의 이백(李白)과 두보(杜甫)의 글로 달려가는고 ◇우리 分內事(분내사)가 修身齊家(수신제가)=우리의 분수를 지키는 것은 내 몸을 닦고 집안을 다스리는 것.

> 📖 **통석** 당나라 태종의 활줌통 안에 천하의 영웅들이 다 늙겠다.
> 학교를 내버려두고 시부나 문장의 시험관은 어찌된 일인가
> 그 가운데 세상의 공평한 도리는 백발 한 가지뿐이로다.

7

靑山에 숨이 즈져 野花啼鳥 츳쟈오니
斑衣는 出門歡迎 布裙은 擧案齊眉로다
허물며 글닐고 뵈쓰는 쇼릭 人間樂聲 이로고나. (三竹詞流 57)

즈져=여러 번 거듭하여 ◇野花啼鳥(야화제조)=들에 피는 꽃과 산에서 우는 새 ◇斑衣(반의)는 出門歡迎(출문환영)=아이들은 문밖까지 나와 맞이하고. 반의는 색동옷 ◇布裙(포군)은 擧案齊眉(거안제미)로다=아내는 밥상을 정성드레 올리는구나. 포군은 무명치마 ◇人間樂聲(인간락성)=사람이 살아가는데 즐거운 소리. 낙성은 희성(喜聲)을 가리키는 것으로 다듬이 소리, 글 읽는 소리와 갓난아이의 우는 소리를 삼희성(三喜聲)이라 함.

📖 **통석** 청산에 대한 꿈에 여러 번 거듭하여 들에 피는 꽃과 산에서 우는 새가 찾아오니
　　　아희들은 문밖까지 나와 환영하고 아내는 밥상을 눈높이까지 들어 올리는구나.
　　　하물며 글 읽고 베 짜는 소리는 사람 살아가는데 즐거운 소리로구나.

　　8
陌巷田 十五頃에 八口生涯 더져두고
成都 桑八百株에 冬裘夏葛 自在허다
엇지타 世間 이 滋味를 이제 와셔 아라는고. (三竹詞流 58)
(陌巷田 十五頃에 一簞食늘 더져두고
成都 桑八百株 冬裘夏葛 自在허다
歲月아 네 가는 듸로 優哉遊哉 허리로다.) (異本 8)

陌巷田(누항전) 十五頃(십오경)·成都(성도) 桑八百株(상팔백주)에=구불구불하게 생긴 밭 열댓 이랑에. 성도의 뽕나무 팔백 그루에. <삼국지>(三國志) 제갈량전에 나오는 말임 ◇八口 生涯(팔구생애) 더져두고=여덟 식구의 생활을 내버려두고 ◇冬裘夏葛(동구하갈) 自在(자재)허다=겨울에는 털옷을 여름에는 베옷을 입는 것이 마음대로 이다 ◇一簞食(일단사)늘=한 소쿠리의 밥을 ◇優哉遊哉(우재유재)=한가롭게 지내다.

📖 **통석** 구불구불하게 생긴 밭 열댓 이랑에 여덟 식구의 생활을 내버려두고
　　　성도의 뽕나무 팔백 그루에 겨울에는 털옷을 여름에는 베옷을 입는 것이 마음대로이다
　　　어쩌다 세상의 이 재미를 이제 와서야 알았는고

9

窓前에 플은 山아 네 緣分을 뇌 모로며

枕下에 말근 물아 뇌 心情을 네 알니라

아마도 이 몸에 一動一靜 져 山川에 빅오리라. (三竹詞流 59)

枕下(침하)에 말근 물아=침소(寢所)아래 맑게 흐르는 물아 ◇一動一靜(일동일정)=
살아가는 형편의 하나하나 ◇빅오리라=배우겠다.

▷통석　창 앞에 푸른 산아 너와의 연분을 내가 모르며

침소 아래 흐르는 맑은 물아 나의 심정을 네가 알리라

아마도 이 몸의 동정 하나하나를 저 산과 물에게서 배우리라.

10

安樂窩 老先生이 靜裏乾坤 高臥ᄒ여

太和湯 三四甌로 風花雪月 品題허니

千古에 巍巍헌 뇌 버슨 堯夫 一人 이로고나. (三竹詞流 60)

安樂窩(안락와) 老先生(노선생)이=송(宋)나라 때 유학자인 소옹(邵雍) 선생이. 안
락와는 그의 당호(堂號)임 ◇靜裏乾坤(정리건곤) 高臥(고와)ᄒ여=조용한 세상 속
에 벼슬자리에서 물러나 한가롭게 지내며 ◇太和湯 三四甌(태화탕삼사구)로=끓
인 물 서너 그릇으로. 또는 언제나 태평한 마음으로 ◇風花雪月(풍화설월)=바람
이 부는데도 피는 꽃과 눈 속의 달빛. 네 계절의 아름다운 경치로 ◇品題(품제)
허니=글제로 삼으니 ◇巍巍(외외)헌 뇌 버슨 堯夫 一人(요부일인)=높고 큰 내
벗은 소요부(邵堯夫) 한 사람. 소요부는 소옹을 가리킴.

▷통석　안락와 노선생이 조용한 속에 벼슬에서 물러나 한가롭게 지내며

태평한 마음으로 바람이 부는데도 피는 꽃과 눈 속의 달빛을 글제고 삼
으니

예로부터 높고 큰 내 벗은 소요부 한 사람뿐이로구나.

11

東風에 細雨 석거 太平春光 그려닉니
唐虞世 一度花요 漢文帝의 三月이라
바름아 져 和氣 모라다가 이 民間에 헷쳐 주렴. (三竹詞流 61)

細雨(세우) 석거=이슬비를 섞어 ◇그려닉니=만들어 내니 ◇唐虞世(당우세) 一度花
(일도화)요=요순시절에 한 번 핀 꽃이요 ◇和氣(화기) 모라다가=온화한 봄기운을
가져다가 ◇헷쳐 주렴=흘어주려무나. 나누어 주려무나.

🔖 **통석**　봄바람에 이슬비를 섞어 태평한 봄 경치를 만들어 내니
요순시절에 한 번 피는 꽃이요 한나라 문제 때의 봄이로구나.
바람아 저 봄기운을 모라다가 이 백성들에게 나누어 주려무나.

12

花園에 져 나뷔야 이 春色이 뉘 時節고
꼿퓌쟈 네가 낫다 네가 나즈 꼿치 퓟다
아마도 莊周의 쑴을 쑤어져 時節을 만나리라. (三竹詞流 62)

낫다=나왔다. 왔다 ◇莊周(장주)의 쑴을=장주의 꿈을. 장자(莊子)가 꿈에 나비가
되었다가 깬 뒤에, 원래 인간인 자기가 꿈에 나비로 되었는지, 원래 나비인 자기
가 꿈에 인간으로 됐는지, 양자의 판단에 애썼다는 고사.

🔖 **통석**　꽃이 핀 정원에 저 나비야 이 봄빛이 누구의 시절인고
꽃피자 네가 날고 네가 날자 꽃이 핀다.
아마도 장주의 꿈이 꾸어져 이런 시절을 만났으리라.

13

桃花水 슬진 고기 네 丙穴에 나지마라
銀鱗이 번듸길 제 져 漁父가 流涎헌다
허물며 口腹을 치오려고 그 밋기를 넛보는다. (三竹詞流 63)

桃花水(도화수)=복숭아꽃이 떠내려 오는 시냇물 ◇丙穴(병혈)에 나지마라=병혈에서 나오지 마라. 병혈은 중국 사천성 성구현(城口縣) 남정협(南井峽) 안에 병혈이 있어 아름다운 고기가 생산되는데, 3월에 고기가 구멍에서 나왔다가 9월에 들어간다고 함 ◇銀鱗(은린)이 번듸길 제=은빛의 비늘이 번뜩일 때 ◇流涎(유연)헌다=구미가 동해 침을 흘린다 ◇口腹(구복)을=입과 배를. 배고픔을 ◇밋기를 넛보는다=미끼를 엿보느냐.

🔖 **통석**　복숭아꽃 떠내려 오는 냇물에 살진 고기야 너 병혈에서 나오지 마라.
　　　　네 비늘이 번뜩일 때 저 어부가 침을 흘린다.
　　　　하물며 배고픔을 채우려고 그 미끼를 엿보느냐.

　　14
　　東園에 桃李花야 네 繁華을 밋지 마라
　　퓌고 퓌여 다 퓐 후에 夜來風雨 어이 하리
　　그제야 어제 닐 싱각허면 南柯一夢 아닐소냐. (三竹詞流 64)

繁華(번화)을=번성하고 화려함을 ◇夜來風雨(야래풍우) 어이 하리=밤에 몰아치는 비바람을 어찌하겠느냐.

🔖 **통석**　동산의 복숭아와 오얏꽃아 너의 아름답게 활짝 꽃핀 것을 믿지 마라.
　　　　피고 피어서 다 핀 다음 밤에 몰아치는 비바람을 어찌 하겠느냐
　　　　그때서야 지난 일을 생각하면 남가일몽이 아니겠느냐.

　　15
　　春眠을 씨 리 업셔 日高三竿 모로거다
　　千日睡 足헌 後에 平生大夢 찌닷거다
　　世人이 나 씬줄 모르고 잠만 잔다 허더라. (三竹詞流 65)
　　(春眠을 뉘 씨으리 日高三竿 모로거다
　　千日睡之헌 後에 平生大夢 씨닷개라
　　두어라 늬 一身出處는 靑山綠水 네 아니라.) (異本 11)

씨 리=깨울 사람이 ◇日高三竿(일고삼간) 모로거다=아침 해가 높이 떴음을 모르겠구나 ◇千日睡(천일수) 足(족)헌 後(후)에=천일동안 잠에 만족한 뒤에 ◇千日睡之(천일수지)헌 後(후)에=천일동안을 잠을 잔 뒤에 ◇平生大夢(평생대몽) 씨닷거다 =생전에 꾸어오던 큰 꿈을 깨닫겠다. 제갈량의 시를 소재로 하였음.

📖 **통석** 봄잠을 깨울 사람이 없어 아침 해가 높이 떴어도 모르겠다.
천일동안 자는 잠에 만족한 뒤에 생전에 꾸어오던 큰 꿈을 깨닫겠다.
세상 사람들은 내가 잠을 깬 줄 모르고 잠만 잔다고 하더라.

16

北窓 淸風 긴긴 날에 周易 一卷 압헤 노코
白羽扇 흔들면셔 太極圖늘 구경허니
아마도 灑落헌 胸襟이 羲皇上人 이로고나. (三竹詞流 66)

긴긴 날에=여름날에 ◇白羽扇(백우선)=흰 깃털로 만든 부채 ◇太極圖(태극도)늘= 태극을 그린 것을 ◇灑落(쇄락)헌 胸襟(흉금)이=기분이 상쾌하고 시원한 가슴 속에 품은 생각이 ◇羲皇上人(희황상인)=태고 때의 사람. 세사(世事)를 잊고 안일하게 세월을 보내는 사람.

📖 **통석** 북창 서늘한 바람이 부는 여름날에 주역 한 권을 앞에 놓고
백우선을 부치면서 태극의 이치를 그린 그림을 구경하니
아마도 가슴 속에 품고 있는 상쾌하고 시원한 생각이 태고적 사람과 같구나.

17

前山에 노든 스슴 쓸 간 후로 못 보거다
世間에 네 罪 업시 藏蹤秘跡 무슴 일고
아마도 秋風에 쓸 싯거든 다시 볼가 흐노라. (三竹詞流 67)

쓸 간 후로 못 보거다=뿔을 자른 뒤로 못 보겠구나 ◇藏蹤秘跡(장종비적)=뒤에

들어난 형상과 흔적을 몰래 감춤 ◇솟거든=끊거든. 자르거든.

📜 통석　앞산에 놀던 사슴 뿔을 간 뒤로 못 보겠구나.
　　　세상에 네 죄 없는데도 형상과 흔적을 감춤은 무슨 일인고
　　　아마도 가을바람에 뿔을 자르거든 다시 볼까 하노라.

18

洪爐 中에 타는 밧헤 終日허는 져 農夫야
네 勤苦 져러커널 늬 遊食은 어인 닐고
우리도 勞力 養君子ㅎ야 愛民허기 바라노라. (三竹詞流 68)

洪爐(홍로) 中(중)에 타는 밧헤=벌겋게 타는 난로 속처럼 뜨거운 밭에 ◇終日(종일)허는=하루를 마치는. 하루 내내 일하는 ◇勤苦(근고)=열심히 일하는 것과 괴로움 ◇遊食(유식)은 어인 닐고=놀고먹는 것은 무슨 일인가.

📜 통석　뜨거운 난로처럼 타는 듯한 밭에 종일 일을 하는 저 농부야
　　　네 부지런함과 괴로움이 저러하거늘 내가 놀고먹는 것은 무슨 일인고
　　　우리도 노력하여 군자를 키워서 백성 사랑하기를 바라노라.

19

밤 시벽 桔橰聲에 누어신들 잠이 오랴
霖雨姿 업다 허고 憂國願豊 아닐소냐
엇지면 枕下泉 자아다가 人間雨을 지여 볼고. (三竹詞流 69)

밤 시벽 桔橰聲(길고성)에=밤에서 새벽까지 이어지는 두레박 소리에. 길고는 돌을 매달아 그 무게로 물을 긷게 만든 두레박 틀 ◇霖雨姿(임우자)=장마 비가 내릴 낌새 ◇憂國願豊(우국원풍)=나라를 걱정하고 풍년이 들기를 기원함 ◇枕下泉(침하천) 자아다가 人間雨(인간우)을 지여=눈물이라도 길어다가 인간세상의 비를 만들어.

밤에서 새벽까지 이어지는 두레박 소리에 누워 있어도 잠이 오랴
　　　　　　장마 비가 내릴 낌새가 없다고 나라를 걱정하고 풍년들기를 바라지 않
　　　　겠느냐
　　　　　　어떻게 하면 눈물이라도 길어다가 사람 사는 세상에 비를 만들어 볼꼬

　　20

松下에 옷 버셔 걸고 물 쇼릭에 누어시니
淸凉헌 이 世界에 三伏蒸炎 어듸 간고
世路에 衣冠粧束人은 져 더운 쥴 모로넌가. (三竹詞流 70)
(樹陰에 옷버셔 걸고 물소릭여 누어시니
三伏暑 이즌 곳시 淸凉坮늘 부늘소냐
두어라 曝陽에 저 農夫는 病드는 쥴 닉 아노라.) (異本 20)

三伏蒸炎(삼복증염)=삼복의 찌는 듯한 더위 ◇衣冠粧束人(의관장속인)은=의관을
단정하게 차려입은 사람이라고 ◇樹陰(수음)에=나무 그늘에 ◇三伏暑(삼복서) 이
즌 곳시=삼복의 더위를 잊은 곳이 ◇淸凉坮(청량대)늘 부늘소냐=시원한 곳을 부
러워할쏘냐 ◇曝陽(폭양)에=뜨거운 햇볕에.

🔖 **통석**　소나무 아래에 옷을 벗어 걸고 물 흐르는 소리 들으며 누었으니
　　　　　　맑고 서늘한 세상이 삼복의 찌는 듯한 더위 어디로 갔는고
　　　　　　세상에 의관을 단정하게 차려입은 사람이라고 저 더운 줄도 모르겠는가.

　　21

黃鷄 白酒 醉飽허고 竹杖芒鞋 徘徊허니
뫼마다 錦屛이요 이 들 져 들 黃雲이다
아마도 世間悲秋士는 닉 佳興을 모로리라. (三竹詞流 71)

黃鷄 白酒(황계백주) 醉飽(취포)허고=닭고기 안주와 술에 취하여 배부르게 먹고
◇竹杖芒鞋(죽장망혜) 徘徊(배회)허니=대지팡이를 짚고 짚신을 신고 여기저기를
걸으니 ◇뫼마다 錦屛(금병)이요=산마다 비단병풍을 두른 듯하고 ◇黃雲(황운)이
다=누렇게 익은 곡식들이 마치 구름 같다 ◇世間悲秋士(세간비추사)=세상에 가

을을 슬퍼하는 선비는 ◇佳興(가흥)을=좋은 흥취를.

▶ **통석** 닭고기 안주에 술을 취하여 배불리 먹고 대지팡이와 짚신으로 여기저기를 걸으니
산마다 비단 병풍을 두른 듯하고 이 들판 저 들판이 황금물결이다
아마도 세상에 가을을 슬퍼하는 선비는 나의 좋은 흥취를 모르리라.

22
陶處士 籬下菊이 이 山中에 퓌여시니
蕭瑟헌 落木天에 中央正色 風采로다
아마도 네 凌霜高節 늬 벗신가 허노라. (三竹詞流 72)
(陶處士 籬下菊이 花中隱逸 네로구나
金天 旺氣 氣稟賦ᄒ야 中央正氣 風采로다
아모리 九秋風霜이나 너는 엇지 못리리.) (異本 24)

陶處士(도처사) 籬下菊 (이하국)=도연명이 읊은 울타리 아래 국화가. 도연명의 시구(詩句) '採菊東籬下'(채국동리하)를 말함 ◇蕭瑟(소슬)헌 落木天(낙목천)에=으스스하고 쓸쓸한 나뭇잎이 떨어지는 계절에 ◇中央正色(중앙정색) 風采(풍채)로다=한 가운데의 순수한 빛깔의 모습이로구나. 중앙의 색은 황색(黃色)을 말하며, 여기서는 국화를 가리킴 ◇凌霜高節(능상고절)=서리를 업신여기는 높은 절개 ◇花中隱逸(화중은일)=꽃 가운데 은일사(隱逸士). 국화의 다른 이름 ◇金天 旺氣(금천왕기) 氣稟賦(기품부)ᄒ야=가을의 왕성한 기운이 타고나서 ◇못리리=모르랴.

▶ **통석** 도연명의 울타리 아래 국화가 이 산속에도 피었으니
쓸쓸히 나뭇잎이 떨어지는 계절에 샛노란 색의 모습이로구나.
아마도 너의 서리를 업신여기는 높은 절개는 내 벗인가 하노라.

23
北海上 찬 바름에 울고 오는 져 기럭아
履霜코 堅氷헐줄 네가 능히 아라고나
ᄉ름이 萬物靈 되야 저 知覺이 업슬소냐. (三竹詞流 73)

(北海上 찬바람에 울며 오는 저 기럭아
履霜後 堅氷헐 줄 네가 능히 아라고나
우리도 나릐곳 닛스면 네 知覺만 못헐소냐.) (異本 22)

履霜(이상)코 堅氷(견빙)헐 줄=서리를 밟고서도 단단한 얼음이 될 줄을. 서리가 내
리면 멀지 않아 얼음이 언다는 데서, '어떤 조짐을 보고 앞날의 화를 경계하라'는
말임 ◇萬物靈(만물령) 되야=만물의 영장이 되어.

📙 통석　북해의 차가운 바람에 울며 날아오는 저 기러기야
　　　서리를 밟고서도 단단한 얼임이 될 줄을 네가 능히 알았구나.
　　　사람이 만물의 영장이 되어 저런 정도의 지각이 없겠느냐.

24
松壇에 잠든 鶴이 一陳霜風 숨을 씨여
月下에 훌적 나니 九萬里에 길 여럿다
져 鶴아 룰이를 빌려라 六合 안에 로라보쟈. (三竹詞流 74)

一陳霜風(일진상풍)='一陳'은 '一陣'의 잘못. 한바탕 부는 서릿바람 ◇나니=나니
◇九萬里(구만리)에 길 여럿다=먼 하늘에 길을 냈구나 ◇룰이를=날개를 ◇六合
(육합)=천지와 사방. 곧 온 우주 ◇로라보쟈=놀아보자.

📙 통석　소나무 둔덕에 잠든 학이 한바탕 부는 차가운 바람에 꿈을 깨어
　　　달빛 아래 훌쩍 나르니 먼 하늘에 길을 열었구나.
　　　저 학아 날개를 빌려다오 온 세상에 놀아보자.

25
山村에 秋夜長허니 擣砧聲이 凄凉허다
一時나 달게 자면 徵租索錢 어이허리
世間에 綺紈家 子弟덜리 져 勤苦를 싱각넌가. (三竹詞流 75)
(秋夜三更 둘닉 압헤 九月授衣 밧부거널

生涯關重허야 졔 衣裳이 계를 업다

世間에 綺紈家子弟덜이 져 勤苦를 싱각넌가.) (異本 25)

秋夜長(추야장)허니=가을밤이 길어지니 ◇攃梭聲(척사성)이=피륙을 짜느라고 북을
좌우로 엇바꾸어 지른 소리가. 베 짜는 소리가 ◇一時(일시)나 달게 자면=한때라
도 충분히 자면 ◇徵租索錢(징조색전)=조세와 세금을 거두어들임. 세금 낼 걱정
◇綺紈家(기환가) 子弟(자제)덜리=지위가 높고 부귀한 집안의 자제들이 ◇勤苦(근
고)늘=수고로움을 ◇九月授衣(구월수의)=구월에 옷을 만듦. 또는 구월이 ◇계를
업다=겨를이 없다. 여유가 없다.

📖 통석   산촌에 가을밤이 길어지니 베 짜는 소리가 처량하다
         한 때라도 달게 자면 세금 걱정을 어찌하리.
         세상에 부잣집 자제들이 저 수고로움을 생각하겠는가.

   26
   山窓에 雲撲거널 濁酒 三盃 御寒허고
   溫埃에 轉輾허니 悠悠 我思 迂闊허다
   언제나 닉 康濟 미뤄여셔 大庇寒士 ᄒ여볼고. (三竹詞流 76)
   (山窓에 雲撲써널 太和湯에 禦寒허고
   溫埃 轉輾허니 悠悠 我思 속절업다
   天下에 許多헌 寒士늘 더여 주 리 전혀 업다.) (異本 26)

雲撲(운박)거널='雲撲'은 '雪撲'(설박)의 잘못인 듯. 눈이 부딪히거늘 ◇濁酒 三盃
(탁주삼배) 御寒(어한)허고=술 석 잔으로 추위를 막고 ◇溫埃(온돌)에 轉輾(전전)허
니=따뜻한 구들에 뒹구르니 ◇悠悠 我思 迂濶(유유아사 우활)허다=여유 있고 한
가한 나의 생각이 어리석다 ◇康濟(강제) 미뤄여셔=백성을 편안히 하고 구제하겠
다는 뜻을 미루어 ◇大庇寒士(대비한사)=천하의 가난한 선비를 구제함 ◇太和湯
(태화탕)에=끓인 물에 ◇더여 주 리=덜어줄 사람이.

- 통석 산창에 눈이 부딪히거늘 탁주 석 잔으로 추위를 막고
따뜻한 구들에 뒹구르니 여유만만한 나의 생각이 어리석다.
언제나 내가 사람들은 편안하고 구제하겠다는 생각을 미루고 가난한
선비를 구제하여 볼까.

27

夕陽天 눈 긴 후에 놉히 도는 솔오기야
이제 날 네 貌樣이 鴻鵠이나 달를쇼냐
明春에 싀끼 둙 나거든 다시 볼가 ᄒ오라. (三竹詞流 77)

夕陽天(석양천)=석양 무렵의 하늘 ◇이제 날=지금 날려고 하는. 또는 오늘 ◇鴻
鵠(홍곡)이나=기러기나 고니와 ◇싀끼 둙 나거든=병아리가 나오거든.

- 통석 저녁 하늘에 눈이 갠 뒤에 높이 떠도는 솔개야
지금 날려고 하는 네 모양이 홍곡이나 다르겠느냐
내년 봄에 병아리 낳거든 다시 볼까 하노라.

28

寒天古木 져 가마괴 擾亂타고 쯧지 마라
雪中에 쥬린 어이 反哺허는 소릐로다
두어라 늬 平生 지닌 닐은 져 소릐가 븟스러워. (三竹詞流 78)
(寒天古木 져 가마귀 擾亂타고 뮈여 마라
雪中에 쥬린 어이 反哺허는 소릐로다
허물며 人子가 되야 져 知覺이 업슬소냐.) (異本 28)

寒天古木(한천고목)=추운 겨울날 오래된 나무에 ◇擾亂(요란)타고=시끄럽다고
◇쥬린 어이=굶주린 어미에게 ◇反哺(반포)허는=먹이를 물어다 주는 ◇지닌 닐
은=살아온 일은 ◇뮈여 마라=미워하지 마라 ◇人子(인자)가 되야=남의 자식이
되어. 사람으로 태어나.

🔁 통석
추운 겨울날에 고목에 앉은 저 까마귀를 시끄럽다고 쫓지 마라.
눈 속에 굶주린 어미에게 반포하는 소리로다
두어라 내 생전에 살아온 일은 저 소리가 부끄러워.

29

中天에 雪後月이 少年時에 둇터이다
梅花핀 故人家에 셔로 차쟈 賦詩터니
至今에 山牕이 晃白허니 月色인가 허노라. (三竹詞流 79)

中天(중천)에 雪後月(설후월)이=하늘에 눈이 온 뒤에 떠있는 달이 ◇少年時(소년시)에 둇터이다=어린 시절이 좋더라 ◇故人家(고인가)에=친구 집에 ◇셔로 차쟈 賦詩(부시)터니=서로 찾아다니며 시를 짓더니 ◇晃白(황백)허니=훤히 밝으니.

🔁 통석   하늘 복판에 눈 온 뒤에 떠있는 달을 보니 어린 시절이 좋더라.
매화가 피어있는 친구 집에 서로 찾아다니며 시를 짓더니
지금에 산창이 훤히 밝으니 달빛인가 하노라.

30

床前에 一點燈이 六十年來 親舊로다
秋毫末 보든 눈이 널로하야 어두에라
아희야 늬 집의 青氈舊物 書燈 한나 샏이로다. (三竹詞流 80)

床前(상전)에 一點燈(일점등)이=책상 앞에 등불 하나가 ◇秋毫末(추호말) 보든 눈이=터럭 끝처럼 아주 작은 것도 잘 보이던 눈이 ◇널로하야 어두에라=너로 말미암아 어두워졌구나 ◇青氈舊物(청전구물)=대대로 전해 내려오는 가보. 또는 보물 ◇書燈(서등)=글 읽을 때 쓰는 등.

🔁 통석   책상 앞에 등불 하나가 육십 년 동안의 친구로다
터럭 끝이라도 잘 보던 눈이 너로 하여 어두워졌구나.
아희야 내 집의 전해오는 물건은 서등 하나뿐이로다.

〈秉彝吟〉

1

浩蕩헌 天地間을 三光으로 照耀허고
林葱헌 져 人物을 五常으로 綱維허니
아마도 聖人의 功德은 져 ᄒᆞ늘과 가트니라. (三竹詞流 81)

浩蕩(호탕)헌=썩 넓어서 끝이 없는 ◇三光(삼광)으로 照耀(조요)허고=해와 달과 별로 밝게 비추고 ◇林葱(임총)헌=우거진 숲과 같은 ◇五常(오상)으로 綱維(강유)허니=오륜을 가지고 통치하니

통석 넓고 끝이 없는 천지간에 삼광으로 밝게 비추고
우거진 숲과 같은 저 인물들을 오륜을 가지고 통치하니
아마도 성인의 공덕은 저 하늘과 같으니라.

2

開闢來 寅會初에 乾父坤母 交泰헐제
五行아 네 理氣로 各正性命 허라시니
ᄉᆞ름의 져마다 바든 거시 是曰 秉彝로고나. (三竹詞流 82)

開闢來(개벽래) 寅會初(인회초)에=태극(太極)이 처음 열릴 때. 태극은 하늘과 땅이 아직 나뉘기 전의 세상으로 만물의 원시상태. 寅會初(인회초)는 인초(寅初)로 인시(寅時)초로 새벽 3시가 막 지난 시각 ◇乾父坤母(건부곤모) 交泰(교태)헐제=부모와 같은 하늘과 땅이 서로 태괘(泰卦)를 주고받을 때. 태괘는 육십사괘의 하나로, 곤괘(坤卦)와 건괘(乾卦)가 거듭된 것인데, 하늘과 땅이 사귐을 상징함 ◇五行(오행)아=오행아. 오행은 우주간의 다섯 원기. 곧, 금(金), 목(木), 수(水), 화(火), 토(土). 오행상생과 오행상극의 이치로 전 우주만물을 지배한다고 함 ◇理氣(이기)로=송(宋)나라 정이천(程伊川)의 학설로, 우주는 이와 기의 이원으로 이루어졌는데, 음양은 곧 '기'(氣)이고, '이'(理)는 우주만유를 생성하는 원리라고 함 ◇各正性命(각정성명)=각각 인성(人性)과 천명(天命)을 바르게 함 ◇바든 거시 是曰(시왈) 秉彝

(병이)로고나=받은 것이 이를 병이라고 하는구나. 병이는 인간의 떳떳한 도리를 굳게 지킴.

🔖 **통석** 태극이 처음 열릴 때 부모 같은 하늘과 땅이 태패를 주고받을 때
오행아 너의 이기로 인성과 천명을 바르게 하라고 하시니
사람이 저마다 받은 것이 이를 병이라고 하는구나.

3

義農後 七聖外여 賢於堯舜 吾夫子가
百王의 師表시고 綱維萬世 허시니라
其外에 釋老家 一邊聖은 獨善其身 쑌이로다. (三竹詞流 83)

義農後(희농후) 七聖外(칠성외)여=복희씨(伏羲氏)가 농사를 가르친 이후 일곱 성인(聖人) 밖에. 칠성은 황제(黃帝)가 만나려고 했던 대도(大道)를 의인화(擬人化) 일곱 사람으로 대외(大隈), 방명(方明), 창우(昌寓), 장약(張若), 습붕(諝朋), 곤혼(昆閽), 골계(滑稽) ◇賢於堯舜(현어요순) 吾夫子(오부자)=요순보다도 현명한 우리 부자(夫子). 곧 공자(孔子)를 말함 ◇百王(백왕)의 師表(사표)시고=모든 왕들의 모범이 될 만한 학식과 도덕이 높은 분이시고 ◇綱維萬世(강유만세)=만세를 통치함 ◇釋老家(석노가) 一邊聖(일변성)은 獨善其身(독선기신)=불교나 도교에 일가(一家)를 이룬 성인은 혼자서 그 몸만 온전하게 보전해감.

🔖 **통석** 복희씨가 농사를 가르친 뒤에 일곱 성인 외에 요순보다 현명한 우리 부자가
모든 왕들의 사표가 되시고 만세를 통치하시니라
그밖에 불교나 도교에 일가를 이룬 성인은 혼자서 자기 몸만 온전하게 보전할 뿐이로다.

4

泰山이 무너진들 山靈조촌 무너지랴
吳道者 손을 비러 무너진 山 무어닉니
아마도 洋洋헌 山靈이 그 山中에 겨시니라. (三竹詞流 84)

山靈(산령)조ᄎᆞ=산의 정기(精氣)마저 ◇吳道子(오도자)=중국 당대(唐代)의 화가 오도현(吳道玄). 자가 도자임. 그림과 글씨에 뛰어나 화성(畵聖)이라고 일컬었음. 특히 불화(佛畵)에 뛰어났음 ◇무어ᄂᆞ니=쌓으니. 만들어 내니 ◇洋洋(양양)ᄒᆞᆫ=앞길이 한없이 넓어 무한이 발전할.

📖 **통석** 　태산이 무너진들 산의 정기마자 무너지랴
　　　　　오도자의 손을 빌려 무너진 산을 만들어내니
　　　　　아마도 한없이 넓은 산의 정기가 그 가운데 계시니라.

5

後生의 羹墻思가 四十九表 燕申容을
千歲前 手植 檜예 模寫ᄒᆞ여 刻板허니
天下에 誦法家 子弟 願一見之 뉘 아니리. (三竹詞流 85)

後生(후생)의 羹墻思(갱장사)가=뒤에 난 사람이 스승에게 가까이하여 감화를 받음이. 요(堯)임금이 죽고 나서 순(舜)임금은 그를 사모하여 삼년동안 앉으면 담에, 밥 먹을 때는 국에 요임금이 보였다고 함 ◇四十九表(사십구표)=사람이 죽은 지 49일이 되는 날. 이 동안은 영혼이 그 집에 머무른다고 함 ◇燕申容(연신용)을=미상. 혹 기지개를 펴고 있는 편안한 얼굴을 말하는 듯 ◇手植(수식) 檜(회)예=손수 심은 회나무에 ◇模寫(모사)ᄒᆞ여 刻板(각판)허니=본떠서 판에 새기니 ◇誦法家 子弟(송법가자제) 願一見之(원일견지)=법을 외우는 집 자제들이 한 번 보기를 원하니.

📖 **통석** 　뒤에 난 사람이 스승에 가까이 하여 감화를 받으려는 생각이 사십구표 연신용을
　　　　　천 년 전에 손수 심은 회나무에 본떠서 판에 새기니
　　　　　천하에 송법가 자제들이 한번 보기를 원하니 누가 아니하리.

6

晩年에 乘桴願을 門人弟子도 몰으리라
殷父師 넛나라에 仁賢俗도 나마시며

東方에 君子國 잇다 허니 나는 鳳을 드러볼가. (三竹詞流 86)

乘桴願(승부원)을=뗏목을 타기를 원함을. 공자(孔子)의 제자이며 사위인 공야장(公冶長)이 도(道)가 행해지지 않으면 뗏목을 타고 바다로 나가기를 원한다고 했음 ◇殷父師(은부사) 녯나라에=은(殷) 나라 태사(太師), 즉 기자(箕子)가 통치한 옛 나라에. 즉 우리나라에 ◇仁賢俗(인현속)도 나마시며=어질고 슬기로움 풍속도 남았으며.

📖 통석   만년에 뗏목타기를 원함을 문인과 제자도 모르리라
         기자가 통치하던 우리나라에 어질고 슬기로운 풍속도 남았으며
         동방에 군자국이 있다고 하니 나는 봉을 드려볼까.

7
奈城 西 萬山中에 夫子 晬容 어인 닐고
故世子 慕聖心이 瀋陽行에 뫼셔다가
返駕後 陪從臣 블러 네 뫼시라 허시니라. (三竹詞流 87)

奈城 西(내성서) 萬山中(만산중)에=내성의 서쪽 많은 산 가운데. 내성을 강원도 영월(寧越)의 옛 이름임 ◇夫子 晬容(부자수용) 어인 닐고=공자(孔子)의 화상(畵像)이 어찌 된 일인고 ◇故世子(고세자) 慕聖心(모성심)이=옛날 세자의 성인을 사모하는 마음이. 세자는 병자호란 때 청나라에 볼모가 되었던 소현세자(昭顯世子)를 가리킴 ◇瀋陽行(심양행)에=심양에 갈 때에 ◇返駕後(반가후) 陪從臣(배종신)=학가(鶴駕)가 돌아온 뒤 배종하는 신하. 학가는 세자가 타는 수레.

📖 통석   내성 서쪽 많은 산 가운데 공자의 화상이 어찌 된 일인고
         옛날 세자의 성인을 사모하는 마음이 심양에 갈 때 모셨다가
         학가가 돌아온 뒤 배종하는 신하 불러 네가 모시라고 하시니라.

8
寒士家 土龕中에 二百年이 長夜로다
士子의 秉彝心이 寒泉精舍 어듸민고
아마도 聖靈곳 계시면 擇地而處 허시리라. (三竹詞流 88)

寒士家(한사가) 土龕中(토감중)에=가난하고 세도 없는 선비네 집 토방 가운데 ◇長夜(장야)로다=긴 밤이다 ◇士子(사자)의 秉彝心(병이심)이=벼슬을 아니 한 선비의 떳떳하게 타고난 마음이 ◇寒泉精舍(한천정사)=차가운 물이 솟는 샘가의 정사가 ◇擇地而處(택지이처)=이곳을 택하고 거처로 삼음.

> 🏵 **통석** 가난하고 세도 없는 선비네 집 토방 가운데 이백년이 긴 밤이다
> 선비의 떳떳하게 타고난 마음이 차가운 샘가 정사가 어디인고
> 아마도 성스런 신령이 계시면 이곳을 택하여 거처로 삼으실 것이다.

9

周公을 보시든 쑴이 窮鄕賤士 ᄂᆡ 當헌가
國王이 오신다니 賓主相禮 네가 허라
小子아 章甫늘 쥬라 時刻 內여 오시리라. (三竹詞流 89)
(周公 보신 쑴이 窮鄕賤士 ᄂᆡ 當허나
國王이 오시나니 네 相禮을 헐더여다
아마도 聖靈이 洋洋하사 ᄂᆡ 誠心을 아르신가.) (異本 41)

周公(주공)을=쥬(周) 문왕(文王)의 아들이며 무왕(武王)의 아우로 주나라의 정치가임 ◇窮鄕賤士(궁향천사)=궁벽한 시골의 하잘 것 없는 선비 ◇賓主相禮(빈주상례)=손님과 주인과의 사이에 지킬 예절 ◇小子(소자)아=아이야 ◇章甫(장보)늘=장보관(章甫冠)을. 장보관은 중국 은(殷)나라 이래로 서온 관의 하나. 공자가 이것을 썼으므로 후세에 와서 유자(儒者)들이 쓰는 관이 되었음.

> 🏵 **통석** 주공을 보시던 꿈이 궁벽한 시골의 하잘 것 없는 선비인 내가 해당하랴
> 국왕이 오신다고 하니 손과 주인과의 사이에 지킬 예절을 네가 하여라.
> 아이야 장보관을 주라 시간 안에 오실 것이니라.

10

ᄂᆡ 聖人 뫼실 집을 十室 忠信 相議허니
不厭糟糠 原憲이요 傷貪허는 子路로다

아마도 鞠躬盡瘁타가 死而後已 허히로다. (三竹詞流 90)

(大聖人 게실 집을 十室 忠信 相議허니

不厭糟糠 原憲이요 傷貧허는 子路로다

聖門에 千古大事늘 鞠躬盡瘁 아닐소냐.) (異本 40)

十室(십실) 忠信(충신) 相議(상의)허니=작은 마을에도 반드시 충실하고 신의가 있
는 사람이 있음을 서로 상의하니 ◇不厭糟糠(불염조강) 原憲(원헌)이요=지게미와
쌀겨조차도 마다하지 않은 원헌이요 원헌은 공자(孔子)의 제자로 자가 자사(子
思)이며, 청빈하게 살아 '원헌빈'(原憲貧)이란 말이 생겼음 ◇傷貧(상탐)허는 子路
(자로)로다=탐내는 것이 지나친 자로다. 자로는 공자의 제자로 이름은 유(由)임.
한때 가난하여 매일 쌀을 백리 밖에까지 져다주고 그 삯으로 부모를 봉양하였음
◇鞠躬盡瘁(국궁진체)타가 死而後已(사이후이) 허히로다=심신을 다하여 나라 일
이 이바지하다가 죽은 다음에야 그 일을 그만둘까 하노라.

📖 통석　　내가 성인 모실 집을 작은 마을에도 신의를 지킬 사람이 있음을 상의하니
　　　　　지게미와 쌀겨조차도 마다하지 않는 원헌이요 탐내는 것이 지나친 자
　　　　　로로다
　　　　　아마도 심신을 다하여 나라 일에 이바지하다가 죽은 다음에 그만둘까
　　　　　하노라.

　11

億萬年 俎豆所늘 鄕校 舊基 更卜허니

左龍潭 右虎池며 周峰 孔齋 面背로다

엇지타 저런 勝地가 洋徒巢窟 되얏던고. (三竹詞流 91)

俎豆所(조두소)늘=제사지내는 곳을. 조두는 제기(祭器)를 가리킴 ◇鄕校 舊基(향
교구기) 更卜(갱복)허니=향교의 옛터를 다시 고르니 ◇左龍潭(좌용담) 右虎池(우
호지)며=좌청룡과 우백호를 뜻하는 웅덩이와 ◇周峰(주봉) 孔齋(공재) 面背(면배)
로다=주봉과 공재가 앞뒤에 둘러있다. 주봉은 주자(朱子)를 공재는 공자(孔子)를
상징하는 봉우리와 서재인 듯 ◇엇지타=어쩌다 ◇洋徒巢窟(양도소굴)=서양 사
람들이 모여 있는 곳. 천주교도들이 모여 있는 곳을 말함.

억만년 제사지내는 곳을 향교의 옛터를 다시 고르니
좌청룡과 우백호의 웅덩이며 주봉과 공재가 둘러있다.
어쩌다 저런 훌륭하고 성스런 곳이 서양사람 앞잡이들의 소굴이 되었
던고

12

庚戌年 聖誕日에 兩楹新宮 揭虔허니
花堂里 一洞天이 草木精彩 시로왜라
可憎헌 盜跖의 기가 쏙겨가며 좃는고나. (三竹詞流 92)

庚戌年(경술년) 聖誕日(성탄일)에=경술년 임금이 탄생한 날에. 경술(1790)년은 조선 순조(純祖)가 태어난 해 ◇兩楹新宮(양영신궁) 揭虔(게건)허니=대청이 있는 집을 새로 정성들여 지으니. 양영(兩楹)은 대청(大廳) 동서(東西)에 있는 두 개의 큰 기둥이며, 신궁은 새집을 말함 ◇花堂里(화당리) 一洞天(일동천)이=화당리 온 동리가. 화당리는 충북 제천(堤川) 백운면(白雲面)에 있는 동리임 ◇草木精彩(초목정채)=초목이 정묘한 광채가 남 ◇可憎(가증)헌 盜跖(도척)의 기가=밉살스러운 도척의 개가. 도척은 큰 도적의 이름이며 개는 천주교도를 일컫는 듯함.

경술년 임금이 태어나신 날에 대청이 있는 집을 새로 정성들여 지으니
화당리 온 동리가 초목이 정묘한 광채가 새롭게 나는구나.
밉살스런 도적의 개가 쫓겨 가며 따르는구나.

13

늬 聖人 마다허고 撤家遠遁허는 黨이
耶蘇로 上帝 숨고 그 아들은 제라 하며
外面에 儒衣冠으로 沮毀聖擧 헌단말가. (三竹詞流 93)

撤家遠遁(철가원둔)허는 黨(당)이=가족을 모조리 데리고 멀리 도망가는 무리가. 천주교도들을 말함 ◇耶蘇(야소)로 上帝(상제) 숨고=예수로 하느님을 삼고 ◇제라 하며=자기라 하며 ◇外面(외면)에 儒衣冠(유의관)으로=겉에 유자(儒者)의 의관을 걸치고 ◇沮毀聖擧(저훼성거) 헌단말가=성인들의 행동거지를 막고 훼방함.

🔖통석 　우리 성인은 싫다하고 가족을 데리고 멀리 도망가는 무리가
　　　　　예수로 옥황상제를 삼고 그 아들은 자기라 하며
　　　　　겉에 유자의 관을 걸치고 성인들의 행동거지 막고 훼방한단 말인가.

14

謁聖試 된다 허니 夢中受敎 잇썸로다
請額疏 손에 잡고 多士伏閤 經紀터니
이 時節 洋波가 汎濫허니 必敗大事 허히로다. (三竹詞流 94)
(謁聖試 된다 허니 夢中受敎 이썸로다
儒疏草 손에 잡고 當日伏地 허라더니
오늘날 傳敎로 뫼셔가니 늬 相禮를 무엇헌고.) (異本 43)

謁聖試(알성시)=임금이 알성을 시행함. 알성은 임금이 성균관 문묘의 공자의 신위에 참배함 ◇夢中受敎(몽중수교) 잇썸로다=지난 꿈에 임금이 내리는 교명(敎命)이 바로 이때로구나 ◇請額疏(청액소)=직접 소원을 적은 상소문 ◇多士伏閤(다사복합) 經紀(경기)터니=많은 선비들이 대궐 문 앞에 엎드려 상소하며 상소가 이루어지길 도모하더니 ◇洋波(양파)가 汎濫(범람)허니=커다란 파도가 넘쳐나니. 또는 서양의 물결이 넘쳐나니 ◇必敗大事(필패대사) 허히로다=큰 일이 반드시 패할 것이로다 ◇儒疏草(유소초)=유생들이 올리는 연명(連名)의 상소를 기초한 것 ◇傳敎(전교)로=임금이 내린 명령으로.

🔖통석 　성인을 뵙는 과거를 시행한다 하니 꿈속에서 임금의 교명은 내리는 것이 바로 이때로다
　　　　　직접 소원을 적은 상소문을 손에 잡고 대궐문 앞에 상소하며 이루어지기를 도모하더니
　　　　　이 시절의 커다란 파도가 넘쳐나니 큰 일이 반드시 패할 것이로다.

15

畢竟에 市成虎하여 闕里祠로 移奉 되니
國王을 본달 말슴 슘이 虛事 아니로다

聖像은 得其眈허시나 우리 依歸 어듸 헐고. (三竹詞流 95)

畢竟(필경)에 市成虎(시성호)하여=마침내 거짓말도 참말이 되어. 세 사람이 짜고
거리에 호랑이가 나왔다고 거짓말을 하게 되면 참말로 믿게 된다는 말 ◇闕里祠
(궐리사)로 移奉(이봉) 되니=공자님을 모신 사당으로 옮겨 모시게 되니. 우리나
라에는 궐리사를 조선 정조(正祖) 16년(1792)에 경기 오산시에 세웠음 ◇聖像(성
상)은 得其眈(득기탐)허시나=성인의 화상을 탐하던 것을 얻으시나 ◇依歸(의귀)=
돌아갈 곳을 삼음.

🔖 **통석**　마침내 거짓말도 참말이 되어 공자님을 모신 사당으로 옮겨 모시니
　　　　임금님을 보신단 말씀 꿈이 허사가 아니로다.
　　　　성인의 화상은 탐하던 것을 얻으시나 우리가 돌아갈 곳을 어디로 삼을꼬

16
白雲山은 녯 빗치요 花塘水는 無盡헌데
뇌 聖人 게시든 집은 어이 저리 寂寞헌고
허믈며 滿庭春草에 싀 쇼리늘 어이 허리. (三竹詞流 96)

白雲山(백운산)은=강원도 원주(原州)와 충청북도 제천(堤川)의 경계에 있는 산은
◇花塘水(화당수)는=충청도 제천 백운면(白雲面)에 있는 냇물은 ◇滿庭春草(만정
춘초)에=봄풀이 우거져 가득한 뜰에.

🔖 **통석**　백운산은 옛날 그대로요 화당수는 무궁무진한데
　　　　내 성인이 계시던 집은 어찌 저렇게 적막한고
　　　　하물며 봄풀이 우거져 가득한 뜰에 새 소리를 어찌하랴.

17
이 몸이 어셔 업서 一片孤魂 써 돌다가
闕里詞 엔담 안에 衛卒이나 되야볼가
허믈며 怪鬼輩 揶揄笑는 一時라도 못 보리라. (三竹詞流 97)

어서 업서=빨리 죽어서 ◇一片孤魂(일편고혼)=한조각의 외로운 혼 ◇闕里祠(궐리사)=공자의 위패를 모신 사당. 궐리는 공자(孔子)의 고향이라 함 ◇엔담=에운 담. 둘러친 담 ◇衛卒(위졸)이나=지키는 군졸이나 ◇怪鬼輩(괴귀배) 揶揄笑(야유소)는=도깨비 같은 무리들의 비웃는 웃음은 ◇一時(일시)라도 못 보리라=한때라도 못 보겠다.

🔶 **통석** 이 몸이 빨리 죽어서 한 조각의 외로운 혼으로 떠돌다가
궐리사를 둘러친 담 안에 지키는 군졸이나 되어볼까
하물며 도깨비 같은 무리들의 비웃음은 한때라도 못 보리라.

18

許多헌 工役債가 貽累聖門 허리로다
一家産 蕩盡허고 去處 업시 닉다르니
妻子야 네 무슨 罪로 氣色凄凉 저러흐고. (三竹詞流 98)

工役債(공역채)가=공사(工事)로 인한 채무(債務)가 ◇貽累聖門(이루성문)=누(累)가 공자의 문하(門下)에까지 미침 ◇닉다르니=뛰어가니. 도망가니 ◇氣色凄凉(기색처량)=기색이 서글퍼 보임.

🔶 **통석** 많은 공사로 인한 채무가 공자의 문하에까지 누가 되리로다
가산을 탕진하고 거처 없이 도망가니
처자야 네가 무슨 죄로 기색이 서글퍼 보임이 저러한고

19

百里外 閒曠地에 火田이나 허라가니
怊悵타 이 山川에 다시 오기 어려왜라
그스이 邪黨이 還集허니 우리 影堂 無事허랴. (三竹詞流 99)

閒曠地(한광지)에=버려진 땅에 ◇怊悵(초창)타=마음에 섭섭하구나 ◇邪黨(사당)이 還集(환집)허니=사악한 무리들이 다시 모여드니 ◇影堂(영당)=영정을 모셔둔 사당.

백 리 밖의 버려진 땅에 화전이나 일구러가니
섭섭하구나 이 산천에 다시 오기 어려우리라
그 사이 사악한 무리들이 다시 모여드니 우리 영당이 무사하랴.

20
上元甲 一元初에 우리 聖主 御極허샤
太阿釰 揮攉處에 國內邪窟 剿滅허니
아희야 늬 餘生不遠허다 네 前程을 바라로라. (三竹詞流 100)

上元甲(상원갑) 一元初(일원초)에=상원갑자 즉위 초에. 상원갑자는 180년을 주기로
하여 3등분해서 그 첫째가 되는 60년 동안을 말함. 일원은 한 임금의 첫 연호(年
號) ◇우리 聖主(성주) 御極(어극)허샤=우리 임금께서 즉위하시어 ◇太阿釰(태아일)
揮攉處(휘확처)에=태아검을 휘두르는 곳에 ◇國內邪窟(국내사굴) 剿滅(초멸)허니=
나라 안 사악한 무리들의 소굴을 무찔러 없애니. 천주교도의 박해를 말함 ◇餘生
不遠(여생불원)허다=나머지 생애가 멀지 아니하다 ◇前程(전정)을=앞길을. 장래를.

🔖 **통석** 상원갑자 즉위 초에 우리 임금께서 즉위하시어
태아검을 휘두르는 곳에 나라 안 사악한 무리들의 소굴을 무질러 없애니
아희야 내 여생이 얼마 남지 않았다 네 장래가 잘되길 바라노라.

〈訓民歌〉

1
民生의 착헌 行實 孝友睦婣任恤인데
六行의 不能者를 八刑으로 다스리니
이곳에 淳朴헌 百姓 가르칠가 허로라. (三竹詞流 101)

民生(민생)의=백성의 ◇孝友睦婣任恤(효우목인임휼)인데=부모에게 대한 효도와 형

제에게 대한 우애와 인척간에 돈목하고 친구에게 신의가 있는 일(任)과 연민의 정이 깊은 일(恤)인데. 육행을 말함 ◇六行(육행)의 不能者(불능자)를=육행을 시행하지 않는 사람을. 육행은 효(孝)·우(友)·목(睦)·인(婣)·임(任)·휼(恤) ◇八刑(팔형)으로=주대(周代)의 여덟 가지 형벌로. 팔형은 불효(不孝), 불목(不睦), 불인(不婣), 부제(不悌), 불임(不任), 불휼(不恤), 조언(造言)과 난민(亂民)의 죄임.

📖 **통석**　백성의 착한 행실 효우와 목인과 임휼인데
　　　　　육행을 시행하지 않는 사람을 팔형으로 다스리니
　　　　　이곳의 순박한 백성을 가르칠까 하노라.

　　2
　이 몸을 낫코 길러 劬勞허신 늬 父母가
　生前과 身後事를 발라 나니 子息이라
　아마도 竭力고 養志하여 人子道理 허리로다. (三竹詞流 102)

낫코=낳고 ◇劬勞(구로)허신=자식을 낳아 수고하신 ◇발라 나니=바라는 것은 ◇竭力(갈력)고 養志(양지)하여=온 힘을 다하여 부모님의 뜻을 받들어 모시여 ◇人子道理(인자도리)=사람의 자식 된 도리.

📖 **통석**　이 몸을 낳고 길러 수고하신 내 부모가
　　　　　낳기 이전과 낳은 뒤의 일을 바라느니 자식이라
　　　　　아마도 온 힘을 다하여 부모님의 뜻을 받들어 사람의 자식 된 도리를
　　　　　하리로다.

　　3
　한 氣血 노나 나셔 兄弟男妹 되얏시니
　져 몸의 疾痛飢寒 늬 當허나 다를쇼냐
　아마도 同生의 져헐 닐을 늬가 몬져 헐리로다. (三竹詞流 103)

노나 나셔=나누어 태어나서 ◇疾痛飢寒(질통기한)=병으로 인한 고통과 굶주림 ◇져헐 닐을=두려워할 일을.

같은 기운과 피를 나누어 태어나서 형제와 자매가 되었으니
형제자매의 병으로 인한 고통과 굶주림 내가 당한 것이나 다르겠느냐
아마도 동생이 두려워할 일을 내가 먼저 하리로다.

4

同父母 子若孫이 한듸 두듸 十百代여
後屬이 疎遠허나 骨肉之親 아닐쇼냐
아마도 한 샋리 枝葉이 가치 靑靑 허리로다. (三竹詞流 104)

同父母(동부모) 子若孫(자약손)이=부모와 자식과 손자가 같이 삶이 ◇後屬(후속)
이 疎遠(소원)허나=뒤를 이어 계속함이 사이가 성기고 머나 ◇한 샋리 枝葉(지
엽)이 가치 靑靑(청청)=한 조상에서 태어난 후손들이 함께 건강.

🔖 **통석** 부모와 자식 손자가 같이 삶이 한 세대 두 세대 백 세대여서
뒤를 이어 계속됨이 성기고 머나 가까운 혈족이 아니겠느냐
아마도 같은 조상과 후손들이 함께 건강하리로다.

5

二姓이 配合허야 內外族이 되야가니
當初에 血屬親이 同姓이나 다를쇼냐
아마도 姻親間 愛情을 늬가 몬져 허리로다. (三竹詞流 105)

二姓(이성)이 配合(배합)허야=두 성씨(姓氏)가 결합하여 ◇血屬親(혈속친)이=혈속
을 잇는 족속이. 부계(父系)와 모계(母系)의 집안을 말함 ◇姻親間(인친간)=사돈
사이의.

🔖 **통석** 두 성씨가 결합하여 내외족이 되는 것이니
처음부터 혈속을 잇는 족속이 같은 성씨나 다르겠느냐
아마도 사돈 사이의 애정을 내가 먼저 하리로다.

6

朋友間 困窮時에 바라나니 벗시로다

늬 몬져 恝然하면 남은 아니 그럴쇼냐

아마도 제 닐로 알고 竭力主辨 허리로다. (三竹詞流 106)

恝然(괄연)하면=업신여기게 되면 ◇제 닐로 알고=내 일로 알고 ◇竭力主辨(갈력
주변)=힘을 다해 걱정하다.

📜통석　친구 사이 곤궁할 때에 원하느니 벗이로다.

내가 먼저 업신여기게 되면 남은 아니 그렇겠느냐

아마도 나의 일로 알고서 힘을 다해 걱정해주리로다.

7

鄕黨에 同居義가 賙窮恤貧 當然허나

餘力을 기다리면 濟人헐 찍 업스리라

녯 말이 非人情이면 不可近이라 허더라. (三竹詞流 107)

鄕黨(향당)에 同居義(동거의)가=자기가 낳거나 사는 시골의 마을에 같이 산다고
하는 의미가 ◇賙窮恤貧(주궁휼빈)=어렵고 가난한 사람을 구휼함 ◇餘力(여력)을=
다른 일을 할 수 있는 힘을 ◇濟人(제인)헐=다른 사람을 구제할 ◇非人情(비인정)
이면 不可近(불가근)이라=인정이 없으면 가까이할 수 없다.

📜통석　같은 마을에 산다고 하는 의미가 어렵고 가난한 사람을 구휼함이 당연
하나

생계 이외의 남은 힘을 기다리면 남을 구제할 때가 없을 것이다

예전 말에 인정이 없으면 가까이 할 수 없다고 하더라.

8

人生의 禍福關頭 三寸舌에 달례고나

헐 말도 슴가헐 데 업는 말을 짓단 말가

그 죄가 自作孽이니 免할 길이 업스리라. (三竹詞流 108)

禍福關頭(화복관두)=화와 복의 가장 중요한 고비 ◇三寸舌(삼촌설)에 달레고나=
세치의 혀에 달렸구나. 말조심하라는 말임 ◇짓단 말가=만든단 말인가 ◇自作孽
(자작얼)이니=자기가 만든 허물이니.

🔖 **통석** 사람이 화와 복의 가장 중요한 고비는 세 치의 혀에 달렸구나.
하고자 하는 말도 삼가야 할 때 없는 말을 만든단 말인가
그 죄가 자기가 만든 허물이니 벗어날 길이 없으리라.

9

王法에 難化民은 尋常處置 못 허리라
民間에 셕거두면 平民의게 極害로다
아마도 늬 百姓 익께 曾子굿치 허리이다. (三竹詞流 109)

王法(왕법)에 難化民(난화민)은=왕이 만든 법에도 백성을 교화하여 착하게 하는
것이 어려운 사람은 ◇尋常處置(심상처치)=대수롭지 않게 처리하지 ◇셕거두면
=섞여 있게 하면 ◇平民(평민)의게 極害(극해)로다=보통사람들에게 아주 해롭다
◇익께=아껴.

🔖 **통석** 왕이 만든 법에 착하게 되기 어려운 사람은 대수롭게 처리하지 못하리라
백성들 사이에 섞어두면 보통사람에겐 아주 해로우니라.
아마도 내 백성을 아껴 증자처럼 하리로다.

10

늬 箕聖 八條教가 三千載에 流傳허니
虞舜氏 五典이며 漢太祖 三章이라
至今에 我東方 百姓 다시 講誦허리로다. (三竹詞流 110)

늬 箕聖(기성)=우리의 기자(箕子) 성인의 ◇八條教(팔조교)가=여덟 가지 조목의
가르침이 ◇虞舜氏(우순씨) 五典(오전)이며=순임금의 오륜(五倫)이며 ◇漢太祖(한

태조)의 三章(삼장)이라=전한(前漢) 고조(高祖)가 정한 세 가지 법률이다. 삼장은
간명한 규칙을 말함 ◇講誦(강송)=글을 읽고 배움.

📖 **통석**   우리의 기자 성인의 여덟 항목의 가르침이 삼천년을 전해오니
　　　　　순임금의 오류이며 한나라 태조의 간명한 규칙이라
　　　　　지금에 우리나라 백성이 다시 배우고 외우리라.

〈三竹詞流〉에 수록된 것과 이본(異本)이 전혀 다른 것

溪山이 말 업스나 네 緣分 늬 모라랴
平生에 仁智心이 너를 만나 즐거워라
世人이 늬 힝시 뭇지 마소 採山釣水 餘事로다. (異本 9)

溪山(계산)이=산과 물이 ◇仁智心(인지심)이=산과 물을 좋아하는 마음이 ◇힝시
='행색'(행색)의 잘못인 듯. 차림새. 또는 하는 행동.

📖 **통석**   산과 물이 비록 말이 없으나 너와의 연분을 내가 모르겠느냐
　　　　　생전에 산과 물을 좋아하는 마음이 너를 만나 즐거워라
　　　　　세상 사람들아 내 행색 묻지 마시오 나무하고 고기 잡는 것은 오히려
　　　　　딴일 이로다.

安樂窩 老先生이 風雨寒暑 깁히 안저
靜裡乾坤 俯仰ᄒ며 四時佳興 吟咏ᄒ니
千載예 梧桐月 楊柳風이 一般意思 늬로고나 (異本 10)

安樂窩 老先生(안락와 노선생)이=송(宋)나라 유학자 소옹(邵雍 ; 1011~1077)을 가
리킴. 안락와는 당호(堂號)임 ◇風雨寒暑(풍우한서) 깁히 안저=비바람과 추위와
더위를 잊고 살아가니 ◇靜裡乾坤(정리건곤) 俯仰(부앙)ᄒ며=고요한 가운데 천지
를 올려다보거나 굽어보며 ◇四時佳興(사시가흥) 吟咏(음영)ᄒ니=일 년 내내의
아름다운 흥취를 읊조리니 ◇梧桐月(오동월) 楊柳風(양류풍)이=오동나무 위에 뜨

는 달과 버드나무를 흔드는 바람이 ◇一般意思(일반의사) 니로고나=누구나 나와
같은 생각을 하는구나.

◎ 통석　안락와의 소용이 비바람이나 추위와 더위를 잊고 살아가니
　　　　고요한 가운데 천지를 바라보며 한 해 동안의 아름다운 흥취를 읊조리니
　　　　천년을 오동나무 위에 뜨는 달고 버드나무를 흔드는 바람이 나와 같은
　　　　생각을 하는구나.

　　南薰殿 부든 바람이 山中에 모르드니
　　집집의 打麥聲에 男欣女悅 안일소냐
　　오늘날 우리 聖上이 五絃琴을 타시는가. (異本 16)

南薰殿(남훈전) 부든 바람이=순(舜)임금이 남풍가(南風歌)를 지어 부르던 궁전의
따뜻한 바람이 ◇打麥聲(타맥성)에=보리타작을 하며 부르는 노랫소리에 ◇男欣女
悅(남흔여열) 안일소냐=남녀가 기뻐하는 것 아니겠느냐.

◎ 통석　남훈전에 불던 따뜻한 바람이 시골 산속에는 몰랐더니
　　　　집집마다 보리타작하며 부르는 노랫소리에 남녀가 다 기뻐하는 것 아
　　　　니겠느냐
　　　　오늘날 우리 임금께서 순임금이 타던 오현금을 타시는 것 아닌가.

　　용도릭 물 푸는 곳에 저 農夫야 말 들어라
　　네 勤苦 저러커널 늬 遊食이 무슴 일고
　　언제나 山人의 枕下泉을 人間霖雨 지여볼고. (異本19)

용도릭=용두레. 낮은 곳의 물을 높은 곳으로 퍼 올리는 농기구 ◇遊食(유식)이=
하는 일 없이 놀고먹는 것이 ◇山人(산인)의 枕下泉(침하천)을=시골 사는 사람의
하찮은 눈물을 ◇人間霖雨(인간임우) 지여볼고=사람들에게 장마비가 되도록 만들
어볼까.

> 🔖 **통석** 용두레로 물을 푸는 곳에 저 농부야 내 말 들어보라
> 네가 수고하는 것이 저러하거늘 내가 놀고먹는 것은 무슨 일이냐
> 언제나 시골 사는 사람의 하찮은 눈물이라도 사람들에게 장마비가 되
> 도록 만들어 볼 수 있을까.

燈花는 엿 비치나 眼力이 可憐허다
灯下書 書中眼이 쩌날 밤이 업셔더니
아모리 此身이 老廢헌들 너도 날을 버리는가. (異本 27)

燈花(등화)는 엿 비치나='등화'(燈火)의 잘못인 듯. 등불은 예전과 똑 같으나 ◇眼
力(안력)이 可憐(가련)허다=시력이 약해지는 것이 안타깝다 ◇灯下書(정하서) 書中
眼(서중안)이=등불 아래 책을 읽고 책에 눈을 집중하는 것이 ◇쩌날 밤이 업셔더
니=그만두는 밤이 없었더니 ◇老廢(노폐)헌들=늙고 쓸모가 없다고 한들.

> 🔖 **통석** 등잔불은 예전이나 지금이나 똑같이 비추나 안력이 약해지는 것이 가
> 련하다
> 등불 아래 책을 읽고 책에 눈을 집중하는 것이 그만 둔 밤이 없었더니
> 아무리 이 몸이 늙고 쓸모가 없다고 한들 너도 나를 버리느냐.

雪月 조타허되 져 冬日만 못 허여라
千金裘 늬 업스니 寒天月色 경 져게라
두어라 野老의 背上喧을 瓊樓高處 드려볼가. (異本 30)

雪月(설월) 조타허되=눈 위의 달빛이 좋다고 하되 ◇冬日(동일)만=겨울날만. 또는
겨울하늘만 ◇千金裘(천금구)=값이 비싼 갖옷 ◇寒天月色(한천월색) 경 져게라=추
운 날 달빛을 구경하기가 두렵구나 ◇野老(야노)의 背上喧(배상훤)을=시골 사는
늙은이의 따뜻한 등을 ◇瓊樓高處(경루고처)=임금이 계신 궁궐.

■ **통석** 눈 위의 달빛이 좋다고 하지만 자 겨울하늘만 못 하여라
값비싼 갖옷이 내게 없으니 추운 날 달빛을 구경하기가 두렵구나
두어라 시골 사는 늙은이의 따뜻한 등이라도 임금이 계신 궁궐에 드려
볼까.

하날이 百姓을 聲臭 업시 賦性허니
聖人 軆天허야 그 綸理을 발키니라
우리도 秉彝心 이시니 敬天慕聖 허리로다. (異本 31)

聲臭(성취)=소리나 냄새도 없이 ◇賦性(부성)허니=본연의 성품을 우리에게 주시니
◇聖人 軆天(성인체천)허야=성인이 하늘을 본받아서 ◇綸理(윤리)를=분명한 뜻을
◇秉彝心(병이심)=인간의 떳떳한 도리를 굳게 지키겠다는 마음. 타고난 천성 ◇敬
天慕聖(경천모성)=하늘을 존경하고 성현을 사모함.

■ **통석** 하늘이 백성에게 흔적도 없이 사람 본연의 성품을 주시니
성인이 하늘을 본받아서 그 분명한 뜻을 밝히시니라
우리도 타고난 성품이 있으니 하늘을 존경하고 성현을 사모하리라.

天上에 日月星辰 開闢後에 버러 잇고
世間에 三綱五常 千萬古에 쌔쳐고나
아마도 우리 聖人 져 日月과 갓트니라. (異本32)

버러 잇고=정연(整然)하게 자리 잡아 있고 ◇쌔쳐고나=이어져오는구나.

■ **통석** 하늘에는 일월과 성신이 정연하게 자리 잡아 있고
세상에는 삼강과 오륜이 예전부터 이어져오는구나
아마도 우리의 성인들도 저 해와 달과 같으니라.

저 日月所照處에 天生蒸民 만코 만타
頂天코 立地허여 秉彝之心 뉘 업스리
두어라 海隅偏邦에 我歌且誦 뉘 알리오. (異本 33)

日月所照處(일월소조처)에=해와 달이 비추는 곳에. 또는 임금의 혜택이 미치는 곳에 ◇天生蒸民(천생증민)=하늘이 내신 백성들 ◇頂天(정천)코 立地(입지)허여= 남에게 의지하지 아니하여. 독립하여 ◇海隅偏邦(해우편방)에=해안이 쑥 들어간 치우친 나라에. 우리나라에 ◇我歌且誦(아가차추)=내가 부르는 노래가 남에게 수고를 끼침.

🔖 **통석** 저 임금의 혜택이 미치는 곳에 하늘이 낸 백성들이 많고 많다
남에게 의지하지 아니하고 떳떳이 살려는 마음이 누구에게 없겠느냐
두어라 바다 한쪽 치우친 나라에 내가 부르는 노래가 남에게 수고를 끼침을 누가 알겠느냐.

八條教 옛 나라에 誦法 聖人 허더이다
夕陽時 異端邪說 녜로붓터 잇거니와
至今에 子貢이 업스니 篤信 聖人 그 뉘 허리. (異本 34)

八條教(팔조교)=우리나라 고대사회에서 시행되던 여덟 가지의 금법(禁法) ◇誦法 聖人(송법성인) 허더이다=법을 공평하게 시행한 성인이 많았습니다 ◇夕陽時(석양시) 異端邪說(이단사설)=국운이 다할 무렵 정도(正道)가 아닌 올바르지 못한 논설 ◇子貢(자공)이=공자의 제자. 성은 단목(端木). 이름은 사(賜). 자공은 자임 ◇篤信 聖人(독신성인)=신념을 가지고 법을 공평하게 시행할 성인.

🔖 **통석** 팔조교로 다스리던 예전 우리나라에 법을 공평하기 시행한 성인인 많았습니다
나라의 운이 다할 무렵엔 정도가 아닌 사악한 논설이 예전부터 있거니와
지금에 자공과 같은 신념을 가지고 공평하게 법을 시행할 성인을 그 누가 하랴.

先後天 理氣外예 별 하늘이 잇단말가
제 所謂 自然理는 나 보건듸 情慾이라
허물며 괴이헌 藥物이 變化心性 허단말가. (異本 35)

先後天(선후천)=천지가 개벽되기 전이나 후에 ◇별 하날이=다른 하늘이. 세상이
◇自然理(자연리)는=자연의 이치라는 것이 ◇情慾(정욕)이라=마음에서 울어 나오
는 온갖 욕심이다 ◇變化心性(변화심성)=마음의 본질을 변화시킴.

🔖 **통석**　천지가 개벽되기 전이나 후에 이기 외에 다른 세상이 있다는 말인가
　　　　　　저 소위 자연의 섭리는 나보기에는 마음에서 울어 나오는 온갖 욕심이다
　　　　　　하물며 이상한 약물이 마음의 본질을 변화시킬 수 있단 말인가.

帝王家 百神祀를 魔鬼 外예 업다 하고
洋人세 허는 절를 大聖前에 아니 허니
우리의 綱常中 人物 共戴一天 어인 일고. (異本36)

帝王家(제왕가) 百神祀(백신사)를=천자(天子)나 임금의 집안 여러 신을 섬기는 제
사를 ◇魔鬼(마귀) 外(외)예 업다=마귀밖에 없다. 마귀라고 ◇洋人(양인)세 허는 절
를=서양사람에게 하는 절을 ◇大聖前(대성전)에=훌륭한 성인에게. 성인은 공자(孔
子)를 가리킴 ◇綱常中 人物(강상중 인물)=삼강과 오륜을 지키는 사람 ◇共戴一天
(공대일천)=함께 같은 하늘을 이고 사는 것.

🔖 **통석**　제왕의 집안 여러 신을 섬기는 제사를 마귀라고 하고
　　　　　　서양인에게 하는 절을 공자님 앞에는 아니 하니
　　　　　　우리의 윤리를 지키는 사람과 같이 사는 것은 어찌된 일인고

東海上 數千里에 山川 風氣 壅盍헌데

菽粟에 주린 입을 제 奢味로 탈닉오니
아마도 韓退之 以下 人은 늬 모미 더하노라. (異本 37)

東海上(동해상) 數千里(수천리)에=동해의 멀리 떨어진 곳에. 우리나라를 가리킴
◇山川 風氣(산천풍기)=자연환경과 풍도와 기상이 ◇雍盋(옹울)헌데=막히고 답답
한데 ◇菽粟(숙속)에 주린 입을=먹을 양식에 굶주린 입을 ◇奢味(사미)로 탈닉오
니=사치스런 입맛으로 일을 그르치니 ◇韓退之(한퇴지)=당송(唐宋) 팔대가의 하나
인 한유(韓愈 ; 768~824). 자가 퇴지임.

🔖 **통석**　동해 멀리 떨어진 곳의 자연환경과 풍도와 기상이 막히고 답답한데
먹을 것에 굶주린 입을 제 사치스런 입맛으로 일을 그르치니
아마도 한퇴지 이하의 사람들은 내 몸을 더 위하더라.

轍環時 못헌 길을 二千年後 오신 쓰즌
箕聖後 小中華에 아름답다 禮義러니
엇디라 三百年 塵埃中에 支離허다 長夜로다. (異本 39)

轍環時(철환시)=수레를 타고 돌아다닐 때. 철환은 '철환천하'(轍環天下)의 준말로
공자(孔子)가 도를 알리기 위해 수레를 타고 세상을 돌아다녔음 ◇쓰즌=뜻은 ◇箕
聖後(기성후) 小中華(소중화)에=기자(箕子)가 죽고 난 뒤 작은 중화에. 작은 중화는
우리나라를 가리킴 ◇三百年(삼백년) 塵埃中(진애중)에=삼백년 동안의 속세 속에
◇支離(지리)허다 長夜(장야)로다=지루하구나 마치 무덤 속과 같구나.

🔖 **통석**　공자가 수레를 타고 천하를 돌아다닐 때 오지 못한 길을 이천년 뒤에
오신 뜻은
기자가 죽은 뒤 우리나라에 예의가 아름답기 때문이러니
어쩌다 삼백년 동안 속세가 무덤 속처럼 지루한가.

周峰下 花塘上에 鄕校舊基 차자늬니

左龍潭 右虎池에 武夷九曲 예로고나

허믈며 이 집의 오신 날이 庚戌 十月 이로고나. (異本 42)

周峰下(주봉하) 花塘上(화당상)에=주봉의 아래 화당의 위에. 주봉과 화당은 충청
북도 제천(堤川) 백운면(白雲面)에 있는 산과 물의 이름임 ◇鄕校舊基(향교구기)=
향교가 있던 자리 ◇좌용담(左龍潭) 우호지(右虎池)에=왼쪽과 오른쪽에 있는 웅
덩이 ◇武夷九曲(무이구곡)=중국 복건성 숭안현(崇安縣) 무이산에 있는 아홉 구
비의 계곡. 경치가 뛰어나 송(宋)나라 주희(朱熹)가 이곳에 머물러 무이구곡가를
지었음 ◇庚戌 十月(경술시월)=경술년 시월. 경술은 정조(正祖) 14년(1790)으로
순조(純祖)가 태어난 해임.

🔖 통석   주봉 아래 화당 위에 향교의 옛터를 찾아내니
           좌우에 있는 웅덩이가 마치 주희의 무이구곡과 흡사하구나
           하물며 이 집에 오신 날이 순조(純祖)대왕이 태어난 경술년 시월과 같
           구나.

古堤川 近千年에 山川草木 一新허니

三遷敎 허랴 하고 遠方來者만 아더니

至今에 座席이 未煖ㅎ여 散之四方 허단말가. (異本 44)

古堤川(고제천)=옛고을 제천. 제천은 충청북도의 지명 ◇一新(일신)허니=봄을 맞
아 다시 생기가 돌더니 ◇三遷敎(삼천교) 허랴 하고=맹자(孟子)의 어머니가 맹자
를 가르치려고 세 번 이사를 한 것처럼 하려고 ◇遠方來者(원방래자)만=먼 곳에
서 찾아온 사람만 있는 줄 ◇未煖(미난)ㅎ여 散之四方(산지사방)=따뜻하지 아니
하여 사방으로 흩어짐.

🔖 통석   옛 고을 제천 천여 년 가까이 산천초목이 다세 생기가 돌더니
           맹지 어머니처럼 자식을 가르치려고 먼 곳에서 이사 온 사람만 있는 줄
           알았더니
           지금에 앉은 자리가 편하지 않으니 사방으로 흩어진단 말인가.

저 집이 傾頹前에 늬 목숨이 잠간 업서
闕里祠 紅箭門에 魂魄이나 뫼셔 볼 걸
此生에 무엇슬 못 이져 凡然獨坐 있는고. (異本 46)

傾頹前(경퇴전)에=기울고 무너지기 전에 ◇늬 목숨이 잠간 업서=잠깐이라도 혼이
날아가 ◇闕里祠(궐리사) 紅箭門(홍전문)에=궐리사의 홍살문. 궐리사는 경기도
오산(烏山)에 있음 ◇魂魄(혼백)이나 뫼셔 볼 걸=공자님의 혼백이라도 모셔볼 것
을 ◇凡然獨坐(범연독좌)=아무렇지 않은 듯 혼자 앉아.

▶통석   저 집이 기울고 무너지기 전에 잠깐이라도 혼이 날아가
        궐리사 홍살문 안에 공자님의 혼백이라도 모셔 볼 것을
        이생에 무엇을 못 잊어 아무렇지도 않은 듯 혼자 앉아 있는고

男兒의 一點淚늘 千金으로 밧굴소냐
泫然淚 哭之慟은 늬 聖人도 허시니라
童子야 네 무슴 知覺으로 날과 對泣허는다. (異本 47)

一點淚(일점루)늘=한 방울의 눈물을 ◇泫然淚(현연루) 哭之慟(곡지통)은=줄줄 흘리
는 눈물과 서럽게 우는 것은 ◇날과 對泣(대읍)=나와 함께 울다.

▶통석   남자의 한 방울의 눈물을 아무리 비싼 돈으로도 바꿀 수가 있겠느냐
        줄줄 흘리는 눈물과 서럽게 우는 것은 내 성인도 하셨다
        아이야 너는 무슨 생각으로 나와 함께 우느냐.

顔淵이 竊飯허며 曾子 殺人허단말가
支離헌 늬 生前에 免헐 길이 업스리라
언제나 聖靈이 도라보셔 이 魂魄을 부르실고. (異本 48)

竊飯(절반)허며=밥을 훔치며 ◇支離(지리)헌 늬 生前(생전)에=지지부진한 내 생애가 ◇聖靈(성령)이 도라보셔=성인의 혼령이 살피시고 ◇이 魂魄(혼백)을 부르실고=나를 불러 가실까.

🔖 **통석**　안연이 남의 밥을 훔치며 증자가 살인을 할 수 있단 말인가
지지부진한 내 생애가 면할 길이 없을 것이다
언제쯤이나 성인의 혼령이 살피시고 나를 불러 가실까.

溝壑이 分內事라 全而歸之 허리로다
天命과 人事가 두 가지가 아니니라
아희야 이 노릭 두엇다가 날 본드시 허여라. (異本 49)

溝壑(구학)이 分內事(분내사)라=물이 흐르는 산골짜기가 내 분수에 맞는 일이다. 지사(志士)는 항상 구학에 있는 것을 잊지 않는다는 말로 위험한 처지에 놓인 것이 나의 분수라는 말임 ◇全而歸之(전이귀지)=주어진 여건에 만족하고 죽겠다.

🔖 **통석**　어려운 처지에 놓여 있는 것도 다 나의 분수라 주어진 여건대로 살다죽겠다
천명과 인사의 두 가지가 아무런 관계가 없는 것이 아니다
아희야 이 노래를 두었다가 나를 본 것처럼 불러라.

東漢時節 義士가 修身明哲 뉘 업스리
名節은 身後事요 大義理는 目前이라
後世에 名教中 ᄉ람 제 當허나 다를소냐. (異本 70)

東漢時節(동한시절)=후한(後漢) 때. 한나라가 도읍을 장안(長安)에서 낙양(洛陽)으로 옮긴 이후 ◇修身明哲(수신명철)=지혜가 뛰어나고 이치에 좇아 일을 처리하여 몸을 온전하게 함. 명철보신(明哲保身)과 같은 말 ◇名節(명절)은 身後事(신후

사).요=명예와 절개는 나중 일이요 ◇大義理(대의리)는 目前(목전)이라=커다란 의
리는 눈앞의 일이다 ◇名教中(명교중)=밝은 가르침 가운데 ◇스람 제 當(당)허나
=그 사람과 의사가 서로 통하는 것이나.

> **통석**　동한시절 절개를 지킨 선비가 명철보신 아니 한 누가 없겠느냐
> 　　명예와 절개는 나중일이요 커다란 의리가 눈앞의 일이다
> 　　후세에 밝은 가르침 속에 그 사람과 의사가 서로 통하는 것이나 다르겠
> 느냐.

　唐天子 一觳中에 天下英雄 可憐허다
　周三物 늬여 노코 鄕貢法을 어이 헌고
　허물며 世間公道가 鏡裏新霜이로고나. (異本 73)

唐天子(당천자)=당나라 태종(太宗)을 가리킴 ◇一觳中(일구중)에=줌통 안에. 줌통
은 활 한가운데의 손으로 쥐는 부분이나 여기서는 패도(覇道)의 뜻으로 썼음 ◇周
三物(주삼물)=향삼물(鄕三物)과 같은 말. 주나라 때 향학(鄕學)의 교과과정인 육덕
(六德)과 육행(六行), 육례(六禮)를 가리킴 ◇늬여 노코=버리고 ◇鄕貢法(향공법)을
어이 헌고=시골을 다스리는 데 알맞은 조세법이 어찌된 일인가 ◇世間公道(세간
공도)가=세간의 공평한 도리가 ◇鏡裏新霜(경리신상)=거울 속에 비치는 새로 돋
는 흰 머리카락.

> **통석**　당 태종의 패도 때문에 천하의 영웅들이 불쌍하구나
> 　　주나라의 좋은 제도 버리고 시골을 다스리는데 알맞은 법을 적용하는고
> 　　하물며 세간의 공평한 도리가 거울 속에 비치는 새로 돋는 흰 머리카락
> 과 같구나.

　叔程子 참 工夫을 中庸 一篇 네 알너라
　子思 後 千餘年에 淵源上接 허엿고나
　어듸셔 才勝헌 文章 分明 樹黨 허단말가. (異本 76)

叔程子(숙정자) 참 工夫(공부)을=숙정자의 참다운 공부. 송나라 때 유학자 정호
(程顥)와 정이(程頤)는 <중용>(中庸)에 관한 연구를 본격적으로 했음. 숙정자는
정이를 가리키는 듯 ◇子思(자사)=공자(孔子)의 손자. 이름은 급(伋), 자사는 자
(字)임. 증자에게 배우고 <중용>을 지었다고 함 ◇淵源上接(연원상접)=거슬러
연원에 다음 ◇才勝(재승)헌 文章(문장)=재주만 뛰어난 문장 ◇分明 樹黨(분명수
당)=확실하게 무리를 만듦.

📖 **통석**　정자 형제의 참다운 공부를 중용 한편으로 알 수 있으리라
　　　　자사 뒤 천여 년에 비로소 거슬러 연원에 닿았구나.
　　　　어디서 재주만 앞선 문장을 가지고 확실하게 무리를 만든단 말인가.

天下 憂허든 宰相 師門에도 有功허다
張橫渠 泰山先生 一變至道 뉘 힘인고
아마도 作成人才가 廊廟事業이로고나. (異本 78)

天下(천하) 憂(우)허든 宰相(재상)=송나라 때 범중엄(范仲淹)을 가리킴 ◇師門(사문)
에도=스승의 문하(門下)에도 ◇張橫渠(장횡거)=송나라 때 장재(張載)를 가리킴 ◇泰
山先生(태산선생)=송나라 때 손복(孫復)을 가리킴 ◇一變至道(일변지도)=한 번 바
뀐 최선의 길 ◇作成人才(작성인재)가=인재를 만들어 냄이 ◇廊廟事業(낭묘사업)=
정사를 돌보는 일.

📖 **통석**　천하를 걱정하든 재상 스승의 문하에도 공이 있구나
　　　　장횡거와 태산선생의 한 번 바뀐 최선의 길이 누구의 힘인가
　　　　아마도 인재을 양성하는 일이 정사를 돌보는 일이로구나.

世間에 庚戌年이 聖賢 나는 休運이라
大聖人 허신 事業 終條理을 아닐소냐
一筆노 百家語 潤色하야 經書集註 허시니라. (異本 79)

聖賢(성현) 나는 休運(휴운)이라=훌륭한 사람이 태어나는 좋은 운수라 ◇大聖人(대성인) 허신 事業(사업)=위대한 성인이 이룩하신 업적. 대성인은 송나라 주회를 가리킴 ◇終條理(종조리)을=성인이 사업을 마침을 ◇一筆(일필)노 百家語(백가어) 潤色(윤색)하야=한 번에 제자백가의 말들을 빛나게 하여 ◇經書集註(경서집주)=경서를 주석을 한데 모음. 주자의 <사서집주>(四書集註)를 말함.

📖 **통석**　세상에 경술년은 성현이 태어나는 좋은 운수라
　　　대성인이 하신 사업이 성인의 사업을 마치는 것이 아니겠느냐
　　　한 번에 제자백가의 말들을 가져다 빛나게 하여 경서를 집주하시니라.

蘇東坡 陸象山이 一種 門戶 各立허니
元明間 文章士가 靡然 從之 허엿고나
허믈며 徐光啓 닉다라셔 洋學倡導 허단말가. (異本 80)

陸象山(육상산)=송나라 학자 육구연(陸九淵 ; 1139~1192). 호(號)가 상산임. 주자(朱子)와의 논전에서 심즉이설(心則理說)을 주장하여 주자의 주지적(主知的) 철학과 대립하였음 ◇一種 門戶(일종문호) 各立(각립)허니=하나의 학파를 각각 세우니 ◇元明間 文章士(원명간 문장사)가=원나라와 명나라 사이의 글하는 선비가 ◇靡然 從之(미연종지)=마치 초목이 바람에 쏠리듯 이를 따름 ◇徐光啓(서광계)=중국 명나라 때 학자(1562~1633). 자 자선(子先). 호는 현호(玄扈). 기독교와 서양과학 기술 보급에 공헌하였음 ◇닉다라셔=갑자기 나타나서 ◇洋學倡導(양학창도)=서양의 학문을 솔선하여 주장함.

📖 **통석**　동파 소식과 상산 육구연이 하나의 학파를 각각 세우니
　　　원나라와 명나라 사이의 글하는 선비가 마치 초목에 바람이 쏠리듯 이들을 따르는구나
　　　하물며 명나라에 서광계가 갑자기 나타나서 서양학문을 솔선하여 주장하단 말인가.

崑崙山 正幹龍이 天子邦의 五岳이라

帝王과 聖賢君子 維岳降神 허더니라

아마도 그 山 一枝脉이 白頭山이 되얏고나. (異本 81)

崑崙山(곤륜산) 正幹龍(정간룡)이=곤륜산의 한가운데 뼈대에 해당하는 산맥이. 곤륜산은 중국 서방(西方)에 있는 치대의 영산(靈山) ◇五岳(오악)=다섯의 명산. 실제는 동쪽의 태산(泰山), 서쪽의 화산(華山), 남쪽의 형산(衡山), 북쪽의 항산(恒山)과 중앙의 숭산(嵩山)으로 곤륜산은 해당하지 않음 ◇維岳降神(유악강신)=이 산에 신령(神靈)이 화기(和氣)를 내려 큰 인물을 냄.

📑 **통석** 곤륜산 한가운데 뼈대가 되는 산맥이 중국의 오악이다.
제왕과 성현군자들이 이 산에서 태어나더라.
아마도 곤륜산의 한 갈래 맥이 백두산이 되었구나.

유심영*

〈金剛錄〉

1

九曲水 나린 물이 南江水 되단 말가
월궁의 닉친 션녀 濯足ᄒ랴 네 왓난냐
우리도 蓬萊로 가난 길이니 함긔 놀가. (東遊錄)

九曲水(구곡수) 나린 물이=구비구비 흘러가는 냇물이 ◇월궁의 닉친 션녀=달나라
에서 쫓겨난 선녀 ◇南江水(남강수)=특정한 지명이 아닌 막연히 부르는 남쪽의
강인 듯 ◇濯足(탁족)ᄒ랴 네 왓난냐=발을 씻으려 여기에 왔느냐 ◇蓬萊(봉래)로=
봉래산으로 금강산의 다른 이름.

통석　굽이굽이 흘러가는 냇물이 남강물이 되었단 말인가
　　　월궁에서 쫓겨난 선녀가 발을 씻으려 여기에 왔느냐
　　　우리도 봉래산으로 가는 길이니 함께 놀까.

2

瑤池 蓮花 옴겨다가 남강슈의 심엇더니
採蓮兒 어디 가고 너 홀노 붉어난냐
아무탄 낙목한천인들 향긔 죠쳐. (東遊錄)

瑤池(요지)=신선이 사는 곳. 곤륜산에 있고 옛날 목천자(穆天子)가 서왕모와 놀았
다고 하는 곳. 달리 아름다운 못이나 궁중에 있는 못을 가리킴 ◇採蓮兒(채련아)=

---

* 유심영(柳心永 ; 憲宗朝). 헌종(憲宗) 13년(1847)년 10월에 친구와 기생들과 더불어 금강산
을 유람하고 지은 것이다. 저서에 <동유록>(東遊錄)이 있다.

연 캐는 아이 ◇아무탄 낙목한천인들=아무리 나뭇잎이 덜어지는 추운 겨울날(落木寒天인들.

📎 **통석**　요지의 연꽃을 옮겨다가 남강물에 심었더니
　　　　연을 캐는 아이는 어디가고 너 혼자서 붉었느냐
　　　　아무튼 나뭇잎이 떨어진 차가운 겨울인들 향기를 따라.

　　　3
　　梅花 한 가지예 시 달이 도더 오니
　　달다려 무른 말이 梅花 흥미 네 아난냐
　　차라로 내 네 몸 되면 가지가지. (東遊錄)

도더 오니=돌아오니 ◇달다려 무른 말이=달에게 묻는 말이 ◇차라로=차라리.

📎 **통석**　매화 한 가지에 새 달이 돌아오니
　　　　달에게 묻는 말이 매화 흥미를 네가 아느냐
　　　　차라리 내가 네 몸이 되면 가지가지.

　　　4
　　직녀의 짜닌 비단 銀河의 씨여 니여
　　姮娥 손을 비러 지어닌니 錦囊이라
　　우리도 봉닌 仙官 되면 차고 놀가. (東遊錄)

씨여 닌여=씻어 내여. 빨아서 ◇姮娥(항아)=달 속에 있다고 하는 선녀 ◇비러=빌려 ◇지어닌니=만들어 내니 ◇錦囊(금낭)이라=비단주머니다 ◇봉닌 仙官(선관)=봉래산의 신선.

📎 **통석**　직녀가 짜낸 비단을 은하수에 빨아서
　　　　항아의 손을 빌려 만들어 내니 비단주머니라
　　　　우리도 봉래산 신선이 되면 차고서 놀까.

안민영*

〈高宗 卽位 賀祝〉

1

上元 甲子之春에 우리 聖上 卽位신져

堯舜을 法 바드스 光被四表 허오시니

美哉라 億萬年 東方紀數ㅣ 이로좃ㅊ 비로숫다. (金玉叢部 1)

(聖上卽祚元年 甲子之春 賀祝)

上元(상원) 甲子之春(갑자지춘)에=갑자년 봄 정월 보름에. 갑자년은 고종(高宗) 즉
위년인 서력 1864년임 ◇聖上(성상)=지금의 임금을 높이어 일컫는 말 ◇光被四表
(광피사표)=천하에 빛이 퍼짐. 사표는 사방의 밖을 가리킴 ◇美哉(미재)라=아름답
구나! ◇東方紀數(동방기수)ㅣ=우리나라의 운수가 ◇이로좃ㅊ 비로숫다=이로부터
비롯되었다.

> 📖 **통석** 갑자년 정월 대보름에 우리 임금께서 즉위하셨구나.
> 요순의 법을 받으시어 천하에 빛이 퍼지시니
> 아름답도다. 억만년 우리나라의 운수가 이로부터 비롯되었구나.

2

獜在郊 鳳翔岐하니 이 어인 大吉祥고

甲戌 二月 初八日의 聖世子ㅣ 誕降하사

億萬年 東方氣數를 바다 니여 계신져. (金玉叢部 10)

---

* 안민영(安玟英 ; 1816~?). 자 형보(亨甫), 성무(聖武). 호 주옹(周翁), 구포동인(口圃東人). 가
객. 박효관(朴孝寛)에게 배워 조선말 시조를 부흥시키고 정리한 사람. 개인가집으로 <금옥
총부>(金玉叢部)가 전하고 있다.

(賀祝 第二)

獜在郊(인재교) 鳳翔岐(봉상기)하니=‘기’(岐)는 ‘지’(枝)의 잘못. 기린은 들판에서
놀고 봉황은 나뭇가지에 날아오니 ◇어인 大吉祥(대길상)고=어찌 된 크게 상서
로움인고 ◇甲戌(갑술) 二月 初八日(이월초팔일)의=갑술년 이월 초팔일에. 갑술
년은 고종(高宗) 11년(1874)임 ◇바다 니여 계신져=받아 이어 계셨구나.

🗫 통석　기린은 들판에서 놀고 봉황은 나뭇가지에 날아오니 이 어찌된 커다란
　　　　상서로움인고
　　　　갑술년 이월 초파일은 훌륭한 세자께서 탄생하시어
　　　　억만년 우리나라 운수를 받아 이어 계셨구나.

　　3
　南山 갓치 놉흔 壽와 東海 갓치 깁흔 福을
　世子ㅣ 誕降허오실제 오로지 바드시니
　아마도 壽福이 雙全허시기는 聖世子를 뫼온져. (金玉叢部 35)
　(賀祝 第三)

놉흔 壽(수)와=장수(長壽)와 ◇오로지 바드시니=온전히. 또는 혼자 받으시니 ◇뫼
온져=뵙는구나.

🗫 통석　남산처럼 높은 장수와 동해처럼 깊은 다복을
　　　　세자가 탄생하실 때에 오로지 받으시니
　　　　아마도 장수와 다복 두 가지가 온전하시기는 훌륭한 세자를 뵈었네.

　　4
　望之如雲 就之如日 聖世子에 氣像이라
　堯舜之治를 蒼生이 미리 아도던지
　康衢에 手舞足蹈허니 億萬歲를 부르더라. (金玉叢部 49)
　(賀祝 第四)

望之如雲(망지여운) 就之如日(취지여일)=바라볼 때에는 구름과 같더니 나아오니 해와 같이 빛남 ◇蒼生(창생)이 미리 아도던지=백성들이 미리 알았던지 ◇康衢(강구)에 手舞足蹈(수무족도)허니=사통오달하는 큰 길거리에서 몹시 기뻐하여 춤을 추니.

▷ **통석** 바라볼 때에는 구름과 같더니 나아오니 해와 같음은 훌륭한 세자의 기상이다
요순과 같은 다스림을 백성이 미리 알았던지
큰 거리에 나와 춤을 추니 억만세를 부르더라.

5
壽添壽 福添福ᄒ니 壽福이 添添이요
子繼子 孫繼孫ᄒ니 子孫이 繼繼로다
至今의 壽富貴多男子넌 聖世子긔 비긴져. (金玉叢部 69)
(賀祝 第五)

壽添壽(수첨수) 福添福(복첨복)ᄒ니=장수에 장수를 보태고 복에 복을 보태니 ◇壽福(수복)이 添添(첨첨)이요=수와 복이 보태지고 쌓임이요 ◇子繼子(자계자) 孫繼孫(손계손)ᄒ니=자식과 손자가 계속하여 이어지니 ◇壽富貴多男子(수부귀다남자)넌=오래살고 부자가 되며 귀하게 되고 아들을 많이 둠은 ◇비긴져=비긴 것이로구나.

▷ **통석** 장수에 장수를 보태고 복에 복을 보태니 수와 복이 보태지고 보탬이요
자식이 자식을 잇고 손자가 손자를 이으니 자식과 손자가 잇고 이어지도다.
지금의 오래살고 부자가 되고 귀하게 되고 자식을 많이 남은 훌륭한 세자께 비긴 것이다.

6
龍樓에 祥雲이요 鳳闕에 瑞靄ㅣ로다
甘雨는 太液에 듯고 和風은 御柳에 들넌져

美哉라 祥雲瑞靄와 甘雨和風은 聖世子의 時節인져. (金玉叢部 88)
(賀祝 第六)

龍樓(용루)에 祥雲(상운)이요=용루에는 상서로운 구름이 일어나고 ◇鳳闕(봉궐)에 瑞靄(서애) l 로다=대궐에는 상서로운 구름이 끼이더라 ◇甘雨(감우)는 太液(태액)에 듯고=시기에 알맞게 내리는 비는 태액에 떨어지고 태액은 한(漢) 무제(武帝)가 만든 연못의 이름 ◇和風(화풍)은 御柳(어류)에 둘닌져=봄바람은 궁궐 안에 있는 버드나무에 둘렸구나.

🔷 **통석**   용루에는 상서로운 구름이 일고 대궐에는 상서로운 노을 끼이도다.
          알맞은 때에 오는 비는 태액에 떨어지고 온화한 바람은 궁궐 버드나무에 둘렸구나.
          아름답도다. 상서로운 구름과 노을 제 때오는 비와 온화한 바람은 훌륭한 세자의 때로구나.

     7

世子邸下 寶齡 八歲에 九十二歲를 더를진딕
一百歲 멀고 놉픈 壽는 天定이라 흐려니와
그 뒤에 쏘 二十歲를 더으시니 帝堯壽와 가트신져. (金玉叢部 95)
(賀祝 第七)

世子邸下(세자저하) 寶齡 八歲(보령팔세)에=세자의 나이 팔세에 ◇더를진딕=더한다면 ◇天定(천정)이라=하늘이 정해주신 것이라.

🔷 **통석**   세자 저하의 꽃다운 나이 여덟 살에 아흔 두 살을 더한다면
          백 살의 멀고 높은 나이는 하늘이 정해준 것이라 하려니와
          그 뒤에 또 스무 살을 더하시면 요임금의 나이와 같으시겠구나.

     8

南山松栢 鬱鬱蒼蒼 漢江流水 浩浩洋洋
聖世子 l 萬年壽 가지스 太平으로 누리실제

우리넌 康衢의 逸民되야 擊壤歌로 질길져. (金玉叢部 99)

(賀祝 第八)

南山松栢(남산송백) 鬱鬱蒼蒼(울울창창)=남산 위 소나무와 잣나무는 빽빽하고 푸
르름 ◇漢江流水(한강유수) 浩浩洋洋(호호양양)=한강의 흐른 물은 넘쳐흐름 ◇가
지스=가지시여 ◇우리넌=우리는 ◇康衢(강구)의 逸民(일민)되야=태평한 시대에
사는 백성이 되어 ◇擊壤歌(격양가)로 질길져=땅을 두드리며 즐기며 노래 부르리
라. 격양가는 제요(帝堯)시대 태평을 구가하던 노래.

🔖 **통석**　남산의 송백은 빽빽하고 푸르르며 한강의 흐르는 물은 넘쳐흘러
　　　　홀륭한 세자가 만년수를 가지시어 태평시절을 누리실 때에
　　　　우리는 태평한 시대의 백성이 되어 격양가로 즐길 것이다

〈石坡大老 回甲 賀祝〉

1
聖上에 父親이신져 놉푸시기 그지업네
庚辰 臘月 卄一日예 設甲宴於二老堂을
盡日에 鳳笙龍管으로 獻蟠桃를 하시더라. (金玉叢部 8)

(庚辰十二月二十一日 石坡大老回甲日 聖上 親臨于雲宮獻壽 而作賀祝
三章)

聖上(성상)에=임금의. 현재 임금의 ◇庚辰(경진) 臘月(납월) 卄一日(입일일)예=경
진년(1880) 12월 21일에 ◇設甲宴於二老堂(설갑연어이로당)을=회갑연을 운현궁
이로당에 차리셨거늘 ◇盡日(진일)에=하루 종일에 ◇鳳笙龍管(봉생용관)으로=봉
과 용의 형상을 만든 악기로. 또는 이런 악기로 연주하는 음악으로 ◇獻蟠桃(헌
반도)를=장수를 비는 뜻으로 반도를 드림. 반도는 3000년에 한번 열린다고 함.

🔖 **통석**　임금의 부신이시니 높으시기 끝이 없네.
　　　　경진년 십이월 이십일일에 이로당에 회갑연을 차리셨거늘.
　　　　하루 종일에 봉과 용의 형상을 만든 악기를 불면서 반도를 바치시더라.

2

石坡에 石又石이요 幽谷에 蘭又蘭을

老石은 壽萬年이요 茁蘭은 香千秋ㅣ라

이날에 又石尙書ㅣ 班衣獻壽 ᄒ시더라. (金玉叢部 25)

(石坡大老 甲宴賀 第二)

石坡(석파)에 石又石(석우석)이요=돌 둔덕에 돌에 또 돌이요. 석파는 대원군의
아호(雅號)이고 우석은 그의 장자 이재면(李載冕)의 아호임 ◇幽谷(유곡)에 蘭又
蘭(난우난)을=그윽하고 깊은 산골에 난초에 또 난초가 피었음을 ◇老石(노석)은
壽萬年(수만년)이요=늙은 돌은 만년을 살고 늙은 돌은 석파를 가리킴 ◇茁蘭(줄
난)은 香千秋(향천추)ㅣ라=싹이 튼 난은 향기가 천년을 감. 줄란은 대원군의 사
란(寫蘭)을 가리킴 ◇又石尙書(우석상서)ㅣ 班衣獻壽(반의헌수)=우석상서 이재면
이 색동옷을 입고 장수를 비는 술잔을 올리더라.

🔷 통석　석파에 또 우석이요 깊숙한 골에 난초와 난초를
　　　　늙은 돌은 만년을 살고 싹이 튼 난은 향기가 천년이라
　　　　이 날에 우석상서가 색동옷을 입고 장수를 비시더라.

3

又石尙書 山斗重望 金印虎符 大司馬ㅣ라

二老堂 놉푼 집의 班衣獻壽 허오실 ᄊᆞ

帳 밧게 甲士雄卒은 百歲壽를 알외더라. (金玉叢部 67)

(石坡大老 甲宴賀祝 第三)

山斗重望(산두중망)=태산과 북두처럼 매우 두터운 명망 ◇金印虎符(금인호부) 大
司馬(대사마)ㅣ라=금으로 된 도장과 범 모양으로 만든 병부(兵符)를 찬 병조판서
로구나. 대사마는 병조판서의 다른 명칭임 ◇二老堂(이로당)=운현궁에 있던 건물
의 이름 ◇班衣獻壽(반의헌수)=색동옷을 입고 장수를 비는 술잔을 올림 ◇帳(장)
밧게=휘장 밖에 ◇甲士雄卒(갑사웅졸)은=훈련이 잘된 군사들은.

〈府大夫人 華甲 獻賀〉

1

石坡大老 英風雄略 汾陽王과 古今이요

府大夫人 懿範淑德 郭夫人과 前後ㅣ로다

以故로 百子千孫의 富貴榮華 ᄒ시더라. (金玉叢部 71)

(戊寅二月初三日 府大夫人華甲日也 作三章歌曲 唱而獻賀)

英風雄略(영풍웅략)=영걸스런 풍채와 훌륭한 계책 ◇汾陽王(분양왕)과 古今(고금)
이요=예전과 같은 지금의 분양왕이요. 분양왕은 당(唐)나라 곽자의(郭子儀)를 가리
킴. 그는 당나라 숙종 때의 공신으로 안사(安史)의 난을 평정하고 분양왕에 봉해짐
◇府大夫人(부대부인) 懿範淑德(의범숙덕)=부대부인의 아름다운 모범과 정숙하고
단아한 여성의 미덕 ◇郭夫人(곽부인)과 前後(전후)ㅣ로다=곽분양의 부인과 비슷
하다 ◇以故(이고)로=이런 까닭으로 ◇百子千孫(백자천손)의=썩 많은 자손의.

📖 **통석**   석파 대로의 영걸스런 풍채와 훌륭한 계책은 예전과 같은 지금의 분양
왕이요.
부대부인의 아름답고 정숙한 여성의 미덕은 이전과 같은 지금의 곽부
인이로다.
이런 까닭으로 아주 많은 자손이 부귀영화를 누리시더라.

2

戊寅 二月 初三日에 祥烟瑞靄 繞雲宮을

二老堂 놉흔 樓에 金屛繡筵으로 賀千秋를 허오실졔

玉盤에 靈芝蟠桃는 又石公이 드리더라. (金玉叢部 171)

(府大夫人甲宴 賀祝 第二)

戌寅(무인)=고종(高宗) 15년(1878) ◇祥烟瑞靄(상연서애) 繞雲宮(요운궁)을=상서로운 안개와 아지랑이가 운현궁을 에워쌈을 ◇金屛壽筵(금병수연)으로=금빛 나는 병풍과 수놓은 방석으로 ◇賀千秋(하천추)를=천년 장수를 축하할 ◇玉盤(옥반)에 靈芝蟠桃(영지반도)는=옥쟁반에 먹으면 장수한다는 영지버섯과 천도복숭아를 ◇又石公(우석공)이=대원군의 장자 이재면이. 이재면의 호가 우석(又石)임.

📙 **통석**　무인년 이월 초삼일에 상서로운 안개와 아지랑이가 운현궁을 에워쌈을
　　　　이로당 높은 누각에 금빛 나는 병풍과 수놓은 방석으로 천년 장수를 축
　　　　하하실 때
　　　　옥반에다 영지와 반도를 우석공이 드리더라.

　　3
　仁而壽 德而福을 그 丁寧 미들 거시
　石坡大老 寬仁이며 府大夫人 洪福으로 子繼子 孫繼孫허니 子孫이 繼
繼허고 壽添壽 福添福허니 壽福이 添添이로다
　허믈며 又石尙書 深仁厚德과 養志誠孝를 더욱 賀禮 허노라. (金玉叢
部 170)
　(府大夫人甲宴 賀祝 第三)

仁而壽(인이수) 德而福(덕이복)=어질면서 장수하고 덕이 있으면서 복을 누림을 ◇寬仁(관인)이며=마음이 너그럽고 어짊이며 ◇洪福(홍복)으로=크나큰 복으로 ◇深仁厚德(심인후덕)과 養志誠孝(양지성효)를=두터운 인덕과 부모님의 뜻을 거역하지 아니하는 지극한 효성을.

📙 **통석**　어질면서 장수하고 덕이 있으면서 복을 누림을 그 정녕 믿을 것이로다.
　　　　석파대로의 너그럽고 어짊이며 부대부인의 큰 복으로 자식은 자식을
　　　　잇고 손자는 손자를 이으니 자손이 계속 이어지고 장수에 장수를 보태고
　　　　복이 복을 보태니 수와 복이 보태지고 보태지더라.
　　　　하물며 우석상서의 두터운 인덕과 부모님의 뜻을 거역하지 아니하는
　　　　지극한 효성을 더욱 축하하노라.

〈蘭草詞〉

1

玉露에 늘닌 곳과 淸風에 나는 닙흘
老石에 造化筆노 깁바탕에 옴겨슨져
美哉라 寫蘭이 豈有香가 만은 暗然襲人 허더라. (金玉叢部 3)
(石坡大老 以寫蘭透妙 獨步一世 癸酉春 偃息於楊州直洞小庄 有時寫
蘭 二補消遣之資 而余亦倍留 作蘭草詞三絶 被之管絃)

玉露(옥로)에 눌닌 곳과=이슬이 매달려 있어 줄기를 쳐들지 못하는 약한 꽃과
◇淸風(청풍)에 나는 닙흘=맑은 바람에 나부끼는 잎을 ◇老石(노석)의 造化筆(조
화필)노=대원군의 조화를 부리는 듯한 신기한 붓으로. 노석은 대원군의 호는 석
파(石坡)이고 그의 아들인 이재면은 호가 우석(又石)이기 때문임 ◇깁바탕에 옴겨
슨져=비단헝겊에 옮겼구나 ◇寫蘭(사란)이 豈有香(기유향)가 만은=붓으로 그린
난초가 어찌 향기가 있겠느냐 만은 ◇暗然襲人(암연습인)=은근하게 사람에게 향
기가 스며들음.

📖 **통석**　이슬이 매달려 수그러진 꽃과 맑은 바람에 나부끼는 잎을
늙은 석파의 조화를 부리는 듯한 붓으로 비단헝겊에 옮겼구나.
아름답도다! 붓으로 그린 난초가 어찌 향기가 있겠느냐만 은근하게 사
람에게 향기가 스며들더라.

2

붓 싯테 져즌 먹을 더져보니 花葉이로다
莖垂露而將低허고 香從風而襲人이라
이 무슴 造化를 부렷관듸 投筆成眞 허인고. (金玉叢部 89)
(石坡大老 蘭草詞 第二)

져즌=젖은 ◇더져보니 花葉(화엽)이로다=던져보니 꽃잎이로구나. 난초를 그리는
과정을 말함 ◇莖垂露而將低(경수로이장저)허고=줄기는 이슬을 머금어 수그러지

려고 하고 ◇香從風而襲人(향종풍이습인)이라=향기는 바람을 따라 사람의 몸에 배더라 ◇부렷관듸=부렸기에 ◇投筆成眞(투필성진)=붓을 던졌을 뿐인데 진짜 난초가 됨.

📖 **통석** 　붓 끝에 적은 먹을 던지고 보니 꽃잎이로다
　　　　줄기는 이슬을 머금어 수그러지려고 하고 향기는 바람을 따라 사람의
　　　　몸에 배더라
　　　　이 무슨 조화를 부렸기에 붓을 던졌을 뿐인데 진짜로 난초가 되었는고

〈梅花詞〉

　1
　梅影이 부드친 窓에 玉人金釵 비겨신져
　二三 白頭翁은 거문고와 노릭로다
　이윽고 盞드러 勸하랼져 달이 또한 오르더라. (金玉叢部 6)
　(余於庚午冬 與雲崖朴先生景華 吳先生岐汝 平壤妓順姬 全州妓香春
歌琴於山房 先生癖於梅 手栽新筍 置諸案上 而方其時也 數朶半開 暗香
浮動 因作梅花詞 羽調一篇八絶)

梅影(매영)이 부드친=매화의 그림자가 부딪힌 ◇玉人金釵(옥인금채) 비겨신져=아름다운 여인의 금비녀가 비스듬하게 끼여 있는가 ◇白頭翁(백두옹)은=머리가 허연 늙은이는 ◇勸(권)하랼져=권하려 할 때에.

📖 **통석** 　매화의 그림자가 부딪힌 창에 아름다운 여인의 금비녀가 비스듬히 끼웠구나.
　　　　두서넛 머리가 허연 늙은이는 거문고와 노래로다
　　　　이윽고 술잔을 들어 권하려고 할 때에 달이 또한 떠오르더라.

2

어리고 셩근 梅花 너를 밋지 안얏더니

눈 期約 能히 직켜 두세 송이 푸엿구나

燭 잡고 갓가이 사랑할 제 暗香浮動 하더라. (金玉叢部 15)

(雲崖山房 梅花詞 第二)

어리고 성근=약하고 가지가 듬성듬성한 ◇밋지 안얏더니=믿지 아니하였더니 ◇눈
期約(기약)=눈이 내릴 때 피겠다는 약속. 또는 꽃눈이 맺혀 나중에 꽃을 피우겠다
는 약속 ◇燭(촉)=촛불 ◇갓가이 사랑할 제=가까이 가서 완상할 때에 ◇暗香浮動
(암향부동)=그윽한 향기가 풍겨 옮.

📖 통석　약하고 가지가 듬성듬성한 매화 네가 꽃이 피리라 믿지 아니하였더니
　　　　눈이 내릴 때 꽃을 피우겠다는 약속을 능히 지켜 두세 송이가 피었구나.
　　　　촛불을 잡고 가까이 가서 완상할 때에 그윽한 향기가 풍겨오더라.

3

氷姿玉質이여 눈 속에 네로구나

가만이 香氣 노아 黃昏月를 期約ㅎ니

아마도 雅致高節은 너쑌인가 ㅎ노라. (金玉叢部 41)

(雲崖山房 梅花詞 第三)

氷姿玉質(빙자옥질)이여=얼음같이 맑고 깨끗한 살결과 구슬같이 아름다운 자질이
여. 매화를 가리킴 ◇香氣(향기) 노아=향기를 풍기어 ◇雅致高節(아치고절)은=아
름다운 풍치와 높은 절개는.

📖 통석　얼음같이 깨끗한 살결과 옥과 같이 아름다운 자질이여 눈 속에 너로구나
　　　　가만히 향기를 풍기어 저녁때의 달과 약속을 하니
　　　　아마도 아름다운 풍치와 높은 절개는 너뿐인가 하노라.

4

눈으로 期約터니 네 果然 푸엿고나

黃昏에 달이 오니 그림즈도 셩긔거다

淸香이 盞에 셧스니 醉코 놀녀 허노라. (金玉叢部 54)

(雲崖山房 梅花詞 第四)

눈으로 期約(기약)터니=눈이 올 때에 꽃을 피우겠다는 약속으로 ◇푸엿구나=피었
구나 ◇달이 오니=달이 떠 오르니 ◇셩긔거다=성기구나. 엉성하구나 ◇淸香(청
향)이=맑은 향기가.

🔶 **통석** 눈이 올 때 피겠다고 약속하였더니 네가 과연 피었구나.
저녁때에 달이 떠오르니 그림자도 엉성하구나.
맑은 향기가 술잔에 떴으니 취하고 놀려고 하노라.

5

黃昏의 돗는 달이 너와 긔약 두엇더냐

閤裏의 즈든 곳치 향긔 노아 맛는고야

늬 엇지 梅月이 벗 되는 줄 몰낫던고 ᄒ노라. (金玉叢部 77)

(雲崖山房 梅花詞 第五)

◇긔약 두엇더냐=약속을 하였더냐 ◇閤裏(합리)의 즈든 곳치=집안에 꽃이 필
징후가 없던 꽃이 ◇향긔 노아 맛는고야=향기를 풍겨 맞이하는구나 ◇梅月(매
월)이=매화와 달이.

🔶 **통석** 저녁 때 돋는 달이 너와 약속을 하였더냐.
집안에 자던 꽃이 향기를 풍기어 맞이하는구나.
내가 어찌 매화와 달이 잘 어울리는 벗이 되는 줄 몰랐던가 하노라.

6

ᄇᄅᆷ이 눈을 모라 山窓에 부딋치니

찬 氣運 싀여드러 조는 梅花를 侵擄허니
아무리 어루려 허인들 봄 쯧이야 아슬소냐. (金玉叢部 90)
(雲崖山房 梅花詞 第六)

山窓(산창)에 부딪치니=산속에 있는 집 창문에 부딪히니 ◇싀여드러=새어드러
◇조는 梅花(매화)를 侵擄(침로)허니=가만히 있는 매화를 못살게 하니 ◇어루려
허인들=얼게 만들려고 한들 ◇봄 쯧이야 아슬소냐=꽃을 피우고자 하는 의지를
빼앗을 수가 있겠느냐.

📖 통석   바람이 눈을 몰아다가 산창에 부딪히니
차가운 기운이 새어들어 잠자는 매화를 못살게 하니
아무리 얼게 하려고 한들 봄뜻이야 빼앗을쏘냐.

7
져 건너 羅浮山 눈 속에 검어 웃쑥 울퉁불퉁 광듸등걸아
네 무슴 힘으로 柯枝 돗쳐 곳조츠 져리 퓌엿는다
아모리 석은 비 半만 남아슬망정 봄 쯧즐 어이 하리오. (金玉叢部 97)
(雲崖山房 梅花詞 第七)

羅浮山(나부산)=중국 광동성 혜주부(惠州府) 부라(傅羅)에 있는 산 ◇광듸등걸아
=험상궂게 생긴 등걸아. 등걸은 나무를 베고 다음에 남아있는 그루터기 ◇무슴
=무슨 ◇돗쳐 곳조츠 져리=돋아나서 꽃마저 저렇게 ◇석은 비=썩은 배(胚). 배
는 씨앗 속에 있어 자라서 싹이 되는 부분

📖 통석   저 건너 나부산 눈 속에 검게 우뚝 솟은 울퉁불퉁한 험상궂게 생긴 등
걸아
네가 무슨 힘으로 가지가 돋고 꽃마저 저렇게 피었느냐
아무리 썩은 배가 반만 남았을망정 봄뜻을 어찌 하리요

8
東閣에 숨은 쏫치 躑躅인가 杜鵑花ㄴ가

乾坤에 눈이여늘 제 엇지 감히 퓌리
알괘라 白雪陽春은 梅花 밧게 뉘 이시리. (金玉叢部 101)
(雲崖山房 梅花詞 第八)

東閣(동각)에=동쪽에 있는 누각에 ◇躑躅(척촉)인가 杜鵑花(두견화)ㄴ가=철쭉꽃이
냐 진달래꽃이냐 ◇乾坤(건곤)에 눈이여늘=온 세상에 눈으로 뒤덮이었거늘 ◇제
엇지 감히 퓌리=제가 어찌 감히 피겠느냐 ◇白雪陽春(백설양춘)은=흰 눈이 날리
는 이른 봄에는.

▶️ **통석** 동쪽 누각에 있는 숨어있는 꽃이 철쭉꽃이냐 진달래꽃이냐
온 세상이 눈으로 뒤덮이었거늘 제가 어찌 감히 피랴
알겠다. 흰 눈이 내리는 이른 봄에는 매화밖에는 누가 있으랴.

이세보*

〈月令時調〉

1

정월 보름 달 밝으니 노쇼남녀 답교로다
츈디의 옥쵹이요 수역의 연화로다
아마도 틱평동락은 샹원인가. (風雅 44)

노쇼남녀 답교로다=남녀와 노소(老少)가 다 다리밟기(踏橋) 풍속이다 ◇츈디의
옥쵹이요=태평시대(春臺)의 온화한 기후(玉燭)요 ◇수역의 연화로다=사람이 오
래 사는 곳(壽域)의 봄경치(煙花)로다 ◇틱평동락은=태평한 시절의 다함께 즐김
은 ◇샹원인가=상원(上元)인가. 정월대보름인가.

🔷 **통석**   정월 대보름달이 밝으니 남녀노소가 다 답교놀이를 한다.
              태평시대에는 기후가 온화하고 오랜 수명을 이어가며 사는 곳에서는
봄경치가 아름답구나.
              아마도 백성과 함께 즐기기는 정월대보름인가.

2

이월 쳥명 가졀인가 빅오동풍 부러셰라
면산의 도든 풀은 기ᄌ츄의 ᄌ최로다
아마도 진디쳥빅은 이쌘인가. (風雅 45)

---

* 이세보(李世輔 ; 1832~1895). 자 좌보(左甫). 20세인 철종 2년(1851)에 호(晗)로 개명했고, 경
평군(慶平君)의 작호를 받았다. 동지사은정사(冬至謝恩正使)가 되기도 했으나 철종 11년에
신지도(薪智島)에 유배되었다 고종 즉위년에 해배되었다. <風雅> 등 개인 시조집에 458수
의 시조가 전한다.

청명 가절인가=청명(淸明) 가절(佳節)인가. 청명 때의 좋은 계절인가. 청명은 24절 기의 하나 ◇빅오동풍 부러셰라=백오동풍이 부는구나. 백오동풍은 한식(寒食) 때 부는 봄바람. 한식은 동지 후 105일 만임 ◇면산의=면산에. 면산(緜山)은 중국 산서성 심원현(沁源縣)과 개휴현(介休縣)에 걸쳐 있는 산으로 진(晉)나라 개자추(介子推)가 숨어 있던 산 ◇진듸쳥빅은=진나라 떼 청백리(淸白吏)는.

💬 통석　이월의 청명 가절인가. 백오동풍이 부는구나.
　　　　면산에 돋은 풀은 개자추의 자취로구나
　　　　아마도 진나라 청백리는 개자추뿐인가 한다.

　　3
　　샴월삼일 텬긔 덩ᄒ니 쟝안녀인다쇼힝을
　　츈복을 썰쳐입고 긔슈의 목욕ᄒ니
　　아마도 요슌긔샹은 증졈인가. (風雅 46)

텬긔 덩ᄒ니=하늘의 기운(天氣)이 깨끗(淨)하니 ◇쟝안녀인다쇼힝을=장안의 미인(麗人)들이 얼마간 다니는(多少行) 것을 ◇긔슈의=기수(沂水). 중국 산동성에서 사수(泗水)로 흘러드는 물. 여기서는 깨끗한 물이란 뜻으로 쓰임 ◇요슌긔샹은=요순(堯舜)의 기상(氣像)은 ◇증졈인가=증점인가. 증점(曾點)은 공자의 제자.

💬 통석　삼월의 기후가 좋으니 장안의 사람들의 출입이 잦으니
　　　　봄옷을 떨쳐입고 기수에 가서 목욕을 하니
　　　　아마도 요순시대의 기상은 증점인가.

　　4
　　ᄉ월 팔일 관광ᄒ니 듸명건곤 분명ᄒ다
　　오락가락 힝인이오 울긋불긋 등블이라
　　아마도 셕강여릐 싱일인가. (風雅 47)

듸명건곤=온 세상이 매우 밝음(大明乾坤).

사월 초파일에 구경을 나서니 온 세상이 새롭구나.
오고가는 행인이요, 울긋불긋 등불이다
아마도 석가여래 부처님의 생일인가.

5
오월 오일 오날인가 집집이 챵포쥬라
경도요 슈셩곡은 명나슈변 슬프도다
아마도 텬즁가절은 굴원인가. (風雅 48)

챵포쥬라=창포주(菖蒲酒)로구나. 창포주는 술에 창포를 넣어 비즌 술 ◇경도요 슈
셩곡은=배를 타고 빨리 건너기를 겨룰 때 부르는 노래(競渡謠) 두어 가락(數聲曲)
은. 경도는 중국서 오월단오에 행해졌다는 세시풍속임 ◇명나슈변=멱라수(汨羅水)
의 참변. 굴원이 물에 빠져죽은 일 ◇텬즁가절은=일년 중 가장 좋은 계절(天中佳
節)은.

오월 오일 단오가 오늘인가, 집집마다 창포주로구나
뱃노래 두어 가락은 멱라수에 죽은 굴원이 슬프구나.
아마도 단오에 생각나기는 굴원인가.

6
뉴월삼복 더웟스니 만국여지홍노즁을
어려운 층빙이요 더듸오는 쳥풍이라
아마도 긔국쇼쟝ᄒᆞ는 ᄉᆞ마광인가. (風雅 49)

만국여지홍노즁을=온세상(萬國)이 시뻘겋게 단 화로(紅爐) 속에 있는 것과 같음
을 ◇어려운 층빙이요=구하기가 힘든 얼음덩이(層氷)요 ◇긔국쇼쟝ᄒᆞ는=바둑(碁
局)으로 긴 여름(長夏)를 보냄은 ◇ᄉᆞ마광인가=송나라 때 문인인 사마광(司馬
光 ; 1019~1086)인가. 사마광은 바둑에 몰두하여 더운 여름을 이겨냈다고 함.

통석 유월 삼복에 날이 더우니 온 세상이 불구덩이 같구나.
　　　얼음 구하기 어렵고 시원한 바람은 불지도 않네.
　　　아마도 바둑으로 더위를 잊기는 사마광인가.

7
칠월 칠셕 오난 비난 견우직녀 샹봉이라
슬솔은 명동방이요 오동은 낙금정을
아마도 긔망의는 쇼ᄌ쳠인가. (風雅 50)

슬솔은 명동방이요=귀뚜라미(蟋蟀)은 깊숙한 방(洞房)에서 울고요 ◇긔망의는=기
망(旣望)에는. 기망은 16일임 ◇쇼ᄌ쳠인가=소자첨인가. 소자첨(蘇子瞻)은 송나라
문인 소식(蘇軾)의 자(字)임.

통석 칠월 칠석에 오는 비는 견우와 직녀가 만남이라
　　　귀뚜라미는 방안에서 울고 오동잎은 우물 위에 떨어지니
　　　아마도 칠월 십육일에 생각나기는 적벽강 놀이를 즐긴 소동파인가.

8
팔월 츄셕 오날인가 빅곡이 등풍이라
셩듸의 한민드른 원근업시 격양가를
허물며 담박옥눈이야 일너무샴. (風雅 51)

빅곡이 등풍이라=모든 곡식(百穀)이 풍년이 들었다(登豊) ◇셩듸의 한민드른=태평
성대에 근심 없는 백성들은(閒民) ◇원근업시=너나 없이(遠近) ◇담박옥눈이야=구
름이 가리지 않고 온전한(澹泊) 보름달(玉輪)이야.

통석 팔월 추석이 오늘인가. 모든 곡식이 풍년이다
　　　태평성대의 근심 없는 백성들은 어디서나 격양가를 부르는구나.
　　　하물며 구름 한 점 없이 밝은 보름달이야 말하여 무엇하랴.

9

구월 구일 오날인가 홍안ᄂᆡ빈 ᄒᆞᆫ는구나
나무나무 단풍이요 떨깃덜기 황국이라
아마도 농산낙모난 밍참군인가. (風雅 52)

홍안ᄂᆡ빈=가을철에 기러기가(鴻雁) 날아옴(來賓) ◇농산낙모난 밍참군인가=용산
(龍山)에서 모자를 떨어뜨림(落帽)은 맹참군(孟參軍)인가 맹참군은 참군벼슬의 맹가
(孟嘉)를 가리킴. 맹가는 진(晉)나라 환온(桓溫)의 참모였는데 환온이 용산에서 잔
치를 베풀었을 때, 맹가가 모자를 떨어드린 것도 모르는 것을 손성(孫盛)을 시켜
조롱하는 글을 짓게 하자, 이를 본 맹가가 즉석에서 답하는 글을 지었는데 매우
잘 지어 사람들이 다 탄복하였다고 함.

▶ **통석** 구월 구일 중양절이 오늘인가, 겨울 철새인 기러기들이 날아오는구나.
나무마다 단풍이요, 떨기마다 노란 국화로구나
아마도 용산 놀이에 모자가 떨어진 줄 모르는 사람은 맹가인가.

10

십월 확도 ᄒᆞ엿쓰니 션도쥬 비져ᄂᆡ여
비나이다 우리 금쥬 만셰만셰 만만셰를
아마도 春外春이니 쇼츈인가. (風雅 53)

확도=벼를 수확함(穫稻) ◇션도주 비져ᄂᆡ여=선도주(仙稻酒)를 담가서. 선도주는
햅쌀로 담근 술을 말함 ◇금쥬=지금의 임금(今主) ◇春外春(춘외춘)이니 쇼츈인가
=봄이 아닌 봄이니 작은 봄인가. 소춘은 10월을 달리 부르는 이름.

▶ **통석** 시월 추수도 하였으니 그 쌀로 술을 빚어
비나이다. 우리 임금 만수무강 하시기를
아마도 봄 아닌 봄이니 작은 봄인가.

11

동지 ᄌᆞ야반의 만호쳔문 열엿쏘다

군음은 스라지고 일양이 시싱이라
아마도 슌환지니난 음양인가. (風雅 54)

동지 주야반의=동짓날 한밤중(子夜半)에 ◇만호천문=모든집(萬戶)들의 문마다(千門) ◇군음은=모든 음울한 것은(群陰) ◇일양이 시싱이라=한결같은 양기(一陽)이 비로소 생겼다(始生) ◇슌환지니난=순환의 이치(循環之理)는.

📖 **통석**　동짓날 한밤에 집집마다 대문을 열어놓았구나
　　　　모든 음울한 것은 사라지고 밝음이 시작되었구나.
　　　　아마도 순환의 이치는 음양인가.

12
십이월 다 보내니 오늘이 졔셕인가
금년은 금쇼진이요 명년은 명일늬라
동주야 슐가득 부어라 숑구영신. (風雅 55)

졔셕인가=제석(除夕)인가. 섣달그믐인가 ◇금쇼진이요=금소진(今宵盡)이요 오늘밤이면 끝이요 ◇명일늬라=명일내(明日來)라. 내일이면 온다.

📖 **통석**　십이월을 다 보내니 오늘이 제야인가
　　　　금년은 오늘 밤이 전부요 새해는 내일부터 오는구나.
　　　　아희야 술 가득 부어라 송구영신하리라.

〈月令時調〉

1
정월 한 보롬날 들 가누는 사름들하
산 너머 하늘 ᄉ애 그름 소릐 보누순다
우리도 들 ᄀ튼 님을 두고 비초셔나 보고져. (奉事君日記 1)

가ᄂᆞᆫ 사ᄅᆞᆷ들하=가난한 사람들아 ◇신애=가에 ◇비초셔나=비추어나,

🔖 **통석**   정월 대보름 날 달 가듯 하는 사람들아
          산 너머 하늘 끝에 구름 속을 보느냐
          우리도 달 같은 님을 두고 비추어나 보고지고

   2
이워리 너머 드러 봄 비티 퍼져 가니
나모마다 니피오 가지마다 고지로다
우리도 님 다시 만나 새 ᄉᆞ랑 내리라. (奉事君日記 2)

이워리=이월이 ◇비티=빛이 ◇니피오=잎이요 ◇고지로다=꽃이로다.

🔖 **통석**   이월이 얼마 지나니 봄빛이 퍼져가네
          나무마다 잎이요 가지마다 꽃이로다.
          우리도 님을 다시 만나 새 사랑을 만들리라.

   3
삼월 삼지레 온갖 ᄭᅩᆺ 다 피온 듸
답쳥ᄒᆞᄂᆞᆫ 사ᄅᆞᆷ마다 곳고지 자치로다
언저긔 우리 님 만나 삼일연흥 ᄒᆞ려나. (奉事君日記 3)

삼지레=삼진에 ◇곳고지 자치로다=곳곳에 잔치로다 ◇삼일연흥=삼일동안(三日)
의 흥거운 잔치(宴興).

🔖 **통석**   삼월 삼짇날에 온갖 꽃 다 피었는데
          답청하는 사람마다 곳곳에 자취로구나
          어느 때 우리 님 만나 사흘이나 계속되는 흥거움을 누리나.

4

ᄉ월 비 갠 후의 버들 비치 새로온ᄃᆡ
흥겨온 괴ᄭᅩ리는 온갖 교ᄐᆡ 다 ᄒᆞ노고
남 향해 아득ᄒᆞᆫ ᄆᆞᄋᆞᆷ ᄭᆡ오는 듯ᄒᆞ노라. (奉事君日記 4)

비치=빛이 ◇ᄭᆡ오는=깨우는.

📖 통석　사월 비가 갠 뒤에 버들 빛이 새로운데
　　　　흥이 넘쳐나는 꾀꼬리는 갖은 아양을 다 떠는구나.
　　　　님을 향한 멀어졌던 마음을 깨우치는 듯하구나.

5

오월 한 수릿날 남괴 거론 근오 주를
베거니 밀거니 가는 듯 고쳐 온다
엇더다 날 거론 님은 가고 아니 오ᄂᆞ니. (奉事君日記 5)

수릿날=수릿날. 단오 ◇근오 주를=그네 줄을 ◇베거니 밀거니=당기거니 밀거니
◇거론 님은=인연을 맺은 님은. 약속한 님은.

📖 통석　오월 단옷날 나무에 걸린 그네 줄을
　　　　밀거니 당기거니 갔다가는 다시 온다
　　　　어쩌다 나와 약속한 님은 가고 아니 오느니.

6

뉴월 쐬는 벼ᄐᆡ 반가오니 북풍이라
혼자 자는 방 안해 반가오니 님이로다
ᄆᆞᄋᆞᆷ은 블나리 하되 님 볼 나리 져게라. (奉事君日記 6)

블나리=불이 나려고 마음이 답답하고 ◇져게라=적구나.

유월 내리쬐는 볕에는 반가운 것이 북풍이다
혼자 자는 방안에는 반가운 것이 님이로구나.
마음은 불이 나는 것처럼 답답하나 님 볼 날이 적구나.

7

릴월 릴일이 됴히 삼긴 나리로다
견우 직녀도 한 듸 몯는 나리로다
엇더다 인간 니벼른 모들 나리 업순고. (奉事君日記 7)

됴히=좋게. 잘 ◇몯는=모이는 ◇니벼른=이별은 ◇모들=모일.

▶ 통석　칠월 칠석은 잘 만든 날이구나.
견우와 직녀도 한곳에 모이는 날이로다.
어쩌다, 인간의 이별은 함께 모이는 날이 없는고

8

팔월 한가외 날 엇지 삼긴 나리완듸
무심흔 둘 비츤 오늘밤의 최블근고
님 그려 아득흔 무음을 블키는 듯흐여라. (奉事君日記 8)

한가외=한가위 ◇최블근고=더욱 밝은가.

▶ 통석　팔월 한가위는 어떻게 생긴 날이기에
무심한 달빛은 오늘밤에 더욱 밝은고
님을 그리워하여 아득한 마음을 밝히는 듯하고나.

9

구월 춘 이슬에 늦거이 지는 닙플
이원흔 져 님이 아는가 모로는가
인싱이 져 굿홀 쌕나니 그려 므음 흐리. (奉事君日記 9)

늦거이=늦게 ◇이원흔=애운한. 섭섭한 ◇져 굿홀 쏜니니=저와 같을 뿐이니.

> **통석** 구월 찬 이슬이 늦게 떨어지는 나뭇잎을
> 서운한 저 님이 아는가 모르는가.
> 인생이 저와 같을 따름이니 그리워하여 무엇하리.

10

시월 서리 밤의 혼자 우는 져 기러가
므음 쁟 먹고 어듸 몯 가 우니는다
쌱 이코 우는 졍이야 네오 내오 다르랴. (奉事君日記 10)

쌱 이코=짝을 잃고

> **통석** 시월 서리가 내린 밤에 혼자 우는 저 기러기야
> 무슨 뜻을 먹고 어디를 못 가고 우느냐
> 짝을 잃고 우는 정이냐 너와 내가 다르랴.

11

동짓쯜 기나 긴 밤이 ᄒᆞᆮ 밤이 열홀 맛다
누으며 닐며 므슴 ᄌᆞ미 오돗더니
눈 우희 ᄃᆞᆯ 비치 ᄇᆞᆯ고니 가슴 슬허 ᄒᆞ노라. (奉事君日記 11)

열홀 맛다=열흘과 같다 ◇닐며=일어나며.

> **통석** 동짓달 기나긴 밤이 하룻밤이 열흘과 같구나.
> 누웠다 일어났다 무슨 잠이 오겠느냐
> 눈 위에 달빛이 밝으니 가슴 아파 하노라.

12

섯드리 너머드니 훈 히도 거의로다
훈 히 열 두들 삼빅 예슌 나리도다
엇지다 하고 한 날래 님 볼 나리 져근고. (奉事君日記 12)

섯드리=섣달이 ◇거의로다=거의 다 되었다 ◇날래=날에.

🔖 통석 선달이 다 되어가니 한 해도 거의로구나
한 해는 열두 달 삼백예순 날이구나.
어쩌다 많고 많은 날에 님 볼 날이 적은고

〈義巖別祭歌〉

1

戊辰年 六月日에 단을 무어 焚香ᄒ여
三百名 女妓덜이 精誠으로 致祭ᄒ니
論娘子 忠魂義魄이 늬리실가 ᄒ노라. (敎坊歌謠抄)

戊辰年(무진년)=고종(高宗) 5년(1868) 논개를 위한 의암별제(義巖別祭)가 열렸던 해
◇致祭(치제)ᄒ니=제사를 드리니 ◇論娘子(논낭자)=임진왜란 때 적장을 껴안고 남
강에 빠져죽은 의기(義妓) 논개(論介)를 가리킴.

🔖 통석 무진년 유월에 제단을 만들어 향을 태우며
삼백 명 기생들이 제사를 드리오니
논낭자의 충성과 의리의 혼백이 강림(降臨)하실까 하노라.

2

矗石樓 발근 달이 論娘子의 넉시로다
向國한 一片丹心 千萬年에 비춰오니

아마도 女中忠義난 이뿐인가 ᄒ노라. (敎坊歌謠抄)

矗石樓(촉석루)=경남 진주시 남강 가에 있는 누각 ◇向國(향국)ᄒ=나라 위한.

📖 **통석**　촉석루 위에 뜬 달이 논낭자의 넋이로구나.
　　　　나라 위한 충성된 마음이 천만년을 비추니
　　　　아마도 여자 가운데 충의는 이것뿐인가 하노라.

3
말고말근 南江水야 壬辰 이를 네 알니라
忠臣과 義士덜이 멋멋치나 쌔져난고
아마도 女中丈夫난 論娘子가 ᄒ노라.

南江水(난강수)야=남강의 물아. 남강은 진주에 있는 강 ◇壬辰(임진) 이를=임진왜란 때 있었던 일을.

📖 **통석**　맑고 맑은 남강물아 임진왜란 때의 일을 네가 알리라
　　　　충신과 열사들이 몇몇이나 물에 빠졌더냐.
　　　　아마도 여자대장부는 논낭자인가 하노라.

4
海東國 三千里에 許多ᄒ 바위로다
風磨雨洗하면 어늬 돌이 안 變하리
그中에 一片義巖언 萬古不變 하리라.

風磨雨洗(풍마우세)하면=바람에 갈리고 비에 씻기면.

📖 **통석**　우리나라 삼천리에 많고 많은 바위로다
　　　　비바람이 씻기고 갈리면 어느 바위가 안 변하겠느냐
　　　　그 가운데 의암 하나는 절대로 변하지 않으리라.

作家索引

강복중(姜復中) 20, 22, 202
고응척(高應陟) 19, 24, 62
곽기수(郭期壽) 99
곽시징(郭始徵) 316
권 구(權榘) 373
권 섭(權燮) 25, 345
권익륭(權益隆) 447
권호문(權好文) 18, 68
김광욱(金光煜) 18, 248
김기홍(金起弘) 22, 298
김득연(金得研) 24, 117
김상용(金尙容) 167
김상직(金商稷) 445
김수장(金壽長) 20, 398
나위소(羅緯素) 256
남극엽(南極曄) 438
낭원군(郎原君=李偘) 302
맹사성(孟思誠) 14, 16-8,
  20, 21, 29
박 개(朴漑) 48
박선장(朴善長) 113
박순우(朴淳愚) 23, 378
박 운(朴雲) 22, 37
박인로(朴仁老) 15, 18, 173
방원진(房元震) 21, 244
송 타(宋柁) 232

신 교(申灚) 23, 307
신갑준(申甲俊) 405
신계영(辛啓榮) 21, 148
신 지(申墀) 404
안민영(安玟英) 18, 20, 22,
  24, 530
안서우(安瑞羽) 336
안창후(安昌後) 26, 384
양주익(梁周翊) 21, 413
위백규(魏伯珪) 419
유심영(柳心永) 23, 528
윤선도(尹善道) 13, 14, 19,
  21, 23, 260
이경엄(李景嚴) 246
이광명(李匡明) 402
이담명(李聃命) 20, 328
이덕일(李德一) 21, 22, 155
이 삼(李森) 21, 376
이세보(李世輔) 544
이숙량(李叔樑) 17, 53
이 시(李蒔) 242
이식근(李植根) 382
이신의(李愼儀) 21, 101
이 유(李渘) 18, 400
이 이(李珥) 18, 19, 22,
  80, 212, 368

이 정(李淨) 77
이정환(李廷煥) 22, 284
이중경(李重慶) 17, 275
이현보(李賢輔) 16, 17, 18,
  33, 314
이홍유(李弘有) 272
이 황(李滉) 15, 17, 18,
  42, 481
이후백(李後白) 15, 56
이휘일(李徽逸) 294
장경세(張經世) 93
장부겸(張復謙) 289
정광천(鄭光天) 106
정 철(鄭澈) 18, 85
정 훈(鄭勳) 237
조유수(趙裕壽) 334
조존성(趙存性) 18, 110
조 황(趙榥) 20, 23, 455
주세붕(周世鵬) 17, 39
채 헌(蔡憲) 411
최학령(崔鶴齡) 50
허 강(許橿) 60
황윤석(黃胤錫) 20, 424
황 희(黃喜) 16-8, 20, 21,
  31

作品索引

感聖恩歌　413
江湖九歌　256
江湖四時歌　14, 16, 17, 29
江湖戀君歌　93
遣懷謠　23, 269
敬贈月沙大監歌　208
景寒亭感興詠懷歌　316
契友齊會歌　25, 139
癸亥反正歌　22, 202
高山九曲歌　17, 19, 80
孤山別曲　289
高宗卽位賀祝　20
郭都正從祖重흕日壽詞　357
寬谷八景　22, 298
駒城李相諸릿蕫答永言　229
歸山吟　309
歸隱謠吟　307
歸田錄　33
金剛錄　460
箕裘謠　23, 528
蘭草詞　20, 538
農歌　419
短歌　103
陶山六曲　15, 42
獨自往遊戲有五詠　361
東遊錄　23, 378

東遊吟　23, 312
磨石曲　64
漫興─郭　99
漫興─尹　260
梅花　25, 345
梅花詞　18, 20, 539
慕賢　199
慕賢曲　452
木州欄歌　424
夢天謠　267
訪珍山郡守歌　216
白鷗歌　48
屛山六曲　373
病中遣懷歌　108
病中詠盆桃　360
奉賀親耕親蠶　20, 398
府夫人華甲賀祝　20
扶餘懷古　246
北征吟　23, 314
汾川講好歌　53
悲歌　22, 284
悲來乎　366
思老親曲　328
四時歌　16, 17, 31
四友歌　21, 101
山民六歌　272

山亭獨永曲　25, 145
山中雜曲　25, 117
石門歌　411
石坡大老回甲賀祝　20
聖主鴻恩歌　21, 376
瀟湘八景歌　56
續文山六歌　50
水月亭淸興歌　219
述懷　106
十六詠　350
愛景堂十二月歌　438
愛蓮曲　21, 244
漁父短歌　16, 17, 34
漁父別曲　277, 282
漁父詞　17, 275
然然曲　24, 62
戀子詞　382
永言　404
咏懷雜曲　25, 142
梧臺漁父歌　278
五倫歌─金　167
五倫歌─郞　304
五倫歌─朴善　113
五倫歌─朴仁　15, 175
五倫歌─周　39
五友歌　14, 19, 263

龍巖 37
又感恩曲 21, 415
憂國歌 21, 155
願學曲 451
月谷答歌 237
月令時調 544, 549
謂客 359
爲祖爲父慷慨歌 218
楡阮十二曲 336
六詠 347
栗里遺曲 18, 248
義巖別祭歌 554
人道行 455
入山歌 445
立巖 186
自警 200
子規三疊 18, 400
楮谷田家八曲 294
田園四時歌 21, 150
釣魚臺和孝廟御製 303
操舟候風歌 242
早紅枾歌 18
宗親燕會宣醞賜樂 302
酒老園擊壤歌 483
酒問答 91
晝夜曲 63
贈參議公讜所詩歌 402
淸溪慟哭六條曲 22, 204
初筵曲 266
歎老歌 149
歎誠曲 450
罷宴曲 267
判官答歌 213
楓溪六歌 77
風雅別曲 18, 447
夏雨謠 262

閑居十八曲 18, 19, 68
呼兒曲 17, 110
浩浩歌 19, 65
花庵九曲 232
和訓民歌 228
黃江九曲歌 25, 367
會酌藜酉歌 25, 137
訓戒子孫歌 169
訓民歌－鄭 17, 85
訓民歌－趙 509
戲咏赤壁歌 25, 140

● 황충기 黃忠基

경기 여주(驪州) 출생
고려대학교 문과대 국어국문학과 졸업, 경희대학교 대학원 국문학과 졸업,
한국어문교육연구회 회원

· 편저서(編著書)

校註 海東歌謠(1988), 古時調註釋事典(1994), 蘆溪 박인로 연구(1994), 역대 한국인편저
서목록(1996), 해동가요에 관한 연구(1996), 가곡원류에 관한 연구(1997), 韓國閭巷時調
연구(1998), 閭巷人과 기녀의 시조(1999), 長時調 연구(2000), 註解 장시조(2000), 한국학
주석사전(2001), 한국학 사전(2002), 여항시조사연구(2003), 기생 時調와 漢詩(2004), 고
전주해사전(2005), 청구영언(2006), 靑丘樂章(2006), 가곡원류(2007), 가사집(2007), 성을
노래한 고시조(2008), 기생 일화집(2008), 名妓 일화집(2008), 海東樂章(2009) 등이 있다.

조선시대 연시조 註解

2009년 10월 20일 초판 인쇄 2009년 10월 30일 초판 발행
엮은이 황충기 **펴낸이** 한봉숙 **펴낸곳** 푸른사상
기획 · 편집 김세영, 김대식 **디자인** 지순이 **마케팅** 김두천, 강태미
출판등록 1999년 7월 8일 제2-2876호
주소 서울시 중구 을지로3가 296-10 장양B/D 7층
대표전화 02) 2268-8706(7) 팩시밀리 02) 2268-8708
이메일 prun21c@yahoo.co.kr / prun21c@hanmail.net
홈페이지 http://www.prun21c.com
ⓒ 2009, 황충기
ISBN 978-89-5640-716-6-93810
값 42,000원